KB089576

264일의 쿠데타

12.12 군사반란

264일의 쿠데타

12. 12 , 5. 17, 5. 18 군사반란

노가원 지음

 시아

머리말

1980년 8월 27일 통일주체국민회의는 전두환 후보를 제11대 대통령으로 선출했다. 9월 1일 전두환 대통령은 취임식을 갖고 청와대에 입성했다. 1979년 12월 12일 이후 264일 만의 일이었다. 12·12, 5·17, 5·18을 거쳐 세계 역사상 가장 오래 걸린 쿠데타라고 기록되고 있는 전두환의 집권과정은 마침내 제5공화국을 탄생시켰다. 전두환 장군의 청와대 입성과 함께 그가 이끌어온 신군부, 좀더 구체적으로는 하나회·보안사 인맥들이 대거 권력의 핵심으로 진출했다. 하나회의 한국경영시대가 열린 것이다.

12·12쿠데타의 주도세력인 전두환과 노태우가 대통령으로 재임한 1993년 초까지 12·12쿠데타는 집권세력에 의하여 정당화되었다. 그러나 1996년 8월 26일. 마침내 지난 세월 수많은 사람들을 짓누르고 있던 사건들이 군사반란, 내란음모라는 이름으로 사법부의 처벌을 받았다.

일찍이 탱크를 몰고 한밤중에 한강을 넘어와 정권을 장악한 박정희, 박정희와 5·16쿠데타 그룹 밑에서 총애를 받으며 힘을 키워온 전두환과 일부 정치군인들은 박정희가 사망한 10·26 이후 증폭되던 국민의 민주주의에 대한 희망을 수많은 목숨들과 함께 단칼에 잘라버렸다. 반

5

란과 내란으로 시작된 역사……. 이렇게 출발한 제5공화국, 쿠데타로 얼룩진 역사는 어떤 이유로든 비극이고 슬픈 역사다.

한국 현대사를 관통하는 제5공화국, 12·12로 시작된 그 반란의 드라마는 '역사의 단죄'로 일단락되었지만 역사 속에 묻어버리고 싶은 기억들은 아직도 현재진행형이다. 독재와 억압에 숨죽였던 지난 세월을 우리는 어떻게 해석하고 평가해야 하는가. 개인이든 국가든 과거에 대한 분명하고 정당한 평가가 올바른 미래를 설계하는 기초가 된다.

이 책은 역사적인 모든 사건을 관련 기록과 증언 등 사실에 근거하여 소설로 재구성한 것이다. 제5공화국의 집권 과정을 정면으로 다룬 이 책을 통해 이 땅에 살아 있는 정의와 진실은 무엇인지 그려보고 싶었다.

노 가 원

목   차

머리말

쿠데타군의 승리

목 차

출발, 신군부

권력과 우정

청와대로 가는 길

쿠데타군의 승리

전두환의 반격

한편 경복궁 30단장실을 떠난 1공수여단장 박희
도 준장이 탄 지프는 내자 호텔 앞에서 우회전, 별판을 벗기고 비상등
을 켠 채 신촌 쪽으로 질주하고 있었다. 당초 정지 신호는 무시할 생각
인 박 여단장은 달리는 차 안에서 체포될 바에는 자결하는 것이 옳다
면서 허리에 찬 권총을 어루만졌다고 한다. 육본지휘부 측과는 달리
합수부 측 장성들은 일전의 각오로 12·12에 임하고 있었다는 일례다.
박 여단장은 곧 제2한강교(현 양화교)에 도착했다.

박희도 여단장의 지프는 더 이상 나아갈 수 없었다. 2한강교 입구에
는 겹겹이 바리케이트가 쳐져 있었고 수경사 소속 헌병들이 검문을 하
고 있었다. 다리 위에서 수십 대의 버스·택시·승용차 등 일반 차량들
이 마구 뒤섞여 거대한 바리케이트를 이루고 있었다.

합수부 측 1공수가 출동한다는 첩보를 입수한 장태완 수경사령관이 2한강교 남·북단을 막아 그 안에 묶인 차량들을 바리케이트로 이용하고 있는 것이었다. 이때는 서울 시내 전 수경사 검문소에 합수부 측 장성들의 체포 지시가 떨어진 상태였다.

"아, 모든 것이 수포로 돌아가는구나!"

2한강교 앞에서 길이 막힌 박 여단장은 얼핏 절망적인 생각이 들었다고 한다. 그러나 여기서 주저앉을 수는 없다. 박 여단장은 여단과 통화를 시도했다. 바로 그때 무전기에서 신호음이 울렸다.

"여단장님, 어디 계십니까?" 마침 부여단장 이기룡 대령의 목소리가 들려왔다.

"제2한강교 앞이다. 어딨나?"

"저희들은 지금 2한강교 안에 갇혀 있습니다. 차량 가운데 끼어 꼼짝달싹 못하고 있습니다."

1공수 부여단장 이기룡 대령, 작전참모 권대포 중령, 여단 헌병대장 백남석 대위는 박 여단장의 지시로 육본으로 가서 헌병대장 이종민 중령을 만나 1공수 출동시 협조를 얻기 위해 나왔다가 2한강교에 갇혀 있는 중이었다.

"여단장님, 지금 한강 다리는 모두 막혀 있는데, 수경사 관할 밖인 행주대교만은 아직 괜찮을 것 같습니다. 그쪽으로 나오십시오."

"알았다. 너희들도 가능한 한 빨리 귀대하라."

박희도 여단장은 머뭇거릴 것도 없다는 듯 지프를 돌렸다. 2한강교가 막혔다면 결국 다른 길을 택할 수밖에 없다. 여기서 머뭇거리다가는 체포되고 말 것이다. 박희도 여단장은 전두환 합수부장으로부터 두

가지 임무를 띠고 부대로 복귀하는 길이었다. 하나는 1공수 병력으로 국방부와 육본을 장악하는 길이었다. 또 하나는 노재현 국방부장관을 찾는 일이다. 두 가지 임무를 수행하기 위해서 그는 무사히 귀대해야 한다.

밤 11시 30분, 2한강교 앞을 떠난 박희도 여단장의 지프는 다시 어두운 도로 위를 질주하기 시작했다. 30사단 관할 3개 초소를 거쳤으나 그때마다 헌병들은 지프의 별판을 보고 의심할 것도 없이 바리케이트를 열어 통과시켜 주었다. 30사단 앞을 통과, 화전리를 거쳐 능곡 검문소를 앞두고 있을 때 무전기에서 신호음이 들렸다. 주번사령인 군수참모 이풍길 소령이 여단 상황실에서 걸어 온 무전이었다.

"여단장님, 어디 계십니까?"

"능곡을 통과하는 중이다. 무슨 일인가?"

"네, 여단장님. 사령관(정병주 소장)이 우리 여단 보유 차량을 9단으로 보내라고 합니다."

"무슨 말이야. 그따위 지시는 듣지 마라. 이봐 이 소령, 내 말을 똑똑히 들어라. 내가 귀대할 때까지 전 여단 병력을 차량에 탑승시키고 대기토록 하라, 알겠나. 아, 부여단장한테는 소식이 있었나?"

"아직 없습니다. 여단장님."

부여단장 일행은 아직 2한강교를 빠져나오지 못한 모양이다. 그러나 박희도 여단장은 참모들이 부대를 지키고 있는 한 그렇게 허무하게 휘하의 병력이 육본지휘부 측 혹은 특전사령부 측으로 넘어가지 않을 것이라고 확신하고 있었다고 한다.

능곡리 검문소도 박희도 여단장을 제지하지 않았다. 지프는 행주대교에 들어서서 핸들을 남쪽으로 꺾었다. 행주대교에도 두터운 바리케이트가 쳐진 채 삼엄한 경비를 서고 있었다. 올 데까지 왔고 더 이상 피할 구멍이 없었다. 박희도 여단장은 그대로 바리케이트 벽을 밀치며 비켜 나갔다. 죽기를 각오한 용기와 별판의 위력은 그렇게 대단한 것이어서 박 여단장은 무사히 행주대교를 건널 수 있었다.

행주대교를 건넜다고 해서 부대에 무사히 복귀한 것은 아니었다. 개화 초소가 가로막고 있었다. 개화 초소 역시 무사통과. 지금까지 박 여단장은 모두 다섯 개 초소를 거쳤다. 30사단 부근의 3개 초소, 그리고 행주대교와 개화 초소를 거친 것이었다.

박희도 여단장이 부대에 도착한 것은 자정 무렵이었다. 경복궁을 출발한 지 한 시간 뒤였다. '전두환 맨' 박 여단장의 부대 복귀·출동, 국방부와 육본 장악은 이날 합수부 측의 승리에 대한 종지부를 찍는 것이나 다름없었다. 박 여단장의 부대 복귀 한 시간을 두고 합수부 측과 육본지휘부 측의 시각은 사뭇 다르다.

12·12 가해자 측 기록은 "그렇게 먼 우회도로였음에도 경복궁을 출발하고 꼭 한 시간가량이 지나 있었다"고, 박 여단장이 부대 복귀를 그렇게 빨리 했다는 점을 강조하고 있다.

합수부 측 장성들에 대한 체포를 지휘하고 있던 당시 수경사령관 장태완 씨는 술회한다.

"박희도 여단장이 1시간이나 걸려서 여단 본부에 도착한 것은 제2한강교가 바리케이트로 완전히 차단되어 있었고 서울 시내 전 수경사 검문소에는 합수부 측 장군들에 대한 체포 지시가 내려져 있는 상태였기 때문이다. 2한강교를 도강할 수 없었던 박 여단장은 코스를 바꾸어 행주대교로 건너갔기 때문에 많은 시간이 소요되었던 것이다. 이 다리도 제30사단장이 합수부 측에 설득을 당하지 않았더라면 30사단 병력에 의해 완전히 차단되어 있었을 것이다."

부대에 도착하기 전 박희도 여단장은 상황실로 무전을 쳤다. 박 여단장의 무전은 당번병을 통해 일직사령 이풍길 소령에게 전해졌다. 부대 출동 중지, 1공수 보유 차량 9공수 파견 등, 정병주 특전사령관의 명령을 정면으로 거역한 이 소령은 나중에 어떤 문책이 오더라도 달게 받으리라 결심하고 있었으나 불안한 마음을 완전히 떨쳐낼 수는 없었다. 그런 심리 상태에서 직속상관인 박 여단장으로부터 무전이 날아왔으니 구세주를 만난 기분이었다.

"지금 어떻게 하고 있나. 차량들은 어떻게 됐어?"

"부대에 있습니다. 9여단으로 보내지 않았습니다."

"잘했다. 5분 후에 도착한다. 그동안 대대장들을 모두 집합시켜놓도록."

"네, 알겠습니다."

무전기를 놓는 즉시 이풍길 소령은 전 대대장들을 CP로 모이도록 비상 연락을 취했다. 바로 그때 위병소로부터 긴급 연락이 날아들었다.

"사령부 부사령관님이 도착했습니다. 지금 막 위병소를 통과, CP로 들어가십니다."

특전사 부사령관은 이순길 준장이다. 이 부사령관과 함께 온 사령부 간부들은 인사처장 강이건 대령(육사 18기), 교육발전처장 홍덕현 중령 등 세 명이었다. 이 부사령관 일행은 박희도 여단장이 자리를 비운 사이에 1공수를 장악, 출동을 막으라는 정병주 사령관의 명령을 받고 막 도착한 것이었다.

'모든 것이 이미 엎질러진 물이다.' 이 부사령관 일행이 왔다는 위병소의 전갈에도 1공수 일직사령 이풍길 소령은 별로 놀라울 것도 없었다. 박희도 여단장으로부터 5분 후면 도착한다는 무전을 받았기 때문이다. 이 부사령관 일행을 배웅하기 위해 이 소령은 밖으로 나갔다. 현관 앞에는 막 이 부사령관과 강 대령, 홍 중령이 도착하고 있었다.

"부사령관님, 오셨습니까. 저희 여단장께서 곧 도착하신다는 연락이 왔습니다. 우선 여단장실에 들어가 계시지요."

이풍길 소령의 안내를 받은 이순길 부사령관은 아무 말도 없이 여단장실로 들어갔다. 그를 대동하고 온 강이건 대령, 홍덕현 중령 등은 밖에 남았다. 이 부사령관을 여단장실로 안내한 이 소령이 밖으로 나왔을 때 현관 앞에는 막 헤드라이트가 비치며 박희도 여단장의 지프가 도착하고 있었다.

"부대 이상 무! 지금 부사령관님께서 여단장실에 와계십니다."

이 소령의 보고를 받은 박 여단장은 이 부사령관의 존재 따위는 아랑곳하지 않는다는 듯 CP로 향하면서, "대대장들은 모두 소집됐나?" 하고 물었다.

"네, 집합하였습니다."

CP로 들어간 박희도 여단장은 먼저 경복궁으로 전화를 연결하도록 지시했다. 귀대하는 데 1시간이 지체돼 전두환 합수부장에게 보고를 할 참이었다. 경복궁과의 전화 연결을 기다리고 있을 때 여단장실에서 이순길 부사령관이 나왔다.

"박 장군, 병력을 어디로 출동시켜려고 그래?"

"출동은 무슨 출동이요. 비상대기시켰을 뿐인데요."

박희도 여단장이 시치미를 뚝 잡아떼고 있을 때 당번병이 달려와 "보안사령관님께서 나오셨습니다" 하고 수화기를 건네주었다. 박 여단장은 전두환 합수부장에게 자신의 귀대 사실을 보고했다.

"희도야, 하는 수 없다. 빨리 출동해서 국방부와 육본을 장악해. 잘해야 해. 이대로 있다간 서울이 쑥밭이 되겠어. 저쪽은 아무리 설득해도 소용이 없어. 3여단 최 장군도 특전사를 평정하기 위해 이미 출동했다."

전두환 본부장의 지시를 받은 박 여단장은 "네, 잘 알겠습니다" 하고 전화를 끊은 뒤 곧바로 3공수 최세창 준장에게 전화를 넣었다. 최세창 여단장은 육사 13기로 박희도 여단장의 1기 후배다. 전두환 합수부장과 함께 미국 레인저 코스 동기이기도 한 최 여단장은 물론 박희도 여단장과 함께 하나회 핵심 멤버이다.

"최 장군, 출동하나?"

"막 출동하려는 참이오, 지금까지 정 사령관을 붙들고 설득해봤지만 소용이 없어요. 나도 보안사령관님의 명령을 받았어요. 자, 그럼 내일 새벽에 만나 커피나 한 잔 해요."

최 여단장과 통화를 끝낸 박 여단장이 상황실에서 나오자 이순길 부사령관이 1공수 출동을 눈치채고 만류했다.

"병력 출동은 안 돼. 박 장군."

"부사령관님, 저는 이미 이 길을 택하기로 했습니다. 말리지 마십시오. 보안사령관님 명령으로 국방부와 육본으로 출동합니다."

"박 장군, 출동할 때 출동하더라도 참모차장님과 사령관님께 전화나 걸어봐."

"그분들, 지금쯤은 모두 체포되어 있을 겁니다."

이순길 부사령관의 만류를 단호하게 뿌리친 박희도 여단장은 휘하의 대대장들이 모여 있는 전속 부관실로 갔다. 4인의 대대장과 각 참모들이 집합해 있었다. 간부들뿐만 아니라 1공수 병력은 이미 40여 대의 GMC 트럭에 승차를 완료하고 최후의 명령이 떨어지기만을 기다리고 있는 중이었다.

"귀관들은 들으라. 우리 1공수 여단은 지금 계엄군으로 국방부와 육본에 전임하여 그곳을 장악한다. 나는 지금 제2한강교가 막혀 행주대교로 돌아오는 길이다. 따라서 (국방부와 육본이 위치한) 삼각지에 도착하기 위해서는 부득이 방금 내가 지나온 행주대교로 우회해 가는 길밖에 없다."

귀대하는 지프 속에서 이미 작전 계획을 완벽하게 구상하고 있던 박희도 여단장은 머뭇거림 없이 최후의 명령을 내리고 있었다.

"1대대는 육본 본사(본부사령실 건물) 및 상황실 B2 벙커를 점령하라. 2대대는 선두 통로를 개척하고 육본 본청을 점령하라. 5대대는 북방부를 점령하고, 6대대는 통로 장악 및 예비대 임무를 수행하라." (3대대는 계엄군으로 구 마포구청에 파견돼 있었으므로 이날 작전에서 제외됐다.)

각 대대별로 임무를 부여한 뒤 박희도 여단장은 잇따라 지시사항을 하달했다. ▲이동 중에는 무선침묵하고 긴급시에만 등장, 보고하라.

18

▲여단장 목소리에 의한 지시만 따르라. ▲여단장 지시에 의해서만 행동하라.

"자, 출동이다. 모두 나를 따르라. 내가 선두에 선다."

박희도 여단장의 입에서 최후의 명령이 떨어지자 각 대대장들은 자기 부대 위치로 달려갔다. 그들이 위치로 돌아가는 것을 보고 있던 박희도 여단장은 현관 앞에 대기 중인 지프에 올라탔다. 2대대장 서 중령이 동승했다. 출동을 막기 위해 나온 이순길 부사령관 일행이 말릴 사이도 없이 박 여단장을 태운 지프는 정문쪽 어둠 속으로 향했다. 부대별 이동순서는 작전 1호차를 선두로 2대대→1대대→5대대→6대대 순이었다. 2대대를 선두에 내세운 것은 2대대가 선봉 대대였기 때문이었다. 1공수는 공수단의 모태가 된 부대로, 그 중에서도 2대대장은 전통적으로 실력과 '꼿발'이 있는 중령급들이 임명되는데, 전두환 합수부장 역시 중령시절 1공수 2대대장을 지낸 바 있다.

"출동이다. 빨리 탑승하라."

1공수 1대대장은 대대 본부에 도착하는 즉시 전 대대원들을 향해 명령을 내렸다. 시간은 정확하게 0시 00분.

2대대장 서 중령이 박희도 여단장의 지프에 동승하고 있었으므로 선두 2대대는 부대대장 김복철 소령이 지휘하고 있었다. 2대대를 따라 1대대→5대대→6대대 순으로 전조등의 불빛이 길게 행렬을 이루고 김포 벌판을 향해 떠나고 있었다. 마지막 트럭이 위병소를 빠져나간 것은 13일 0시 10분.

박희도 여단장을 태운 1호차는 방금 왔던 길을 거슬러 전속력으로 달리기 시작했다. 칠흑같이 캄캄한 밤이었다. 난데없는 GMC 군용트럭들이 꼬리를 물고 서울을 향해 달리고 있었다. 예상 이동경로는 부대(김포)→개화동→행주대교→능곡→연희동 로터리→육본·국방부.

캄캄한 어둠 속을 가르며 한참 질주하던 박희도 여단장이 뒤를 돌아보았다. 자신의 1호차를 따라 행렬을 이루고 있을 줄 알았던 휘하의 병력은 보이지 않았다.

"어디로 간 거야? 멈춰."

차를 세운 박희도 여단장은 어둠 속을 뚫어지게 노려보았다. 시야에는 어둠만이 가득 떠오르고 있었다.

"2대대, 선두 2대대 나오라."

박희도 여단장은 선두 대대를 무전으로 불렀다.

"네, 여단장님."

선두 2대대 부대대장 김 소령의 목소리였다.

"뭘 꾸물대고 있어. 왜 따라오지 않는 거야. 어딨나?"

"전속력으로 따라가고 있습니다. 여단장님."

"알았다. 나는 지금 개화 초소에 도착할 거다. 빨리 와라."

차를 세운 채 한참 동안 기다린 뒤에야 2대대를 선두로 긴 불빛들의 행렬이 나타났다. 박희도 여단장은 자신이 선두에서 직접 병력을 이끌며 앞으로 나아갔다.

"정지!"

1공수는 개화 초소에서 1차 제지를 당했다. 이 초소는 수도군단 직할.

"계엄군 출동이다. 비켜!"

선두에 선 1호차가 외치며 헌병들의 제지를 뿌리쳤다.

"군단 상황실에 보고해야 됩니다."

수도군단장 차규헌 중장이 합수부 측에 가담하고 있었으나 초소헌병들에게는 통하지 않았다.

"뭐야. 그러면 늦어, 이놈들아."

고함을 지르며 박희도 여단장의 지프는 바리케이트를 통과했다. 1호차 앞에 붙은 별판의 위력이 발휘되는 순간이었다. 1백여 미터쯤 달린 박 여단장은 차를 세웠다. 뒤따르고 있는 병력들을 통과시켜줄 것인지 어쩔 것인지 궁금한 터였다. 아니나 다를까. 개화 초소 헌병들은 1공수의 출동을 바리케이트로 막고 있었다.

지프에서 뛰어내린 2대 부대대장 김 소령은 헌병들 사이를 왔다갔다 하면서 당장 바리케이트를 치우라고 소리쳤으나 검문 헌병들은 완강하게 막고 있었다. 그때 2대대를 따르던 1대대가 막 도착했다. 1대대장 김 중령의 지프는 곧장 검문소 앞으로 달려왔다. 행주대교 건너편에서 2대대장 서 중령도 건너오고 있었다. 교량 위의 상황을 지켜보던 박희도 여단장이 보낸 것이었다.

"뭐야, 너희들, 계엄군 추가배치라고 했잖아. 당장 바리케이트를 치우지 못해!."

서 중령이 고함을 질렀으나 검문 헌병들은 들은 척도 하지 않았다. 그들은 오히려 더욱 강하게 버틸 태세였다. 아마도 상부로부터 강한 지시를 받은 모양이었다.

"어이, 서 중령, 여기서 옥신각신하고만 있을 거야. 이거 안 되겠구만. 한시가 급한데 말이야. 오죽 급했으면 여단장님께서 뒤도 안 돌아보고 달리셨겠느냐 말이야"

뒤에서 검문소 상황을 지켜보던 1대대장 김 중령이 소리치면서 선두 트럭에 타고 있던 2대대 병력을 향해 "야, 너희들은 뭐하고 있는 거야. 우물쭈물하지 말고 이놈들을 몰아붙여버렷!" 하고 말했다.

그와 동시에 서 중령이 권총을 뽑아들고 헌병들을 초소 안으로 몰아넣었다. 순식간이었다. 선두 트럭에서 뛰어내린 공수대원들이 우르르 몰려와 검문 헌병들을 제압하고 한쪽에서는 바리케이트를 치웠다.

"서 중령, 아까 부대를 출발하기 전에 말이야. 여단장님께서 바리케이트 작전을 잘 하라고 지시하지 않았나. 예비라는 게 그런 거 아냐. 나중에 어떻게 될지 모르니까 2대대 병력 중 일부를 여기 남겨서 이 교량을 장악하도록 하는 게 어때?"

12·12 가해자 측 기록에 따르면 김 중령의 조언을 들은 서 중령은 개화 초소에 GMC 두 대와 병력 일부를 남게 했다. 시간이 10여 분 지체된 두 행렬은 다시 움직였다.

한편 행주대교 1백여 미터 전방에서 지프를 세운 채 기다리고 있던 박희도 여단장은 병력의 이동이 늦어질수록 초조하지 않을 수 없었다. 무엇보다도 9공수 여단이 어떻게 하고 있는지 몹시 궁금했다.

"이봐, 서 중령, 자넨 뒤따라오면서 바리케이트 작전을 철저히 해."

막 지프 가까이 뛰어온 2대대장 서 중령에게 지시한 뒤 박 여단장은 운전하사관에게 출발하라고 지시했다.

"여단장님, 저쪽에서 먼저 발포하면 어떡합니까?"

서 중령의 질문에 박희도 여단장은 "응사해버렷" 하고 한마디로 지시했다. 박 여단장의 지프는 계속 선두에서 어둠을 뚫고 나아갔다.

개화 초소에 이어 행주대교 북단 초소가 1공수를 가로막았다. 선두 2대대가 북단 초소에 도착한 것은 13일 0시 20분경. 도로는 철제 바리케이트로 겹겹이 차단되어 있었다.

"뭘 하나. 계엄군으로 진주하는 1공수 여단 특전부대다. 당장 바리케이트를 치워라."

박희도 여단장이 소리쳤으나 헌병들은 바리케이트를 제거하기는커녕 조금도 물러설 기세를 보이지 않았다.

"안 됩니다, 장군님. 저희들은 상부로부터 어떤 부대이건 통과시켜서는 안 된다는 명령을 받았습니다."

초소병들이 가로막고 있는 가운데 헌병 한 명은 M16 개머리판으로 1대대장 지프 앞 유리창을 깨뜨릴 자세까지 취했다. 북단 초소는 30사단 관할 지역이다.

같은 시각, 30사단장 박희모 소장은 1공수가 행주대교를 통과, 휘하의 검문소를 향해 오고 있다는 보고를 받고 참모들과 함께 이를 막아야 하는가 통과시켜야 하는가 하는 문제를 놓고 의견통일을 내리지 못하고 있었다. 사단장실에는 박희모 사단장을 비롯, 부사단장 이영기 대령, 참모장 박홍두 대령과 참모들, 그리고 보안부대장 이상익 중령도 함께 앉아 있었다.

"1공수하면 박희도 장군 아닌가?"

1공수가 행주대교를 건넜다는 보고를 받은 박희모 사단장은 누구에게랄 것도 없이 물었다. 이영기 부사단장이 그렇다고 대답했다.

"음, 박 장군이라면…… 국가관이나 군인관이 뚜렷한 사람이지. 나도 잘 알아."

30사단 관할 지역은 서부전선에서 서울로 들어오는 요충지여서 대전복작전에서 차지하는 비중은 클 수밖에 없었다. 문제는 30사단장 박희모 소장이었다. 12·12 가해자 측 기록은 박 사단장에 대해 비교적 호의적이다.

어떤 정치적인 특정 색깔을 지녔다든가 혹은 아닌 말로 기회주의적인 그런 성품이 아닌, 대단히 꼿꼿하고 군인으로서 평점이 '수'인 그런 장군으로 평가되고 있는 사람이다.

그러나 이날 밤 박희모 사단장의 행동을 놓고 보면, 그는 꼿꼿한 성품이기보다는 퍽 우유부단하고 기회주의적인 행동을 보이고 있었다. 이날 밤 전군에 비상경계령이 내려진 이후 박 사단장은 육본지휘부 측과 합수부 측으로부터 상반된 지시를 받고 갈피를 잡지 못하고 있었다. 박 사단장에게 가장 먼저 전화를 걸어온 사람은 장태완 수경사령관이다.

"경복궁에 모여 있는 놈들은 반란군이다. 다 때려죽인다."

장태완 수경사령관은 박희모 사단장에게 수차례 전화를 걸어와 병력을 동원, 행주대교와 구파발 지역을 막아 합수부 측이 동원하는 병력들의 서울 진입을 저지해줄 것을 요청했다.

"박 장군, 30사단이 보유하고 있는 전차·로켓포 등 모든 중화기를 동원, 어떤 일이 있어도 반란군이 서울에 들어오는 것을 막아야 하오."

장태완 수경사령관뿐만 아니라 3군사령관 이건영 중장도 "박 사단장, 어떤 일이 있더라도 내 육성지시만 받아야 한다. 알겠나? 내 지시에 의해서만 병력을 움직여야 한다"라고 거듭 전화를 걸고는 밤 10시 30분경에는 병력출동 준비 지시까지 내려놓고 있었다.

그러나 박희모 사단장은 이건영 3군사령관의 지시에 따르지 않았다. 그때는 이미 합수부 측으로부터 전화를 받은 뒤였다.

"사단장님, 상황이 완전히 파악되지 않고 있습니다. 자중하시기 바랍니다."

합수부 측 임시 상황실장 격인 보안사 보안처장 정도영 대령이 전화를 걸어와 정승화 총장 연행의 불가피성, 한남동 총장 공관 총격전의 우발성에 대해 설명하면서 육본지휘부 측의 병력동원 지시에 따르지 말라고 요청해 왔다. 육본지휘부 측과 합수부 측의 상반된 지시를 받은 박희모 사단장은 어떻게 대처해야 할지 선뜻 판단을 내리지 못하고 있었다.

1공수 여단이 행주대교를 건너 30사단 관할 검문소 쪽으로 진입한다는 보고를 받은 것은 그 무렵이었다.

"일단 제지를 해야 하지 않겠습니까? 수도권으로 진입하는 병력을 그냥 놓아둘 수는 없지 않습니까?"

사단 간부들 가운데 가장 먼저 1공수 소식을 보고받은 참모장 박홍두 대령이 의견을 제시했다.

"그건 안 됩니다."

박홍두 참모장의 의견에 소리치듯 가로막고 나선 이는 보안부대장 이영기 중령이었다.

"만약 행주대교 검문소에서 제지를 하게 되면 1공수가 가만 있을 것 같습니까. 아직 수도권 상황이 완전히 파악되지 않은 상황인데 그 사이에 충돌이라도 일어나면 걷잡을 수 없는 사태로 발전할 것은 불을 보듯 뻔하지 않습니까. ……내 생각으로는 통과시키는 것이 좋을 것 같습니다. 1공수 병력이 행주대교 검문소를 통과하더라도 수색에, 또 수경사 검문소가 있지 않습니까. 벌써 통금시간입니다. 아직도 서울로 들어가는 요소요소에는 여남은 개의 검문소가 더 있습니다. 만약 수경사와 연락이 돼 있다면 큰 문제가 없을 것이고, 안 되어 있을 경우엔 다른 검문소에서 문제가 생길 게 아닙니까. 계획된 이동이 아니면 아무런 문제가 없을 것입니다."

12·12 가해자 측 기록에 따르면 이영기 중령은 이미 정도영 보안처장과 수차례나 통화를 한 바 있었고, 1여단 병력이 이곳 행주대교 검문소만 무사히 통과하게 되면 다른 곳에서는 보안사령부가 또 다른 안전한 조치를 취하고 있으리라고 믿고 있었던 것이라고 한다.

참모들과 보안부대장의 얘기를 들은 박희모 사단장도 결정을 내렸다. 결국 박 사단장은 합수부 측의 지시를 따르기로 하고 3군사령관 이건영 중장의 지시를 묵살, 서울로 통하는 요로에 병력을 증강배치하지 않았고 휘하의 검문소에도 아무런 지시도 내리지 않았다.

박희모 사단장은 보안사에 수명의 지휘관들과 함께 전두환 합수본부장이 있다는 말을 듣고는 그렇다면 그들의 뜻에 따르기만 하면 잘못될 일이 전혀 없을 것이라고 굳게 믿고 있었다는 것이다.

역사에 가정은 없다고 하지만, 만약 이날 밤 박희모 사단장이 육본 지휘부 측의 지시에 따라 행주대교와 구파발 지역을 봉쇄, 1공수와 9

사단, 2기갑 여단의 서울 진입을 저지했더라면 합수부 측의 대세 장악은 어려웠을 것이고 역사 진행도 달라졌을 것이라고 평가하는 이들이 많다.

결국 이날 밤 박희모 사단장의 행동은 우유부단하기만 했다. 합수부 측을 따르기로 했으면서도 사단 관할 검문소에는 아무런 지시를 내리지 않은 것이다.

1공수 서울진격 '일사천리'.

행주대교를 지키고 있던 검문 헌병들이 1공수 통과를 저지하는 것은 그와 같은 박희모 사단장의 우유부단한 행동에서 비롯된 것이었다.

1공수여단장 박희도 준장으로서는 답답하지 않을 수 없었다. 한시 바삐 서울로 진입해 국방부 육본을 장악하고 노재현 국방부장관을 찾아내야 대세가 판가름날 터인데 서울로 진입하기도 전인 행주대교에서 미적거리고 있을 시간이 없었다. 야속하게도 시간은 물 흐르듯 자꾸 흘러갔다. 박희도 여단장은 휘하의 대대장들을 불러 모았다.

"즉시 실탄을 개인 지급하고 사격을 가해 오는 곳이 있으면 즉각 응사하라."

박희도 여단장의 지시를 받고 각 대대로 돌아간 대대장들은 개인당 실탄 75발과 수류탄 1개씩을 분배했다.

"바리케이트를 철거해."

선두 2대대장 서 중령은 휘하의 병력들을 향해 검문소 앞 바리케이트를 강제 철거하라고 지시했다. 고도로 훈련된 공수대원들이다. 서 중령의 입에서 지시가 떨어지기가 무섭게 선두 트럭의 병력들이 뛰어내려 순식간에 검문소를 점령하고 바리케이트를 제거했다. 검문소 헌병들도 완강하게 저항했으나 공수대원들의 발길질과 M16 개머리판 앞에 당할 수는 없었다. 1공수 여단병력은 20여 분 만에 행주대교를 무사히 통과했다. 행주대교 북단 초소에서 차량 두 대분의 병력을 떨구었다.

1공수는 그후 30사단 일산 검문소에서도 제지를 받았으나 같은 방법으로 통과했다. 그러나 장애물을 모두 통과한 것은 아니었다. 행주산성을 지나 서울로 가까워질수록 장애물은 더욱 많이 설치되어 있었다.

선두 2대대가 능곡 검문소에 도착한 것은 0시 55분경. 검문소 앞에는 도로 장애물이 겹겹이 설치되어 있었고 경계도 강화되어 있었다.

"비켜라. 계엄군 출동이다."

2대대장 서 중령은 초소장과 전경들을 권총으로 위협, 선도차를 통과시켰으나 초소 근무자들은 계속 늘어서 밀려오는 차량들을 가로막고 바리케이트를 설치했다.

"제압해!"

서 중령의 입에서 지시가 떨어졌다. 그와 동시에 선두 5지역대의 2중대가 초소를 포위, M16을 겨누고 초소 근무자들을 무장 해제했다. 속전속결이다. 3중대는 장애물을 제거했고 4중대는 초소 내부로 뛰어들어가 경계병들을 완전 제압했다.

갈수록 태산이었다. 다음은 수색 검문소가 가로막았다. 이곳에서부터는 1공수여단장 박희도 준장도 긴장하지 않을 수 없었다. 수경사 관할이기 때문이었다. 아니나 다를까. 검문소의 경비는 삼엄했다. 검문소 앞에 도착하기 전, 박 여단장은 2대대 부대대장 김복철 소령을 불러 장애물 제거조와 병력 진압조를 편성하라고 지시했다.

28

1공수는 만반의 준비를 갖추고 수색 검문소 앞으로 나아갔다. 병력 제거조는 착검 근무 중인 헌병 세 명에게 접근, M16으로 위협해 무장을 해제하고 무전기를 빼앗았다. 뒤이어 초소 안으로 뛰어든 장애물 제거조는 전화선을 절단했다. 초소에는 수경사 헌병단 소속 헌병 12명과 경찰 12명, 모두 24명이 근무 중이었다.

"꼼짝마라, 손들엇."

초소 안으로 뛰어든 공수대원들은 여유를 줄 것도 없다는 듯 주먹과 발길, M16 개머리판을 휘날렸다. 순식간에 초소 근무자들을 제압한 공수대원들은 근무자들의 옷을 벗긴 채 지하실에 감금했다. 물론 초소 무기인 M16과 실탄 45발을 빼앗아갔다.

수색 검문소를 통과한 1공수 앞에는 거칠 것이 없었다. 그들은 일사천리로 서울을 향해 진격했다.

이때부터는 속전속결이었다. 길을 트는 데에는 1분도 채 걸리지 않았다. 이렇게 하여 구파발 검문소도 손쉽게 지나쳤다. 그곳은 수경사 소속의 헌병들이 배치되어 있었다. 연세대 앞 굴다리에 있던 경찰 경계 병력도, 또 신촌 로터리의 헌병들도 아무런 장애가 되지 않았다. 경찰관들은 오히려 수신호로 길을 안내했다. 이때까지만 해도 모든 것은 협조적인 것처럼 보였다. 이제 목표물은 지척에 있었다.

1공수 병력을 가득 실은 GMC 트럭들은 전속력으로 공덕동 로터리를 통과 삼각지 육본과 국방부 앞에서 급정거했다. 1시 35분이었다. 지금부터 한바탕 '번개작전'이 전개될 것이었다.

"야포단은 본부 행정병과 경비병만 제외하고 모든 병력과 포를 출동시킬수 있도록 준비하라."

장태완 수경사령관의 입에서 예하 야포단 출동준비 명령이 떨어졌다. 수경사 작전참모로부터 출동준비 지시를 받은 야포단장 구명회 대령은 즉시 작전과장 서종균 소령을 집무실로 불렀다.

"사령부 작전 명령이다. 모든 병력과 포를 출동시킬 수 있도록 예비 명령을 각 부대에 하달하라."

구명회 단장의 지시를 받은 작전과장 서 소령은 좀 당황하는 빛이었다. 몇 분 전 합수부 측으로부터 장태완 수경사령관의 병력 동원 지시를 받더라도 응하지 말고 사태가 수습될 때까지 기다리라는 전화를 받았기 때문이다. 물론 합수부 측은 수경사 측에서 야포단에 출동 준비 지시를 한 내용을 도청하고 육사 출신인 서 소령에게 명령 불복종 지시를 내린 것이었다.

"알겠습니다. 단장님."

잠시 머뭇거리던 서 소령은 직속상관인 수경사령관과 야포단장의 지시를 따르는 것이 옳다고 판단했다.

"서 과장, 지금 어떤 상황인지는 알고 있겠지. 사령부에서 출동 대기 명령이 떨어진 거야. 곧 사령부에 가 있는 부단장으로부터 상세한 상황 보고가 있겠지만 합수부 측에서 먼저 손 들고 나오지 않는 한 사령관님은 이쪽에서 무력진압을 하겠다는 방침인 것 같아. 그렇게 알고 빨리 출동태세를 취할 수 있도록 예비 명령을 내리도록 해. 알겠나?"

"알겠습니다. 단장님."

대답한 뒤 서 소령은 급히 자기 사무실로 돌아갔다.

수경사 야포단은 10·26 사건 4개월 전인 7월 1일 차지철 청와대경호실장이 무장세력의 청와대 기습 위험이 있다는 전제하에 155밀리와 105밀리 곡사포, 병력 1,500여 명으로 창설시킨 부대이다. 야포단은 수경사령부와는 멀리 떨어진 김포에 주둔하고 있었다.

한편 단장대리로 사령부에 가 있는 부단장 이 중령은 수시로 상황 변화를 단장에게 보고하고 있었다.

야포단장 구명회 대령은 장태완 수경사령관이 연희동 요정에서 나와 사령부로 달리는 지프 속에서 내린 각 지휘관 소집명령을 밤 8시가 좀 지난 시간에 전달받은 것으로 알려지고 있다. 장태완 수경사령관이 필동 사령부에 도착했을 때 예하 5개 단장 가운데 황동환 방공포병단장만 상황실에 나와 있었고 나머지 4개 단장의 모습은 볼 수가 없었다. 불같이 노한 장태완 수경사령관은 당장 각 단장들을 집합시키라고 참모장에게 지시했다.

"구명회 야포단장은 부대를 출발하여 사령부로 오고 있는 중이라고 합니다."

각 단에 "빨리 단장들을 찾아서 사령부에 집합하라"고 재지시를 내린 참모장이 사령관 집무실로 달려와 보고했다. 참모장의 보고를 받은 장태완 수경사령관은, 야포단장은 사령부로 와 있을 것이 아니라 야포단에 남아서 부대를 장악, 일단 유사시에 자기의 명령에 따라 신속하게 행동을 취해주는 것이 좋다는 판단이 섰다.

"아, 참모장. 야포단은 사령부와 거리도 멀고 하니까 .야포단장은 부대로 돌아가서 병력과 포를 장악하고 있도록 하시오. 빨리 무전을 치시오. 대신 부단장을 보내라고 해요. 구명회 단장이 참모장의 무전을 받은 것은 김포 가도에 있는 인공 폭포 앞에 이르렀을 때였다. 영문을 알 수 없는 구단장은 지프를 돌려 자대로 복귀, 부단장을 사령부로 보낸 것이었다.

"단장님, 부단장입니다. 사령관님께서 단장이 이탈한 부대는 부단장이, 부단장도 이탈했으면 작전주임이 부대 지휘권을 행사하라고 명령을 내렸습니다. 사령부에 와 보니 상황이 매우 심각합니다. 단장님께서도 판단을 잘 하셔야 할 것 같습니다."

구명회 대령이 첫 상황 보고를 받은 것은 부단장이 사령부에 도착한 밤 9시 30분경이다.

"알았다. 계속 보고하도록."

부단장으로부터 상황 보고를 받은 구 단장은 서울에서 일어나고 있는 상황을 직시할 수 있었다. 그는 수경사 예하 부대 중에서 병력이 가장 많은 야포단을 이끌고 어떤 희생을 치르더라도 반란군을 진압하고야 말겠다고 결심했다.

10시 30분경, 구명회 단장은 사령부 작전참모 박동원 대령으로부터 전화를 받았다.

"구 단장, 빨리 움직여줘야겠소. 경복궁 쪽에서 30단과 청와대경호실 병력이 있기 때문에 주모자들을 빨리 잡아야 하겠소. 야포단이 빨리 출동하지 않으면 안 되겠소."

작전참모로부터 출동명령을 받은 구 단장은 즉시 작전과장 서 소령과 정보과장 박성빈 소령(3사 3기)을 불렀다.

"잘 들어라. 곧 부대가 출동해야 할 테니까 작전과장은 병력을 연병장에 이동 대형으로 집결시켜라. 정보과장은 선발 경찰대와 함께 사령부로 이동할 도로를 선정하고 부대를 선도하도록 하라. 내 생각 같아서는 제2한강교 쪽으로 가는 것이 좋을 것 같으니까 그쪽으로 선도하도록."

"네, 알겠습니다. 단장님."

구명회 단장으로부터 명령을 받은 정보과장 박성빈 소령은 선발대로 먼저 부대를 출발했다. 야포단이 이동 준비를 거의 완료했을 때 선발대로 나간 박 소령이 무전 보고를 해왔다.

"단장님, 제2한강교 남쪽에 도착했습니다. 그러나 접근할 수가 없습니다. 교량 안쪽 검문소에서 통행을 차단하고 있어 다리 안에 꽉 차 있는 차량들로 오도가도 못 하는 상태입니다."

"알겠다. 제2한강교를 포기하고 지금 즉시 제1한강교 쪽으로 가서 그쪽 상황을 살펴보고 다시 보고하라."

얼마 후 박성빈 소령으로부터 다시 무전 보고가 왔다. 제1한강교 역시 마찬가지 상황이라 통행할 수 없다는 보고였다. 바리케이트로 차량 통행을 차단하고 있지만 택시나 버스, 승용차 등 일반 차량을 다리 양쪽에 가둬놓고 장애물로 이용하고 있기 때문에 다리에 접근조차 불가능하다는 것이었다.

"에이, 무슨 짓거리들이야. 당장 사령부를 대."

구명회 단장은 곧바로 사령부에 그 같은 사실을 보고했다.

"할 수 없다. 행주대교를 이용하여 서울로 진입하라. 행주대교는 우리 수경사 관할이 아니기 때문에 아직 통금조치가 취해지지 않은 것으로 알고 있다. 서둘러라."

사령부의 지시는 어떻게 해서라도 서울로 진입하라는 것이었다. 구명회 단장은 다시 정보과장 박성빈 소령을 무전으로 호출, 행주대교로 가서 상황 보고를 하라고 지시했다. 얼마 후 행주대교에서 박성빈 소령한테 걸려온 무전 보고는 놀라운 것이었다.

"단장님, 큰일 났습니다. 지금 박희도 1공수여단장이 직접 여단병력을 이끌고 행주대교를 건너고 있는 중입니다.

"뭐라고? 알았다!"

병력출동에 있어서도 합수부 측이 비교적 순조로운 반면 육본지휘부 측은 제대로 이행되지 않고 있었다. 합수부 측 1공수 여단이 서울로 진입하고 있는 터에 뱃사공이 많은 육본 측은 명령계통에서부터 들쭉날쭉해 급기야는 병력출동 단계에서부터 실패하고 있는 것이었다. 1공수 출동 소식을 들은 구명회 야포단장은 경복궁에 있다고 한 박희도 여단장이 직접 휘하의 병력을 이끌고 서울로 진입하고 있다면 이제 상황은 극한 대립으로 치닫고 있다고 판단했다. 수경사 측과 합수부 측 전투가 개시된 것과 다름없다는 생각이었다. 구 단장은 즉시 사령부에 1공수 출동 사실을 보고했다.

"이봐, 작전참모, 큰일 났어. 지금 우리 정보과장 보고에 따르면 박희도 1공수 여단장이 자기 병력을 이끌고 행주대교를 건너고 있다는 거야. 우리가 이용해야 할 행주대교를 1공수 여단이 먼저 장악하고 있단 말이야. 이제 우리는 병력 수송이 불가능하니 어떻게 하면 좋은가?"

구명회 단장의 전화를 받은 수경사 작전참모 박동원 대령은 즉시 장태완 수경사령관에게 이를 보고했다. 장태완은 "그런 말을 들었을 때

나는 다시 없는 실망감을 느꼈지만, 그러나 일 분 일 초가 다급한 시간 속에서 망설이고 있을 때가 아니었다"라고 술회한다. 그는 모종의 결심을 했다.

"알았다. 그렇다면 야포단은 현 위치에서 모든 포를 경복궁 30경비단에 조준하고 다음 명령을 대기하고 있으라고 해."

고육지책이 아닐 수 없었다. 서울 한복판에 자리잡고 있는 경복궁 30단은 바로 청와대뿐만 아니라 최규하 대통령이 머물고 있는 삼청동 총리 공관에 근접한 위치이다. 장태완 수경사령관의 심중을 꿰뚫어 볼 수는 없으나, 만약 야포단이 30단에 포를 때린다면 이 나라 심장부에 포격하는 것이나 다름없었다. 따라서 경복궁 30단으로 모든 포를 조준하라는 것은 어쩌면 장태완 수경사령관이 내릴 수 있는 최후의 명령이었는지도 몰랐다. 박동원 대령은 장태완 수경사령관의 명령을 곧 구명회 단장에게 전했다.

"뭐라구! 알았다. 사령관의 명령이니까 모든 포를 경복궁에 조준해 두겠지만 포격은 어려워. 박 대령도 잘 알고 있겠지만 야포는 피아가 완전히 떨어져 있지 않은 시가전에서는 무용지물이 아닌가. 더구나 30단을 목표로 표적사격을 하려면 우선 관측사격이 이루어져야 하는데, 그렇게 할 때는 광화문 일대가 쑥밭이 되는 것은 물론이고 민간인 피해가 말도 못 할 정도로 클 거야. 그건 절대 불가능한 일이야. 그러니 포격은 안 되고 대신 조명탄이나 준비해 두겠어."

결국 장태완 수경사령관이 기도한 야포단 서울 진입도 실패로 끝나고 말았다. 장태완 씨는 "구 대령은 포격 대신 조명탄이나 준비해 두겠다고 했지만, 그러나 이 조명탄도 도심지 상공으로 발사할 경우 추진

장치가 쏟아져내려 행인이 살상되기 쉽고 일반 가옥의 지붕이 뚫릴 수
도 있어 그는 조명탄을 내놓기만 하고 대기상태에 있었다"라고 회고
한다.

체포 명령

국군보안사령관실. 전두환 본부장과 합수부 측 장성들이 삼청동 총리 공관에서 돌아온 직후였다.

최규하 대통령의 재가 유보와 국방부장관의 행방이 묘연한 가운데 특전사령관 정병주 소장의 명령으로 제9공수 여단이 출동했다는 보고가 날아든 뒤 의정부에 주둔하고 있는 제26사단과 가평의 수도기계화 사단도 부대를 떠났다는 첩보가 날아들고 있었다. 물론 이와 같은 첩보는 사실과 달랐다. 9공수가 출동했으나 회군했고 충정 부대인 26사와 수기사에는 출동준비 명령만 내려가 있을 뿐, 출동한 것은 아니었다.

첩보가 불리한 쪽으로 날아들고 있는 가운데 합수부 측 장성들은 아연했다고 한다. 당시 보안사령관실의 분위기를 전하는 12·12 가해자 측 기록에 따르면 그들은 당장 어떻게 해야 할지 대책이 서지 않았다는 것이다.

"군단장님, 이대로 가만히 앉아 있을 생각이십니까?"

장성들 가운데 성미가 괄괄한 71방위사단장 백운택 준장이 1군단장 황영시 중장에게 물었다. "그렇다고 당황해하거나 초조해하는 빛은 보이지 않았다. 어차피 피할 수 없는 죽음이라면 사나이로, 그것도 군인으로 한평생을 살아온 이상 바르게 행동하는 길뿐이라는 결심이 가슴 깊숙이 자리잡더라고 했다. 그 자리에 있었던 지휘관들 모두가 같은 생각이었다."

황 중장은 "어떻게 하겠나?" 하고 되물었다.

"우리도 병력 동원을 해야지요." 백운택 준장의 거침없는 대답.

"그럼 아군끼리 전쟁을 하자는 건가?"

"그게 아니라 견제를 하자는 것입니다. 우리도 병력 동원이 가능하니까 우리가 움직이면 저쪽에서도 물러날지도 모르는 일 아닙니까."

합수부 측 장성들의 의견이 극한 쪽으로 치닫고 있는 가운데 묵묵히 앉아 있던 전두환 본부장은 몇 군데 전화를 걸고 있었다. 제1·3·5공수 여단장을 불러 명령을 내리고 각 단위 부대의 보안부대에서 상황을 보고하도록 지시하는 것이었다. 뒤이어 전 본부장은 "박희도 장군에게 여단 병력을 지휘해 오도록 했습니다" 하고 합수부 측 장성들에게 병력 출동 사실을 처음으로 공개했다.

전두환 ― "박 장군은 능히 부대로 돌아갈 수 있는 사람입니다. 저는 박 장군을 믿습니다."

황영시 ― "박 장군의 1개 여단 병력으로 저들을 견제할 수 있다고 보나?"

38

백운택 — "그럴수록 우리도 병력을 동원해서 저쪽 기세를 가라앉혀야 합니다."

유학성 — "무엇보다 저쪽 병력 출동을 막아야 해."

자리에서 일어선 국방부 군수차관보 유학성 중장은 11사단장 전재현 소장과 국방대학원장 조문환 중장을 전화로 불러 "모두가 잘 하자고 이러는 거 아니오. 불상사가 일어나서는 안 돼요. 우리 경솔한 지휘는 하지 않도록 합시다" 하고 설득했다.

백운택 준장도 다른 수화기를 들고 전화를 걸고 있었다. 3군사령부 작전참모 한철수 준장이었다.

"한 장군, 이건 박 대통령 시해사건 수사의 일환이야. 3군 예하 병력 출동은 막아야 해."

"지금…… 혼자 있지 않습니다."

한철수 장군은 3군사령 참모장실에 있었다. 참모장실에는 이건영 3군사령관을 비롯한 직속 참모들이 모두 모여 있었다.

보안사령관실에는 긴장이 흘렀다. 그때 전두환 본부장은 무슨 결심을 했는지 "안 되겠어!" 하고 수경사 헌병단장 조홍 대령을 불렀다.

"조 대령, 부단장 신윤희 중령에게 지시해."

전두환 본부장의 짧은 지시가 무슨 뜻인지 조홍 대령은 곧바로 알아차렸다. 말인즉 수경사령관 장태완 소장을 체포하라는 지시였다. 조홍 대령은 이날 밤 전두환 본부장의 특전사령관과 수경사령관, 헌병감 연희동 유인작전에 조연으로 참여했던 인물, 그는 연희동 주연에 참석했다가 그 의도가 들통난 뒤 곧장 보안사부로 피신, 지금까지 합수부 측과 행동을 같이 하고 있었다.

조홍 수경사 헌병단장에게 지시한 뒤 전두환 본부장은 3공수여단장 최세창 준장을 전화로 불렀다.

"할 수 없다! 자네 사령관을 체포해."

마침내 전두환 본부장의 입에서 육본지휘부 측의 두 행동지휘관, 수경사령관 장태완 소장과 특전사령관 정병주 소장을 체포하라는 명령이 떨어졌다. 12·12를 준비하는 과정에서 전 본부장 측이 누구보다 신경을 썼던 인물은 역시 정병주 특전사령관과 장태완 수경사령관. 결국 특전사령광과 수경사령관을 연희동 비밀 요정으로 유인하는 데 성공하기는 했으나 총장 공관의 총격전으로 유인작전은 실패로 끝났다. 아니나 다를까. 전두환 본부장 측이 우려한 대로 특전사령관과 수경사령관은 육본지휘부 측의 선두에서 반란군 진압을 외치며 병력출동에 앞장서고 있었다. 전 본부장은 병력을 출동하여 육본지휘부를 무력화하기로 결심하고서 병력 출동에 앞서 특전사령관과 수경사령관 체포를 지시한 것이다.

"언제 합니까?" 최세창 3공수여단장이 물었다.

"당장, 1여단 박 장군이 벌써 육본을 장악했어."

전두환 본부장의 말대로 1공수는 아직 육본·국방부를 장악한 것은 아니었다. 이 부분에서 12·12 가해자 측 기록은 특별한 상황만 발생하지 않는다면 제1여단의 박 준장은 국방부와 육본을 무난히 평정하리라고 전 본부장은 굳게 믿고 있었다. 문제는 특전사령부와 수도경비사령부였다. '이 두 사령부에 있는 지휘관들만 무력화시켜버린다면 쌍방의 병력충돌은 방지할 수 있을 터였다' 라고 쓰고 있다.

전두환 본부장이 정병주 특전사령관 체포 지시를 막 끝내고 있을 때 조홍 대령이 다가와 보고했다.

"부단장이 기회를 보아 수경사를 평정하겠다고 했습니다."

"그래! 잘 됐구먼. 신 중령이 잘 해야 할 텐데."

전두환 본부장은 수경사 헌병단장 조홍 대령이 부단장 신윤희 중령과 통화한 뒤부터 겨우 마음을 놓았다고 한다.

신윤희 중령은 수경사 헌병단 부단장으로 한남동 육참총장 공관 총격전과 정승화 총장 납치 사태가 발행한 뒤 장태완 수경사령관에 의해 총장 소재 확인 및 구출 등의 임무를 띤 특수임무조 총지휘관으로 임명돼 헌병 1개 소대, 전차 한 대, 2.5톤 트럭 한 대, 사이드카 두 대, 구급차 한 대를 이끌고 총장 공관에 파견됐던 인물이다. 그러나 신윤희 중령은 결국 정규 육사·하나회 인맥을 따라 합수부 측으로 돌아섰다.

신윤희 중령이 사령관의 무전 연락을 받고 필동 사령부로 돌아온 것은 밤 10시가 지난 시각이었다. 장태완 수경사관은 아직 까마득히 모르고 있었으나 이미 직속상관인 사령관에게 반기를 품은 신윤희 중령이다. 사령부에 도착한 신윤희 중령은 휘하의 각 중대장과 참모들을 상황실에 은밀히 집합시켰다. 헌병단장 조홍 대령이 합수부 측에 가담, 경복궁에 가 있다는 것을 알고 있는 신윤희 중령은 속마음을 드러내지 않고 말했다.

"단장님께서 부재 중이다. 앞으로 헌병단 지휘는 부단장인 내가 한다."

그때 사령부로부터 연락이 왔다. 장태완 수경사령관의 명령으로 수경사 전 장병은 기밀실에 모이라는 지시였다. 상황실을 나온 신 중령이 기밀실 쪽 복도로 가고 있을 때 급히 달려온 당번병이 "부단장님, 전화입니다" 하고 전했다. 신윤희 중령은 참모장 접견실로 들어가 전화를 받았다.

"신 중령인가? 나, 보안사령관이야."

수화기 속에서는 뜻밖에도 전두환 합수부장의 목소리가 들렸다. 신윤희 중령은 얼른 주위의 눈치를 살피며 "네, 네" 하고 대답했다.

"신 중령, 내가 너에게 임무를 부여하겠다. 곧 수행하도록."

"네."

전두환 본부장은 다시, "지금 있는 곳은 어딘가?" 하고 물었다.

"참모장님 접견실입니다."

"음, 거긴 왜 가 있나. 당장 신 중령의 집무실로 가 있어라. 다시 전화할 테니까."

"아닙니다. 제가 그리고 가서 바로 전화 드리겠습니다."

전화를 끊은 신윤희 중령은 재빨리 참모장 접견실을 빠져나갔다. 그는 자기 집무실로 가지 않고 계단을 뛰어내려가 정보실장 최순호 준위의 방으로 가 보안사령관실로 다이얼을 돌렸다.

"그래, 신 중령이구먼. 나, 보안사령관이야. 가만있어 보게."

전두환 본부장의 전화 목소리가 들어가고 "자, 조 대령이 전화를 해주게. 신 중령이야" 하고 다른 쪽을 향해 얘기하는 소리가 들렸다. 잠시 후 수화기 속에서는 다른 목소리가 튀어나왔다.

"아, 신 중령. 나, 조 대령인데, 수고 많지?"

42

전 본부장으로부터 전화를 넘겨받은 이는 신윤희 중령의 직속상관인 헌병단장 조홍 대령이었다.

"상황을 짐작하겠지만 우리 수경사가 이러면 안 되는 거 아냐, 아군끼리 피를 흘리면 안 된단 말이야. 신 중령이 어떤 방법을 써서라도 그쪽(수경사)을 평정하도록 해. 보안사에 모여 있는 지휘관들이 어떤 분들인지는 잘 알고 있을 테지."

"알겠습니다."

이때 신윤희 중령은 조홍 대령이 '수경사를 평정하라' 는 뜻을 즉각 알아차렸다고 한다. 10시 30분. 신윤희 중령은 당장 어떻게 해야 할지 얼른 생각이 떠오르지 않았다. 수경사를 평정하는 길은 장태완 수경사령관을 설득하는 길이 최선일 것 같았다. 그러나 합수부 측을 진압하기 위해 고군분투하는 장태완 수경사령관을 설득하기란 쉽지 않을 것이다. 실제로 신윤희 중령의 처지에서 전두환 본부장으로부터 부여받은 임무는 가혹할 정도로 무거운 것이었다. 지금 육본지휘부가 수경사령관실에 임시 지휘부를 차려놓고 있지 않은가. 수경사를 평정하라는 것은 곧 육본지휘부를 평정하라는 것과 다름없었다.

한참 생각에 골몰하던 신윤희 중령은 곧 상황을 파악하기 위해 정보실장 최순호 준위를 밖으로 내보냈다. 잠시 후 최 준위가 돌아왔다.

"지금 사령관실에는 열 대여섯 분의 장군님들이 계십니다. 윤성민 참모차장을 비롯하여 육본 작전참모부장 하소곤 소장, 수경사 참모장 김기택 준장님도 보였습니다. 2, 30명의 수행 부관들이 무장을 하고 사령관실 앞 복도에 몰려 있습니다."

상황 보고를 한 최순호 준위는 "사령관님께서 아까부터 부단장님을 찾고 계시던데요" 하고 전했다.

"그래? 어떻게 하면 좋지."

장태완 수경사령관이 신윤희 중령을 찾는다는 것은 예사로운 일이 아니다. 지금 장태완 수경사령관은 합수부 측을 진압하기 위해 전력을 다하는 중이고 신윤희 중령은 그 장태완 수경사령관을 '진압'할 계책을 생각하고 있지 않은가. 신윤희 중령은 보안사로 다시 전화를 걸었다.

"단장님이십니까? 저, 부단장입니다. 현재로선 평정작전이 무리일 것 같습니다. 그렇지만 시간을 갖고 꼭 수행하도록 하겠습니다."

"알았어. 보안사령관님께 그리 보고할 테니까, 상황을 잘 판단해서 임무를 꼭 수행하도록 하게."

한편, 전두환 합수부장이 3공수여단장 최세창 준장과 수경사 헌병 부단장 신윤희 중령에게 특전사와 수경사 평정 지시를 내리고 있을 때, 71방위사단장 백운택 준장은 보안사령관 부속실에서 제2기갑 여단장 이상규 준장에게 전화를 걸고 있었다.

"이 장군, 아무래도 이 장군이 나와야겠다. 2기갑 전차에 포탄을 몽땅 싣고 출동해 중앙청에 집결하라고. 저쪽에서 수기사 전차를 동원했으니까 우리 쪽에서도 손을 쓸 수밖에 없잖아."

백운택 준장의 갑작스런 전화에 이상규 여단장은 "포탄을요? ······ 무슨 일입니까?" 하고 물었다.

"야, 이 장군. 무슨 대답이 그래. 이 밤중에 나오라면 대뜸 알아차려야 할 거 아닌가. 여기 보안사령관실이야. 모르겠어?"

백운택 준장이 덮어놓고 다그치자 이상규 여단장은 "보안사령관실 이라고요? 알았습니다" 하고 영문도 모른 채 보안사령관 지시라는 말 만 듣고 병력 출동을 결심했다고 한다. 반면, 이날 이상규 여단장에게 병력 출동 전화를 건 것은 백운택 준장이 아니라 1군단장 황영시 중장 이었다는 증언도 있다.

이때 이상규 여단장은 3군사령관 이건영 중장으로부터 "이상이 있 으면 내가 직접 전화를 할 테니까 절대 부대를 옮겨서는 안 된다. 단단 히 부대를 장악하고 있으라. 다른 데서 전화가 오더라도 절대 움직이 면 안된다" 하는 지시를 받고 있었다. 12·12 가해자 측 기록은 합수부 측으로부터 병력 동원 지시를 받은 이 여단장의 다음 행동에 대해 이 렇게 쓰고 있다.

"이 준장은 방을 나가려다 말고 캐비닛을 열었다. 그 속에는 그가 간 수하고 있는 경주 이씨의 족보가 들어 있었다. 그는 그 족보를 군복 상 의 깊숙이 품었다. 그는 종손이었다. 아무 영문도 모르는 출동에서 어 쩌면 역도로 몰릴지도 모른다. 그러나 보안사령관의 지시에 가만히 있 을 수는 없다. 이 족보도 덩달아 휴지처럼 짓밟히겠지. '족보를 품속에 안자, 그리하여 최악의 경우 함께 산화하자.' 그 뒤에 그는 '족보장군' 이라는 별호를 얻었다."

잠시 후 보안사령관실에서 다시 부속실로 나온 백운택 준장은 경복 궁 30경비단으로 전화를 걸었다. 30단에는 9사단장 노태우 소장과 20사 단장 박준병 소장이 남아 있었다.

"노 장군, 당신, 9사단에 지시해서 1개 연대만 출동하도록 해야겠소"

이날 밤 노태우 소장의 행동에는 상반된 증언들이 전한다. 12·12 계획단계에서부터 중추적 역할을 했다는 증언이 있는 반면, 신중한 성격인 노태우 소장은 사태가 예기치 않은 방향으로 확대되자 처음에는 소극적 대응 자세를 취했다는 것이다.

12·12 가해자 측 기록은 백운택 준장으로부터 전화를 받은 노태우 소장은 병력 동원을 결심할 때까지 생각에 잠겼다고 한다.

"지금까지 묵상으로만 앉아 있던 노태우 소장은 어딘지 마음 한켠에 허전한 느낌이 들던 참이었다. '죽더라도 역사에 더러운 이름을 남겨서는 안 된다. 죽는다는 게 뭐 그리 대수로운 일인가. 그러나 이렇다할 명분도 없이 역사의 역류 현장에 당당히 뛰어들었다가 허우적거려 보지도 못하고 맥없이 익사해 버리고 마는 것은 있을 수 없는 일이다. 죽더라도 밝힐 것은 밝혀내야 한다. 가만히 당하고만 있을 수는 없다. 이처럼 궁지에 몰려버린 어처구니없는 상황을 우선 역전부터 시켜놓고 보자.'"

밤 11시경, 마침내 노태우 소장은 전화기를 들었다. 즉시 전방 9사단 교환대가 연결됐다.

"참모장 대라."

차분한 사단장의 목소리를 기억하지 않을 수 없는 교환병은 즉각 참모장 구창회 대령을 연결시켰다. 구대령 역시 하나회 멤버이다.

"참모장입니다."

구창회 대령은 사단장이 자리를 비운 이날 초저녁부터 사단본부에 대기 중이었다.

"아, 참모장. 난데…… 29연대를 즉시 중앙청으로 출동시키도록 하라."

노태우 사단장의 지시를 받은 구 참모장은 즉시 29연대장 이필섭 대령에게 연락, 사단장의 지시를 전달했다.

9사단 역시 2기갑과 마찬가지로 3군사령관 이건영 중장으로부터 병력을 움직이지 말라는 엄명을 받고 있었다. 이 사령관의 전화를 받은 것은 다름아닌 구창회 참모장이었다. 이 사령관은 1군단장 황영시 중장과 9사단장 노태우 소장이 합수부 측에 가담한 사실을 알고 이들이 지휘하는 병력의 출동을 사전에 봉쇄하려고 했던 것이다.

이건영 사령관은 구창회 참모장에게 "총장님이 직접 계엄군을 움직이게 되어 있는데 지금 총장님이 전화 못할 입장에 있으니 절대 누구 얘기 듣고 움직이면 안 돼. 사단장도 없으니 그렇게 알아" 하고 못박았다. 그러나 전방 9사단 29연대가 근무지를 이탈, 병역을 출동시킨 것은 노태우 사단장으로부터 명령이 떨어진 뒤 10분도 채 되지 않은 시각이었다.

합수부 측의 30사단 90연대 출동지시는 조금 늦게 하달됐다. 합수부 지휘부는 박희모 사단장과 90연대장 송응섭 대령에게 병력동원을 지시했다. 3군 예하 충정 부대 출동을 도와달라는 장태완 수경사령관의 요청을 국방부장관의 지시를 받지 못했다는 이유로 유보하고 있는 3군사령관 이건영 중장은 30사단장 박희모 소장에게도 전화를 걸어 합수부 측 병력이 출동할 경우 진입로를 차단, 서울진입을 막으라고 지시한 터였다.

합수부 측 병력 출동을 사전 봉쇄하려는 3군사령관 이건영 중장의 지시는 하나같이 묵살됐다. 일선 지휘관들은 정식 지휘계통에 있는 군사령관보다 정위치를 이탈해 합수부 측에 가담하고 있는 바로 윗상관의 명령을 따랐던 것이다.

노태우 소장의 제9사단은 서부전선을 지키는 핵심 전투사단의 하나로, 1개 연대는 전방지역에 투입돼 있었고, 나머지 2개 연대는 예비부대로 운용되고 있었다. 경복궁에 있는 노 사단장으로부터 출동명령이 떨어진 29연대는 예비부대 중의 하나였다.

바로 이 문제와 관련, 87년 11월 13대 대통령선거에 출마한 민정당 노태우 후보는 관훈토론에서 "9사단 병력 전체를 동원한 것이 아니라 전방의 위험 상황에 대처하기 위해 모든 조치를 취해놓고 수도권 근교에 있는 일부 병력만 출동했다"라고 해명한 바 있다. 이에 대해 정승화·장태완·정병주 씨 측은 즉각 반발했다.

"예비병력이 그냥 남아도는 병력이란 말인가. 천만의 말씀이다. 예비병력은 전쟁 발발시 바로 작전에 투입되는 개념이며, 만약 12·12 사태 당시 9사단 지역으로 북한군이 쳐들어왔으면 예비병력 부족으로 서부전선 방어에 심각한 타격을 입었을 것이다."

육사 16기 선두주자인 제29연대장 이필섭 대령은 하나회 멤버로 사단장 노태우 소장의 각별한 신임을 받고 있는 일선 지휘관이다. 이때 29연대는 한강 하류 지역 경계를 담당하고 있어 출동이 용이하지 않은 상황이었으니, 노태우 사단장이 굳이 동원한 것은 이 대령과의 평소 유대관계가 고려됐다는 지적이지만, 무엇보다도 이 연대장이 군내 사조직 하나회 멤버였다는 것이 고려 대상의 첫 번째로 꼽힐 것이다. 출동이 쉽지 않자 29연대는 같은 예비부대인 인접 30연대에서 1개 대대를 배속받아 출동할 수밖에 없었다.

30연대장 김봉규 대령은 이날 상황에 대한 자세한 내막은 모른 채 사단 본부로부터 "30연대 1개 대대를 삼송리로 출동시키라"는 지시를 받았다. 김 대령으로서는 난처할 수밖에 없었다. 그는 사단본부의 출동 명령이 떨어지기 전에 이미 3군사령관 이건영 중장으로부터 수차례나 '내 육성명령 없이는 부대를 움직이지 말라'는 지시를 받은 터였다. 그러나 사단본부의 지시 또한 따르지 않을 수 없었다. 부대 출동에 앞서 김 대령은 용인 이건영 3군사령관한테 전화 보고를 했다.

"뭐, 출동한다구, 누구 명령인가?"

"사단장님 명령입니다."

"알았다, 연대장. 내가 사단에 연락할 테니까 출동하지 마라. 알겠나? 기다리고 있으란 말이야."

"알겠습니다."

"아, 여보시오."

이건영 사령관이 다시 한 번 다짐을 받기 위해 김봉규 대령을 불렀으나 전화는 이미 끊긴 뒤였다.

이건영 사령관이 우려하는 사태가 현실로 전개되고 있었다. 수화기를 든 채 이 사령관은 9사단 참모장 구창회 대령을 호출했다.

"구 대령, 너희 사단 30연대가 출동한다고 하는데, 무슨 말이야? 어디서 명령이 내려갔나? 어디로 출동시키나?"

"출동하지 않습니다, 사령관님."

"자네 지금 무슨 소리하는 거야. 지금 30연대장이 삼송리까지 출동한다고 전화가 왔단 말이야."

"아닙니다. 저희들은 출동하지 않았습니다."

"출동하면 안된다고 내가 몇 번이나 말했나. 왜 출동해?"

"저는 잘 모르는 일입니다. 일단 확인해보겠습니다."

이 사령관의 질책성 질문 공세를 받은 구창회 참모장은 9사단 병력은 절대로 출동하지 않는다고 딱 잡아뗐다. 이때 이미 9사단 29연대와 30연대 1개 대대는 출동 준비를 완료하고 있었다.

이날 낮 한강 하류 초평도에서는 1군단 지역 대 전차 방어 훈련이 있었다. 훈련에는 1군단장 황영시 중장을 비롯하여 9사단장 노태우 소장, 2기갑 여단장 이상규 준장, 그리고 군사령부 및 군단기갑장교들이 참가했다. 훈련이 끝난 뒤 참석자들은 황희 정승 유적이 있는 반구정에서 매운탕으로 때 이른 저녁식사를 했다. 식사 도중 황 중장과 노태우 소장이 귀엣말을 나누는 횟수가 유난히 많았으나, 바로 이날 밤 그들이 한국현대사의 물줄기를 뒤바꾸게 될 12·12의 주체세력이 될 것이라는 것은 누구도 눈치챌 수 없었다.

황 중장과 노태우 소장은 먼저 자리를 떴다. 일부 장교들은 식사를 마친 뒤 2기갑 여단장 이상규 준장 공관으로 가서 2차 술자리를 가졌다.

같은 시각, 전군에 '진돗개 하나' 비상이 내려진 뒤 후속 명령이 없어 제2기갑여단 상황실에서는 무척 궁금하지 않을 수 없었다. 처음 '진돗개' 발령을 접했을 때는 북한의 동향과 관련이 있을 것이라고 생각하고 군단 상황실로 전화를 해보았으나 연결이 잘 되지 않았다. 그때 상황실의 한 장교는 군단작전에 아는 장교가 있어 연락해보았다.

"자세히는 모르겠다. 서울에서 큰 사태가 벌어진 것 같다. 9사단이 출동 준비를 하고 있는 것 같다."

뭔가 심상치 않은 상황인 것만은 틀림없다. 2기갑 상황실에서는 여단장이 있어야 되겠다고 판단, 부관에게 여단장을 모셔 오라고 지시했다. 이상규 2기갑 여단장이 부관의 연락을 받고 부랴부랴 공관을 나와 부대에 도착했을 때는 이미 인근 9사단에서 출동 준비가 한창이었다. 막 집무실에 들어서자 3군사령관 이건영 중장에게 전화가 왔다.

"이 장군, 지금 이 시간부터 황영시 군단장으로부터 어떤 지시가 오더라도 따르지 말고 절대로 병력을 움직여선 안 돼. 이상 있으면 내가 직접 전화할 테니까 부대를 잘 장악하고 있도록. 알겠나."

쿠데타군 병력 출동

　　　　　　이상규 여단장이 이건영 군사령관의 전화를 막 끊었을 때, 합수부 측 보안사령관실에 있는 1군단장 황영시 중장으로부터 전화가 걸려왔다. 당장 서울로 출동하라는 지시였다.

"네, 네, 군단장님. 알겠습니다."

수화기를 내려놓은 이상규 여단장은 퍽 난감한 표정이었다. 방금 군사령관으로부터 황영시 군단장의 지시를 따르지 말고, 부대를 움직이지 말라는 지시가 내려오지 않았는가. 고민 끝에 이 여단장은 참모들에게 어떻게 했으면 좋겠느냐고 물었다.

"저희들이 뭐라고 말씀드릴 상황은 아닌 것 같습니다. 여단장님께서 결심하십시오. 저희들은 여단장님의 지시를 따르겠습니다."

"알았다. 잠깐 더 생각해보자."

71방위사단장 백운택 준장으로부터 전화가 걸려온 것은 바로 그때였다. 백 준장이, 당장 포탄을 싣고 출동하라며 "여긴 보안사령관실이야" 하고 협박성 전화를 한 것이었다.

보안사령관의 위력이 발동하는 순간이다. 백운택 준장으로부터 출동 재지시를 받은 이상규 여단장은 상황실에 연락해 "지금 영내에 있는 대대장을 바꿔" 하고 말했다. 합수부 측 지시에 따르기로 결심이 선 것이다. 마침 영내에는 16전차대대 김호영 중령이 대기 중이었다. 이 여단장은 김 중령에게 출동명령을 내렸다.

"참모장, 작전참모, 16전차대대와 함께 출동하도록 해."

여단장으로부터 출동명령을 받은 16전차대대는 즉시 포탄장전 작업에 들어갔다. 두꺼운 나무상자로 포장된 탄을 일일이 까서 포에 장전하는 것은 쉬운 일이 아니다.

"뭘 꾸물거리고 있는 거야. 빨리 하도록 해."

일단 출동 결심을 했으면 서두를 일만 남았다는 듯 여단장실에서는 빨리 하라고 재촉이 빗발쳤다.

포탄은 주로 대전차용 철갑탄과 벙커 및 진지공격용 고폭탄이 장전됐다. 일부 전차는 적 보병이 전차에 접근했을 때 사용하는 것으로 엄청난 살상 능력을 갖고 있는 벌집탄을 실었다.

전차마다 10여 발씩 포탄장전을 끝낸 뒤 2기갑 여단 16전차대대는 지축을 울리며 부대를 떠났다. 그때 백운택 준장으로부터 다시 전화가 걸려왔다. 당초 부대에 잔류할 계획이었던 이상규 여단장은 백 준장의 전화를 받은 뒤 사태의 심각성을 깨닫고 캐비닛 속에 든 경주 이씨 족보를 챙긴 뒤 부랴부랴 부대를 나섰다. 이 여단장은 전차대대가 막 1군단 앞을 지나고 있을 때 합류할 수 있었다.

"참모장과 작전참모는 사령부로 돌아가 있도록. 부대를 잘 장악해."

참모장과 여단 작전참모를 귀대시킨 '족보장군' 이상규 여단장은 출동 부대 선두에 서서 부대를 지휘했다. 김호영 중령은 이 여단장의 뒤를 따랐다.

9사단 출동과 함께 비난을 면치 못하는 것은 2기갑도 마찬가지였다. 2기갑은 서부전선에서 수도 서울을 직선으로 관통하는 문산 접근로를 방어하는 핵심 화력부대이다. 바로 이날 합수부 측이 보여준 바와 같이 전쟁 발발시 북한군의 예상 작전은 대규모 기계화부대를 이용한 전격전일 것이며, 바로 그와 같은 북한군의 전격전 방어 임무를 띠고 있는 핵심 화력부대가 출동했다는 것은 전력상 엄청난 위험 요인을 초래했다는 지적이다.

합수부 측 병력 동원의 문제점을 지적하는 관찰자들의 평가는 신랄하다.

"특히 이들 부대는 한미 연합작전상에서도 중요한 의미를 갖는 부대로 미국 측은 합수부 측이 이날 밤 연합사령부와 전혀 상의 없이 이 부대를 움직인 것에 강력하게 항의했다. 합수부 측의 병력 동원 결정 과정에서 이 문제가 심각하게 고려된 흔적은 발견되지 않고 있다. 그들은 이날 밤 국가의 안위보다는 자신들의 안위가 훨씬 급했던 것 같다."

같은 시각, 노태우 소장의 제9사단 29연대 병력을 실은 GMC 행렬도 부대를 떠나 캄캄한 어둠 속을 남하하고 있었다.

"최 중령, 우린 곧 출동한다. 이동로에 거치적거리는 바리케이트를 점검해주도록 하게."

9사단 출발 직전 통로개척 임무를 띤 작전참모 안병호 중령은 1군단 헌병대장 최동수 대령을 선발대로 앞세웠다.

9사단 29연대가 제2기갑 여단 16전차대대와 합류한 것은 1군단 사령부를 조금 지난 벽제에서였다. 전차대대가 앞장서서 길을 트고 9사단이 뒤를 잇는 형국이었다. 새벽 2시가 넘어 2기갑 전차대와 9사단은 서울 경계로 진입했다. 삼송리까지는 1군단 관할이라 별 어려움 없이 통과했다. 1군단은 이날 황영시 군단장의 지시에 충실히 따르고 있었다.

문제는 삼송이 검문소 전방 2킬로미터에 위치한 구파발 검문소로, 그곳은 장태완 사령관의 수경사 관할이다. 검문소 지역에는 3군사령부에서 발주한 방벽공사가 한창 진행 중이었고, 검문소 양쪽에는 수경사 벌컨포부대의 진지가 있었다. 벌컨포는 지대공 화기인데 이날은 포신을 모두 눕혀놓고 북쪽 방향으로 겨냥하고 있어 합수부 측 출동군이 함부로 접근할 처지가 아니었다.

검문소를 지키는 수경사 병력들은 이미 방벽과 철제 바리케이트, 쇠못이 박힌 철판으로 견고한 방어선을 구축해놓았고, 검문소 양쪽 방벽 위에는 벌컨포가 북쪽을 향해 길게 총신을 겨누고 있었다. 뿐만 아니라 장태완 수경사령관으로부터 "움직이는 물체만 보이면 무조건 발포하라" 하는 명령이 떨어져 있었다. 만약 합수부 측 출동군이 접근하려고 한다면 벌컨포가 불을 뿜을 것이었다. 무력으로 점령하려고 해도 유혈사태는 각오하지 않을 수 없는 상황이었다. 아무리 전차부대가 앞장선다고 해도 벌컨포의 집중사격을 받으면 꼼짝없이 당하리라는 것은 불 보듯 뻔한 일이었다.

삼송리 검문소로 들어간 1군단 헌병대장 최동수 대령과 군기과장 박 소령은 구파발 검문소로 전화를 걸었다.

"나, 1군단 헌병대장인데 그곳 검문소장이 누군가? 바꿔라."

마침 검문소장 이재천 중위는 수경사 헌병단 부단장을 지낸 바 있는 최 중령과 아는 장교였다.

"이 중위, 우린 지금 곧 구파발 검문소로 가겠다. 발포하지 마라."

"안 됩니다. 접근하면 무조건 발포할 수밖에 없습니다. 죄송합니다. 상부 명령입니다."

이재천 중위는 막무가내였다.

합수부 측 출동군은 새벽 3시까지는 구파발 검문소를 통과하라는 명령을 받아놓고 있었다. 1군단 헌병대장 최동수 대령이 길을 비키라고 요구하고, 삼송리 검문소장 이재천 중위가 완강히 버티는 가운데 시간은 물 흐르듯 흘러가고 있었다. 9사단 통로개척 임무를 띠고 나온 안병호 중령도 급하긴 마찬가지였다.

"어떻게 됐어? 도대체 뭐하고 있는 거야. 그깟놈의 검문소 하나 통과하지 못한단 말인가."

군단 상황실에서는 성화가 빗발쳤고, 군단 참모장 정진태 준장도 독촉 전화를 걸어왔다.

출동군으로서는 선뜻 결론을 내리지 못하고 있었다. 구파발 검문소를 피해 우회할 수도 있었으나, 그렇게 할 경우 지정된 시각에 목표 지점 도착은 불가능하다.

"박 소령, 할 수 없다. 일단 부딪쳐보는 수밖에."

최동수 대령은 권총을 꺼내 실탄을 장전한 뒤 삼송리 검문소를 나왔다. 뒤에 박 소령이 따르고 있었다. 그들은 곧 지프를 구파발 검문소로 몰았다.

한편 이날 상황 발생 후 구파발 검문소는 다른 수도권 일선 지휘관들과 마찬가지로 갈피를 잡을 수 없는 처지였다. 육본지휘부 측과 합수부 측, 정확하게 말하면 수경사와 보안사로부터 상반된 명령이 내려왔기 때문이다. 9사단과 2기갑이 출동하기 직전, 보안사에서는 이미 증원하는 계엄군이 통과할 것이니 절대 발포해서는 안 된다고 으름장을 놓고 있었다. 수경사 지휘계통만 해도 그랬다. 한쪽에서는 "외부 병력을 철저히 통제하라"라는 지시를 내리는 반면, 또 한쪽에서는 통과시키라는 지시가 내려오는 것이었다. 명령선이 그러한즉, 검문소장이 초급장교인 검문소 근무자들로서는 이러지도 저러지도 못한 채 여간 곤혹스러운 게 아니었다.

검문소 헌병들은 최동수 대령과 박 소령의 지프를 정지시켰다. 총격이라도 있지 않을까 굳은 결심을 하고 접근해 온 최 대령으로서는 가까스로 한숨을 돌렸다. 헌병들은 두 사람을 검문소장 이 중위에게 안내했다.

"자네가 이 중위인가. 우리는 지금 계엄업무 증원차 서울로 이동하는 길이야. 병력을 서울로 진입시켜야 해."

최동수 대령과 박 소령이 설득했으나 이 중위가 이 대규모 병력 이동이 무엇을 뜻하는지 모를 리 만무했다. 이때는 이미 1공수여단이 수색 검문소를 점령하고 서울로 진입한 뒤였다. 물론 구파발 검문소에서도 수색 검문소 상황을 연락받은 뒤였다. 결국 이 중위는 1군단 헌병 관계자들의 설득과 지시, 협박으로 입장을 바꾸지 않을 수 없었다.

"아, 나 최 대령인데, 부대 이동하도록 해."

이 중위를 앞세운 최 대령과 박 소령은 벌컨포부대와 검문소 지원병력들에게 발포하지 말 것을 지시한 뒤 삼송리에 대기 중인 9사단과 2기갑에 연락, 부대를 이동시켰다. 선두에 선 2기갑 전차대대가 구파발 검문소를 통과한 것은 지정된 시간을 15분 초과한 새벽 3시 15분경이었다. 구파발 검문소를 지나면 바로 눈앞이 서울이다.

한편, 30사단장 박희모 소장이 관할 행주대교를 건널 때 막아야 하느냐 통과시켜야 하느냐에 대한 결단을 내리지 못하고 있을 때, 합수부 측 임시 상황실장인 보안사 보안처장 정도영 대령은 30사단 90연대장 송응섭 대령에게 전화를 걸어 병력출동 지시를 내리고 있었다.

"알았습니다, 처장님. 곧바로 시행하겠습니다."

수화기를 내려놓은 송응섭 대령은 곧장 사단장실로 뛰어갔다. 송 대령 역시 3군사령관 이건영 중장으로부터 부대를 움직이지 말라는 다짐을 받아놓고 있었으나, 합수부 측 지시에 따르기로 결정을 내린 것이다.

30사단장실에는 박 소장을 비롯하여 부사단장 이영기 대령, 참모장 박홍두 대령, 그리고 보안부대장 이상익 중령이 앉아 있었다. 거수경례를 붙이며 사단장실로 들어간 송 대령은 출동 예정을 보고했다.

"사단장님. 보안사령관님 명령을 받았습니다. 출동하겠습니다."

"알았다. 잘해."

58

박 소장은 제지하기는커녕 격려까지 해주었다. 박 소장 역시 정도영 차장의 전화를 받고 보안사 측과 행동을 함께하기로 이미 결정을 내린 터였다.

연대로 돌아온 송응섭 대령은 출동 준비를 서둘렀다. 그때 보안부대장 이상익 중령이 나왔다.

"이 중령, 나 출동하오."

"잘 될 겁니다. 출동하십시오."

송응섭 대령은 이상익 중령의 손을 굳게 잡은 뒤 연병장으로 갔다. 30사단 90연대는 곧 출발 신호를 울렸다.

연대장 송응섭 대령의 지휘하에 90연대가 삼엄한 경비를 펴고 있는 구파발 검문소를 통과한 것은 2기갑 전차대대와 9사단 20연대가 통과한 직후이다. 구파발 검문소는 이미 그들을 제지할 엄두도 내지 못했다.

서울로 진입한 90연대는 곧장 세검정 북악터널을 거쳐 안암동 고려대 뒷산으로 이동했다. 육본 측 명령을 받고 출동할지도 모를 충정부대 수기사와 26사단 병력에 대항하기 위해서였다.

"지금 이 시각부터 총리 공관을 내방하는 인사는 그 누구를 불문하고 보안사로 안내하라."

최규하 대통령이 머물고 있는 총리 공관을 포위, 장악하고 있던 청와대경호실 작전담당관 고명승 대령은 9사단장 노태우 소장의 지시를 받은 즉시 1개 대대 병력, 3개 기동타격대를 증강시켰다. 그후 보안사 쪽에서는 아무런 움직임도, 또 다른 지시도 없었다. 보안사에서 병력 출동 저지 또는 동원에 눈코 뜰 새 없이 바쁘게 움직일 때였다.

보안사 쪽을 기웃거리던 고명승 대령은 경복궁 30경비단장 장세동 대령에게 전화를 걸어보았다.

"도대체 어떻게 돌아가는지 모르겠어. 이렇게 시간만 보낼 건지 말이야. 장 대령, 뭐 아는 거 있나?"

"없어요. 아무런 움직임도 없고. 보안사에 가서 상황을 좀 알아보지 그래요."

"어, 그럴 생각이야."

수화기를 내려놓은 고명승 대령은 101경비단장 최 총경과 55경비대 부대대장 권 소령에게 총리 공관 경계를 맡겨둔 채 인근 보안사로 달려갔다. 보안사령관실에는 전두환 본부장을 비롯하여 유학성·황영시·차규헌 중장과 노태우 소장, 백운택 준장이 분주하게 움직이고 있었다. 수경사 헌병단장 조홍 대령의 얼굴도 보였다. 경복궁 30단장실에 있는 노 소장은 대령보다 한발 앞서 도착했다.

고명승 대령으로부터 거수경계를 받은 전 본부장은 "고 대령, 그쪽엔 이상 없겠지?" 하고 확인하듯 물었다.

"네, 사령관님."

대답하고 막 돌아서려는데, 전두환 본부장이 다시 불렀다.

"자네 수기사 포병단장 알지? 김도수 대령 말이야. 김 대령한테 연락해서 절대로 병력을 출동시키지 말라고 전해. 내가 그러더라고."

"네, 알겠습니다."

고 대령은 즉시 수기사 포병단장 김도수 대령에게 전화를 걸려고 했으나 사령관실의 전화를 쓸 수가 없었다. 합수부 측 장성들과 보안사 간부들이 전화를 있는 대로 붙들고 늘어지고 있었다. 병력 출동을 저지하고, 한편으로는 병력 출동을 독려하느라 눈코 뜰 새가 없는 것이었다. 부관실 전화를 쓰기 위해 막 사령관실을 나오려고 할 때 뒤에서 호통이 떨어졌다.

"너, 고명승이지. 임마, 총리 공관은 어떻게 하고 여기 와 있는 거야. 그곳을 잘 지켜야 해."

고명승 대령이 부관실로 들어서자 상황실에선 막 올라오던 보안사 정보처장 권정달 대령의 얼굴이 보였다.

"아, 권 대령, 김도수 수기사 포병단과 전차대대가 출동하지 못하도록 막으래. 당장 전화해. 사령관님 명령이야."

고명승 대령은 더 이상 보안사에 머물 처지가 아니었다. 그는 전 본부장의 명령을 권 대령에게 인계하고 부리나케 삼청동 총리 공관으로 돌아갔다.

특전사령관을 체포하라

"제1·3·5공수 여단은 출동 준비를 시키고, 9공수 여단은 출동을 막도록 하라."

특전사 보안부대장 김정룡 대령이 '진돗개 하나'를 접수한 것은 이날 밤 8시 45분. 즉시 부대로 복귀한 김 대령은 먼저 휘하의 보안대 요원의 소재부터 파악한 뒤 특전사 소속 모든 지휘관들의 위치를 하나씩 확인했다. 보안처장 정도영 대령으로부터 제1·3·5여단 출동 준비, 9여단 출동 저지 명령이 떨어진 것은 바로 그때였다.

김정룡 대령은 다만 서울 어딘가에서 총격전이 있었다는 첩보만 입수했을 뿐, 아직 정확한 상황은 파악하지 못한 상태였다. 밤 11시경, 김 대령은 30단장 장세동 대령에게 전화를 걸었다. 두 사람은 평소에도 자주 통화를 하는 사이였다.

"아, 특전사는 이상 없나?"

당번병에게 장세동 대령을 바꾸라고 지시한 뒤, 수화기를 들고 있는데 장 대령이 아닌 다른 목소리가 들렸다.

"네, 이상 없습니다."

김정룡 대령은 상대방이 누군지도 확인하지 못한 채 대답부터 하고보자는 식이었다.

"지휘관들은 모두 정위치에 있나?"

"네."

"알았다, 김 대령. 나, 사령관인데, 내 말 잘 듣도록. 지금부터 특전사령관을 연행한다."

김정룡 대령의 직속 상관은 보안사령관 전두환 소장이다. 전두환 보안사령관의 입에서 떨어진 명령은 특전사령관 정병주 소장을 연행하라는 어마어마한 것이었다. 12·12 가해자 측 기록에 따르면, 순간적으로 김 대령은 주저하지 않을 수 없었다고 한다.

'사령관님이 어째서 이런 어려운 임무를 맡길까, 우리 부대에는 인원이라야 몇 사람 되지도 않고, 또 설령 연행을 한다고 해도 사령부 본관 건물과 정문 위병소와는 거리가 상당히 떨어져 있기 때문에 외부로빠져나가기가 여간 어렵지 않은 형편이 아닌가.'

김정룡 대령이 미처 대답을 못하고 있자 전두환 본부장은 "3여단장에게 지시해 두었으니까 김 대령이 협조해서 꼭 연행해야 해" 하고 재차 지시했다.

"네, 알겠습니다."

수화기를 내려놓은 김정룡 대령은 즉시 휘하의 보안대 요원들에게 실탄을 지급한 뒤 3공수여단장실로 달려갔다.

"여단장님, 방금 저희 사령관님으로부터 전화를 받았는데, 특전사령관님을 연행하라고……."

"알고 있어. 그렇지 않아도 지금까지 사령관님(정병주 소장)을 설득했지만 통 먹혀들지가 않는구만. 아무래도 다른 방법을 강구해야겠어."

김정룡 대령이 보기에 그때 3공수여단장 최세창 준장은 특전사 평정을 위해 어떤 극단적인 계획을 구상하고 있었던 것 같았다고 한다.

"여단장님, 그렇다면 제가 한번 설득해보도록 하겠습니다."

3공수여단장실을 나온 김정룡 대령은 서둘러 특전사령관실로 갔다. 특전사 분위기는 '진돗개 하나'가 떨어질 때와는 달리 긴장감이 감돌고 있었다. 특전사 공수대원들은 모두 무장을 하고 있었고, 본관 현관에서부터 보초들이 삼엄하게 경계를 펴고 있는 것이었다.

특전사령관실로 뛰어들어간 김정룡 대령은 상황을 전혀 모르는 척 시치미를 떼고, "사령관님, 무슨 일입니까?" 하고 물었다.

"뭐야, 김 대령. 몰라서 묻는 건가? 지금 너희 사령관 일당이 무슨 모의를 하고 있다면서?"

"무슨 말씀이십니까. 전 처음 듣는 소린데요."

"아니야, 그자들이 나쁜 짓을 꾸미고 있는 것이 틀림없어. 내, 이자들을 가만두지 않을 거야."

특전사령관 정병주 소장은 이미 마음을 굳힌 듯했다. 김정룡 대령으로서는 더 이상 정병주 특전사령관을 설득하는 것이 무리한 일이라는 생각이 들었다. 김 대령은 잠시 사령관실의 분위기를 살핀 뒤 돌아섰다.

64

"이봐, 김 대령. 자넨 아직 잘 모르는 모양인데 말이야. 그러니까 상황을 한번 살펴보라구."

뒤에서 정병주 특전사령관의 목소리가 들렸다.

"그렇게 하겠습니다, 사령관님."

"한데, 지금 1·3·5여단장들이 모두 정위치를 이탈했다면서? 김 대령, 뭐 아는 거 있나?"

밤 11시 30분. 전두환 본부장으로부터 모종의 지시를 받은 1공수여단장 박희도 준장이 행주대교를 돌아 자대로 복귀하고 있을 때였고, 3공수여단장 최세창 준장은 이미 밤 9시경 경복궁에서 돌아와 직속상관인 특전사령관실로 찾아가 정병주 특전사령관에게 합수부 측 상황을 설명한 뒤 설득하려고 했으나 듣지를 않아 자기 부대로 돌아가 부대를 장악하고 있었다. 정병주 특전사령관은 이날 상황 발생 초기에 경복궁에 합류했던 최 여단장이 자기 부대에 있다는 것을 알면서도 현재 부대에 없다고 얘기하는 것이었다. 바로 이 점을 들어 12·12 가해자 측 기록은 '정 사령관은 그때부터 3여단장 최 장군을 의심하고 있었음에 틀림없다'고 했다.

"글쎄요. 그분들은 정위치에 있는 것으로 보고를 받았습니다만, 아마 정위치에 있을 겁니다. 제가 지금 가서 다시 확인해보도록 하겠습니다."

특전사령관실을 나온 김정룡 대령은 최세창 준장에게 전화를 걸어 "설득이 안 됩니다"라고 전했다.

이날 밤 3공수여단장 최세창 준장은 특전사령관 정병주 소장을 2, 3

차례 찾아가 설득하려고 했지만 끝내 마음을 돌리지는 못했다. 뒤에 언급하겠으나 최 준장은 진급과 보직 등에 정병주 사령관의 도움을 많이 받은 것으로 알려지고 있다. 최 준장이 정병주 특전사령관을 설득시키려고 했던 것은 바로 이런 인연 때문이었다.

특전사 보안부대장 김정룡 대령이 정병주 특전사령관을 설득하기 위해 찾아갔으나 실패하고 돌아온 10분 뒤, 최 준장으로부터 전화가 걸려왔다. 목소리가 잔뜩 굳어 있었다.

"김 대령, 지금 지휘부에 참모들이 있는 것으로 알고 있는데 그들을 피신시키도록 하게. 특히 작전처장 신우식 대령을 말이야."

최세창 준장의 부탁은 곧 '평정작전'을 개시하겠다는 통보와 다름없었다. 그 숨가쁜 순간에도 최 준장은 정규 육사 후배로 하나회 멤버인 신우식 대령을 챙겼다.

김정룡 대령은 다시 특전사 지휘부로 올라갔다. 상황은 또 달라져 있었다. 조금 전에 들렀을 때 보였던 특전사 참모들은 보이지 않았고 신우식 대령만 비서실에 있을 뿐이었다. 12·12 가해자 측 기록에 따르면 이때쯤 신 대령은 앞으로 일어날 일에 대해 대충 눈치를 채고 있었다. 앞으로 일어날 일이란 물론 정병주 특전사령관 체포작전을 말한다. 보안부대장 김 대령이 사령관실에 다녀간 뒤 다시 최세창 준장이 정병주 특전사령관을 설득하기 위해 사령관실로 들어갔다. 정병주 특전사령관으로부터 공격적인 언사를 듣고 사령관실을 나온 최 준장은 특전사령관 직속 부관 장범주 대위를 가만히 불러 "너희들, 여기 있으면 다칠 테니까 어서 피해"라고 귀띔을 했는데, 신 대령도 엿들었다는 것이다.

최세창 준장이 예하 제 15대대장 박종규 중령을 불러 정병주 특전사령관을 체포하라고 지시한 것은 바로 이 무렵이었다. 정병주 특전사령관이 예하 9공수여단 출동을 최종적으로 지시한 직후였다.

"도저히 설득이 되지 않는다. 박 중령, 준비는 돼 있겠지. 즉시 행동에 옮기도록 하라."

"알겠습니다. 여단장님."

최세창 준장의 명령을 받고 대대로 돌아간 박종규 중령은 즉시 휘하의 공수대원 열 명을 M16으로 무장시켰다.

밤 11시 50분경, 군용트럭 한 대가 어둠을 가르며 특전사령부 건물로 다가가 우측 문 앞에 멈추었다. 그와 동시에 트럭에서는 공수대원 열 명이 뛰어내렸다. 고도로 훈련이 잘 된 군인들이다. 얼룩무늬 전투복 상의에는 3공수여단 흉장인 호랑이 마크가 선명하게 새겨져 있었다. 다름 아닌 서울 장지동 특전사령부 인근에 주둔하고 있는 3공수여단 15대대 공수대원들이었다. 민첩하게 움직이는 열 명의 공수대원을 지휘하는 장교는 물론 15대대장 박종규 중령이다. 3공수여단장 최세창 준장의 명령으로 직속상관인 정병주 특전사령관 체포작전을 전개하고 있는 중이었다.

특전사령부 우측 문에는 공수하사 한 명이 보초를 서고 있었다.

하사는 물론 3공수 15대대장 박종규 일행이 다가오는 것을 봤다. 한밤중에 벌떼같이 밀려오는 박 중령 일행을 보는 순간 하사는 잔뜩 질려 수하도 제대로 할 수 없었다.

"임마, 조용히 하고 있어."

박종규 중령 일행 가운데 누군가 내지르는 주먹이 하사의 턱을 때렸다. 넘어질 듯 비틀거리며 근무지를 떠난 하사는 인근 통신대 막사 교환실로 몸을 피해버렸다.

시간은 이미 자정을 넘어서고 있었다. 바로 그때 특전사령관 부속실에 앉아 있던 사령관 전속 부관 장범주 대위 앞에 놓인 전화벨이 울렸다. 조금 전에 사령관실을 다녀간 3공수여단장 최세창 준장이었다.

"장 대위, 지금 사령관실에 누가 있나?"

"사령관님은 내실(집무실 안쪽)에 비서실장(김오랑 소령)과 함께 계시고, 다른 사람은 없습니다."

"알았다, 장 대위. 잘 판단해서 처신하도록 해."

전화는 곧 끊겼다. 최세창 준장이 사령관실에 다녀갔을 때 3공수가 정병주 특전사령관을 체포할 것이라는 귀띔을 받은 장 대위는 어떻게 해야 할지 혼란스럽지 않을 수 없었다. 마침 부속실에 와 있는 특전사 보안부대장 김정룡 대령에게 다가갔다.

"김 대장님, 어떻게 하면 좋겠습니까?"

"뭘 어떻게 해. 넌 비켜 있어."

한편 특전사령부 건물 1층으로 무사히 진입한 박종규 중령 일행은 사령관실이 있는 2층을 향해 20여 발의 위협사격을 가하며 중앙계단을 통해 우르르 뛰어올라갔다. 요란한 총성이 조용하던 특전사령부 건물을 뒤흔들었다. 누구든지 저항하면 발사하겠다는 경고사격이었다. 실제로 그 누구도 저항하지 않았다.

사령부 본관 3층 상황실에 있던 상황장교 김영조 대위는 2층 쪽에서 쿵쾅거리는 소리를 들었고, 반사적으로 몸을 일으켰다. 뒤이어 총소리가 울렸는데 한참 동안이나 계속 이어졌다. 총소리를 듣고도 김 대위는 그대로 상황실만 지키고 있었다.

특전사 상황실에는 김영조 대위뿐만이 아니라 상황실장 박중환 중령도 앉아 있었다. 박 중령은 벌써 그 총성의 진원지가 사령관을 체포하러 온 3공수라는 것을 알고 있었다. 그때 상황실에서 근무하고 있는 이상백 하사가 뛰어들어왔다.

"실장님, 아래층에서 사령관실 쪽으로 총을 쏘고 있습니다. 호랑이 마크를 붙였는데요."

호랑이 마크란 곧 3공수여단 병력이라는 것을 말한다. 이상백 하사의 보고를 받은 상황실장 박 중령은 들은 척도 하지 않았다.

특전사 상황실뿐만이 아니었다. 이때 사령부 본관 건물에는 작전처장 신우식 대령 등 주요 참모들은 각자 자기 방에 대기하고 있었으나 총성이 울린 뒤에도 전혀 움직일 기미를 보이지 않았다. 물론 아무도 얼굴을 내밀지 않았다. 이날 특전사 참모들은 사전에 사령관 체포작전에 대해 귀띔을 받았던 것으로 전해진다. 참모들뿐만 아니라 사령부 경비를 책임지고 있는 병력들도 전혀 움직일 기세를 보이지 않았다.

특전사령관은 수경사령관과 함께 막강한 전투병력을 보유하고 있는 수도권 지역의 요직이다. 바로 그 막강한 위치에 있는 정병주 특전사령관은 지금 고립 속에 빠져 있는 것이었다. 단지 한 명, 사령관 비서실장 김오랑 소령만이 그의 옆에 있을 뿐이었다.

3공수 15대대 박종규 중령이 이끌고 온 공수대원들이 쏜 총탄은 사령관실로만 날아오는 것은 아니었다. 본관을 포위한 특전사 평정조는 사령관 체포작전에 앞서 계속 공포를 쏘아대고 있는 것이었다. 그 사이에 박 중령 일행은 사령관실로 뛰어들어왔다. 부속실에서 사령관 전속 부관 장범주 대위가 벌떡 일어섰으나 전혀 개의치 않고 사령관실을 급습하는 것이었다. 부속실 건너편 당번병실에서 이석균 상병 등이 깜짝 놀라 문을 열고 얼굴을 디밀었다.

"임마, 문 닫고 가만있어."

박종규 중령 일행은 단 한 번의 저항도 없이 부속실을 통과했다. 특전사령관실은 바깥에 부속실이 있고, 부속실을 통해 접견실로 들어가고, 접견실을 지나 집무실로 들어가도록 돼 있었다. 박 중령 일행은 집무실까지 거침없이 지나갔다. 정병주 특전사령관과 비서실장 김오랑 소령이 있는 내실의 문은 안으로 굳게 잠겨 있었다.

"부서!"

박종규 중령은 문고리에 총을 쏘라고 지시했다. 순간 공수대원들의 총구가 불을 뿜었다. 수 발의 총탄이 내실 문고리를 향해 집중적으로 발사됐다. 바로 그때 내실 쪽 열린 틈에서 몇 발의 총탄이 날아왔다. 특전사령관 비서실장 김오랑 소령이 권총으로 응사해 오는 것이었다. 권총탄환은 박 중령의 손목과 15대대 작전장교 나영조 대위의 손목을 관통했다.

"처치해."

관통상을 입은 박종규 중령의 입에서 최후의 명령이 떨어졌다. 이미 내실 쪽에서는 더 이상 총알이 날아오지 않았다. 공수대원들은 부서진 문을 밀고 내실로 들어갔다. 집무실에서 내실까지는 좁은 공간이 있었다. 그곳에는 특전사령관 비설실장 김오랑 소령이 쓰러져 있었다. 그 옆에는 권총 한 정이 떨어져 있었다.

정병주 특전사령관은 칸막이 저쪽 내실 쪽으로 피신해 있었다. 한 공수장교가 M16 방아쇠를 당겼다. 안쪽에서 한 발의 총성이 울리는가 싶더니 이내 조용해졌다. 한 장교가 다시 내실 문고리를 향해 총을 난사했다. 문고리는 맥없이 떨어졌다.

박종규 중령이 내실 문을 열고 들어갔다. 안에는 왼팔에 총상을 입은 정병주 특전사령관이 쓰러져 있었다. 그 옆에는 한 개의 탄피가 떨어져 있었으며, 화약냄새를 풍기고 있었다. 박 중령은 정병주 특전사령관을 일으켜 밖으로 끌고 나왔다. 육본지휘부 측에서 장태완 수경사령관과 함께 합수부 측을 진압하기 위해 선두에 섰던 정병주 특전사령관은 그렇게 힘없이 부하들의 손에 체포당하고 있는 것이었다.

사령부 현관 앞에는 지프 한 대가 시동을 걸어둔 채 대기하고 있었다. 3공수 15대장 박종규 중령의 지프였다. 그 앞에는 트럭 한 대가 있었다. 정병주 특전사령관은 지프에 실려 박 중령과 함께 영내를 떠났다. 정병주 특전사령관은 그 길로 보안사 서빙고 분실로 압송됐다.

한편, 특전사령관 비서실장 김오랑 소령은 하반신에 집중적인 총격을 당한 채 정병주 특전사령관이 끌려나간 뒤에도 신음을 토하고 있었다. 특전사 평정조 박종규 중령 일행은 김오랑 소령을 그대로 둔 채 철수한 것이다.

다음은 정병주씨의 생전 회고이다.

"내가 피를 흘리며 어디론가 실려가는데 내 옆에서 또 한 명의 군인이 신음을 하고 있었다. 부대 정문에서 보초가 검문을 하니까 내 차에 탔던 장교가 '나, 15대대장이야' 라고 말했다. 그래서 그가 박 중령인 줄 알았다. 보안사 분실에서 과다 출혈로 쇼크 현상을 보이니까 국군 서울지구 병원으로 나를 데리고 갔다. 의식을 잃었다가 눈을 떠보니 박 중령이 보였다. 김오랑 비서실장이 그날 밤 숨졌다는 것은 한참 후에야 알았다."

박종규 중령 일행이 정병주 특전사령관을 연행해 간 뒤 김오랑 소령이 쓰러져 있다는 말을 듣고 가장 먼저 현장으로 달려온 사람은 특전사령관 전속 부관 장범주 대위였다.

특전사 보안부대장 김정룡 대령과 함께 사령관 부속실에 있었던 장범주 대위는 정병주 특전사령관이 끌려가는 모습은 보지 못했다고 한다. 한동안 요란하던 총성이 멈추고 박종규 중령 일행이 정병주 특전사령관을 연행한 뒤 당번병들이 달려왔다.

"부관님, 내실 입구에 비서실장님이 쓰러져 있습니다."

장범주 대위는 황급히 현장으로 달려갔다. 김오랑 소령은 피를 많이 흘린 상태였으나 아직 맥박이 희미하게 뛰고 있었다. 장 대위는 즉시 지프를 불러 김 소령을 사령부 의무대로 옮겼다. 마침 군의관이 있었다. 그는 김 소령을 이리저리 검사해보더니 가망이 없다고 했다. 출혈이 너무 심했던 것이다. 특전사의 많은 장·사병 가운데 유일하게 사령관 편에 서서 저항을 했던 김 소령은 끝내 사망했다.

역사적인 측면을 떠나 12·12의 비극은 김오랑 소령의 죽음에서도 극명하게 들어나고 있다. 김 소령은 정병주 특전사령관을 체포한 박종규 중령과 매우 친한 사이였다. 육사 선후배일 뿐만 아니라 영내 관사 아파트에 이웃하고 살았으므로 가족끼리 내왕도 잦았다. 12·12 며칠 전에도 김 소령은 부인과 함께 박종규 중령의 집에서 식사를 했다. 그러나 운명의 12·12 그날, 두 장교는 양쪽으로 갈라져 박 중령은 사령관을 체포하기 위해 총격을 가했고, 김 소령은 사령관을 지키기 위해 응사하다가 끝내 사망하고 만 것이다.

다음날 아침, 김오랑 소령의 시신은 사령부 건물 뒤편에 안치돼 빈소가 차려졌다. 바로 이날 아침 새로 부임한 정호용 특전사령관의 지시에 따른 것이었다. 많은 특전사 장병들이 빈소를 찾아 애도의 뜻을 기렸다. 신임 정호용 특전사령관은 김 소령의 장례를 엄숙하게 치르고 국립묘지에 안장토록 했다. 전두환 보안사에서는 반대했으나 신임 정호용 특전사령관의 뜻을 꺾지는 못했다.

"최세창·박희도·장기오 등은 내가 특전사령관 당시 승진·보직문제 등에서 모두 나의 은혜를 입었던 부하였는데, 그들이 날 그렇게 배반할 줄 몰랐어. 열 길 물 속은 알아도 한 길 사람 속은 모른다는 것을 그때 실감했어."

1980년 1월, 병원에서 예편 원서를 쓰고 31년간의 군생활을 마감한 정병주 씨는 그후 낭인의 시절을 보내면서 12·12 당시 자기가 가장 아끼던 세 명의 부하 여단장들에게 배반당했던 것이 가장 가슴 아프다며 곧잘 회한을 토로하곤 했다. 정씨는 "정규 육사 선후배 사이가 무섭다는 것을 그때 실감했다"는 말도 했다.

74년 특전사령관으로 부임한 정병주 소장은 12·12 당일 자신의 체포작전을 지휘하게 될 최세창 중령을 사령부로 전입시켜 작전참모로 기용했고, 그후 대령·준장 진급 때 많은 힘을 써주었다고 한다.

12·12 그날 여단 병력을 이끌고 행주대교를 건너와 곧 국방부와 육본을 점령하게 될 박희도 준장을 1공수여단장으로 임명할 때도 정병주 특전사령관이 결정적인 역할을 한 것으로 알려지고 있다. 당시 하나회 그룹에서는 육사 11기인 백운택 준장을 1공수여단장으로 밀었다.

78년 충남 광주지역으로 침투한 3인조 무장공비가 아군의 토벌작전에 걸려들어 한강 하류인 1공수 경계지역을 뚫고 북으로 탈출한 사건으로 백운택 준장이 전역 위기에 몰린 일이 있었다. 그때 정병주 특전사령관이 이세호 참모총장을 찾아가 '손이 발이 되도록 빌어서' 구해준 일까지 있었다고 한다.

5공수여단장 장기오 준장은 육사 12기 출신으로 동기생 중 마지막으로 별을 달았다. 이때 힘을 써준 이가 바로 정병주 특전사령관이다. 이일로 장 준장은 정병주 특전사령관을 찾아와 충성을 맹세했다고 한다.

12·12 그날, 부하들의 배신에 울분을 토하며 낭인생활을 하던 정병주 씨는 그후 천주교에 귀의, 독실한 신앙생활로 울분을 삭였다. 87년 6월 전국을 들끓게 했던 민주항쟁이 끝난 뒤 명동성당에서 민주화를 위한 미사가 봉행됐을 때, 소나기를 흠뻑 맞으며 군정 종식을 위한 기도를 올리기도 했던 정씨는 88년 10월 중순경 집을 나간 뒤 소식이 끊겼다. 다음해 3월 정씨는 경기도 어느 군부대의 빈 숙영지에서 목을 매숨진 채 발견됐다.

국방부 총격전

특전사 1공수여단이 삼각지 국방부청사 앞에 도착하기 직전, 그동안 미8군 지하 벙커에서 모습을 드러내지 않고 있던 노재현 국방부장관은 어느 정도 사태의 진상을 파악하고, 합참의장 김종환 대장과 함께 국방부 집무실로 돌아왔다.

"본부장, 지금 곧 국방부로 들어오시오."

"알겠습니다, 장관님."

노재현 장관은 곧 전두환 합수부장과 연합사 부사령관 유병현 대장을 국방부로 들어오라고 지시했다.

장관실에는 김용휴 국방차관, 방산차관보 이범준 중장, 777부대장 김용금 중장, 합참 작전국장 이경률 소장 등 국방부와 합참 고위 장성들이 모여 있었다. 노재현 장관은 전두환 본부장을 불러 수습책을 강구해볼 생각이었다. 장관과 합참 고위 장성들은 국방부로 오겠다고 약속한 전 본부장을 기다리고 있었다. 유 장군으로부터는 출발한다는 연락이 왔으나, 전 소장은 도착할 시간이 지났는데도 감감 무소식이었다.

이때 삼청동 총리 공관에서 노 장관을 찾는 전화가 걸려왔다. 최규하 대통령이었다. 국가의 운명이 걸려 있는 비상사태하에서 군 통수권자인 대통령과 그로부터 통수권을 위임받아 실제로 군을 지휘해야 할 국방부장관 사이에 상황 발생 6시간 만에야 통화가 이루어진 것이었다.

최규하 대통령과 노재현 장관 사이에 통화가 이루어진 것에 대한 노재현 씨의 증언은 좀 다르다. 노씨는 국회 국정감사에 증인으로 출두, 육본지휘부가 필동 수경사령부로 옮긴 뒤 "뒤따라오던 김종환·유병현 장군이 사람들을 먼저 수경사로 보내고 국방부에서 가깝고 통신이 잘 되는 8군사령부로 가자고 해서 그곳으로 갔다. 거기서 8군사령관과 여러 가지 협의했는데, 전화 통화가 수월해 상황 파악이 용이해졌다. 그곳에서 최규하 대통령에게 전화했다"고 증언했다.

― 통화내용은 어떤 것인가.

"최 대통령께서 빨리 오라고 했다. 그래서 가겠다고 했다."

노씨 본인은 8군 사령부에서 대통령과 통화했다고 했으나, 다른 사람들의 증언과 그후에 전개된 상황을 보면 국방부로 돌아와 최 대통령으로부터 전화를 받은 것이었다.

"장관, 도대체 어떻게 된 일들이오?"

"예, 각하."

"이리 와서 설명을 좀 하시오."

"알겠습니다. 곧 그곳으로 가겠습니다."

대통령의 부름을 받은 노재현 장관은 곧 삼청동 총리 공관으로 출발할 채비를 차렸다. 국방부청사 현관 앞에는 경호차 두 대가 대기 중이었다. 그러나 노 장관은 마음먹은 대로 총리 공관으로 갈 수 없었다.

"김 대령, 지금 내가 내리는 명령을 즉각 이행하라."

전두환 합수부장으로부터 국방부 보안부대장 김병두 대령에게 전화가 걸려 온 것은 바로 이 무렵이었다.

"김 부대장은 이 시간 이후부터 국방부와 육본을 지휘하라. 곧 1공수가 그곳에 도착한다. 국방부와 육본에 미리 연락해 쌍방간 오인사격이 없도록 조처하라."

"예, 알겠습니다."

김병두 대령은 즉시 육본 운용과장 강철진 중령에게 연락, "한 시간 후면 추가 배치되는 계엄군이 들어올 거야. 육본에 배치돼 있는 모든 경계병들에게 사격을 하지 않도록 조치하도록 해. 결과를 보고해줘"라고 지시한 뒤 국방부 당직 총사령 의무국장 이상빈 소장에게도 같은 내용을 전했다.

"계엄군이 도착하는 대로 정문 바리케이트를 열고, 진입이 용이하도록 조치해주십시오."

국방부와 육본에 협조를 구했으나 김병두 대령은 한 가지 빠뜨린 게 있었다. 국방부 옥상에 포진하고 있는 수경사 방공포단 1개 분대였다. 12·12 가해자 측 기록은 김 대령이 워낙 바빠서 그쪽을 깜박 잊어버렸다고 했고, 다른 증언에 따르면 이 초소가 방공포이고 지상사격은 각도가 맞지 않아 1공수가 진입하는 데 장애가 되지 않을 것으로 판단했다고 한다.

같은 시각, 박희도 여단장이 지휘하는 1공수는 험난한 우회로를 거쳐 삼각지로 들어서고 있었다. 1공수 병력이 막 국방부와 육본 갈림길로 진입할 무렵, 중령 계급장을 붙인 육본 작전과장이 나와 "1공수여단은 육본으로 들어가시오"라며 육본 쪽을 가리켰다.

국방부 정문에는 겹겹이 바리케이트가 쳐져 있고, 이미 장태완 사령관 휘하 수경사 병력이 지키고 있었다. 그러나 1공수가 도착하기 전 김병두 국방부 보안부대장의 조치로 충돌은 일어나지 않았다.

박희도 여단장은 육본 작전과장의 말에 따를 수가 없었다. 박 여단장은 전두환 합수부장으로부터 국방부와 육본을 동시에 평정하라는 지시를 받은 터였다. 부대를 출발하기 전에 제 1·2대대는 육본으로, 제5·6대대는 국방부를 점령하도록 지시하지 않았는가.

"작전에 장애가 되는 자가 있으면 지위고하를 막론하고 누구든 체포하라."

박희도 여단장의 입에서 명령이 떨어짐과 동시에 1대대장 김경일 중령이 육본 작전과장을 밀어붙였다. 작전과장은 1공수의 기세에 눌려 한쪽으로 비켜섰다.

1공수는 각 대대별로 사전에 부여받은 임무 수행을 개시했다. 예하 부대가 군의 심장부인 육본과 국방부를 점령하는 하극상이자, 쿠데타 작전이 개시된 것이었다. 계획대로 선두 2개 대대는 육본 청사로 진입했다. 제지는 없었다. 1대대는 국방부 뒤편에 있는 육본 사령실 건물을 점령하기 위해 국방부 오른쪽 담과 연한 도로를 통해 육본 본사 정문으로 접근해 갔다. 박희도 여단장은 1대대의 뒤를 따랐다.

"정지!"

육본 본사 정문 초병들이 1공수 진입을 막고 나섰다. 정문 초소에는 M16으로 무장한 초병 여덟 명, LMG사수 두 명 등 20여 명의 중무장 병력이 있었으니 1공수에게 총격을 가하지는 않았다.

"계엄군 추가병력으로 온 1여단 아닙니까. 1여단은 국방부 건너편 육본 본청으로 집결하라는 지시를 받았습니다."

초병들이 쉽사리 길을 터주지 않을 것 같은 기세를 보이자 뒤에 있던 박희도 여단장이 "점령해" 하고 짧게 지시를 내렸다. 공수대원들은 순식간에 달려들어 초소병들의 무장을 해제하고 바리케이트를 제거했다.

육본 본사로 뛰어든 1공수 1대대 병력은 지역대별로 임무를 부여받고 흩어졌다. 2지역대는 육본 벙커를 점령하기 위해 밀려갔다. 정문을 통과한 박희도 여단장은 2대대장 서수열 중령을 대동하고 본부 사령실로 들어갔다. 사령실에서는 본부사령 황관영 준장이 참모·대대장 등 몇 사람과 함께 있다가 사령관실로 들어서는 박 여단장과 마주쳤다.

"박 장군, 여긴 어쩐 일이요. 보안사령관으로부터 연락받았는데, 1여단 병력은 육본 본청으로 집결 대기토록 협조가 되어 있소."

바로 그때 1공수 1대대장 김경인 중령으로부터 "벙커에서 총을 쏴 1대대 병력이 총상을 입었습니다"라는 보고가 들어왔다. 보고와 함께 총성이 계속 울렸다.

황관영 준장은 "중지, 중지하시오, 박 장군. 총을 쏘지 않기로 지시되었단 말이요" 하고 다급하게 외치고 나서며 "육본 부장급 장성들은 모두 수경사로 이동하고 현재 작전처장과 아무것도 모르는 몇 명의 병사들뿐이니 점령할 필요가 없단 말이요" 하고 말했다.

박희도 여단장은 즉시 보안사령부로 전화를 걸었다.

"박희도입니다. 방금 도착했습니다. 육본은 지금 빈 껍데기뿐입니다. 그냥 집결해 있으면 될 것 같습니다."

"알았다, 박 장군. 평정한 뒤 국방부장관님을 찾도록 하라. 찾는 대로 보안사로 모시고 와."

박희도 여단장이 전두환 합수부장과 통화할 무렵, 국방부 청사에 가설된 확성기에서 난데없는 방송이 흘러나왔다.

"보안사령관님이 곧 이곳으로 오십니다. 국방부 보안부대원들은 모두 밖으로 나와주시기 바랍니다."

방송을 들은 국방부 보안부대장 김병두 대령은 무슨 일인가 싶어 얼른 보안사 보안처장 정도영 대령에게 전화를 걸어 확인했다.

"무슨 소리야, 그런 일 없어. 그건, 보안부대원들을 유인해내려는 허위 방송이야."

김병두 대령은 그제서야 자신은 물론이고 휘하의 보안부대원들이 연금상태에 있다는 것을 눈치챘다. 국방부 보안부대원들은 움직일 수가 없었다. 김 대령과 국방부 보안부대원들은 같은 시각 1공수가 국방부와 육본으로 진입한 사실도 까맣게 모르고 있었다.

한편 박희도 여단장이 전두환 합수부장에게 전화 보고를 하고 본부 사령실을 나왔을 때, 산발적인 총격전이 계속 이어지고 있었다. 한 공

80

수대원이 피격을 당해 나뒹굴었다.

"산개, 산개하고, 응사하라."

1공수가 육본과 국방부를 점령하는 과정에서 최초로 사격을 가한 곳은 육본 본사 쪽 벙커 입구였다. 13일 1시 45분경, 1대대 2지역대원들도 산개한 채 응사했다. 한동안 격렬한 총격전이 벌어졌다. 이 과정에서 2지역대 6중대 배정건 중사가 머리에 관통상을 입고 쓰러졌다.

"손들엇! 꼼짝마라. 움직이면 쏜다."

총격전 끝에 벙커 입구로 접근한 공수대원들이 벙커 입구 초소 근무자 네 명을 체포했다.

같은 시각 1대대의 나머지 병력들은 육본 본사 막사와 헌병대 막사를 점령, 잔류 병력들을 모두 무장 해제시켰다. 2대대 병력 중 5, 6지역대는 육본 본청을 점령하고 7, 8지역대는 1대대 뒤를 이어 육본 본사 쪽으로 진입, 외곽 경계병들을 무장 해제하고 무기를 빼앗았다.

육본은 너무도 어이없게 점령됐다.

두두, 두두두두 ─.

국방부 청사 옥상에서는 벌컨포가 불을 뿜어대고 있었다. 1공수여단 병력이 국방부 청사쪽으로 진입하려고 할 때, 청사 옥상에서 공수대원들의 진입을 막기 위해 방아쇠를 당긴 것이었다. 순간 청사 외곽에 도열해 있던 공수대원들은 땅바닥에 엎드렸다.

육본이 의외로 쉽게 점령된 반면 국방부 청사는 전혀 다른 상황이었다. 국방부청사 정문은 바리케이트가 겹겹이 쳐져 있고, 경비헌병들도 진입해 오는 공수대원들을 향해 적개심을 표시하지는 않았으나 쉽게

문을 열어주지는 않았다.

국방부 경비책임자는 총무과장인 김재열 준장은 국방부 차관실로부터 1공수대원들이 진입해 올 때 충돌이 없도록 하라는 지시를 받은 뒤 청사 경비를 맡고 있는 헌병대에 연락하여 "나, 국방부 총무과장인데, 공수부대가 들어오면 적대행위는 하지 말되, 즉시 보고하도록 하라"라고 지시를 내려놓은 터였다.

국방부청사 점령 임무를 부여받은 1공수여단 병력은 5대대였다. 대대장 박덕화 중령은 선두에 서서 청사 정문 쪽으로 진입했다.

"뭘하는 거야. 연락받지 못했나? 우린 계엄군 추가 병력이다. 당장 바리케이트를 치워."

"기다리십시오. 상황실에 연락해보겠습니다."

국방부청사 옥상 위에 설치된 벌컨포가 불을 뿜은 것은 바로 그때였다. 13일 새벽 1시 35분경이었다. 청사 옥상에 설치된 벌컨포 진지는 수경사 예하 벌컨포단 소속이었다.

이날 수경사 예하 30·33경비단, 헌병단, 방공포단, 야포단 등 5개 부대 지휘관 중 비육사 출신인 방공포단장 황동환 대령과 야포단장 구명회 대령만이 장태완 수경사령관의 지휘하에 있었으며, 연희동 비밀 요정에서 한남동 총장 공관 총격전과 총장 납치 소식을 듣고 부랴부랴 귀대한 장태완 수경사령관이 실병 지휘관들을 비상소집했을 때 유일하게 참석한 지휘관이 황 대령이었다. 국방부 청사 옥상에 설치된 벌컨포 진지에서 방아쇠를 당긴 것은 장태완 수경사령관의 지시가 황 대령을 통해 말단 대공 진지까지 전달된 것이었다. 장태완 씨는 이날 밤 국방부청사 위의 벌컨포 진지는 공수부대 병력들이 접근해 올 경우 지상 저지사격을 하라는 사령부의 지시를 받고 있었다는 사실을 확인했다.

"돌격! 돌격하라."

1공수 5대대장 박덕화 중령은 선두에 서서 국방부 정문을 향해 돌진하면서 바리케이트를 밀어붙이고 청사 건물 쪽으로 돌격명령을 내렸다. 일부 공수대원들은 경비헌병 19명의 무장을 해제하고 위병소에 감금한 뒤 정문을 완전히 장악했다.

벌컨포는 물론 대공화기로 포격만 요란할 뿐 포신을 아무리 숙인다고 해도 청사 건물 바로 아래쪽으로 접근하는 공수대원들한테 포탄이 미치지는 않았다.

"3대대장, 저놈의 대공초소를 점령해버렷!"

그때 뒤따라 온 박희도 여단장이 예하 3대대장 정영무 중령에게 명령을 내렸다. 3대대는 마포구청에 진주해 있다가 이날 밤 합류했다. 잠시 후 벌컨포 진지에서 울리는 포성이 뚝 그쳤다.

"청사 건물에 붙어라."

지시를 받은 공수대원들은 국방부 청사 벽에 몸을 붙이고 안으로 접근해 갔다.

탕, 탕탕 ─.

그때 청사 안에 있던 경비헌병들이 산발적인 총격을 가해 왔다. 5대대 14·15·16지역대는 총알을 피해 청사 건물 벽에 바짝 달라붙어 계속 접근해 갔다.

한편, 1공수가 국방부 정문 경비헌병들을 감금시켜놓고 정문을 장악했을 때, 4성장군 별판을 붙인 검은 승용차 2대가 국방부 정문 쪽으로 접근해 오고 있었다.

"정지!"

정문을 장악하고 있던 공수대원은 승용차가 정지할 여유도 없이 M16 방아쇠를 당겼다. 탄환은 앞에 있던 승용차를 스치더니 뒤차로 날아갔다. 뒤차의 안테나가 총알에 맞아 부러졌다. 승용차는 정문 입구에 정지했다. 한미 연합사령관 겸 미8군사령관 위컴 대장의 차였다.

"야, 이놈들아. 어디다 대고 총질이야."

차창을 열며 소리친 사람은 한미연합사 부사령관 유병현 대장이었다. 미8군 지하 벙커에 있던 유 대장은 노재현 국방부장관으로부터 국방부로 들어오라는 지시를 받고 오는 길이었다.

이날 밤 유병현 대장의 차가 피격당한 것과 관련, 12·12 가해자 측에서는 다음과 같이 기록하고 있다.

"미8군사령관 위컴 대장은 그때 한국에 군사 쿠데타가 발생한 줄로 오인, 정승화 총장 구출작전을 구상하고 있었다. 한밤중에 정지 신호를 무시하고 달리던 위컴 사령관의 승용차에 총탄이 스쳤다. 국방부장관을 찾고 있던 제1공수여단 수색조가 정지명령에도 불구하고 달아나는 승용차를 향해 M16을 발사한 것이다. 탄환은 희한하게도 승용차의 안테나를 맞춰 부러뜨렸다. 그 바람에 승용차가 멈춰 섰다. 계엄군이 뛰어가 보니 위컴 사령관이 보이지 않았다. 그는 뒷자석 바닥에 엎드려 있었다."

이 내용은 사실과 다른 것으로 확인됐다. 노재현 장관의 연락을 받고 유 대장이 8군 벙커를 출발하려고 할 때 위컴 사령관은 "안 된다, 위험하다"며 막았다.

"장관님이 오라고 하면, 어떠한 위험이 있더라도 가야 합니다."

"제너럴 유, 정 가야 한다면 내 차를 타고 가시오. 조금은 더 안전할 것입니다."

유병현 장군은 위컴 장군의 제안을 거절할 수가 없어 자기 차를 뒤따르게 하고 위컴 장군의 차를 타고 국방부로 향하던 중이었다. 공수대원이 쏜 탄환에 안테나가 부러진 차는 물론 유 장군의 차였다.

"나 연합사 부사령관인데, 장관님이 불러서 들어가야 해. 비켜라."

유병현 장군이 호통을 치자 정문을 막고 있던 공수대원들은 아무 소리도 못하고 길을 열어주었다. 국방부로 들어간 유 장군은 곧바로 청사 2층 장관실로 들어갔다.

탕, 탕탕 —.

그때 국방부청사 현관 앞에서는 공수대원들이 청사 1층 유리창을 향해 무차별 사격을 가하고 있었다. 청사 안에서 헌병들이 사격을 해오는 데 대한 반격이었다.

"최 소령, 벙커를 점령해."

"알겠습니다."

2시 10분경, 5대대장 박덕화 중령은 부대대장 최우영 소령에게 국방부 벙커를 점령하라고 지시했다. 최 소령은 즉시 15지역대를 불러 박대대장의 명령을 전달했다.

15지역대는 청사 건물을 돌아 벙커 입구로 돌격했다. 벙커 입구에서는 헌병 두 명이 응시를 하며 완강하게 저항했다. 공수대원들이 계속 사격을 가하자 헌병 한 명이 벙커 안쪽으로 뒷걸음질을 치다가 목 부위에 총을 맞고 그 자리에서 즉사했다. 광주 출신으로 제대를 일주일 남겨둔 국방부 헌병부대소속 정선엽 병장이었다.

"청사 안에 있는 병력은 실탄이 없다. 대원들은 문을 부수고 진입하라."

2시 30분경, 5대대장 박덕화 중령의 명령이 떨어지는 순간 15지역대 6중대는 장관과 장성 전용 출입문인 A현관 쪽으로 달라붙었고, 5중대와 대대본부 병력은 B현관을 맡아 진입을 시도했다.

"소등하라. 소등하고, 바리케이트를 설치해."

한편 공수대원들이 B현관으로 진입하기 직전, 국방부 헌병중대장 이기덕 대위는 청사 2층의 불을 모두 끄고 장관실 앞에 바리케이트를 설치하라고 지시했다. 이 대위는 10·26 그날 김진기 헌병감의 명령을 받고 김재규를 체포했던 장본인이다. 헌병들은 장관실 문앞에 이동식 차단기로 바리케이트를 친 다음 장관실 문을 안으로 걸어 잠궜다. 바로 그때 A현관 쪽에서 요란한 총소리가 들려왔다.

현관으로 진입을 시도하던 공수대원들이 안으로 굳게 잠긴 현관문을 향해 M16을 집중 발사한 것이었다. 청사 안쪽에서 헌병들이 사격을 가해 왔다. 그 총격으로 A현관문을 부수고 있던 공수하사 한 명이 왼쪽 손에 총상을 입었고, 6중대장은 유리파편에 얼굴을 맞아 피투성이가 됐다.

그러나 국방부 헌병대가 공수대원들의 청사 진입을 막을 수는 없었다. 순식간에 현관문을 부수어버린 공수대원들은 벌떼같이 청사 안으로 진입, 사무실들을 수색하며 국방부 간부들과 병력들을 무장 해제했다.

"뭐야? 너희들."

헌병소대장실로 뛰어든 공수대원들은 공포에 떨고 있던 헌병소대장과 헌병 네 명을 잡아놓고 무차별 구타를 가했다. 동료 대원들이 피격을 당한 모습을 본 공수대원들의 눈에는 핏발이 섰다.

A현관뿐만 아니라 B현관도 부서지고 공수대원들이 밀려들었다. B현관을 부수고 들어온 5중대와 대대본부 병력들은 순식간에 2층으로 뛰어올라갔다. 이때 장관부속실에는 국방부와 합참 고위 장성들이 있었고, 장관실 주위에는 7, 8명의 경비헌병들이 남아 있었다.

"문 열어. 당장 문 열지 못해."

장관실 앞으로 밀려온 공수부대 지휘관이 문을 열라고 소리쳤다. 부속실 문을 향해 집중 총격을 가했다. 문을 뚫고 들어온 총알은 방 안으로 튀면서 사람들의 머리 위로 휙휙 날아갔다. 당시 현장에 있었던 한 헌병 관계자는 부속실 안에 있던 모두가 죽는 줄만 알았다고 한다. 누군가 38구경 권총으로 응사를 했다. 밖에서도 계속 사격을 해왔다. 부속실에 걸려 있는 대형거울이 박살나고 유리파편이 사방으로 튀었다.

"사격 중지! 사격 중지!"

유병현 한미 연합사부사령관을 수행해 왔던 부관 이연린 대령이 소리쳤다.

"손들어!"

바로 그때 공수대원들이 군홧발로 장관부속실문을 박차고 뛰어들면서 M16 총구를 겨누고 사격자세를 취했다. 공수대원들을 이끌고 들어온 장교는 5대대장 박덕화 중령이었다.

국방부장관을 찾아라

장관실 안에 있는 부속실과 접견실에는 김용휴 국방차관을 비롯하여 합참의장 김종환 대장, 한미연합사 부사령관 유병현 대장, 방산 차관보 이범준 중장, 777부대장 김용금 중장, 합참 작전국장 이경율 소장 등 국방부와 합참 고위 장성 10여 명과 일곱 명의 헌병들이 있었다.

그러나 공수대원들이 찾는 노재현 국방부장관은 보이지 않았다. 노 장관은 공수대원들이 국방부에 진입하면서 쏜 총성을 듣고 수행부관 한 명만을 데리고 어디론가 몸을 피해버린 뒤였다. 공수대원들은 부속실에 있는 장성들과 헌병들의 무장을 해제한 다음 접견실 문을 열고 뛰어 들어갔다. 김종환·유병현 대장이 있었다.

자리에 앉아 있던 유병현 대장은 미8군 벙커에서 노재현 장관의 호출을 받고 국방부 청사로 오던 중 공수대원들에게 피격을 당한 터라 앞에 선 공수하사에게 "이놈. 너 잘 생겼구나. 몇 살이냐?" 하고 물어볼 정도로 비교적 여유가 있었다.

"예, 스물두 살입니다."

"그래, 내 막내와 동갑이구나."

멈칫하며 마지못한 듯 대답하는 공수하사에게 고개를 끄덕여 보인 뒤 유병현 대장은 뒤에 선 공수대위를 향해 호통을 쳤다.

"너 이놈, 어디다 함부로 총질을 해. 장관실에서는 예의를 지켜야 하지 않나? 너희 여단장 어딨나? 당장 전화를 대."

대장의 호통에 공수대위는 머뭇거리지 않을 수 없었다. 그때 1공수 5대대장 박덕화 중령이 들어왔다. 장관실을 완전히 장악한 박 중령은 유대장의 호통에도 아랑곳하지 않고 먼저 삼청동 보안사령관실로 전두환 합수부장에게 전화를 걸었다.

"1공수여단 5대대장 박덕화 중령입니다. 국방부를 평정하고 장관실에 와 있습니다만, 장관님은 피신하고 보이지 않습니다."

"수고했다. 허나, 국방부장관 없이는 대통령 각하의 윤허를 얻을 수 없다. 빠른 시간 내에 장관을 찾도록 하라."

전두환 본부장에게 보고를 올린 박덕화 중령은 직속상관인 1공수여단장 박희도 중장에게 전화를 걸었다. 이때 박 여단장은 육본 본부 사령실에서 육본과 국방부 상황을 전 본부장에게 보고한 뒤 본부사령관 황관영 준장과 앞으로의 상황 처리와 수습 방법을 논의하고 있었다.

13일 새벽 2시 50분, 유병현 대장과 박희도 1공수여단장 사이에 통화가 이루어졌다.

"박 장군, 이게 무슨 짓이야. 왜 총격전을 벌이냔 말이야."

"경비병들이 먼저 총을 쏘는 바람에 응사를 한 모양입니다."

"무슨 소릴 그렇게 해. 국방부 청사를 지키는 것이 경비병들의 임무 아닌가. 경비병들이야 사전에 허락 없이 들어오는 것을 막는 것은 당연하지 않나."

"……."

"박 장군, 당장 이리 올라와서 총격전이 더 이상 확산되지 않도록 수습하도록 해. 현재 우린 무기를 다 내주고 비무장 상태이니까 이리 오라구."

"알겠습니다."

전화를 끊은 박희도 여단장은 다시 전두환 합수부장에게 전화를 걸어 유병현 대장을 만나러 간다는 내용의 상황 보고를 했다.

"알았다. 국방부장관을 모시고 삼청동 공관으로 가기 전에 이곳에 들르도록 해."

수화기를 내려놓은 박희도 여단장은 육본 본부사령실을 나와 곧장 국방부 쪽으로 갔다. 국방부 청사 앞뒤에서는 아직도 총소리가 들리고 있었다. 이때 육본 쪽으로 달려온 5대대장 박덕화 중령이 박 여단장을 안내했다. 국방부 청사 출입문은 유리가 모두 깨져 있는 등 격렬한 전투의 흔적이 보였다. 장관실 입구 벽에 걸린 거울이 총격을 당해 구멍이 뻥 뚫려 있었다.

"제1공수특전여단장 박희도입니다."

장관실에 들어선 박희도 여단장은 합참과 국방부 고위 장성들을 향해 거수경례를 붙인 뒤, 뒤에 서 있는 5대대장 박덕화 중령을 향해 "모두 나가 있어" 하고 지시했다.

공수대원들이 모두 밖으로 나간 뒤 박희도 여단장은 장성들 앞으로 한 걸음 나아갔다.

"박 장군, 이게 무슨 짓인가. 북한을 눈앞에 두고 우리끼리 총질을 해서야 되겠는가 말이야."

합참의장 김종환 대장이 먼저 입을 열었다. 박희도 여단장이 12·12 후에 작성한 참고자료에 따르면 '김종환 대장은 나를 붙잡고 눈물을 흘리면서 오열을 금치 못했다. 나는 병력이 진주하게 된 불가피한 상황을 설명 드리고 대통령 각하 결재를 받아 수습하면 되니 장관을 빨리 찾아 모셔야 한다고 말씀드렸다' 고 한다.

국방부장관실에 모여 있던 국방부와 합참 고위 장성들은 박희도 여단장의 설명을 들으면서 대체로 합수부 측의 대세를 수긍하는 분위기였다. 어쩌면 공수대원들에게 장악된 상태에서 그들이 택할 수 있는 길은 달리 없었는지도 몰랐다. 실제로 이날 국방부 장성들의 태도는 모호하기만 했다. 정확한 사태의 진상을 몰랐던 이유도 없지 않았으나 일부 인사는 기회주의적인 태도를 취했다는 것이 관찰자들의 평가다.

실명을 거론하는 것이 실례가 될지 모르겠으나, 그들 가운데 언론에 자주 이름이 오르내린 인사는 김용휴 국방차관. 김 차관은 사건 초기 장태완 수경사령관이 기세를 올리며 병력 동원을 요청해 올 때 "장태완 파이팅!" 하고 외쳤던 인물이었다.

"장관님을 찾아야 합니다. 지금 어디 계십니까?"

"장관께서도 이미 보안사령관과 전화통화를 하신 뒤 합수부 측의 조치를 이해하고 막 삼청동 공관으로 출발하려던 참에 총소리가 나 몸을 피하신 모양이야. 지금 우리도 찾고 있는 중이야."

김용휴 차관의 대답은 사태를 포기한 입장에서 합수부 측의 비위를 맞추기 위한 것에 다름 아니었다. 당시 국방부장관이었던 노재현 씨는 국회 국정감사에 증인으로 출동, 다음과 같이 증언했다.

— 합수부요원들이 정승화 총장을 연행한 것에 대해 어떻게 생각하나?

"대단히 잘못된 것이다. 그분은 참모총장이고 계엄사령관이다. 그분에게 무슨 문제가 있다고 하면 나에게 보고를 해서 그날처럼 밤에 할 것이 아니라 적절한 시점을 택해 조사를 하면 된다. 더구나 장교 두 사람이 사병들을 데리고 무장을 한 채 공관에 들어가서 연행했다는 것은 생각할 수도 없는 문제다.

— 12·12에 대해 전 장군은 김재규를 조사하는 과정에서 일어난 우발적 사태라고 주장했는데, 김영삼 대통령은 이것을 군사반란사건이라고 규정, 상반된 시각을 갖고 있다. 어떻게 평가하는가.

"개인적으로 그 사람들이 무장하고 총장을 체포하러 간 것이 문제라고 생각한다. 무장을 하고 가지 않았다면 그런 사태가 안 일어났으리라고 본다. 그로 인해서 충돌이 일어나 사상자가 생긴 것, 병력을 임의로 동원한 것, 지휘 본부를 점령한 것 등 그날 저녁에 일어난 일이 참으로 많다. 이런 행동은 군의 생명인 지휘계통을 무시하고 한 일이기 때문에 대단히 잘못된 것이라 생각한다. 동시에 그 이후에 일어났던 일들을 생각해볼 때 넓은 의미의 쿠데타라고 생각한다."

92

노재현 장관은 합수부 측의 조치를 쿠데타라고 생각하고 있는 터에 김용휴 차관은 장관이 합수부 측의 조치를 이해했다고 거짓말을 하고 있는 것이었다. 김 차관의 그와 같은 기회주의적 행동은 12·12가 끝난 뒤 그가 총무처장관에 기용된 것과 무관하지 않다고 보는 시각도 있다.

김용휴 차관의 대답을 들은 박희도 여단장은 "그럼 청사 내에 계시겠군요?" 하고 물었다.

"그렇겠지. 청사 내에서 총격전이 벌어졌기 때문에 멀리 가지 못하고 청사 내 어딘가에 계실 거야."

김용휴 차관은 이어 "이럴 것이 아니라 우리 다같이 장관을 찾아봅시다" 하고 장성들에게 제의하기도 했다. 그때 유병현 대장이 자리에서 일어서며 "박 장군, 나는 북한의 동태를 알아봐야겠네. 나가도 되겠나?" 하고 물었다.

"예. 그렇게 하십시오. 저희들이 모셔 드리지요."

박희도 여단장은 2대대장 서수열 중령을 불러 유병현 대장을 미8군 벙커까지 경호하도록 지시했다.

국방부 청사 안팎에서는 계속 총성이 울리고 있었다. 실제로 박희도 여단장이 작성한 참고자료에 나타난 바와 같이 이날 밤 국방부와 육본 주변에서 벌어진 총격전은 격렬한 것이었다. 인명 피해만 해도 한 명이 숨지고 10여 명이 중·경상을 입었을 정도. 당시 국방부 출입 기자들도 그날 밤의 총격전 상황에 대해 증언하고 있다.

"다음날 아침 국방부로 출근해보니 청사 1·2층 유리창들이 거의 대부분 박살이 나 있었다. 기자실로 들어가는 B현관 출입문도 다 부서져 있었고 청사 뒤편 벙커 입구에는 선지피가 바다를 이루고 있어 틀림없이 사람이 죽었을 것이라고 생각됐다. 기자실과 공보관실 벽에 무수한 총알자국이 나 있었는데 2백 군데 가까이나 됐다."

국방부 청사의 총격전 상황은 당시 1공수대원으로 직접 국방부와 육본 평정작전에 참전, 행인지 불행인지 모를 그 현장을 직접 목격했다는 한 사병 출신의 증언에서 더욱 생생하게 드러난다.

그 사병에 따르면 1공수가 김포 주둔지를 막 출발할 때 중대장이 5분 대기조 실탄박스를 열고 개인에게 실탄을 나눠준 후 "이것은 실제상황이야" 하고 강조하더라는 것이다.

"실제상황! 그때까지도 순진하게 휴가 생각만 하고 있던 나는 이 말에 갑자기 가슴이 쿵쿵거리기 시작했다. 부마사태와 10·26을 계엄군의 말단에서 겪으면서 여러 번 위기감 같은 것을 느끼긴 했으나 이번처럼 출동 중에 실탄을 배급받으면서 실제상황이라는 말을 듣는 것과는 느낌의 강도가 달랐다."

이날 밤 공수대원들에게 떨어진 명령은 '육군본부와 국방부 청사를 점령하라' 는 것이었다.

"그때 나는 거의 아무런 정신이 없었다 해도 과언이 아니다. 뭐가 뭔지 상황을 전혀 분간할 수가 없었다. 그저 가슴이 쿵쿵 뛸 따름이었다. 대대장에게 '육본 청사를 점령하라' 는 명령을 듣고서도 아무런 생각이 나지 않았다. 점령명령을 받은 육본 청사가 어디인지조차 확인할 겨를도 없이 그저 '앞에총' 자세로 고참의 꽁무니를 놓칠세라 죽어라 뛰었다. 동료들의 함성소리가 평상시보다 악에 받쳐 있다는 느낌이 들었다.

그것은 정말 실제상황이었다. 그리고 아무 영문도 모르는 채 우리는 우리나라 육군의 심장이라고 할 수 있는 육본을 습격하고 있었다. 뭔가 잘못되어 가고 있다는 생각도 잠시 스쳤다. 하지만 쫄병이란 게 '전쟁'과 같은 상황에서 얼마나 기계적이고 무조건적일 수밖에 없는지 충분히 짐작할 수 있을 것이다. 본부 청사로 뛰어 들어가는 상황에 멀리서 총소리가 들렸다. 어디선가 총격전이 벌어진 모양이었다. 육군본부와 마주보고 있는 국방부로 들어간 6대대 쪽인 것 같았다. 짧은 순간이었지만 그때는 전쟁 바로 그것이었다."

육본을 점령했던 이 사병 출신은 다음날 국방부 청사로 가서 간밤의 총격전 현장을 목격하게 된다.

"다음날 아침, 우리 대대는 교전을 치른 6대대와 위치를 바꿔 국방부 건물에 배치되었다. 몇 시간 전의 교전에서 몇 명의 사상자가 발생했다는 뒤숭숭한 소문이 부대원들 사이에 돌고 있었다. 국방부 청사로 갔다. 어젯밤의 상황을 증언하듯 건물의 1층은 난장판이 되어 있었다. 유리창이 깨지고 로비의 대리석에 탄흔이 얼룩져 있었다. '국방부 시계'는 만신창이가 된 채 그 몸체가 떨어질 듯 벽에 간신히 매달려 있었다. 그 옆엔 수경사 복장을 한 열 명 남짓한 하사관, 사병이 이번 전투의 포로랍시고 새끼줄이 쳐진 울타리 내에서 초라하게 쪼그리고 앉아 있었다. 확인해보니 국방부 건물 옥상의 대공 초병들이라 했다."

총격전이 벌어졌을 때 비상소집으로 사무실을 지키고 있던 장교들 중 일부는 책상 밑이나 금고 뒤에 숨기도 했다. 어디에서 총알이 날아올지 모르는 상황이었다. 도대체 영문을 모르는 일부 장교들이 총을 쏘며 들이닥치는 공수대원들에게 무슨 일이냐고 물어보는 해프닝까지 벌어졌다.

"우리도 모릅니다. 명령에 따라 점령했을 뿐, 잘 모릅니다."

공수부대 사병들뿐만 아니라, 장교들의 반응도 마찬가지였다.

국방부와 육본을 점령한 공수대원들은 청사 안에 있던 사병들은 물론 장성들이 소지하고 있는 무기들도 모두 회수했다. 무기를 달라는 공수대원들의 요구에 허허 웃으며 "여기 있네" 하고 순순히 권총을 풀어주는 일부 장성들이 있는가 하면, "이놈아, 너희놈들이 뭔데 감히 권총을 달라 하느냐" 하고 호통을 치다가 공수대원들의 완강한 요구와 험한 말투에 마지못해 내주는 장성들도 있었다.

"12·12 사태는 박정희 대통령이 중앙정보부장 김재규에 의해 시해된 10·26과 관련해 용의자 정승화 육참총장을 연행하는 과정에서 빚어진 사건입니다. 발단부터 결말까지 12·12 사건은 '김재규의 10·26 내란사건 용의자를 조사하기 위한 연행과정에서 빚어진 우발적 충돌사건'일 뿐입니다. 또 당시 합수본부장이었던 본인의 판단과 결정에 따라 실행에 옮겨진 일인 만큼 총체적 책임은 본인에게 있습니다."

12·12 고소고발 사건을 수사하고 있는 검찰 측 질의서에 당시 보안사령관 겸 합동수사본부장이었던 전두환 전 대통령 측이 작성한 답변서는 예나 지금이나 '우발적 사건'으로 규정하고 있다. 당시 국방부장관 노재현 씨의 증언도 있었으나 관찰자들의 시각은 정반대다.

"이날 밤 육본과 국방부 청사에서 벌어진 일련의 상황들은 이 사태를 단순히 우발 사건으로 보기 어렵게 한다. 합수부 측 장성들이 경복궁에 모여 대통령 시해사건과 관련해 육군참모총장 겸 계엄사령관을 정상적인 절차를 밟지 않고 연행해 오도록 한 초기상황은 하극상 정도의 수준이었다고 할 수 있다. 그러나 시간이 흐르면서 사태가 걷잡을 수 없이 확대돼 갔으며 자정 무렵에는 대규모 부대 출동이 이루어지고 국방부와 육본에서 유혈사태가 벌어지는 등 군사행동의 규모가 5·16 군사쿠데타 수준을 훨씬 넘어서고 있었다. 동원된 병력 규모만 보아도 5·16 때는 해병 1개 여단과 공수여단 등 3,000명에 불과했지만, 12·12 사태의 성격을 당시 동원된 병력 규모나 무력충돌의 정도면에서만 규정할 수는 없지만, 이런한 측면을 고려하지 않은 12·12의 성격 규정은 무의미한 것이다.”

합수부 측 1공수 병력이 육본과 국방부를 장악하기까지의 12·12 전개과정에 대해서는 이미 언급한 바 있으나 병력 동원 지시에 대해서도 전두환 측의 주장은 예와 달라진 것이 없다.

정승화 전 육군참모총장과 장태완 전 수경사령관 측은 30경비단장실에 있던 최세창 3공수여단장과 장기오 5공수여단장이 12일 밤 9시쯤 전두환 본부장의 지시에 따라 각각 부대로 돌아가 부대 출동을 준비했고, 박희도 1공수여단장은 밤 10시경 1공수여단 병력을 동원해 육본과 국방부를 점령하라고 직접 지시했다고 주장한 데 대해, 전두환 측은 부인하고 있다. 즉 박희도 여단장은 이날밤 9시 30분경부터 유학성 군수차관보와 함께 최규하 대통령을 방문, 면담 중이었으므로 병력 출동을 지시할 상황이 아니었다는 것이다. 최·장 여단장은 육본에서 ‘진돗개 하나’가 발령됨에 따라 부대에 돌아간 것이며 전 본부장의 지시에 따른 것이 아니라고 한다.

97

병력 출동에 대해서도 마찬가지 주장이다. 정·장 측은 박희도 여단 장이 이날 밤 직접 병력을 이끌고 서울로 출동, 다음날 새벽 1시 30분경 1공수 1·2대대 병력이 육본 청사를 점령하는 등 합수부 측이 먼저 병력을 출동시켰다고 주장하고 있다. 그러나 전두환 측은 이에 앞서 장태완 수경사령관이 극도로 흥분한 상태에서 30경비단을 공격하기 위해 26사단과 수도기계화사단 등 이건영 3군사령관 예하 부대에 병력 동원을 요청해놓고 있었으며, 밤 11시경 정병주 특전사령관은 정병주 특전사령관에게 9공수여단의 출동을 강력히 독촉, 정병주 특전사령관이 11시 40분경 윤흥정 9공수여단장에게 출동을 명령했고, 윤 여단장은 밤 12시경 예하 5대대를 서울로 출동시켰다는 것이다.

한편, 1공수가 국방부를 완전히 장악할 무렵 삼청동 총리 공관과 합수부 측 지휘부가 된 보안사로부터 노재현 국방부장관을 찾으라는 독촉 전화가 빗발쳤다. 같은 내용이었으나 그 뜻은 달랐다. 삼청동 총리 공관에서의 독촉 전화는 한시바삐 국방부장관을 찾아 진위를 파악하려는 의도인 반면, 합수부 측은 장관이 나타나면 삼청동 공관으로 가기 전에 먼저 보안사로 모셔 설득할 작정이었다. 전 본부장은 박희도 1공수여단장뿐만 아니라 삼청동 총리 공관을 봉쇄하고 있는 청와대경호실장 직무대리 정동호 준장과 작전담당관 고명승 대령에게도 장관이 공관에 나타나면 먼저 보안사로 안내하라고 지시한 터였다. 결국 대통령의 재가가 보류되고 있는 시점에서 합수부 측에 주어진 난제 중의 하나는 대통령과 국방부장관의 접촉을 차단한 뒤 먼저 노 장관을 만나 그들의 행위를 인정하는 쪽으로 설득하는 것이었다.

98

노재현 국방부장관의 종적이 묘연하자 전두환 본부장은 몹시 초조했다. 당시 합수부 측과 밀접했던 한 인사에 다르면 전 본부장은 정승화 총장 연행에 대해 대통령의 재가를 받지 못한 상태에서 날이 밝을 경우 사태가 역전될 가능성이 크다는 점을 염려하고 있었다는 것이다. 다급해진 전 본부장은 박희도 여단장에게 다시 전화를 걸어 "장관이 발견되기만 하면 내가 직접 국방부로 모시러 가겠다"라고 말했다.

합참 장성 및 국방부 간부들 중 누구보다 앞장서서 합수부 측에 동조하고, 노재현 국방부장관을 찾기 위해 박희도 여단장과 함께 국방부 지하 벙커로 내려갔으나 결국 찾지 못하고 장관실로 올라온 김용휴 국방차관과 전두환 본부장 사이에 통화가 이뤄진 것은 그 무렵이었다.

"본부장, 장관님을 계속 찾고 있네. 찾는 대로 모시고 가겠어. 만약 찾지 못하면 나라도 대신 가야지."

김용휴 차관과 전두환 본부장 간의 통화가 끝난 뒤, 미8군으로 간 유병현 한미연합사 부사령관한테서 전화가 왔다. 김 차관, 김종환 합참의장과 번갈아 통화한 유 사령관은 "북괴는 아무런 움직임이 없다"는 내용을 전해 왔다.

그때 신현확 국무총리가 이희성 중앙정보부장서리와 함께 장관실로 들어섰다. 삼청동 총리 공관에 있던 신 총리는 아무리 기다려도 국방부장관이 나타나지 않자 국방부로 직접 찾아나선 것이었다. 이중정 부장서리는 이날 밤 남산 집무실에 있다가 자정이 넘은 뒤 삼청동 공관으로 가 전두환 본부장에게 전화를 걸어, "아군끼리의 충돌을 피하고 절차를 밟아서 조치하라"라고 설득했다. 합수부 측으로부터 일단 만나자는 요청을 받고 보안사로 간 이 부장은 전 본부장의 설명을 들은 뒤 합수부 측 입장에 동의한 것으로 알려지고 있다. 그는 날이 새면 12·12 상황 종료와 함께 대장으로 승진, 육군참모총장 겸 계엄사령관으로 임명될 것이다.

10·26 사건 뒤 김재규 후임 중정부장감을 물색할 때 이희성 중장과 함께 유력한 후보로 떠올랐던 인물은 합참본부장 문홍구 중장이다. 12·12 그날 육본지휘부를 이끌고 있는 한 사람인 문 본부장은 이날 진압군의 일원으로 끝까지 수경사 상황실을 지키다가 13일 새벽이면 보안서 서빙고 분실로 끌려가게 될 것이다.

— 10·26이 나고 중정부장 감을 물색할 때 문 장군께서 상당히 유력한 후보로 떠올랐다고 하던데요, 그때 중정에 가셨더라면 역사가 조금 달라졌을 텐데요.

"그런 말이 있었다고 들었는데 가지 않기를 잘했지. 이희성 차장이 중정부장서리로 결정되자 정승화 총장은 나를 참모차장으로 데려가려고 했던 모양이에요. 노재현 국방부장관에게 상의했더니 이런 중요한 시기에 합참본부장을 빼내가면 안 된다고 하면서 강력히 반대를 하더랍니다. 중정부장 말이 나왔을 때에도 노 장관이 반대를 했다고 들었습니다.

얼마 전 정승화 총장을 만났더니 그때 노 장관의 반대를 무릅쓰고서라도 나를 참모차장으로 데려갔어야 했는데, 그게 잘못된 일이었다고 합디다. 자기는 매사를 신중히 처리하는 데 반해 문 장군은 결단력이 있어 자신의 단점을 보완해줄 수 있을 거라고 하더군요. 지금 와서 그런 말하면 뭘 합니까."

100

국방부장관실에는 무거운 침묵이 흘렀다. 노 국방부장관은 여전히 행적이 묘연했다.

"총리님, 장관님도 피신하시기 전에 이미 이해한 사항입니다. 일이 이렇게 된 이상 합참의장이 총리님을 모시고 대통령의 재가를 받도록 하는 것이 어떻겠습니까?"

노재현 장관을 찾는 일에 진전이 없자 김용휴 차관이 제의했다. 그는 이제 국방부 점령지휘관 박희도 여단장뿐만 아니라 신현확 총리한테까지 노 장관이 합수부 측 입장에 동조하고 있다고 거짓말을 하고 있는 것이다. 신 총리는 "4시까지는 기다려봅시다"라며 반대했다.

13일 새벽 3시 55분경, 성산대교를 넘어온 장기오 준장의 제5공수특전여단이 국방부 부근 삼각지에 도착하고 있었다. 장 여단장으로부터 도착 보고를 받은 전두환 본부장은 이미 1공수에 의해 국방부와 육본이 평정되었으므로 5공수는 효창 운동장으로 이동, 대기하라고 지시했다.

한편 1공수가 국방부를 장악하기 전 연금상태에 있던 국방부 보안부대장 김병두 대령은 뒤늦게야 1공수가 국방부를 장악한 것을 알고 1공수 보안부대장 이봉중 소령에게 구원을 청했다. 이 소령은 대원 네 명을 데리고 왔다.

"장관을 찾아야 하는데 어디로 갔는지 보이지 않습니다."

"그런가. 우리가 찾아보자."

연금상태에서 풀려난 김병두 대령은 공수부대 병력으로 편성된 수색조와 함께 휘하의 보안대원들을 거느리고 2층으로 내려갔다. 그때 갑자기 총성이 울리고 한 공수대원이 쓰러졌다. 국방부 헌병이 쏘았는데, 그의 총격으로 공수부대 중사가 목에 관통상을 입었다. 국방부 헌병은 곧 무장 해제당했다.

국방부 청사를 샅샅이 뒤지며 아무리 찾아도 국방부장관은 나타나지 않았다. 김병두 대령은 수색을 철수하여 사무실로 돌아왔다. 잠시 후 목에 관통상을 입은 공수 중사의 중대장이 문을 박차고 뛰어 들어왔다.

"꼼짝마라. 죽여버리겠다."

공수 중대장은 총을 겨누며 김병두 대령을 윽박질렀다. 얘기인즉 김 대령이 육본지휘부 측 편으로 자신의 부하를 유인해 관통상을 입게 했다는 것이다. 김 대령의 설득으로 오해가 풀리긴 했으나, 이날 밤 상황이 시종 피아를 구분할 수 없을 정도로 불분명하게 전개됐다는 한 증거다.

박희도 여단장은 제3·5대대장에게 수색조를 짜도록 지시했다. 국방부장관을 찾기 위함이었다. 시간은 새벽 4시를 향해 치닫고 보안사로부터는 국방부장관을 빨리 찾으라는 독촉 때문에 전화 옆에 계속 불이 났다. 그러나 국방부장관은 좀처럼 나타나지 않았다.

추락하는 육본지휘부

한편 수경사령부가 보유하고 있는 네 대의 전차를 앞세워 모든 화기를 동원해 경복궁으로 쳐들어갈 생각이었던 장태완 사령관은 행정병·취사병까지 합해 백 명가량 되는 휘하의 부하들을 집합시켜 최후의 전투태세 명령을 내린 뒤 2층 집무실로 갔다.

수경사령관 집무실은 육본 측 임시 지휘부, 윤성민 참모차장을 비롯한 육본 주요 참모들이 모두 모여 있었다. 장태완 수경사령관은 윤성민 참모차장과 병력 동원에 관한 마지막 담판을 내릴 생각이었다.

"참모장님, 지금 시간이 자정을 넘었습니다. 육본지휘부가 이곳에 와서 지금까지 상황을 유리하게 진행시킨 것이 하나라도 있습니까. 전화만 붙잡고 국방부며, 3군사령관, 심지어 반란군 두목들과 통화한 결과, 얻은 것이 뭐가 있습니까. 이젠 시간적 여유가 없어요. 저놈들이 동

원한 병력들이 서울 시내로 진입할 시간도 멀지 않았어요. 나 장태완이
는 이대로 물러설 수 없어요. 죽는 한이 있더라도 결전을 벌일 겁니다."

윤성민 참모차장에게 쏘아붙이듯 말하고 돌아선 장태완 수경사령
관은 옆에 있는 김기택 참모장을 향해 큰소리로 명령을 내렸다.

"참모장, 조금 전에 지시한 대로 당장 전차를 선두로 전 병력을 전투
조로 편성하라. 목표는 경복궁과 보안사령부, 공격 개시선은 아스토리
아 호텔 앞이다. 출발은 내가 선도한다. 중앙청 부근의 적절한 진지를
잡아 전차포, 토우, 106무반동총, 3.5로켓포로 2개 목표를 동시에 집중
사격하고, 일제히 돌격하여 역모자를 사살 또는 포획하고 반란을 진압
한다. 참모장은 가서 명령을 시달하고 출발대기하라."

최후통첩이나 다름없었다. 옆에서 잠자코 듣고 있던 윤성민 참모총
장이 "아, 장 장군. 잠시만 기다리시오. 잠깐만 기다리라니까" 하고 황
급히 말렸다.

정승화 총장이 연행됨으로써 비롯된 12·12 과정에서 총장직무를
수행할 위치에 있던 윤성민 참모차장의 일거수일투족은 사태의 진퇴
여부에 깊은 영향을 미칠 수밖에 없다. 당시 12·12를 직·간접적으로
겪었던 많은 인사들의 증언은 윤 차장에 대해 비판적이다. 증언에 따
르면 윤 차장은 초저녁까지만 해도 합수부 측을 진압하기 위해 무척
애를 쓰다가 합수부 측과 통화한 뒤부터 조금씩 소극적으로 태도가 바
뀌었다는 것이다. 참모차장이 무너지기 시작함으로써 육본지휘부 측
진영이 흐트러졌다는 얘기다. 문홍구 씨는 당시 윤 차장의 동태가 수
상쩍었던 낌새를 알고 있었느냐는 질문에 간접적으로 암시하였다.

"그런 건 잘 몰랐어요. 30경비단에 있는 사람들과 자주 통화를 하는

정도만 알았지 상세한 내용은 알 수 없었거든요. 그러나 윤 장군이 시간이 갈수록 말이 없어지고 활발하게 움직이지 않았던 것 같아요. 다음날 새벽에 보니까 수경사 상황실에 윤 장군이 안 보이는 겁니다."

합수부 측에 '유화적인 태도'를 보였다고 해서 비판을 받고 있는 윤성민 씨의 증언은 사뭇 강경한 편이다. 윤씨는 12·12 그날 합수부 측이 육군본부를 기만했다고 기염을 토한다.

"결과적으로 적극적인 행동을 안 했다고 하는데, 상황을 보니까 그때는 하나회라는 조직이 공조직을 압도했고 명령을 내려도 움직이지 않았어요. 마비가 돼버렸으니까. 그 상황에서는 우리도 병력동원한다고 공갈치면서…… 그 방법밖에 없지 않은가, 나는 그렇게 생각한 거예요. 결과적으로 그렇게 됐잖아요. 정병주도 바로 자기 부하가 와서 총을 쏘며 잡아가고, 장태완도 자기 부하가 총을 쏘며 잡아가고, 그 사람들은 완전히 조직적으로 준비한 상황이고 우리는 기습을 받은 사람들이에요. 우리가 아무리 하려고 해도 속수무책이었습니다. '내란이 일어나서는 안 된다. 국가와 민족이 살아야 된다.' 그러면서 울었다니까. 그 녹음이 지금도 다 있을 겁니다. 울면서 호소한 내용이 '정승화 총장 보내라'는 것이었어요. 그리고 한쪽으로는 우리도 출동한다며 양면작전을 펼친 것, 그런 거에요.

만약 진압군 측에서 병력동원을 신속히 하기로 모든 지휘계통에서 결심이 섰다면 몰라도……. 윤흥기 준장이 지휘하는 9공수 병력이 밤 12시에 왔다가 저쪽 사람들의 방해로 돌아간 상황에서 그런 병력이 총장 공관에서 총격전이 일어난 지 한 시간 이내에 동원되었다면 몰라도 그후에는 전혀 성공할 가능성이 없었어요. 그때는 벌써 버스가 지나간 다음 상황이었어요."

윤성민 차장이 최후의 공격명령을 중지시키자 장태완 사령관은 "뭘 어떻게 하시려고요?" 하고 거칠게 항의하듯 물었다.

"아, 시간을 좀 주시오. 내가 1·3 군사령관들에게 병력동원이 가능한지 전화를 해보겠소."

바로 이 시점에 대해 윤성민 씨는 "당시는 전차부대 등 출동부대를 전혀 움직일 수 없는 상황이었다"라고 술회했다.

윤성민 차장의 만류로 최후통첩을 보류한 장태완 수경사령관은 "그럼 내가 걸어 드리지요" 하고 즉석에서 용인 3군사령부로 전화를 걸었다. 곧 이건영 3군사령관이 나왔다.

"장태완입니다. 상황이 좀 달라지는 것 같습니다. 한강 각 다리를 막아놨더니 1공수 병력 천 명 정도가 구파발 쪽으로 해서 육본 본부하고 국방부에 들어갔습니다. 그런데 저쪽에서 전화로 장관님한테 협박을 하는 바람에 장관님이 지금 총리 공관에 가신 모양인데요.

여기 참모차장이랑 일반 참모부장이랑 합참본부장이 다 모여 있습니다. 저희들 생각은 전쟁을 위해서도 수도기계화사단하고 26사단 정도는 갖다놓는 게 어떠냐는 의견이 오고가고 하는데, 군사령관님의 의도는 어떻습니까?"

"장관님이 아까 나한테 절대 병력을 동원하지 말라고 엄명을 내렸어요."

"장관님이 저쪽으로 납치되다시피 했습니다. 국방부 청사에서 총소리가 났어요."

"어찌됐든 간에 장관님이 병력을 출동시키지 말라고 명령했는데, 병력이 출동하면 문제가 있어, 안 되지. 쌍방에 불상상가 나면 어쩌겠어. 그래서 부대 출동은 아까 참모차장도 나한테 그렇게 전화를 했고, 장관님도 그러고, 합참의장도 절대 부대 동원하지 말라고 두세 번이 넘게 전화를 했단 말이야. 그래서 전 부대 출동을 안 시키려고 그러는데, 지금 현재로선 9사단 30연대가 이동을 하는 것 같아요."

"어디로요. 서울로요?"

"그렇지. 삼송리 쪽으로."

"그러면 군사령관님은 어떻게 하시렵니까?"

"내가 출동을 막으려고 했는데 본인들이 출발하고 나서니, 어떻게 됐는지 모르겠어."

"한 2개 사단 정도는 여기에 갖다놓는 게 어떻습니까."

"사단 가져오는 건 안 돼. 전방이 더 문제가 있고. 여하간 부대 병력을 움직이지 말라는 건 장관님 엄명이야."

이건영 3군사령관은 거듭 부대 출동을 하지 못하겠다고 말했다. 장태완 수경사령관은 "군사령관님께서 한 번 잘 판단해주십시오" 하고, 전화기를 윤성민 참모차장에게 넘겨주었다.

수화기를 넘겨 받은 윤성민 차장이 먼저 "장 장군이 얘기한 대로 상황은 그렇게 돌아가고 있는데, 어떻게 하면 좋겠습니까?" 하고 물었다.

"우리가 지휘계통이 있는 사람인데, 지휘관께서 절대 병력을 동원하지 말라고 그러셨는데, 전방도 중요하고, 그걸 빼가지고 만일에 쌍방이 충돌이라도 생기고 이러면 말이야, 굉장히 문제가 있단 말이에요."

107

"북괴가 쳐들어오면 딱한 일이죠."

"북괴도 문제지만, 우리 내부에서 총격전이 벌어지면 굉장히 심각한 문제가 생기는데 육군본부에서 저쪽(합수부 측)의 뜻이 무엇인지, 어떻게 하려는 건지 알아서 명령을 내려줘야 될 것 아니냐 이거지."

"모르죠. 상황은 자세히 모르지만…… 일종의 쿠데타지요."

"하여튼 병력동원은 우리가 굉장히 신중을 기해야겠어요. 서로들 충돌이 생기면 문제가 있거든. 판단을 해보세요."

"예, 알았습니다."

3군사령관 이건영 중장과 통화를 끝낸 윤성민 참모차장의 얼굴에는 절망의 빛이 가득했다.

한참 동안 생각에 잠겨 있던 윤성민 차장은 좌중의 참모들을 향해 입을 열었다. 심야의 육본참모회의가 열린 것이었다.

"내가 방금 제1·3군사령관과 통화를 했습니다. 3군의 제26사단 및 수도기계화사단, 그리고 제1군의 11사단 등 전방 사단병력들은 장관의 지시 없이는 움직일 수 없다고 합니다. 우리가 병력동원 문제를 어떻게 해야 할 것인지 각 참모들의 의견을 모아보기로 하겠소. 먼저 천장군부터 말해보시오."

수경사령관실에 모여 있는 10여 명의 육본 일반 및 특별참모들은 긴장하고 있었다. 그러나 육본지휘부의 분위기는 이미 합수부 쪽으로 기운 터였다. 윤성민 차장으로부터 지목을 받은 인사참모부장 천주원 소장이 자신의 의견을 이야기했다.

"오늘 밤 전개되고 있는 상황을 보니 저쪽에서 5·16 쿠데타보다 훨씬 장기간, 그리고 아주 치밀하게 준비해 온 것 같습니다. 그런데 우리는 전혀 무방비 상태에서 기습을 당한 것이고, 이제 와서 저항해봐야 아무 소용도 없을 것 같습니다."

천주원 소장의 의견을 듣는 순간, 화가 머리 끝까지 오른 장태완 수경사령관이 "아니, 천 선배님, 말을 바로 하시오. 그래, 병원을 동원하지 말자는 말이요" 하고 고함을 질렀다.

그때, 회의를 주재하고 있던 윤성민 차장이 "장 장군, 윽박지르지 말고 자유롭게 의견을 들어봅시다. 황 장군 의견은 어떻소?" 하고 정보참모부장 황의철 소장을 지목했다.

"병력을 동원할 수 있으면 해야지요. 그러나 현재 우리에게는 별다른 방법이 없습니다. 지금과 같은 상황에서는 병력을 동원하기가 어렵다고 봅니다."

하소곤 장군이 말을 이었다.

"병력을 동원할 수 있으면 해야 합니다. 그러나 지금 하급부대에 명령이 먹혀 들어가지 않고 있습니다. 그러므로 우리가 여기서 명령을 내려봤자 저쪽의 방해공작으로 병력들이 움직이지 못할 것입니다."

"아니, 명령도 내리지 않고 안 된다고 합니까? 먼저 명령부터 내려야 하지 않습니까." 장태완 수경사령관은 화가 나서 소리쳤다. 그러자 인종훈 소장이 말을 꺼냈다.

"이번 쿠데타가 치밀하게, 그리고 오래전부터 계획된 것이어서 진압이 비록 어렵다손 치더라도 국민의 군대요, 군의 사명에 따라야 할 우리 고급 장성들이 우리만 살겠다고 쿠데타군의 손을 들 수는 없지 않습니까. 우리 군인은 군인으로서의 사명을 생사를 초월하여 지키고 우리들의 명예를 끝까지 저버려서는 안 된다고 생각합니다. 나는 장태완 장군의 병력 동원 요구에 이유가 있을 수 없다고 생각하면서 찬성합니다."

이날 육본 심야회의에서 병력을 동원해야 한다는 장태완 수경사령관의 주장에 동조한 육본참모들은 안종훈 소장뿐이었다. 훗날 장태완 씨는 "안 장군의 그러한 말을 듣고 무척 고맙게 생각했다"라고 술회한다. 12·12 후 안종훈 소장은 6대 총장을 거쳐 부산 군수기지사령관으로 밀려났고 이듬해 5월 17일 국방부에서 열린 전 군지휘관회의에서 군의 정치개입에 반대 발언을 했다가 전역 조치되었다.

안 소장의 병력 동원 찬성 발언에 이어 민사군정감 신정수 소장이 반대의견을 개진하고 나섰다.

"쿠데타를 막아야 한다는 데는 이의가 없습니다. 그러나 박 대통령이 죽고 어수선한 상황에서 아군끼리 상호 충돌해서는 안 됩니다."

가만히 듣고 있는 헌병감 김진기 준장은 "이제 와서 이런 논의를 해봐야 늦었습니다. 이제 우리가 할 일은 책임지고 물러나는 것밖에 없습니다"라고 토로했다.

참모회의에서 토론이 한창 진지하게 진행되고 있을 때 장태완 수경사령관을 찾는 전화가 날아 들었다. 필동 수경사와 인접한 남산에 자리잡고 있는 중앙정보부에서 걸려 온, 정보부장서리 이희성 중장의 전화였다.

"여보, 지금 당신부대에서 뭐하고 있소? 전차소리가 요란하게 나고 있는데 혹 저쪽을 공격하려고 하는 것 아니오?"

이미 합수부 쪽에 동조하고 있는 이 부장서리는 퍽 당황한 말투였다. 아닌 게 아니라 수경사령관실 밖에서는 시동을 걸고 출동 대기 중인 전차들의 엔진소리가 요란하게 들려오고 있었다.

"아니, 부장님. 제가 초저녁에 저놈들이 장난질한다는 것을 알려드렸고, 참모총장님은 납치당했고 국방부장관님은 행방불명이기 때문에 저놈들을 진압하기 위해서 진압부대를 동원해야 한다고 부탁드렸을 때 긍정적인 답변을 해놓고 이제 와서 그런 섭섭한 말씀을 하십니까. 저놈들의 병력은 몇 개 사단의 전투력을 능가하는 각종 부대로 편성되어 있고 지금 그들은 서울 시내로 진입하고 있는데, 저보고 이대로 앉아서 가만히 당하고 있으란 말씀입니까. 도대체 부장님은 누구 편입니까?"

장태완 수경사령관은 더 이상 얘기할 것도 없다는 듯 자기 이야기를 마친 뒤 수화기를 '쾅' 하고 내려놓고는 자리에서 일어서서 육본참모들을 향해 쏘아붙이듯 말하고 밖으로 나왔다.

"그러면 좋을 대로들 하십시오. 나는 지금 전차를 몰고 가서 싸그리 불바다를 만들어버리고 나는 죽어버리겠소."

2층 사령관 집무실에서 아래층으로 뛰어 내려온 장태완 수경사령관은 대기하고 있던 전투용 지프에 올라탔다. 수경사 병력들을 태운 트럭과 토우중대, 전차 네 대가 수경사 입구에서 아스토리아 호텔 쪽으로 도로를 따라 대기하고 있었다. 트럭에 탑승하고 있는 병력은 1백 명 정도였으며, 행정병뿐만 아니라 수송부 요원 및 취사병까지 끌어 모은 병력이었다.

장태완 수경사령관은 전차 네 대를 앞세우고 경복궁으로 밀고 들어가 보안사 건물과 30경비단에 전차포, 106밀리 무반동총, 토우 미사일, 3.5인치 로켓포를 집중적으로 퍼부은 뒤 병력을 투입시켜 합수부 측을 진압할 계획이었다. 그는 한때 북악산에 배치돼 있는 경계용 헬기를 투입하는 방법도 검토했으나 헬기부대장이 밤이라 건물 접근이 어렵다고 하여 취소한 터였다. 장태완 씨는 당시 심경에 대해 "쿠데타 주모자들을 체포 또는 사살하거나 내가 그들로부터 사살되는 한이 있어도 군과 국민에 대한 진압실패의 책임을 지는 길밖에 없다고 생각했다"라고 회고한다.

그러나 장태완 수경사령관 예하 간부들조차 반대의견을 개진하고 나섰다. 토우중대 동원에 대해 일부 참모들이 반대 주장을 펴는 것이었다.

"토우 미사일은 발사된 후 탄두 꽁무니에 연결되어 있는 가는 유선으로 유도하여 목표물을 공격하도록 되어 있는데 시가지에서는 장애물이 많아 그 유선이 끊어지지가 쉽습니다. 그럴 경우 유도탄은 엉뚱한 곳에 떨어질 수가 있습니다."

"무슨 소리야? 명령대로 해."

장태완 수경사령관은 토우중대 동원을 강행했다. 육탄공격을 각오한 마당에 가능한 모든 화력을 동원해야 했다.

"너, 자신 있겠지?"

"장비는 이상 없나?"

지프에서 내린 장태완 수경사령관은 대열 후미에 위치한 병력에서부터 전투임무 수칙 상태와 장비를 점검하면서 대열의 선두로 나갔다. 전차대열에 거의 이르렀을 때였다. 장태완 수경사령관보다 먼저 대열을 점검하고 있던 비서실장 김수택 중령이 헐레벌떡 뛰어와 귀에 대고 다급하게 말했다.

"사령관님, 제가 지금 저 앞의 전차소대 쪽에 갔더니, 30경비단 편에 있는 전차대대 본부에서 사령관님을 사살하라는 무전이 계속 들어오고 있습니다. 빨리 이 자리를 피해서 사령부로 돌아가서야 하겠습니다. 우리의 최후 공격 주력이 바로 저 전차 네 대뿐인데 저놈들이 저러니 나머지 행정병력만 가지고 어떻게 하시겠습니까. 이제 모든 것이 다 끝난 것 같습니다. 사무실로 올라가서서 사후정리를 하시는 것이 좋겠습니다."

김수택 중령의 얘기를 들으면서 귀를 기울이는데, 과연 전차에서 장태완 수경사령관을 사살하라는 무전이 흘러나오고 있었다. 전차 무전은 전차엔진으로 시끄러운 소음 속에서도 들릴 수 있도록 스피커 장치가 되어 있어 2, 30미터 떨어진 데까지 들린다. 장태완 수경사령관은 망연자실한 표정으로 서 있었다.

'이제 수도경비사령부는 내 부대도, 내 부하들도 아니구나. 취임한 지 불과 24일밖에 안 되었지만, 그래도 나의 부대라고 믿고 있었던 생각부터가 착각이었어. 군의 지휘체계를 송두리째 마비시켜버린 하나회란 사조직이 독버섯처럼 군 내부에 도사리고 있는 한 이러한 쿠데타는 계속 반복될 것이 아닌가.'

장태완 수경사령관은 그렇게 생각하면서 비서실장의 건의대로 집무실로 돌아갔다.

13일 새벽 1시 30분경이었다. 집무실로 돌아온 장태완 수경사령관은 두 가지의 충격적인 소식을 접했다. 하나는 제1공수여단이 국방부

113

와 육본을 완전히 점령했다는 것이고, 다른 하나는 특전사령관 정병주 소장이 예하 제3공수여단의 부하장병들에 의해 체포됐으며, 비서실장 김오랑 소령이 총격전에서 사살됐다는 것이었다.

정병주 사령관이 반란군에게 체포되어 갔다는 보고를 접하는 순간, 장태완 수경사령관은 수족을 모두 절단당해버린 것 같은 절망감에 빠졌다.

같은 시간 국방부 청사 2층 장관실. 신현확 총리를 비롯해 김용휴 국방차관, 합참의장 김종환 대장, 중앙정보부장서리 이희성 중장 등은 노재현 국방부장관이 나타나기만을 초조하게 기다리고 있었다. 노 장관은 아직도 종적이 묘연하기만 했다. 육본과 국방부를 점령한 1공수 병력이 청사 안팎을 샅샅이 뒤졌으나 노 장관을 찾지 못했고, 김용휴 차관과 박희도 1공수여단장도 직접 찾아 나섰으나 모두 헛일이었다.

"더 이상 기다릴 필요가 있겠습니까? 저와 합참의장이 총리님을 모시고 가서 각하께 재가를 받기로 하지요."

노재현 장관에 대해 원색적인 불만을 토로하던 김용휴 차관이 신현확 총리를 보고 재촉했으나 신 총리는 조금만 더 기다려보자고 했다.

바로 이 무렵, 다시 한 번 국방부 청사 안팎을 수색하라는 박희도 여단장의 지시를 받은 1공수 병력들은 벙커로 들어가고 있었다. 공수대원 두 명이 벙커 지하계단 바닥까지 내려갔을 때 안쪽에서 누군가 걸어 나오는 것이 보였다.

"손들엇. 꼼짝마라."

공수대원들은 반사적으로 M16을 겨누며 사격자세를 취했다.

"장관님이다. 쏘지 마."

앞장선 사람이 다급하게 외쳤다. 국방부장관 수행부관 배상기 소령이었다.

"손들고 이쪽으로 나오십시오."

공수대원은 총구로 방향을 가리키며 긴장을 늦추지 않았다. 불빛 속으로 모습을 드러낸 노재현 장관이 창백한 표정으로 "자네가 날 체포할 텐가?" 하고 총구 방향으로 나아갔다.

"죄송합니다. 장관님을 모시고 가겠습니다."

노재현 장관은 공수대원의 총구에 떠밀리다시피 벙커를 나왔다. 1공수병력들이 총격을 가하면서 장관실로 들이닥칠 무렵 노 장관은 수행부관 한 명만 대동하고 비밀 지하통로를 통해 내려와 벙커에 은신해 있었던 것이다. 비밀통로는 10·26 그날 김재규를 체포했던 바로 그곳이었다. 밖에서 총성이 잠잠해지자 밖으로 나오던 노 장관이 공수대 수색조에 발견된 것이었다.

노재현 장관을 찾은 1공수는 갑자기 활기를 띠었다. 노 장관은 공수부대 대대장 및 하사관 몇 명에 둘러싸인 채 장관실로 들어섰다. 13일 새벽 3시 58분경이었다. 장관실에 모여 있던 사람들 사이에서 안도의 숨이 흘러나왔다.

"대체 어디로 갔더란 말이오? 대통령 각하께서 노 장관을 밤새도록 찾고 계시오. 빨리 갑시다."

얘기를 나눌 것도 없다는 듯 신현확 총리가 자리에서 일어서자 노재현 장관도 뒤따라 나왔다. 김용휴 차관과 이희성 중정부장서리가 뒤따

115

랐다.

현관 앞에 대기 중인 검은 세단의 뒷자석에 신 총리와 노 장관이 타고 앞좌석에는 이 중정부장서리가 탔다. 차는 곧 출발했다. 김 차관은 다른 차로 뒤따랐다.

국방부 청사를 빠져나온 검은 세단들은 삼청동 총리공관을 향해 질주하기 시작했다. 신현확 총리와 노재현 장관이 탄 세단이 경복궁 옆을 지날 때였다. 일단의 무장군인들이 차를 세웠다.

"총리님이시다."

차 안에서 응대했으나 무장군인들은 아랑곳하지 않고 "국방부장관님께서는 좀 내리시기 바랍니다. 먼저 가실 곳이 있습니다" 하고 노 장관을 강제로 내리게 했다. 신 총리도, 이 중정부장서리도 도리 없는 일이었다. 노 장관은 차에서 내릴 수밖에 없었다. 무장군인들이 노 장관을 안내한 곳은 합수부 측 지휘부인 보안사였다. 보안사 현관에서 이미 연락을 받은 전두환 보안사령관이 나와 있었다.

미8군 비상

다음은 13일 새벽 5시 주한 미대사관 무관 제임스 영이 MIC 국방정보상황실로 급히 타전한 내용이다.

12월 12일 저녁 육군참모총장 겸 계엄사령관인 정승화 장군이 보안사령관 전두환 소장 측에 의해 무력으로 체포됐다. 체포는 총장 관저에서 이루어졌고 이때 전투가 있었다. 몇몇 사상자도 발생했다. 정 장군은 현재 감금되어 있으며 들리는 바로는 10월 26일 박 대통령 피살시의 그 역할에 대해 심문을 받고 있다고 한다. 또한 정승화 총장 측 부대들과 전 장군 측 부대들의 상당한 병력 이동이 있었다. 이 병력의 일부는 연합사의 작전통제하에 있는 부대들로 보인다. 그리고 여러 전방사단의 부대들도 가담하고 있다. 이번 움

직임은 육군에만 한정되어 있는 것으로 보이며, 공군이나 해군의
개입 징후는 전혀 없다.

현지 시각 새벽 5시 00분 현재 우리는 한국군 부대들 간에 그 이상
의 충돌을 확인할 수 없으나 최악의 상황은 이미 끝난 것 같다. 보
안사령부와 국방부 주변에 대한 현장답사 결과 전투부대와 장갑차
의 존재가 확인되었다. 청와대는 정상적인 것 같다. 대사관과 주한
미군은 사태의 진상을 그들의 통로를 통해 계속 보고 중이다.

그는 이어 "만약 전일파가 성공할 경우, 그리고 지금 상황은 그렇게
돌아가는 것 같은데, 그들은 군을 효과적으로 통제할 것 같다. 앞으로
며칠이 고비일 것이다. 만약 전이 11기 위의 장성들, 특히 11기 이하 그
의 추종자들의 승진을 가로막고 있는 8기 출신의 다수의 장성 그룹을
제거하게 된다면, 한국군은 그의 공고한 통제하에 놓일 것이다"라고
성급한 분석을 하기도 했다.

용산 미8군사령부가 한남동 육군참모총장 공관에서 발생한 총격적
에 대한 보고를 처음 접수한 것은 12일 오후 7시 30분경, 총성이 울린
지 10분 후인 것으로 알려지고 있다. 즉시 비상이 걸렸다.

긴급사태가 발생했을 경우 주한 미군과 미대사관 무관들이 밟아야
할 정상적인 절차는 주한 미8군 사령부 벙커로 보고하는 것이다. 주한
미군사령관 등이 가장 먼저 찾는 곳 역시 벙커인 것은 물론이다.

위컴 미8군사령관과 글라이스틴 대사는 거의 같은 시간에 도착해
벙커 VIP실로 들어갔다. 8군의 주요 참모와 로버트 브르스크 CIA한국
지부장, 미8군사령관 고문 스키븐 브레드너 씨 등도 벙커로 모여들었

다. 한미연합사 부사령관 유병현 대장, 연합사작전참모 이민영 소장 등 한국 측 장성들도 비상연락을 받고 모습을 드러냈다.

글라이스틴 대사와 위컴 장군은 중앙 테이블에서 서로 옆에 앉았고 유 장군은 그 맞은편에 자리를 잡았다. 프릴러만 소장은 한국군의 배치상황이 나타나 있는 대형지도 쪽에 있었고, 나머지 사람들은 중앙 테이블 뒤편에 앉아 있었다.

VIP실 사람들은 아직 상황을 정확하게 파악하지 못하고 있었다. 당시 모임에 참석했던 미대사관 무관 제임스 영에 따르면 참석자 전원이 무척 당황해하고 있었다는 것이다.

"제너럴 유, 총장 공관에서 총격전이 벌어지고 총장이 납치됐다니, 대체 무슨 일입니까?"

위컴 장군은 유병현 장군에게 같은 질문을 반복했다. 집에 있다가 정승화 총장의 부인 신유경 여사로부터 전화를 받고 즉시 가서 조치하겠다고 대답한 뒤 부랴부랴 벙커로 달려온 유 장군 역시 그 이상의 상황을 파악할 수는 없었다.

글라이스틴은 그후 87년 서울에서 가진 기자회견에서 당시 상황에 대해 다음과 같이 언급한다.

우리는 그 사건에 관해 사전에 전혀 알지 못했다. 그날 저녁 마침 나는 용산기지로 위컴 사령관을 찾아갔는데 그곳에서 12·12 사건을 처음 알게 됐다. 우리는 매우 놀랐다. 무엇보다 무슨 일이 벌어지고 있는지를 파악하는 것이 먼저였다. 진상을 알아내기까지 3, 4시간이나 걸렸다. 그러나 결과는 처음에 짐작한 대로 '쿠데타' 였다. 그날 밤 나의 가장 큰 관심사는 한국군부 내에서의 유혈 충돌을 막는 것이었다.

10·26과 마찬가지로 12·12 사건의 미스테리 중 하나는 해방 이후 한국현대사 구비구비마다 깊은 흔적을 남긴 미국의 사전인지와 개입 여부일 것이다. 물론 미국 당사자들은 한국현대사를 뒤바꾼 두 사건에 대해 전혀 몰랐다고 주장하고 있다. 이와 같은 점을 염두에 두면서 글라이스틴 대사의 증언을 분석할 필요가 있을 것이다.

글라이스틴 대사는 12·12에 대해 사전에 전혀 몰랐고 한남동 총장 공관의 총성을 듣고 매우 놀랐으며 진상을 파악하는 데 3, 4시간이나 걸렸다고 하면서도 처음 그 소식을 들었을 때 쿠데타가 일어났다고 짐작했다고 쉽게 납득할 수 없는 증언을 하고 있다. 즉 그의 증언을 그대로 수용하면 미국 측이 12·12 자체를 사전에 몰랐다고 해도 한국 군부에 쿠데타가 일어날 개연성이 있다는 것은 이미 알고 있었던 것으로 보인다.

뿐만 아니라, 12·12 상황이 막 끝날 무렵 합수부 측이 성공할 경우, 군을 효과적으로 통제할 것 같다는 당시 미대사관 측의 분석 또한 주목할 필요가 있을 것 같다.

10·26 이후 미국 측은 한국의 군부 동향에 깊은 관심을 가지고 주시하고 있었다. CIA 한국지부는 물론이고 8군사령관의 특별보좌관 제임스 하우스맨, 8군사령관 고문 브레드너 등 주한 미군사령부 내 정보통과 미대사관 무관 제임스 영 같은 정보통 역시 바쁘게 움직였다.

그들의 주된 관심사는 한국군부가 다시 정치에 개입할 것인가 하는 점이었다.

"미국정부의 한국에 대한 정책은 두 가지 주요 목표에 집중되었다. 첫째는 북한이 남한의 어수선한 상황을 이용하지 못하도록 조치하는 것이었고 두번째 목표는 한국에 정치개혁을 촉구하는 것이었다. 워싱턴의 일부 국무부 관리들은 박 대통령의 죽음이 카터 정부가 대단히 중시하는 민주주의와 인권의 발전 그리고 정치개혁으로의 길을 열어줄 수 있으리라고 믿었다. ……한국에서는 권력의 초점이 그대로 군부에 있다는 것이 명백했다. 그들(미국 측)은 한국군부와의 직접적인 접촉을 기피하면서 그 대신 기회가 있을 때마다 최규하 대통령의 합법정부 측에 군부가 전면에 나서기 전에 한시바삐 변화 조치들을 강구하라고 촉구했다."

제임스 영의 증언에 따르면 10·26 이후 미국 측이 한국 정치권력의 흐름에 개입하기 위해 다각도로 시도하고 있었다는 것이 부분적으로 드러나고 있다. 미국 측은 우선 총장 겸 계엄사령관으로 막강한 위치에 있는 정승화 장군과의 채널을 열기 위해 노력했다.

"박 대통령 죽음 당시 현장에 있었던 정승화 육군참모총장은 그후 큰 논란에 휘말려 있었다. 그러나 후에 밝혀졌듯이 그는 그 암살과 무관해 보였다. 말하자면 그는 선의의 피해자였다. 아무튼 계엄령이 선포되자 그는 정상시의 군을 훨씬 뛰어넘는 막강한 권한을 지닌 계엄사령관이 되었다. 정 장군에 대한 미국 정보사회의 평가는 아주 호의적이었다. 그는 유능한 장성으로 그의 동년배들보다 사려 깊고 세련되고 참신하다고 평가되고 있었다. ……나는 미대사 특보 밥부르스커에게 정 장군이 차지하고 있는 막강한 현위치를 생각할 때 그와의 직접적인 통로를 마련할 필요가 있다고 권고했다. 그러나 미대사관의 '공식' 수준에서의 끊임없는 (군부와의 직접대화 필요성) 촉구는 정중한 경청 이상의 결과를 거두지 못하고 있었다."

10·26에서 12·12에 이르기까지 미 정보통에 일관되게 들어오는 정보는 10·26 사태 때의 정승화 총장 역할에 대해 군부의 일부 세력들이 불만으로 여긴다는 것이었다고 한다. 미대사관 정보통의 이 같은 증언은 12·12 가해자들의 주장과 일치하는 대목이라는 점에 주목할 필요가 있다.

"물론 정이 육군참모총장이자 계엄군사령관이기 때문에 그의 당시 행동을 심도 있게 수사할 수 있는 상황은 아니었다. 그의 해명에 대해 우리들 대부분은 만족해했으며, 그리고 사건 이후 김재규 체포로 이어지는 그의 행동은 아주 적절해 보였다.

그럼에도 불구하고 또 다른 조짐이 보였다. 계엄령하의 보안사령관으로서 그런 문제들에 대한 수사권을 갖고 있는 전두환이 10·26 사태에서의 정승화 장군의 역할을 더 자세히 수사하라는 압력을 받고 있다는 정보였다. 뿐만 아니라, 정 장군 스스로도 자신이 보안사의 어떤 지속적인 정밀수사 대상일지도 모른다고 생각하고 있다는 징후들이 엿보였다."

미국 측의 이와 같은 시각은 12·12 가해자 측의 주장과 일치하고 있는데, 당시 합수부 수사국장으로 10·26, 12·12 사건 수사책임자였던 이학봉 씨는 『월간 조선』과의 인터뷰에서 정승화 총장과 관련, 다음과 같이 주장하고 있다.

122

우리는 대통령이 돌아가셨는지 아닌지 모르는 상황에서 정승화 총장이 김재규가 범인이라는 것을 알았다고 주장하고 싶지도, 주장한 적도 없습니다. 다만 정승화 총장이 다음과 같은 점을 알았다는 사실을 인정해야 합니다.

김재규가 대통령 만찬과 일단 관계되는 사람이라는 점, 가해자든 피해자든 총성과도 관계 있는 사람이라는 점, 그리고 이것이 먼 거리가 아닌 아주 가까운 거리에서 발생했다는 점입니다. 이는 사후에라도 김재규를 의심할 만한 판단자료는 되었겠지요. 정보부 안가 별채에서는 정황이 없어 판단하지 못했다 하더라도 육본 벙커에 도착했을 때는 이 점에 대해 마땅히 의문을 가질 수 있다는 겁니다. 게다가 청와대로부터 비상연락이 없는 점을 보고서도 시해 장소가 청와대 경내라고 주장하는 것은 어불성설입니다.

우리는 정승화 총장이 사전에 김재규와 모의했다고 주장하지 않습니다. 정승화 총장이 육본으로 진로를 돌린 것도 그렇게 볼 수 있겠지요. 그런데 바로 이 승용차 안에서 김재규와 정승화 총장 간에 묵시적인 교감이 이뤄지지 않았나 추정합니다. 이 부분은 정승화 총장의 양심에 물을 수밖에 없습니다. 시해사건이 나고 사흘 뒤인 11월 29일 정승화 총장이 자청해서 조사를 받겠다고 해서 군법무감 신복현 장군, 정격식 검사와 제가 계엄사령관실로 올라간 적이 있습니다. 하지만 워낙 고압적인 분위기에 눌려 의심스런 행적에 대해 묻지도 못하고 단지 정승화 총장이 말하는 것만 듣고 왔습니다. 그 시점 이후로 정승화 총장과 김재규에게 가졌던 의구심이 한 번도 해소된 적이 없습니다.

정승화 총장에 대한 연행수사 계획이 처음으로 나온 것은 27일 오전 11시였는데 시해사건을 수사한 지 대력 10시간 만이었습니다. 그때 합수부장에게 김계원 비서실장과 정승화 총장에 대한 수사를 처음으로 건의했습니다. 정승화 총장을 연행, 조사해야 할 이유에 대한 보고서를 들고 올라갔습니다. 처음 보고서를 올릴 때는 부하에게 타이핑을 시켰지만 다음부터는 구두로만 건의했어요.

그해 11월 말과 12월 초, 미 정보통에는 한국군 내부의 일부 인사이동에 대한 보고가 걸려들기 시작했다. 매년 12월은 정례적인 한국군 인사이동이 발표되는 때임에도 불구하고 당시 미 정보통은 불확실한 상황 때문에 뒤로 미뤄지리라고 예상하고 있었다고 한다.

아무튼 한 가지 소문은 정 장군이 전두환을 서울 보안사령부에서 속초 근처의 동해안 경비사령부로 전출시키려 한다는 것이었다. 이것이 사실이라면 그것은 보안사령관으로서의 그 막강하고도 (정에게) 위험한 위치 때문에 전두환을 무대에서 제거하는 것을 의미했다. 그리고 그러한 전출은 전의 군 경력을 사실상 끝장내는 것이나 다름없었다.

같은 무렵 미대사관의 참사관실에서는 워싱턴 국무부로부터 무선통신을 받고 있었다. '……계엄령하의 보안사령관으로서 다른 사람들을 수사할 수 있는 권한을 감안할 때 전두환이 현재 한국에서 가장 중요하고도 강력한 인물'. 이 메시지가 강조하는 것은 아주 간단했다. 한마디로 '전두환을 조심하라' 는 것이었다.

용산의 주한 미군사령부에서 얻을 수 있는 정보도 마찬가지였다. 전두환 보안사령관이 동해안 경비사령부로 전출될지도 모른다는 추측이 나돈다는 것, 그리고 정승화 총장에 대해 10·26 사태 때의 역할을 심문하라는 압력을 받고 있다는 것 등이다.

이 정보는 군 채널을 통해 들어온 이후 DIA, CIA, 국부무 등 워싱턴 정보계로 전달되었다. 그로부터 수년 후 위컴 사령관이 실제로 이 보고들을 받고 한미연합사 부사령관인 유병현 장군과 노재현 국방부장관 등 한국 국방부의 고위 관리들과 논의했으나 그때 모두들 그 보고들을 믿을 만하지 못한 것으로 판단했다는 사실이 공식적으로 밝혀졌다.

미국 측은 89년 국회 광주특위에 보내온 '1980년 5월 대한민국 광주에서 일어난 제반사건에 대한 미국정부의 성명서'에서도 "1979년 11월 말쯤 위컴 장군은 한국 윤군사관학교 출신 제11기 및 12기 출신 장교들 간에 약간의 불만이 있음을 듣고 유병현 연합사부사령관과 노재현 국방장관에게 이 같은 사실을 알려주었으나 그들은 이것이 루머라고 간주했다"라고 밝혔다. 물론 이 성명서에서도 '미국은 전두환 소장이 이끈 일단의 한국 육군장교들이 무력으로 한국군 지도층을 제거해버린 12·12 사건에 대해 사전에 알지 못했다'고 강조하고 있다.

미국 측이 한국군 내부의 쿠데타 징후를 알고 있었다는 증언과 자료들은 당시 합참본부장 문홍구 씨의 증언과 일치하는 대목이다.

"11월 중순경으로 기억되는데 하루는 위컴 사령관에게서 메모가 왔어요, 육사 출신 장성들이 모여서 무슨 일을 계획하고 있는 것 같으니 내사를 해보라는 내용이었습니다. 노 장관에게도 보냈어요. 그러나 정승화 총장에게는 보내지 않은 것으로 알고 있습니다.

그 메모를 받고 노 장관에게 갔어요. 자기도 받았다고 하면서, 아까 전두환 사령관을 불러서 물어보았는데 절대로 그런 일이 없다고 단호

125

하게 대답하더라는 거예요. 노 장관으로서야 합수본부장인 전 장군에게 물어볼 수밖에 없었겠지만 전 장군이 사실대로 말할 리 있겠어요. 장관이 하도 자신 있게 이야기하길래 나는 그냥 물러 나왔어요.

내 자리로 돌아와 정보국장 김용금 장군을 불러 이런 일이 있는 모양인데 알고 있느냐고 물어보니 자기도 들었다고 그래요. 미 8군에 근무하는 한국인 2세 교포들에게 들었다는 거예요. 나는 전 장군을 데리고 다시 장관실로 갔어요. 상당한 근거가 있는 것 같으니 철저히 조사해보아야 할 것 같다고 주장했지요. 그랬더니 노 장관이 아니라고 하는데 자꾸 우긴다고 하면서 엄청나게 화를 내는 거예요. 노 장관은 끼고 있던 돋보기를 확 집어 던지기도 했어요. 그 바람에 고급책상 한 귀퉁이가 움푹 파였지요.

정승화 총장도 김진기 헌병감에서 비슷한 내용의 첩보를 전해 들었다지요. 그런데 조사해보니 아무 일도 없다면서 덮어버렸다고 해요."

결론은 한 가지로 모아진다. 12·12와 관련, 미국 측은 직접적인 사전정보를 입수하지 못했다고 해도 전두환 보안사령관을 위시한 정규 육사 출신들이 쿠데타를 일으킬 징후를 사전에 인지하고 있었다는 것이 명백하다. 그리고 작전통제권을 움켜쥐고 있는 미국 측은 그와 같은 쿠데타 조짐들을 사전에 막지 못하고, 사후에 그들의 통제권하에 있는 한국군 부대들이 이동한 것을 알고 분통을 터뜨리고 있는 것이다. 요컨대 12·12 쿠데타를 사전에 막지 못한 책임이 한군군 수뇌부에 있지만, 아무리 사전정보를 입수하지 못했다고 변명해도 작전 통제권을 갖고 있는 미국 측에도 책임이 없지 않다.

미8군사령부 벙커에 모인 사람들은 다각도로 상황파악에 나섰다. 프릴러만은 전화통에 매달려 서울방위 임무를 맡고 있는 한국군 부대들과 DMZ 근처의 전방부대들을 체크했다. 각 부대의 정보가 조각조각 모아지면서 대체적인 윤곽이 나오기 시작했다.

글라이스틴 대사나 위컴 장군은 상황 자체를 군사적으로 판단했기 때문에 벙커의 모임을 주도한 사람은 위컴이었다. 위컴 장군은 전 장군이 청와대나 국방부를 물리적으로 장악하려고 기도할지 모른다고 생각했다. 그 지역의 특별지도를 검토하며 한국 군부대들이 서로 어떻게 대치하고 있는가에 대한 보고들을 받았다. 이런 보고가 밤새도록 계속되었다.

위컴 장군에게는 목표가 있었다. 그 목표는 한국군 부대들 간의 전투를 막아 아군끼리의 사상자를 되도록 없애자는 것이었다. 그러나 불행하게도 관련 한국군 부대와의 접촉이 되지 않았다. 전두환과 직접 접촉하려는 시도도 여러 차례 행해졌으나 번번이 실패했다.

미국 측은 위컴 사령관과 전두환 보안사령관과의 접촉 시도가 불발로 끝난 데 대해 합수부 측이 상황을 장악할 때까지 교묘하게 회피하고자 했기 때문이라고 분석하고 있다.

"위컴 장군은 나중에 정승화 측 부대들에게는 출동 중지를 설득하는 데 약간의 성공을 거두었으나 전 장군과의 통화는 성공하지 못했다."

요컨대 미국 측은 쿠데타군 측의 병력 출동을 막지 못한 대신 진압군 측의 병력 출동은 막았다. 바꿔 말하면 작전 통제권을 갖고 있는 미국 측은 육본지휘부 측의 진압군 출동을 막음으로써 합수부 측의 12·12 성공에 일조를 한 셈이다.

위컴 사령관과 8군사령부 간부들이 한국군의 움직임을 파악하기 위해 다각도로 움직이고 있을 때 브루스터 CIA 한국지부장은 보안사에 접근했다. 그는 평소 업무상 한국 정보부장 및 보안사령관과 정기적으로 접촉해 왔고, 10·26 이후 정보부의 기능이 마비된 상태에서 보안사령관과 더욱 빈번한 접촉을 갖고 있었다. 그러나 이날 전두환 보안사령관과는 연락이 닿지 않았다. 바로 그 시각 전두환 보안사령관은 삼청동 총리 공관으로 최규하 대통령을 찾아가 정승화 총장 연행 재가를 요청하고 있었기 때문이다.

한편 글라이스틴 대사는 최 대통령과의 전화연결을 시도하고 있었다. 물론 그 시도는 헛일이었다. 전두환 보안사령관과 만나고 있는 최 대통령으로서는 글라이스틴 대사의 전화를 받을 수 없었다. 한국 요인과의 접촉이 불가능한 글라이스틴 대사는 이제 미 국무부에 자문을 요청했다.

저녁 7시 30분경 '한국군 내 중대 사태 발생' 이라는 첫 보고가 워싱턴에 급히 타전한 뒤 글라이스틴 대사와 리처드 홀부르크 국무차관보 간에 여러 차례 교신이 오고 갔다. 국무성과 주한 미대사는 여러 가지 우려를 표명했다. ▲전두환 보안사령관에 의한 파워 플레이가 한국의 민주화 과정을 방해할 것이다. ▲민간의 불안과 한국에서의 내란, 그리고 현 상황에 대한 북한의 이용 가능성을 우려하지 않을 수 없다.

국무성과 글라이스틴 대사와의 몇 차례의 통화 끝에 다음과 같은 성명이 작성됐다.

박 대통령 사후 지난 몇 주 동안 우리는 한국이 광범한 지지를 바탕

128

으로 한 정부를 구성하기 위해 질서 있게 움직이는 모습에 크게 고무되고 있었다. 그러나 한국의 현 사태로 말미암아 우리가 오늘 우리의 주한 대사와 주한 미군사령관에게 내리는 지시는, 이 진전을 방해하는 한국 내부의 그 어떠한 병력도 그들의 행위가 한미관계에 미칠 심각한 악영향을 명심해야 한다는 것이다. 동시에 서울의 현 상황을 이용하려는 한국 외부의 그 어떠한 병력도 10월 27일에 우리가 경고한 내용을 명심해야 할 것이다.

성명은 곧 미국의 입장이기도 했다. 그러나 국무성의 성명은 아무런 효과를 발휘할 수 없었다. 당시 미대사관 관계자에 따르면 한국 언론은 한국군부에 의해 엄격히 통제되고 있었으므로 주한 미대사관으로서는 한국 언론에 전혀 손을 쓸 방도가 없었다는 것이다.

"유일한 방안은 이 성명을 워싱턴에서 발표하는 것이었다. 사정이 이러하니 한국인들은 미국 정부의 입장을 거의 알 수 없었다. 그리고 이런 답답한 상황은 한동안 더 악화일로를 걸었다. 이 성명은 한국에서의 상황전개에 아무런 영향을 주지 못했을 뿐만 아니라 당시의 사태에 대한 미국의 불승인 입장을 한국 언론을 통해 발표했다는 증거가 없기 때문에 미국이 사실은 이 반란 장군들을 더 좋아하고 있는 것처럼 보이기도 했다."

별들의 전쟁, 상황 종료

8시 30분경, 용산 벙커로 한 통의 전화가 걸려 왔다. 한미연합사 부사령관 유병현 대장을 찾는 이 전화는 노재현 국방부장관에게서 걸려온 것이었다. 당시 노 장관은 한남동 국방부장관 공관에 있다가 총장 공관에서 울리는 총성을 듣고 공관의 담을 넘어 단국대 체육관에 피신해 있었다. 그후 다시 합참 작전국장 이경율 소장의 차를 타고 시내로 피신해 있었다.

"어디 계십니까? 이곳은 안전합니다. 이쪽으로 오시지요."

국방부장관이 지휘위치에 있지 않음으로써 지휘계통에 혼란이 빚어지자 유병현 장군은 국방부장관이 정상적인 지휘명령을 내릴 수 있는, 비교적 안전하고 상황파악도 웬만큼 되어 있는 8군 지하벙커로 오도록 했다고 한다.

노재현 장관은 "알았다"고 대답하고 전화를 끊었다. 다시 합참의장 김종환 대장과 연락, 시내에서 만난 노 장관은 용산 벙커로 가기 전에 먼저 국방부 지하 벙커로 향했다. 그는 손에 피를 흘리고 있었다. 상처는 공관 담을 뛰어넘을 때 입은 것이었다.

당시 노재현 장관보다 먼저 국방부 벙커로 달려온 이는 합참의장 문홍구 중장이었다.

국방부 벙커에 1공수여단이 쳐들어온다는 소문이 퍼져 어수선한 분위기였다. 당시 합참본부장 문홍구 중장의 눈에 비친 노재현 장관은 몹시 불안한 기색이었다. 김용휴 국방차관으로부터 상황보고를 받은 노 장관은 "곧 쳐들어오는 것 아니야? 경계를 철저히 해야지"라며 "수경사령부에 가서 조치하는 게 나아. 그곳에는 실병력이 있으니까"라고 말했다.

국방부 벙커 경비가 허술해 보안사 측의 공격을 받을 우려가 있으니 지휘부를 방어병력이 있는 수경사로 옮길 것을 권유하는 내용이었다. 잠시 후 노재현 장관은 다시 지시를 내렸다.

"이곳은 경계가 허술해서 안 되겠어. 나는 8군으로 갈 테니 자네들은 수경사로 가서 해봐."

육본지휘부가 수경사로 옮긴 것에 대해 노재현 씨는 93년 8월 국회 국정감사에 증인으로 출두, 그것은 자신의 지시가 아니고 당시 윤성민 참모차장 등 육본 참모들의 판단에 따른 것이라고 증언한 바 있다. 아무튼 노 장관은 김종환 합참의장 등과 함께 국방부 벙커를 나와 미8군 벙커로 갔다. 많은 기록과 증언들은 당시 노 장관의 용산 벙커 행에 대해 '대피'였다고 질타하고 있다.

문홍구 씨는 노재현 장관의 용산 벙커 '대피'에 대해 사실 확인 과정이었다고 말한다. 실제로 용산 벙커에 도착한 초기까지만 해도 노장관은 사태를 진압하기 위해 병력 동원을 다각도록 모색하고 있었다.

"미8군은 정보가 대단히 빨라요. 8군 벙커에 들어가 보면 전 세계의 주요 군사기지와 통신망이 연결되어 있지요. 노 장관은 그 점에 착안해 거기 가면 좀더 정확한 소식을 알게 될 것으로 생각했을 겁니다. 그때까지는 노 장관도 사태를 진압해야겠다는 강한 의지를 갖고 있는 것 같았어요. 우리에게 수경사에 가서 숨으라고 한 것은 아니었거든요."

용산 미8군사령부 벙커에서는 한국군과의 연락이 두절되었기 때문에 새로운 정보를 얻을 수 없다고 판단했다. 글라이스틴 대사, 위컴 사령관 등이 답답한 표정을 감추지 못하고 있을 때 미대사관 무관 제임스 영 대령이 블로티 대령에게 다가섰다.

"내가 나가보겠습니다. 내가 개인적으로 나가서 국방부 상황, 그리고 가능하면 청와대 상황까지 알아보겠습니다."

"그렇게 해주시겠습니까."

블로티 대령이 동의하자 제임스 영 대령은 VIP실을 나섰다. 그때 김종환 합참의장을 앞세운 노재현 장관이 벙커로 들어왔다. "두 사람 다 창백한 얼굴로 불안해하는 표정이었다. 김 장군이 노 장관 앞에서 걸어오는데, 이런 모습은 이례적인 일이었다"라는 것이다.

용산 벙커 VIP실로 들어온 노재현 장관은 위컴 사령관, 글라이스틴 대사와 자리를 같이 했다. 노 장관이 용산 벙커에 도착한 후 미국 측은 사태와 윤곽을 확실하게 파악할 수 있었다. 전두환 보안사령관이 사건의 중심인물이고, 경복궁 30단에 몇몇 장성들이 모여 있으며, 최규하 대통령이 정승화 총장 연행을 재가하지 않았다는 사실 등이었다.

그 사이에도 미8군과 워싱턴 사이에는 빈번한 교신이 이루어지고 있었다. 교신은 글라이스틴 대사와 위컴 사령관의 대책건의, 워싱턴의 조치지시 등이었음은 물론이다. 당시 미국의 조치에 대해 글라이스틴 대사와 위컴 사령관의 증언을 바탕으로 작성된 「광주사건과 미국」이라는 미국 측의 기록물은 다음과 같이 말하고 있다.

> 이날 밤 한국 군부가 취할 수 있는 한 가지 조치는 다른 군부대를 출동시켜 서울에서 쿠데타군을 진압하는 것이었다. 실제로 군 수뇌부는 당초 이 방안을 강구하고 있었다. 그러나 위컴 사령관은 한국군 수뇌부에 날이 밝을 때까지 기다릴 것을 촉구했다. ……글라이스틴 대사는 이와 같은 조치로 미국이 '실권을 장악할 쿠데타 세력'에 비우호적으로 비치는 것을 피하고자 했다. 글라이스틴 대사는 '워싱턴으로부터 날아온 메시지는 쿠데타군에 원대복귀 명령을 내리라는 것이었다'라고 술회했다. 그러나 이 같은 원대복귀 명령이 시달됐다고 해도 5·16 때와 마찬가지로 무시되고 말았을 것이다.

한편 용산 벙커에서 노재현 장관은 김종환 합참의장, 유병현 연합사 부사령관과 병력동원 문제를 협의한 것으로 알려지고 있다. 그들의 협의 내용은 상세히 알려지지 않고 있으나 문홍구 씨의 앞의 증언과 관련하여 노 장관이 일단 합수부 측을 진압하기 위해 병력 출동을 결심했던 것으로 보인다. 동원대상 부대는 3군사령부 예하 2개 충정부대. 노 장관의 병력동원 문제와 관련, 당시 미대사관 무관 제임스 영은, "국방부 측 부대들과 접촉하려고 애쓰며 그날 밤을 보냈다"라고 언급했고, 3군사령부 참모장 신재성 씨는 이렇게 말했다.

"23시 15분경 참모차장(윤성민 중장)이 수경사에서 사령관(이건영 중장)에게 수도기계화사단 및 26사단의 출동준비를 해달라는 전화를 해왔다. 사령관은 즉시 이 3개 사단에 출동준비를 하되 반드시 별도 명령에 따라 행동하라고 지시했다. 곧이어 23시 35분경 CFC(연합사) 부사령관 유병현 대장이 사령관에게 '장관을 대리하여 지시한다'며 수기사 및 26사단에 출동준비를 하라고 했다."

3군사령관의 지시에 이은 노재현 장관 ― 유병현 연합사 부사령관의 지시에 따라 3군 예하 수기사와 26사단은 출동준비를 한 것으로 알려지고 있다. 이제 노 장관으로부터 출동명령만 떨어지면 두 충정부대는 출동할 상황이었다. 그러나 노 장관의 병력동원 결심은 곧 바뀌고 말았다.

12·12 그날 많은 역사적 전환점이 있었지만, 노 장관의 태도가 바뀐 것 또한 전환점 중의 하나였다. 이날 노 장관의 결심이 바뀌지 않고 육보 지휘부 측 부대가 출동했더라면 역사는 어떤 식으로든 달라졌을 것이다.

노재현 장관의 태도가 바뀐 것은 전두환 보안사령관과 장시간 통화를 한 뒤였다. 제임스 영은 '(노 장관의 국방부 측 부대들과의) 접촉 노력은 아주 몇 군데만 성공적이었다' 고만 할 뿐, 상세한 언급은 피하고 있으나 노 장관의 결심이 바뀐 이면에는 미국 측의 입김도 상당히 작용했던 것으로 알려지고 있다.

국회 광주특위에 보내는 미국정부의 성명서에 따르면 위컴 사령관은 연합사의 방위능력 약화와 한국군 부대끼리의 대규모 충돌 발생, 이를 틈탄 북한의 남침우려 등을 이유로 노 장관에게 다음날 새벽까지 국방부에 충성하는 부대의 이동을 중지시키도록 종용하는 한편, 전두환 보안사령관에게도 경고의 메시지를 전했다고 한다. 결과적으로 미국 측의 이러한 조치가 합수부 측이 대세를 장악하는 데 중요한 요인으로 작용했다는 점도 부인할 수 없다.

13일 새벽 1시경 용산 벙커의 노재현 장관은 김용휴 차관의 전화를 받았다. 사태수습을 위해 국방부로 돌아와야 한다는 내용이었다. 합수부 측 장성들도 국방부로 나올 것을 요구했다. 이건영 3군사령관으로부터 병력 출동을 확인하는 전화가 걸려 왔다. 노 장관은 '국방부에 가서 다시 통화하자' 고 말한 뒤 전화를 끊었다.

마침내 노재현 장관은 국방부로 돌아가기로 결심했다. 위컴 사령관과 글라이스틴 대사는 노 장관이 용산 벙커를 떠난다면 억류 또는 체포될 것이라며 국방부행을 극구 만류했다. 그들의 만류를 물리치고 노 장관은 용산 벙커를 나왔다. 일단 국방부로 돌아가 전두환 합수부장을 불러 수습책을 강구해볼 생각이었다.

노재현 장관은 국방부로 돌아간 이후 육본과 국방부를 장악한 1공수여단 병력들에 의해 연행되었고, 합수부 측 장성들에 둘러싸이게 되었다.

한편 정보를 수집하기 위해 떠났던 미대사관 무관 제임스 영 대령이 용산 벙커로 돌아왔을 때, 12·12는 이미 합수부 측의 승리로 끝나가고 있었다.

"벙커에 돌아왔을 때는 거의 새벽이었고, 벙커의 분위기는 완전히 변해 있었다. 위컴 장군과 글라이스틴 대사는 이미 떠났으며, 아침이면 앞으로의 행동을 결정하기 위해 그들의 고위 참모들과 협의할 것이라고 했다. 이제는 거의 모든 사람들이 전두환이 군권을 장악하는 데 성공했으며 따라서 그의 움직임에 따라 앞일이 크게 좌우되리라는 것을 깨닫고 있었다. 그러나 그가 이 새로운 힘을 정치적 목적을 위해 이용할 의도가 있는지 없는지는 아직 더 두고 보아야 할 일이었다. 아무튼 장성들이 밤을 새우며 벌인 '별들의 전쟁'은 그렇게 끝났다."

다음은 12·12 당시 보안사 보안처장으로 합수부 측 임시 상황실장을 맡았던 정도영 씨의 증언이다.

총장 연행 직후 상황을 급박하게 몰고 간 것은 수경사 쪽이었다. 상황실을 통해 수경사가 특전사, 3군사령부와 병력 출동을 합의하고, 장태완 씨가 보안사 간부에 대한 전원 사살 명령을 내리는 내용이 감청됐어요. 수경사 33단장 김진영 대령에 대해서도 보이는 대로 체포하고 이에 불응하면 사살하라는 명령이 떨어졌습니다. 그리고 사령부 내에 전차 4대를 이끌고 들어와 1차 공격지점으로 보안사 건물을 날리고 2차로는 경복궁내 수경사 30경비단을 격파한다는 정보가 입수됐습니다. 실제로 전차가 수경사 밖으로 나왔어요. 우리들 사이에서는 위기의식이 팽배했습니다.

당장이라도 포탄이 날아들 것 같아 모두 사색이 된 얼굴빛이었어요. 어떤 일이 있더라도 군대 내의 유혈 사태를 막아야 하니 병력 동원을 참아 달라고 사정했지만 먹혀들지가 않았습니다. 이때 격분한 김진영이 무전기를 통해 자신의 부하들에게 '사령관을 만나면 사살해버려'고 명령을 내리기도 했습니다.

장태완 씨의 증언에서 언급한 바 있듯이 정씨의 증언에서 다시 확인할 수 있는 것은 수경사 예하 33경비단장 김진영 대령이 직속상관인 수경사령관 장태완 소장을 사살하라는 하극상 명령을 내린 것이 틀림없다는 사실이다.

장태완 수경사령관은 자기를 사살하라는 예하 전차대대 본부의 무전을 엿듣고 최후 돌격을 포기했다. 장태완 수경사령관의 최후 돌격 작전 포기로 합수부 측에 대한 육본지휘부 측의 조직적인 저항은 끝이 났다. 이제 더 이상 합수부 측에 대항할 세력은 없었다.

장태완 수경사령관이 무거운 발길로 집무실로 돌아왔을 때, 노재현 국방부장관으로부터 전화가 왔다. 13일 새벽 3시경, 노 장관은 1공수여단의 총격을 피해 국방부 지하 벙커에 은신 중이었다.

이때는 합수부 측 병력이 서울을 완전히 장악한 뒤였다. 합수부 측은 망우리와 의정부 방면에서 합수부 측 진압을 위해 충돌할지 모르는 제26사단 및 수도기계화사단의 서울 진입을 저지할 목적으로 제20사단과 제30사단 예하 제90연대를 태릉과 고려대 뒷산에 배치했고, 제9사단에서 출동한 제29연대와 제2기갑여단의 1개 전차대대는 중앙청 일대에, 그리고 30경비단과 33경비단, 헌병단 등 3개 경비단은 경복궁에 집결시켜 기동타격대로 활용할 태세를 갖추고 있었다. 5공수여단을 장충동과 동국대학 일대에 배치하여 기동타격 및 경계부대 임무를 부여하는 등 서울 일원을 완전히 장악하고 외부로부터의 진입이 예상되는 진압부대의 예상통로를 차단하기 위한 배치는 거의 완료된 상태였다. 물론 국방부와 육본을 장악한 제1공수여단은 그대로 주둔하고 있었다.

"수경사령관에 부임한 지 약 24일 만에 12·12 사태를 맞았습니다. 지휘관이 소속부대를 파악하려면 최소한 석 달 이상이 걸리는 법입니다. 나는 출퇴근하는 대신 사무실에 침대를 마련해놓고 부대에서 거주했어요. 나름대로 하루빨리 부대를 파악하려고 했지만 수경사 내부의 하나회 조직을 색출하기에는 역부족이었습니다.

그러나 내가 수경사령관을 오래 맡았다 하더라도 결과는 마찬가지였을 것입니다. 동료인 정병주 특전사령관은 당시 4년째 재임 중이었고 특전사 내부상황을 손바닥 들여다보듯 파악할 수 있는 위치에 있었습니다만 결과는 어떠했습니까? 그는 자신이 키우다시피 한 최세창(제3공수여단장)에게 당했어요."

수경사령부는 대통령의 안전을 위한 특정임무 부대로서 수도 서울 방위와 쿠데타 진압임무를 수행하고 있었다. 바로 그 수경사령관으로서 자신이 반란군이라고 규정한 합수부 측에 대한 진압을 포기했다는 것은 지휘관으로서의 생명을 포기한 패장의 길을 인정한 것이나 마찬가지다. 장태완 씨가 '불충자 유구무언'이라는 말을 쓰는 것도 그 때문일 것이다. 그는 스스로 국가와 국민 앞에 용서받지 못할 죄인이라고 했다. 그러나 전혀 할 말이 없는 것도 아닌 모양이다. 그가 12·12 고소고발 사건을 주도한 것도, 당시 군 통수권자인 최규하 대통령과 노재현 국방부장관을 질타하는 것도 같은 맥락일 것이다.

"군 통수권자인 최규하 대통령과 노재현 국방부장관이 직무유기를 함으로써 그날의 반란사건을 정권탈취에 이르도록 만들었습니다. 군 출동 명령을 내리는 데 있어, 책임져야 할 위치에 있던 두 사람이 서로 그 역할을 미뤘던 것입니다. 군 문제에 대해 최종결정을 내려줘야 할 군 통수권자인 최 대통령은 국방부장관만을 찾았고, 국방부장관은 개인의 신변안전을 위해 그날 밤 자신의 집무실을 지키지 않은 채 세 번이나 피신하는 한심한 작태를 보였습니다.

패장으로서 나에게도 도의적인 책임이 있다고 봅니다. 당시 나는 주어진 상황에서 최선을 다하려고 했습니다. 그러나 반란을 진압해야 할 부대가 반란부대로 돌아서는 것을 막을 수는 없는 일이었습니다.

반란음모가 있을 때 사전에 정보를 체크하는 기관이 보안사라면 수경사는 병력을 출동할 수 있는 타격대 기관이었습니다. 정보가 있어야 병력을 운용할 수 있어요. 보안사에서 정보를 수집해 상부에 보고하면, 상부를 통해 그 정보가 수경사로 내려옵니다. 물론 수경사가 자체적으로 정보를 수집하는 기능이 없었던 것은 아닙니다. 하지만 호텔이나 음식점도 아니고 정보를 장악하는 보안사 내부에서 꾸며지는 반역음모를 눈치챌 수는 없는 일입니다. 하나회라는 사조직도 우리를 결정적으로 무력화시켰습니다.

패장으로서 책임을 지고 할복하고 싶은 심정도 있었습니다. 그러나 당시 반란상황을 뒷날 증언하기 위해서라도 나는 살아남아야겠다고 생각했습니다. 변명으로 들릴지 모르지만 수경사령관에게는 다른 부대의 출동 권한이 없습니다. 그것은 대통령이 결정해주어야 하고, 국방부장관이나 참모차장이 할 경우에는 대통령의 결재가 있어야 하는 것입니다. 명령을 받는 입장에서 무슨 도리가 있겠습니까.”

'12·12 군사반란사건'이 발생한 뒤로 많은 세월이 흘렀고 할 말이 많은 장태완이지만, 임무를 완수하지 못하고 패장이 된 자신을 눈앞에 두고 있는 당시로서는 비통한 심정이었다. 장태완 수경사령관은 그 '비통한 심정'으로 노재현 국방부장관의 전화를 받았다. 그때 노 장관의 목소리가 귀청을 때렸다.

“야, 장태완! 넌 왜 자꾸 싸우려고만 하나?”

“장관님, 무슨 말씀인지 모르겠지만, 저에게 무슨 병력이 있어야 싸우지요. 저놈들이 언제 쳐들어올지 모르니까 다만 자체 방어태세만 갖추고 있을 뿐입니다.”

“야, 말로 해! 말로…….”

“아니, 저놈들이 초소를 유린하면서 부대를 공격해 들어오는데 말로 됩니까. 정 그러시다면 장관님께서 지금부터 어떻게 하라는 지시를 내려주십시오. 지금이라도 지원병력을 출동시켜주시겠습니까?”

“말로 하란 말이야. 피를 흘려서는 안 돼.”

“피 흘릴 것도 없지만 이젠 다 끝났습니다. 병력들이 다 저쪽으로 넘어가고 여기에는 전투병력이 없습니다. 지시를 내려주십시오. 하라는 대로 하겠습니다.”

“병력을 철수시키고 상황을 끝내도록 해.”

"알겠습니다. 그것이 장관님의 명령이라면 그대로 따르겠습니다. 장관님! 제가 복명복창을 하겠습니다. 이 시간부로 상황을 끝내겠습니다!"

수화기를 내려놓은 장태완 수경사령관은 같은 방에 있는 윤성민 참모차장과 육본 참모부장들을 향해 12월 13일 03시 현재로 상황을 끝내겠다고 보고했다. 12·12가 발생한 직후부터 이미 패장의 길로 접어들었던 육본지휘부가 공식적으로 백기를 드는 순간이었다. 당시 수경사령관 비서실장으로 육본지휘부의 결정과정을 지켜봤던 김수택 씨는 이날 밤 육본지휘부에는 각 개인의 보신을 위한 '눈치' 작전만 있었다고 말한다.

"군인이라면 다 그렇겠지만 12·12 당시까지만 해도 나의 꿈은 별을 다는 것이었습니다. 그러나 그날 밤 장성들의 행태는 단순한 실망 이상의 기분을 들게 하기에 충분했습니다. 이들은 지휘관으로서의 소양인 상황판단 능력에서부터 자격미달이었습니다. 처음에는 우왕좌왕하다가 시간이 흐르면서 서로 눈치를 보기 시작했습니다. 말하자면 사태 이후에 보신하려면 현시점에서 어떻게 처신해야 하는가에 사로잡혀 있는 것 같았습니다. 대세가 합수부 쪽으로 기울어가자, 한다는 소리가 '역부족이다', '늦었다'는 것이었어요. 그때 이들이 좀더 기민하게 상황판단에 노력했더라면 역사는 달라졌을 것입니다. 바꾸어 말하면 이들은 그후의 오도된 역사에 대해 어느 선까지 책임을 지지 않을 수 없다는 것입니다. 그것은 반란세력에 의해 강제로 예편을 당했던 이들 개인에 대한 동정심과는 별개 문제입니다."

승리한 자와 패배한 자

　역사에 가정은 없다고 하지만, 이날 육본지휘부 측은 합수부 측을 제압할 수 있는 기회가 몇 차례 있었다. 첫째, 이날 밤 8시경 총리 공관 접견실에서 정승화 총장 연행에 대한 대통령 재가를 받고 있던 전두환 합수부장을 검거할 기회가 있었다. 둘째, 12·12와 같은 국가 비상사태 하에서 어느 쪽이 군 통수권자와 지리적으로 더 가까운 곳에 있느냐가 대세를 결정하는 열쇠가 될 수 있다. 합수부와의 대치 상태에서 최 대통령이 육본 측의 보위를 받으며 상황판단을 할 수 있는 여지가 주어지고, 합수부 측을 반란세력으로 규정해 전군에 비상출동령을 내리는 순간 승패는 결정됐을 것이다. 셋째, 충정부대의 출동명령을 기다리는 동안 작전 타이밍을 놓친 점이다. 만약 수경사가 잔존병력으로 탱크를 몰고 합수부 측의 두 지휘부인 경복궁과 보안사를 공격했더라면 상황은 달라졌을 것이다.

육본 측의 패인에 대해서는 12·12의 가해자와 피해자 측 모두 같은 맥락이다. 앞에서 합수부 측 상황실장이었던 정도영 씨가 증언한 바와 같이 당시 수경사령관 비서실장 김수택 씨 또한 같은 주장이다.

"당시 육본 측의 최대 실수는 군 지휘체계를 수호하지 못했다는 점입니다. 만약 그날 밤 수경사에 모였던 군 수뇌부들이 삼청동 총리 공관으로 군 통수권자인 최규하 대통령을 찾아가 합법적인 군 동원령을 내릴 수 있었다면 반란세력은 궁지에 몰릴 수밖에 없었을 것입니다. 전두환 그룹이 세 번이나 총리 공관에 들어가 최 대통령과 면담하는 동안, 이들은 신변보호 측면에서 좀더 안전하다고 판단한 수경사에 앉아 설왕설래하고 있었습니다. 고작 총리 공관으로 통화를 시도했다가 실패하자 포기했을 뿐입니다. 정확한 시간은 기억나지 않지만 이들은 밤 10시쯤 최 대통령을 수경사로 모셔 온다는 계획을 세웠습니다. 그러나 그때는 이미 총장 공관의 경비팀이 반란세력에 의해 대체된 상태였습니다.

정승화 총장의 연행 사실이 하극상이고 반란행위라는 판단이 섰다면 소수병력으로라도 경복궁을 향해 선제공격을 서둘러야 했습니다. 유혈사태를 우려해 결정을 미뤘다는 것은 반란행위를 눈으로 보면서도 이를 묵인한 것이나 다름없다고 봅니다. 반란세력이 완전히 병력동원 태세가 갖춰지지 않았던 초반부에 전차를 몰고 경복궁 내 30경비단을 격파했다면 상황이 달라졌을 것이 틀림없습니다. 반란세력이 당시 작전상 우위에 있었던 것은 무엇보다 통신망을 확보했기 때문이었습니다. 선제공격으로 작전지휘부를 옮기게 했을 경우 반란세력은 주변

부대와의 통신두절로 고립될 수밖에 없는 것입니다. 그러면 12·12 사태는 보안사라는 한 부대의 반란으로 끝났을 것입니다."

"정승화 총장 공관에서 총격전이 시작된 이후 무려 8시간 동안이나 나타나지 않고 있던 노재현 국방부장관이 사태가 합수부 측으로 완전히 기울고 나자 나타나서 상황중지 명령을 내리니, 나는 그러한 그의 저의에 큰 의문을 가지면서 복장이 터지는 아픔을 느꼈다."

장태완 수경사령관은 "이제 이것으로 모든 것은 다 끝났구나!" 하고 한숨을 내쉬며 임시사무실로 쓰고 있던 접견실로 갔다.

"참모장, 사령부에 남아 있는 전 참모들을 집합시키시오."

장태완 수경사령관은 참모장 김기택 준장에게 지시하면서 잠시 자신의 군생활을 어떻게 끝마칠 것인가를 생각했다. 수경사령관 접견실에는 참모장을 비롯하여 작전참모 박동원 대령, 인사참모 이진백 대령, 방공포단장 황동환 대령 등 수경사 참모들이 모였다.

"여러분들! 이제 9시간 동안의 상황은 모두 끝났소. 군인은 승부에 깨끗해야 하는 거요. 특히 오늘 밤에 있은 이 일은 먼 훗날 역사가 평가해줄 것이고, 여러분들의 문제는 내가 모든 것을 다 책임질 테니까 조금도 걱정하지 말아요. 여러분은 나의 성격을 잘 알 터이지만 나의 면전에서 명령에 불복했다면 총살을 당했을 것이오. 그러나 사령관이 시키는 대로만 했다고 말하면 아무런 일이 없을 거요."

장태완 수경사령관은 이어 "국방부장관의 지시로 상황을 종료한다. 상오 3시를 기해 일체의 전투행위와 사격을 중지하라"고 지시했다. 특히 무장했던 병력들을 철수시킬 때 오발사고가 나지 않도록 하라는 당

부도 잊지 않았다. 19개 한강 교량의 바리케이트는 통금 해제시간인 4
시부터 철거하고 통행을 정상화시키도록 했다.

"······고생들 많았다. 내일이면 후임 사령관이 부임할 것이므로 잘
모시도록 당부한다. (그의 말대로 다음날 아침에는 노태우 소장이 신임 수
경사령관으로 부임했다.)"

고별인사를 마친 장태완 수경사령관은 육본지휘부 임시 사무실인
수경사령관실로 건너갔다. 그곳에는 윤성민 참모차장과 육본 참모들
이 그를 기다리고 있었다.

"장관님의 지시에 따라 12월 13일 새벽 3시부로 일체의 전투행위와
사격을 중지시키고 모든 부대를 원상복귀하도록 조치했습니다."

장태완 수경사령관의 보고를 받은 윤성민 차장은 곧 합수부 측 유학
성 장군에게 전화를 걸어 상황종료 내용을 전했다.

육군참모차장이 합수부 측 선임자인 유학성 장군에게 상황 종료를
'보고'한 것은 육본지휘부 측이 합수부 측에 패배를 선언한 것이나 다
름없었다. 이로써 12·12 '별들의 전쟁'은 막을 내린 것이었다. 잠시
후인 13일 상오 3시 30분경, 전두환 보안사령관이 윤성민 참모차장에
게 전화를 걸어 왔다. 장태완 씨는 '언뜻 들으니 참모총장, 3군사령관,
수도경비사령관의 연행조사를 노재현 국방부장관이 승인하지 않고 있
다는 말인 듯했다'라고 기억하고 있다.

한편, 수경사 1층 정보실장실에서는 깊은 밤 수경사 인사참모 이진
백 대령이 다녀간 뒤, 수경사 헌병단 부단장 신윤희 중령이 휘하의 최
순호 준위를 은밀히 불렀다.

"최 준위, 중대장들과 기동대장들을 아무도 모르게 이 방으로 불러

오도록 해.”

　신윤희 중령은 한남동 총장 공관 총격전이 발생한 뒤 장태완 사령관으로부터 특공조장으로 임명돼 현장에 파견됐던 바로 그 인물이다. 헌병단으로 돌아온 신윤희 중령은 헌병단 중대장들과 참모들을 모아놓고 “이제부터 헌병단 지휘는 내가 한다”라고 선언한 바 있었다. 자정이 넘기 전 신윤희 중령은 전두환 보안사령관으로부터 장태완 수경사령관을 체포하고, 육본지휘부를 무장해제하라는 지시를 받아놓은 터였다.

　같은 시각, 장태완 수경사령관은 접견실에 있었다. 아직 몇몇 참모들이 남아 있었다.

　“그동안 수고들 많았네. 이젠 돌아들 가서 일들 보지 왜 여기 있나.”

　패장의 목소리에는 힘이 없었다. 참모들은 쉬이 돌아가지 못하고 침통한 표정으로 서 있을 뿐이었다.

　“동서고금을 막론하고 국가모반 사건에서는 ‘이기면 충신, 지면 역적’이 되기 마련이다. 권력의 칼자루를 쥔 모반자들은 자신들의 부당했던 행위를 정당화시킬 수 있는 힘을 갖게 마련이지만, 패배한 쪽은 승자를 정당화시켜주기 위한 희생의 재물로 이용될 수밖에 없는 운명을 벗어날 수 없는 일이었다.”

　본인의 증언에 따르면 장태완 수경사령관은 무력행위를 포기한 그 순간부터 자신이 패장이요, 패장의 말로가 어떻게 되리라는 것을 짐작하고 있었다. 즉 ‘합수부 측에서 나를 체포하러 올 것이 뻔했기 때문에 이에 대비하고 있었다’는 것이다.

다음은 전두환 보안사령관으로부터 장태완 수경사령관 체포지시 명령이 내려오고, 신윤희 중령이 이를 행동으로 옮길 때까지의 과정을 장태완 씨로부터 직접 들은 내용이다.

그러나 이보다 앞서 수경사 1층에 있는 정보실장실에서는 나의 체포를 담당하고 있던 헌병단 부단장 신윤희 중령이 각 헌병중대장들을 비밀리에 집합시키고 있었다. 전두환 합수부장은 최규하 대통령으로부터 정승화 총장의 연행조사에 대한 승인을 얻어내지 못하고 있는데다 육본 측에서 제9공수여단에 출동 명령을 하달하고 있는 상황이라 극도의 위기감을 느낀 나머지 나를 체포하면 모든 상황이 수월하게 풀릴 것이란 생각에 자정 전에 그곳에 가담해 있던 수경사 헌병단장 조홍 대령에게 수경사령관을 체포하라는 지시를 내렸던 것이다.

이에 조홍 대령은 이미 포섭되어 있는 상태에서 수경사에 남아 있는 신 중령을 전화로 불러 나를 체포할 것을 지시했던 것이다. 신 중령은 한남동 총장 공관에서 총격전이 발생한 직후 나의 지시로 병력을 이끌고 총장 공관으로 긴급출동까지 했던 장교였다. 이렇듯 그는 상황 초기에는 정식 지휘계통의 지시에 충실히 따랐으나 시간이 지나면서 합수부 측에 설득되어 이제는 그쪽 지시에 따라 자기 직속 지휘관을 체포하기 위한 준비를 서두르고 있는 것이었다.

그는 조홍 대령으로부터 지시를 받은 직후부터 나를 체포하기 위한 기회를 엿보고 있었던 것이다. 그러나 나는 그 시각에 보안사와 30경비단을 공격하기 위해 한창 병력과 장비를 동원하고 있을 때

라 상황이 어떻게 뒤바뀔지 몰라 신 중령은 함부로 서툰 짓을 할 수
가 없었던 것이다. 그러다가 모든 상황이 저쪽으로 유리하게 기울
기 시작했고 내가 모든 것을 포기하고 있을 때가 바로 나를 체포하
는 데 적기라 판단하고 전두환 보안사령관의 직계인 이진백 수경
사 인사참모와 상의한 후 각 헌병중대장들을 소집시킨 것이다.

수경사 헌병단 정보실장실에는 신 부단장의 호출을 받은 57중대장
한영수 대위, 53중대장 윤태이 대위, 10중대장 임대식 대위, 기동부 대
장 이재우 대위, 그리고 정보실장 최순호 준위 등이 모여들었다.
"지금부터 사령부를 평정한다. 이는 전두환 보안사령관님의 지시
다. 알겠나?"
합수부 측이 수경사를 평정한다는 것은 곧 육본지휘부를 평정한다
는 것과 다름없었다. 수경사령관실에는 육본 측의 임시 지휘부가 설치
되어 있다.
"현재 시각은 13일 상오 3시 정각이다. 20분까지 준비를 완료하라."
휘하 4인의 중대장들로부터 동의를 얻어낸 신윤희 중령은 이어 "53
중대와 57중대는 각각 20명씩 실탄을 장전한 병력을 차출하라. 기동대
장과 1중대장 그리고 최 실장은 무장하고 나를 경호하라"고 지시했다.

10분 후, M16으로 무장한 53·57중대 헌병 40명이 집합했다. 신윤희
중령은 퍽 만족한 듯했다. 그는 다시 세부적인 지시를 내렸다. ▲53중
대는 사령부 본관 건물 밖에서 주위를 경계하라. 만약 본관 내부의 상
황이 나빠질 경우에는 즉각 지원토록 하라. ▲57중대장은 20명의 병력

을 4개 조로 편성하라. ▲1개 조는 1층, 또 1개 조는 복도에 배치하고 남은 1개 조는 한 대위와 함께 사령관실로 치고 들어가라.

장태완 씨에 따르면 신윤희 중령은 여기에 덧붙여 더욱 구체적인 지시를 내렸다고 한다. ▲사령관실을 신속히 점령, 사령관의 무장을 해제시키고 체포하라. ▲여의치 않을 경우에는 즉각 사살하라. ▲그리고 기타 장군들은 무장해제만 시키고 차후 명령에 따르도록 하라.

수경사령관 접견실에서 장태완 사령관은 작전참모 박동원 대령으로부터 합수부 측에서 요구해 온 몇 가지 사항을 보고받고 있었다. 요구사항은 MBC 방송국에 경비차 파견돼 있는 수경사 경계병력을 합수부 측 병력으로 교체시키고, 그밖에 서울 시내 주요 시설물에 배치돼 있는 경계병력도 합수부 측에서 동원한 병력으로 교체시키겠다는 통보였다.

"나는 모든 것을 그쪽의 요구대로 해주라고 했다. 그리고 이어 지난 밤에 육본지휘부를 따라왔다가 감금된 육본 보안부대장 변규수 준장 등 보안사 요원들의 석방을 요구해 왔다. 나는 이 일도 그들이 요구하는 대로 들어주었다."

같은 시각, 출동준비를 끝낸 신윤희 중령은 휘하의 헌병중대장과 사병 등 10여 명을 이끌고 2층 사령관실 복도에 나타났다. 3시 40분경이었다. 그때 사령관실 앞 복도에는 무장을 한 2, 30명의 육본지휘부 측 수행부관들이 서성이고 있었다. 그들은 신윤희 중령 이하 10여 명의 무장헌병들이 갑자기 들이닥치자 어리둥절해했다.

"모두 조용히 밖으로 나가 있어!"

신윤희 중령이 권총을 겨누며 나직하지만 위협적인 목소리로 수행부관들을 밀어냈다. 57중대장 한영수 대위가 신윤희 중령의 곁에서 M16총구를 겨누고 있었다. 그 사이에 헌병들은 수행부관들의 무장을 해제했다.

수경사령관실에는 육본의 주요 참모들이 바깥에서 무슨 일이 벌어지고 있는지 까마득히 모른 채 망연한 표정으로 앉아 있었다. 독실한 기독교 신자인 천주원 인사참모부장은 눈을 지그시 감고 기도를 올렸다.

"하나님, 모두가 이성을 되찾아 더이상 우리 군끼리 유혈충돌하는 불행한 사태 없이 이성적으로 사태를 수습하도록 도와주소서."

육본 측 임시 지휘부인 수경사령관실과 장태완 수경사령관이 있는 접견실은 문 하나를 사이에 두고 있었다. 그때 육본 작전참모부장 하소곤 소장이 '용무를 보기 위해' 접견실로 갔다. 장태완 수경사령관이 휘하 참모들과 얘기를 나누고 있는 것을 보고 하 장군은 아무 말도 하지 않은 채 서 있다가 다시 문을 열고 사령관실 쪽으로 돌아섰다.

바로 그때 사령관실 복도를 점령한 평정조는 신윤희 중령의 눈짓을 신호로 일시에 문을 박차고 뛰어들었다.

"손들어!"

신윤희 중령이 고함을 지르는 순간 헌병들은 일제히 장군들을 향해 M16 총구를 겨누었다. 그때 접견실에 있다가 사령관실 문을 열고 들어서던 하소곤 장군이 장군들에게 총구를 겨누고 있는 헌병들을 보고 흠칫 놀라며 순간적으로 허리에 차고 있던 권총에 손을 가져갔다.

"탕."

M16 총소리가 실내를 뒤흔들었다. 57중대장 한영수 대위가 하 장군이 권총을 뽑는다고 판단, M16 방아쇠를 당긴 것이었다.

하소곤 장군은 가슴팍을 움켜쥐고 비틀거리며 접견실 쪽으로 돌아섰다. 느닷없는 총성에 놀라 장태완 수경사령관이 벌떡 일어났을 때였다.

"야, 저놈들이 나를 쏜다!"

하소곤 장군은 고통스러운 표정으로 신음을 토하며 접견실 안쪽으로 쓰러졌다. 장태완 씨는 "그야말로 순간적인 일이었다. 그(하소곤 장군)의 몸에서는 선지피가 쏟아져 나왔다. 나중에 안 일이지만, 헌병이 쏜 총알이 하 장군의 왼쪽 가슴을 뚫고 들어가 허파와 비장을 스치고 등 뒤로 관통한 중상이었다고 한다"라고 회고했다.

다음은 하소곤 씨의 회고이다.

새벽 4시가 되었을 때쯤이었다. 이미 국방부와 육본이 점령돼버리고 상황이 다 끝난 상태였다. 나는 일을 보러 옆방으로 건너갔다. 그곳에서는 장태완 장군이 참모들과 무엇인가를 협의하고 있었다. 나는 용무를 마치고 다시 육본지휘부가 있는 사령관실로 오기 위해 문을 열었다. 순간 장군들에게 총을 겨누고 있는 헌병들의 모습이 눈에 확 들어왔다. 내가 무슨 동작을 했는지 잘 기억이 나지 않는다. 무의식적으로 허리에 찬 권총으로 손이 갔는지 모르겠다. 탕하고 총소리가 나자마자 쓰러졌다. 나중에 깨어나 보니 13일 저녁 10시쯤이었다. 총알이 심장을 1센티미터 차이로 스치고 비장과 갈비 3대를 부순 뒤 관통해 대수술을 했다고 의사가 말해주었다.

하소곤 장군이 쓰러지자 사령관실 바닥에 앉아 있던 정승화 총장 수석부관 황원탁 대령이 권총을 뽑아들고 벌떡 일어서며 헌병들을 향해 겨누었다. 일촉즉발의 순간이다. 쌍방간에 방아쇠를 당기면 하 장군에 이어 또 다른 사상자가 발생할 것이었다.

그때, 합참본부장 문홍구 중장이 권총을 뽑아든 황원탁 대령의 팔을 잡아당겼다. 문 장군은 황 대령의 권총을 빼앗아 한쪽으로 치우고 헌병들을 향해 소리쳤다.

"야, 이놈들아! 우리는 비무장이야. 총구를 치우지 못해."

같은 시각, 장태완 수경사령관은 참모들에게 부상당한 하소곤 장군을 병원으로 후송하도록 지시한 뒤 육본지휘부가 있는 사령관실로 뛰어들어갔다. "순간, 나의 눈에 띄인 것이 내가 그동안 아꼈던 헌병단 부단장 신윤희 중령의 모습이었다. '저놈도 나의 적으로 돌아섰군' 하는 생각과 함께 배신감을 강하게 느꼈다." 장태완 수경사령관은 신윤희 중령을 향해 소리쳤다.

"이놈들아, 이게 도대체 무슨 짓이야. 나를 연행하든지 쏘든지 할 일이지. 도대체 장군님들에게 무슨 무례한 짓이야!"

"사령관님, 죄송합니다." 신윤희 중령이 고개를 숙여 보였다.

"누구 명령이야? 부단장은 누구 명령을 받게 돼 있나?"

"보안사령관님 명령입니다. 용서해주십시오. 이제부터 제가 사령관님을 모시겠습니다."

직속부하의 입에서 자기가 아닌 다른 사람의 명령에 따라 연행하겠다는 얘기가 나오자 장태완 수경사령관은 어이가 없었다. 그때의 심경을 장태완 씨는 "나는 역적을 치다가 패하여 도리어 역적이 된 몸이기 때문에 전두환 일당에게 체포될 각오를 하고 있었지만, 내가 아끼던 내 부하의 손에 의해 체포되리라고는 미처 생각지 못했다"라고 회한에 찬 목소리로 회고한다.

"나쁜 놈 같으니. 좋다! 전두환이한테 가자."

장태완 수경사령관은 아래층으로 내려갔다. 현관 앞에는 경호차까지 두 대의 차가 대기하고 있었다.

"타시지요. 제가 사령관님을 보안사령관님이 계시는 곳까지 모시겠습니다."

차에 있던 보안사 요원이 나와 장태완 수경사령관을 '안내' 했다. 장태완 수경사령관이 차에 올라타고 보안사 요원은 옆자리에 탔다. 두 대의 차는 곧장 현관 앞을 빠져나갔다. 그 길로 장태완 수경사령관은 전두환 보안사령관이 있는 곳이 아닌 보안사 서빙고 분실로 연행됐다. 13일 새벽 4시경이었다.

장태완 수경사령관이 보안사 서빙고 분실로 연행된 뒤에도 육본지휘부는 감금 상태로 수경사령관실에 머물러 있었다. 1공수여단이 국방부와 육본을 점령하고, 수경사 헌병단 부단장 신윤희 중령이 평정조를 이끌고 수경사령관실을 장악할 때까지 육본지휘부 측은 다소 마음을 놓고 있었던 것 같다.

합수부 측은 상황이 종료될 때까지 육본지휘부 측에 전화로 설득하며 협박 공작을 펼치고 있었다. 심지어 합참의장 김종환 대장, 정보부장서리 이희성 중장, 노재현 국방부장관까지 그들의 설득작전에 이용했다. 그래서인지 몰라도 대부분이 합수부 측에 대한 진압을 포기하고 합수부 측에 동조한 상태였던 것이다.

"다음날 새벽에서야 노 장관은 조금 전에 전두환 장군과 통화를 했는데 자기들의 거사는 정승화 장군을 체포하기 위한 것이지 다른 목적은 없다고 하더라며 앞으로 군내의 다른 변화는 없을 테니 안심하라고 했어요. 또 전두환·황영시·유학성 장군들이 모두 무지한 사람들은 아니니 조용하게 일을 처리하도록 하고 다른 장군들에게도 잘 이야기해 흥분하지 않도록 해 달라고 당부했습니다. 노 장관이 그런 이야기를 하고 있을 때 이미 국방부는 1공수여단에 점령당한 상태였어요.

　김종환 장군도 전두환 장군과 타협이 잘 되었으니 병력 출동으로 유혈사태가 생기지 않도록 강력히 막아 달라는 전화를 여러 차례 했어요. 중앙정보부장서리이던 이희성 장군도 똑같은 전화를 몇 차례나 했습니다. 이 장군은 서로 총 쏘고 피 흘리지 말자고 하면서 30경비단 쪽은 절대로 병력을 동원하지 않는다. 그건 자기가 보장한다고 그랬어요. 그래서 우리는 병력 동원을 자제하고 있었는데 그 틈을 이용해 전방에 있는 부대까지 빼돌려 쿠데타에 사용했던 것입니다."

　문홍구 당시 합참본부장의 말에 따르면 육본지휘부가 평정된 뒤에도 이희성 중정부장서리에게서 전화가 걸려 왔다. 수경사 헌병단 부단장 신윤희 중령이 이끌고 온 병력이 육본 측 임시 지휘부인 수경사령관실을 덮쳐 하소곤 장군이 총상을 입는 등 난장판이 벌어지고 난 직후였다.

　"지금 어떻게 하고 있소?"

　"뭐라구요? 이게 뭐요? 병력을 동원하지도 말고 총격적을 벌이지도 말자고 약속해놓고 이런 짓을 해요. 하 장군이 배에 총을 맞아 병원으로 실려갔어요." 전화를 받은 문홍구 합참본부장이 화를 냈다.

　문홍구 중장이 마구 화를 내는 가운데 이희성 부장은 별로 기분이 안 좋다는 듯 "부상자가 났으면 치료하면 될 거 아니오" 하고는 전화를 끊었다.

육본지휘부 측으로서는 배신감을 느끼지 않을 수 없었다. 당시 이 부장과 통화를 했던 문홍구 씨는 "상황은 끝났다. 자기네가 이겼다는 거지요" 하고 씁쓸한 회고를 한다.

그후 윤성민 참모차장, 문홍구 합참본부장 등은 보안사 서빙고 분실로 연행됐다. 수경사령관실에 모여 있던 육본지휘부 측 20여 명의 장성들 중 서빙고로 끌려간 사람은 몇 명 되지 않는다. 합수부 측은 자신들의 진압을 강력하게 주장했던 '매파'들을 쪽집게처럼 정확히 가려냈던 것이다. 보안사가 모든 전화를 도청하고 있었기 때문이었다.

특전사에 이어 수경사를 장악, 육본지휘부 측 장성들을 체포한 합수부 측은 용인 3군사령부도 장악, 지휘관들을 일망타진하기 위해 동분서주하고 있었다. 보안사에서는 3군사령부 보안부대장 김무연 대령에게 '이 사령관을 체포하라'고 은밀히 지시했다. 3군사령관 이건영 중장이 9사단과 30사단, 제2기갑여단 등 예하부대로 전화를 걸어 병력을 움직이지 말라고 거듭 다짐을 주고 있을 때였다.

"밤중에 강제로 연행하는 것보다는 날이 샌 뒤 합법적인 절차를 밟아서 연행하는 것이 좋겠습니다."

보안사의 지시에도 불구하고, 김무연 대령은 다른 건의를 올렸다. "13일 새벽 사령부에서 이건영 장군을 연행하라는 지시가 내려왔다. 그때 이 사령관은 예하부대의 병력 통제를 하느라 여념이 없었다. 그를 체포할 경우 3군의 지휘체계가 일시에 마비되고 사기도 극도로 저하될 것은 불보듯 뻔했다"라는 것이 그 이유였다. 보안사에서는 김 대령의 건의를 받아들이지 않았다. 대신 3군사령부 헌병대장 조명기 대령에게 같은 지시를 내렸다.

그때 3군사령관실에 "정문 경비를 잘 하십시오"라는 의미 심장한 한 통의 전화가 날아들었다. 육본 B2 벙커에 있던 육본 정보참모부 정보처장 이규식 장군이었다.

"뭐야, 무슨 일 있나? 무슨 일로?"

"그런 일이 있습니다. 밖에서 뭐가 들어갈 것 같습니다. 사령관님, 잘 지키셔야 합니다."

육본 상황실을 지키고 있던 이규식 장군이 보안사에서 이건영 사령관을 체포하라는 지시를 내리고 있다는 정보를 입수, 귀띔을 한 것이었다.

그러나 조명기 헌병대장도 보안사의 지시에 따르지 않았다. 조 대령 역시 3군사령부 보안부대장 김무연 대령과 같은 생각이었다.

13일 새벽 6시경, 이건영 사령관은 노재현 국방부장관으로부터 "좀 보자"는 연락을 받고 상오 8시경 상경하여 국방부에 들렀다가 대기 중인 보안사 요원들에 의해 체포돼 서빙고로 연행됐다. 이로써 합수부 측에 적대적, 혹은 호의적이지 않은 수도권 일원의 장성들을 완전히 제거하게 됐다.

출발, 신군부

6인 위원회

13일 새벽 2시 30분경, 보안사에 잠깐 들렀다가 근무 위치를 벗어났다고 백운택 장군으로부터 꾸중을 듣고 나온 뒤 청와대 경호실 작전담당관 고명승 대령은 삼청동 총리 공관 앞 위병소에서 추위에 몸을 떨고 있었다. 대통령이 머물고 있는 총리 공관을 경호·경비하는 것이 그의 임무이다. 뿐만 아니라 벌써 몇 번째나 공관을 들락거리는 합수부 측 장성들에 대한 안전도 책임져야 했다.

"어떤 차가 오든 그 차 앞뒤로 즉시 무장차가 붙어야 해. 차에 탄 사람이 누구든 수상한 거동이 보이면 즉시 사살해도 좋다."

고명승 대령은 휘하의 경호 병력들에게 거듭 지시했다. 12·12 가해자 측 기록에 따르면 고 대령은 "대통령의 재가가 떨어질 때까지 그 누구도 보안사령관의 허락 없이는 공관을 출입시켜서는 안 되었다. 만에

159

하나라도 정승화 총장의 추종 세력들에 의해 보안사령부나 공관이 공격을 받을 경우 목숨과 바꿔서라도 사수하지 않으면 안 된다고 그는 지시하고 있었다." 그와 같은 임무태세였으므로 신현확 총리가 왔을 때 고 대령은 총리의 차를 세워놓은 채 보안사령관 비서실장 허화평 대령과 연락한 뒤 통과시켰던 것이다.

그때 헤드라이트를 켠 채 두 대의 차량이 공관 정문 앞으로 다가오고 있었다. 한 대는 승용차였고, 뒤따르는 것은 경호 차량이었다.

"정지!"

고명승 대령이 앞으로 나가 차량을 멈추도록 했다. 동시에 경호 병력이 차량들을 에워쌌다.

"자네는 누군가?"

승용차에 앉은 사람이 물었다. 중앙정보부장 서리 이희성 중장이었다. 12·12 그날 밤, 가해자와 피해자들의 한쪽에서 누구보다 바빴던 사람 중의 한 명은 이희성 부장 서리. 그는 남산 정보부장실에서 육본, 합수부, 수경사, 30단 측에 번갈아 전화를 걸어 "어떤 일이 있어도 유혈충돌은 막아야 한다"라고 설득, 중재자 역할을 자처했다. 그의 역할은 12·12 상황이 끝난 뒤 '대장 진급과 육군참모총장 겸 계엄사령관 임명'이라는 선물로 나타난다.

"청와대 작전담당관 고 대령입니다. 총리 공관을 경호·경비하고 있습니다. 지금 합수부장님과 여러 지휘관님들께서 부장님을 뵙고자 하십니다. 보안사에 계십니다. 제가 안내하겠습니다."

고명승 대령은 총리 공관으로 향하는 이희성 부장의 차를 돌려 보안사로 향하게 했다. 이희성 부장의 승용차 앞뒤에 경호실 경호차가 붙고 고명승 대령도 다른 승용차로 오른편에 나란히 붙어 보안사로 향했다. 이미 물리적 권력을 손에 쥔 합수부 쪽에서는 권력 핵심에 있는 그 누구라도 자기들 뜻대로 움직여 나가고 있었다.

합수부 측 임시 지휘부인 보안사령관실로 간 이희성 부장은 전두환 보안사령관과 15분여 동안 긴요한 이야기를 나눈 뒤 3시 35분에 보안사를 떠났다.

노재현 국방부장관이 보안사령관실에 머문 것은 기껏해야 30여 분 정도였다. 이미 체포된 처지나 다름 아닌 상태인 노재현 장관으로서는 전두환 보안사령관이 내미는 결재서류에 사인할 수밖에 없었다. 그때 노 장관이 할 수 있는 일이란 그것뿐이었다. 그는 이미 군 통수권자인 대통령의 재가를 얻어내기 위한 형식적인 절차를 밟는 데 필요한 만큼의 가치만 인정받고 있을 뿐이었다.

"가시지요."

노재현 장관의 사인이 끝난 뒤 전두환 보안사령관은 자리에서 일어섰다. 노재현 장관을 대동하고 삼청동 총리 공관으로 대통령의 재가를 받으러 가려는 것이었다. 노재현 장관과 전두환 보안사령관이 보안사 건물을 나왔을 때, 현관 앞에는 두 대의 검은 세단이 대기중이었다. 국방부장관 차와 전두환 보안사령관의 전용차였다. 보안사령관 수행부관 손삼수 중위는 앞자리에 타고 있던 장관의 부관을 내리게 하고 자신이 타려고 했다. 해병대 장교인 장관 부관은 완강히 거절했다. 두 부관이 실랑이를 벌이자 전두환 보안사령관이 손삼수 중위에게 "뒤차로 오라"고 지시했다. 노재현 장관과 전두환 보안사령관은 보안사령관

차를 타고 총리 공관으로 향했다. 손삼수 중위는 국방부장관 차를 타고 뒤를 따랐다.

노재현 장관과 전두환 보안사령관이 총리 공관에 도착한 것은 새벽 4시 50분경. 노재현 장관은 비서실에 나와 있는 신현확 총리, 최광수 비서실장과 함께 대통령 접견실로 들어갔다. 잠시 후 도착한 이희성 중정부장서리와 전두환 보안사령관은 접견실 밖에서 대기하고 있었다. 12·12는 그렇게 길었으나 정작 그 사건을 마무리 짓는 대통령의 재가 시간은 오래 걸리지 않았다.

"늦었소. 보고는 대충 들었는데, 어떻게 수습하는 것이 좋겠소."

"각하. 제가 수습을 다 하겠습니다. 결재를 해주십시오."

"그렇게 합시다."

한마디 대답하고 입을 꾹 다문 채 최규하 대통령은 결재서류에 사인했다. 그 길고 길었던 12·12에 대한 합수부 측의 승리가 공식적으로 인정되는 순간이었다. 12·12 그날 최규하 대통령은 10·26 사건 때보다 훨씬 줏대 있게 행동했다. 처음 전두환 보안사령관이 정승화 총장을 연행 조사하겠다고 보고해 왔을 때 국방부장관을 통하지 않았다는 절차상의 문제를 들어 10여 시간을 끌고 왔던 최규하 대통령이다. 그런데 막상 전두환 보안사령관이 국방부장관을 데리고 오자 더 이상 결재를 미룰 수 없는 처지였다.

"각하, 후임 육군참모총장 겸 계엄사령관은 이희성 장군이 좋을 것 같습니다."

"그렇게 하시오."

정승화 총장 연행 건에 대한 대통령의 재가를 받아낸 노 장관은 자

162

리에서 일어나기 전에 후임 총장 건을 건의했다. 중정부장 서리 이희성 중장의 총장 임명에 대해서는 사전에 이희성 부장과 전두환 보안사령관과의 협의가 됐다는 시각이 있는 반면, 노재현 국방부장관의 건의와 최규하 대통령의 결정이었다는 증언도 만만치 않다. 최규하 대통령은 장성들을 잘 알지 못했으나 중정부장 서리로 자주 보고하러 들어온 이희성 중장에 대해서는 상당히 호감을 갖고 있었던 것으로 알려지고 있다.

이희성 부장의 대장 진급·총장 겸 계엄사령관 임명에 대해 전두환 보안사령관과 협의가 됐다면 이날 새벽 2시 30분경 '보안사 요담' 에서였을 것이다. 원래 전두환 보안사령관은 이희성 중장을 '군 개혁차원에서의 예편 대상' 에 포함시키고 있었다. 전두환 보안사령관이 12·12 거사에 대해 이희성 부장에게 귀띔을 하지 않은 것은 물론이지만, 당초 계획 단계에서 합수부 측이 차기 참모총장으로 내정한 장성은 1군단장 황영시 중장이었다. 합수부 측이 '이희성 참모총장' 으로 계획을 수정한 것은 이날 밤 이희성 부장의 공로 때문이다.

노재현 장관은 최 대통령이 결재한 서류를 접견실 밖에서 대기하고 있는 전두환 보안사령관한테 내려 보냈다. 정승화 총장 연행조사 건에 대한 대통령의 재가가 난 노란 봉투를 들고 공관을 나온 전두환 보안사령관은 현관 앞에서 승용차에 올랐다. 차가 보안사로 달리고 있는데 삼청동 길 양쪽에는 미국 정보기관원으로 보이는 백인 몇 명이 코트차림으로 서성거리고 있었다.

5시 45분경, 최 대통령의 재가를 받은 뒤 노 장관은 총리 공관을 나와 다시 보안사에 들러 전두환 보안사령관 등 합수부 측 장성들과 면담한 뒤 6시 32분에 떠났다. 국방부장관으로서의 마지막 행보였다.

이미 권력의 추는 보안사 쪽으로 완전히 기울고 있었다. 삼청동 공관에 있었던 이희성 중정부장 서리도 남산으로 돌아가는 길에 보안사에 들렀다가 육본으로 방향을 돌렸다. 총장 부임길이었다. 여명이 트기 전 육본 참모총장실에 도착한 이희성 중장이 뜬눈으로 밤을 새운 부속실 요원들에게 "물 한 잔 달라"고 하며 단숨에 들이켠 뒤, "지금부터 내가 총장이야"라고 해 깜짝 놀라게 했다.

12·12 그날 밤 10시 대구 제50사단. 육본으로부터 '진돗개 하나'가 발령된 직후. 50사단장 정호용 장군은 보안사로 전화를 걸었다.

"사령관 계시나?"

정호용 사단장은 전두환 보안사령관, 노태우 9사단장 등과 함께 육사 11기 출신으로 하나회 핵심 멤버. 그는 또한 전두환·노태우 장군과 함께 공수특전단을 창설한 공수단 멤버이기도 했다. 정호용 사단장은 친구인 전두환 사령관을 찾아 '진돗개 하나'의 정체에 대해 물어볼 생각이었다.

"사령관님께서는 지금 부재중이십니다."

"어디 계시는가?"

"잘 모르겠습니다."

전두환 보안사령관이 대통령의 재가를 받기 위해 두 번째로 삼청동 총리 공관에 가 있을 때였다.

궁금하기도 하고 답답하기도 해서 서울로 전화를 해본 정호용 장군은 힘없이 수화기를 내려놓을 수밖에 없었다. 정호용 장군은 경찰국장 중정 지부장 등 대구 시내 기관장들로부터 수차례나 문의전화를 받았으나 '궁금하고 답답하기는' 매한가지였다.

서울에서 정호용 사단장에게 전화가 걸려 온 것은 밤 11시경이었다. 보안사령관실에 있던 육사 11기 동기생 백운택 준장이 걸어온 전화였다.

"나 운택이다. 빨리 올라와야겠다."

"무슨 일이야."

"자세한 것은 올라오면 알아."

백운택 장군의 전화가 끊기자 정 장군은 '아무래도 무슨 일이 일어난 것이다. 백운택 장군까지 보안사령관실에 가 있다면 전두환 보안사령관의 신상에 무슨 일이 일어난 게 아닐까, 혹시 정승화 총장 연행과정에서 충돌이 있었는지도 모른다' 하고 막연하게 추측했다.

"보안사령관이나 2군사령관 외에는 절대 전화를 바꾸지 말도록 해."

당번병에게 지시한 뒤 정호용 장군은 집무실 귀퉁이에 놓인 침대에 누웠다. 다음날 아침 일찍 귀경할 생각으로 실컷 자두려는 것이었다. 2군사령관 진종채 중장에게 전화가 걸려 온 것은 새벽 2시경이었다.

"지금 서울에서는 장태완이가 차규헌·유학성·황영시·전두환·노태우·백운택이를 다 잡아 죽이겠다고 보안사령부로 쳐들어가고 있다네. 정병주하고 3군사령관도 병력을 출동시키고 있다니, 그냥 두면 유혈충돌이 일어나. 어떻게 할 건가. 보안사에서 당신을 올려 보내라고 야단인데?"

"그래요. 사령관님께서는 어떻게 하면 좋겠습니까?"

165

"글쎄, 분명하게 짚고 넘어가야 할 사항이 몇 가지 있지. 첫째, 어떤 일이 있더라도 유혈 사태가 일어나서는 안 되고 둘째, 정승화 총장에 대한 수사는 불가피한 사안이고 셋째, 전두환 보안사령관의 용단에 대해서는 적극 찬성한다는 것이지. 당신, 좀 올라가보지 그러나."

보안사령관을 역임할 때 윤필용사건과 하나회 사건을 수사한 바 있는 강창성 씨에 따르면 그의 후임 보안사령관을 지낸 바 있는 진종채 2군사령관은 하나회 비호 세력. 진종채 사령관과 통화를 끝낸 정호용 장군은 곧장 자택으로 갔다.

"서울에 좀 다녀와야겠소. 누가 찾거든 동해안 쪽으로 시찰을 나갔다고 하오."

다시 부대로 돌아와 훈련단장 오두창 준장에게도 같은 당부를 한 뒤 M16으로 무장시킨 부관 최종대 대위를 대동하고 부대를 출발했다.

한편, 보안사에서 정호용 장군을 불러올리기 전인 이날 밤 11시가 조금 넘은 시각. 광주 보병학교장 김윤호 소장은 황영시 중장의 다급한 전화를 받았다.

"동생, 빨리 좀 올라와."

"무슨 일입니까. 형님?"

"급한 상황이 벌어졌어. 우리가 큰일을 저질렀으니 자네가 와서 도와주어야겠어. 자세한 것은 묻지 말고 올라오도록 해요."

김윤호 소장은 지난 11월 말 서울로 올라와 전두환·황영시 장군들과 만나 군부의 대대적인 인사개편안을 작성했던 인물. 그들이 계획한 군부대 개편안은 '황영시 육군참모총장, 전두환 참모차장, 노태우 보안사령관, 정호용 특전사령관' 등으로 작성됐다. 바로 그 군부대 개편

안 작성자 김윤호 소장을 서울로 불러올린 것은 합수부 측에서 이미 이 시각쯤 승리를 장담하고 있었던 결과나 다름없었다.

황영시 중장의 전화를 받은 김윤호 소장은 대충 서울의 사태를 짐작할 수 있었다고 한다. 그는 밤 12시 30분쯤 지프를 타고 광주를 출발, 다음날 새벽 6시경 육본에 도착했다. 육본 참모들은 세상이 어떻게 돌아가는지 모르는 상황에서 우왕좌왕하고 있었다.

김윤호 소장은 육사 10기 동기생 채항석 교육참모부장 방에 들러 상황이 어떻게 돌아가는지 물어보았다.

"몰라, 보안사에서 일을 저지른 것 같은데 나도 자세한 내용은 모르겠단 말이야."

교육참모부장 집무실을 나온 김윤호 소장은 총장실로 갔다. 하룻밤 사이에 세상은 많이 달라져 있었다. 총장실에는 정승화 대장 대신 이희성 장군이 회의를 주재하고 있었다.

총장실 분위기를 대충 살핀 김윤호 소장은 보안사로 향했다. 승리의 기운이 감도는 보안사령관실에는 간밤의 긴장감도 잊은 채 뒷수습을 하느라 어수선했다. 보안사령관실 옆방인 접견실에는 전두환 보안사령관, 노태우 9사단장, 유학성 군수차관보, 차규헌 수도군단장, 황영시 1군단장 등이 모여 사후대책을 의논하고 있었다. 여기에 김윤호 소장이 가담해 이른바 '6인 위원회'가 자연스럽게 탄생했다. 6인 위원회는 앞으로 나흘 동안 보안사령관 접견실에서 함께 기거하며 군부의 인사개편, 미국 측에 대한 설득, 행정부에 대한 해명 등 일련의 작업들을 지휘하게 된다.

김윤호 씨의 증언이다.

서울 보안사에 도착할 때가 아침 6시 30분경 이었는데 이미 상황은 끝나고 수습중이었습니다. 전두환·노태우·유학성·차규헌·황영시 장군 등이 있었지요. 그들은 나를 보자마자 '김 장군이 대미관계 창구를 빨리 개설해주시오' 라고 부탁했습니다. 나는 졸지에 위의 다섯 장군들과 함께 신군부 주동 '6인 위원회' 에 포섭돼버린 거지요.

최규하 대통령으로부터 정승화 총장 연행건에 대한 재가를 받아냄으로써 공식적으로 승리를 확인한 합수부 측은 6인 위원회를 필두로 군 내부 수습에 박차를 가하고 있었다. 보안사에 모인 장성들은 각자 역할을 분담, 우선 실병력 지휘관들인 사단장급들부터 다독거려 나갔다.

"더 이상 문제 없다. 동요하지 말고 정상근무를 하라."

합수부 측은 이어 윤자중 공군참모총장과 김종곤 해군참모총장, 김정호 해병대사령관 등을 보안사로 불러 상황을 설명하고 각군의 수습 및 조기안정에 대한 협조를 당부했다.

6인 위원회에서 무엇보다도 우선적으로 착수한 것은 혼란에 빠진 육군 상층부를 개편, 안정시키는 일이었다. 군 인사문제는 13일 하오부터 본격적으로 논의됐다.

김윤호 씨에 따르면 6인 위원회에서 결정한 '숙군지침' 은 다음과 같다. ▲소장급 이상을 심사대상으로 한다. ▲정승화, 김재규 계열을 제거한다. ▲진급·보직 운동자들을 제거한다. ▲6·25 때 후방 근무자들을 제거한다. ▲육사 8~10기 장성들 중에서는 꼭 필요한 사람만 남긴다. ▲호화생활자나 품위불량자를 제거한다.

이른바 숙군의 회오리바람이 일어날 조짐이었다. 이희성 육군참모총장과 정호용 특전사령관·노태우 수경사령관 임명은 이미 결정이 난 상태였고, 이희성 중장은 정식 임명장을 받기 전에 구두명령을 받고 이미 부임한 상태였다.

6인위가 막 가동할 무렵, 보안사령관 접견실에는 6인위를 비롯하여 대구를 출발한 정호용 장군과 노재현 국방부장관이 와 있었다. 그때 한 장성이 끌려오다시피 들어왔다. 윤성민 참모차장이었다.

"야, 너 얼굴이 왜 그렇게 창백하냐."

유학성 장군이 자리에서 일어서며 윤성민 차장을 맞았다. 윤성민 차장은 "야, 얼굴이 창백하지 않게 생겼냐. 담배나 한 대 주라" 하더니 자리에 앉으며 담배를 피워 물었다.

12·12 발생 전반기까지만 해도 윤성민 참모차장은 육본 지휘부 측을 이끄는 수장이었다. 그의 표현을 빌리면 7시 밤부터 B2 벙커에 들어가서 참모들 20명과 함께 지휘하고 수경사에 가서는 유학성 장군과 차규헌 장군에게 눈물로 호소하고, 소준열 장군에게 박준병, 백운택을 체포하라고 고래고래 소리 지르며 동분서주했다. 합수부 측에 회유되어 타협했다고 질책을 당하기는 했으나 윤성민 차장은 육본 지휘부가 무너질 때까지 수경사령관실에 남아 있었다고 한다.

"새벽 3시가 좀 지났을까, 꽉 소리가 나면서…… 아우성이 났지. 하소곤 장군이 총에 맞고 문홍구·장태완 장군이 끌려가고……. 나도 이름 모르는 소령에게 검은 세단으로 끌려 갔지요. 그놈에게 '어디로 가는 거야' 했더니 '가 보시면 압니다' 해요. 그때가 3시 40분쯤 되었을까 캄캄한데 수경사에서 한강 쪽으로 가는 거예요. 연병장으로 쑥 들어가는데 서빙고 분실이야. '여기서 내 인생이 끝나는구나' 생각했지.

그런데 그곳에서 무전이 와 보안사로 차를 돌렸어요. 헌병감 김진기 장군에게 그 소령이 누구인지 알아봐 달라고 했는데 아직 회답을 못 받았어요. 보안사에 갔더니 노재현 국방부장관, 전두환 보안사령관, 노태우 장군, 최광수 비서실장, 차규헌, 유학성, 그리고 정호용 장군은 그날밤에 올라왔대요. 거기서 나를 보고 인사참모를 오래 했으니 인사에 조언을 하라고 해요. 내가 정신이 다 나가 있는데 조언하게 생겼어? 사의를 표명했더니 가서 부대수습을 빨리 하라고 하더군요. "

윤성민 씨에 따르면 그 자리에서 '1군사령관에 윤성민, 3군사령관에 유학성 장군' 하는 얘기가 나왔다고 한다. 그때 옆에 앉아 있던 노재현 장관이 반대의견을 표시했다.

"1군사령관, 3군사령관이 누가 되든지 관여할 바는 아니지만 이런 위험한 시기에 전방 군사령관을 동시에 교체해서는 안 된다. 움직이더라도 시차를 두어야 한다."

13일 아침식사를 하고 보안사령관실을 나온 윤성민 장군은 유학성 장군이 곧바로 3군사령관에 부임한 것과는 달리 12월 24일 1군사령관으로 정식 부임했다.

윤성민 씨는 자신이 다른 육본 지휘부 측 장성들과 달리 신군부 세력에 의해 중용된 것은 호남 출신이기 때문이라고 한다. 호남 출신 장군 가운데 가장 선임이었고, 또 얼마 뒤에 터진 광주항쟁 때문에 5공에서 지역배려 케이스로 살아남을 수 있었다는 것이다. 윤성민 씨는 또 후에 알게 된 사실이지만 신군부 측 6인위가 사전에 각본을 다 짜놓았던 것이 아니냐는 말도 했다.

6인위에서 작성된 명단은 선임자인 유학성 중장이 이희성 육군참모총장 겸 계엄사령관을 보안사로 불러 건네주거나 육본으로 가지고 가서 협의하는 절차를 밟았다. 고금을 통해 정변 직후 논공행상에는 잡음이 많았듯이 12·12 주도세력들 사이에도 군 인사문제에 상당히 말썽을 빚었다. 명단을 작성하는 데 발언권을 크게 행사한 이는 전두환·황영시 장군이었고 차규헌 장군은 수동적이었다고 알려지고 있다. 6인 위원들은 대체로 전두환·황영시·김윤호 라인과 노태우·유학성 라인으로 갈라져 의견차를 보이곤 했다. 차규헌 장군은 중도적 입장이었다. 여기에 이희성 총장의 의견도 조금씩 반영된 것으로 알려지고 있다.

6인 위원 중 한 명이었던 김윤호 씨의 증언.

군 개혁에 대해 황영시 중장, 전두환 소장, 그리고 나 이렇게 셋은 사전에 의견을 교환한 적이 있어 어느 정도 공감대를 형성하고 있었다. 그러나 유학성 장군과 노태우 장군은 사전교감이 없어서인지 인선문제를 놓고 우리와 상당한 의견차이를 보였다. 거기다 유장군이 이희성 총장에게 우리 측 안을 들고가 협의하는 과정에서 이 총장의 의견도 만만치 않아 원래 우리가 의도한 것과는 상당히 다른 결과가 나오게 됐다. 하도 의견이 분분해 한번은 황영시 장군이 2월 초에 작성한 초안을 내놓으면서 원래의 군 개혁취지를 설명했다. 그런데 그 초안에는 유학성 장군의 성씨가 '柳'자로 잘못 적혀 있었다. 유 장군이 이를 보고 '어떤 자식이 이름도 잘못 쓰느냐'며 화를 냈다. 내가 '제가 썼는데 경황중에 잘못한 것이니 봐주시오'라고 했더니 '김윤호 너, 여차하면 나도 잡아넣을 놈이구나' 하면서 못마땅해 했다.

13일 하루 동안 6인위에서 대상자들을 선별한 결과 40여 명의 명단이 작성됐다. 명단을 작성하는 과정에서 6인위 멤버들과 인간관계 등으로 구제된 이가 처음 작성한 명단의 30퍼센트에 이른 것으로 알려지고 있다.

이희성 중정부장서리가 참모총장, 윤성민 참모차장이 1군사령관에 임명된 것도 그런 경우였다. 원래 6인위에서는 윤성민 차장과 문홍구 합참본부장 가운데 한 사람을 살리기로 하고 토의를 했는데, 문홍구 중장이 노재현 장관 계열의 포병이라는 것이 불리하게 작용한 것으로 알려지고 있다. 토의과정에서 6인위원 중 유학성·노태우 라인은 문홍구 장군을 밀었고 황영시·김윤호 라인은 윤 장군을 지지했다. 이때 김윤호 장군은 "호남 쪽도 한 사람 넣어야 하지 않느냐"라는 논리를 폈다. 결국 전두환 보안사령관이 전남 무령 출신인 윤 장군의 손을 들어주었다.

공군참모총장을 지낸 주영복 씨의 국방부장관 기용도 전혀 예기치 못한 인사였다. 노재현 장관은 12·12 다음날인 13일 단행할 최 대통령의 새 내각에 잔류하는 것으로 내정돼 있었으나 전두환 본부장이 주영복 씨를 국방부장관으로 적극 추천했다. 같은 경남 출신인 전두환·주영복 장군은 그전부터 서로 친했고 부인끼리도 접촉이 잦았으며 10·26 후 주영복 씨가 보안사를 자주 방문한 것으로 알려지고 있다.

12·12 직전 육본 지휘부는 정승화 총장(육사 5기), 김종환 합참의장(4기), 유병현 연합사 부사령관(7기), 김학원 1군사령관(5기), 이건영 3군사령관(7기), 진종채 2군사령관(8기) 등으로 구성돼 있었다. 12·12 주도세력들은 이들 선배 장성들을 모두 예편시키고 육사 7~10기 출신 장성들도 필요 인원만 제외하고 모두 전역시켜 군부를 대대적으로 개편한다는 구상을 갖고 있었다.

총장과 1군사령관이 물갈이 된 가운데 유병현 연합사 부사령관이 합참의장으로 승진, 기용됐다. 유병현 장군이 물러나지 않고 오히려 합참의장으로 기용된 것은 유학성 장군이 밀었기 때문인 것으로 알려지고 있다.

6인위에서는 진종채 2군사령관도 예편시키고 차규헌 장군이나 윤흥정 전교사 사령관을 기용하자는 의견이 나왔다. 차규헌 장군은 처음에 중정부장서리로 내정됐으나 본인이 적극 고사한 것으로 알려지고 있다. 진종채 2군사령관 문제는 이희성 총장과 협의하는 과정에서 유임시키는 쪽으로 굳어졌다. 그 과정에서 12·12 주도세력 가운데 선임 그룹에 속하는 차규헌 장군은 적절한 보직을 받지 못하고 있다가 비교적 한직인 육사교장으로 밀리게 됐다.

6인 위원 가운데 자신들에 대한 인사가 토의될 때는 당사자가 그 자리를 비우곤 했다. 황영시 1군단장은 육참차장, 유학성 군수차관보는 3군 사령관, 노태우 9사단장은 수도경비사령관, 김윤호 광주보병학교 교장은 중장으로 승진하여 1군단장이 됐다.

군단장급 인선에도 의견충돌이 벌어졌다. 김윤호 장군은 수도군단 장에 종합학교 교장인 소준열 소장과 육본 감찰감 권익점 소장을 기용 하자는 의견을 제시했다. 소준열·황영시 장군, 권익점·김윤호 장군 은 각각 육사 동기생이었다. 김 장군의 의견에 유학성·노태우 장군 측 이 반발했다. 특히 노태우 장군은 "김 선배, 그 사람들이 12일 밤 무슨 일을 했는지 알고 그러십니까?" 하고 불만을 표시했다. 유학성·노태 우 장군뿐만 아니라 보안사 참모들도 소준열·권익점 장군 발탁에 적 극적으로 반대하고 나섰다.

결국 수도군단장에는 소준열·권익점 장군 대신에 이희성 총장과 유학성·노태우 장군이 미는 합참 정보국장 박노영 중장이 임명됐다. 이밖에 백운택 71사단장은 9사단장으로, 정호용 50사단장은 특전사령 관에 임명됐다.

별들의 대학살

"12월 14일 한국군 내부의 대대적인 인사개편 결과가 발표되었다. 전두환 장군에게 충성하는 장교들이 군의 핵심적 자리를 차지했다. 특히 정치적으로 민감한 부대들, 쿠데타 기도 능력이 있는 부대들이 그들에 의해 장악되었다. 예컨대 9사단장 노태우 소장이 서울 지역의 대다수 전투부대를 통괄하는 수경사 사령관이 되었다. 다른 11기들과 심복장교들은 특전사, 3군 등의 여러 일선부대들을 떠맡았다."

12·12 당시 미대사관 무관 제임스 영은 12·14 군 인사개편에 12·12 자체보다 더욱 중요한 의미를 부여한다. "12월 14일의 이 인사개편이 여러모로 12·12보다 더 중요했다고 생각한다. 우선 한국군이 전두환 통제하로 들어갔다는 점에서 그러하다. 그리고 이 숙청조치는 전두

환이 계엄령하에서 단지 수사권만 행사하는 것이 아니라 다른 일들에 대해서도 자기 뜻대로 처리할 수 있는 발판을 마련했다는 점에서 그 이상의 의미가 있었다. 예컨대 12·12를 일으킨 그의 의도가 오로지 박정희 대통령 시해사건의 수사책임자로서 자신의 임무를 수행하려는 것이었다면, 12월 14일의 한국군 숙청 같은 작업이 도대체 왜 필요했겠는가."

제임스 영은 다른 인터뷰에서 미국 정부 측의 입장을 지적, "우리가 결정적인 행동을 취할 수 있었던 시기가 여러 번 있었습니다. 박정희 암살과 12·12 사이, 12·12와 12·14 사이에 국면을 반전시킬 기회가 있었지요. 12·14에 대해선 아무도 말하지 않습니다"라며, 12·14에 대해, "전두환 장군이 그의 모든 심복들을 군의 핵심에 심은 날입니다. 미국 정부는 당시 그것을 무시했습니다. 대신에 우리는 연합사 병력을 한국군 지휘하로 이동시킨 것에 대해서 약 3개월 동안 불만을 표시했습니다. 한편 전두환은 다른 일을 벌여 12월 14일에 군을 장악했습니다. 우리가 하는 일이라곤 이러한 불법 병력이동에 대해 불평하는 것뿐이었습니다"라고 반성하는 어조로 말하고 있다.

"몇몇 군의 핵심 직책에서도 육사 11기와 12기가 예전 그들의 상관들을 밀어냈다. 12월 말까지 대대적인 전역이 줄을 이었는데, 8기의 경우가 특히 그러했다. 한국군 내부에 일대 숙청작업이 진행되고 있음이 명백했다. 그리고 이제 곧 한국의 군부와 전두환 세력에 의해 완전히 장악될 것임이 분명했다."

또 한 번의 숙군의 회오리가 일어나고 있었다. 일단 군 수뇌부를 물같이하는 등 군부 내 핵심요직을 좌파 세력으로 갈아치운 12·12 주도 세력은 12·12 반대세력, 김재규·정승화 계열로 분류되는 장성들을 제거하는 작업에 착수했다. '별들의 대학살'이라 불리는 이 작업은 군부 내 헤게모니를 장악하려는 일대 수술이었다. 물론 여기에는 노화된 군에 세대교체가 필요하다는 명분론도 추가됐다.

'별들의 대학살'을 주도한 곳은 육본 인사참모부나 인사운영감실과 같은 정식 인사부서가 아니라 12·12 성공 직후 급조된 6인위였다. 그들의 서슬 퍼런 칼날에 수많은 장군들이 강제로 군복을 벗었다. 이를 가리켜 한 언론은 "창군 이래 유례가 드문 '별들의 대학살'이었다"고 지적하고 있다.

물론 '별들의 대학살'에는 보안사 자료가 밑그림이 됐다. 6인위가 대체적인 기준을 정하면 보안사가 이들 장성들에 대한 존안자료와 12·12 당시 감청자료 등을 토대로 명단을 작성하는 식이었다.

신군부가 '숙군' 표적으로 삼은 것은 육사 7~10기 및 종합학교 등 일반출신 고참 장성들. 그중에서도 8기 출신 장성들이 주요 표적이었다. 전두환·노태우 등 정규 육사 1기 그룹은 일찍이 5·16 이후 육사 8기가 군 요직을 독점해 온 것에 대해 심한 반감을 품고 있었다. 정규 육사 1기의 그와 같은 반감은 후배들에게도 자연스럽게 교감됐다. 신군부의 군 재편과정에서 예편된 8기 출신 가운데 소장급만 정상만·황의철·김한룡·신정수·안철원 등 모두 10명에 이른다. 육사 8기 출신 이희성 총장이 동기생 몇 명을 예편 대상에서 제외하기는 했으나 그의 힘은 무력하기만 했다.

김재규 계열로 분류된 장성은 안철원 소장과 이필조 소장, 그리고 당사자들이 언급하기를 꺼려하고 있으나 육사 11기로 하나회 창설 멤버였던 김복동 소장도 무언중에 거론됐을 것으로 보인다. 안철원 소장은 김재규 3군단장 시절 참모장을 지냈고 이필조 소장은 그 후임 참모장이었다. 김복동 소장은 김재규 보안사령관 시절 그의 비서실장을 지냈다.

그러나 김복동 소장은 다른 시각에서 예편 대상에 올랐던 것으로 알려지고 있다. 10·26 당시 김복동 소장은 청와대 경호실 작전차장보로 있다가 5군단 부단장으로 전출됐다. 6인위 가운데 김윤호 장군은 당시 경호실 차장이었던 이재전 중장이 직무유기로 구속됐다가 예편 대상이 된 것과 비교해 형평에 맞지 않는다는 의견을 제시했다. 김복동 소장의 예편을 거론한 것에 대해 김윤호 씨는 "군 개혁을 하려면 철저히 해야 한다는 생각이었다"라고 말한다.

김복동 소장의 예편 여부를 놓고 논란이 벌어지자 그와 처남매부 지간인 노태우 장군이 재고를 요청했다.

"김 선배, 그거 너무 가혹하지 않습니까. 한번 봐주시지요."

이미 3군사령관으로 내정된 유학성 장군이 "김복동이는 내가 참모장으로 내정해놓고 있는데 살려주자"라고 거들었다. 김윤호 씨는 "분위기가 그래서 물러설 수밖에 없었다"라고 한다. 육사 11기 선두주자 그룹 가운데 전두환 보안사령관과 라이벌 관계였던 김복동 장군은 5공 시절 한직인 육사교장을 끝으로 끝내 예편당하고 말았다.

"친애하는 국민 여러분. 군은 그동안 박정희 대통령 시해사건의 주범 김재규에 대한 조사과정에서 김재규가 숨기고 있던 새로운 사실이 발견되어 그 진부를 확인하기 위해 12월 12일 저녁 7시경 정승화 육군 참모총장 공관으로 출동했던 바 공관 경비병과 경미한 충돌이 있었으나 정승화 총장의 신상에는 아무 이상 없이 현재 연행 조사중에 있으며 이에 관련된 일부 장성도 구속 수사중에 있습니다."

12·12가 끝난 하루 뒤인 12월 13일 육본의 분위기는 참담하기가 이루 말로 표현하기 어려웠다. 육본 참모들은 "이럴 수가 있는 거야" 하고 개탄을 감추지 못했다. 이날 특별담화를 발표한 노재현 국방부장관은 정승화 육군참모총장 겸 계엄사령관을 박정희 대통령시해사건과 관련, 군 수사기관이 체포하고 정부는 그 후임에 이희성 육군대장을 임명했다고 발표했다.

"현재 시중에는 일부 계엄군이 증가 배치되어 있으나 이는 수도권 경계태세를 강화하기 위한 조치이므로 안심하시기 바랍니다. ……군은 해로운 지휘체계를 확립, 추호의 동요 없이 임무수행에 만전을 기하고 있습니다."

오랜만에 찾아온 봄기운에 찬물을 끼얹고 한국현대사의 물줄기를 뒤바꾼 12·12였다. 그것이 어떻게 '경미한 충돌'이었겠는가. 노재현 국방부장관은 국민을 속이는 특별담화를 발표하고 국무회의에 참석한 뒤 장관 자리에서 물러나고 만다. 노재현 국방부장관 퇴진뿐만 아니라 정부 역시 12·12를 추인하는 일만 남았다. 전두환 보안사령관 겸 합수부장을 필두로 하는 신군부가 마침내 표면으로 등장한 것이었다.

정부는 이날 오전 11시 30분 중앙청 국무회의실에서 신현확 총리 주재로 임시 국무회의를 열고 이희성 중장을 대장으로 진급시킴과 동시에 육군참모총장에 임하며 계엄사령관에 임명하는 안건을 의결했다.

이날 국무회의는 이희성 중장 진급문제 등 안건만을 의결한 뒤 2분 만에 끝났다. 이 자리에서 신현확 총리는 노재현 국방부장관의 담화내용을 설명하고 사태는 진정됐다고 전제, 국민이 불안해할지 모르니까 기회가 있을 때마다 이해시켜 달라고 당부했다.

물론 이날 육군 수뇌부의 대이동이 있었다. 참모차장에 황영시 1군단장, 윤성민 참모차장이 1군사령관으로 전보됐다. 유학성 군수 차관보가 3군사령관, 차규헌 수도군단장은 2군사령관으로 옮겼고 정호용 50사단장이 특전사령관, 그리고 노태우 9사단장이 수경사령관이 됐다. 이른바 경복궁이 요직을 차지한 것이었다.

14일 오후, 최규하 대통령은 부총리 겸 경제기획원 장관에 이한빈 아주공대 학장을 기용하는 등 새 정부의 조각명단을 확정, 발표했다. 20개 부처 중 박동진 외무장관과 김원기 재무장관 등 2명의 현직 각료를 유임시키고 2개 장관을 임명보류, 나머지 16개 장관은 대부분 새 인물을 기용하거나 정부내 인사들을 승진 기용, 내각의 얼굴을 크게 바꿨다. 새 내각에는 이한빈 부총리를 비롯 백상기 법무, 김옥길 문교 등 신인들을 7명이나 기용했으며 김종환 내무, 주영복 국방, 김용휴 총무처장관 등 3명의 군 출신을 입각시킨 점이 주목됐다.

원래 조각발표는 13일에 있을 예정이었으나 12일의 사태로 하루가 늦어진 것이었다. 그 하루가 늦어진 사이에 유임하기로 돼 있었던 노재현 국방부장관이 물러나는 것으로 결정됐고 당초 조각명단에 없었던 김용휴 국방차관이 총무처장관으로 임명됐다. 신군부의 입김이 가해진 것은 물론이다.

한편, 지난 밤 보안사 서빙고 분실에 끌려온 정승화 전 총장은 이날 오전 9시경 건장한 두 사내들에게 양쪽 손목을 잡힌 채 꼼짝할 수 없는 상태로 끌려갔다. 정승화 전 총장이 끌려간 곳은 그가 갇혀 있는 건물 옆에 붙어 있는 창고 같은 건물이었다. 정승화 씨는 그 건물을 보는 순간, "고문하는 방인가 싶었다"라고 한다. 방 안에는 5, 6명의 수사관들이 있었는데, 아닌 게 아니라 정승화 전 총장을 철제의자에 앉히고 비틀어 매는 것이었다.

"너희들이 날 고문을 할 모양인데 내가 육군대장으로서 너희들에게 고문당할 수는 없다. 고문을 당하기 전에 내 예비역 편입원을 써놓고 당해도 당해야겠다."

정승화 전 총장이 먼저 말하자 수사관들 중 한 명이 "그런 것 안 써도 이미 예편되었으니 이제 육군대장도, 참모총장도 아니오. 걱정마시오"라고 소리쳤다.

"두 명이 나를 의자에 비틀어 매어 머리를 뒤로 잡아 젖히고 여러 명이 소리를 꽥꽥 지르고 위협을 하면서 분위기를 살벌하게 만들더니 곡괭이 자루인 듯한 몽둥이로 내 허벅지 위를 치고, 정강이를 치고, 목뒤를 치기도 하며, 마치 미쳐 날뛰는 것처럼 서로가 격려라도 하는 것처럼, 신명이 난 듯 교대로 치며 무조건 나더러 '바른대로 말해. 이 자식. 김재규하고 공모했지. 다 알고 있는데 이 자식 거짓말해야 소용없어' 하며 마구 날뛰었다."

정승화 씨의 회고에 따르면 연행된 다음날부터 고문을 당했다고 한다. 그는 심지어 물고문까지 당했다고 털어놓았다.

"머리를 제끼고 얼굴에 물수건을 씌운 다음 주전자의 물을 계속 얼굴에다가 들어붓는 것은 참으며 견디기 어려웠다. 코로 숨을 쉴 수 없어 입으로 쉬니 물이 목구멍을 막아 물을 먹는 순간, 그때마다 약간씩 숨을 쉬게 되어 한참 당하니 정신이 빠져나가는 것 같았다."

고문을 당하면서 정씨는 6·25 때 죽었어야 했는데 살아서 부하들한테 고문으로 억울한 누명을 쓰고 죽게 되는구나 하는 생각이 들자 혀를 깨물고 죽고 싶었다고 한다.

"그들은 얼마 동안 물고문을 하더니 중지하였다. 나는 그래도 의식이 남아 있어서 고문을 그만두는 것을 어렴풋이 느낄 수 있었던 것이다. 이윽고 나를 고문의자에서 풀더니 발가벗기고 알몸에 낡은 전투복을 입힌 뒤 끌어다가 처음 심문받던 받침대에 눕혀놓았다. 나는 다시 얼마 동안 정신을 잃었다.

자는 둥 마는 둥 밤을 새우고 나니 다음날은 억지로 일어나게 하였다. 침대에서 간신히 일어나 앉으니 어지럽고 몸의 균형을 잡기가 어려운 것은 여전했지만 그래도 온몸이 쑤시는 것은 좀 덜하였다. 몸에는 시퍼렇게 멍든 곳이 곳곳에 있었다. 한참 동안 마음을 다잡고 진정을 하고 나니 가까스로 균형을 잡고 앉을 수가 있게 되었다. 어지러워 균형을 잡기 힘든 것은 약 1주일간 계속되어 그후에도 한참 동안 무엇이든지 붙잡고 진정을 한 다음에야 일어설 수가 있었다. "

하루 전까지만 해도 육군 최고 신분인 정승화 전 총장이었다. 지금 보안사 서빙고 분실에는 정승화 전 총장뿐만 아니라 김재규 전 중정부장도 조사를 받고 있었다. 10·26, 12·12는 많은 아이러니를 낳았으나 한때 보안사령관을 역임했던 김재규·정승화 씨가 같은 시기에 보안사 서빙고 분실에서 갇혀 조사를 받고 고문을 당하고 있다는 것 또한 아이러니가 아닐 수 없었다.

"서빙고 수사분실은 주로 대공수사를 하는 곳입니다. 그곳에 들어오는 혐의자에게는 하나같이 작업복을 입히고 뒤축 찢어진 고무신을 신깁니다. 수사분실의 그러한 관례 때문에 아마도 수사관들이 정승화 총장에게도 그렇게 했을 겁니다. 그리고 정승화 총장이 끌려올 당시 제복을 입었던 게 아니라 콤비 차림의 사복이었기 때문에 일선 수사관들이 더 깊게 생각하지 않았을 겁니다."

정승화 씨가 조사과정에서 차마 입에 담지 못할 수모를 겪었다고 주장한 데 대해 당시 합수부 수사국장으로 정승화 전 총장 수사책임자였던 이학봉 씨는 완강하게 부인하고 있다. 이학봉 씨는 정 전 총장이 물고문을 당했다는 주장까지 부인하고 있다.

"고문한 것이 없습니다. 정승화 총장에 대해서는 혐의사실을 대부분 파악하고 있었기 때문에 그럴 필요조차 없었던 상황입니다."

이학봉 씨는 정승화 전 총장이 물고문을 받은 시간과 정황, 방법까지 밝히고 있는 점에 대해서도 "그렇지 않습니다. 정승화 총장이 한때 보안사령관에 재임했기 때문에 고문방법에 대해 알고 있는 것이겠지요" 하고 완강하게 부인하고 있다.

정승화 씨에 따르면 당시 보안사 수사관들이 집요하게 추궁했던 것은 10·26 그날 저녁 김재규 중정부장과의 공모관계였다. 정승화 전 총장은 그날 오후 5시경 김재규로부터 전혀 다른 낌새를 눈치 채지 못한 채 김이 오라는 곳으로 간 사실부터 다시 자세히 설명했다.

"조사가 끝나면 다음날 어디에 보고하여 다시 지시를 받는지 지금까지의 나의 진술은 모두 거짓말이라고 하며 또다시 조서작성을 시작했다. 그러기를 몇 차례나 되풀이하였다."

수사관들은, "당신은 김재규와 호형호제하는 사이 아닌가. 그런 자가 김이 10·26 거사를 일으키는 데 사전에 공모하지 않았을 리가 없다"라는 식의 주장을 폈다. 또한 김재규가 이미 실토를 했다, 증거가 확보됐다, 하면서 공모사실을 시인하라고 했다.

"증거가 있다면 그것으로 족하지 않은가. 나도 모르는 공모사실을 어떻게 시인하라는 말인가."

"뭐라구. 육군 내에서도 소문난 명석한 두뇌를 가진 자라 거짓말도 잘 꾸며대는군."

수사관들은 처음에 김재규와의 공모관계를 실토하라고 추궁했으나 나중에는 김재규로부터 거사에 협력하도록 거금을 받았다고 했다. 수사관들의 추궁은 계속됐다.

상식 이하의 주장과 이성을 잃은 행위를 보며 정승화는 여러 가지 생각이 머리를 스쳐갔다. '이 며칠 동안 내가 태어나고 내가 평생을 바쳐 봉사한 내 나라가, 특히 내가 그토록 사랑하고 정열을 쏟아 왔으며 믿고 사랑하던 우리 육군이 나에게 이러한 못된 짓을 가하고 터무니없는 거짓을 조작하여 뒤집어씌우고 있다고 생각하니 나라에 대한 충성심과 육군에 대한 사랑과 기대가 한꺼번에 무너지는 것 같았다' 저 마음속 깊은 곳에서부터 분노가 치밀어오르며 이 나라에 태어난 것이 후회가 되었다. 산다는 것 자체가 오욕이었다.

18일 오전 계엄사령관 겸 육군참모총장 이희성 대장은 취임 후 처음으로 발표한 담화문에서 12·12에 대해 언급했다.

184

본관은 금번 명에 의하여 계엄사령관의 중책을 맡게 되었습니다. ……먼저 지난 12일에 있었던 사태로 인해 국민 여러분을 불안에 떨게 한 점 죄송스럽게 생각하고 있습니다. 그 진상은 이미 국방부 장관의 담화문으로 1차 발표된 바 있습니다만, 보다 자세한 사실은 수일 내에 밝혀질 것이며 금방 사태를 수습하는데 있어 군은 시종 헌정질서를 문란시킴이 없이 합법적인 절차에 따랐음은 물론 특히 북괴가 이를 악용하지 못하도록 온갖 신속한 조치와 정상상태 회복을 위하여 최선을 다함으로써 군의 단결 및 전력면에는 추호의 허점도 없다는 점을 명백히 하는 바입니다.

군의 기본사명은 국토방위에 있으며 정치는 군의 영역 밖의 분야이기 때문에 군이 정치에 관여해서는 안 된다는 것이 확고한 원칙이며 정치는 애국심과 양식있는 정치인에 의해 발전되어야 한다는 것이 한결같은 군의 소망임을 천명합니다.

그로부터 이틀 뒤인 20일 오전 11시, 육본 계엄보통군법회의는 10·26 박정희 대통령 시해 사건에 대한 선고공판을 열고 김재규, 김계원, 박선호, 박흥주, 이기주, 유성옥, 김태원 피고인 등 7명 모두에게 구형대로 사형을 선고하고 유석술 피고인에게만 징역 3년을 선고했다. 재판부는 검찰 측이 적용한 것과 같이 김재규 피고인에게는 내란목적 살인 및 내란수괴 미수죄를, 김계원 피고인 등 6명에게는 내란목적 살인 및 내란중요임무 종사 미수죄를, 유석술 피고인에게는 증거 은닉죄를 각각 적용한다고 밝혔다. 이로써 10·26 사건은 사건 발행 55일 만에, 12월 4일 1회 공판이 시작된 지 16일 만에 1심 재판이 모두 끝난 것이다.

24일 오전 9시 30분, 국방부는 10·26 사건과 관련, 정승화 전 육군참모총장 등 5명의 장성을 연행했던 12·12 사태에 대한 수사결과를 발표했다. 국방부는 정 전 총장은 김재규의 내란방조죄로 입건 구속하고 전 3군사령관 이건영 중장, 전 합참본부장 문홍구 중장, 전 수경사령관 장태완 소장, 전 특전사령관 정병주 소장 등은 그들의 죄상에 따라 처리될 방침이라고 발표했다. 또한 12·12때 육군참모총장 공관 및 국방부 청사에서 발생한 출동사고로 특전사 소속 김 소령, 합수부 배속헌병 박 상병, 국방부 소속 정 병장 등이 숨지고 4명이 중상, 16명이 경상을 입는 등 모두 23명의 사상자가 발생했다고 발표했다.

> 정 전 총장은 10·26 대통령 시해사태 직후 김재규가 범인이라는 심증을 굳히고도 육군참모차장를 비롯한 정보 및 작전참모부장, 본부사령, 헌병감, 수경사령관 등을 소집하고 ○○사단 및 공수여단의 출동을 지시하는 한편 1·3군사령관에게 비상을 발령한 후 김재규에게 이 같은 조치사항을 설명해주어 김재규의 뜻대로 계엄병력을 출동 배치하고 있다는 사실을 알리고 김재규의 범행에 묵시적으로 동조했으며, 지난 10월 초 김재규로부터 다액의 금품을 받은 사실이 드러났다.

국방부 발표에 따르면 10·26 당시 정 전 총장 행적의 위와 같은 사실을 알게 된 계엄사 합동수사본부는 ▲10월 29일부터 11월 1일까지 임의진술을 청취했으나 정승화 총장은 계엄사령관의 위력을 과시, 혐의사실 규명을 불가능케 하거나 은닉했으며 ▲10·26 사태 발생 때 경호책임자로서의 직무유기한 사실이 밝혀져 구속 기소된 당시 경호실 차장 이재전 장군에 대해 석방 후 최소한의 조치인 징계처분조차 하지 않았다. ▲10·26 사태 후 해외여행이 부적합한 인사에 대해서도 출국토록 했다. ▲김재규에 대한 재판이 진행되는 도중 범행미화 발언 등으로 국민 여론이 오도되어 이를 구실로 범행 관련자에 대한 관용조치를 할 경우 등 관할관으로서 부당한 권리행사를 할 가능성이 높았다. ▲정승화 총장 추종세력인 전 3군사령관 이건영 등과 회합, 연락하는 등 심상치 않은 동향이 추가 포착되었다.

결국 합수부는 정승화 총장과 그의 추종세력의 소요유발을 사전에 막기 위해 수사관들이 총장 공관에 도착, 자발적으로 출두할 것을 요구했으나 정승화 전 총장이 동행을 거부, 총격전이 벌어졌다고 밝혔다.

국방부 발표문은 정승화 씨 개인에 대해 악의에 찬 인신공격도 서슴치 않고 있다.

"정 전 총장은 지극히 비양심적이며 부도덕한 처사를 감행한 바, 사고 전 궁정동으로 김재규를 수차 방문한 사실이 있었음에도 10월 26일 오후에 김재규의 초청을 받고 나서 자기 부관에게 궁정동이 어디에 있는 술집이냐고 물었다는 등 자진 진술시에도 능청을 피웠으며 사건 와중에서 피할 수 없는 상황에 있던 자가 자기해명에 급급하는 등 인간적인 측면이나 공인으로서도 문제점이 있는 자이다.

또한 전 정승화 총장은 유례를 찾기 힘든 소아적 기회주의자인 바, 군의 최고 전략가가 아니고 극히 상식적인 사고력의 소유자라도 총성의 거리감각이 있을진대, 당시 거리감각에 대하여 횡설수설하면서 입장모면에 급급하였고, ……혹 사태가 역전되어 김재규의 범행 계획이

성사되었을 때 공을 인정받기 위해서 김재규 신병에 대해 보호조치 의도의 하명이 있었던 것은 인간성의 단면을 표현한 것이다."

또한 이건영·문홍구 중장, 정병주·장태완 소장 등 4명의 장성은 김재규로부터 거액의 금품을 받았으며 12·12 사태 때 병력을 출동시키는 등 조직적인 저항을 했다고 밝혔다.

국방부는 12·12 사태에 대한 수사결과를 발표하면서 구속된 정승화 전 총장의 인물사진도 공개했는데 정승화 전 총장의 계급장이 떼어진 군작업복 차림의 초췌한 모습의 사진이었다.

김진기 전 헌병감은 보안사에 연행되어 며칠 동안 조사를 받고 나온 뒤 다른 장성들과 달리 자진 예편했다. 김진기 씨는 국방부의 12·12 발표와 정승화 전 총장의 사진을 신문에서 보고 며칠 동안 잠을 이룰 수 없었다고 한다.

"발표문은 미묘한 인신공격에다가 억지투성이었습니다. 정승화 총장에게 충성한 장군들을 정승화 총장 추종세력으로 몰았더군요. 군대에서 추종세력이란 게 있을 수 있습니까. 상급자에게 추종하지 않는 군인이 잘못된 거지요. 총장을 추종하지 않는 자들은 하극상을 하겠다는 자들이 아닙니까.

육군참모총장을 지낸 사람에게 고무신을 신기고 수갑을 채워 사진을 찍고 공개하다니, 이게 세계의 어느 군대에서 있을 수 있는 일입니까. 장교는 포로가 되어도 그 명예를 보장받는 법인데……. 이것은 정승화 총장 개인에 대한 모욕이 아니라 국군 전체에 대한 모독이었습니다. 그렇게 해서 어찌 교육이 되겠습니까."

말인 즉 그러하다. 12·12로 정권을 장악한 전두환 보안사령관은 이듬해 중앙정보부장서리를 겸직하게 되는데, 당시 신문보도에 따르면 전두환 장군은 평소 부하들에게 '어디를 가나 지휘관에게 충성을 다하라. 그것이 곧 국가에 충성하는 길'이라고 강조하는 장군이었다고 인물평을 하고 있다. 자기에게는 충성하되, 자기는 상급자에게 충성하지 않고, 심지어 강제 연행하는 것은 아이러니가 아닐 수 없다.

장성들의 예편조치는 79년 12월 31일과 80년 1월 31일, 9월 30일 등 몇 차례에 걸쳐 단계적으로 이뤄졌다. 12월 31일자로 예편한 장성들은 주로 10·26 사건 뒤처리와 관련, 대상자 대부분 12·12 이전에 결정됐다. 이재전 중장, 김학호, 김갑수 등이 그들이다.

12·12 직후 예편대상자로 분류한 장성들은 대부분 80년 1월 31일부터 군복을 벗었다. 그들 가운데는 김진기 전 헌병감의 경우와 같이 자진해서 군복을 벗은 경우도 없지 않았다.

12·12 당시 대구 5관구 사령관 김명수 소장은 같은 해 12월 말 육군 지휘관회의 참석차 서울에 올라왔다. 육본에서 회의를 마친 뒤 김명수 소장은 다른 장성들과 함께 대통령을 면담하기 위해 청와대로 향했다. 그때 김 소장은 같은 버스에 탔던 특전사령관 정호용 소장으로부터 곧 예편될 것이라는 얘기를 들었다고 한다.

"얼마 전 특별인사위원회가 열렸는데, 거기서 김 장군님 예편이 결정난 것으로 압니다."

12·12 당시 정호용 소장은 김명수 5관구사령관 예하인 대구 50사단장이었다. 12·12 다음날 정 소장은 직속 상관인 김 소장에게 보고를 하지 않고 서울로 올라간 것에 대해 사과하는 전화를 걸어 오기도 했다.

서울로 간 정 소장은 다음날 특전사령관에 부임한 것이다.

정호용 소장의 얘기는 적중했다. 김명수 소장을 비롯한 예편대상자들은 80년 초 육본에서 명령이 있었다. 1월 15일 이·취임식을 마친 김 소장은 육본으로 올라와 인사참모부장실에 들렀다. 그를 기다리는 것은 강제 예편지원서를 쓰고 도장을 찍는 일이었다.

"전역해야 할 이류에 대해선 일절 언급이 없었다. 이희성 총장실에 들렀던 장군들은 후진을 위해서 용퇴하는 것이라는 말을 들었다고 했다. 그러나 아무도 이의를 제기하지 못했다. 12·12 후의 살벌한 분위기 속에서 이의제기가 통하리라고 생각지 않았다. 후배들이 치고 올라와 더 이상 군에 남아 있기 어렵게 돼버린 형편이기도 했다."

1월 31일 육군회관에서 이들 장성들에 대한 합동 전역식이 열렸다. 정성들은 자신이 근무한 부대 중 가장 사연이 많았던 부대에서 전역식을 갖는 것이 그 동안의 관례. 창군 이래 보기 드문 30여 명이 한꺼번에 옷을 벗어야 하는 이들에게는 그런 관계가 통하지 않았다. 예편 장성들에게는 특별보조금 명목으로 잔여 군 생활 1년당 5백만 원씩 계산하여 지급됐고, 한 계급씩 올린 보국훈장이 수여됐다.

한편, 이야기는 잠시 거슬러 올라가 12월 13일 미명, 직속 부하들에 의해 강제 연행되어 차를 타고 가는 동안 장태완 수경사령관은 온갖 생각들이 머릿속에 떠올랐다. '과연 전두환 보안사령관이 정승화 총장을 연행조사로 그치고 석방시킬 것인가. 자신이 수경사령관으로 부임한 후 예하대 실태파악을 위한 순방을 뒤로 미루고 사령부 내의 동태부터 파악했더라면 이런 변란을 사전에 방지할 수도 있었을 것이 아닌가. 정승화 총장은 보안사를 위시한 수도권 부대에 하나회의 정치군인들이 포진해 있다는 사실을 알고 있을 텐데 왜 이들의 인사조치를 초기에 단행치 못하고 있었던가. 노재현 국방부장관이 처음부터 끝까지 피신만 하고 있었는데 과연 그 속사정은 무엇인가.'

장태완 사령관이 생각에 골몰해 있는 동안 차는 그가 예상하고 있는 방향이 아닌 어떤 어두컴컴한 지하도로 들어가고 있었다. 장태완 사령관은 보안사 요원에게 다그쳤다. "이봐, 보안사령관이 있는 곳으로 간다고 했는데 지금 나를 다른 곳으로 데려가고 있는 게 아냐? 이 길은 보안사령관이 있는 경복궁으로 가는 길이 아닌데."

"저희 사령관님께서 사령관님을 조용히 뵙고자 딴 곳으로 자리를 옮겨서 기다리고 계시기 때문에 그리로 가는 겁니다."

"그래!"

장태완 사령관은 더 이상 묻지 않았다. 그는 자신이 보안사 서빙고 분실로 연행되고 있다는 것을 짐작했다고 한다.

잠시 후 차는 서빙고 분실에 도착했다. 장태완 사령관이 들어간 두 번째 방은 대여섯 평 됨직했다. 보르네오 티크제 싱글침대 하나가 놓여 있고, 조그마한 철제 책상이 마주보고 앉을 수 있도록 놓여 있었다. 그밖에도 실내에는 샤워기와 양변기, 욕조가 갖추어진 화장실이 마련돼 있었다.

방 안을 둘러본 순간 장태완 사령관은 아, 바로 여기가 그 악명높은 '서빙고 호텔'이구나! 하는 생각이 들었다. 작업복으로 갈아입은 다음날부터 바로 심문이 시작됐다.

"수경사령관 겸 수도 서울의 계엄사무소장이오." "작전총사령관이

오." "모든 작전명령과 전투행위를 지시했소(발포명령 포함)." "진압 전투부대 요청 및 강요." "반란 두목들에 대한 무조건 사살 및 체포를 명령했소."

작업복으로 갈아입은 장태완 사령관은 수사관이 묻는 대로 무조건 그렇다고 대답했다. 다음은 장태완 씨의 회고이다.

이처럼 내가 고분고분 심문에 응한 것은 수사관이 신사적으로 대해주기 때문이었다. 만일 내가 응해주지 않을 경우에는 수사관이 바뀌어 험상궂은 수사관의 심문을 받게 될 것이므로 그것이 싫어서였다. 또 한 가지 이유를 든다면 이번 사건의 모든 책임은 나 혼자 져야지 다른 사람들에게 책임을 전가할 수 없는 형편이기 때문이었다. 왜냐하면 수도 서울에서의 반란진압 책임은 수경사령관이 지도록 되어 있었기 때문이다.

나는 이 기회에 수사관들에게 할 말을 해야 하겠다는 생각을 했다. 그리하여 나는 12·12 군사역모를 꾀한 전두환·노태우·유학성·차규헌·황영시 장군들을 비롯하여 그에 가담한 추종자들은 엄연한 반란자들이기 때문에 이들에게 적용되는 군 형법 중에서 해당된다고 생각되는 다음과 같은 몇 가지를 열거했다. 첫째 반란죄, 둘째 이적죄, 셋째 지휘권 남용의 죄, 넷째 수소이탈의 죄, 다섯째 군무이탈의 죄, 여섯째 항명의 죄, 일곱째 모욕의 죄, 여덟째 위령의 죄. 그리고 나는 이상과 같은 군 형법을 무시하고 역모를 꾀한 자들을 진압하려고 한 나의 충정이 군 형법 조항 중 어디에 해당되는가 하고 반문했다.

192

12·12 당시 육본 지휘부 측 장성들 가운데 보안사 서빙고 분실에서 조사를 받고 있는 인사는 장태완 전 사령관 외에 이건영 전 3군사령관, 문홍구, 전 합참의장, 김진기 전 헌병감 등이었다. 그들 외에도 김재규 전 중정부장, 정승화 전 총장도 조사를 받고 있었다.

"12·12 그날의 행동에 대해 세밀하게 조사를 받았어요. 수사관이 그러더구만. 문 장군께서는 법대를 졸업하셨으니까 잘 아시겠지만 그날의 행위는 내란음모죄에 해당된다고 말이야 그게 말이 됩니까. 뭘 음모했다는 건지 구체적인 사실을 들어보라고 했지요. 얼마 후 이학봉 중령이 찾아와 조금만 더 있으면 잘 해결될 거라고 기소를 하지는 않을 것처럼 말합디다."(문홍구 씨의 증언)

해가 바뀌어 80년 2월 초순 장 전 사령관 등을 석방할 테니까 예편서를 쓰라고 요구했다.

"그런 말을 듣고 수일 동안 고민을 했다. 석방시켜 주는 대신에 예편서를 쓰라고 하는 것은 천부당만부당한 일이었지만 다른 한편으로 생각해볼 때 마땅히 진압했어야 할 반란을 진압하지 못한 죄를 생각하면 국가와 국민 앞에 할복자살로 속죄를 빌어도 용서받지 못할 처지였기 때문에 그들의 요구에 의해서가 아니라 국가와 민족 앞에 스스로 속죄하는 뜻에서 예편서를 당연히 내야 한다는 생각에 미련 없이 쓰기로 했다. 나는 수사관들을 불러 예편서는 쓰겠지만 전두환 장군을 만나보기 전에는 여기서 한 발자국도 나가지 않겠다고 강경하게 말했다."

2월 5일 오후 4시경 전두환 보안사령관이 방문했다며 수사관이 장 사령관을 2층에 있는 서빙고 분실장실로 안내했다. 합수부 수사국장 이학봉 중령이 동석하고 있었다.

12·12 그날의 승자와 패자가 그후 처음으로 만나는 자리다. 전 사령관은 장 사령관이 들어서는 것을 보고 자리에서 일어나 손을 잡으며 인사말을 건넸다.

"장 선배, 그동안 얼마나 고생이 많으셨습니까? 건강은 어떠십니까?"

장 전 사령관은 "나야 이래저래 죽을 놈인데 건강 같은 것이 무슨 문제겠소. 전 장군, 나는 수도경비사령관으로서 내 임무를 어떻게 수행해야 하오?"라며 뼈 있는 질문을 던졌다.

"정승화 장군이 김재규 사건과 관련이 있는데도 조사에 불응하기 때문에 군 발전을 위해서 건전한 뜻을 가지고 있는 황영시 장군, 차규헌 장군 그리고 유학성 장군을 모시고 정 총장님께 가서 총장직을 내놓고 약 6개월 정도 댁에서 쉬고 계시면 대사나 장관이나 그보다 더한 자리를 보장해 드릴 것 — 장태완 씨는 바로 이 대목에서 전두환 그룹이 12·12 쿠데타 계획을 사전에 치밀하게 짰다는 것을 직감했다고 한다 — 을 설득하려고 했었는데, 오히려 이 세 분들이 정 총장님의 위압에 눌려서 목적을 달성하지 못할 경우에 대비해서 설득의 명수인 노태우 장군을 함께 보내려고 했던 겁니다. 그런데 총장님이 완강하게 반대하는 바람에 그 내용이 장 선배에게 전달되어 사건이 그렇게 확대된 겁니다. 장 선배가 한강 교량을 막는 바람에 지금 금값이 얼마인 줄 압니까. 3만 원 하던 것이 7만 원으로 뛰었고 국제 여론도 아주 좋지 않습니다."

"그렇다면 그런 사실을 왜 나에게 사전에 협조도 구하지 않았소? 아니면 그날 밤 연희동 요정으로 초대했는데 그 자리에서 우릴 연금시킬 수도 있었던 일 아니오. 그 주연장소에 당신네 부하들을 위장 배치시켜놓았다가 얼마든지 우릴 처치할 수 있지 않았소. 그럼에도 불구하고 당신들이 내가 지휘할 수 있도록, 내 발로 부대로 돌아갈 수 있도록 놔두었으니 나로서는 의당 죽기까지는 나의 기본의무를 수행해야 하는 것이 당연한 일이 아니오. 그리고 총장님을 연행해 갔다는 사실을 왜 처음부터 알려주지 않았소?"

"장 선배님, 사실은 밑에 있는 사람들이 장 선배를 사전에 연금시키자는 것을 내가 야단을 쳤어요. 그 어른은 우리가 모시고 큰 일을 함께 할 분인데 그렇게 하면 되겠나, 하고 내가 책임지겠다고 했던 것인데 그만 장 선배가 야단법석을 떠는 바람에 내가 얼마나 입장이 난처했는지 모릅니다. 장 선배가 그러지만 않았더라면 우리들은 그 다음날 장 선배를 중장으로 진급시켜서 군단장으로 내보내려고 했던 겁니다. 사정이 그렇게 된 것을 이해하시고 집에 가서서 약 6개월 동안 쉬고 계시면 저희들이 일자리를 마련해 드리겠습니다."

"자. 이제 그만해 둡시다. 모든 것은 끝났소. 승부는 깨끗하게 합시다. 이 패장을 죽이지 않고 집으로 내보내준다니 나가야지!"

감방으로 돌아간 장태완 전 사령관은 수사관들이 가지고 온 예편서를 썼다. 막상 펜을 들고 예편서를 쓰려고 하니 '왈칵' 하고 울분이 다시 복받쳐 올랐다. 마음을 진정시킨 뒤 떨리는 손으로 예편서에다 몇 자를 적어주었다.

그날 전두환 보안사령관을 만난 장성은 장태완 전 사령관만이 아니었다. 서빙고 분실에 갇혀 있는 12·12 그날 육본 지휘부의 장성들 모두 전 사령관을 만났다.

문홍구 씨의 증언이다.

그날 전 장군은 나를 비롯해 서빙고에 있던 이건영, 장태완, 김진기 장군 등을 모두 만났던 모양이에요. 전 장군을 만나기 전에 수사관이 반드시 경어를 사용해야 한다고 주의를 주는 겁니다. 조금 있으면 국가원수가 될 분이라고 하면서 ……. 처음에는 그러려고 했지요, 그러나 그게 잘 안 돼. 오랫동안 후배로서 대해 왔는데 누가 시킨다고 존댓말이 나오겠어요. 자연히 전 장군 어쩌고 하다가 자네라는 말도 나오고 그랬지. 옆에 있던 수사관들로부터 몇 차례나 주의를 받았어요. 전 장군은 나에게 '형님이 인심을 너무 많이 잃고 있습니다' 라고 말하더군요. 아마 주동인물인 황영시, 유학성, 차규헌, 장군과의 관계를 말하는 것 같았습니다. 나는 변명도 하기 싫고 해서 아무 말도 하지 않았어요. 속히 석방시켜 달라고만 했지요.

대미관계 창구를 개설하라

12·12 그날 밤을 격동의 소용돌이로 몰아넣고, 마침내 승리를 굳힌 신군부는 즉시 다각도로 미국과의 대화채널을 뚫기 시작했다. 국제사회에서 한국을 지지하고 있는 초강대국 미국의 인정을 받기 위해서 신군부로서는 기필코 풀어야 할 과제가 아닐 수 없었다. 신군부의 미국에 대한 인정받기는 그들의 출신성분이 그러하듯 군사적 대미공작과 다름없었다.

"당시 한국의 파워 세력은 3각이었다. 육사 11기 정치군인들의 조직적인 권력찬탈 기도, 국민들의 문민 민주화염원, 미국의 대한정책 결정력이 그것이다. 12·12의 완성인 제5공화국 출범까지 군부와 국민은 '피 튀기는' 대결을 했다. 군부의 12·12 기습에 국민은 '서울의 봄' 시위와 5·18 광주민중항쟁으로 응전했다. 그러나 한국군에 대한 작전

지휘권을 갖고 있었던 미국은 군부와 국민의 혈전에서 군부의 편에 섰다. 미국은 공식적으로 12·12에 대해 '소극적인 불만'을 나타내더니 5·17 때는 군부행동의 정당성과 불가피성을 확실하게 인정하고 5공화국이 출범하자 두 손을 들어 환영, 레이건은 당선되자마자 외국 국가원수로서는 처음으로 전두환을 백악관에 불러들였다."

언론인 오연호 씨의 분석과 같이 미국과의 협상과정에서 신군부가 노력한 만큼의 결실이 주어졌다. 61년 5·16 쿠데타 때 그랬던 것처럼 미국은 '불만'으로 포장된 '인정'을 신군부에게 선물했다. 혹자는 신군부에 대한 미국의 강경불만을 얘기하지만, 그것은 두 개의 얼굴을 가진 미국이라는 나라의 한쪽 얼굴만 보았던 결과나 다름없었다.

당초 미국은 그들이 작전지휘권을 갖고 있는 한국군 부대이동에 대한 반사적이고도 원초적인 불만을 표시했을 뿐, 한국의 통치자가 누가 되든, 그가 미국에 대한 우위를 버리지 않는 이상 한국민의 민주화 염원 따위는 안중에도 없는 터였다. 12·12 당시 신군부 특히 위컴 대장의 (전두환이 제11대 대통령에 취임하기 직전인 80년 7월 8일에 행한) '들쥐 발언'이 그 증거의 하나다.

"김 장군, 대미관계 창구를 빨리 개설해주어야겠소."

13일 아침 6시 30분경 보안사령관실로 들어서는 김윤호 소장을 보자마자 전두환·노태우·차규헌·황영시·유학성 장군 등 신군부의 리더들은 이구동성으로 부탁했다. 광주 보병학교장으로 육사 동기생인 황영시 장군의 연락을 받고 부랴부랴 상경한 김윤호 소장이 신군부 주동 6인위에 합류하는 바로 그 순간이다.

"나는 그때까지 자세한 상황을 파악하지 못했는지라 정상적인 국군 지휘체계가 붕괴된 시점에서 누군가가 비상 라인을 통해서라도 한·미군 간 채널을 구축해야 한다는 생각이 들어 신군부의 부탁을 들어줬습니다. 왜냐하면 한·미 군간 협조체제가 대북한 안보의 핵심이었으니까요."

신군부에서 김윤호 소장을 대미창구로 선택한 것은 보안사에 축적 돼 있는 정보에 바탕을 둔 것이었다. 영어에 능통한 김 소장은 60년대 들어 중앙정보부장 비서실장을 지낸 뒤 66년부터 3년 동안 주미공사로 근무했다. 당시 정보와 정무를 맡았는데 CIA와 FBI 및 언론을 상대하는 것이어서 미국 조야 인사들과 폭넓은 교류를 할 수 있었다. 그는 『워싱턴 포스트』의 샐리그 해리슨,『뉴스 위크』의 버니 클리셔,『뉴욕 타임즈』의 오까(일본계 2세) 등 미국 언론인과도 친분이 깊었다. 70년 대에 그는 현역 준장으로 청와대 섭외담당 비서관을 지냈다. 정보부·외무부 등에서 대외정보가 들어오면 그 진위를 확인해 대통령에게 직보하는 자리였다. 그 시기에도 김윤호 소장은 주로 미국 언론을 관리하면서 미국 인맥을 폭넓게 쌓을 수 있었다.

"무엇보다도 당시 11기 이상의 나이 든 장성들 중에서 영어를 자유자재로 구사할 수 있는 사람은 내가 거의 유일했습니다. 그래서 나는 역대 주한 미군사령관하고 친분이 두터웠죠. 특히 수틸웰 사령관과 싱글러브 장군하고는 막역했습니다. 스틸웰은 나를 막내동생이라 불렀고 싱글러브와 나는 의형제를 맺을 정도였으니까요."

물론 김윤호 소장은 12·12 당시 주한 미국 파워의 두 축이었던 미대사 글라이스틴과 미8군사령관 위컴 대장과도 10·26 이전부터 친분이 깊은 사이였다. 그의 말을 빌리면 "주미 공사시절부터 쌓아 온 대미 인맥들이 그대로 연결되었으니까 두 사람과도 친했다. 특히 78년에 두 사람이 차례로 내가 있던 광주보병학교까지 내려와 관심을 보일 정도였다."

신군부에 합류한 김윤호 소장은 13일 아침 8시경 미대사관으로 전화를 걸어, '나 한국 육군 김윤호 장군이오. 여기는 보안사령관실인데 30분 후에 그쪽으로 가서 글라이스틴 대사에게 지난 밤의 상황과 우리의 입장을 설명하겠소' 하고 방문의사를 밝혔다.

한국군 지휘체계가 붕괴되지 않았다면 정상적인 한미 간 대책회의는 위컴 미8군사령관과 노재현 국방부장관, 김종환 합참의장, 그리고 체포당한 정승화 육군참모총장을 대신한 윤성민 참모차장 등 4인이 모여 전두환 보안사령관을 주동으로 한 12·12 쿠데타군에 어떻게 대처할 것인가를 논의했을 것이다. 그러나 12·12 당시 노재현 국방은 피신해버렸고 김종환 의장은 예편 날짜가 잡혀 내무장관으로 내정돼 있는 상태였으므로 소신을 가질 수 없었으며, 윤성민 차장은 무력하기만 했다. 결국 정승화 총장 체포 시점부터 김윤호 소장이 신군부의 '대변인' 자격으로 미대사관을 찾아간 13일 오전 8시 30분까지 약 10시간 동안 한미 라인은 마비상태였다. 그 사이에 한국군 고위 장성급으로 유병현 연합사 부사령관이 있었으나, 미8군 사령관 측에서 볼 때 한국군 부사령관은 '부하'이지 대한국 파트너가 아니었다. '부사령관'은 말 그대로 한미연합사 한도 안에서 사령관을 보좌할 뿐 한국군 지휘체계상 어떤 힘도 발휘할 수 없는 자리다.

200

김윤호 소장이 찾아간 세종로 미 대사관은 철문이 굳게 잠겨 있었고 출입문은 자물쇠까지 채워져 있었다. 경비도 강화돼 살벌한 분위기가 감돌았다. 오전 10시 김윤호 소장은 경비요원의 안내를 받아 대사 집무실 옆의 회의실로 갔다. 글라이스틴 대사와 몬조 부대사, 클라크 정치 참사관, 그리고 밥 부르스터 CIA 서울 지부장 등 주한 미대사관의 주요 간부들이 모여 있었다. 지난 밤 사태에 대해 철야회의를 가진 탓인지 모두들 다소 긴장하고 있는 표정들이었다.

미 대사관 간부들이 무거운 침묵을 지키고 있는 가운데, 클라크 참사관이 "무슨 일로 왔는가" 하고 물었다.

"박정희 대통령 시해사건과 관련한 혐의로 정승화 계엄사령관을 합동수사본부가 연행하는 과정에서 우발적인 사태가 벌어졌다. 그러나 이것은 혁명이 아니다. 군은 정치에 개입하지 않을 것이며, 다만 이번 기회에 군을 개혁하고 가능한 빨리 사태를 수습할 계획이다."

김윤호 소장은 이어, "한미관계가 빠른 시일 안에 정상화되도록 미국 측의 협조를 구하기 위해 왔다"라고 대답했다.

미국 측은 "최규하 대통령은 어떻게 되는가" 하고 물었다.

"다시 말하지만 이것은 쿠데타가 아니다. 따라서 최 대통령한테는 아무런 변동이 없을 것이다."

글라이스틴 대사는 무척 불쾌한 표정이었다. 근 "도대체 당신네 한국군 장성들은 한국의 방위에 책임감을 갖고 있느냐?"라고 힐난했다. 그의 총구는 계속된다. "위컴 사령관이 자신의 작전통제하에 있는 부대들이 제멋대로 행동하면 장차 어떻게 전쟁을 수행할 수 있겠는가, 전방 전투부대는 이유를 불문하고 빠른 시간 안에 원상회복시켜야 한다. 역사에 대한 책임을 져라."

글라이스틴 대사의 충고가 있은 뒤 클라크 참사관은 미국의 대한 방침을 설명했다. 유신반대 및 정치발전지지, 군의 정치개입 반대, 조속한 한미 안보체제 확립 등이었다.

김윤호 소장은 거듭해서 "이것이 신군부의 입장이다", "군은 절대로 정치에 개입하지 않는다. 다만 이번 기회에 군내 개혁을 위해 노력하겠다"라고 강조했다.

글라이스틴 대사 측과 김윤호 소장의 회담은 1시간 가량 걸렸다. 글라이스틴 대사는 다시 전방 부대이동에 대해 유감을 표시하고, 사태를 원상회복 시킬 것을 전두환 보안사령관에게 전달해 달라고 요구했다.

한편 같은 날 아침, 글라이스틴 대사는 최규하 대통령과의 접촉에 성공, 삼청동 총리 공관으로 최 대통령을 방문했다.

최규하―글라이스틴 회담에서 글라이스틴은 두 가지 점을 지적한 것으로 알려지고 있다. 첫째, 군부에 대한 문민통제의 필요성을 강조하면서 상위 권위에 복종하지 않는 '망나니' 군부의 위험성을 지적하고, 둘째 지속적인 민주화 프로그램에 대한 미국 정부의 강력한 지지를 표명했다는 것이다.

"한국 국민의 광범하고도 직접적인 정치참여만이 한국의 진정한 안정을 보장할 수 있을 것이며, 이 과정에서 군부가 간섭한다면 부정적인 결과만 초래하게 될 것입니다."

회담은 화기애애한 분위기 속에서 끝났다. 글라이스틴은 자리에서 일어나면서 "갑작스러운 면담 요청임에도 불구하고 응해주어 감사하다”며, “나의 발언이 바람직한 방향으로 효과를 나타내기를 희망한다”
라고 말했다.

그러나 이날 글라이스틴의 최규하 대통령과의 면담 요청은 정부가
12·12 사태를 어떻게 보고 있는지를 알아보기 위한 것일 뿐이었다. 삼
청동 총리 공관을 떠나는 글라이스틴은 최 대통령이 이미 독립적으로
행동하는 데 제한을 받고 있다는 것을 확인했을 따름이었다.

글라이스틴의 속마음은 그리 낙관적인 것이 아니었다. 대사관으로
돌아온 그는 워싱턴으로 보낼 메시지를 작성했다. 회담 내용을 간단하
게 보고하는 글이었다. 그러나 그 메시지는 아주 비관적인 어조로 최
규하 정부가 군부를 통제할 의지도, 힘도 없는 것이 아닌가 하는 깊은
우려를 표명하고 있었다.

같은 날 새벽 미 대사관 무관 제임스 영 대령은 용산 벙커를 나서 집
으로 돌아가 있었다. 몇 분 후 전화벨이 울렸다. 노태우 9사단 소속의
한 장교였다. 그는 급히 만나고 싶다는 메시지를 전했다.

그날 오후 제임스 영 대령은 미 대사관에서 노태우 사단 소속 장교
와 만났다. 그 장교에 대해 제임스 영은 “당시 내가 알고 지내던 사람
이었는데, 그는 노태우 소장의 직속 부하”라는 것만 밝히고 있다.

“그가 대사관으로 나를 찾아온 목적은 비밀이랄 게 없었다. 전날 밤
의 사태로 한미관계가 얼마나 손상되었는지, 그것을 파악하기 위한 방
문이었다. 나의 대답은 직설적이었다. 지난 밤 사태는 한미관계를 아
주 엉망으로 만들어버렸다는 대답이었다. 그러나 보다 장기적으로 볼
때 한미관계는 12·12 후의 한반도 안보와 안정확보하는 공통의 관심
사 때문에 가급적 조화스러운 협력을 모색하지 않으면 안 될 것이다.”

노태우 사단 소속 장교는 "어젯밤 서울로 이동한 9사단 병력은 예비연대이지, DMZ 방위임무를 맡은 부대가 아니다"라고 강변했다.

"무슨 얘기를 하는지 모르겠다. 내 생각은 다르다. 아무리 예비연대라고 해도 허가받지 않은 불법적인 병역이동이 변명될 수는 없다. 적법한 군사임무에서 벗어났을 뿐만 아니라 국내의 정치적 목적을 위해 사용되었다는 것이 명백하지 않은가."

제임스 영은 "또다시 그런 사태가 일어난다면 미국 측은 도저히 묵과할 수 없을 것이다"라고 덧붙였다.

"위컴 장군의 반응은 어떤가?"

"매우 낙심하고 있다. 아마도 가까운 시일 내에 합법당국에 대해 자신의 견해를 밝히게 될 것이다."

신군부의 대미공작에는 '영어깨나 할 줄 하는 사람들'이 모두 동원되고 있었다.

12·12 당시 한미연합사 부사령관으로 그후 신군부 6인위에 의해 합창의장으로 임명된 유병현 대장은 그의 부관 이병대 중령과 함께 펜타곤과 전직 주한 미군 장성들을 상대로 신군부를 이해시키는 작업을 한 것으로 알려지고 있다. 5·16 쿠데타 때 최고회의 최고위원을 지낸 유병현 대장은 12·12때 역시 선택이 빨랐다. 그는 12·12 당시 용산 미8군 지하벙커를 함께 지켰던 글라이스틴 대사, 위컴 미8군사령관 등과는 관계가 소원했으나 한미엽합사 부사령관시절 닦아놓았던 대미 인맥을 동원한 것으로 알려지고 있다. 그는 대장으로 예편한 뒤 5공화국의 첫 주미대사로 임명된다.

신군부의 리더 전두환·노태우 정권을 지나 김영삼 정부에서 보훈

처장을 거쳐 국방부장관이 된 이병대 중령은 당시 유병현 대장의 보좌관으로 신군부의 밀사 역할을 했다. 육사 18기로 영어를 유창하게 구사하는 이병대 중령은 80년 초 신군부의 밀명을 박고 비밀리에 도미한다. 그의 임무는 전 미8군사령관 스틸웰, 베시 등 주한미군 고위관리 출신 미국인 12명을 만나 12·12의 당위성과 신군부의 입장을 이해시키고 그들의 지지를 이끌어내는 것이었다. 스틸웰과 베시의 전속부관을 지낸 바 있는 이병대 중령은 미국의 군 실력자들과도 두루 친분이 깊었다.

한편 13일 새벽 6시경, 미대사관 행정과에서 공보고문으로 근무하는 박승탁 씨에게 비상연락이 왔다. 대사관과 미국인 학교 등을 모두 폐쇄했으니 오늘은 출근하지 않아도 된다는 것이었다.

30분쯤 후 대사관에서 다시 전화가 걸려 왔다. 노만 노반즈 대사관 대변인이었다.

"간밤의 사태에 대해 들었을 것이다. 다른 사람은 출근하지 않아도 되지만 당신만은 나와줬으면 좋겠다."

박승탁 씨가 8시 30분경 출근하자마자 신문과 라디오를 통해 간밤의 사태를 파악하기 위해 동분서주하고 있을 때, 그를 찾는 전화가 왔다. 평소 알고 지내는 민간인 친구였다.

"마침 전화 잘했다. 도대체 어떻게 돌아가는 것이냐."

"바로 그 일로 전화했다. 전화로 얘기할 수는 없고 일단 만나자. 보안사령부로 오도록 하게."

박승탁 씨는 곧바로 차를 타고 보안사를 갔다. 친구에 의해 박씨는 보안사령관 비서실장 허화평 대령의 방으로 안내됐다.

"어서 오시오. 박 선생."

허화평 대령은 반갑게 아는 체 했다. 박승탁 씨가 신문기자 시절 국방부를 출입한 탓인지 허 대령은 박씨를 잘 알고 있었다. 허 대령은 박씨를 다시 옆방으로 안내했다.

자리를 권한 허화평 대령은 검은 색연필로 휘갈겨 쓴 차트를 넘겨가며 간밤의 사태에 대한 상황설명을 했다. 공수부대 진입 상황과 저항이 있었던 장소, 국방부와 육본 상황 등을 비교적 자세히 설명했다.

"이번 사태는 군에서 진행되고 있던 여러 가지 음모를 분쇄하고 군을 바로잡기 위한 것입니다. 앞으로 군의 인사개혁을 단행할 계획입니다."

박승탁 씨는 브리핑 내용을 메모한 뒤, "미국 사람들에게 알려도 되는가?" 하고 물었다.

"물론이다."

보안사를 나온 박승탁 씨는 브리핑 내용을 미대사관에 보고했다. 박씨는 "나중에 들어보니 그 사람들이 12·12 사태를 벌여놓고 13일 아침 미국 쪽에 설명할 기회가 없어 나를 활용했다는 것이었다"라고 말했다.

같은 날 워싱턴에서는 리차드 홀브루크 국무부 차관보가 김용식 주미대사를 국무부로 불러 한국 사태에 대한 설명을 듣고 우려를 표명했다. 그러나 이 만남에 대한 미국 측의 판단은 주미 한국대사 자신도 12·12 사태의 전체적 의미에 대해 제대로 파악하지 못하고 있거나 아직 본국 정부로부터 아무런 훈령도 받지 못한 상태라는 것이었다. 김용식 대사는 홀부르트 차관보의 얘기를 묵묵히 듣고 그 내용을 서울로 보고하겠다고 답변했다.

이날 미 국무성의 우렌 크리스토퍼 차관은 "미국 정부로서는 정승화 계엄사령관 체포사건이 그동안 진행되어 온 한국의 민주발전 과정에 영향을 미치지 않기를 바란다"라고 말하면서 "미국은 지난 수주간 한국에서 민주화의 움직임이 있었다는 사실에 고무되어 왔으나 이번 사건은 그와는 다른 경향의 가능성을 암시하고 있다는 점에서 우려할 만한 일"이라고 덧붙였다.

미국 정부는 이어 한국 사태에 대한 강력한 우려와 경고를 담은 성명을 발표했다.

당시의 엄격한 계엄령하에서 한국민들은 눈이 있어도 보지 말아야 했고 입이 있어도 침묵을 강요당했으나 외국의 매스컴과 당국들은 노골적으로 12·12 쿠데타에 대해 불만과 불쾌감을 나타냈다. 미국의 태도 역시 강경한 것처럼 보였다. 미국 측 자료에 따르면 10·26 이후 한국의 전망에 대해 미국이 그토록 희망과 기대를 걸었던 만큼 12·12 군부 쿠데타와 그 이후의 사태 진전에 대해 미국 측은 실망을 금치 못했다.

12·12에 대한 미국 측의 반발과 불쾌감의 표시는 주한 미대사관과 주한미군사령부의 행동표시로 나타났다. 거사 성공 직후인 13일 오후 주도세력 측은 위컴 주한미군사령관 겸 한미 연합사령관과의 접촉을 시도했다. 병력동원과 관련하여 미국 측의 양해를 구하고 앞으로의 협조관계를 다짐하자는 의도였다.

전두환 장군의 회담 요청에 위컴 사령관은 "먼저 글라스틴 대사를 만나라"고 말했다.

이것은 이례적인 태도였다. 한국 군부와의 접촉은 주한미군사령관에게 맡겨진 임무였기 때문에 대사가 군 수뇌들과 직접 회담한다는 것은 전례가 드문 일이었다. 보기에 따라서는 당시의 카터 미행정부가 신군부의 12·12 거사를 한국 군부 내의 일이 아니라 외교 정치문제로 받아들이고 있었음을 의미한 것이라고 해석할 수 있었다.

위컴 사령관의 권유에 따라 전두환 장군 그룹은 글라이스틴 대사와의 접촉을 모색했으나, 글라이스틴은 피하는 태도를 보였다. 미대사관 측은 먼저 신군부가 동원한 병력을 원상복귀시킬 것을 요구했다는 것이다.

14일 저녁까지 노태우 9사단을 비롯한 동원 병력의 일부를 원대복귀시키거나 시 외곽지역으로 철수시킨 전두환 장군 측은 다시 글라이스틴 대사와의 회담을 요청했다.

한편 최규하 대통령─글라이스틴 회담 이후 미대사관 내부에서는 전두환 장군과의 접촉이 바람직한 것인가를 놓고 의견이 나눠지고 있었다. 정치 담당 참사실에서는 미국 대통령을 대신하는 대사가 일개 소장과 동등한 입장에서 대좌한다는 것은 부적절하다는 주장인 반면, 무관실의 평가와 권고는 달랐다.

"전두환 장군은 당시 우리에게 청산되어야 마땅한 세력이었다. 그리고 우리 무관실의 생각은 호랑이를 잡으려면 호랑이굴로 들어가야 한다는 한국의 속담처럼 그를 만나지 못할 이유가 전혀 없다는 것이었다. 또한 직접적인 대좌는 전두환 장군이 우리의 침묵을 묵인으로 받아들일 가능성을 줄여줄 것이었다."

결국 글라이스틴 대사는 전두환 보안사령관과 만나기로 결심했다.

회담 제의는 전두환 보안사령관 쪽에서 먼저 한 터였고, 글라이스틴 대사 측에서 만나겠다고 통보하는 형식이었다.

12월 14일 오후 전두환 보안사령관은 통역요원 한 명만 데리고 정동에 있는 미대사관저로 갔다. 미대사관 측에서는 신군부의 대변인 격인 김윤호 소장과 함께 만나겠다고 했으나 보안사 참모들이 김윤호 소장까지 갈 필요가 없다고 조언, 전두환 보안사령관이 통역요원 한 명만 데리고 간 것이었다.

관저 안에는 세퍼트 한 마리가 풀려 있었고 미군 경비병들이 탄 듯한 밴 한 대가 서 있어 위압적인 분위기를 풍겼다. 글라이스틴과 마주 앉은 전두환 보안사령관이 먼저 케네디 미 대통령 암살사건의 범인 오스왈드의 배후가 규명되지 않았음을 지적한 뒤, 고 박정희 대통령 피살 사건의 진상규명을 위해서 정승화 총장 연행이 불가피했다고 12·12 사태의 당위성을 설명하기 시작했다.

"유감스러운 일이지만, 이번 사건은 박정희 대통령 시해사건 수사과정에서 발행한 우연한 사태였다. 정승화 계엄사령관 연행은 수사를 위한 합법적인 조치였을 뿐이다. 나는 개인적인 야심이 없는 사람이다. 우리는 최규하 대통령의 정치발전 일정을 지지하고 있으며 군은 결코 정치에 개입하지 않을 것이다. 귀하도 알다시피 우리는 군 지휘구조 개편을 단행했다. 이 결과로 군 내부의 단결이 강화될 것을 기대한다."

전두환 장군과 글라이스틴 대사는 외교관과 직업군인이라는 직업에서 드러나듯 전혀 판이한 유형의 사람이었다.

전두환 장군은 인생의 대부분을 군대에서 보낸 사람이다. 말과 행동이 훨씬 직설적이다. 반면 글라이스틴은 표현이 부드럽고 외교적이라 감정을 드러내지 않고 분석적으로 말하는 타입이었다. 그는 상대방에게 강력한 인상을 주지 못한다는 평을 받아 왔다. 따라서 당시 미대사관 무관실의 판단은 개성이 강한 전두환 장군 쪽이 글라이스틴 대사를 상대하고도 남음이 있으리라는 것이었다고 한다.

훗날 그러니까 87년 1월 8일 글라이스틴은 주한 미국 공보원에서 가진 내외신 기자들과의 간담회에서 12·12 사건을 이렇게 회고했다.

이 사건(12·12)은 한국 육군 내부의 권력구조에 격심한 변화를 안겨준 매우 드문 사건이었다. 우리는 이 사건에 대해 아무런 사전 지식도 갖지 못했고, 나는 그날 초저녁 위컴 장군을 방문하여 용산(미8군 영내)에 있었을 때 처음으로 사건이 발생했다는 것을 알았다. 나의 첫 노력은 무슨 일이 있어났는가를 파악하는 것이었고, 나는 그 일에 많은 시간을 보냈다.

나의 관심은 대통령과 기타 인사 등 헌정상의 당국자들, 그리고 육군의 새로운 당국자들과 접촉하는 일이었다. 이 접촉은 매우 어려웠으나 오랜 시간이 경과한 후에 이루어졌다. 우리가 이들 집단과 접촉을 갖게 되었을 때 우리는, 전투회피의 중요성을, 헌정질서를 유지할 것을, 그리고 1979년 12월 당시 한국민의 강한 바람이었던 보다 민주적인 정부를 지향하여 한국의 전진을 유지할 것을 강조했다. 이때부터 여러 달 동안 우리는 계속 이를 촉구했다.

12·12 그날 밤 한남동 총격전 소식을 접하고 '무슨 일이 일어났는가를 파악' 하고 사태를 분석한 끝에 글라이스틴은 "정치적 자유에 반대하는 박정희 대통령 충성파들이 쿠데타를 일으켰다"라고 워싱턴에 긴급 전문을 띄웠다.

글라이스틴은 또 다른 자리에서 12·12 사건에 대해 언급했다. "박정희 대통령의 사망 이후 정세는 상당히 낙관적이었고 모든 사람은 기대감에 도취해 있었다. 미대사관도 처음에는 신중한 태도를 취했으나 나중에는 과도할 정도의 희망을 품게 되었다. 그러던 중 1979년 12월 12일 그 당시 보안사령관이었던 전두환 장군의 한국군 장악사태는 이러한 분위기에 찬물을 끼얹었다."

전두환 − 글라이스틴 회담이 열리기 하루 전날인 13일 정오 기자 브리핑에서 토머스 레스턴 미 국무성 대변인은 "미국은 10월 26일의 박정희 대통령 암살사건 이래 한국이 폭넓은 기반 위에 서는 정부를 발전시키기 위해 질서 있는 수속을 밟아온 것에 힘을 얻었다"라고 언급한 뒤 "이번 사건의 결과 미국 정부는 주한 미대사에게, 이런 과정을 방해하는 한국 내의 어떠한 세력도 그들의 행동에 한국의 대미관계에 중대한 장애를 가져오게 될 것이라는 점을 관계자들에게 전달하도록 지시했다"라고 밝혔다.

결국 글라이스틴이 갖고 있는 전두환 장군에 대한 인상은 그리 좋은 것이 아니었을 것이다. 전 장군과의 회담에서 글라이스틴은 민주화 진행에 대한 일반적인 우려감을 개진한 뒤 작전지휘권을 이탈한 동원병력의 즉각적인 복귀, 체포 장교들의 석방 등을 요구했다. 특히 신군부에 의해 전격적으로 단행된 군부인사에 대해 강력하게 반발한 것으로 알려졌다. 일설에는 중앙정보부장 자리에 12·12의 주체이며 현역 장성인 차규헌 중장을 임명한 데 대해 완강히 반대했고, 결국 차 중장의 중정부장 취임은 무산되었으며 그 자리는 상당기간 공석인 채 남아 있었다.

"제너럴 전, 이번 12·12 사태는 한국군 내부의 파벌주의와 단결에 손상을 입혔습니다. 그렇게 되면 북한이 그런 상황을 호기로 이용할지 모르는 일입니다."

글라이스틴의 발언은 강력한 것이었으나, 그를 잘 아는 관찰자들에 따르면 그의 조용한 언행이 그 내용만큼 화가 나 있지 않다는 인상을 주었을 것이라고 분석한다.

또한 글라이스틴 대사의 발언이 강력한 것이었다고 해도 그의 발언 내용은 '깊은 우려' 표명 이상도 이하도 아니었다. 관찰자들은 미정부가 신군부에 대한 반대 입장이 확고했더라면, 전두환 장군을 제거시키는 극단적인 조치까지도 고려했을 것이라고 지적한다. 이에 대해 당시 신군부 대변인 격이었던 김윤호 씨는 부정하고 있다.

"그런 조치는 불가능했습니다. 미국이 필리핀에서 마르코스를 거세시킬 때는 라모스라는 대안 세력이 있었습니다. 그러나 미국은 전두환 그룹을 대신할 책임 있는 집단을 당시의 한국 군부에서 찾을 수 없었지요. 한미야전사령관 포리스타 장군은 '한국군 장성들은 모두 앵무새다. 소신이 없다'라고 비웃기까지 했습니다.

대안 부재와 별도로 카터가 임명한 위컴과 글라이스틴은 본국의 선거전에서 카터의 패배가 확실시되자 힘을 가질 수 없었습니다. 신군부도 카터 진영보다 레이건 진영에 보다 많은 공작을 했으니까요. 그래서 위컴과 글라이스틴은 정치는 한국인들의 선택에 맡겨주고 대 북한 안보에만 신경 쓰자는 쪽으로 갈수록 기울었습니다. 이런 점에서 신군부의 거사 시기 선택은 결과적으로 매우 적절한 것이었죠."

전두환은 글라이스틴에 반격하여 "한국의 헌정질서를 유지하고 정치 자유화를 향해 진전을 이룩하는 것이 무엇보다 중요합니다."

글라이스틴의 거듭된 경고에 전두환 장군은 "한국은 한국 자체의 문화가 있고 서양은 서양의 문화가 있다. 우리 문제는 우리가 알아서 한다"라고 목소리를 높였다. 미국이 지나치게 한국 정치 대해 언급한다면 내정간섭으로 몰고 가겠다는 뉘앙스를 풍기는 발언이었다.

전두환 ─ 글라이스틴 회담이 끝난 후에도 한미 양국 사이에 계속 논란거리가 되었다. 미국 측으로서는 이제 전 장군이 미국 정부의 깊은 우려와 '공식 경고'를 대사로부터 직접 전달받았다고 워싱턴에 보고할 수 있었다. 다음은 당시 미대사관 무관 제임스 영의 분석이다.

돌이켜보건대. 이 회담은 미국쪽보다 전두환 장군 쪽에 더 많은 도움이 되었다는 것이 내 생각이다. 전두환 장군은 이제 추종자들에게 돌아가서 자신이 대사를 직접 만나 12·12 사태의 불가피한 사정을 이해시킴으로써 그들의 입장을 용인받았다고 할 수 있었을 것이다. 물론 그의 설명은 이해되었다는 것이 사실이다.

그러나 그들의 입장이 용인받은 것은 분명 아니었다. 그럼에도 불구하고 전두환 장군은 이 회담의 결과를 이용하여 자신의 추종자들과 주변 사람들에게 미대사관 측에서는 이제 자신의 권력이동에 반대하지 않으며 아마 자신을 지지해줄지도 모른다고 말할 수 있었다.

미국의 언론은 더욱 직선적인 표현으로 한국의 12·12 사태에 대해 비판적인 보도를 하고 있다.

12월 15일자 『뉴욕 타임즈』는 "한국군 31년 역사 가운데 그 유례를 찾아볼 수 없는 주도권 쟁탈전의 결과 전두환 보안사령관이 승리를 거두었으나 거기에 이르는 과정은 쿠데타에 가까운 것이었다"라고 보도했다.

같은 날 AP는 "12일 밤에 일어난 군부 내의 숙청에서 한국의 매파 장군들은 서울 시내에 있는 한국군 중 가장 정예부대인 제9사단과 다수의 탱크를 동원했는데, 이 같은 한국 군부의 행동은 주한미군 수뇌부에 사전통고나 승인 없이 취해진 것으로 주한미군 수뇌부를 격노케 했다"라고 언급한 뒤 미 군사소식통을 인용, '한국군의 출동은 적어도 군대의 윤리와 군인으로서의 예절을 깬 것이며 지휘명령 절차의 일반적 기준과, 크게 보면 한미 상호 방위조약을 위반한 것'이라고 보도했다.

미국의 TV나 라디오도 비판적이기는 마찬가지였다. 일부 라디오는 '전두환 사령관에 의한 권력탈취의 쿠데타'라는 표현을 썼다.

전두환 대 위컴

　　　　　　　한편 글라이스틴 미 대사와 회담을 끝낸 전두환 보안사령관은 그후 주한미군사령관 위컴 대장과의 회담을 요청했다.

　주한미군사령관 겸 한미 연합사령관 존 A. 위컴 대장은 원리원칙에 투철한 전형적인 직업군인. 웨스트 포인트 출신으로 하버드대학(大学)에서 행정학과 및 정치경제학 두 부문에서 석사학위를 받기도 하는 등 엘리트 코스를 두루 거쳤다. 월남전에 보병 대대장으로 참전한 바 있는 위컴 대장은 미국의 최정예부대로 꼽히는 101공정사단장과 미 육군본부 작전참모부장, 합참본부 작전국장을 거쳐 79년 7월 주한미군사령관으로 부임, 질풍노도에 휩쓸린 인물이다. 독실한 기독교 신자인 그는 신변관리에도 철저, 담배와 술을 전혀 하지 않았다. 82년 한국 근무를 마치고 귀국한 위컴 대장은 미 육군참모차장을 거쳐 참모총장에 오르게 된다.

한미 연합사의 임무는 외부공격으로부터 한국을 방위하는 것이다. 연합사 사령관은 주한미군사령관이 맡고 부사령관은 한국군 장성이 된다. 주지하다시피 12·12 당시 한미 연합사령관은 위컴 대장, 한국군 부사령관은 유병현 대장이었다.

위컴 대장은 13일 새벽에야 신군부가 자신의 작전통제하에 있는 9사단 1개 연대와 제2기갑여단, 그리고 30사단 1개 연대를 서울로 끌어들인 것을 알고 격분했다.

"본관의 작전통제하에 있는 한국군 부대가 사전에 아무런 협의 없이 출동하는 상황에서는 한국 방위를 책임질 수 없는 것입니다."

위컴 대장은 한국군 당국에 거센 항의를 했다. 그의 항의는 직접적인 것은 아니라고 해도 신군부의 핵인 전두환 보안사령관과 노태우 9사단장의 군법회의 회부 등 전방병력 무단동원에 책임이 있는 장성들에 대한 엄중한 처벌요구를 포함하고 있었던 것이었다고 한다. 위컴은 그후에도 신군부의 대변인 격인 김윤호 중장을 만난 자리에서, "그날 밤에 한국군 수뇌부가 그런 지리멸렬상을 보였는데 인민군이 쳐내려오면 어떻게 싸우겠느냐"라고 탄식하더라고 한다.

한국군이 작전통제권 이양을 요구할 수 있는 부대는 따로 정해져 있는 것이 아니다. 국내 정치적인 상황과 관련된 군병력 동원일 경우 통상 충정부대로 지정돼 있는 부대를 운용하는 것이 관례로 되어 있다. 10·26 직후 한국군 당국은 20사단의 작전통제권 이양을 요구했고, 연합사령관이 즉각 이양한 예가 그것이다. 12·12 당시 충정부대는 20사단 외에 30사단과 26사단 및 수도기계화사단이 있었다.

216

결국 신군부 측이 출동시킨 9사단과 제2기갑여단은 서부전선 방어의 핵심부대로 한미 연합사령관의 작전명령에 의하지 않고는 절대로 움직일 수 없는 병력이었다. 한미 연합사령관 위컴 대장이 격분한 것은 당연한 일이었다고 볼 수 있다.

위컴 대장은 "원칙을 지키지 않는 그런 부대는 지휘할 수 없다"라고 말하면서 "한국땅에서 우리가 6·25때 5만 명이나 전사자를 냈지만 모두 버리고 나가겠다"라고 펄펄 뛰었다고 한다. 12·12 직후 위컴 대장은 연합사령관 직의 사표를 제출하는 극단적인 행동을 보이기까지 했다.

위컴 대장의 사표 제출 소동은 글라이스틴 대사와 미군 당국의 만류로 진정되었다. 그러나 전두환 장군 등 신군부에 대한 위컴 대장의 감정은 좀처럼 가라앉지 않았다.

"위컴 대장과 전두환 장군은 같은 장군이지만 벌써 생리적으로 맞지 않은 유형이었다. 12·12 사태의 유혈극은 문민통치에 익숙한 위컴 대장으로서는 도저히 이해할 수가 없었다. 위컴 사령관은 전두환 장군이 군의 지휘부를 초토화시킨 12·12 사태도 미군이 북한의 위협에 대해 울타리를 쳐주고 있다는 것을 믿고 한 것이라고 생각했으므로 배신감은 더욱 강렬하였다."

언론인 조갑제 씨의 지적과 같이 위컴 대장과 주한미군 장성들은 전두환 장군 그룹에 대해 '전선방어는 미군한테 맡겨놓고 정치에나 기웃거리는 한심한 군인들'이라는 시각으로 보았다는 것이다.

실제로 12·12 그날 밤 위컴 대장은 한남동 총장 공관 총격전 이후 한국군 내부의 혼란을 틈타 북한의 군사행동 가능성을 봉쇄하기 위해

217

워싱턴과 긴밀한 연락을 통해 가능한 조치를 취한 것으로 알려지고 있다. 바로 그 와중에 서부전선의 핵심부대가 아무런 사전통고 없이 출동했으니 위컴의 배신감은 클 수밖에 없었다는 것이다.

12·12 직후에도 주한미군은 대북경계의 강도를 높였다. 조기경보기를 급파, 정찰비행을 강화했고, 미 국무부에서는 소련과 중국을 통해 북한에 대해 '오판하지 말라'는 경고를 전달하기도 했다.

『한국일보』「실록 청와대」는 12·12 당시 신군부의 병력동원과 관련, 다음과 같이 분석하고 있다.

> 신군부가 12·12 사태 때 전방부대를 끌어들이지 않았더라면 미국을 무마하고 관계를 재정립하는데 그렇게 고전하지 않았을 것이다. 12·12 사태 당시 사실은 9사단 1개 연대와 제2기갑여단의 출동은 불필요한 과잉조치였다. 12월 13일 새벽 이미 공수 여단 병력에 의해서 국방부와 육본이 신군부 수중으로 떨어지고 육본의 지휘체계가 붕괴돼 완전히 판가름 난 상태였기 때문이다.
>
> 12·12 지휘부는 야전에서 작전경험을 쌓지 않고 특전사나 수경사 등 수도권의 정치성 부대에서 주로 근무한 장성들이 주류여서 병력동원 및 운용에 정확한 작전판단을 하지 못했던 것으로 보인다. 경복궁 및 정규 육사 출신 장교 그리고 보안사 조직을 통해 육본 측의 진압능력을 완전히 무력화시킨 후에도 전방부대의 출동을 무리하게 강행시켰던 것이다. 그것은 국가의 안보를 위해 생명을 바쳐야 할 군인들이 자신들의 생명을 확실히 보장받기 위해서 국가의 안보를 희생시킨 행위였다.

12·12 직후 연합사령관 위컴 대장의 한국군 당국에 대한 강력한 항의, 사표제출 소동까지 벌이는 극단적인 방법의 강구 등에도 불구하고 과연 그가 신군부의 등장을 그의 감정표출과 같이 반대했는가에 대해서는 의문의 여지가 없지 않았다. 결론적으로 위컴은 자신의 작전통제권하에 있는 전방부대를 임의로 빼돌린 신군부의 행동에 대해서는 반사적인 감정을 표출했으나 한국의 정치민주화를 뒤틀어버린 신군부의 등장 따위는 당초 관심권 밖이었던 것으로 보인다.

12·12 직후 유병현 대장 후임으로 연합사 부사령관으로 부임한 백석계 중장은 위컴 대장의 바로 옆방에서 근무했기 때문에 그의 심기를 가장 근접한 거리에서 관찰할 수 있었다. 신군부 측에서 백 중장을 연합사 부사령관으로 임명한 데 대해 백씨는 "당시 3성 장군 중에서 영어를 할 수 있는 사람이 마땅히 없었다. 69년부터 72년까지 주한 미대사관의 무관으로 근무한 경험이 있어서 신군부가 나를 택한 것으로 본다"라고 말했다.

신군부가 연합사 부사령관 자리를 미8군 고위 장성들의 동태를 파악하는 자리로 이용했기 때문에 위컴 대장이 백석계 장군을 신뢰하지 않았다는 이야기도 흘러나왔으나, 백석계 씨는 "위컴은 화기애애한 분위기 속에서 나의 취임 축하파티를 열어줄 정도로 외형적으로는 나에게 결코 섭섭하게 대하지 않았다"라고 말했다.

12·12에 대해 위컴 대장이 보인 감정표출, 항의성 행동과는 달리 내심으론 현실을 인정하는 쪽으로 방향을 선회했다. 백석계 씨에 따르면 12·12 며칠 후 미8군 수뇌의 분위기는 신군부가 어떤 선택을 하든 적극적 반대를 하지 않을 것으로 보였다는 것이다.

"내가 부임했을 때에는 비상 분위기를 느낄 수 없었고 평온했다. 미군 고위층은 생각보다 빨리 현실을 인정했던 것이다."

물론 미8군 수뇌가 그런 분위기로 선회했다고 해도 위컴 대장의 감정이 다 누그러진 것은 아니었다. 신군부의 등장을 인정한다고 해도 위컴 대장 개인으로서는 자신의 작전통제권하에 있는 전방부대를 임의로 빼돌린 전두환 그룹에 대한 감정을 쉽사리 삭일 수는 없는 노릇이었다.

그럴수록 전두환 보안사령관은 글라이스틴 미 대사와의 회담 때처럼 12·12 당시의 상황, 즉 정승화 육군참모총장 겸 계엄사령관 연행의 당위성, 연합사병력 이동문제 등을 설명하고 미국을 무마하기 위해서 위컴 연합사령관과의 회담을 위해 다각도로 노력을 기울이지 않을 수 없었다.

12·12에 대한 대부분의 기록들은 위컴 대장이 신군부에 대한 불쾌감의 표시로 전두환 장군의 면담요청을 거절했고, 쉽게 만나주지 않았던 것으로 쓰고 있으나 꼭 그런 것 같지는 않다. 당시 주한미군사정에 정통한 한 관찰자에 따르면 전두환 보안사령관의 회담요청을 받은 위컴 대장은 미대사관 측과 함께 이 요청을 받아들이느냐, 거절하느냐에 대해 진지한 토론을 벌였다고 한다.

주한미군 측은 위컴 대장이 전두환 장군을 만날 필요가 있다고 생각했으나 대사관 측의 견해는 달랐다. 12·12라는 권력탈취에 대한 미국의 분노를 시위하기 위해서라도 그 만남은 마땅히 거부되어야 한다는 것이 미대사관 측의 주장이었다.

전두환ー위컴 회담을 반대한 당사자는 글라이스틴 대사였다. 그는 개인적으로 위컴 대장에게 전두환 장군을 만나지 말라고 요청했다. 글라이스틴 자신은 전 장군과 회담을 한 터에 위컴 대장으로 하여금 회담을 거절하도록 요청한 것은 주한 미 당국 자체에서도 신군부에 대한 의견이 달랐던 것을 보여주는 예가 아닐 수 없다.

약간의 논의 끝에 위컴 대장은 글라이스틴 대사의 요청에 동의했다. 미국 정부가 국회 광주특위에 보낸 답변서에는 당시 위컴 대장의 행동과 관련, "12·12 사건에 대한 미국 측의 노여움을 드러내기 위해서 글라이스틴 대사의 조언에 따라 위컴 장군은 전두환 씨와 만나기를 거부했다. 대신 위컴 장군은 한국의 국무총리, 신임 국방부장관 및 기타 관리들과 만났다"라고 되어 있다.

미국 정부의 공식적인 답변에도 불구하고 전두환 장군에 대한 위컴 대장의 회담거절은 불쾌감이나 노여움, 항의표시가 아니라 일정한 내부진통을 겪은 다음의 신중한 결론이었던 것으로 보인다. 거기에는 미 대사관 측과 주한미군사령부 쪽의 주도권 다툼의 결과도 없지 않았다.

"내 생각으로는 이것이 잘못이었다. 미국 측이 12·12에서 다음 해 5월의 광주사태에 이르기까지 전두환 세력을 상대하면서 실수를 범한 것이 한두 번이 아니었지만, 이것이 가장 커다란 실수였다."

당시 미대사관 무관 제임스 영 대령의 분석은 당시 미국 당국의 의견이 통일되지 않았음을 보여주고 있다.

"또한 대사관에서 위컴과 전두환 장군의 접촉을 막으려 했던 것에는 또 다른 이유들이 있었다는 것이 나의 믿음이다. 이때에는 전두환 장군이 이미 한국의 실질적인 정치권력을 장악하고 있었다.

내 말은 다름이 아니라 대사관 쪽이 전두환 장군을 상대하는 문제에서 주도권을 잡으려 했다는 지적이다. 용산의 주한미군사령부와 대사관 사이에는 전부터 늘 주도권 경쟁이 있어 왔다. 그리고 대사관은 우리의 정책 목표들에 대해 신군부를 혼란시킬 그 어떤 '잡음'도 원하지 않았다. 한마디로 대사관은 주도권을 원했다."

전두환 장군과의 회담을 거부한 위컴 대장은 국무총리와 신임 국방부장관 등 다른 관리들을 만나고 다녔다. 광주특위에 보낸 미국 정부의 답변서 내용과 같이 "위컴 장군은 전두환 장군을 의식적으로 무시하고 나왔다. 그를 실세로 인정하지 않고 보안사령관 및 합수본부장인 육군 소장으로만 대하려고 했다. 그는 국방부장관·합참의장·육군참모총장·연합사 부사령관 등 공식적인 지휘체계만 존중하고 있음을 행동을 통해 전 장군에게 보여주었다."

적어도 겉으로는 위컴 대장의 그와 같은 불쾌감, 노여움, 항의 표시는 계속됐다. 위컴 대장은 한국 측 인사들을 만나는 자리에서 "연합사 작전 명령권하에 있는 한국군 병력을 사전 통고 없이 이동시킨 행위는 용납될 수 없는 행위다. 다시는 허가 없이 이동해서는 안 된다"라는 메시지를 전달, 신군부 측을 공격했다.

"그러한 행동은 대북방위를 위한 연합사의 성공적인 작전에 치명적인 위험요인이 될 것이다."

위컴 대장은 이와 같은 점을 강조하는 공식 서한을 한국 정부의 해당기관에 재차 배포하였고 한국 고위 관리들과의 회담에서도 누누이 강조하기도 했다. 이때 위컴 대장은 12·12 그날 밤 신군부의 병력이동에 대한 공격도 잊지 않았다.

그해 12월 29일 위컴 대장은 중동부전선의 한 한국군 부대를 방문했다. 그는 이 자리에서도 "한국 정부와 국민은 안보를 위해서 어떠한 불안요소도 있어서는 안 된다는 점을 잊지 말아야 한다. 군은 정치에 초연, 국토방위에 전념해야 한다"라고 강조했다. 신군부의 권력 장악 움직임을 겨냥한 것으로 보인 그의 발언은 국내 언론에 크게 보도됐다.

위컴 대장은 또 판문점 중립국 감독위원회를 통해 "한국의 정치·군사사태에 오판하지 말라"라는 서한을 북한 당국에 보낸 사실을 언론에 흘리기도 했다. 눈치 빠른 인사들은 위컴의 그와 같은 행위가 12·12 그날 국가안보를 뒷전에 두고 전방부대를 동원했던 신군부의 처지를 난처하게 만드는 일이라는 점에 관심을 뒀다.

전두환 장군 ─ 위컴 사이의 신경전이 가열되는 동안 워싱턴에서는 대한정책을 재검토하기 위한 일련의 회의들이 열리고 있었다. 회의의 주도자는 백악관과 국무부, 국방부였다. 12·12 직후 여러 차례 계속된 회의에서는 몇 가지 방안이 검토되었다. 그 가운데 두 가지가 진지하게 논의됐는데, 둘 다 큰 논란을 불러일으켰다.

첫 번째 방안은 한국에 대한 미국의 군사적 지원을 축소, 철회 또는 재조정한다는 것이었다. 이 방안이 결정될 경우 주한미군의 일부 철수나 전면철수는 물론 연례적으로 열리는 한미안보협의회(SCM: Security Consultative Meeting)의 연기나 취소에 이르기까지 광범위한 하부조치들이 뒤따라야 했다.

"이러한 조치들의 목적은 12·12 사태에 대한 미국 정부의 불쾌감을 분명하게 드러냄으로써 한국의 새로운 권력구조가 보다 더 민주화되도록 유도하자는, 그렇지 않을 경우 미국의 군사적 지원중단을 각오하라고 위협하자는 것이었다. 이때 카터 정부의 일부 보좌관들은 주한미군의 철수를 지지하면서 12·12 사태를, 철군 문제를 재론할 호기로 생각했다."

그러나 이 방안에 대해 국방부에서 반대하고 나섰다. 한미 양국 모두가 한반도의 평화와 안정유지에 강한 욕구를 갖고 있는 한 주한미군 철수는 한미 양국에 전혀 이롭지 않다는 주장이었다. 결국 주한미군 철군 문제는 잠시 거론만 됐을 뿐 곧바로 기각됐다.

주한미군 철군론에 이어, SCM의 취소 또는 연기 방안이 검토됐다. 이 SCM은 미국의 군사적 지원약속을 상징하는 의미 있는 행사. 이안이 채택되면 철군과 같은 심각한 결과를 우려하지 않고도 신군부에 대한 미국의 불승인을 시위할 수 있었다.

회의에서 많은 지지를 받은 이 방안도 미 국방부에서 반대했다. 국방부에서는 안보정책을 한국의 민주주의에 연관시키겠다는 미국의 정치적 목적에 대해 잘못이라고 공세적 주장을 펼쳤다. 국방부의 주장은 '한국이 어떠한 결정적인 시기에 처해 있다 할지라도 미국은 한결같은 군사적 유대감을 보여줄 필요가 있으며, 이런 유대감에서 벗어나는 그 어떠한 조치도 설사 그것이 구체적인 행동이라 할지라도 한국과 동아시아에 대한 미국의 안보적 이해에 유해하다는 것' 이었다. 결국 이 안도 기각됐다.

두 번째로 경제적 제재 방안이 검토됐다. 그러나 이 방안에 대한 지지도 약한 편이었다.

"경제 제재는 훨씬 더 권위주의적인 정치상황을 낳을 뿐이라는 것

224

이 공통된 의견들이었다. 또한 당시 한국의 경제상황은 불확실한 면이 있었다. 그리고 경제상황을 더욱 악화시키는 조치는 사회불안을 더욱 가중시키고 시위를 격화시켜 결국은 군부에 의한 훨씬 더 강경한 행동을 유발시킬 것 같았다. 더욱이 우방국 사이에서는 일반적으로 경제 제재를 고려하지 않는 것이 관례였다."

워싱턴 회의에서는 많은 방안들이 상정되고 또 기각됐다. 그럼에도 불구하고 미국정부가 앞으로 그렇게 나갈 수도 있다는 입장을 강력하게 표명할 필요가 있다는 점에 대해서는 대체로 의견이 일치했다. 거듭된 워싱턴 회의에서 미국 정부는 카터 대통령이 12·12 사태에 대한 우려를 가급적 강력하게 표명하는 서한을 최규하 대통령에게 보내야 한다는 결정을 내렸을 뿐이었다.

카터 서한은 80년 1월초 한국 정부에 전달됐다. 카터는 이 서한에서 12·12 사태로 '상심'이 매우 컸으며 앞으로 비슷한 사태가 재발한다면 그것은 "한미 양국의 긴밀한 협력관계에 심각한 결과를 초래할 것" 이라고 경고했다. 그러나 당시 대사관 관계자가 실토한 바와 같이 카터 서한의 효과는 별로 크지 않았다.

워싱턴 회의 결과, 미국이 한국의 현 상황에 효과적으로 대응할 수 있는 방안의 선택 폭이 극히 제한적이라는 것이 분명해지고 있었다. 왜 아니겠는가. 미국 정부의 당시 관련자들의 그럴듯한 해명에도 불구하고 미국이 군사적 그리고 경제적 제재조치 외에 무슨 조치를 취할수 있단 말인가. 실제로 미국 정부가 신군부에 대한 효과적인 조치를 취했다는 흔적은 찾아볼 수 없다. 내막을 살펴보면 미국은 12·12 직후부터 이미 신군부를 지지하고 있었던 것이다.

"백악관·국무부 및 국방부는 12·12 사건 이후 미국의 대한정책을 검토하고 나서 미국의 다음과 같은 목적을 재확인했다."

국회 광주특위에 보낸 미국 정부의 답변서는 당시 대한정책을 다음과 같이 확인했다고 밝혔다. ▲문민지도 체제하의 광범한 지지기반을 가진 민주정부를 지향하여 움직이는 힘을 유지시키려 노력한다. ▲북한으로부터의 침공을 계속 억지한다. ▲한국의 새 군부 지도 측이 외부의 침공으로부터 나라를 방위하는 주된 임무에 계속 전력하도록 노력한다.

미국 정부 관리들은 그들이 선택할 수 있는 방도가 한정되어 있음을 알고 있었다. 미국 정부의 이와 같은 지침은 12·12 이전의 대한정책에서 크게 변한 것은 없었고, 그 내용면에서 신군부를 인정한다는 것과 다름없었다. 12·12후 한국의 새 군부 지도 측이 누구인가. 그들이 곧 신군부에 의해 짜여진 구도라는 것이야 삼척동자도 아는 터이다.

다음은 당시 미대사관에 근무했던 한 무관의 증언이다. "우리가 이래저래 적극적인 행동을 취하지 못함으로써 나타난 궁극적인 결과는 미국 정부가 전두환 세력을 지지한다는 인식이 널리 확산되었다는 것이었다. 우리가 한국인들에게 우리의 입장을 전달하기 위해 좀더 적극적으로 행동했더라면, 아마 역사는 다르게 진행되었을지도 모른다."

권력과 우정

독재 권력의 말로

　　　　　88년 11월 26일 오전 7시 20분경 서울 송파구 가락동 60 민정당 중앙정치 연수원 백근화 군 등 서총련 학투련 산하 애국결사대 소속 서울·수원 지역 20여 개 대학생 41명이 화염병을 던지면 기습적으로 뛰어 들어가 본관 3층 옥상을 점거, '전두환 구속과 노태우 정권 퇴진' 등을 요구하며 농성을 벌이기 시작했다.

　학생들은 이날 오전 7시 10분경 연수원 정문 맞은편 골목에 개별적으로 집결했다.

　"와아."

　함성을 신호로 "구속 전두환, 퇴진 노태우!" 등의 구호를 외치고 화염병 4개와 돌을 던지며 정문으로 몰려갔다. 정문에는 전경 3명과 경비원 2명이 있었으나 파도처럼 밀려오는 학생들의 기세에 겁을 집어 먹고 어디론가 줄행랑을 쳤다.

학생들은 곧바로 정문에서 2백여 미터 떨어진 본관으로 몰려가 돌과 화염병을 던지며 3층 옥상으로 올라간 뒤 옥상 입구 철문에 책상 등 집기로 바리케이트를 치고 농성에 들어갔다. 농성에 들어가기 전 학생들의 준비는 철저했다. 학생들은 곧장 태극기와 '광주학살 원흉 노태우는 퇴진하라' 라고 쓰인 현수막을 내걸고 '국민에게 드리는 글' 등 두 종류의 유인물 3백여 장을 뿌린 뒤 "전두환 구속" 등의 구호를 외치고 있었다.

학생들은 유인물에서 "광주학살과 정치 비리의 완전한 해결을 위해서는 5공화국의 책임자인 전두환은 물론 공범인 노태우 정권도 함께 퇴진해야 한다" 라고 주장하고 ▲전두환·이순자 구속 ▲노태우 정권 퇴진 ▲민족 반역자 처단을 위한 반민특위 구성 ▲광주학살 배후 조종자 미국에 대한 응징 등을 주장했다.

오전 9시 45분경 연수원 앞마당. 이도선 연수원장이 핸드 마이크를 통해 옥상에서 농성중인 학생들을 향해 외쳤다.

"학생 여러분, 여러분은 지성인입니다. 이제 여러분의 뜻은 충분히 전달되었으니 농성을 풀고 내려오십시오."

"우리의 뜻이 관철될 때까지는 내려갈 수 없습니다."

"잠시 후에 발표되는 노태우 대통령의 시국담화를 듣고 다시 대화를 해봅시다."

"좋습니다."

이날 아침 7시부터 두 시간 동안 농성을 벌여 온 학생들은 이도선 연수원장의 대화를 마친 뒤 오전 10시, 대치하고 있는 전경 1천 5백 명과 함께 구내 마이크를 통해 흘러나오는 라디오 방송에 귀를 기울이고 있었다.

같은 날 백담사. 전두환·이순자 부부가 은둔중인 백담사에는 TV가 없었고 신문이 배달되지 않아 경호원들이 가끔 외부에서 신문을 구입해 들어가고 있었다. 민정당 연수원 옥상에서 '전두환 구속' 등을 외치며 농성을 벌이고 있는 학생들이 대치중인 전경들과 함께 구내 라디오에 귀를 기울이고 있는 같은 시각, 백담사 전씨 부부 역시 좁다란 방에서 라디오를 틀어놓고 귀를 기울이고 있었다.
같은 시각 청와대.

> 국민 여러분, 우리 모두의 아픔이 된 지난 시대의 청산 문제는 이제 매듭을 지어야 할 때가 왔다고 생각합니다. 지난날의 문제를 가지고 사회 전체가 진통과 혼란을 무한정 계속할 수는 없지 않겠습니까. 이제는 지난날의 잘못을 청산할 국민 모두의 슬기와 냉철한 이성이 필요한 때입니다.

노태우 대통령은 TV와 라디오로 생중계된 '시국과 관련하여 국민여러분께 드리는 말씀'을 침통한 표정으로 발표하고 있었다. 담화 서두에서부터 노태우 대통령은 지난 시대의 청산될 문제는 이제 매듭지어야 한다고 말했다. 그 이유는 사회 전체가 진통과 혼란을 겪고 있기 때문이라는 것이었다.
역대 집권자에게는 집권자의 논리만이 있었을 뿐이었다. 과거 청산

문제에 대해 역대 정권은 늘 그런 식으로 대처해왔다. 뒷날은 보아서 무엇 하는가, 앞날을 보자, 앞날을 보자, 앞날을 보자……. 그러나 그 뒷날을 그런 식으로 만들어 놓은 것이 십중팔구는 바로 그들 위정자들이었다는 것을 누가 모르는가. 정녕 사회를 혼란시키는 것이 바로 청산되어야 할 과거가 청산되지 않고 있기 때문이라는 것을 그들은 아는지 모르는지, 아니면 알면서도 모르는 체하는 것인지.

노태우 대통령은 '슬픈 표정'과 착잡한 어조로 "우리는 바로 사흘 전 전직 대통령이 지난 시대의 잘못을 사죄하고 정처도 없이 은둔의 길을 떠나는 것을 보았다"라고 말하고는 이승만·박정희 전 대통령의 종말을 설명해 세 전직 대통령을 비극의 한 테두리 안에 삽입하기도 했다.

> 전임 대통령 문제를 처리하는 데 있어 일부 국민은 사법적 절차에 따라 처벌해야 한다고 주장하고, 또 다른 국민은 잘못된 부분에 대해 조사를 한 후에 사면을 해야 한다고 생각하며, 또 상당수 국민들은 이제는 그의 사죄와 은둔을 너그러움이 용서하고 이 문제를 마무리 짓기를 희망하고 있는 등 국민의 의견이 엇갈려 있습니다.
> 모든 것을 다 버리고 떠난 전임 대통령의 잘못을 물어, 7년 반 동안 이 나라 국가원수로 일해 온 그를 재판정에 세워야 하겠습니까. 그 스스로 잘못을 깊이 사죄한 이 마당에 지난 시대에 잘못이 많았다고 하여 전임 대통령에게만 돌을 던질 수 있겠습니까.

그러나 슬프게도, 정녕 슬프게도, 국민들은 알고 있다. 전임 대통령

232

의 사죄와 은둔이 국민의 눈 저편에서 '청와대=연희동' 측 타협으로 만들어낸 은밀한 정치적 산물일 뿐이며, 백담사에 은둔중인 전두환 씨 부부는 당초 사죄할 것도 반성할 것도 없이 분노와 배신감, 억울함으로 가득 차 있다는 것을 그들 자신의 귀로 듣고 말았다.

도대체 국민 누가 전두환 씨 부부에게 그런 겉 다르고 속 다른 식의 사죄를 하고 백담사로 은둔하라고 주장한 일이 있었단 말인가. 그러나 노태우 대통령은 온 국민이 지켜보는 가운데 전직 대통령의 사죄와 은둔이 정치적 산물이었다는 것을 감춘 채 전씨가 모든 것을 다 버리고 그 스스로 잘못을 깊이 사죄한 뒤 정처 없이 은둔의 길을 더 낫다고 감성적인 어조로 강조하고 있다. 그러므로 그를 재판정에 세워야 하겠느냐고, 그에게만 돌을 던질 수 있겠느냐고.

전임 대통령의 정치 행위에 대해 사법적 조치를 통해 처벌하자는 것은 정치적 보복이라고 생각합니다. 정치 보복은 국가 장래와 우리의 민주 발전에 결코 도움이 되지 않을 것입니다.

노태우 대통령은 전임 대통령의 정치행위라고 강변하고 있지만, 국민들이 진상을 밝히라고 요구하는 5공 비리 외에 80년 광주학살, 공직자 해직 사태, 삼청교육대 문제 등까지도 과연 전임 대통령의 정치적 행위라고 해야 할 것인가, 적어도 광주 문제 등은 전두환 씨가 대통령에 취임하기 전의, 79, 80년 당시 전두환 보안사령관과 노태우 9사단장 등이 주도한 신군부의 집권 과정에서 발생한 문제라는 것을 삼척동자도 모두 알고 있는 터이다. 노태우 대통령은 바로 그런 문제까지도 전임 대통령의 정치행위라고, 정치보복이라고 강변하는 것이다.

노태우 대통령의 담화는 전두환 전 대통령의 이름을 단 한 차례도 거론하지 않으면서도 전두환 대통령을 감싸 안은 채 여전히 정치적 제스처를 써 가며 감성적 어조로 일관하고 있다.

그의 잘못이 크다 하더라도, 잘못은 미워할 수 있으나 우리 헌정 사상 처음으로 임기를 마치고 물러난 전임 대통령을 여기서 더 나아가 처벌하는 것은 민주 헌정의 내일을 위해서도 바람직한 일이 아닐 것입니다. 저는 이런 바탕 위에서 전임 대통령에 대한 더 이상의 단죄는 없어야 한다고 생각합니다.

확실히 전두환 대통령의 평화적 정권 교체는 5공 위정자들이 내세울 수 있는 위업이라면 위업일 것이다. 그러나 그것이 위업이라면, 내세울 수 있는 위업이 아니라 슬픈 위업이며, 역대 독재정권을 강조하는 위업에 다름 아닐 것이다. 평화적 정권 교체라는 당연한 과정이 잘못된 역대 독재 정권으로 인해 위업이 될 수 있다는 것이 바로 우리 헌정사의 슬픈 현주소를 반증하고 있다. 그렇다고 해도 헌정 사상 단 한 차례의 평화적 정권 교체를 겪어보지 못한 우리에게 전 전 대통령의 정권 교체는 그들이 내세울 수 있는 위업임에 틀림없다.

과연 전두환 전 대통령은 노태우 대통령의 담화와 같이 스스로 퇴임했는가. 그는 정녕 평화적 정권 교체를 했는가. 전 대통령 재임 시절, 그들 세력의 독재정권을 유지하기 위해 박정희 유신 정권과 다름없이,

대다수 국민의 의사와는 상관없이 그들만의 체육관 대통령을 계속 뽑아 집권하려는 4·13 조치를 선언한 바 있고, 87년 6월 10일 자신의 후계자로 노태우 민정당 대표를 지명했으며, 대통령 후보에 지명된 노태우 후보는 "하늘의 뜻……" 운운하며 뜨거운 눈물을 흘린 적도 있었다.

그리고 바로 그날 전국에서는 4·13 조치와 민정당 대통령 후계자 지명 대회를 반대하는 전 국민적인 항쟁이 노도와 같이 일어났다. 결국 집권 여당에서는 백기를 들 수밖에 없었고, 마침내 노태우 민정당 후보의 6·29 선언을 이끌어냈다. 그후 노태우 대통령 측은 6·29 선언이 국민적 항거에 대한 한복 문서임을 분명히 했다. 그 무혈 혁명과 같은 지난한 과정을 거쳐 정권 교체가 이뤄졌음에도 불구하고 평화적 정권 교체라도 할 것이며, 그것이 전 전 대통령의 위업일 수 있단 말인가. '평화적 정권 교체'였다면 그들만의 평화적인 정권 교체요, 국민 편에서 보면 그 정권 교체는 6월 항쟁으로 얻은 전 국민적 승리의 산물이었다.

이를 평화적 정권 교체라고 주장하는 그들의 논리는 민주화를 요구하는 전 국민적 거대한 6월 항쟁을 군 통수권자인 전두환 전 대통령이 그의 집권 기둥이 됐던 군을 불러내 진압할 수도 있었고, 그 힘의 바탕으로 그들의 독재 정권을 지탱할 수도 있었는데 스스로 퇴임했다는 논리와 다름없었다. 그들이 평화적 정권 교체라고 강변하는 것은 그 내면에 그만큼의 독재의 사고가 깃들이 있음에 다름 아닐 터이다.

바로 그 '평화적 정권 교체'가 전 전 대통령의 면죄부가 될 수 있단 말인가. 전두환 씨의 후계자로 지목돼 군사 전략과도 같은 6·29 선언을 밑거름 삼아 36퍼센트의 표를 얻어 대통령이 된 노태우 대통령은 그 '평화적 정권 교체'를 전씨를 위한 면죄부로 삼으려 했다. 노태우 대통령은 느릿느릿하면서도 침통하게, 그러나 강한 톤으로 다음 말을 이어가고 있었다.

이미 이 모든 책임을 지고 떠나버린 전직 대통령을 다시 불러내어 추궁해야 할 것인지…… 아무리 진실의 규명이라고 하더라도 7년 여의 기간에 걸친 복잡한 정치자금의 모든 내용을 가리는 것이 과연 가능하며 합당한 것인지…… 우리 모두 깊이 생각해볼 문제입니다. 정치자금으로 따지자면 비단 그 한 사람에게만 진상을 따져 책임을 묻기 어려울 것입니다.

그렇다. 정치자금으로 따진다면 전 전 대통령 한 사람에게만 진상을 따져 책임을 묻기 어려울 것이다. 정치자금의 진상을 캐다 보면 전 전 대통령의 후계자로 후임 대통령이 된 노태우 대통령에게도 그 책임의 일단이 미칠 것은 불 보듯 뻔한 노릇이었다. 야당은 바로 그 점을 노려 계속 정치자금 문제를 추궁하고 있고, 노 정권은 바로 그 점을 우려하고 있었던 것이다.

이러한 현실을 깊이 생각해본 결과 이 문제는 전임 대통령이 스스로 밝힌 내용을 받아들임으로써 매듭지을 수밖에 없는 일이라고 믿게 되었습니다.

노태우 대통령은 계속 전두환 전 대통령의 대 국민 사과문이 그 스스로 밝힌 것이라고 주장했다. 정치자금 문제만 해도 노태우 대통령이 전씨가 스스로 밝혔다고 하는 금액조차 실제로는 전씨가 스스로 밝힌 것이 아니라 청와대 ─ 연희동 측과 합작으로 그 금액까지 조정해서 만들어냈다. 노태우 대통령의 집권 바탕이 됐다는 것을 부인할 수 없는 6·29 선언의 진상과 함께…….

> 우리는 무한정 지난날의 문제에만 매달려 있을 수 없으므로 저는 국회가 조사 활동을 연내에 매듭지어줄 것을 희망합니다. 정부는 사직 당국을 통해 지난 시대의 부정과 비리에 대해 진실을 앞장서 밝혀나갈 것이며, 국회 특위 활동에서 올해 안에 미처 처리하지 못하는 문제에 대해서도 정부 주도로 빠른 시일 안에 마무리할 것입니다.

백담사에 은둔중인 전두환 전 대통령에 대해 '정치적 사면'을 분명히 밝힌 노태우 대통령은 '백담사 은둔'이라는 카드 하나로 모든 5공 비리가 끝나야 하며, 특위 활동이 올해 안에 처리하지 못하는 문제는 정부 주도로 빠른 시일 안에 마무리할 것이라고 못 박았다. 말이 올해 안이지, '올해'는 한 달 하고 나흘밖에 남지 않았다. 과연 그 사이에 국회 특위에서 무엇을 얼마나 조사할 것인가. 노태우 대통령의 국회 특위 활동 '연내 종결'은 곧 당장 특위 활동을 그만두라는 주장과 크게 다르지 않았다.
　실제로 노태우 대통령의 이날 담화로 국회 특위가 곧 폐쇄될 것이라는 관측이 대두되고 있는 실정이었다. 국회의 특위 활동, 특히 청문회를 통해 구정권이 비정이 낱낱이 밝혀져 국민들의 혐오와 배신감이 팽배한 이 시점에서 '이제 그만 과거는 덮어두고 새 시대를 위해 정진하자' 라는 노태우 대통령의 호소가 과연 얼마만큼 실효를 거둘 수 있을지는 의문이 아닐 수 없었다.

노태우 대통령의 국회 특위 연내 종결이라는 담화를 들으면서 제1공화국 시절 반민특위 활동의 와해에 대한 슬픈 역사 현실을 돌이켜보지 않을 수 없다.

일제 36년 식민 통치에서 벗어나 신생 대한민국이 태어나고, 우리 민족에게 부과된 당면 과제는 일제 식민통치 정책으로 말살됐던 민족정신을 회생시키는 문제였다. 그 민족정신의 희생은 과거 일제 식민통치하에서 민족의식을 망각한 채 오로지 개인의 영달만을 위해 간악한 일제에 민족을 팔아먹거나 그들에게 빌붙어 아부하고 협력했던 민족 반역자, 친일파들을 사회 각 분야의 지도적 지위에서 깨끗이 배제하고 숙청함으로써 실현될 성질의 것임은 말할 나위 없다.

그 당면 문제가 8·15 이후 근 3년 동안 미군정 당국의 회의적 태도로 실현되지 못했고, 48년 8월 대한민국이 건국된 이후에야 착수된 것이다. 국회에서 난산 끝에 반민족행위 특별조사위원회가 발족됐다. 그러나 반민특위가 활동을 가동하고, 그 활동에 제동을 걸었던 장본인은 불행하게도 최고 통치자였던 이승만 대통령과 그의 집권 주춧돌이 되고 있는 친일 세력이었다. 결국 친일 세력들의 끊임없는 방해공작과 이 대통령의 '친위 쿠데타' 로 민족정기를 되살리자는 당위로 구성된 반민특위는 와해되고 말았다.

그후 이 나라의 역사는 어떠했던가. 4·19 혁명으로 제1공화국은 무너졌지만, 제2공화국에 이은 5·16 쿠데타로 제3공화국이 등장한 이래 유신공화국, 제5공화국 등 군부 독재 통치가 계속돼 오지 않았던가. 잘못된 과거를 제대로 청산하지 못한 역사가 얼마나 긴 세월 동안 질곡 속에서 헤매야 했던가를 역사로 교훈한 것이었다.

그때 국민의 여망에 따라 여소야대로 구성된 국회는 5공 비리와 광주조사 특위를 가동하고 있었다. 이른바 5공 청산을 위해 국회 특위가 구성된 것이다. 이를 두고 뜻있는 일부 인사들은 국회 특위가 5공 청산뿐만 아니라 제1공화국 시절 반민특위가 제역할을 다하지 못했던 민족 반역자, 친일파 문제까지 거슬러 청산해야 한다고 주장했다.

그건 그렇다고 해도, 80년 신군부에 의해 자행된 광주사태와 5공 비리의 '주역'을 지목받고 있는 장본인이 전두환 전 대통령이라는 것은 삼척동자도 다 아는 터이다. 국민의 시각에서 그는 어느 날 갑자기 백담사 은둔의 길을 택했고, 그의 오랜 친구이며 후계자인 노태우 대통령은 이날 담화를 통해 그를 용서했으며, 국회 특위는 연내에 종결해야 한다고 했다. 정녕 제1공화국 시절 반민특위가 문을 닫아야 했던 역사적 사실과 무엇이 다른지 우리는 겸허하게 반성해보지 않을 수 없을 것 같다. 과거에만 매달려 있을 수 없다는 그의 지론 역시 반민특위를 와해시켰던 노회한 정략가 이승만 대통령의 그것과 크게 다르지 않았다.

노태우 대통령은 "저는 지난 시대의 잘못을 청산하는 문제를 조속히 매듭짓고 민주주의를 확연히 진전시키기 위해 다음과 같은 조처를 취하겠습니다"라며, 실제로는 과거 청산을 제대로 하지 못하는 대신 다른 '선물'을 주겠다고 말했다. 그것은 앞으로 민주 발전을 위한 제반 조치를 취하겠다는 것이다.

이날 노태우 대통령이 밝힌 민주화 조치 내용은 ▲시국 사범에 대한 조속한 사면 복권 석방, ▲광주민주화 운동, 공직자 해직, 삼청교육대 사건 및 인권 침해 피해자에 대한 보상과 명예 회복, ▲정치자금의 양성화 및 기업 부담금 철폐, ▲국가보안법을 포함한 비민주적 제도와 관행의 개선 정비, ▲당정 쇄신, ▲자유민주주의 체제 수호를 위한 법과 질서의 확립 등 6개 항. 여기서 한 가지 주목할 것은, 79, 80년 신군부 실세 중의 한 장성으로서 당시 9사단장, 수경사령관, 보안사령관을 역임했던 노태우 대통령이 지금 국회 특위 활동에서 문제가 되고 있는 광주 문제, 공직자 해직, 삼청교육대 사건 등이 지난 시대의 잘못된 공권력의 행사였음을 시인하고 있다는 점이다.

노태우 대통령은 전 전 대통령 문제 처리와 관련해서는 국민의 동정과 이해, 관용을 호소하는 심리요법을 쓰는 한편, 과거비리에 대해서는 국민들이 혐오하는 부분은 민주적 조치로 치유하겠다는 증상별 처방을 제시했다.

이날 노태우 대통령의 담화와 관련, 한 신문해설은 "그러나 노태우 대통령이 밝힌 전두환 전 대통령 문제처리 방안은 넓게 말해서 5공비리 청산이란 관점에서 볼 때 합리적이거나 이성적이라고 말할 수는 없다"라고 지적, "잘못된 공권력의 행사로 억울하게 피해를 본 사람이 있다는 것을 노태우 대통령 스스로 인정하고 '복잡한 정치자금 운용'을 포함한 비리도 시인하면서 그 진상을 규명하지도 않은 채 넘어가자는 것은 이치에 맞다고 할 수 없기 때문이다"라고 꼬집고 있다.

전두환 전 대통령을 너그러운 마음으로 용서해주자고 할 때까지는 다소 느릿하고 침통하게 얘기하던 노태우 대통령은 민주화 조치 6개

항을 설명할 때는 단호하고 명쾌한 목소리로 담화문을 낭독하고 있었다. 노태우 대통령의 측근 참모들은 이 같은 민주화 조치 6개 항을 '제2의 6·29 선언'이라고까지 자화자찬했다. 실제로 노태우 대통령의 민주화 조치 6개 항은 평소 같으면 획기적이고 과감한 개혁이라는 평가를 받을 수도 있는 조치일는지도 모른다.

그러나 당시 시국의 어려움을 감안할 때, 노태우 대통령의 민주화 조치들은 실제적인 해결 방안이라기보다는 수사적인 것이 아니냐는 지적도 만만찮다. 즉, 이런 조치들이 전두환 전 대통령에 대한 '정치적 사면' 호소와 함께 나왔다는 데에 문제가 있다는 것이다. 국민 여론은 앞으로의 민주 발전이 물론 중요한 것은 말할 나위 없지만, 그것을 성취하기 위해서는 구시대 문제에 대한 합리적 종결이 선행돼야 한다는 데 모아지고 있기 때문이다.

노태우 대통령이 취임하고 어느 정도 제6공화국의 위상이 정립된 후인 올림픽 직전이나 직후에 5공 비리 문제를 매듭짓고 민주화 조치를 단행했더라면 하는 아쉬움이 있다. 그렇게 됐더라면 지금처럼 정국이 회오리에 휘말리지 않았을 것이라는 분석이다.

청와대 한 고위 관계자는 "이제 정부가 내놓을 것은 다 내놓았으니 그에 따라 실천만 해나가겠다"라고 한다. 야당이나 국민의 반대가 있더라도 전두환 전 대통령에 대한 사법 처리는 절대로 하지 않고 약속한 대로 민주화 조치를 추진하겠다는 의지의 표현일 것이다. 노태우 정부로서는 민주화 조치 6개 항이 전 전 대통령의 정치적 사면을 위한 고육지책인 셈이다.

청와대 측의 설명에 따르면 당초 하루 전인 25일 중에 발표하기로

했던 노태우 대통령의 이날 담화는 거듭된 문안의 수정 때문에 하루 연기된 것이라고 한다. "국민의 여론과 욕구가 비현실적, 감정적이어서 담화문에서 균형을 유지하기가 매우 어려웠다"라고 오히려 화살을 국민에게 돌리고 있는 것이다.

문안 작업에 참석했던 한 인사는 "이 때문에 문안 서두에서 감성적 표현을 썼다"라고 인정하면서, 전두환 전 대통령에 대한 '정치적 사면' 의지는 노태우 대통령이 일찍부터 밝혀놓았기 때문에 그것을 어떻게 설명하느냐는 문제만 고민했다고 한다. 그는 특히 '노태우 대통령은 전두환 전 대통령 처리 문제는 어느 정파적 문제가 아니라 자유민주주의 존립의 문제라고만 했다'라고 밝혀 전 전 대통령에 대한 사법 처리는 정권 차원에서도 생각지 않겠다는 뜻을 암시하기도 했다.

전두환 전 대통령 문제와 관련, 노태우 대통령에게 뭔가를 기대했던 것 자체가 국민들의 착각이었는지도 모른다. 두 사람이 육사 11기 동기생으로 군 내 사조직 하나회의 리더이며 79, 80년 신군부의 주도적 위치에 있었을 뿐만 아니라 노태우 대통령이 전 전 대통령의 후계자라는 점을 감안한다면, 과연 노태우 대통령이 국민의 36퍼센트 지지로 당선된 현직 대통령이라는 담보 하나로 그의 오랜 친구를 칼로 무 자르듯 청산하라는 요구에는 당초 한계가 있을 수밖에 없을 것이다.

청와대의 이 관계자는 담화 발표가 늦어진 직접적인 이유가 민주화 조치 6개 항이었다며 "민정당에서는 더 강하고 세게, 화끈하게 하자고 주장했으나 정부는 정책을 화끈하게만 내세울 수는 없어 고심했기 때문"이라고 설명하기도 했다.

242

실제로 전두환 전 대통령의 '정치적 사면'에 대한 교환 조건처럼 나온 민주화 조치 6개 항은 노태우 정부로서는 선뜻 내놓기가 아까웠던 카드였던 것 같다. 그렇게 노태우 정부는 대다수 국민 여론과 멀리 동떨어져 있다. 전 전 대통령 문제와 관련, 노태우 대통령으로서는 이율배반적인 위치에 서 있을 수밖에 없었을 것이다.

문제는, 이날 담화 발표로 노태우 대통령이 뒤늦게 전두환 전 대통령이라는 정치적 짐을 벗으려 하면서 또다시 새로운 짐을 짊어지게 된 셈이다. 이제 노태우 정부에 남은 과제는 사실상 교환조건처럼 내세운 전 전 대통령 문제에 대한 처리와 민주화 방안을 야당과 국민에게 얼마나 설득시킬 수 있느냐는 것이라고 할 수 있을 것이다.

거기에는 노태우 정부뿐만 아니라 집권 여당인 민정당이 동원된다. 민정당에서는 하루 전날 밤 긴급 중앙집행위원회를 부랴부랴 소집, 노태우 대통령의 담화문을 사전에 독회한 뒤 앞으로의 대책을 논의했다. 1시간 15분 동안 계속된 이날 회의에서 참석자들은 79, 80년 신군부 실세 중의 한 장성으로 당시 20사단장이었던 박준병 사무총장이 읽은 담화문 내용에 대해 "이것이야말로 그동안 야당 측이 주장해 온 것을 전폭적으로 수용한 안"이라는 데 의견을 모았다.

회의에서 일부 중앙집행위원들은 "담화문 발표 후에도 국회 특위 등의 청문회는 계속되는 거냐"라고 물었는데, 박준병 총장은 "모든 특위 활동의 연내 마무리를 위한 노력을 계속해야 하는 만큼 청문회는 계속해야 한다"라고 답변했다.

전두환 전 대통령이 사과 발표를 하고 백담사 은둔의 길을 떠났던 23일 의원총회에서 '강성 발언'으로 당내에서 작은 파문을 던지고 있던 정호용 의원은 이날 중앙집행위원회에 참석했다가 말없이 퇴장, 불만을 표출하기도 했다.

민정당은 또 이날 노태우 대통령의 특별 담화가 있기 1시간 전인 오전 9시부터 중앙당사에서 당 소속 국회의원과 원외 지구당위원장 합동회의를 열고 담화 내용을 '반복 학습'하며 이를 국민에게 직접 설득하기로 결의했다. 이날 회의에서 당은 오전 35분경 노태우 대통령의 담화문을 사전 배포, 박준병 총장이 먼저 대독했으며, 오전 10시가 되자 대형 TV를 통해 노태우 대통령의 담화 발표를 함께 시청했다.

담화 발표 시청에 이어 참석자들은 앞으로의 대책에 대한 간략한 토의를 했는데, 회의 벽두에 윤길중 대표위원은 '노태우 대통령의 담화는 마지노선이라고 할 수 있는 모든 것을 다 내준 제2의 6·29 선언'이라고 규정하고 "그동안 당은 피고의 입장에서 일방적으로 몰려 무기력에 빠졌으나 이제는 노태우 대통령의 결단을 계기로 시국을 주도적으로 주도해 나가자"고 다짐하기도 했다.

회의에서 참석자들은 미리 준비됐던 결의문을 채택했으며 중앙당은 가두 배포를 위한 당보 호외 50만 부를 긴급 제작하는 한편 지구당별로 특별 팸플릿도 작성, 대 국민 직접 설득에 당력을 총집결하기로 결정했다. 이날 토의에서 박준병 총장은 윤길중 대표와 마찬가지로 노태우 대통령의 담화를 '마지막 선택', '마지막 결단'이라고 규정하면서 "우리에게 소중한 것은 과거가 아니라 미래라는 점을 국민에게 설득해 달라"라고 누누이 당부하는 것도 잊지 않았다.

같은 날 오전 노태우 대통령의 담화 발표가 있기 30분 전 평민당 확대간부회의에서는 김원기 총무가 어젯밤 김윤환 민정당 총무로부터 받은 담화 문안을 검토했다. 회의에서 평민당은 노태우 대통령의 시국 수습 방안이 '크게 미흡하다'라고 결론짓고 이상수 대변인을 통해 당의 입장을 정리, 발표하도록 했다.

회의에서 당직자들은 특히 광주문제에 대한 노태우 대통령의 언급에 대해 크게 반발했다. 일부 당직자들은 "책임자들을 처벌해야 한다"라는 등의 강한 표현을 성명문 안에 포함시킬 것을 주장하기도 했으나 결국 '법적 책임'이라는 표현으로 조정됐다.

이에 앞서 김원기 총무는 보도진과 만난 자리에서 "아직도 권력 내부에 시대 흐름을 가로막는 수구 세력이 엄존하고 있는 듯한 느낌이 든다"라고 언급했다.

민주당의 김영삼 총재를 비롯한 총재단은 이날 노태우 대통령의 담화가 있은 직후 회의를 열고 '민심의 심각성을 깨닫지 못한 안이한 처방일 뿐만 아니라 민주화 조치를 마치 독재자의 주머니에서 꺼내 시혜로 주는 듯한 발상'이라고 신랄하게 비판했다.

민주당 총재단은 노태우 대통령 담화에서 국회 특위의 특별 검사제 도입을 거부, 검찰 전담 부서에 비리 척결을 맡기겠다고 한 것은 '기만'이라고 지적한다. 김동영 부총재는 검찰 전담 부서 설치에 대해 "동업자끼리 무슨 공정한 조사가 이루어질 것인가"라고 비난했고, 국회 5공 비리조사특위원장인 이기택 부총재는 "지금까지 국회의 청문회 등에서 법적 증거가 확연히 드러난 일들에 대해서조차 사법 처리를 외면해온 노태우 대통령이 이제 와서 무얼 하겠다는 거냐"하고 쐐기를 박기도 했다.

서울 송파구 가락동 민정당 중앙 연수원.

이도선 연수원장의 대화 요청으로 노태우 대통령의 시국 수습 담화 방송에 귀를 기울이고 있던 농성 학생들은 오전 10시 20분경 담화 방송이 끝난 뒤 옥상 난간에 모습을 드러냈다. 학생들은 10시 45분까지 담화 내용에 대한 입장을 정리할 시간을 달라고 요구한 뒤 토론에 들어갔다.

학생들이 토론을 하고 있는 옥상 쪽을 바라보는 연수원 관계자들의 눈에는 초조한 기색이 역력했고 중무장한 채 학생들과 대치중인 전경들 사이에도 무거운 침묵이 흘렀다.

약속한 시간이 되어 학생들이 옥상 난간에 다시 모습을 나타냈다. 그리고 대표자의 선창에 따라 자신들의 입장을 밝히기 시작했다.

"전두환 구속 요구를 정치적 보복으로 보는 노태우 대통령의 주장은 국민들을 기만하는 처사입니다. 또 광주 시민의 명예 회복보다 중요한 것은 광주민주화항쟁에 대한 원인과 배경 등이 올바로 규명되는 것입니다. 우리는 노태우 대통령의 주장을 받아들일 수 없습니다."

학생들은 그들의 요구 사항이 관철될 때까지 농성을 계속할 것이라고 밝혔다.

오전 11시, 연수원 본관 건물 주위에 학생들의 투신을 막기 위해 매트리스가 깔리고 경찰은 진압에 나섰다. 경찰은 곧바로 옥상 입구 철문을 망치 등으로 부순 뒤 전경을 투입했다. 건물 양쪽으로 고가사다리와 소방차를 이용, 옥상을 향해 겨눈 소방 호스에서 영하의 날씨처럼 차가운 물줄기가 뿜어져 나옴과 동시에 최루탄이 발사됐다.

자욱한 최루탄 가스 속에 눈물범벅이 된 학생들의 목쉰 구호, 전경

246

들의 돌진……. 전두환 전 대통령 퇴임 전후 지겹도록 되풀이돼 온 학생들의 '화염병 돌진'과 경찰의 '진압 작전'은 전두환 씨의 백담사 은둔 이후 이날도 재연되고 있었다.

한편 '광주학살 5공 비리 주범 전두환·이순자 구속 처벌을 위한 투쟁 본부'는 노태우 대통령의 특별 담화와 관련한 성명을 발표, "민주화 조치와 전두환 씨 문제는 정치적 흥정의 대상이 될 수 없다"라며 '노태우 대통령의 담화는 국민의 공분을 무마시키기 위한 고도의 사기극'이라고 주장했다.

이날 오후 2시 '전두환·이순자 구속 처벌을 위한 투쟁 본부' 산하 민통련, 서총련 등 35개 재야단체 회원 및 학생 시민 5천여 명은 서울 종로구 동숭동 대학로에서 '전두환·이순자 즉각 구속 및 노태우 정권 규탄 제3차 국민 궐기 대회'를 가진 뒤 대학로, 남대문, 명동 등지에서 격렬한 시위를 벌이고 있었다.

서울은 최루탄 가스와 돌, 화염병이 난무하고 있었다. 전두환·이순자 부부를 구속 처벌하라는 성난 시위였지만 정작 전·이 부부가 은둔하고 있는 내설악 깊은 곳 백담사는 적막에 싸인 듯 고요하기만 했다.

'전두환·이순자 즉각 구속 및 노 정권 규탄 제3차 국민 궐기대회'가 끝난 뒤 대학로를 출발한 시위대 중 3천여 명은 가두 행진에 나서 종로5가—파고다 공원—시청을 거쳐 청와대까지 행진할 예정이었으나 이화동사거리에서 경찰이 저지하고 나서자 돌과 화염병을 던지며 한 시간 동안 경찰과 대치했다.

시위대들은 이어 서울대의 정문을 통해 빠져나와 종로4가에 재집결, 도로를 점검한 채 "구속 전두환, 퇴진 노태우" 등의 구호를 외치며 종각, 을지로 입구를 거쳐 오후 5시 55분경 신세계 백화점 앞에 도착, 분수대 앞에서 10분간 집회를 가졌다.

즉석 집회를 끝낸 뒤 시위대들은 남대문 쪽으로 행진하기 위해 움직이려는 순간, 경찰이 다연발 최루탄을 쏘며 저지하자 1백~5백여 명씩 흩어져 시청, 명동 등 도심 곳곳에서 산발적인 시위를 벌였다.

한편 『동아일보』여론 조사에 따르면 노태우 대통령의 특별 담화에 대해 서울, 부산, 대구 등 6대 도시 성인 남녀 중 46.1퍼센트가 '불만'을 표시한 반면 34.5퍼센트만이 '만족한다'고 대답했다고 한다. 전두환 씨 처리 문제에 대해서는 27.4퍼센트가 '더 이상 문제 삼지 말자'고 답한 반면, 절대 다수인 71.7퍼센트는 국회에서 조사(44.2퍼센트)하거나 사법기관에서 수사(불구속 19.0퍼센트, 구속 7.9퍼센트)하거나 간에 전 씨 비리의 진상을 계속 조사해야 한다고 응답했다.

같은 날 저녁 7시경 백담사 입구에는 한 대의 승용차가 미끄러지듯 들어오고 있었다. 승용차 편으로 찾아온 이들은 전두환 씨의 외동딸 효선 씨와 사위 윤상현 씨였다.

전두환·이순자 부부는 딸 내외가 도착한다는 연락을 받고 절 입구 일주문까지 나와 이들을 맞이했으며, 손녀를 받아 안고 숙소로 들어갔다. 그러나 전·이 부부를 딸 내외가 방문하고 있는 바로 그 순간 백담사 입구에는 학생, 재야인사 20여 명이 몰려와 그들 부부의 구속 처벌을 요구하는 시위를 벌이고 있었다.

이날 전두환·이순자 씨 부부는 딸 내외와 같은 방에서 밤을 함께 새웠다. 백담사 측 관계자에 따르면 이날 이순자 씨는 사위와 딸을 끌어 안고 설움이 북받친 듯 울음을 터뜨렸으며 새벽까지 그들이 머물고 있 는 방에는 불이 꺼지지 않았다.

전효선 씨는 백담사에 은둔 중인 부모님을 대신하여 각종 경조사에 참석하는 등 실질적인 연희동집 가장 노릇을 대신하고 있었다. 그는 연희동 집을 관리하고 고등학교에 다니는 동생 재만 군을 지도하는 등 다방면에 걸쳐 친정 살림을 도맡고 있었던 것이다.

그중에서도 이순자 씨가 은둔 첫날을 시작하면서 편지를 써 보냈던 막내아들 재만 군의 경우가 특히 그러했다.

대학 입시를 앞둔 재만 군은 그즈음 같은 반 아이들에게 많은 수모 를 당하고 있는 것으로 전해졌다. 수업을 받는 도중 뒷좌석에 앉은 같 은 반 아이가 그의 허리를 쿡쿡 찔러댔다.

"사람들이 그러는데 니네 아버지가 다 해먹었다며……."

울컥해진 재만은 "이 ○○, 너 우리 아버지 욕했지" 하며 벌떡 일어 나서 한바탕 싸움이 붙었다는 이야기도 전해졌다.

전두환 씨가 대통령직에서 퇴임한 뒤 5공 청산의 목소리가 높아지 고 청문회 정국이 이어지면서 전씨 친·인척이 대거 구속되고, 마침내 전씨 내외가 백담사로 쫓겨 가는 상황에 이르게 되자 재만 군은 심한 번민에 싸여 있었다. 그의 성적도 눈에 띄게 하강 곡선을 그렸다. 전교 2, 3등 하던 성적이 30등으로 추락하고 만 것이다. 온순했던 성격도 변 해 갔다고 한다.

전효선 씨의 남편 윤상현 씨. 그는 대한투자신탁 윤광순 사장의 아 들로 서울대를 졸업하고 미국 유학을 가서 석사 학위를 받은 후 학사

장교로 군복무를 마쳤다. 대학 재학 중 당시 전 대통령의 딸 효선 씨와 결혼했는데, 결혼식장은 청와대 영빈관. 당시 이들의 호화 결혼식은 해외 토픽에 실려 구설수에 오르기도 했다.

성격이 활달한 편인 윤상현 씨는 장인에게 철퇴를 가한 6공화국에 대해 유감이 없느냐는 질문에 "불만이랄 게 뭐 있습니까. 다만 정치적으로 잘했건 못했건 이미 권좌에서 물러난 그분을 이렇게까지 벼랑으로 몰리게 해서야 되겠는가 하는 점에 대해 좀 섭섭한 느낌이 듭니다. 특히 장인 가족들에 대해 악성 루머를 퍼지게 방치해둔 것에 대해 더욱 그렇습니다"라고 대답했다. 윤씨뿐만 아니라 전두환 씨 가족, 측근들은 언론에서 봇물처럼 쏟아져 나오는 전씨 내외와 친·인척 비리에 대해서 겉으로는 침묵하고 있는 듯하지만 뒤에 여론이 어느 정도 잠잠해질 때쯤 되면, 그런 보도들은 한마디로 '악성 루머' 일 뿐이라고 일축했다.

"5공 치적을 재평가할 날이 오지 않겠습니까. 많은 사람들이 이렇게 얘기하고 있습니다. 5공 때가 살기는 더 좋았던 것 같다고. 물가도 안정됐고 살인강도나 인신매매도 극성을 부리지 않았잖습니까. 장인에 대한 재평가가 반드시 이루어져 그분의 명예가 회복되었으면 합니다"라고 자신의 희망을 피력하기도 하는 전두환 씨의 사위 윤상현 씨는. "장인어른께서 가장 안타까워하는 점이 바로 그겁니다. 30년간 친형제처럼 지내며 우정을 쌓아온 친구를 순식간에 잃었다고 못내 아쉬워하셨어요. 정치적으로 입지가 그러하니까 노태우 대통령이 그렇게 처신할 수밖에 없는 걸 장인어른은 이해하고 계세요. 그런데 개인적으로 한 번도 찾아오거나 전화를 한 적이 없는 걸로 알고 있습니다"라고 노태우 대통령 개인에 대해 섭섭한 감정의 일단을 드러내 보이기도 했다.

250

전두환과 노태우

"노태우 대통령과 나와의 관계는 친형제보다도 소중한 관계이다. 지금까지 그런 관계가 지속되어 왔고 앞으로도 영원히 그럴 것이다. 내가 사관학교 생도 시절부터 많은 친구가 있었지만 노태우 대통령과는 뜻이 맞았고 성장해서는 정치 노선과 이념이 딱 맞았다. 서로 우정이 가미되어 있기 때문에 군에 있을 때에도 상부상조하며 살아왔고 내가 대통령이 된 후에는 누구보다 노태우 대통령을 대통령 시키기 위해 노력해 왔다. 내가 남모르게 키운 것이다. 키웠다고 하는 말이 맞을 것이다."

대통령직에서 퇴임한 직후인 88년 4월 3일 미국 힐튼 헤드 아일랜드 휴양소에서 전두환 씨는 당시 국내 상황에 대해 전두환·노태우 간 권력투쟁으로 보도하는 일부 외신을 접하여 노태우 대통령과의 우정 30

년을 회고하고 있었다.

"노태우 대통령도 인내심을 가지고 겉으로 나타내지 않고 주의를 하면서 내가 지시한 것을 잘 지켜 왔고 그래서 오늘날 대임을 인수할 수 있었다. 나를 돕는 사람들은 이러한 관계를 알고 있어야 한다.

몰라……. 대권을 잡으면 변한다고 하나……. 내가 아는 노태우는 대권이 아니라 천하 없는 것을 잡아도 변할 수 없는 사람이야.

노태우 대통령은 내가 얘기를 하면 다 알아듣는데 다른 사람들은 우리 두 사람이 막연하게 친하다는 것은 알지만 깊은 관계는 모른다. 노태우 대통령을 보좌하는 사람들이 충성을 한다는 측면에서 나를 격하시키려고 한다든지 하는 것은 당연히 있을 수 있다. 노태우 대통령이 아직은 그런 것을 잘 모를 것이다. 1년은 걸려야 알지.

노태우 대통령 측근에서 나한테 무슨 짓을 하면 안 돼. 그건 노태우 대통령을 욕 먹이는 짓이야.

전두환 없는 노태우는 있을 수 없어. 5공과 6공의 단절은 있을 수 없어. 노태우 대통령이 5공화국 민정당에서 큰 사람 아니냐. 3, 4공화국과 5공화국의 단절은 당연하게 볼 수 있지만 6공화국은 민정당이 재집권한 것이다. 노태우 대통령이 5공화국을 대표해서 나섰다고 보아야 될 것이다. 민정당 사람들이 정치를 하는 것이고 정책도 그대로 연속되는 거야. 5공, 6공을 단절하는 개념으로 하면 자승자전이 돼. 한 치 앞을 못 내다보는 근시안적 태도야."

30년 우정으로 친형제보다 소중한 관계라는 전두환, 노태우 전직 대통령. 전두환 씨가 노태우 대통령은 내가 키웠으며 전두환 없는 노태우 없다고 단언할 정도로 깊고 깊은 우정이었으되, 지금 두 사람은 옥고를 치르고 나온 상황이다. 정녕 그들의 30년 우정의 궤적은 무엇일까.

전두환, 노태우 두 사람이 처음 만난 것은 1947년, 6년제인 대구 공립공업중학교(대구 공업고등학교 전신)에서였다. 나이는 전두환(31년 1월 18일 생)이 한 살 위지만 노태우(32년 12월 4일 생)는 그 해 9월 1일 입학한 전두환의 1년 선배였다. 그후 노태우는 중학 과정을 마치고 4학년 때 경북중학(경북고등학교 전신)으로 편입해 갔다.

전두환과 노태우가 다시 만난 것은 6·25 전란 중인 51년 12월 1차 시험에 합격한 육군사관학교 11기 응시생들이 모인 대구시 칠성동의 한 보충대에서였다. 당시 노태우는 헌병 일등 중사로 근무하던 중 육사 시험에 응시했으므로 군 경력으로서도 그가 전두환의 1년 선배였다.

육사 11기 응시생들은 칠성동 보충대에서 일주일 동안 머물면서 2차 시험을 치렀다.

"대구 육군병원의 정밀 신체검사와 더불어 적성검사도 실시되었다. 아침 6시에 일어나 구보로 시작하여 걸핏하면 기합을 주며 철저히 응시생들을 괴롭혔다. 학교 당국에서는 이 기간 동안 낙오하는 자를 가차 없이 퇴교시킬 방침이었다.

분지인 대구에 일찍 찾아온 겨울 문턱에서 밤이면 임시로 지은 막사 안에 덮고 잘 담요가 모자라 아우성이었다. 힘센 자가 담요를 먼저 차지했다. 자연히 지역별로 모여들어 두환은 경북 지역 출신들 속에 끼었다. 지역별로는 경남이 41명으로 가장 많았고 경북 29명, 전북 27명, 그리고 나머지 지역들은 모두 10명 미만이었다."

전두환 전기에 따르면 전두환 응시생은 이때 노태우를 비롯하여 김복동, 최성택, 백운택 등과 친해졌다. 일주일 뒤 응시생들은 김종오 인사참모부장으로부터 합격증을 교부받았다.

정식 합격이 아닌 예비로 붙었다가 합격자가 등록하지 않아 간신히 합격증을 받게 된 전두환 생도는 이미 합격 통지서를 받은 노태우, 김복동 생도의 손을 굳게 잡았다.

"우리 함께 잘해보자. 나는 꼭 육군참모총장이 되고 말 테다!"

1952년 1월 1일 전두환, 노태우 등 육사 11기 생도들의 가입교 생활이 시작됐다. 전쟁의 소용돌이 한복판에 있던 그해 겨울은 유난히 추웠다. 생도들은 고된 기초 군사 훈련을 받았는데 귀와 손이 얼어 터지고 발에 동상이 걸리기 일쑤였다. 게다가 돌을 씹어도 소화해낼 한창 나이에 꾹꾹 눌러 뜨면 두 숟가락밖에 되지 않는 밥과 멀건 우거짓국으로는 허기를 이겨내는 것조차 힘들었다.

당시 진해에는 육사뿐만 아니라 공군사관학교, 해군사관학교도 함께 있었다. 육사 11기 생도들은 정규 육사 1기생이라는 자부심을 가지고 공사, 해사에 뒤지지 않겠다는 각오 아래 분발했던 것으로 알려지고 있다. 기초 훈련이 끝난 뒤 28명이 탈락하고 2백 명이 남았다.

"나 오늘 대단히 기쁩네. 미국 웨스트포인트 방식의 4년제 정규 사관학교 창설은 내가 하와이에 있을 때부터 꿈꾸어 온 것입네. 오늘 역사적인 개교식을 맞아 이렇게 여러분들을 대하니 눈물이 나옵네다. 여러분은 나라의 보배요 기둥입네다……."

1952년 1월 20일 이승만 대통령은 진해 육군사관학교 입교식에서 11기 생도들에게 특유의 떨리는 음성으로 정담을 술회하고 있다. 식장

254

에는 이승만 대통령뿐만 아니라 신익희 국회의장, 리지웨이 유엔군 사령관, 밴플리트 주한 미8군사령관 등을 비롯하여 수많은 주한 외교사절들과 학부형, 기간 장교들이 참석했다.

이날 이후 육사 11기 생도들은 한솥밥을 먹으며 같은 내무반에서 잠자고 같은 교정에서 뒹굴고 공부하며 장차 이 나라 육군이 간성이 되기 위해 혹독한 교육 훈련을 받기 시작했다.

생도들 가운데 제주에서 유학 온 강재윤, 대구 출생으로 서울 경동고를 졸업한 서우연, 경기고를 졸업하고 수석으로 입교, 4년 뒤 수석으로 졸업한 김성진, 카이젤 수염의 호랑이 장군으로 유명했던 김석원 장군의 아들 김영국, 양정고 출신의 이대호, 중앙고 출신의 이효, 중동고의 이동회, 그리고 이북에서 온 진남포고 출신의 김광욱 등이 주로 의기투합하는 편이었다. 이들은 학구파로 독서와 토론을 즐기는 편이었다.

생도 시절 이들 학구파들의 분위기가 사뭇 달랐던 전두환, 노태우, 정호용, 김복동, 최성택, 백운택, 그리고 손영길, 권익현, 박갑용 등 영남 출신들이 함께 어울려 다녔다. 이들은 진해 육사 시절부터 특히 응집력이 강했다.

생도들의 꿈은 장군이 되는 것이었다. 김성진 등 학구파들은 그들의 양 어깨 위에 빛나는 별이 분단 조국의 북녘 땅을 비추어야 한다고 뜻을 모았다. 졸업 앨범의 표제를 '북극성'으로 정한 것도 그런 의지였고, 이들이 소대장 근무를 마친 후 우수 졸업자들을 불러들여 구성한 육사 교수부의 중추 요원으로 육사 총동창회를 조직, 회의 이름을 북극성회로 정한 것도 그런 뜻이었다.

255

전두환, 노태우 등 영남 출신 생도들이라고 해서 장군의 꿈이 없는 것은 아니었다. 학구파가 아니라 해도 정규 육사 1기라는 자부심과 엘리트 의식이 강했던 이들은 후일 장군의 꿈을 더욱 왕성하게 키워나갔다. 이들 영남 출신들 가운데 전두환, 노태우, 김복동, 최성택 그리고 박병하가 처음부터 의기투합한 생도들이었다. 전두환 전기를 집필한 바 있는 천금성 씨는 "흔히 '식스 멤버'라거나 '칠성회' 등으로 이들의 생도 시절을 운위하고 있지만 그들 다섯 명이 육사입교 시절부터 '5인회' 멤버였다"라고 말한다.

장군을 꿈꾸는 '5인회' 멤버는 별칭까지 하나씩 만들어 가졌다. 전두환은 용성, 노태우는 관성, 김복동은 여성, 최성택은 혜성, 그리고 백운택은 웅성이었다. 따라서 훗날 12·12 '군사반란사건', 5·17을 일으키며 정권을 장악, 제5·6공화국 권력의 핵을 이루게 될 군내 최대 사조직 '하나회'의 뿌리가 될 이들 '5인회'에 굳이 이름을 붙인다면 '오성회'가 적합할 것이다.

오성회는 육사 졸업 때까지 가지 않았다. 1년이 지난 뒤 백운택 생도가 가세했고 박병하 생도가 유급해 '6인회'에서 다시 '5인회'로 탈바꿈한 것이다. 형제 이상의 우애와 정분을 나눴다는 이들은 방학이 되면 무리를 지어 친구들의 집을 순방하기도 했다.

오성회 멤버였던 최성택 씨의 회고담.

대구에서 고등학교를 나온 전두환(대구 공고), 노태우, 김복동(경북고), 박 아무개 씨 그리고 경남고를 나온 저는 같은 경상도 출신이고 해서 쉽게 어울려 다니며 친해졌습니다. 외출해서 같이 술을 마

시며 토론도 하고 방학 때가 되면 대구, 김해 등 서로의 집에 놀러
가 부모님께 인사를 드리면서 형제처럼 지냈어요. 스무 살 팔팔한
나이라 장군이 되는 것을 꿈꾸면서 오성회라는 서클을 만들었지
요. 하나회는 훗날에 대한 목적의식을 가지고 만들었지만 오성회
는 단순한 친목 모임이었어요. '조국을 위해 일을 하려면 끊을 수
없는 유대를 가져야 한다' 라는 20세 청년들의 우정 서클이었지요.
55년 우리는 소위 계급장을 달고 전방 소대장으로 흩어졌어요. 그
러나 그후에도 서로의 유대는 변하지 않았고 손영길, 권익현, 정호
용, 노정기, 박갑용 씨 등이 그룹에 들어와 11기 '텐 멤버' 가 결성
되었습니다.

5인회 멤버들은 결혼을 하는 친구가 있으면 서로 돌아가며 들러리
를 섰고 함도 함께 나눠서 짊어졌다. 노태우는 최성택의 들러리였고
전두환·이순자 결혼식 때는 네 명이 돌아가며 축가를 불렀으며 노태
우는 김복동의 여동생 김옥숙과 결혼했다.

훗날 이들의 '후견인' 이 될 윤필용 전 수경사령관의 육사 11기 영남
출신들에 대한 인물평이다.

리더는 당연히 전두환 씨였지요. 그는 부하가 춥다면 자신이 맨살
이 되더라도 벗어줄 수 있는 사람이에요. 자기가 맘먹은 일은 반드
시 하는 사람이죠. 김복동 씨도 리더십이라면 쌍벽을 이루었죠. 그
러나 부부가 자주 함께 어울리는 동기 사회에서는 부인들 간에 가
끔 문제가 있었지요. 노태우 씨는 전씨처럼 적극적으로 나서는 타

257

입은 아니죠. 그러나 항상 다른 사람의 이야기를 듣고 걸음걸이를 보아도 전씨는 활기찬데 노씨는 조용하잖아요. 그러나 그 사람 눈매를 보세요. 12·12 때 9사단을 이끌고 내려오는 게 아무나 할 수 있는 일입니까. 권익현 씨는 지모가 출중했죠. 무슨 생각을 하는지 좀처럼 속내를 내보이지 않는 가운데 자기 생각이 뚜렷해요. 정호용 씨는 고래 심줄처럼 끈기가 있는 대기만성형이구요.

육사 시절 전두환 생도에게는 남달리 부지런한 면이 있었다. 89년 12월 31일 국회 청문회에 증인으로 출석, '참변'을 당하고 백담사로 돌아간 전두환 씨는 참담한 기분으로 육사 시절을 회고하면서 당시 부족한 공부를 메우기 위해 '연등'을 했고 아침 기상 점호 40분 전에 일어나 변소에 들어가 공부하기도 했다고 술회한 바 있다. 그는 소탈했고 넉살도 좋은 편이었다. 영어는 영어를 잘하는 생도를, 수학은 수학을 잘하는 생도를 찾아가 개인 지도를 받는 식으로 공부하기도 했다. 그런 노력에 힘입어 전두환 생도의 성적은 조금씩 올라갔으나 졸업 때의 성적은 여전히 하위권을 맴돌았다.

육사 시절 전두환 생도는 축구부의 골키퍼로서 주장이었고, 농구부와 권투부의 주장도 겸했다. 노태우는 럭비부에 들었고, 김복동은 송구부 주장을 맡기도 했다.

훗날 장군의 꿈을 이룬 육사 11기생은 모두 35명이다. 대장 5명, 중장 4명, 소장 16명, 준장 10명이었다. 이들 장성 진급자의 육사 재학 때의 성적은 상위권 12명, 중위권 18명, 하위권 5명으로 전두환 생도는 하위권이었고 노태우 생도는 중위권이었다.

258

하나회 창립 멤버로 성적이 상위권인 장성 출신은 김복동(13등) 한 명뿐이었다. 노태우 대통령의 처남이기도 한 그는 뒤에 12·12 때 전두환·노태우 등 신군부세력과 뜻을 달리해 갈라서게 된다.

1955년 9월 30일, 육사 11기생들은 졸업을 하고 소위로 임관했다. 228명이 입교해 70명이 탈락하고 157명만이 졸업했다. 최성택 씨의 회고와 같이 전두환, 노태우 등 영남 출신 11기생들은 졸업 후에도 서로 유대 관계가 끊어지지 않았다.

전두환, 노태우가 다시 같은 내무반에서 생도 시절 때처럼 함께 뒹굴며 생활하게 된 것은 59년 6월 12일 미국 노스캐롤라이나 주의 포트블랙기지에 있는 미 특수전학교에서였다. 그해 1월 24일 전두환·이순자가 결혼했고 6월 9일에는 노태우가 김복동 중위의 동생 김옥숙과 결혼한 뒤였다. 노태우 대통령은 87년 민정당 대표위원 시절 당시를 회고한 바 있다.

"대구에서 결혼을 하고 신혼여행을 부산으로 가서 해운대에서 하룻밤을 떡 자고 있으니까 서울에서 전보가 왔더라구. 빨리 올라오라고요. 도미 시험을 쳐났거든요. 가을 때쯤에나 가게 될 줄 알았는데 서울로 와서 미8군에 가니까 주사를 빵빵 놓더니 바로 미국 가라, 이거요. 그래서 미국에 간 게 결혼한 지 3일 만이오. 교육 기간은 6개월. 그때 각하(전두환 중위)랑 같이 갔지요."

전두환·노태우 중위가 미국으로 떠나던 날 비행장에서 보았던 김옥숙에 대한 이순자의 기억은 백담사에 은둔할 당시에도 또렷했다.

1959년 6월 12일 미국으로 심리학 과정을 이수하기 위해 떠나는 그분(전두환)을 전송하기 위해 나간 비행장에서 노태우 대위의 부인을 만났다. 경북여고 교복을 입은 모습을 몇 번 보았지만, 지난달에 결혼을 해서 그런지 어엿한 숙녀의 모습을 하고 있었다. 그녀도 역시 그분과 함께 미국으로 떠나는 노태우 대위를 전송하러 나왔던 것이다. 나는 그녀가 무척이나 반가웠다. 그분은 사관학교 시절 노태우, 김복동, 최성택, 박병하 생도들과 매우 친했는데, 그녀는 김복동 대위의 누이동생이었다. 그분과 가장 깊은 우정을 나누는 분의 부인이며 또 다른 분의 동생이라는 이유만으로도 반가운 것인데, 그녀가 신부 티가 채 가시지 않은 모습은 맑아 보이기까지 했다. 그분을 실은 비행기가 날아간 쪽을 한참이나 쳐다보고 있던 나는, 그분으로서는 난생 처음 가게 되는 미국 길에 그의 가장 친한 노태우 대위가 함께 가게 되어 다행이라고 생각했다.

전두환·노태우 대위는 4개월 반 뒤인 그해 10월 26일에 돌아왔다. 해가 바뀌어 1960년 4·19 혁명으로 이승만 정권이 붕괴되고 장면 정권이 들어섰을 때 전·노 대위는 ROTC 창설 요원으로 선발됐다. 전두환 대위는 서울대 문리대 교관이었고, 노태우 대위는 서울대 사대 교관이었다. 노태우 대통령의 회고.

각하나 나나 ROTC 창설 요원입니다. 각하는 문리대에 계셨고, 나는 서울대 사대에 교관으로 있었지요. 4·19를 일으킨 정의의 사자들과 함께 생활하게 된 걸 명예롭게 생각하고 짧은 기간이지만 정성을 다 바쳤지요. 그런데 기가 찰 일이 일어났어요. 60년도 말에 창설이 돼서 61년부터 교육을 시작했는데, 운영위원장을 뽑는 선거가 시작됐어요. 내가 그걸 보고 완전히 놀라 자빠졌어요. 날 거기 오라고 해서 술도 얻어 마시고 했는데, 학생들 선거 운동하는 모습 보니까, 3·15 부정선거 플러스알파야.

학생들이 3·15 부정선거 했다고 자유당 정부를 무너뜨려놓고, 자기들 선거에선 한 술 더 뜨거든요. 패싸움을 하고 린치를 하고……. 또 린치 당하는 학생을 내가 직접 구출해주기도 했어요.

이런데도 국회에선 연일 데모가 벌어지고, 내각 사무처에선 데모 막는다고 예산을 10억씩 잡고……. 4·19의 주인공들이 그 모양인 걸 보고 굉장히 걱정을 했습니다. 아닌 게 아니라 각하나 나나 ROTC에서 그런 장면을 안 봤더라면 육사가 5·16 혁명에 찬성하지 않았을 겁니다. 그걸 목격했기 때문에 이거 큰일 났다는 위기의식을 느끼게 됐고, 그 때문에 5·16에 찬성을 했죠. 그 당시에 우리가 찬성하지 않았으면 5·16은 성공하지 못했습니다.

육사 생도 시절부터 '5인회' 멤버다, '6인회' 멤버다 하여 같은 영남 출신으로 형제 이상으로 지내왔고, 임관 이후에도 유대관계를 계속 유지해 오던 전두환·노태우 대위는 우리 현대사에 한 획을 긋는 5·16 쿠데타에서 주도적으로 다시 만나게 되는 것이다.

261

권력을 향한 질주

1961년 5월 17일 박정희 장군이 주도하는 5·16 군사 쿠데타가 성패의 기로에 서 있을 때 당시 서울대 문리대 ROTC 교관 전두환 대위 등 육사 11기생들이 육사 생도 혁명 지지 시위를 이끌어냄으로써 쿠데타 성공에 결정적인 기여를 했다.

노태우 대통령이 "당시에 우리가 찬성하지 않았으면 5·16은 성공하지 못했다"라고 단정적으로 결론짓는 것은 전혀 과장된 것이 아니었다. 그것은 전두환 전 대통령 측 주장도 마찬가지다. 5·16 당시 전두환 대위의 활약상에 대해 마치 신파조 '촌놈 출세기' 같은 영웅담으로 묘사하고 있는 전두환 전기 중「장군과의 담판」 마지막 부분에는 다음과 같이 쓰여 있다.

"박정희 장군이 이끈 5·16 혁명은 박 장군을 비롯한 육군의 주도 세력이 그 횃불을 치켜들기는 했으나 극적이고도 가장 최선의 마무리라고 할 수 있는 결정적인 매듭은 그 즈음 아직 존재가 미미했던 한낱 육군 대위 전두환에 의해 지어진 셈이었다."

육사 생도들의 5·16 쿠데타 지지 시위가 이루어지기까지의 하이라이트는 5월 17일 밤 박정희 장군을 위시해 쿠데타군 간부들이 주시하는 가운데 생도들의 쿠데타지지 시위를 반대한 육사 교장 강영훈 중장과 지지 시위를 이끌어내려는 전두환, 이동남 대위 등의 대질이었다. 그러나 대질 결과는 강 중장의 판정패로 끝났다.

강영훈 중장은 이 자리에서 육사 동창회 간부 장교들과 생도들은 의견이 갈려져지지 시위를 강행할 경우 어떤 일이 일어날지 예견하기 어려우니 생도지지 행진은 하지 않는 것이 좋겠다고 주장했다. 반면 전두환, 이동남 대위는 전혀 그런 사실이 없으며 교장이 동창회 간부회장 등에게 "내 명령 없이는 절대로 행진하지 말라"라고 명령한 사실을 들어 공박하고 나섰다.

전두환 대위는 이어 "교장이 그런 명령을 내리면서 교장으로서의 명령이 아니라 지휘관으로서의 명령이라고 다짐까지 했으며 그 뒤에도 혁명 주체나 제 정세에 대해 일체의 말을 해주지 않고서 우리를 반혁명분자라고 올가미를 씌우고 있다"고 반박했다. 일개 대위의 반박에 얼굴이 새파랗게 질린 3성 장군 강영훈 중장을 체포하기로 결정, 곧바로 총장실 옆방에 연금해버렸다.

다음날 전두환 대위 등이 주도한 육사 생도들의 쿠데타 지지 행진이 벌어졌다. 데모대 수는 생도 8백 명, 졸업생 2백 명 등 1천 명. 동대문—광화문—남대문—동화 백화점—반도 호텔 코스를 행진해 온 생

263

도들은 시청 앞 광장에서 결의문을 낭독했다. 이로써 성패의 기로에 섰던 5·16 군사 쿠데타는 사실상 성공하게 된다.

육사 생도들의 지지 행진은 쿠데타의 정통성을 확보하는 요체로서 전두환, 노태우 등 지지 시위를 이끌어낸 당사자들뿐만 아니라 쿠데타 주체들까지도 "생도들의 시가행진으로 혁명은 사실상 성공했다"라고 평가하고 있다. 생도들의 지지 시위를 이끌어내는 데 결정적인 역할을 한 전두환 대위는 이후 육사 11기의 선두주자로 부상했고, 마침내는 최고 권력자의 지위에까지 오르게 된다. 그는 다시 그 자리를 그의 30년 친구 노태우에게 물려주었다.

또한 당시 전두환 대위 등과의 대질에서 판정패를 당한 육사 교장 강영훈 중장은 그후 전두환 정권 시절 주영대사를 지냈고 노태우 정권 시절에는 국무총리를 역임하게 된다. 이를 가리켜 한 논객은 '영원한 동지도 영원한 적도 있을 수 없다는 역사의 아이러니를 다시 되뇌게 하는 장면'이라고 평가한 바 있다.

토사구팽이라는 말이 회자되고 있다. 널리 알려졌다시피 토끼 사냥이 끝나면 사냥개를 잡아먹는다는 말이다. 일찍이 토사구팽 작전을 5·16 최고 지도자 박정희 대통령만큼 잘 써먹는 이도 드물었다.

5·16 군사 쿠데타가 성공한 뒤 박정희 장군은 몇 차례 토사구팽 작전으로 주체 내 정리를 감행했다. 이 격동을 헤쳐 나가기 위해 박정희 장군은 자신의 주변에 물불을 가리지 않는 충성스런 젊은 장교와 경호병이 필요했다. 이때 박정희 장군의 경호를 맡고 있던 박종규 소령과 차지철 대위가 각각 장교 10명씩을 선발했다.

박종규 소령은 정규 육사 출신 11기생 10명을 차출했고 차지철 대위는 공수단 중에서 차출했다. 당시 박종규 소령이 차출한 육사 11기 장교들이 전두환, 노태우, 김복동, 최성택, 손영길, 이동남 등이고 차지철 대위 그룹은 차지철과 김용채 등이었다.

그러나 전두환, 노태우 그룹과 차지철 대위 그룹은 쉽게 융화할 수 없었다. 전두환·노태우 그룹은 정규 육사 출신이라는 엘리트 의식이 강했고, 차지철 그룹 역시 공수단원이라는 자부심으로 가득 차 있었다. 이들 가운데서도 차지철 대위는 더욱 유별났던 것으로 전해지고 있다. 그도 그럴 것이 차지철 대위는 태권도 5단, 검도 4단 등을 합쳐 무술이 자그마치 12단이었다. 전두환 등과 함께 갔던 미 레인저 교육 때도 차지철 대위는 육사 출신 못지않은 기록을 남겼다.

그러나 차지철은 79년 10·26으로 유명을 달리할 때까지 육사 출신에 대한 콤플렉스에서 벗어나지 못했다. 훗날 대통령 경호실장이 돼 전두환, 노태우, 김복동을 휘하의 작전차장보로 거느리는 차지철은 일찍이 육사 12기 시험에 응시했으나 낙방하고 광주 포병학교에서 장교 과정을 이수, 임관한 터였다.

전두환 전 대통령은 1987년 4월 12일 오전, 다음날 발표할 4·13 개헌 논의 중단 선언을 위한 담화를 녹화한 뒤 녹화에 배석했던 수석비서관들을 청와대 본관 식당으로 초대하여 점심을 함께하며 차지철과의 관계에 대해 회고한 바 있다.

차지철과 내가 사이가 나빴어. 차지철이 원래 내 밑에 있었어. 그
사람이 육사 12기 시험에 떨어지고 그 다음에 포병학교에 가서 포

관이 된 사람이지. 자존심이 강해. 나와 함께 미국에 갔는데 그 사람이 미국 사람과 싸움을 해서 퇴교를 당하게 돼 있었어. 한국학생 회장인 나한테 그 사람을 위해서 변호할 시간이 주어졌어요. 내가 대위 때였는데 못하는 영어지만 열변을 토했어요.

이 사람이 훈련을 하다가 미국 장교는 10분 만에 교대를 시키고 외국 장교는 40분씩이나 교대를 안 시키는 것에 화가 나서 미국 군인을 때린 거야. 폭행을 하면 그 사람들은 큰 잘못으로 쳐요. 그때 일행이 장기오 차관, 최세창 장군 등이었는데 내가 제일 선임자였어. 그때 외국 장교에 대한 차별대우가 있었어요. 언어 장벽 때문에 모두 고생했지. 차 대위가 외국인의 불만을 표시해서 때린 것이라고 내가 변호를 해서 결국 용서를 받았어. 그 사람이 육사 12기 시험에 떨어진 것을 스스로 비밀에 부쳤는데 육사 출신을 매우 싫어했어. 그런 관계였는데 그 사람이 경호실장이 되고 내가 그 밑에 왔어. 내가 사단장 나가야 할 때인데 박정희 대통령이 직접 사인을 해서 경호실에 오게 된 거야.

전두환·노태우 그룹과 차지철 그룹의 반목은 오래 가지 않았다. 경호 업무가 제자리를 잡으면서 정규 육사 출신 10명은 차례차례 원대 복귀했다. 말하자면 이때의 전두환, 노태우 등의 경호실 시절은 권력 질주의 제1막인 셈이다. 이들은 원대 복귀라고 해도 권력의 중심부나 혹은 당사자가 원하는 보직이 주어졌다. 이 기간 동안 한 계급 진급한 전두환 소령이 배치된 곳은 중앙정보부 인사과장 자리였고, 노태우 대위는 보안사 방첩과장으로 부임했다.

5·16 쿠데타 때 육사 생도들의 지지 시위를 이끌어낸 이후 박정희 장군의 전두환에 대한 총애는 다른 누구에게도 비할 바가 없었다. 이 무렵 박 장군은 전두환 소령을 은밀히 불러 국회의원 출마를 권하기도 했다.

전두환 씨의 회고는 다음과 같다.

내가 옛날에 박정희 대통령이 최고회의 의장할 때 나보고 국회의원 나가라고 하는 걸 안 나갔어요. 장도영 사건 끝나고 얼마 안 됐을 때였는데 사무실에 오라고 해.

나보고 전 대위, 국회의원 출마 안 하겠느냐고 그래. 내가 깜짝 놀라 제가 어떻게 국회의원을 합니까 하니, 하면 하는 거지 왜 못해, 라고 해. 아닙니다. 저는 군대에 있는 게 좋습니다, 했어. 군인하려고 사관학교에 갔지 국회의원 하려고 간 게 아닙니다, 라고 했어. 박정희 대통령이 자네가 필요하다고 해.

시간을 달라고, 의논도 해봐야겠다고 했더니 남자가 하는 일에 상의는 무슨…… 하더니 이틀 후에 오라고 해. 내가 윤필용 비서실장과 의논했어요. 잘 말씀드려 달라고 했는데 박 의장이 또 불러.

생각해봤냐고. 돈도 없고 군대에서도 충성스런 사람이 있어야 하지 않겠습니까, 라고 했는데 그때부터 박정희 대통령이 나를 특별한 사람으로 보는 거야. 내가 어디 가 있어도 골치 아픈 일이 있으며 나를 불렀어요. 군대 얘기도 물어보고 그랬어. 나는 항상 그 양반에게 희망적인 얘기를 많이 했어요. ……내가 끝까지 국회의원 출마를 거절한 게 인상적이었던 것 같고 참신한 육사 출신으로 본 거야.

전두환·노태우 그룹이 모두 원대 복귀한 것과 달리 차지철 그룹은 군정의 마지막 무렵 모두 예편했다. 이들 중 경호실에 남은 사람도 있고 행정부 등 자리 마련을 한 사람도 있지만 차지철을 제외한 대부분은 그후 빛을 보지 못했다.

군정 기간 동안 전두환, 노태우 등 육사 11기생들의 활동 가운데 가장 주목을 끌지만 지금까지 잘 드러나지 않았던 부분은 63년 7·6 거사 모의였다. 일찍이 5·16 군사 쿠데타 때 생도들의 지지 시위를 이끌어낼 정도로 정치에 민감했던 이들은 그후에도 여전히 정치적 성향을 버리지 못하고 있었다.

군정 당시 정국을 뒤흔들었던 이른바 4대 의혹 사건의 관련자 대부분이 재판 결과 무죄로 선고되자 국민 여론과 증권파동 피해자들뿐만 아니라 박정희 정부를 떠받치고 있는 군 장교 그룹에서도 불만 세력이 나타났다.

그해 6월 말경, 두 명의 청년 장교가 은밀히 김재춘 중앙정보부장을 찾아왔다. 그들은 육사 11기를 대표해서 찾아온 박정희 의장 전속부관 손영길 소령과 방첩대 정보장교 노태우 대위였다. 이들 청년 장교들의 입에서 거침없는 얘기가 튀어나왔다.

"몇몇 동지들과 함께 의분을 참을 수 없어 4대 의혹 사건 관련자와 부패 분자들을 우리 손으로 제거해버리자는 얘기를 했는데 어떻게 생각하십니까"

김재춘 씨는 당시 노태우 대위 등의 방문에 대해 "젊은 청년 장교들은 5·16 혁명을 지지하고 있었지만, 혁명 주체들이 정치를 제대로 못

268

하고 국민의 의혹을 사게 되면 군 전체에 대한 신뢰가 떨어진다. 그래서 뭔가 새로운 바람이 불어야 된다는 논의가 활발했다고 합니다"라고 회고했다.

김재춘 씨에 따르면 육사 11기생 청년 장교 그룹이 당시 군정을 독주하던 김종필의 행태에 가장 비판적이었다고 한다. 특히 중앙정보부와 육군 방첩부대에 근무하고 있던 청년 장교들이 가장 적극적이었다. 정보부의 전두환, 김복동, 권익현, 그리고 방첩부대의 노태우 대위 등이었다. 이밖에도 최고회의에 손영길·최성태 소령, 노정기 대위 등이 포진하고 있어 아직 청년 장교들이었으나 육사 11기생들은 권력과 가까운 요직에 골고루 배치돼 있었다.

4대 의혹 사건에 대한 수사를 총지휘했던 김재춘 부장은 그들 청년 장교들의 뜻을 이해하면서도 타이르지 않을 수 없었다.

"그렇게 되면 일종의 쿠데타가 아니겠나. 모든 결정권은 박 의장이 가지고 있으니 자제하도록 하시오. 국민의 여론도 있고 하니 무슨 조치가 내려지겠지."

손영길·노태우 두 청년 장교는 돌아갔으나 김재춘 부장의 만류와 같이 자제하고 있지 않았다. 이들 육사 11기생들은 7월 2일 서울 예식장 북극성회 모임에서 공화당 사전 조직과 4대 의혹 사건, 특히 많은 피해자를 낸 증권파동의 판결, 그리고 진급의 불공정 등에 관한 불만을 공식적으로 토로했고 이를 공식 거론하자는 견해까지 대두됐다. 그러나 노태우 회장은 동창회 이름으로 이를 건의할 수는 없고 더구나 시국이 불안한데 경거망동할 수는 없다고 공식 건의를 만류했다.

당시 방첩부대에서 조사, 작성한 「7·6 거사설에 대한 진상」이란 보고서에 따르면 육사 동창회 모임이 있던 그날 밤 10시부터 북극성회 회장인 노태우 대위 집에 모인 정호용, 김식, 노정기 대위 등 육사 11기 생들은 정부 파견군인 일부의 부패, 육사 출신 장교 진급의 불공정, 증권파동 판결, 정부 식량정책 실패 등을 논의했다고 밝히고 있다.

전두환·김복동 소령·노태우, 정호용 대위 등을 주축으로 하는 육사 11기생들의 불만 표출은 거사 모의로까지 이어졌다. 이들이 어느 정도 구체적인 병력 동원계획까지 세웠는지 확인할 수는 없으나 앞의 보고서에 따르면 당초 입수된 정도는 육사생 일부와 중앙정보부, 방첩부대 일부가 합세, 공화당과 자민당의 합작을 반대하는 최고위원 및 공화당 요인 40여 명을 제거하고 거사 날짜를 63년 7월 6일로 잡았다.

63년 7월, 김재춘 당시 중앙정보부장은 박정희 대통령 권한대행 겸 최고회의 의장을 수행하고 삼남 일대 수해지역을 돌아본 뒤 진해에 있는 대통령 별장에 묵고 있었다. 7월 6일 아침, 김재춘 부장은 아직 잠자리에 있었다.

"부장님, 서울에서 긴급 전화입니다."

김재춘 부장은 옷도 입지 않은 채 부랴부랴 전화를 받았다. 이상무 중앙정보부 국장이었다.

"무슨 일인가?"

김재춘 부장의 질문에 이상무 국장은 몹시 다급한 목소리로 보고했다.

"부장님! 야단났습니다. 어떤 영문인지 모르지만, 정보부가 주축이 돼서 쿠데타 비슷한 것을 하려 한다고, 경찰이 비상소집을 걸어 정보

270

부에 삼엄한 경계망을 펴고 있습니다."

이상무 국장의 보고 내용은 전두환, 노태우 등 육사 11기생 출신 중앙정보부, 방첩대 일부 요원들이 합세하여 당시 정국을 강타하고 있던 공화당 사전 조직에 관련된 인사, 최고회의에 파견된 인사 중 부정부패의 표본이라 할 수 있는 40여 명을 제거하려는 음모가 발각돼 치안국과 정보부가 초긴장 상태에서 대치중이라는 것이었다. 그들의 D데이 H아워는 7월 6일 새벽 2시였다.

김재춘 씨는 말한다.

그 순간 육사 11기생인 손영길 소령과 노태우 대위가 나를 찾아와 여러 가지 불만을 토로하던 일이 생각났습니다. 그들은 나에게 '혁명공약 제6항대로 민정 이양을 하지 않고 번의에 번의를 거듭, 이제는 민정에 참여하려고 할 뿐만 아니라 일소하겠다던 부정부패를 오히려 심화시키고 있다'라고 하면서 특히 '세상이 다 아는 부정 사건인 증권파동 관련자들을 모두 무죄 선고까지 하니 이런 법도 있습니까' 하고 분개하는 말들을 마구 했어요. 그러다가 나중엔 '부장님만 묵인하면 그런 부패한 인물들을 전부 퇴진시키겠습니다'라는 엄청난 말을 했었지요. 뜻밖의 말에 놀란 내가 그렇게 하는 것은 절대 안 된다고 일축했습니다. 그때 그들이 거명한 사람들은 주로 김─홍─길 라인(김종필 계열의 김형욱─홍종철─길재호)이나 증권파동 배후 관련자들이었습니다. 그들은 특수기관에 근무했던 관계로 증권파동의 내막을 잘 알고 있었지요.

271

급보를 접한 김재춘 부장은 옷을 주섬주섬 주워 입고 박정희 의장에게 달려가 보고했다.

"각하, 일부 육사 출신과 정보부가 중심이 돼 쿠데타를 모의, 7월 6일 새벽 2시에 거사한다는 정보를 사전에 인지, 치안국의 경찰 병력으로 비상경계를 펴고 있다는 보고가 방금 서울로부터 왔습니다."

박 의장은 깜짝 놀라 "거, 무슨 얘기요?" 하고 물었다.

"확실한 것은 아직 모르지만 일부 육사 11기생들이 중심이 돼 증권 파동 관련자들에게 무죄를 선고하는 것 등에 불만을 토로하기 위해 두어 번 저를 찾아온 일이 있었는데 아마도 그것이 와전된 것 같습니다. 제가 보기엔 쿠데타를 일으킬 수 없습니다."

쐐기를 박듯 말하고 김재춘 부장은 박정희 의장의 방을 나왔다. 그는 그 길로 박경원 내무장관이 묵고 있는 방으로 달려가 "서울에서 무슨 전화가 없었느냐?" 하고 물었으나 "없었다"는 대답이었다.

"정보부가 쿠데타를 하려고 해서 경찰에 비상 경계령이 내린 모양인데 박 내무가 모르고 있단 말이오?"

김재춘 부장이 재차 물었으나 박경원 내무장관은 고개를 저었다. 김 부장은 서둘러 상경했다.

김재춘 씨의 회고.

"그 길로 상경해서 참모회의를 소집, '정보부가 관계됐느냐'고 물었더니 '관계되지 않았다'는 얘기였고, '그러면 누가 내무장관도 모르게 비상소집을 걸었느냐' 했더니 김-홍-길 라인 쪽에서 걸었다는 것입니다. 또 그들이 사건 내용을 국가재건최고회의 최고위원들에게 연락해서 발칵 뒤집혔다는 것이었습니다."

김재춘 부장이 상경한 뒤 '7·6 거사 모의'는 구자춘 치안국정보과장, 정우식 서울시경국장으로부터 박정희 의장에게 보고됐다. 박정희 의장도 진해 별장에 머물러 있을 수만은 없어 급거 상경했다. 쿠데타로 정권을 장악한 박정희 의장은 쿠데타의 생리에 대해 누구보다 잘 알고 있었고, 휘하에서 쿠데타 모의가 있다는 것만으로 누구보다 신경질적인 반응을 보였다.

"김 부장, 거사 모의 진상을 신속히, 정확하게 조사해 보고하도록 하시오."

박정희 의장은 김재춘 중앙정보부장을 불러 조사를 지시했다. 그러나 전두환 등 중앙정보부 장교들도 가담된 사건을 중앙정보부에서 조사한다는 것은 공정을 기할 수 없다는 이의가 제기돼 이 사건은 육군 방첩부대에서 수사를 맡았다.

당시 방첩부대장은 김재춘 후임의 정승화 준장이었다. 그해 6월에 방첩대장이 된 정승화 준장은 취임한 지 한 달 만에 전두환, 노태우 등 일부 육사 11기생의 쿠데타 모의라는 사건에 직면, 수사를 맡게 됐다. 정승화 준장과 김재춘 부장과는 육사 5기 동기생이었다.

김재춘 씨의 얘기를 계속 들어본다.

"즉시 정 장군을 찾아갔지요. 정 장군에게 젊은 장교들의 불만에는 일리가 있다, 그렇잖아도 4대 의혹 사건으로 뒤숭숭한데 이것을 건드려 무슨 이득이 있겠는가, 이로울 게 하나도 없으니 잘 마무리 지어야 한다고 강조했습니다. 젊은 장교 대표들이 이집트의 나기브, 낫세르 얘기도 했습니다만 다독거려 보냈습니다. 노태우 대위는 내가 방첩부대에 있을 때 근무한 적이 있어 잘 알지요."

정승화 방첩부대장은 3일 간의 조사 끝에 「7·6 거사설에 대한 진상」이란 보고서를 작성, 박 의장에게 직접 보고했다. 수사 자료에 따르면 7·6 거사 계획에 가담했던 J, K 두 장교가 농협기회관으로 파견돼 있던 김ㅇ건에게 발설, 김ㅇ건이 다시 중앙정보부 감찰실장 김ㅇ덕 대령에게 제보했으나 정보부 측은 반응을 보이지 않았고 D데이 H아워가 가까워졌다. 사전 정보를 입수하고 길재호 최고위원에게 알렸다. 같은 날 같은 내용의 정보를 김ㅇ경도 입수해 농협감독관으로 있던 김ㅇ봉 대령에게 제보했다.

원래 김ㅇ경에게 7·6 거사 음모를 제보한 것은 김ㅇ태였다. 7월 4일 밤 9시경 김ㅇ태가 김ㅇ경이 투숙하고 있는 충무로 2가 파출소 옆 신도호텔로 찾아가 김ㅇ환, 심ㅇ환, 오ㅇ진, 정ㅇ갑 등이 있는 자리에서 밝힌 내용은 ▲육사 11기, 12기생들의 주동하에 정부 파견 군인과 공화당 간부 40명을 제거한다 ▲D데이 H아워는 7월 6일 새벽 2시라는 것.

사실 여부를 확인하기 전에 그 정보 자체는 커다란 충격을 안겨주었다. 다음날 김ㅇ경은 농협감독관 김 대령에게 사실을 확인한 후에 치안국 서울시경에 알리고 대책을 세우도록 요구했다.

그날 밤 치안국은 발칵 뒤집혔고 즉시 비상 소집령을 내리는가 하면 중앙정보부의 동향을 감시하도록 긴급 시달했다. 결국 D데이 H아워로 정해진 그해 7월 6일 새벽 2시는 경찰의 삼엄한 비상경계 속에서 아무 일도 일어나지 않은 채 넘어갔다.

한편 신도호텔에 투숙하고 있던 김ㅇ경, 김ㅇ환, 오ㅇ진 등은 7·6 거사 정보에 접한 뒤 뿔뿔이 흩어져 피신하는 소동을 벌이기도 했다. 그리고 전두환, 노태우 등 7·6 거사 관련자 전원은 육군 방첩부대에 연행되어 조사를 받게 됐다.

7·6 거사에 대한 수사를 지휘하고 있는 민기식 육군참모총장, 정승화 방첩대장, 김재춘 중앙정보부장 사이에 전두환·노태우 등 관련자를 입건하지 않는 것이 좋겠다는 수사 결론에 따라 사건은 유야무야로 끝나게 됐다. 그러나 김재춘 씨는 박정희 의장이 이 사건과 관련된 육사 11기 출신 장교 10명을 예편시키라고 강력하게 지시할 만큼 심각했다고 회고한다.

"방첩대의 수사 보고를 받은 박 의장이 나를 부르더군요. 관련자 모두 구속하라는 지시였습니다. 비록 행동으로 옮기지는 않았지만 정부 전복 음모를 한 것은 사실이니 그대로 둘 수 없다는 것이었습니다. 박 의장은 심각한 표정으로 방첩대에서 올린 「7·6 거사설에 대한 진상」이라는 조사서 도표에 나와 있는 노태우, 전두환 등 명단에 붉은 색연필로 동그라미를 그리며 '요 구속'이라고 적었습니다."

뜻하지 않은 박정희 의장의 지시에 놀란 김재춘 부장은 "각하께선 누구 말을 듣고 구속하라고 말씀하시는지 모르지만, 사실 무근으로 일단 종결지은 사건의 관련자를 구속할 수는 없지 않습니까. 저는 그 의견에 반대합니다"라고 했다.

박정희 의장은 화를 벌컥 냈다.

"어쨌든 구속해! 김 장군은 무엇 때문에 내 말을 자꾸 거역하는 거요."

"그렇지 않아도 4대 의혹 사건으로 뒤숭숭한데 공개재판에 회부한다면 그들이 가만있겠습니까. 공판정에 나온 장교들이 그들의 불만을 터뜨리게 되면 또 한 번 떠들썩해지고 혁명 정부의 시책을 비판하는 소리가 안팎에서 시끄러울 것입니다. 더 이상 거론하지 않는 게 좋을 줄로 압니다."

김재춘 부장의 얘기를 듣고 난 박정희 대통령의 표정은 훨씬 부드러워졌다.

"김 부장 말에도 일리가 있지만 최고회의 내부 사정이 좀 복잡해지고 있어요. 혁명 주체 세력 대부분이 그들이 거사 모의를 한 것이 확실한데 축소했다면서 구속해야 한다고 야단들이야. 내 생각에도 이것은 위계질서를 무너뜨리는 하극상 사건이라고 생각해요. 이번에는 철저히 다스려야겠어."

박정희 의장은 한 발짝도 물러나지 않았다. 김재춘 부장은 공화당에 맞선 신당 창당 등 그간 여러 가지 문제로 박정희 의장과 의견을 달리했던 일들이 떠올라 결심을 굳혔다.

"각하! 제가 중앙정보부장으로 있음으로 해서 각하 하시는 일에 방해가 되는 것이라는 생각이 듭니다. 정보부 소속 장교들이 많이 포함돼 있으니 제가 책임지고 물러나겠습니다. 그러나 그 사람들을 구속해서는 안 됩니다."

한편 김재춘 씨의 증언에 대해 정승화 당시 방첩대장은 이렇게 증언한 바 있다.

"그때 11기 출신 장교들이 구체적 거사모의를 한 것이 아니고 우국충정에서 과격한 이야기를 한 것에 불과했어요. 내가 박정희 대통령에게 별것이 아니라고 선처를 건의하여 허락을 받았습니다. 이 사건을 확대시킨 것은 반김재춘 세력이었습니다. 그들이 나의 조치에 반발했습니다만 워낙 사건이 되지 않는 것이라서……."

이후 7·6 거사 모의 사건은 다시 거론되지 않았다. 역사의 뒤안길에

276

그대로 묻힌 채 당사자 외에는 기록조차 남기지 않은 사건으로 처리된 것이었다. 그러나 이 사건으로 김재춘 씨는 중앙정보부장에서 물러나게 됐다.

김재춘 씨는 후에 "전두환, 노태우 씨가 관련된 그 사건의 결과로 내가 중앙정보부장에서 물러났습니다. 당시 국가재건최고회의 박정희 의장의 관련자 구속 지시를 거부했기 때문이지요"라고 말했다. 그의 후임으로 정보부장에 부임한 사람은 김형욱이었다.

7·6 거사 모의 사건에서 가까스로 살아남은 전두환, 노태우 등은 이후에도 수도권 요직을 맴돌면서 끈질긴 생명력으로 그들의 권력과 우정을 키워 나간다.

전두환과 이순자의 만남

"그런 분위기 속에서 구속된 형제들도 저를 가슴 아프게 했습니다. 말씀이 적고 인정이 많으신 데다 각별히 동생을 아끼시던 아주버님(전기환 씨), 고생 속에서 그토록 애쓰던 동생이 대통령이 되어 이젠 원도 한도 없다고 하시던 그 아주버님이, 회갑마저도 옥중에서 보내신 것을 생각하니 한스러웠습니다. 언니 셋을 먼저 저 세상으로 보내 언니가 없는 저에게 마치 친언니 같은 정을 느끼게 해주신 큰동서의 모습도 눈물 없이는 떠올릴 수 없었습니다."

백담사에 은둔 중인 전두환 전 대통령의 부인 이순자 씨는 그들의 처지 그리고 가족들을 생각하며 분노와 배신감, 억울함, 고립감을 느꼈다고 회고한 바 있다.

"여대생 시절, 직업에 대한 그분의 순진하리만큼 우직한 정열과, 가식을 모르는 정직한 성품에 감동되어 사랑에 빠졌던 저는 밥 한 번 지어본 적이 없으면서도 '어떤 고생이든지 다 해내겠다' 고 말씀드린 후 그분의 아내가 되었습니다."

이순자 씨의 '눈물 어린' 회고를 들으며 우리는 정녕 부부란 무엇일까 하는 생각을 하게 된다. 전두환·이순자 부부의 이야기를 실었던 한 여성지에서는 '업장의 끈' 으로 표현하기도 했다. 정녕 전두환·이순자 부부에게는 그 부부라는 것이 업장의 끈이었는지도 몰랐다.

이순자 씨가 지난 세월을 정리했던 기록, 『여성중앙』 90년 8, 9, 10월 호에 따르면 전두환·이순자 부부가 처음 만난 것은 이순자 씨가 중학교 2학년 때. 전두환 씨가 육사 2학년 생도 시절이었다.

이순자 씨는 예비역 장성 출신 이규동 씨의 큰딸이었다. 당시 이순자 학생은 '울고 싶은 마음으로 아버지의 임지를 따라 옮겨 살아야 하는 군인 가족의 숙명을 안고' 부모님을 따라서 진해에 와서 살게 되었다. 이규동 씨가 육사 참모장으로 부임한 것이었다. 당시 육사에는 참모장 관사가 따로 없어서 이규동 참모장 가족은 경화포에 있는 적산 가옥을 빌려서 살고 있었다.

그즈음 화창한 날씨의 어느 일요일, 참모장 관사에는 "계십니까?" 하는 절도 있는 목소리가 드렸다. 순자 학생이 밖으로 나왔다.

"참모장님을 좀 뵈러 왔는데요. 지금 댁에 계십니까?"

웃고 서 있는 사람은 다름 아닌 전두환 생도였다. 이순자 씨는 그때 전두환 생도의 웃는 모습이 참 인상적으로 느껴졌다. 이 참모장도 생도들의 방문을 무척 반가워했다. 이순자 학생이 차를 끓이는 동안 마루에서는 연신 웃음소리가 들렸다.

잠시 후 이순자 학생이 차를 들고 왔을 때 이 참모장은 "이 아이가 우리 큰딸 순자야" 하고 학생들에게 인사를 시켰다.

생도들을 보며 이순자 학생은 회도 국민학교 동창회에서 만났던 육사 생도가 생각났다. 당시 그녀는 맞춘 지 얼마 안 된 교복을 입고 자랑스러운 마음으로 동창회에 참석했다. 그때 '호리호리하면서도 당당한 체격을 한 멋진 제복의 젊은이' 가 후배들 앞에 나와서 이야기를 했다. '우리의 현실과 장래' 에 대한 이야기를 하고 있던 그 생도의 눈은 빛났으며 얼굴에는 열정이 넘쳤다.

관사를 방문한 생도들 앞에서 이순자 학생은 동창회에서 강한 인상을 주었던 그 생도에 대한 이야기를 했다.

"그 생도가 바로 난데!"

순자 학생의 이야기를 듣고 있던 전두환 생도가 불쑥 말했다. 그는 "그러면 그때 맨 앞줄에 앉아 있던 눈이 유별나게 반짝이던 꼬마 여학생이 바로 너였냐"라며 크게 웃었다. 전두환 생도의 모습을 보며 '번듯한 이마하며 웃는 모습이 그때 그 생도가 틀림이 없다' 라고 순자 학생은 느꼈다.

한 육사 생도의 사춘기 중학생의 첫 만남은 그렇게 이루어졌다. 이를 두고 '숙명' 이라고 표현하기도 하는데, 과연 숙명이라는 단어가 그런 곳에 쓰이는 것이 옳은지 그른지, 숙명이라면 오히려 그후, 젊은 날 그 신파조 같은 사랑을 할 줄 알았던 그 육사 생도가 대위 시절 5·16 군사 쿠데타에 동조, 그때부터 벌써 정치장교 성향을 보이며 그 순수한 후배들인 육사 생도들의 쿠데타 지지 시위를 이끌어낸 공을 세우며 최고 통치자의 총애를 받게 되고 수도권 지역 군 요직을 두루 돌면서 장군이 되고 보안사령관이 되어 79년 12·12 그날, '군사반란사건'을 주도하고 80년 5·17과 5·18을 거쳐 최고 통치자의 권좌를 차고 앉았다가 마침내 퇴임 후에는 부부가 함께 '귀양살이'나 다름없는 백담사 은둔을 할 수밖에 없는, 바로 그것이 아닐는지.

이순자 씨의 회고담이다.

그날 우리는 유쾌한 하루를 보냈어요. 그들은 오늘 처음으로 우리 집에 온 생도들인데도 스스럼없이 굴었고 어머님을 무척이나 유쾌하게 해드렸어요. 그분과 친구들은 저녁까지 함께 들고 나서야 학교로 돌아갔는데 다음 주에 또 오겠다는 인사를 잊지 않았어요. 일요일이 되면 친구들과 함께 찾아오는 그분은 언제나 예절이 바르고 싹싹했으며 집안을 활기차게 만들었습니다.

우리 부모님을 대하는 것이 꼭 자기 친부모님을 대하는 것같이 자연스러웠지요. 누나들 틈에 있던 네 살짜리 창석이는 그분 뒤를 졸졸 따라다닐 정도였습니다. 일요일이면 으레 음식이 정성껏 준비됐고, 음식 준비는 어머님의 큰 기쁨이 되어갔지요. 어쩌다 휴일에 그분의 모습이 보이지 않으면 부모님께서는, 사실은 나 역시 그랬지만, 어디가 아픈 것이 아닌가 하고 걱정할 정도가 되었습니다. 그분은 자연스럽게 한 가족이 되어버렸던 것입니다.

전두환 생도가 이규동 참모장 관사를 오가며 이순자 학생을 만나는 동안 휴전이 조인되고 그 이듬해 육사는 태릉으로 이동했다. 그해 6월 이규동 참모장 가족도 서울로 돌아와 청파동에 자리를 잡았다. 다시

경기여중에 복교하게 된 이순자 씨는 학업성적 때문에 고민에 부딪쳐야 했다.

이 학교 저 학교로 옮겨 다니면서도 공부 잘한다는 소리를 듣고 자만해 있는 사이 모든 학과의 진도를 따라가기가 몹시 힘들었다.

그러나 다행히도 이순자 학생은 경기여고에 합격했다. 주말이면 전두환 생도가 청파동 집으로 찾아오는 것도 여전했다. 전두환 생도는 이규동 참모장 가족들과 카드놀이도 하고 순자 학생에게 탁구 치는 법도 가르쳐주고 영화 이야기도 해주곤 했다.

육사생도 전두환과 여고생 이순자는 함께 있으면 무슨 특별한 일이 없어도 시간 가는 줄 몰랐다. 어느덧 시간이 흘러 전 생도가 학교로 돌아가야 할 시간이 되면 순자 학생은 자석에 끌리는 쇠붙이처럼 자연스럽게 전차 타는 곳까지 따라 나가곤 했다. 정류장에서도 무슨 이야기인지가 계속되었고 이번 전차는 보내버리고 다음 차를 타자면서 서 있다 보면 그들은 언제나 전차를 같이 타게 되고 말았다. 동대문에서 전차를 내려 청량리행 전차를 갈아 탈 때도 그들은 언제나 또 함께였다. 청량리역에서는 순자 학생이 전 생도를 배웅해야 했지만 혼자 보낼 수 없다면서 동대문역으로 함께 되돌아왔고 순자 학생이 탄 버스가 떠날 때가 되서야 허겁지겁 뛰어내려 손을 흔들어주곤 했다.

그렇게 만나서 시간 가는 줄 몰랐고 영화 속의 한 장면처럼 헤어지곤 했다는 이 신파조 같은 사랑 이야기를 털어 놓으면서도 이순자 씨는 "그러나 우리는 서로가 애인 관계라고 생각해본 적이 없다. 딸 많은 집에서 자란 나는 그분을 그저 오빠같이, 아저씨같이 따랐을 뿐이다"라고 회고하고 있다.

282

1955년 9월 전두환 생도는 육사를 졸업하고 소위로 임관하게 됐다. 이순자 학생의 가족들도 졸업식에 참석해 축하해 주었음은 물론이다. 임관 후 전두환 소위는 광주보병학교 초등군사반 교육을 마친 후 21사단 소대장 근무를 했고, 다시 광주 보병학교 군대장직을 거쳐 25사단 72연대 중대장을 맡았다. 이 무렵 이순자 학생은 이화여대 의과대학에 입학했다.

1958년 이른 봄, 전두환 장교를 향하는 이순자 씨의 가슴은 뛰었다. 대학생이 되면서 오빠같이, 아저씨같이 생각했다는 그들의 교제는 가족들의 허락 속에서 자연스럽게 연인 관계로 발전해 갔다.

전두환 소위는 육사 생도의 교육사범을 위해 태릉에 있는 교도중대장으로 부임했다. 여대생 이순자 씨와 자주 만날 수 있었던 것은 물론이다. 이순자 씨는 "우리는 정말 행복했습니다. 사랑하는 사람을 위해 산다는 것이 그렇게 행복할 수가 없었지요"라고 회상한다.

그해 여름 어느 날 이순자 씨는 갑자기 속이 메스껍고 배가 심하게 아파 약을 사 먹고 자리에 눕게 되었다. 저녁 늦게 집에 들른 전두환 소위는 눈이 토끼 눈같이 빨갛게 충혈돼 있고 배가 아파 허리도 펴지 못하는 이순자 씨를 보고 놀라지 않을 수 없었다. 그는 이순자 씨를 업고 곧장 병원으로 달려갔다. 급성맹장이었다. 다행히 수술은 성공적으로 끝났다.

아버님의 임지인 대구에서 연락을 받고 급히 달려온 어머님은 그분께 정말 고마워하셨지요. 그날부터 그분도 어머님과 함께 내 곁을 떠나지 않고 간호했습니다. 마취에서 깨어났을 때 그분의 몸에 마취약 냄새가 가득 배 있어 문병 온 내 친구들은 나를 부러운 눈길로 쳐다봤고, 수술 뒤의 회복에 좋다는 음식들을 한 아름 사들고 오기도 했습니다. 어머님과 함께 사흘 동안 밤을 새우며 간호해주던 그분이 며칠간 내 곁을 떠났다가 다시 돌아왔을 때 몹시 우울해 보였습니다. 친구들은 사랑하는 피앙새가 수술을 받아 그런 모양이라고 놀려댔지만 사정은 그리 밝고 단순하지 않았죠.

이순자 씨가 9일 만에 퇴원해 집으로 돌아왔는데도 전두환 소위는 나타나지 않았다. 며칠 뒤 전두환 소위는 인편을 통해 한 통의 편지를 보내왔다. 내용은 뜻밖에도 절교를 하자는 것이었다. 절교 편지를 받은 이순자 씨는 당황하지 않을 수 없었다. 그리고 전두환 소위의 느닷없는 행동을 도저히 이해할 수 없었다. 당시를 회고하는 이순자 씨는 원망스러움과 노여움으로 눈물 없이는 지낼 수가 없었다고 했다. 그녀는 그냥 헤어질 수 없다고 생각했다.

직접 찾아가 따져봐야겠다고 결심한 이순자 씨는 태릉 부대로 달려가 전두환 소위 면회를 신청했다. 그러나 하루해가 질 때까지 전두환 소위는 끝내 모습을 보이지 않았다. "점심도 굶은 채 돌아오는 버스 속에서, 눈물은 하염없이 흐르건만 남에게 감추려 들지 않았다. 그리고 수많은 낮과 밤을 '이제는 정말 끝이다' 하고 다짐하기도 했다."

그러나 그렇게 헌 짚신짝처럼 내동댕이쳐버릴 수 없는 것이 정이라고 했던가. 이순자 씨는 다시 전 소위를 찾아 떠났다. 그는 부대에 없었고 부대가 어디론지 이동해버렸다는 소식을 들었다.

집으로 돌아온 이순자 씨는 마침내 전두환 소위를 잊기로 했다. 잊을 수 있도록 온갖 노력을 다 했고 또 잊었다고 생각하고 있던 어느 날, 서울로 올라온 어머니가 "전방에서 지뢰 사고가 크게 났다는데 전 중위는 무사한지 모르겠네"라며 걱정하는 얘기를 듣는 순간, 이씨는 흐르는 눈물과 오열을 감출 수 없었다. 잊어버렸다고 생각했으나 그녀는 아직도 전 중위를 잊지 못했고, 여전히 사랑하고 있는 것이었다.

이순자 씨는 전두환 중위가 근무하는 부대를 알아내 다시 전방으로 찾아갔다. 무척 수척했지만 전 중위가 위병소 앞에 나타났다. 절교 편지를 보낸 이후 처음으로 만나는 것이었다. 전 중위를 보는 순간 이씨는 반가움과 미움이 엇갈려 온몸이 떨려왔다.

전두환 중위는 전방까지 찾아온 이순자 씨를 보고 놀란 듯했다. 그들은 함께 부대 뒷산으로 올라가 소나무 밑에 앉았다. 다음은 이씨의 회고담이다.

그분은 이미 오래 전에 결심을 굳힌 듯 철없는 동생을 타이르듯이 이야기를 시작했다. 그 당시 초급 장교의 한 달 봉급이 쌀 한 말을 살 수 있을 정도밖에 안 되었다. 그러니 결혼한 초급장교들 중 시가나 친정 어디에도 도움을 청할 수 없는 사람들의 결혼 생활은 말이 아니었다.

어떤 장교는 만삭이 된 아내와 자식들이 배고파하는 것을 보다 못해 부대의 취사장에서 막 끓기 시작한 설익은 밥과 콩나물국을 병사들에게도 넉넉하지 못하다는 것을 잘 알면서도 퍼 담지 않을 수 없는 경우도 있다고 들었다. 정상적으로 살기에는 너무 어려운 여건이었기에 부정부패도 심할 수밖에 없었다. 아니 부정부패가 심했다고 하기보다는 어느 정도의 부정을 저지르지 않고는 생존해 나갈 수 없었다고 말하는 편이 보다 정확한 표현이었다.

그러니 사관학교에서 배운 원리원칙대로 산다는 것이 얼마나 큰 고통이며 시련이었는지는 군인 가족으로 잔뼈가 굵은 나로서도 상상할 수 없을 지경이었다.

전두환 중위는 많은 이야기를 한 뒤, 이순자 씨를 돌아보았다. 그리고 결심을 굳힌 듯 말했다.

"그때 나는 생각한 거다. 나는 사랑한다는 미명 아래 아무것도 모르는 어린 소녀를 고생의 가시밭길로 끌고 들어갈 뻔했구나. 이제는 마음껏 나래를 펴고 훨훨 날아갈 수 있도록 놓아주자. 나는 이미 결심을 굳혔다."

"나는 군인의 딸로 자라왔기 때문에 어머님께서 어려운 생활을 어떻게 극복해내셨는지 알고 있어요. 무슨 고생이든지 다 해낼 수 있어요."

그러나 전두환 중위는 고개를 가로저었다.

"너는 고생을 직접 해보지 않았기 때문에 고생에 대한 두려움을 모르는 것이다. 또한 나에 대해서도 모르는 것이 너무나 많다. 네가 알고 있는 나는 사관생도로서의 화려한 제복을 입고서 빛나는 꿈과 이상을 이야기하던 내가 아니냐. 나 또한 그 당시에는 자신만만했고 졸업만하면 장래는 그야말로 보장돼 있는 줄 알았다. 그러나 현실은 그것조차도 암담할 뿐이다. 제발 고집부리지 말고 내 얘기 잘 들어다오."

전두환 중위는 계속 절교를 고집했다. 이순자 씨는 울고 있었다. 전중위가 가난했던 생활을 고백하고 절교를 주장했으나 이씨에게 오히려 사랑하는 마음을 더욱 굳히는 계기가 되었다는 것이다.

"그분은 내가 자신의 비참했던 생활을 듣게 되면 정이 떨어져버릴 것이라고 생각하는 것 같았다. 그러나 나는 그분의 가족에게까지도 애정이 느껴졌다. 그리고 무엇보다도 성실하고 진실하며 남을 위해 자기를 희생할 줄 아는 분이라면 평생을 맡겨도 결코 후회하지 않으리라는 생각도 들었다."

결국 전두환 중위의 절교 선언은 수포로 돌아갔다. 그 후 전 중위와 이순자 씨는 더욱 깊이 사랑하게 되었다고 한다. 이씨는 "그 후 만날 때마다 허허벌판에 한 장, 한 장 벽돌을 쌓아 우리의 터전을 짓고 그것이 비록 고난으로 인해 무너지더라도 좌절하지 않고 다시 짓는 마음으로 살자고 다짐하면서 행복한 미래를 설계하는 한 쌍이 되었다"라고 회고 하고 있다.

1958년 12월. 그해에 우리나라에는 공수부대가 처음으로 창설되어 전두환 중위는 김포에 주둔하고 있는 공수특전대 교육장교로 근무하고 있었다. 그즈음 전두환 중위와 이순자 씨는 약혼식을 서두르고 있었다. 약혼 날짜는 그 해 음력 12월 6일, 양력으로 다음해 1월 24일. 전두환 전기에는 약혼을 서두른 것은 이순자 씨 쪽이었다고 기록하고 있다.

전두환 전기에 따르면 이순자 씨의 할머니가 택일한 약혼 날짜를 들고 늘 다니는 절로 달려갔다. 할머니로부터 택일을 받아 든 노스님은 한참 만에 "두 사람에게는 더없이 좋은 결혼 날짜요"라고 말했다.

"스님, 결혼식 날이 아니라 약혼 날입니다."

"……아니, 이 날에 두 사람은 혼례식을 올려야 하오. 만일 이날을 놓치면 앞으로 7년 뒤에야 이에 버금가는 날이 있는데, 그날도 이날에 비할 수는 없소이다. 무슨 일이 있어도 음력 12월 16일에 결혼시키시오. 그러면 부부애는 말할 것도 없고 자식들에게도 좋으며 재산운과 관운 역시 더할 나위 없소."

할머니로부터 얘기를 전해 들은 이순자 씨는 대학을 그만둘 결심을 했다. 당시 이화여대는 기혼자의 입학을 허가하지 않았고, 만약 재학 중 결혼하면 학적을 잃게 된다는 학칙이 있었기 때문이었다.

해가 졌지만 이순자 씨는 그 길로 차를 타고 김포로 달려갔다. 전두환 중위는 부대에 없었다. 그녀는 부대 정문 앞에서 그를 기다렸다. 그는 늦게야 돌아왔다.

"우리 결혼해요."

그녀가 불쑥 말했다. 그녀가 결혼을 감행하기로 마음먹은 12월 16일은 앞으로 1주일밖에 남지 않았다. 눈을 휘둥그레 뜨고 한참 동안 입을 열지 못하던 전두환 중위가 말했다.

"내가 잘못했소. 아직 판단력도 부족한 어린 소녀였을 때 이처럼 능력 없고 못난 내가 나타나서 당신 눈을 흐리게 한 거요. 나는 아무래도 당신에게 어울리지 않아. 도무지 자신이 없소. 이제는 당신도 스스로 판단할 힘과 가치관을 지니고 있을 테니 나보다 훌륭하고 능력 있는 사람을 찾도록 하오."

"당신에게 경제적인 부담은 결코 지우지 않겠어요. 편물을 배우고 미용사 자격증도 따놓았어요. 당신을 위해 요리학원에도 다녔어요. 집안일은 모두 내가 책임지고 꾸려나가겠어요. ……음력 12월 16일, 양력으로 1월 24일이에요. 장소는 대구에 있는 제일예식장. 꼭 오셔야 돼요. 오시지 않으며 안 돼요."

일방적으로 결혼 날짜와 장소를 통보하고 그녀는 그대로 돌아서서 차가운 김포 가도를 달려갔다. 집으로 돌아오는 길에 그녀는 그의 자존심을 상하게 하지나 않았을까 하는 걱정으로 도무지 마음을 가라앉힐 수가 없었다.

이순자 씨의 회고에 따르면, 그녀가 어머니에게 결혼 결심을 말하고 전 중위의 가난한 집안 형편과 고민, 방황을 전하는 자리에서 모녀가 함께 울었다고 한다. 그때 어머니는 딸을 격려했다.

"옛말에, 혼인치레 하지 말고 팔자치레 하라는 말도 있더구나. 찬물 한 그릇 떠놓고 결혼했어도 잘 사는 사람 많이 봤고, 바리바리 싣고 부러움을 독차지하면서 시집간 사람이 못사는 것도 많이 봤다. 나나 너의 아버님도 사람 보는 눈이 있다고 믿는다면, 전 중위는 우리도 무척 아끼고 사랑하니 용기를 내도록 하여라. 그리고 네가 그토록 좋아하는 공부도 포기하겠다는 결심을 들으니 일면 대견키도 하다만 다른 대학에 진학할 수도 있지 않느냐."

그 길로 이순자 씨는 김포로 달려가 전 중위의 팔을 끌고 어머니가 기다리고 있는 효창동 이모 집으로 왔다.

"어머님과 나의 이야기를 듣고 있던 그분은 몹시 당황했다. 그동안 모아놓은 돈으로는 약혼 시계 정도나 겨우 살 수 있었고, 나를 데리고 가 부모님께 인사시키기 위해 집을 좀 손질해놓은 정도였는데 결혼식을 하자니까 정신이 없는 것 같았다. 나는 나대로 그동안 모아놓았던 돈을 몽땅 털어서 그분의 양복을 한 벌 준비했지만 넥타이, 와아셔츠,

허리띠까지 준비하는 데는 돈이 모자라서 독일어 사전값을 세 번이나 타내고도 아직 사전이 없어서 친구에게 빌려보고 있던 중이었다."

결혼을 하루 앞둔 음력 섣달 보름날, 휘영청 밝은 달빛이 뜰에 가득 찬 늦은 밤에 신랑이 밖에서 찾는다는 전갈을 받고 신부 이순자 씨가 나갔다. 바깥에는 그녀가 그렇게도 고생해서 맞춰준 양복을 입은 신랑 전두환 중위가 서 있었다. 그녀 가까이 다가선 그가 귀에 대고 속삭였다.

"내 누구 덕에 장가가게 됐으니, 이 원수는 두고두고 갚겠소."

다음날 대구 제일예식장에서 신랑 전두환과 신부 이순자는 결혼식을 올렸다. 이순자 씨는 그날 화장도 처음 해봤고 하이힐도 처음 신어봤다고 한다. 결혼식장은 젊은 장교들의 혈기로 뜨거웠다. 육사 시절부터 늘 붙어 다니다시피 했던 노태우, 최성택, 김복동, 백운택, 박병하 중위 등 훗날 79년 12·12 군사반란을 함께 일으키고 정권을 장악하게 될 친구들과 거기서 밀려날 친구들이 자신들의 앞날을 예상하지 못한 채 '쿠데타' 리더가 될 전두환 중위의 결혼을 축하해주고 있었다.

이화여대 의과대학에 입학, 겨우 1년을 다니다가 돌연 학업을 중단하고 전두환 중위와 결혼한 이순자 씨의 신혼생활은 가난한 시집 살림으로부터 시작됐다. 가난에서 비롯되는 고통은 컸다.

그분을 위해 공부도 그만두고 결혼했기에 무슨 고생이든 다 해낼 수 있다고 큰소리쳤지만 이제껏 공부한답시고 쌀 씻어서 밥 한 번 제대로 해보지 못한 처지이고 보니, 무엇을 좀 할라치면 손을 다치거나 칼에 베이기 일쑤였고 밥이 다된 가마솥 뚜껑을 열자마자 손을 집어넣고 데일 정도로 서툴렀다. …… 시아버님께서는 일할 줄

290

모르는 티가 줄줄 나는 며느리가 그래도 뭘 좀 해 보겠다고 하는 양이 안쓰러워서 아무도 안 보는 새벽이면 가마솥에다 물도 길어주시고 군불도 지펴주셨다. 내가 빨래하다 부엌에라도 들어갈 적이면 슬쩍 구정물을 버려주고는 달아나버리던 동갑내기 도련님은 나를 무척이나 좋아했다. …… 약 5개월간의 시집살이는 몸은 비록 고단했지만 내 일생을 통해서 가장 값진 시간이었다.

그분(전두환)이 대구 부관학교 교육 과정을 마치자 우리는 서울로 가야 했다. 친정어머님께서는 어차피 그분의 봉급으로는 식생활도 해결하기 힘드니 이모님 댁에 가 있으라고 하셨다. 출가외인이라던데 신랑과 함께 이모 댁에 얹혀살겠다고 찾아가려니 쭈뼛쭈뼛하기만 했다. 국가에서 봉급을 너무 적게 주는 것이 우리 탓이 아니라고 해도, 또 학교조차 그만두고 허겁지겁 시집이라고 가더니 친정식구 신세만 진다고 하는 사람은 없어도, 기가 죽지 않을 수 없었다.

이른 새벽에 이모 댁에 도착했으나 초인종을 누르기가 워낙 미안해서 둘이는 근처에 있는 효창공원에 갔다. 가방 위에 걸터앉아서 날이 샐 때까지 기다리다가 도살장에 끌려가는 소의 심정으로 벨을 눌렀을 때, 반갑게 맞아주던 이모부와 이모의 고마움을 우리는 평생 잊지 못한다.

전두환·이순자 부부의 「우리 부부 이야기」가 십중팔구 가난으로 채색되어 있다는 것은 일종의 아이러니다. 전두환 씨의 대국민사과문 역시 가난한 시절의 토로로 '무장' 되어 있다. 확실히 가난은 부끄러운 것이 아니다. 일제 36년 동안의 식민 통치, 해방 공간의 혼란, 그리고 6·25 한국전쟁의 물결이 휩쓸고 간 뒤의 5, 60년대 가난이야 굳이 육군 중위 전두환과, 그와 결혼하기 위해 이화여대를 중퇴한 이순자만이 겪는 전유물은 아니었다.

그러나 전·이 부부는 그 시절의 가난에 대해 계속 이야기하고 있다. 아니, 그 시절의 가난을 과시하고 있는 것처럼 보이기까지 한다. 그들은 왜 가난한 시절을 되풀이 얘기하고 있을까.

전두환 씨의 초급장교 시절, 그들 부부의 가난은 아름다운 추억이었고 그들 부부는 누구보다 열심히 살아가려 했던 부부였던 것은 틀림없었던 것 같다. 그러나 비리의 주범인 부부가 그 가난한 시절을 되풀이 강조할 때, 그 속에는 다른 사람들은 가난해도 어떨지 모르겠으나 육군 중위 전두환과 육군 고급 대령의 딸이요 이화여대 의대를 중퇴하고 그의 아내가 된 이순자는 가난할 수 없는 데도 가난한 시절을 보냈다고 항변하는 것같이 들린다.

부부가 본격적으로 처가살이를 한 것은 이순자 씨의 아버지 이규동 씨가 장군으로 진급, 육본 경리감으로 전근한 이후였다. 전두환 전기에 따르면 당시 이순자 씨는 편물을 하고 미장원도 개업했다. 그녀는 동창들의 계모임에도 나가지 않았다. 주위에서 그녀의 참석을 반가워하지 않았기 때문이었다.

어느 날 불광 중학교 영어 교사로 있는 친구 강경옥이 이씨를 찾아왔다. 강경옥은 방 한 구석에 '상 1등 ○○ 미용학원' 이라고 쓰인 커다란 거울이 걸려 있는 것을 보았다.

"너 미용학원에 다녔구나. 1등으로 졸업했구나."

"그래, 열심히 배웠어. 무슨 공부든지 즐거운 마음으로 하니까 재미있던 걸."

적어도 전두환 씨가 초급장교 시절 이순자 씨는 억척스럽게 돈을 벌고 저축도 하며 나름대로 현모양처의 길을 걸었던 것 같다. 실제로 그녀는 남편 전씨가 중위에서 중령으로 진급할 때까지 8년 동안 친정살이를 하며 열심히 저축을 했다.

> 가회동에 전셋집을 얻어가기까지 8년을 살게 되었어요. 친정에 있는 동안 우리들은 항상 부모님께 죄송스러움을 느끼며 살았죠. 부모님들 역시 남들 앞에 딸 시집 잘 보냈다는 소리도 듣고 싶으셨을 텐데, 시집간 딸을 8년이나 데리고 사셨으니 그 고충이야 어떠하셨겠어요. 나는 공부를 계속하고 싶었지만 그때는 이미 입덧이 심해져 있었어요. 그래도 막내동생이 학교 갔다 오면 가정교사 노릇도 했어요. 어머님께서 어떻게 얻은 아들 창석인가를 생각하면 그나마 내가 어머니를 기쁘게 할 수 있는 일은 그 길뿐이었습니다.

이씨가 가정교사 노릇을 했던 이창석 씨와 매형인 전두환 씨는 각별한 정을 나누었다고 한다.

> 친정에서 머무는 동안 막내동생 창석이는 매형과 같이 자겠다고 울어서 할 수 없이 데리고 잤어요. 그만큼 창석이는 매형을 따랐고, 매형도 창석이를 귀여워했어요. 이 시절뿐만 아니라 막내동생은 매형을 가족 누구보다도 따르고 좋아했어요. 어린 창석은 매형

에게, 형님이 사랑해주는 만큼 언제나 바르게 살아서 형님의 기대
에 어긋나지 않겠다며 어른스런 말을 해 놀라게 하기도 했고, 그분
은 그분대로 어떠한 일이 있어도 창석이는 내가 돌보아주리라는
말씀을 하시곤 했어요.

전·이 부부의 친·인척 가운데 구속 수감됐거나 권력형 비리를 저
질러 국민 여론의 지탄의 대상이 된 사람은 많지만, 특히 전경환·이창
석 씨의 비리와 구속 수감은 전·이 부부에게 심적 고통을 주었다. 실
제로 두 사람의 구속에 전·이 부부가 분노했던 것으로 전해지고 있다.
　전두환 씨는 백담사에 은둔하기 전 연희동 자택에서의 대국민사과
문에서 "제가 특히 부끄럽고 개탄스러운 일로 생각하면서 사죄의 말씀
을 드려야 할 것은 저의 친·인척들로 인한 물의"라며 "이들은 갑자기
대통령의 친척이 되자 처음의 놀라움과 자랑스러움이 시간이 흐르고
주위의 유혹이 계속되면서 흔들리기 시작했고, 급기야는 여러 가지 말
썽을 빚어내기에 이르렀다"라고 했다. 확실히 백담사 은둔까지 오게
된 전두환 씨에게 있어서의 문제는 자신이 시인하고 있는 것처럼 '갑
자기 대통령이 된 것'이었다.
　다음은 이순자 씨의 회고이다.

일곱이나 되는 딸을 낳으면서 아이를 낳을 때마다 그 힘든 해산의
고통도 아랑곳하지 않고 아들만 낳을 수 있다면 당장이라도 다시
아이를 낳고 싶다고 안타까워 우시던 친정어머님이, 피난 중에 그
아들(이창석)을 얻으시고 기뻐하시던 모습도 떠올랐습니다.

294

그 외아들을 감옥에 보내시고 추운 겨울 내내 울며 보내실 팔순의 늘으신 어머님을 생각하면, 기도중이라는 사실도 잊은 채 그만 저도 모르게 흐느낌이 터져 나와 당황해하기도 했습니다. 재임 기간 중 좀더 올바로 지도해주고 단속해주었더라면 하는 안타까움과 후회스러움이 몰려왔습니다.

그뿐 아니라 그분이 대통령 직을 맡으셨기에 내린 결정들이 집행되는 과정에서 알게 모르게 고통과 불이익을 당하게 된 분들에 대한 안타까움도 제겐 견딜 수 없는 것이었습니다. 아무리 좋은 뜻을 가지고 만든 정책이라 하더라도 반드시 단점과 부작용이 있는 법이라고는 하지만, 어떤 이유로든 한 사람이 당한 어려움은 그 사람만의 고통이 아니라 그를 둘러싸고 있는 온 가족들의 고통이라는 것을, 네 아이를 키운 어머니인 저는 너무나 잘 알고 있었기 때문입니다.

이씨의 회고는 지극히 개인적이고 여성적인 감상을 적은 것이다. 진심이야 어떻게 됐든 이씨는 그녀의 남편이 대통령 직을 맡음으로 인해 내린 결정들이 집행되는 과정에서 고통과 불이익을 받은 국민들에게 안타까움을 표시하는 것도 잊지 않았다. 그러나 과연 그녀의 진심은 무엇이었을까?

이런 이유들로 새벽 예불을 위해 매일 법당에 나가도 마음속에는 언제나 분노와 배신감, 억울함, 그리고 걷잡을 수 없는 고립감으로 가득 찼습니다. 그것은 법당을 떠난 후에도 마찬가지였습니다.

도대체 고통과 불이익을 당한 이들에 대한 안타까움은 무엇이며 분노와 배신감, 억울함은 또 무엇이라 말인가. 일부 국민은 전두환 씨의 대국민사과문 내용과 같이 그들 부부가 정녕 '자신을 돌아보며 조용히 반성의 시간을 갖기 위해' '속죄하는 마음으로' 백담사에 은둔하고 있는 것으로 알고 있을 터였다. 그러나 그들에게 당초 '반성하고 속죄할 마음'이 있었는지 의심하는 대목이 바로 이런 부분이다.

이순자 씨는 한 일화를 예로 들면서 그들 부부의 백담사 은둔의 심경을 토로했다.

"어느 날 법당 문을 나와 뒷산을 걸으면서 보았습니다. 영하 30도까지 내려가는 혹한과, 대청봉으로부터 내리쳐 불어오는 거센 바람에도 꿋꿋이 버텨왔던 아름드리 나무들이 밤 사이 소리 없이 쌓인 '눈의 무게'를 감당하지 못하고 쓰러져 있는 것을 말입니다."

뒤이어 밝히고 있지만 이씨가 본 '눈의 무게'를 감당하지 못하고 쓰러진 나무들은 곧 그들 자신의 모습이었다. '눈의 무게'를 5공 비리의 '주범'이라고 비난하는 국민 여론으로 바꾼다면, 정녕 전·이 부부는 쓰러진 나무가 된다. 그리고 거센 바람에도 꿋꿋하게 버텨 왔던 나무를 쓰러뜨린 눈은 언젠가 봄이 오면 녹아버릴 것이다.

"쓰러진 고목들 중에는 썩어서 텅 비어버린, 속을 드러내놓고 있는 것도 있었습니다. 감정을 표현하지 못하는 것도 있었습니다. 감정을 표현하지 못하는 나무들조차 수백 년 긴 세월을 사노라면 아무도 모르는 사이에 그토록 '속'이 썩어야만 하는구나 생각하니 사람이건 나무건 생명이 있는 존재들이 겪어내야 하는 고통의 모양들이 서럽게 생각되었습니다."

이씨는 이어 "제 마음도 바로 그 쓰러진 고목과 같았습니다. 그러나 저의 내부에서 뒤범벅이 되고 있는 그 극한적인 마음의 혼란을 그분 앞에서 내색할 수가 없었습니다"라고 토로했다.

"분노와 배신감, 억울함이라면 그분이 더 깊으셨을 것입니다. 그분의 재임 기간 동안 불이익을 당한 분들에 대해 아파하는 마음도 그분이 몇 갑절 더 깊으셨을 것입니다.

그러나 그분은 아무 말씀도 없으셨습니다. 그분의 침묵이 제 가슴을 더 미어지게 했습니다. 그러나 전 지금도 기억합니다. 며칠 밤인가 단 한 잠도 이루지 못하고 꼬박 앉으신 채 밤을 지새우시던 그분을 말입니다."

하나회

　　"내가 하나회라는 군내 파벌의 존재를 확인한 것
은 보안사령관 재직시인 73년 초의 일이었다. 물론 그 이전에도 정규
육사생들로 조직된 서클이 있어 이로 말미암아 군내에 잡음이 일고 있
다는 얘기를 들은 적은 종종 있었다. 그러나 73년 3월초 윤필용 장군
사건을 조사하던 중 하나회의 정체를 어느 정도 파악하게 되자 윤 장
군 사건보다는 하나회 문제에 더 비중을 두고 수사를 벌이게 됐다. 그
것은 하나회 사건이 윤 장군 사건보다 더 군의 기강을 흔들 수 있는 사
건이라고 보았기 때문이었다."

　　73년 보안사령관으로 이른바 '윤필용사건', 특히 하나회 사건을 수
사했던 강창성 씨는 『일본·한국 군벌정치』라는 저서에서 전두환·노
태우 등의 군 내 사조직 '하나회'와 관련, 이렇게 기술하고 있다.

같은 5·16 주체인 육사 5기와의 대결 끝에 승리한 8기생들 특히 김종필 씨가 군부에 구축해 놓은 기반을 그대로 둘 경우 자신의 통수권에도 지장을 줄 수 있다고 판단한 박정희 대통령은 육사 8기를 견제하는 한편 자신의 인맥을 형성하는 데 주력하게 된다. 몇 차례의 파벌투쟁을 통해 한국군내의 파벌이 일단 정리 상태에 들어간 63년 민정이양 무렵부터 자신의 출신지인 영남 출신 인사들을 정부나 국회 요직에 기용하기 시작한 박정희 대통령은, 군 인사에 있어서도 영남 출신들을 가일층 선호하기 시작했으며, 이 같은 경향은 그의 집권 기간이 장기화될수록 더욱 짙어지게 됐다.

강씨에 따르면 박정희 대통령이 김종필 등 육사 8기를 견제하기 위해 자신의 영남 인맥을 만들었고 그 과정에서 탄생한 것이 전두환, 노태우 등 육사 11기생을 중심으로 구성한 칠성회였다. 박정희 의장이 미국 방문을 서둘렀던 1961년 말 전·노를 비롯한 손영길, 정호용, 권익현, 최성택, 백운택 소령 등 영남 출신 11기생들이 외견상 권력과 무관한 친목 모임인 칠성회를 조직하게 된다. 이 모임은 구육사 세력들과는 어느 정도 단절되어 있고 더욱이 구성 면면들이 모두 영남 출신들이어서 박정희 대통령 자신의 권력 보호를 위한 친위대적 인맥 형성엔 안성맞춤 격인 그룹이었다.

권력의 비호 아래 발족한 칠성회는 그후 정규 육사 출신들을 비밀리에 포섭, 그 조직이 크게 확대되자 명칭도 하나회로 바뀌어졌고 군내의 유일한 사조직으로 탈바꿈해 갔다. 하나회가 태동한 것은 63년, 바로 7·6 거사 모의를 시도해 불발로 그친 해였다는 것은 시사하는 바가 없지 않다.

1963년 2월 18일 박정희 최고회의 의장이 원대 복귀하고 민정 이양을 하겠다는 발표를 했다. 이 선언이 있을 때 수경사 소속 군인들이 최고회의 앞마당에서 반대 데모를 했고 군내에선 세찬 찬반양론이 일어났다. 전두환, 노태우, 권익현, 손영길, 박갑용 등 11기 5명도 반대의 뜻을 전하기 위해 최고회의민원비서관으로 있던 전두환 소령을 앞세워 장충동 최고회의 의장 공관을 찾아 갔다.

전두환 소령을 비롯한 11기 5인이 의장 공관 응접실에서 박정희 의장을 기다리고 있을 때 육영수 여사가 먼저 나왔다.

"이 양반(박 의장)이 일을 저질러 놓고 다시 군에 돌아가겠다고 하니 어떻게 하려고 그러는지 모르겠어요. 이미 내친 발걸음인데 정치를 하셔야지요. 여러분들이 생각을 바꾸도록 건의를 좀 해주세요."

전 소령 등 11기 5인은 동감을 표시하고 박의장에게 원대 복귀 불가론을 강력히 제기했다.

"여러분 뜻은 잘 알아. 그러나 정치는 그렇게 하는 거야."

11기 5인의 건의를 들은 박 의장은 민정 이양 선언이 여론 무마용이라는 것을 은근히 내비친 뒤 "앞으로 일을 하려면 정규 육사 출신들이 똘똘 뭉쳐 나를 도와줘야겠어"라며 곁에 있던 박종규 경호실장을 불렀다.

"박 실장, 앞으로 이 친구들 일하는 데 적극 도와줘."

이날 전두환 소령을 비롯한 11기 5인의 박의장 면담은 하나회가 태동하는 순간이기도 했다. 박정희 대통령의 지시를 받은 박종규 실장이 하나회의 후견인이 된 것은 물론이다.

박 의장의 독려와 박종규 실장의 후원은 받은 전두환·노태우 소령 등은 곧바로 정규 육사 출신인 11기 이하를 단합시킬 조직 결성에 착수하게 된다. 그러나 작업은 순조롭지 않았다. 정규 육사 1기인 11기가 아직 소령·대위급이었으므로 동기간 파워 구심점이 형성되지 않았기 때문이다.

박 의장의 언질을 받은 전두환, 노태우 등이 뭔가 조직을 결성하기 위해 부산하게 움직였을 때 이북 출신이 대부분이었던 육사 교관 그룹 등에서 브레이크를 걸었다. 그들은 육사 시절 공부를 못했던 전두환 소령이 주체가 되는 것에 대해 고깝게 생각했다.

"네가 뭔데 나서느냐."

이북파 등의 반응이었다. 이후 전 소령은 아무래도 마음이 통하는 경상도 출신 장교들을 중심으로 소수 정예화된 조직을 결성하겠다는 생각을 하게 됐다. 결과적으로 11기 내의 이북파 ― 영남파 간 경쟁 관계가 하나회 결성을 촉진시키는 셈이 된 것이다. 군 내 사조직 하나회가 결성됐지만 11기 주역들 간의 결속파 유대의 뿌리는 전두환·노태우 소령 등의 육사 시절로 거슬러 올라가는 것은 물론이다.

하나회 결성 작업은 극도의 보안 속에서 진행됐다. 군기가 존재하고 단결과 명령 체계가 확고한 군내에서 일부 그룹이 '힘을 쓰기 위해' 사조직을 결성한다는 것은 다른 많은 군인들의 거부감을 살 것은 뻔한 노릇이다.

그러나 전두환이 중심이 된 하나회는 곧 정규 육사 출신 후배들의 호응을 받았다. 엘리트 의식과 자부심이 대단했던 정규 육사 출신들은 11기 이전의 군 선배들에 대해 불만과 갈등을 느끼고 있는 터였다. 따라서 어떤 하나회 회원은 하나회 결성이 자구책이었다고 할 정도였다.

"정규 4년제인 육사 1기를 뽑는다고 해놓고서는 막상 졸업할 때는 11기 딱지를 붙여서 내놓는 거예요. 2기, 3기, 4기도 마찬가지로 12기, 13기, 14기가 돼버린 거지요. 우리의 첫 불만은 6개월짜리 교육밖에 받지 않은 선배들이 우리를 시기하고 못살게 구는 데서부터 생겨났어요. 전방 생활을 하는 데도 선배들의 질시와 견제가 심했어요.

물론 정규 육사 동창회인 '북극성회'가 있긴 했지만 해가 바뀔수록 숫자는 늘어 덩치만 컸을 뿐 통솔이 잘 되고 조직력이 형편없었어요. 그래서 육사 시절부터 축구, 럭비, 송구 등 운동부원들의 신망을 받던 전씨 중심으로 우리가 제대로 힘을 쓰자면 소수 정예 조직이 필요하다는 얘기들이 나왔지요."

어떤 조직이든, 그것이 지켜지든 아니든 규약이 있기 마련이다. 하나회 결성 당시 원칙 제1조는 '국가와 군을 위해 충성을 다하라'는 것, '의리와 맹세를 저버리면 인간적 자격을 박탈당하는 것을 각오한다'는 '무시무시한' 내용까지 포함해 4개 항의 서약서를 만들었다.

선발 기준도 정했다. 한수 이남 출신 중 충성심이 강하고 의리가 있는 사람을 소수 정예원칙에 따라 기당 10명에서 최고 13명까지 할 수 있으며 자격은 위관급 장교에서부터 주어진다. 육사 출신은 다른 대학과는 달리 4년 동안 함께 기숙사 생활을 하고 병영 생활을 함으로써 중위, 대위만 되면 대충 '재목'의 크기에 대해 공감대가 형성되기 때문이다.

'진급'과 '보직'을 보장하는 하나회 입회 절차는 처음부터 아주 까다롭고 엄격했다. 결성 당시 인선 작업은 전두환, 노태우, 권익현 씨가 주축이었고 12, 14기 후배들이 이를 뒷받침했다.

하나회의 최고참이며 결성 작업을 주도한 11기는 전두환, 노태우, 김복동, 손영길, 권익현 등 '텐 멤버' 들이었다. '하나회' 란 명칭은 '국가도, 우정도, 충성도 하나' 라는 뜻으로 11기 회원들이 정했다. 11기 하나회 회원 명단은 다음과 같다.

전두환을 중심으로 노태우, 손영길, 김복동, 정호용, 최성택, 안교덕, 노정기, 권익현, 남중수, 박갑용 등.

각 기의 회원 선발은 회장인 전두환 씨와 가까웠던 몇몇 사람들이 먼저 리더 그룹으로 가입한 뒤 그들이 동기생들을 엄선했다. 구체적으로 각 기에서 최초의 회원 한 명을 11기에서 전원 동의을 거쳐 선발, 입회를 권유한다. 그가 가입하게 되면, 이른바 '포섭책' 이 되어 동기생들을 엄선하게 되는데 회원이 불어나면 다음 차례의 신입 회원은 더욱 어려운 관물을 통과해야 한다.

우선 동기 회원들로부터 똑같은 방법으로 만장일치의 동의를 받고 난 뒤 11기들로부터 재심 동의를 얻어야 입회할 수 있다. 동기나 11기 중 어느 한 사람으로부터 거부됐을 경우, 그 후보는 탈락하고 만다.

심사 방법이 까다롭기 때문에 한 하나회 회원이 탄생하기까지에는 오랜 시일을 필요로 한다. 예비 후보는 자기도 모르는 사이에 최고 2~3년 동안 졸업 성적, 교우 관계, 건강 상태, 자기뿐만 아니라 부인의 사생활까지도 조사 대상이 되어 엄격한 심사를 거치게 된다.

일례로 최세창 씨가 12·12 이후에 비로소 하나회에 정식 가입할 수 있었던 것도 이 같은 엄격한 심사 방법 때문이었다. 동기인 13기와 11기로부터 수년 동안 심사를 받아 오던 중 12·12가 났고, 이때 그가 보여준 행동이 회원들에게 깊은 인상을 남겼기 때문에 통과됐다는 것이다.

하나회가 첫 모임을 가진 장소는 전두환 회장 부인 이순자 씨의 인척이 살던 효창동 집, 인선 과정에서 신중에 신중을 기하다 보니 결성 작업에 착수한 지 1년 반이나 걸린 뒤에야 서울 인근에서 근무하는 20여 명이 첫 모임을 가져 그들만의 '고고성(呱呱聲)'을 터뜨렸다.

어느 하나회 회원이 전하는 입회식 분위기는, 영화의 한 장면에서나 볼 수 있는 일본 폭력조직 야쿠자의 그것을 연상케 한다.

> 약속한 시간에 11기 선배의 어느 집에 가면 11기 전체회원이 마루나 다다미방 같은 곳에서 일렬로 앉아 있습니다. 그 한가운데에는 전두환 회장이 앉아 있지요. 반드시 혼자 가서 무릎을 꿇고는 '국가와 조직에 충성한다……'라는 내용의 선서를 합니다. 선서가 끝나면 11기 중의 한 명이 붉은 포도주를 한 잔 따라 줍니다. 두 손으로 그걸 받아 마시면 그걸로 하나회 회원이 되는 겁니다.

입회식뿐만 아니라 모임 그 자체도 '살벌'하긴 마찬가지다. 회장인 전두환 씨가 사정이 있어서 참석하지 못하면 노태우, 권익현, 정호용 등 11기 선배들이 모임을 주도한다.

후배 회원들이 선배를 부를 때는 '형님'이라고 한다. 11기들은 '큰형님'이 된다. 위계질서를 생명으로 하는 군대에서 계급이나 보직대신 '형님'이라고 부르는 것 역시 아이러니가 아닐 수 없다. '큰형님', '형님'이라는 호칭은 때론 암호가 되기도 한다.

304

하나회는 비밀 사조직이기 때문에 결성 당시부터 보안에 무엇보다도 철저했다. 그들은 점조직으로 연결돼 있어 동기 외에 다른 기의 회원에 대해서는 누가 누구인지 서로 잘 모른다. 11기만이 각 기수별 회원들을 관리하고 있다. 잘 모르는 후배 회원이 선배 회원을 찾아와 '형님'이라고 부르면 비로소 그가 하나회 회원이라는 것을 알게 된다는 것이다.

외부 노출을 꺼린 하나회의 연합 모임은 물론 없었고 기별 정기 총회가 있었다. 1년에 한 번씩 열리는 정기 총회에서는 11기 중에 한 명이 반드시 참석하여 격려해주는 전통이 있다. 총회 장소는 이 집, 저 집 옮겨 가면서 열리는데 전두환 회장의 처숙부인 이규광 씨의 다다미 집에서 열린 적도 있었다. 한 하나회 회원은 그가 하나회 회의에 참석했을 때의 분위기를 이렇게 털어놓았다.

"조직을 끝내자, 전두환 정호용 씨가 큰형님들을 대표해 모임을 주최했어요. 하나회 회장이던 전씨가 '하나회는 국가와 우정을 위한 모임이니 하나회 형제끼리는 뭉쳐야 한다'는 취지의 인사말을 한 후 사정이 있어 자리를 뜬 후 정씨가 하나회 취지에 대해 자세히 역설하더군요."

하나회 회원이 목숨보다 중시하는 것이 바로 '조직에의 충성', 군내 파벌의 생리가 그렇듯 하나회 회원들에게는 회장 외에 다른 사람을 쳐다본다는 것은 허용되지 않는다. '윤필용사건' 당시 보안사의 검거 바람이 불었을 때 11기의 아무개 대령이 처음에 잠깐 하나회와 무관한 것처럼 행동했다가 하나회로부터 배척당하는 처지가 되기도 했다.

"61년 5·16 혁명 이후 전두환, 손영길, 김복동, 최성택, 노태우, 권익현 대위 등은 최고회의 방첩부대 등에 근무해 최고회의 의장 비서실장을 맡고 있던 나와 자연히 친하게 되었습니다. 이들은 내 집에 놀러와 저녁도 먹고 잠도 자고 마치 형제처럼 지냈어요. 그중에서도 배짱 좋고 숫기 있기로는 당연 전두환 소령이 으뜸이었어요. 그는 우리 집사람에게 '형수, 육개장 끓여줘요' 하기도 하고 옷장에서 내 사복을 꺼내 입고 외출하기도 했지요. 그는 상관이라고 해서 쭈뼛쭈뼛하지 않고 당당했어요."

하나회 군내 지원 세력으로 윤필용 장군을 꼽는 이가 많다. 윤씨는 그가 육사 11기, 그리고 하나회를 처음 알고 나서 지원 세력이 되었던 내력을 이렇게 털어났다. 당시 육사 11기 그룹들은 윤필용 대령을 '대방동 큰형님'으로 모시며 따랐던 것으로 알려졌다.

내가 준장으로 방첩부대장을 맡은 65년쯤 전두환 중령이 하나회라는 모임에 관해 얘기하더군요. 당시 육사 11기 젊은 장교들은 박정희 대통령을 암호로 '태양'이라고 부르면서 '태양을 위하고 조국을 위하는 하나 같은 마음'이란 뜻에서 '하나회'를 만들었다고 하더군요. 회장이 전 중령이었는데 '인도네시아의 수카르노 정권을 지탱한 것도 군부 전체가 아니라 애국 청년 장교 50명이었다'며 엘리트 의식이 대단하더군요.

나도 군에는 이 같은 핵심 조직이 있어야 한다고 믿어 지금의 프라자 호텔 앞에 있는 대륙도라는 중국집에서 저녁도 사면서 이들을 격려했지요. 박정희 대통령에게 보고했더니 '젊은 장교들이 씩씩

한데 잘 키워줘'라고 하시더군요.

남자는 자기를 인정해주는 사람에게 목숨을 바치고, 여자는 자기
를 사랑해주는 사람에게 마음을 바친다고 하잖아요. 나는 진심으
로 그들을 좋아했고 그들도 나를 형님처럼 대접해주었지요. 그러
나 군대도 워낙 경쟁 사회라 혹시 누구라도 마음이 상하지 않을까,
나는 넥타이를 살 때도 똑같은 색깔·무늬로 나누어주는 등 무척
신경을 썼어요.

대방동 큰형님 윤필용 씨는 그가 하나회 후견인이었다는 것을 분명
하게 밝히고 있다. 한 하나회 회원은 이렇게 말했다. 윤필용과 전두환,
윤 장군과 하나회. 그와 같은 인연으로 73년 '윤필용사건' 이후 몰락
의 길을 걷고 있던 윤필용 씨는 전두환 등 하나회가 집권한 뒤인 80년
2월 사면·복권되고 이후 도로공사 사장에 부임하게 되었다.

전두환을 중심으로 한 군내 최대 사조직의 이름을 '하나회'로 붙이
기 전에 '오성회', '칠성회', '텐 멤버' 등으로 불렸다는 증언과 함께
육사 11기들 사이에 일명 '김태환회(金泰煥會)'로 통했다는 증언도 있
다. 11기 선두 그룹일 뿐만 아니라 개인적으로 우정이 깊었던 김복동,
노태우, 전두환의 이름에서 각각 한 자씩을 순서대로 따온 것이다. 그
러나 하나회의 실질적인 리더는 언제나 전두환이었다.

육사 선후배 관계에 입각한 위계질서에 따라 조직된 하나회는 특정
인을 포섭하되 일정 정원을 유지하는 충원 방식을 택했으며 비밀 점조
직 방식으로 조직되었다. 정원제를 유지하였던 이 조직의 충원은 국가
관, 국토방위에 대한 사명감이나 개인적 역량보다는 지연, 학연 등이

크게 감안되어 이루어졌다. 특히 지역 의식이 강하게 작용해서 영남지역 출신들이 절대 다수를 점했고 상징적으로 여타 지역 출신 장교들이 가입됐지만 그 수는 미미했다. 이들은 정상 군조직보다 이 사조직에 목숨을 바쳐 충성할 것을 맹세했다.

하나회의 후견인으로 불릴 수 있는 인물은 박종규 전 청와대 경호실장, 윤필용 전 수경사령관 등이었다. 그들이 전두환, 노태우 등 하나회의 지원 세력이었던 것은 분명하다. 그러나 하나회를 최초로 세상에 드러냈고, 결국 그 이유 때문에 좌천되고 또 투옥된 바 있는 강창성 전 보안사령관의 증언에 따르면 하나회의 실질적인 '대부'는 다름 아닌 박정희 대통령이었다.

일단 하나회에 가입되면 여러 가지 혜택과 특전을 받았다. 이들 중 일부는 고위층으로부터 정기적으로 일정한 활동비까지 받기도 했다. 또 일부 재벌들로부터 자금을 받아 내기도 했고 일부 기업인은 자진해서 하나회에 자금을 대주기도 했다. 이 때문에 일반 장교들보다 생활 형편이 나았다. 이들은 또 박정희 대통령으로부터 직급에 따라 승용차, 지휘봉 등을 수여받기도 했고, 일부는 '일심'이라는 휘호와 함께 지휘봉을 수여받기도 했다.

하나회 회원이 누릴 수 있는 가장 큰 혜택은 무엇보다도 진급과 보직상의 특혜였다. 군과 같은 특수 사회에서 진급의 중요성은 아무리 강조해도 지나칠 수 없다.

하나회 간부들은 군 요직을 장악, 그 회원들의 보직에 특전을 주었다. 이에 따라 하나회 회원들은 주로 수경사, 보안사, 특전사, 대통령 경호실, 중앙정보부 등에 배치되어 근무했다. 이들은 후방과 본부 근무를 하면서 일선에서의 보직 경력이 필요할 때는 서울 근방의 9사단이나 1사단에서 단기간 복무한 뒤 다시 후방으로 복귀하곤 했다. 그럼에도 불구하고 진급은 비회원 누구보다도 우선적이었다.

최근 하나회 회원들이 조심스럽게 털어놓은 증언에 따르면, 중요한 자리에 있던 하나회 회원들이 보직을 옮길 때는 반드시 전두환, 노태우 등 11기 '큰형님'들에게 보고를 한 뒤 '큰형님'이 지시한 후배들에게 자리를 인계하는 것이 하나회의 불문율이었다고 한다. 이 같은 배타적인 조직 생리로 인해 10·26 이후 참모총장, 보안사령관, 수방사령관은 거의 하나회 출신들이 차례로 차지해 온 것은 부인할 수 없다.

박정희 대통령은 하나회에 대한 조사 과정에서 이 사조직을 전혀 모르는 체했다. 79년 김재규 중앙정보부장이 10·26사건을 일으킨 것도 차지철 경호실장과의 불화, 경북과 경남 군 출신간의 갈등 등 직접적인 동기 외에 근본적인 원인을 한 가지 든다면 박정희 대통령의 누적된 파벌적 군 인사 정책에 있었다.

전두환 전 대통령이 11기 선두 주자로서 군내 사조직을 결성한 것은 박정희 대통령의 배려와 3공 권력의 핵심에 있던 박종규 경호실장, 그리고 박 정권 전반기와 군부 실세 윤필용 장군들의 지원이 있었고, 전씨 자신의 타고난 보스기질 탓도 있겠지만 대구공고 출신으로 경북고 출신에 대한 콤플렉스에서 기인한 것으로 보는 이들도 있다.

전씨는 군의 위계질서를 이용, 손쉽게 후배들을 장악할 수 있는 방

법의 하나로 사조직을 생각해냈고, 일단 '충성'을 맹세한 후배들에게
는 끝까지 뒤를 봐준다는 나름대로의 원칙을 끝까지 지켜 왔다. 한 하
나회 회원의 회고이다.

> 막상 옷을 벗고 난 뒤 일자리를 찾지 못해 1년 동안 집에서 놀고 있
> 었는데 전두환 회장이 매월 10만 원씩 집사람을 통해 보내 왔다.
> 당시 10만 원은 적은 돈이 아니어서 그렇게 고마울 수가 없었다.

전두환은 하나회를 만들었고 하나회는 전두환을 대통령으로 만들
었다. 전두환 없는 하나회는 있을 수 없고, 하나회 없는 전두환은 있을
수 없다. 물론 하나회라는 비밀 조직에는 그 회원들도 있었고 지원 세
력이었던 박종규 경호실장과 윤필용 장군, 그리고 더욱 높은 곳에서
깊은 배려를 아끼지 않았던 박정희 대통령도 있었다. 그러나 전두환의
군 생활은 곧 하나회의 성장사라고 해도 지나친 말은 아니다.

전두환의 막강 파워

    5·16 이후 최고회의 민원비서관을 시작으로 수도권 주변에서 군 요직을 거치며 성장하고 있는 전두환 소령에게 박정희 대통령과 박종규 경호실장, 그리고 윤필용 대령의 관심과 배려는 더욱 깊어갔다.

  중앙정보부 인사과장에서 육본 인사참모부로 자리를 옮긴 전두환 소령은 그의 부인 이순자 씨에 따르면 '연대장으로 나가 있는 윤필용 대령의 요청으로' 진해 육군대학에 입학했고, 전씨 본인에 따르면 '평생 처음으로 1등이라는 것을 해봤다' 고 한다.

  66년 중령으로 진급해 제1공수특전단 부단장이 된 전두환은 임관 11년 만에 집을 마련했다. 보광동의 17평짜리 집이었다. 이듬해 전 중령은 월남 전장과 독일을 시찰중이었다. 그 무렵 그의 부친이 타계했다. 이순자 씨의 회고이다.

> 박정희 대통령께서도 잊지 않으시고 박종규 경호실장을 보내 조의
> 를 표해주셨다. 박정희 대통령의 심부름으로 우리집을 방문하게
> 된 박 실장은 큰 충격을 받았다고 후일 그분을 만났을 때 들었다.
> 혁명 초기, 의장비서실에서 함께 일했던 그분이 그렇게 조그맣고
> 초라한 집에서 살고 있을 줄을 몰랐다면 박 실장이 놀랐다는 것이
> 다. 박 실장님은 그후로 그분을 다시 보게 됐다면서 각별히 친해지
> 게 되었고, 여러 가지 어려운 일이 있을 때마다 도와주셨다.

5·16 그날부터 전두환 대위를 눈여겨 봐두었던 박종규 경호실장은
3공 시절 변함없는 전두환 지원 세력이었다. 67년 8월 제1공수특전단
부단장으로 있던 전두환 중령은 수경사 30경비대대장으로 전임됐다.
전두환 수경사 30대대장 전임자는 손영길 중령이었다. 일찍이 박정
희 장군의 부관이었을 뿐만 아니라 수경사 30대대장이라는 자리가 자
리였던 만큼 손 중령의 파워는 막강했다. 특히 육영수 여사가 손 중령
을 대단히 아껴 마치 집안 식구처럼 대했다고 한다.
수경사 30대대장 시절 손 중령은 보통 일주일에 한두 차례 정도 박
정희 대통령의 집무실에서 독대를 했다. 대통령 중심제하에서, 특히
18년 장기 집권을 했던 박 정권하에서는 대통령과 얼마나 자주 접촉하
느냐는 것은 권력의 무게를 잴 수 있는 한 가늠자가 될 수 있다. 손 중
령의 막강한 파워에 대해 참모총장도 그에게 대통령 면담을 부탁할 정
도였고 당시 굴지의 재벌 회장도 그의 사무실에서 자주 찾아오곤 했다

고 한다.

육군대학을 가게 된 손 중령의 후임을 놓고 전두환 중령과 김복동 중령이 경합했다. 손 중령은 전 중령을 밀었고 수경사 인사참모였던 김 중령은 최우근 사령관이 지원했다. 김복동 중령은 평소 육사 시절 자기보다 훨씬 뒤졌던 전두환 중령이 하나회의 주도권을 잡은 것에 대해 매우 못마땅했다고 한다. 그러나 결과는 손 중령이 민 전 중령이 수경사 30대대장에 임명됐다. 손 중령이 박정희 대통령에게 '김 중령도 우수하지만 각하 경호를 맡기엔 전 중령이 훨씬 사명감과 충성심이 크다'라고 말한 것이 결정적이었다.

79년 12·12 때 암호명 '생일집 잔치'의 무대로 널리 알려진 바와 같이 경복궁에 주둔하고 있는 수경사 30경비대대는 청와대 외곽 경비를 맡고 있는 군 요직 중의 하나, 30경비대대장을 맡은 전 중령은 그 자리의 특혜와 권한을 십분 활용, 박 실장은 물론이지만 박정희 대통령의 신임을 확고히 하면서 하나회 조직을 관리한 것으로 알려지고 있다. 즉, 수경사 30경비대대장 시절은 전두환 중령의 권력 질주 제1막이 열린 셈이다.

전두환 중령은 30대대장으로 있으면서 박종규 실장과 윤필용 장군과의 관계를 더욱 튼튼히 다져놓았다. 5·16 직후 육사 생도들의 '혁명 지지 가두시위를 이끌어낸 전두환 장교는 최고회의 민원비서관으로 근무하게 됨으로써 일찍부터 권력 핵심부와 인연을 만들어 온 터였다. 그때 비서실장은 뒤에 사돈이 된 박태준 씨였고 비서실장 보좌관에는 하나회 후견인이 된 윤필용 씨. 그리고 박정희 의장의 경호를 맡고 있었던 박종규, 차지철은 후에 전두환과 하나회의 끊임없는 후견 세력이 됐다. 이때의 인연으로 전씨는 영관 장교 때부터 '청와대를 자주 출입할 수 있는 사람'으로 알려졌다.

69년 하나회 회장 전두환 중령은 대령으로 진급했다. 육사 11기 156명 가운데 단연 선두 주자가 된 그는 "합천 산골 출신이 대한민국 육군 대령 계급장을 달았으면 됐지"라고 자족하기도 했다. 대령 계급장을 달고 집으로 돌아왔을 때 그의 부인 이순자 씨는 "이 계급장이 당신 거요!"라며 믿어지지 않는다는 듯 놀라기도 했다고 한다.

하나회 리더그룹인 육사 11기생들은 대령으로 진급할 때부터 삐걱거리기 시작한다. 그 삐걱거림은 11기 선두 그룹을 형성했던 전두환, 김복동, 손영길의 치열한 신경전으로 출발했다.

박종규 청와대경호실장과 함께 하나회 후견인으로 알려진 윤필용, 전 수경사령관의 회고이다.

> 육사 11기 중 전두환, 손영길, 김복동, 최성택이 항상 한 발 앞서 진급했지요. 이중 최성택은 포병병과 덕을 좀 본 셈이며 전·손·김은 그야말로 선두 주자였어요. 그런데 이들이 대령이 되더니 경쟁심이 노골적으로 드러나기 시작했습니다. 전두환, 김복동, 손영길, 세 사람이 제일 신경전을 벌였죠.

윤씨는 당시 전·손 김을 불러 "중장, 대장 올라갈 때 다투어도 되는데 왜 벌써부터 의리 없이 싸우냐고"라고 호통을 치기도 했다. 전두환씨는 하나회 회원인 동기생들까지 부하로 대했다. 그래서 하나회 후

314

배틀로부터 11기 형님들은 결속력이 약하다는 평을 듣기도 했다.

11기 가운데 누구보다도 전두환 회장에게 거부감을 표했던 이는 김복동이었다. 그는 다른 동기생들과는 달리 회장에게 무조건 복종을 하지 않아 전두환 회장으로부터 경원의 대상이 됐다.

73년 윤필용사건 당시 수경사 보안반의 한 장교 요원에 따르면 수경사에 부임해서 느낀 것이 손영길 준장의 파워가 참모장 이상으로 막강한 것이었다고 한다. 물론 전두환 준장도 만만치 않았다. 원래 보스 기질이 강하고 하나회를 이끌면서 북극성회 회장을 역임하는 등 두각을 나타내고 있었고, 대령으로 1공수여단장이 되면서 대통령의 신변 보호를 자임하고 있었기 때문이었다. 당시 항간에는 박정희 대통령이 자기 후계 그룹으로 육사 11기를 지목하고 있었고, 그중에서도 전두환 준장을 지목했다는 얘기가 있었을 정도이다.

경쟁 관계에서는 승패가 있기 마련이다. 육사 11기 선두 그룹 경쟁자들 중에 손영길 준장은 73년 '윤필용사건' 때 구속, 군복을 벗게 됨으로써 경쟁 선상에서 멀어지게 된다.

전두환, 김복동의 승패는 10·26 직후 결정 났다. 하나회가 주도 세력이 됐던 12·12때 김복동 장군은 반대 의사를 분명히 했다. 하나회는 12·12 성공 후 실질적인 '한국 경영' 그룹이 됐고, 전씨와 오랫동안 감정이 쌓여 온 김씨는 82년 육사 교장을 끝으로 예편을 하고 만다.

전두환과 그가 이끄는 하나회에 대한 박정희 대통령의 비호는 날이 갈수록 더욱 깊어만 갔다. 대령으로 진급해 참모총장실 수석부관으로 자리를 옮긴 전씨는 70년 11월 백마 부대인 제9사단 29연대, 통칭 '박

쉬 부대' 연대장으로 월남전에 참가했다.

　전두환 전기에서는 이때 전 대령이 박정희 대통령에게 사사로운 편지를 자주 보냈다고 쓰고 있다.

　　대통령 각하.
　　이제야말로 우리나라의 실정에 맞는 한국적 민주주의를 토착화시
　　킬 때라고 생각합니다…….

　그 무렵은 박 대통령과 그의 측근들이 장기 집권의 길로 들어서는 유신을 구상하고 있었던 때였다. 72년 10월 유신이 선포되고 박정희 대통령의 연설이나 치하의 말속에 '한국적 민주주의' 라는 말이 심심치 않게 구사되었고 모든 매스컴이 그 말을 다투어 인용했던 점을 생각해보면 전 대령의 사적인 편지 내용은 시사하는 바가 없지 않다. '한국적 민주주의' 라는 말은 곧 10월 유신의 포장으로 씌워졌던 것이다.

　71년 11월 전두환 대령은 제1공수특전단장으로 취임했고 73년 1월에는 손영길, 김복동, 최성택과 함께 동기생들 가운데 가장 먼저 별을 달았다. 노태우는 그 이듬해 장성으로 진급했다.

　육사 11기생이 최초로 장성에 진급한 그해 2월 박정희 대통령은 11기 장성 진급자 중 전두환, 손영길 두 사람을 청와대로 초대했다. 이 자리에서 박정희 대통령은 '일심' 이라는 휘호가 새겨진 지휘봉과 함께 크라운 6기통 고급 승용차, 금일봉을 하사하기도 했다.

　장교 시절 전두환 씨는 윤필용, 강창성, 차규헌 등 군내의 정치적 영향력이 뛰어난 선배 장성들에게 "형님" 이라고 부르며 넉살 좋게 접근

316

하여 용돈을 달라고 하기도 하고 인사 청탁을 하기도 했다. 군대와 같이 공사 구분이 명확한 사회에서 전씨의 그런 행동은 박정희 대통령의 비호가 없었으면 과연 상상할 수 없는 일이다.

전두환 씨는 선배들에게 뭉칫돈을 타서 육군대학 등에 교육을 들어가는 하나회 후배들에게 나누어주고 서울에 근무하던 후배들에게 술도 잘 샀다. 한 하나회 회원은 후배들 중 '큰형님' 전두환에게 용돈이나 술 안 받아 먹은 사람이 없었을 정도라고 한다. 그 무렵 군내에는 "전두환 상관을 만나면 청탁하고 나오고, 김복동은 싸우고 나오고, 노태우는 좋은 말하고 나온다"라는 이야기가 퍼지기도 했다.

전두환 씨는 '육군에서 가장 청탁이 많은 장교'로 알려지고 있었다. 그러나 그의 청탁은 자신에 대한 것이 아니라 동기생들과 후배, 특히 하나회 출신 장교들을 위한 승진·보직 등 인사 청탁이었다.

73년 윤필용사건을 수사하는 과정에서 군내 최대 사조직 하나회에도 칼질을 단행함으로써 전두환 씨와 악연을 갖게 된 강창성 전 보안사령관이 들려주는 일화에 따르면, 육사 11기 4명이 장성으로 진급한 뒤 전두환 준장이 강 보안사령관한테 인사를 하러 갔다. "형님!" 보안사령관집무실로 들어간 전 준장은 거침없이 '형님'이라고 부르며 손바닥이 보이도록 장난스럽게 경례를 했다.

그렇지 않아도 박정희 대통령이 그에게 '일심'이라는 휘호를 하사했다며 의기양양해하고 다니는 전 준장을 고깝게 보고 있던 강 보안사령관은 그 자리에서 꾸짖었다.

"전 장군, 당신과 몇몇 사람은 군에서 나가야 돼. 허구헌날 몰려다니며 술 먹고 선배한테 함부로 하니 군 기강이 잡히겠나."

전 준장은 정색을 지으며 능청을 떨었다.

"저는 박정희 대통령 각하 말고는 대한민국에서 무서운 사람이 없습니다. 왜 강 사령관님은 절 미워하십니까. 그럴 필요 없는데……."

강 사령관은 더 화를 낼 수도 없어 미리 준비했던 금일봉을 주어서 보냈다. 보안사령관실을 나간 전 준장은 강 사령관이 준 금일봉을 뜯어 보고는 보안사 경리장교를 찾아가 돈을 빌리자며 금일봉만큼 더 가지고 갔다.

당시를 회고하는 강씨는 "나를 우습게 봤는지 배짱이 유별난지……. 감히 보안사령관에게 말예요"라며 못마땅해 했다.

강씨는 또 이런 일화를 들려주기도 한다.

전두환·이순자 내외가 강창성 보안사령관 집에 새해 인사를 간 일이 있었다. 큰절을 올린 전씨는 다짜고짜 말했다.

"제가 보안사 참모장으로 근무하겠습니다."

상명하복의 계급 사회인 군대는 물론 계급도 중요하지만 계급보다 보직이라는 말이 있다. 그 보직은 자기가 원한다고 될 일이 아닐 터이다. 강 사령관은 그 자리에서 호통을 쳤다.

"이 사람아, 참모장을 자네 마음대로 해. 박정희 대통령한테 물어봐서 자넬 시키려는 게 사실이면 내가 사표를 쓸 거야."

김영삼 정부가 출범, 장·차관 인사가 우여곡절을 거친 끝에 마무리된 3월 8일 오전 7시, 권영해 국방부장관은 서울 용산구 한남동 공관을 나와 청와대로 향했다. 권 장관의 마음은 무겁기만 했다. 전날 청와대로부터 대통령과 단둘이 아침식사가 예정되어 있으니 7시 30분까지

318

들어오란 연락을 받은 이후부터 고민이 많았다. 대통령은 틀림없이 군 개혁 방안에 대해 질문할 것이다. 어디서부터 개혁의 칼을 들이댈 것인가…….

대통령과의 아침식사는 간소했다. 쑥국에 공기밥 국을 두어 숟가락 떴을 때 김영삼 대통령은 지나가는 말처럼 화두를 꺼냈다.

"장·차관 인사도 끝냈으니 군 인사도 시작해야 하겠지요. 참모총장과 기무사령관을 바꿔야겠습니다."

그날 낮 12시 라디오 방송에서는 "정부는 오늘 김진영 육군참모총장과 서완수 기무사령관을 전격 해임하고 후임에……"라는 톱뉴스가 흘러 나왔다.

임기 9개월이 남은 김진영 총장과 서완수 기무사령관이 해임되던 날, 군인들은 물론 국민들도 충격과 경악을 감추지 못했다. 박정희·전두환·노태우 3인의 군인 대통령조차 감히 엄두를 못 내던 것을 '군을 모르는' 김영삼 대통령이 '겁 없이' 해치웠다는 것이다.

김영삼 정부에서는 육군참모총장과 기무사령관을 전격 교체한 것이 군통수권 차원이라고 굳이 강조했지만, 인사 배경에는 갖가지 해석이 난무했다. 김 대통령의 군 장악 프로그램의 전주곡, YS의 '친위쿠데타', 군부 기득권 세력의 조직적 반발을 기습적으로 무너뜨린 '역 쿠데타', 30년 군 기득권 세력인 '하나회' 제거작업의 수순, 장·차관 인사파동을 뚫고 나갈 국면전환용 카드 등등…….

김 대통령은 그날 낮, 언론사 사장들과의 청와대 오찬에서 "개혁을 하려면 역풍도 저항도 있게 마련인데 그런 조짐이 벌써 나타나고 있다"라고 꼬집은 뒤 "신한국의 봄이 오는 것을 시샘하는 꽃샘추위가 아무리 매워도 오는 봄을 막을 수는 없을 것이다. 결코 개혁의 발걸음을 멈추지 않겠다"라고 강조했다. 다음날 저녁 청와대 영빈관에서 있은 언론사 편집·보도국장들과의 만찬에서도 김 대통령은 "나는 과거 어떤 대통령과도 본질적으로 다른 혁명적 대통령이 될 것!"이라고 강조했다. 실제로 '인사가 만사'라고 주장했던 김 대통령의 참모총장과 기무사령관에 대한 인사만으로도 정치권과 관·군에 혁명 이상의 충격과 경악을 안겨준 것이었다.

왜 그러한가. 육군참모총장과 기무사령관의 경질은 김영삼 정부의 발표와 같이 군 통수권 차원에서 있을 수 있고 또 가능한 일이기도 한데, 왜 '충격과 경악'이라고 말들이 많은가. 여러 가지 분석이 있었지만 김영삼 정부의 군 인사에 대한 '첫 작품'은 아무래도 군내 사조직 '하나회' 제거작업의 신호로 보는 데 무게가 실려 있었다.

김진영 전 총장과 서완수 전 기무사령관은 각각 육사 17기와 19기이며, 하나회 핵심리더였다. 김진영은 허화평, 허삼수, 이현우, 김용갑, 안현태 등과 함께 17기의 주축이었다. 강경파로 불리는 17기는 전두환·노태우 장군이 이끄는 80년 신군부의 막후실세였으며, 개성과 주관이 뚜렷한 인물들이 많은 것으로 유명하다.

서완수는 김진선, 윤용남, 김상준 등 19기 동기생 가운데 선두주자였다. 91년 12월 그가 특전사령관에서 기무사령관으로 옮겨갔을 때 군부 내에서는 '역시 하나회'라는 말이 나돌았다.

91년 12월 육군참모총장 취임 직후인 92년 2월 중순 김진영 대장은 "상하계급으로 구성된 군 내부의 종적 사조직을 단시일 내에 모두 해체하라"는 '지휘서신 제1호'를 발표했다. 당시 국민과 언론은 군 내 사조직 해체로 군의 민주화와 중립화를 촉진하는 계기가 되기를 바란다는 기대감과 함께 대대적인 환영을 했다.

그러나 군내 일각에서는 반드시 환영 일변도였던 것만은 아니었다. '사조직을 해체하라'고 '지휘서신 1호'를 발표한 장본인 김 총장이 바로 '군내 최대 사조직'으로 알려진 하나회의 핵심 멤버였기 때문이다. 따라서 당시 하나회의 군 출신들은 김 총장의 '지휘서신 1호'에 대해 언론의 해석과는 정반대로 받아들이기도 했다. 김 총장의 언급을 하나회 인맥을 지칭하는 것이 아니라 그때 막 부상하고 있던 ROTC 출신 장교단을 겨냥한 말로 받아들였던 것이다.

당시까지만 해도 군은 육사 출신들이 주도했으나, ROTC의 세가 급성장하던 때였다. ROTC 출신들의 강점은 결속력이 강하고 사회의 호의적인 인식도 큰 힘이 되고 있었다.

무엇보다도 그동안 육사 출신이 아니면 중장 진급이 어렵다는 통념을 깨고 ROTC 1기인 박세환 소장이 처음으로 중장에 진급, 8군단장에 취임했다는 것은 학군단 출신들에게는 고무적인 현상이 아닐 수 없었다. '학군의 보루'로 여겨졌던 박세환 장군은 김영삼 정부 이후 교육사령관을 거쳐 ROTC 출신 최초로 대장으로 진급했다.

'80년대는 하나회의 시대'라는 말이 회자된 적이 있다. 군 내 최대 사조직으로 알려진 하나회가 한국을 경영했다는 말이다. 박정희 정권 때부터 힘을 키워 온 하나회는 5, 6공을 거치면서 안기부장, 청와대 경호실장, 국방부장관, 기무사령관 등 권력의 핵심을 독식해 왔다. 그들 노른자위는 대통령과 수시로 독대할 수 있을 뿐만 아니라 군부 내 동향보고의 유일한 통로였기 때문에 막강한 영향력을 행사해 왔다.

하나회는 전역 후에도 사회의 각처의 영향력 있는 자리로 옮겨 갔다. 정부각료와 고위공직, 감사원 감사위원, 대사, 국회사무총장, 각 청장, 정부투자기관의 감사 및 이사, 안기부 고위간부 등. 민정당의 역대 사무총장 상당수와 전국구의원 10여 명도 하나회 출신이었다.

김영삼 대통령은 취임 직후 청와대경호실장과 국방부장관 인선을 위해 각계 의견을 수렴할 당시 "하나회는 절대로 안 된다"라는 말을 되풀이한 것으로 알려졌다. 당시 김 대통령 측근들은 예상인사 내용을 취재하는 기자들에게 "하나회는 빼고 생각하면 될 것"이라고 자신 있게 말하기도 했다.

하나회를 언급하게 될 때 무엇보다도 눈에 띄는 점은 전두환·노태우 두 명의 대통령을 배출해냈다는 사실이다. 전두환은 명실공히 하나회의 회장으로 하나회를 키워 왔고, 또 하나회를 이끌고 정권을 장악한 장본인이다.

박정희 대통령 18년 동안 하나회 인맥은 청와대 경호실과 안기부·수경사·보안사·특전사 등 권력중추부를 맴돌며 일찍이 정치군인으로 싹을 키워 왔다. 그들은 후방과 육군본부에 근무하면서 인사규정상 일선경력이 필요할 때는 1·9·20·30사단 등 서울근교 부대에서 단기 복무한 뒤 다시 후방으로 돌아오는 편법을 썼다. 그 과정에서 하나회 회원들끼리 대물림을 하며 요직을 독식한 것이다.

전두환·노태우 두 전직 대통령 통치하의 5·6공 10여 년은 하나회의 전성시대와 다름없었다. 하나회는 한국을 좌지우지하는 '보이지 않는 손'으로서 싫든 좋든 한국경영의 핵심 그룹이었다.

윤필용사건

하나회가 처음으로 세상에 모습을 드러낸 것은 1873년 3월 '윤필용사건' 때인 것으로 알려져 있다. 당시 육사 11기에서부터 20기까지 120여 명이 회원이었는데, 이들의 리더는 전두환 준장이었고, 그들은 박정희 대통령으로부터 특별한 비호를 받고 있었다.

윤필용사건 때 전두환 준장은 1공수여단장, 노태우 대령은 보병부대 연대장을 맡고 있었다. 강창성 보안사가 윤필용사건을 수사하는 가운데 하나회가 돌출했고, 전·노 역시 보안사정보처가 작성한 1차 수사대상자 20명 속에 당연히 포함돼 있었다. 실제로 전·노는 용산에 있는 모호텔에서 윤필용 수경사령관과의 관계, 하나회조직 등에 관해 집중조사를 받았다.

윤필용사건 수사책임자인 강창성 당시 보안사령관은 윤 수경사령관을 제거하는 것과 함께 윤 소장을 따르던 하나회에 대한 본격적인 수사에 착수했다고 한다.

하나회에 대해서는 장성급에서 중위에 이르기까지 약 120여 명에 이르는 장교들이 가입돼 있었는데, 박정희 대통령도 이 조직을 인정하고 우수한 멤버들을 고무 및 격려하는 등 물심양면의 조치들을 취해주기도 했었지요. 진급자들을 위한 축하파티, 고급 승용차 제공, 금일봉 등이 그것입니다.

뿐만 아니라 멤버 중에서 사단장으로 나가면 군도나 지휘봉을 주었지요. 물론 군도나 지휘봉에는 박정희 대통령이 하사했다는 글귀가 새겨져 있었지요. 그런데 당사자들이 이 군도나 지휘봉을 사무실에 걸어놓고 과시했습니다. 저는 이 같은 파벌형성이 결과적으로 군 내부를 이간시키고 사기저하를 초래, 필경 전력을 약화시킬 것으로 판단했습니다.

그래서 2주일여 동안의 조사 끝에 윤 소장과 관련이 깊은 핵심장교 50여 명의 명단을 작성, 윤 소장의 독직혐의사실과 함께 박정희 대통령에게 보고했습니다. 입건서류와 함께 명단을 본 박정희 대통령은 직접 한 사람, 한 사람에 대해 신중히 검토한 끝에 구속수사, 예편, 요감시 등 세 갈래로 분류, 즉각 시행토록 했습니다.

강 보안사령관이 박정희 대통령의 최종결심을 받기 위해 하나회 조직표가 그려진 차트를 들고 청와대로 온 것은 윤필용사건 1차 수사를 끝낸 직후였다. 그 자리에는 박종규 경호실장과 김정렴 비서실장도 배석하고 있었다.

"전두환이든지 노태우든지 윤필용이와 어울려 못된 짓 했으면 다 잡아 넣어."

하나회 조직표를 보면서 강 보안사령관의 보고를 받고 있던 박정희 대통령은 노기를 띤 채 하나회 회원 한 사람, 한 사람의 이름 위에 직접 ○, ×를 했다. 하나회의 조직표에 이름이 적혀 있는 장교들은 거의가 청와대경호실, 정보부, 보안사, 수경사, 특전사 등 수도권 일원의 군부대 등에서 근무하거나 근무한 적이 있는 정치에 관심이 많은 장교들이었다.

윤필용사건 수사의 손길이 하나회로 뻗쳐오는 가운데 하나회는 창립 이후 처음으로 붕괴위기에 놓여 있었다. 그러나 하나회의 세력은 만만치 않았다. 하나회는 오히려 반격의 기회를 노리고 있었다.

'윤필용사건'에 연루되어 강제 예편을 당했던 하나회 회원에 따르면 당시 군부 내 육사출신들은 8기생의 선두주자로서 라이벌이었던 윤필용 수경사령관과 강창성 보안사령관의 인맥으로 양분되어 있었다고 한다.

윤 소장을 따르는 장교들은 전두환 준장을 중심으로 경상도 출신들이 많았으며 주로 수경사, 특전사, 보안사들에서 주요 보직을 독점하고 있었던 반면, 강 소장 라인은 주로 중앙정보부에 많이 근무하고 있었다.

"그런데 강창성 라인 장교들이 상대적으로 윤필용 계열보다 진급에서 불이익을 당하는 측면이 많아 불만이 컸습니다. 강 소장은 군의 실질적 리더로 자리잡을까, 하고 기회를 엿보고 있던 차에 대통령의 특명이 있자 '이때다' 싶어 윤 소장 라인의 사람들을 잡아들이기 시작했던 겁니다."

당시 강 보안사령관을 비롯해 윤필용사건에 대한 수사를 담당했던 대부분의 관계자들도 하나회의 존재를 모르고 있었다고 한다. 수사요원들은 윤 소장 밑에 전두환 준장을 중심으로 하는 부하들이 많다는 정도만 파악하고 있었을 뿐, 그것이 군 내의 금기인 사조직인 줄은 아무도 짐작하지 못했다는 것이다.

윤필용사건 수사실무를 담당했던 당시 보안사 수사과장 백동림 씨는 말한다.

"그때 군부 내에선 윤필용계를 쿠데타를 주도할 가능성이 있는 그룹으로 보았으며, 전두환그룹이 윤필용을 정점으로 된 사조직인 줄로 알았는데 수사해보니 그게 아니었습니다. 윤필용은 그 위에 그냥 얹혀 있는 존재에 지나지 않았던 겁니다."

한 가지 분명한 것은, 흔히 윤필용 소장을 전두환, 노태우 등 하나회 출신 정치장교들의 대부였다고 부르는데 이는 잘못된 시각이라는 점이다. 윤 소장이 거세된 1973년경은 이미 전두환 준장을 정점으로 하는 정규육사 출신 장교단이 확실한 세력을 형성하여 윤 소장 같은 이를 필요로 하지 않는 단계에 있었다. 오히려 윤 소장이 손영길 참모장 등 하나회 출신을 부하로 두어 그들의 도움으로 박정희 대통령의 신임을 받았다는 측면이 있었다고 한다.

"윤필용 장군도 하나회의 성격을 정확히 몰랐습니다. 그저 전두환 준장과 가까운 친구들과 후배들이 많다는 정도만 알았지요. 5·16 직후부터 박정희 대통령의 총애를 한 몸에 받고 있던 전두환 준장을 박정희 대통령에게 '각하의 명령만 떨어지면 언제든지 움직이는 후배들이 있다'라고 말한 것으로 압니다. 박정희 대통령은 윤 장군에게 '그 애들을 잘 좀 보살펴 달라'고 부탁했다고 합니다."

하나회 회원들에 대한 가장 큰 특혜는 승진과 보직에 있었다. 하나회는 대통령과 실력자들의 후원을 이용했음은 물론 회원들을 인사요직에 포진시켜 제도적으로 자신들에 대한 특혜가 가능하도록 했다. 수사가 임박해 오면 하나회는 그들 후원세력들을 모두 동원할 것이다.

하나회 지원세력에 대해 강씨는 말한다.

당시 하나회와 가장 밀접했던 인물들은 육군방첩부대장에 이어 수도경비사령관을 역임하고 있는 윤필용 장군과 대통령 경호실장을 맡고 있던 박종규 씨였다. 그밖에도 육군참모총장과 국방부장관을 역임한 서총철 장군 2군사령관에 이어 5공에서 교통장관을 역임한 차규헌 장군, 육군참모총장을 지낸 황영시 장군, 3군사령관 중앙정보부장을 지낸 유학성 장군, 보안사령관과 2군사령관을 지낸 진종채 장군, 청와대민정수석비서관을 지낸 김시진 헌병감 등이 후원자였다.

윤필용사건은 정보부장이 되는 것이 '필생의 꿈'이었다는 박 실장이 이후락 정보부장과 차기 정보부장으로 유력시되는 윤필용 수경사령관을 치기 위해 '역모'로 몰았고, 윤 장군과 육사 8기 라이벌인 강창성 보안사령관에게 수사하도록 한 3공 권력게임의 부산물이지, 하나

327

회를 표적으로 한 수사는 아니었다.

윤필용사건 수사관 등에 따르면 전두환 준장, 노태우 대령은 바로 사건의 제보자였고, 전·노가 이끄는 하나회의 최대 지원세력은 박종규 경호실장, 윤필용사건의 발단이 됐던 전·노의 처지에서도 전 준장의 라이벌 손영길 준장을 치기 위한 것이었지 하나회가 수사대상이 되리라는 것은 당초 엄두도 못 낼 일이었다.

하나회에 대한 수사가 진행됐지만 결론은 이상하게 맺어졌다. 하나회의 창설자자 회장인 전두환 준장, 2인자 노태우 대령 등은 아무 일도 없고, 일부 회원 몇 사람만 붙들려 가 편파인사의 주범인 것처럼 단죄되고, 그 편파인사가 하나회 회원들에게 주어지는 것이 아니라, 윤필용 장군이 자신의 세력 확대를 위해 자행한 것으로 결론이 난 것이다.

결론부터 얘기한다면, 전두환 준장은 윤필용 소장을 제거하도록 박정희 대통령을 움직이는 데 있어서 박종규 경호실장의 코치 아래서 모종의 역할을 했고, 하나회 출신 장교들이 된서리를 맞았는 데도 그 조직의 리더인 전·노씨에게까지 수사의 손길이 미치지 않은 것은 전에 박 실장이 제동을 걸었기 때문이었다.

하나회의 1, 2인자 전 준장, 노 대령이 구속을 피할 수 있었던 것은 하나회를 배후 지원했던 박종규 경호실장이 손을 썼다고 주장하는 강창성 씨는 자신도 두 사람에 대해 우호적이었다고 말한다. 즉, 박정희 대통령이 전·노를 잡아들이라고 했을 때 강 보안사령관 자신이 자기가 만류했다는 것이다.

"전 준장, 노 대령이 각하에게 불충한 언사를 하거나 나쁜 짓을 모의한 적은 없습니다. 여기에 박 실장이 있지만 손영길 준장과 권익현 대령은 윤 장군과 가까웠고, 전 준장, 노 대령은 오히려 박 실장과 가까운 사람들입니다."

강씨는 하나회의 수사과정에서 박종규 경호실장이 자기한테 수시로 전화를 걸어와 "전두환 준장, 노태우 대령 두 사람은 관계없다"라는 말을 자주했다고 한다.

73년 8월 초, 태릉골프장에서 박정희 대통령과 박종규 경호실장, 최우근 육사교장, 그리고 강창성 보안사령관 넷이서 골프를 치고 있었다. 필드를 한 바퀴 돌았을 때 박정희 대통령이 강 보안사령관에게 조용히 다가왔다. "임자 때문에 경상도장군 씨가 마른다고 불평이 커."

그날 강창성 장군이 보안사령관실로 돌아왔을 때는 이미 3관구사령관으로 발령이 나 있었다. 보안사령관에게는 좌천이었다. 육사 8기 라이벌 윤필용 장군을 제거한 칼날이었던 그는 전두환, 노태우 등 하나회 제거의 칼을 뽑았다가 도리어 자신의 배를 찔러버린 결과만 초래한 것이다.

하나회는 5·16 주체 세력인 육사 8기생의 발호를 막기 위해 박정희 대통령이 후원함으로써 등장한 군내 사조직으로, 박정희 대통령의 비호 아래 성장하여 12·12와 5·17을 주도, 이 나라에서 군벌정치를 이어갈 수 있었다. 하나회 조직은 4년제 육사 첫 졸업생인 11기생 일부가 중심이 되었으며, 경상도 출신 장교들이 주류를 이루고 있었다. 회원들은 진급과 보직 등에서 적지 않은 특혜를 받고 있었기 때문에 대다수 장교들에게는 불만의 표적이 되어 있었던 존재였다.

이 조직이 군 전체의 사기를 저하시킬 수 있는 파벌이라고 판단한
나는 수사를 벌인 끝에 행적이나 죄질이 나쁜 10명은 군법회의에
회부하고, 죄질이 경미한 31명의 장교는 예편, 24명은 인사이동을
행하는 선에서 1단계 수사를 마무리 지었다. 이 하나회의 회장이
바로 전두환 장군이었다.

나는 군의 장래를 위해서는 이번 기회에 군 내 사조직을 와해시켜
재기하지 못하도록 하는 것이 바람직할 것이라는 견지에서 2단계
수사를 박정희 대통령에게 건의했지만 묵살당한 끝에 도리어 보안
사령관직을 해임당한 바 있다.

강창성 씨는 군 전체의 사기를 저하시키는 것을 막기 위해 하나회를
수사했으며, 결국 하나회 때문에 보안사령관직에서 해임당했다는 것
을 인정하고 있다.

"나중에 알고 보니 이후락이 박정희 대통령의 대구사범 4년 후배인
진종채 수경사령관을 시켜 경질을 건의했더군요"라는 강씨는 "모든
것이 권력의 속성에서 비롯된 것이며 나 역시 당하는 운명에 섰던 것"
이었다는 말도 한다.

그해 8월 9일 강 장군이 대전 3관구사령부에 내려와 좌천의 울분을
삭이고 있는데 며칠 후 밤 11시경 박종규 경호실장으로부터 전화가
왔다.

"각하께서 충남 시찰차 내려오신 것은 알고 있겠지. 각하께서는 지
금 만년장 호텔에 묵고 계시오. 새벽 1시쯤 사복 차림으로 은밀히 호텔

로 들어오시오."

그날 밤 강 장군은 곧 만년장 호텔로 갔다. 박정희 대통령은 "궂은일을 다 시키고 여기에 내려 보내 가슴이 아픈데 누가 자네를 무시한 사람이 없냐"라고 물었다.

"각하, 이런 고사가 생각납니다. ……한나라 문왕은 눈엣가시 같은 측근 두 명을 치기 위해 포도대장을 썼는데 여론이 나빠지자 자기가 시키지도 않은 일을 했다고 뒤집어 씌워 목을 날려버렸습니다. 포도대장이 없어지자 호시탐탐 기회를 노리던 차석이 결국 반란을 일으켜 뒤집어 엎어버렸다고 합니다. 저는 각하 같은 현군을 만나 잘 지내고 있습니다."

이후락 정보부장, 윤필용 수경사령관을 치기 위해 '포도대장'인 자기가 기용됐으나 결국 좌천되고 말았다는 유감을 강 장군 나름대로 간접적으로 표현한 것이다.

강 장군의 얘기를 잠자코 듣던 박정희 대통령은 얼굴을 찡그렸다. 포도대장을 자른 뒤 차석이 반란을 일으켰다는 대목이 마음에 들지 않았을 것이다. 그후 강 장군은 군단장으로 나갈 기회가 몇 번 있었으나 결국 나가지 못한 채 75년 말 결국 옷을 벗고 말았다. 그는 그렇게 3공 역사의 뒤안으로 묻혀져 갔다.

윤필용사건의 여파로 하나회를 수사했던 강창성 당시 보안사령관에 대해 전두환 전 대통령이 '원한'을 갖고 있었다는 것은 전씨 측근 사이에서도 굳이 감추지 않고 있다.

"박정희 대통령이 사건수사를 시켰으면 윤 장군 한 사람만 수사하면 되지 왜 권익현이는 잡아넣는 거야. 내 손으로 꼭 혼내줄 거야."

윤필용사건 직후부터 전두환 준장이 강창성 보안사령관한테 보복의 칼을 갈고 있었다. 실제로 강씨는 예편한 뒤 해운항만청장을 지냈지만 전두환 전 대통령이 실권을 잡은 뒤부터는 시련의 연속이었다.

80년 2월말 해운항만청장 자리에서 물러난 강씨는 1주일 뒤 당시 신군부의 리더 전두환 보안사령관을 면담했다. 그 자리에서 강씨는 10·26 박정희 대통령 시해범 김재규 재판 등 시국에 대해 이야기를 나누었으나 전두환 보안사령관이 정권을 장악하려는 야심을 갖고 있다고 느낀 터라 별로 분위기가 좋지 않게 헤어졌다고 한다. 그는 그후 육사 8기 동기생 몇 사람에게 "전 장군이 엉뚱한 생각을 한다"라고 말하고 다녔다고 한다.

반면 전두환 전 대통령의 측근에 따르면 10·26 후 김재규사건에 대한 군부나 세상의 여론을 듣고 싶었던 전두환 보안사령관이 강씨와 면담하는 자리를 주선했고, 두 사람은 최규하 대통령 문제에 대해 이야기했다고 한다. 그때 강씨는 최 대통령의 하야방법에 관해 뭔가 제의를 했는데 오히려 전두환 보안사령관이 강씨를 괘씸하게 여겼다는 것이다.

결성 작업 때부터 그랬으니 영남권 중심 정규 육사 출신 비밀 조직 하나회는 철저한 보안 속에 군내 파워 조직으로 커 갔다. 의리와 인간 관계로 포장된 상부상조, 이익 관계를 본질로 승진, 보직 등에서 서로 끌어주고 밀어주며 끈질긴 생명력을 키워 나간 것이다.

그런 하나회였으되, 정체가 탄로 나고 된서리를 맞게 된 사건이 터졌다. 73년 윤필용 수경사령관 사건이 그것이다.

윤필용 수경사령관. 그는 당시 천하가 다 알고 있었던 박정희 대통

령의 측근 중 측근이요, 세도가였다. 강창성 보안사령관과 함께 육사 8
기의 선두주자로서 그가 사령관으로 재임하고 있는 수경사는 '필동육
본'이라는 별명이 붙어 있을 정도였다.

윤필용 씨는 "내가 박정희 대통령의 측근에 가장 오래 있었던 사람"
이라고 스스로 말했다. 1954년 박정희 준장이 5사단장으로 부임하여
대대장인 윤필용 중령을 군수참모로 발탁한 뒤 73년 3월 이른바 '윤필
용사건'으로 구속되어 군복을 벗을 때까지 꼭 20년 동안 박정희를 그
림자처럼 따라다녔다.

박정희 장군은 그후 5사단장 7사단장, 1군 참모장, 군수기지사령관,
1관구사령관으로 임지를 옮길 때마다 윤 중령을 데리고 다니면서 군
수참모, 참모장 보좌관, 비서실장 등 요직에 앉혔다.

그러나 박 장군의 측근으로서 그림자처럼 따라다녔던 윤 중령이 정
작 목숨을 건 5·16 쿠데타 때는 주도적으로 참여하지 못함으로써 그
후 두 사람의 인간관계의 종착역이 된 윤필용사건에 도달하게 되는 노
정을 더욱 정확하게 들여다볼 수 있는 한 단초를 제공하고 있다. 5·16
의 주체를 이루고 있는 세력이 육사 5기생과 8기생이었고, 쿠데타 모
의 과정과 성공 뒤에는 실제로 8기생이 주체 세력을 이루고 있었다. 그
러나 쿠데타의 최고 지도자인 박 장군과 숙명적인 인간관계를 유지하
고 있고 육사 8기생이었던 윤필용 씨는 5·16 주체에서 빠진 것이다.
5·16이 성공한 뒤 박정희 장군은 그의 오랜 측근인 윤필용 중령을 최
고회의 의장 비서실장으로 임명했다. 이 부분에 대해 윤씨는 다소 계
면쩍어하고 있다.

'다른 사람들은 다 목숨을 걸고 거사에 참여했는데 저는 별로 한 일

이 없어 그런 자리를 차지하기가 미안합니다. 그래서 비서실장 자리를 박태준 장군에게 내어놓고 저는 비서실장대리로 있었습니다."

윤필용 씨는 최고회의실에서, 나중에 '윤필용사건'에서 숙명적으로 부딪히게 될 박종규 소령과 같이 근무하게 된다. 박 소령은 박정희 의장 경호대장이었다. 이때 박 소령이 의장 경호팀을 조직하면서 차지철 대위 등 공수단 장교들과 전두환, 노태우, 손영길, 김복동, 최성택, 정호용 등 육사 11기 출신 장교들을 뽑았다. 윤필용 의장 비서실장대리와 박종규 경호대장은 그때부터 이들 육사 11기 그룹을 비롯한 정규 육사 출신 장교들과 밀접한 관계를 맺고 군내 최대 사조직 '하나회'를 조직해 승진, 배치 등 인사 때마다 후원하게 된다.

윤필용 대령은 62년 군으로 복귀해 25사단 72연대장, 63년 육본 관리참모부 분석과장, 64년 서울지구 방첩대장을 거쳐 65년 준장으로 진급한 뒤 육군방첩부대장(보안사·기무사의 전신)이 되면서 권력의 한복판으로 다시 뛰어 들었다.

당시 윤필용 방첩대장 밑에 있었던 정보장교들 중에는 노태우, 권익현 중령, 허삼수 대위 등 육사 11, 17기 출신 하나회 회원들이 있었다.

해군사관학교 1기 출신으로 공화당 중앙위원을 지낸 바 있는 이한두 씨는 윤필용 씨에 대해 '박정희의 심복이요 그림자 같은 인물'이라고 전제, '전형적인 경상도 기질의 사나이로 청렴강직하고 임무에 충실할 뿐만 아니라 하급자에게는 자상하고 친근한 대부적인 인물'이라고 평했다. 반면 김형욱 전 중정부장은 '다분히 기회주의적이며 행실이 좋지 못한 인물', '출세와 기회포착에는 날렵하고 끈질긴 사람'이라고 혹평했다.

윤필용 방첩부대장은 65년 5월에 '원충연 대령 등에 의한 쿠데타 모의 사건'을 적발했다.

발표문에 따르면 정훈학교 부교장이던 원충연 대령은 5·16 주체 세력이 혁명 공약을 어기고 국민을 배신했을 뿐만 아니라 국제적으로도 국가의 체통이 떨어졌다는 점에 불만을 품고 서울 근교의 탱크 부대와 손잡고 쿠데타를 일으킬 계획을 세웠다. 그러나 모의에 가담했던 이모 소령이 방첩대에 자수하여 발각됐다.

"그 뒤 숱한 정치적 조작 사건이 일어나 이 사건마저 안 믿는 사람들이 있는 모양인데, 이 모의 사건은 진짜였다"라고 강조하는 윤필용 씨에 따르면 방첩대의 지시에 따라 이 소령은 녹음기를 품고 원충연 쿠데타 모의에 가담한 사람들의 '최후의 결사, 결의' 장면까지 녹음했으며 계획의 초안도 입수했다고 한다.

반면 김형욱 중앙정보부장은 "윤필용은 취임 후 공로를 세우기 위해 사건을 지나치게 확대시켰다. 나는 당시의 복잡한 국내외 정세를 감안하여 원충연 사건을 단순한 군부 내 불평 사건으로 마무리짓겠다는 태도를 견지하고 있었다"고 주장했다. 즉 윤필용 방첩대장이 사건을 과장하여 함경도 출신 한신 장군을 구속, 문책하고 정일권 총리까지도 문책하여 그들의 세력을 군부와 정계로부터 제거하려고 기도했다는 것이다.

원충연 대령이 주모자가 되어 한신 장군의 6군단 병력을 동원, 정권을 장악하고 한신을 계엄사령관으로 하여 전군을 장악한 뒤 정일권을 국가 원수로 추대한다는 각본이었다는 원충연 사건으로 윤필용 방첩대는 정일권의 재군 당시 전속부관, 본부사령, 비서관까지도 닥치는 대로 잡아들였다.

> 원충연 사건을 전후하여 윤필용은 천하에 무서울 것이 없다는 식
> 으로 안하무인 격이었다. 그는 육군참모총장 김용배를 휘어잡고
> 군인사권까지 완전히 장악하였다. 윤필용에게는 사단장, 참모장,
> 군단장은 물론 참모총장까지도 아부를 하는 판이었다. 모 3성 장군
> 이 정초에 아직 준장에 불과하던 윤필용에게 세배까지 갔을 지경
> 이니 육군참모총장이 두 사람 있다는 개탄까지 나돌았다. 윤필용
> 의 그러한 소문을 청와대가 모를 리 없었다.

김형욱의 회고와 같이 박정희 대통령의 오랜 심복으로서, 3공 권력
의 핵심에 있는 육군 방첩부대장으로서 윤필용 장군은 견마지세를 다
했다. 그럴수록 그의 권력의 위세도 커져 갔다. 박정희 대통령이 군 인
사 문제를 논의했던 유일한 인사는 바로 윤 장군이었다.

윤씨 자신도 "그때 국방부장관이나 육군참모총장을 결정할 때는 나
의 의견이 가장 많이 반영된 것도 사실이다"라고 털어놨다. 그는 또 박
정희 대통령은 사단장급 인사만 결재했으나 연대장 인사에까지 관심
을 쏟더라고 했다.

군 인사에 대한 입김이 작용했기 때문에 참모총장이 임명되면 윤 장
군을 찾아가 인사를 했고 선배 장성들이 세배를 갈 정도로 위세가 당
당했다. 군내부뿐만 아니라 재벌과 정계의 핵심 인사들까지 그와 줄을
대기 위해 안달했고, 그의 그런 권세는 당시 알 만한 사람들은 다 알고
있었다. '윤필용사건' 수사의 총책임자였던 강창성 씨는 "당시 윤 장

군을 가리켜 '청와대 밖에 있는 대통령'이라는 말까지 나돌았다"라고 했다.

그러나 윤필용 장군과 박정희 대통령 사이에 금이 가기 시작한 것은 '윤필용사건' 훨씬 이전이었다. 박정희 대통령이 두 번 임기로 그만둔다는 것이 기정사실화되어 있던 67년 어느 날, 청와대를 찾아간 윤 장군은 "각하, 후계자에게 모든 것을 맡겨버리면 너무 무책임한 것 아닙니까. 공양 사항도 다 못 지킨 것이 있고 하니 각하께서 당 총재로서 계속 후계자를 뒷바라지해야 할 것으로 봅니다. 총재실을 개편하도록 하십시오"라고 진언했다.

그때 박정희 대통령과 일부 측근들은 3선 개헌을 구상하고 있었다. 그 사실을 모르는 윤 장군이 정권 이양 뒤의 후견인 역할을 건의한 것이다. 윤씨에 따르면 박정희 대통령의 반응은 너무나 의외였다. 좀처럼 언성을 높이지 않던 박정희 대통령이 벌떡 일어나 호통을 쳤다.

"너 할 일이나 잘 해!"

윤씨는 "내 평생에 그렇게 화난 표정을 본 적이 없었다"라고 회고했다. 73년 윤필용사건은 후계자 발언이 불씨가 된 것이었다. 그러나 '3공의 금기 사항'인 후계자 발언은 윤 장군의 입을 통해 그 이전부터 이미 터져 나온 것이었다.

윤필용 장군이 3선 개헌 구상에 제외된 부분은, 전두환 대령이 머나먼 월남 전장에 가 있는 동안에도 '지금이야말로 한국적 민주주의를 토착화할 때'라고 간곡한 편지를 보내 박정희 대통령을 흡족하게 만들었던 것과 퍽 대조를 이룬다. 알려진 것과는 달리 전씨가 윤필용사건에 깊숙이 관여한 것을 감안, 유의해볼 대목이 아닐 수 없다.

337

'후계자 역할' 진언으로 평생에 한번 박정희 대통령의 화난 표정을 본 다음날 윤필용 장군은 다른 일로 이후락 비서실장의 방에 가 있었다. 그때 박정희 대통령이 지나치다가 윤 장군을 발견하고 이 실장을 향해 지나가는 말로 말했다.

"어이, 이 실장. 내가 어제 윤 장군에게 기합을 넣었는데, 자네가 오늘 한 번 더 줘!"

윤씨는 "그것으로 그분의 분이 풀릴 줄 알았는데, 다음날부터 청와대 면회가 잘 안 되더니 얼마 뒤 사단장으로 전보되었다"라고 말했다.

윤 준장은 68년 1월 8일자로 소장으로 진급했다. 육사 8기생 가운데 가장 빠른 진급이었다. 윤 장군이 소장으로 진급할 무렵, 윤필용 방첩부대가 제대로 역할을 수행하지 못한 가운데 북한 12군부대 소속 김신조 일당이 청와대 근처까지 기습해 왔다. 이 1·21사태로 윤 방첩부대장은 일선 사단장으로 전보됐고, 후임으로는 박정희 대통령에게 또 하나의 숙명의 적과 동지가 될 김재규 장군이 부임해 왔다. 이로써 윤 장군은 권력의 핵심에서 멀어졌다.

윤 소장이 사단장으로 있던 어느 날 김성은 국방부장관이 불렀다.

"윤 장군, 얼마 전 각하를 만났는데 윤 장군에 대해 좋지 않은 말씀을 많이 하시더구먼. 그토록 키워주었는데, 호랑이를 기른 격이 됐다고 말이요."

윤 장군은 박정희 대통령의 임기 문제에 대해서 자기가 한 이야기를 아직도 오해하고 있구나, 하고 생각했다.

그런 뒤 윤 장군이 주월 맹호부대장으로 임명돼 월남 전장에 가게 되었다. 출발하기 며칠 전에 박정희 대통령께서 직접 전화를 걸어 와

식사나 같이 하고 가라고 했다. 청와대에서 단 둘이서 식사를 함께했다. 윤 장군은 자신의 충성심을 확인할 좋은 기회라고 생각했다.

"각하, 각하께서는 높은 데서 넓게 보시고, 저는 낮은 데서 좁게 보기 때문에 각하께 불충한 말씀도 많이 올렸는데 용서해주십시오."

박정희 대통령은 윤 장군의 손을 가만히 잡고 "괜찮아, 괜찮아" 하고 고개를 끄덕였다. 윤 장군은 그것으로 박정희 대통령의 오해가 풀린 줄 알았다.

월남에서 귀국한 70년 1월 윤 장군은 대통령의 외곽 경비를 담당하는 수도경비사령관에 임명되었다. 겉으로 보기에는 누가 보아도 '청와대 밖 대통령' 윤 장군이 다시 권력의 핵심에 화려하게 복귀한 것으로 보였다. 윤 장군은 자신이 수경사령관이 된 것이 그렇게 화려한 복귀가 아니었다는 것을 조심스럽게 털어놓았다.

"사실은 그때 다른 사람이 그 자리에 내정돼 있었어요. 그런데 당시 군내의 인맥이 서종철 참모총장 그룹과 김재규 보안사령관, 한신 장군 등 2기생 그룹으로 갈라져 있었어요. 서 총장 쪽에서 저를 천거한 겁니다. 대통령께서 서 총장의 천거를 받아들이긴 했지만 석연찮은 표정이었다는 이야기를 뒤에 들었습니다."

제3공화국의 파워게임

윤필용 소장의 수경사령관 임명은 일반의 예상을 뒤엎는 것이었다. 박정희 정권의 장기 집권 길목으로 가는 3선 개헌에 반대한 윤 소장은 주월 맹호사단장을 거쳐 귀국한 직후 곧 예편을 당할 것이라고 알려졌기 때문이었다. 그러나 이와 같은 예상을 뒤엎고 박정희 대통령은 청와대 외곽 경호 임무를 맡는 수경사령관에 윤 소장을 임명하는 의외의 카드를 내밀었다.

권력의 핵심으로 화려하게 복귀한 윤 소장은 방첩부대장 시절과 마찬가지로 막강한 권력을 행사했다. 다음은 윤 수경사령관 시절 수경사 보안반장으로 근무한 바 있는 김충립 씨와 '윤필용사건'의 수사 총책임자였던 강창성 씨의 증언이다.

윤 장군은 박정희 대통령의 신임하에 군대에서 막강한 권력을 행사했습니다. 대통령의 분신처럼 인식되어 당시 합참의장 M대장이 그에게 세배를 갔다는 소문도 있었고, 그를 부하로 '모셔가기 위해' 선배 장군들이 그에게 운동한다는 얘기도 들렸어요. '대한민국 군대는 윤필용이 군대'라고 비아냥거리는 소리가 나돌 정도였습니다.

군사 쿠데타로 권력을 잡은 박정희 대통령은 군부의 동향에 대해서는 늘 신경을 썼고 군 관리를 심복인 윤 장군에게 상당 부분 맡겼어요. 윤 장군은 방첩부대장을 거쳐 대통령의 외곽 경호를 맡고 있을 뿐만 아니라 유사시 동원 대상 1호인 수경사령관까지 올랐죠. 박정희 대통령은 군 주요 보직·장성 인사를 윤 장군과 깊숙이 상의했습니다. 그러니 그에게 세도가 안 붙을 수가 없었습니다. 서종철 같은 이는 참모총장이 되고 나서 윤 장군을 찾아가 신고할 정도였고, 문형태 대장 등 중장·대장급들이 설날 윤 소장 집으로 세배를 갔습니다. 장성 부인들이 윤 장군 집에 가서 부엌일을 도와주는 일도 비일비재했고요, 주요 보직·진급 인사가 있을 때마다 윤 장군은 정규 육사 출신들의 핵심 조직인 '하나회' 멤버들을 챙겼지요. 특히 육사 11기와 윤 장군 간에는 끈끈한 인간관계가 맺어졌고 윤 장군은 하나회의 대부 역할을 했습니다.

윤 소장의 권세는 어제오늘의 일이 아니었다. 상관들이 보면 안하무인이었고, 부하들이 보기에는 '소신 있는' 행동을 많이 했던 것으로 알려지고 있다. 그와 같은 윤 소장의 권세에 대해 서로 상반되는 증언은 아주 많다.

윤 사령관 부임 초기에 수경사 참모장은 손영길 준장, 비서실장은 박정기 중령, 전속부관은 신양호 대위, 본부사령은 정봉화 소령, 작전 참모는 박준병 대령 등이었다.

군 내부에서는 '대한민국 군대는 윤필용 군대'라는 말이 나돌았을 지도 몰라도 박 정권 중반기를 형성하고 있는 당시 권력의 내부는 그 렇게 간단하지만은 않았다. 윤 수경사령관 주위에는 3공화국 권력의 막강한 파워맨들이 포진해 있었고, 서로 먹고 먹히는 권력의 생태와 2 인자끼리 서로 치고받으며 충성 경쟁을 벌이도록 이끌었던 박정희 대 통령의 교묘한 통치술로 윤 수경사령관은 그들과 관계가 원만하지 못 했다. 당시 2인자를 자처하며 서로 피나는 박치기를 했던 실력자들의 면면은 다음과 같다.

대통령 경호실장 박종규: 5·16 주체 세력으로 거의 유일하게 권력 의 핵심자리에 앉아 있는 실력자 중의 실력자. 5·16 당시는 윤 수 경사령관보다 하위계급자였으나 유사시에 수경사 경호실장에게 작전 배속되어 있었으므로 권력의 무게는 박 실장이 쥐고 있었다. 뿐만 아니라 두 권력자는 전두환 준장이 이끄는 '하나회'의 후원 자로서 서로 경쟁하듯 관계가 매끄럽지 못했다.

중앙정보부장 이후락: 71년 4·27 대통령 선거를 앞두고 주일대사 에서 남산 부장으로 컴백한 실력자. 67년 대통령비서실장 시절 윤 필용 방첩부대장의 경질을 건의했을 정도로 은원이 개입된 관계였 다. 그는 곧 4·27 대선 공작에서 박정희 대통령 후보가 당선하는

데 한 역할을 했고, 역사적인 7·4 남북공동성명을 이끌어내기 위해 평양으로 잠입, 김일성과 회담을 벌이는가 하면 박정희 대통령의 1인 장기 집권으로 가는 10월 유신 작업을 추진할 축으로서 권력의 전성기를 앞둔 인물이다.

보안사령관 김재규: 당시 군내에서 누구나 알고 있을 정도로 윤 수경사령관과는 견원지간. 박정희 대통령과 동향, 육사 2기 동기생으로 막강한 위세를 떨치고 있는 그는 1·21 사태 직후 윤 장군을 '밀어내고' 후임 방첩부대장으로 취임해 육군 보안사령부로 부대 이름을 바꾸었고, 윤 장군이 수경사령관에 임명될 때는 이소동 장군을 밀었던 육사 2기생 그룹의 리더였다.

김종필 국무총리: 5·16 이후 중앙정보부장, 공화당의장, 국무총리 등을 역임하며 후계자 자리를 넘보았던 인물. 그는 박정희 대통령의 국가 통치 대권을 인계받으려고 호시탐탐 노리고 있으나 가장 위력적인 군부 세력의 내부에서 육사 8기 동기생인 윤필용 세력이 막강하다는 사실을 간과할 수 없었다.

박정희 대통령 밑에서 나름대로 막강한 실권을 휘두르는 이들 5명의 실력자들은 모두 2인자를 자처했고, 각자 나름대로의 권력을 가지고 상호 견제하면서 힘의 균형을 이루고 있었다. 윤 수경사령관이 아무리 '대한민국 군대는 윤필용이 군대', '청와대 밖의 대통령'이라는 소리를 들으며 권세를 부리고 있었으나 그들 4명을 제압할 힘이 없는 것은 마땅한 이치였다.

그리고 이들 내로라하는 권력자들 밑에서 아직은 명함을 내릴 처지

343

가 아니었으나 군내 최대 사조직 '하나회'를 이끌며 먼 훗날을 기약하는 인물도 없지 않았다. 박정희 대통령의 총애를 한 몸에 받고 있는 그는 다름 아닌 정규 육사 1기인 11기생의 리더 전두환 준장이었다.

'4강' 혹은 '5강'으로 불리는 이들 실력자들 사이로 윤 수경사령관에게 도전장을 던지며 등장하는 또 한 명의 실력자가 있었다. 강창성소장이 바로 그 사람이었다. 그는 윤 소장과 함께 육사 8기 동기생으로서 5·16 이전에는 강 소장이, 5·16 이후에는 윤 소장이 최선두를 달리면서 줄곧 경쟁 관계를 유지하고 있는 라이벌이었다.

당시 실력자들의 박치기 가운데 가장 먼저 무대 위로 나타난 것은 윤 수경사령관과 김재규 보안사령관의 파워 게임. 김 보안사령관이 수경사에 상주하는 휘하의 보안사 요원을 시켜 윤 수경사령관의 전화를 감청한 사건이 탄로 나면서 노골적으로 드러났다. 윤 수경사령관 전화 감청 사건으로 김 보안사령관이 판정패 한 뒤인 71년 9월 3군단장으로 전보되고 그의 후임에 정보부 차장보였던 강창성 소장이 부임했다.

2인자 권력 진용은 다시 짜여졌다. 겉으로 보기에는 당시 실력자들은 균형을 유지하고 있는 듯했으나 암투는 날이 갈수록 치열해지고 있었다. 김재규 중장의 3군단장 전보로 적어도 파워 게임에서 윤 수경사령관이 성공하는 듯했다. 실제로 그의 위상은 더욱 막강해졌다. 그러나당초 후계자들 염두에 두지 않았던 박정희 대통령이 '청와대 밖의 대통령'이라는 소리를 듣고 있는 '새기 호랑이'를 가만 놔둘 리 만무했다.

김재규 보안 사령관 후임으로 권력의 한 축을 틀어 쥔 강창성 소장은 바로 윤필용 소장의 맞수로서 '윤필용사건' 수사 총책임자가 되었다. 그는 말한다.

9월 23일 사령부에서 이·취임식을 가진 뒤 전임 김재규 사령관으로부터 3가지 사항을 인수인계 받았던 기억이 생생합니다. 첫째 매일 서류로 정보 보고를 올리되 중요한 사항은 청와대 비서관을 통해 직접 대통령에게 보고할 것. 둘째 1주일 이내에 박정희 대통령에게 신임 포부와 운영 계획을 중심으로 한 업무 보고를 할 것, 셋째 윤필용 장군의 동태를 감시하라는 대통령의 지시를 강 장군도 준수할 것 등이었습니다.

전임자로부터 윤 수경사령관의 동태를 감시하라는 등 3가지 사항을 인수인계 받은 강창성 보안사령관은 일주일 후 청와대로 올라갔다. 대통령 집무실에서 8절지 크기의 간이브리핑 차트를 넘기면서 업무 보고를 했다. 보고를 받은 박정희 대통령은 이렇게 지시했다.

"강 장군! 앞으로 서울 근교 부대의 동태를 면밀하게 파악하도록 하시오. 정보 보고는 총리 김종필을 거치지 말고 청와대로 직접 올리도록 하시오."

박정희 대통령이 염두에 둔 서울 근교 부대의 근간은 청와대 외곽 경비 임무를 띠고 있는 윤필용 수경사일 것이다. 대통령의 윤필용 수경사의 동태를 면밀하게 파악하도록 하라는 지시는, 곧 전임 보안사령관 김재규 중장의 인계 사항과 같은 맥락이다. 박정희 대통령은 이어 늘 후계자의 꿈을 버리지 않는 김종필 총리에 대해 좋지 않은 평을 곁들인 뒤 말했다.

"종필이가 강 장군 동기생이지. 아무리 동기생이라고 해도 공사를 엄격히 구분, 경사되는 일이 없도록 하시오."

쿠데타로 정권을 장악한 박정희 대통령에게 있어 보안사는 정보부와 함께 박 정권을 떠받치는 2대 지주 가운데 하나였다. 박종규 경호실장, 이후락 정보부장, 김재규 보안사령관, 김종필 국무총리, 윤필용 수경사령관 등이 '4강', '5강' 체제를 유지하고 있던 2인자 그룹 사이에 등장한 또 한 명의 실력자 강창성 신임 보안사령관은 당시 보안사령관 못지않은 권세를 떨치고 있는 윤필용 수경사령관의 동태를 감시하라는 김재규 전임 사령관의 말을 듣고 그대로 실천에 옮겼느냐는 질문에 이렇게 대답했다.

어떻게 그렇게 할 수 있습니까. 김재규 장군이 그런 말을 할 때 감정이 섞여 있는 말이구나 직감했지요. 두 사람의 불화 관계는 당시 군 내에서는 공공연히 퍼져 있던 소문이었지요. 보안사 요원들이 윤 사령관 사무실에 도청 장치를 한 사실이 적발돼 두 사람의 관계가 크게 악화됐다는 것입니다. 그러나 전부는 잘 모르겠습니다. 동기생인 나와는 서로 부딪친 적이 별로 없었기 때문에 내가 부임하자 전임자 때 철수했던 보안사 요원의 수경사 출입이 허용됐고, 내 자신 수경사로 가서 현황 보고를 받기도 했지요. 당시 항간에서는 나와 윤 장군이 상대방 부대를 교대로 방문, 함께 사열을 받을 정도로 가깝다는 말도 나돌았지만 윤 장군이 보안사를 방문, 사열을 받은 적은 없습니다.

강씨는 부인하고 있지만 서울 근교 부대의 동태를 면밀하게 파악하고 있으라는 박정희 대통령의 지시도 없지 않았으므로 수경사에 대한

346

보안사의 관심은 대단한 것이었다. 물론 보안사령관과 수경사령관의 권력 싸움 때문만은 아니었다. 쿠데타로 집권한 박정희 대통령에게 쿠데타를 일으킬 수 있는 서울 주변 군부대의 동태, 특히 수경사에 대한 관심은 높을 수밖에 없었고, 보안사의 임무 가운데 하나는 쿠데타를 방지해야 하는 것이었기 때문이다.

당시 보안사 요원이었던 한 인사는 "막강한 윤 장군에게 만만치 않은 도전자로 강 보안사령관이 등장했고, 두 사람의 암투는 말단 계급장인 나에게까지 피부로 느껴지게 됐다"라고 말했다.

강창성 소장이 보안사령관이 발탁된 것은 중정차장보로서 71년 '선거 유공'에 대한 논공행상의 한 몫으로 보는 시각도 있다. 실제로 그는 중정차장보 시절 박정희와 야당의 40대 기수 김대중의 한판 승부였던 4·27 대선 과정에 깊숙이 관여하며 정치군인의 행태를 보여 왔다. 정치권력에는 영원한 동지도 없고, 적도 없다고 했던가. 그후 강씨는 김대중 대표가 이끄는 민주당에 합류, 민주당 전국구 의원으로 활동하기도 했다.

70년 10월 중순 경 당·정 고위관계자들로 대통령 선거 대책 실무자회의를 구성, 일주일에 두 번 정도 만나 기본 선거 전략에 관해 의견을 교환하게 됐습니다. 당시 실무자회의 멤버로는 청와대에서 김상복 정무수석비서관, 공화당에서 김창근 대변인, 경찰에서 정상천 치안국장, 그리고 정보부에서는 내가 참석했지요. 구체안의 토의에 들어가자 의견이 분분했습니다.

회의가 끝난 뒤, 김창근 대변인과 조용히 만나 허심탄회하게 의견을 교환하게 됐습니다. 그 결과 71년 대선에서 낙승하려면 국민들의 지탄을 받고 있는 부정부패한 자를 과감하게 척결하는 것만이 득표의 비결이라는 데 의견이 모였지요. 그래서 두 사람은 당시 세간에서 부정부패 문제로 많은 비난을 받고 있는 5명의 거물들을 지목하게 됐는데, 김 의원이 '이 같은 민감한 문제를 건의할 사람은 강 장군밖에 없다'라고 종용한데다 그때만 해도 혈기 넘치는 40대 초반이어서 며칠 뒤 선거 관계 보고를 하는 자리에서 그런 대담한 건의를 하게 됐지요.

대통령 집무실에는 박정희 대통령과 강창성 중정차장보밖에 없었다. 부정 축재자들을 숙정해야 한다는 강 차장보의 보고를 묵묵히 듣고 난 박정희 대통령은 난처한 표정을 지었다.

"나도 세상 돌아가는 여론을 다 듣고 있는 만큼 임자 말이 옳다는 것을 모르는 바는 아니야. 그러나 그렇게 많은 사람들을 어떻게 한꺼번에 퇴진시키고 숙정할 수 있겠나. 그 문제는 시간을 두고 연구해봐."

당시 강 차장보가 부정 축재자로 숙정을 건의한 5명의 거물들은 박종규 경호실장과 이후락 주일대사, 그리고 김진만 공화당 원내총무, 3선 개헌 직후에 해임된 김형욱 전 정보부장 등이었다.

한바탕 권력의 소용돌이가 몰아칠 주인공들이 서서히 태풍권 안으로 몰려들었다. 그중에서도 태풍의 눈으로 등장한 것은 이후락 주일대사의 정보부장 복귀였다. 이후락은 바로 강창성 정보부차장보가 부정 축재로 숙정을 건의했던 인물. 박정희 대통령의 2인자 그룹 통치술이 돋보이는 대목이다. 이후락을 직속상관으로 모셔야 하는 강 차장보의 처지는 난감해질 수밖에 없었다. 엎친 데 덮친 격으로 박정희 대통령은 강 차장보의 이후락 숙정 건의 사실을 슬쩍 흘리기도 했다.

나도 처음에는 의아했지만 이건 아마도 박정희 대통령 자신이 모 장관에게 직접 발설한 것으로 압니다. 왜냐하면 박정희 대통령이 나한테 'ㅇㅇ이는 옹졸해', '××는 정직하지 못해' 심지어는 '누구누구가 은밀히 들어와 당신을 해임시켜야 된다고 하더군' 이라는 등의 말을 여러 차례 한 적이 있었기 때문입니다. 바꾸어 말하면 분할 통치를 통해 각 세력 간의 견제와 균형을 유지한 셈이었다고나 할까요.

강 차장보의 부정 축재자 숙정 건의는 여러 경로를 통해 이후락의 귀에 들어간 것 같다. 계속되는 강씨의 말이다.

당시 무임소 장관으로 있던 모씨가 이 사실(숙정 건의)을 어떻게 알아가지고 일본 동경에 들러 이후락 대사에게 귀띔해주면서 '이 대사께서 정보부장으로 부임하게 되면 당신의 해임을 건의한 강 장군부터 잘라야 된다' 라고 했다는 것입니다. 아닌 게 아니라 그 장관의 관측대로 한 달도 안 된 70년 12월 19일 정보부장이 경질돼 이후락 대사가 신임 정보부장으로 오게 됐습니다. 박정희 대통령은 온유한 편인 김계원 정보부장을 김영삼 씨를 대통령 후보로 시도했던 정보부의 정치 공작이 실패로 끝나자 3개월 후 인책, 해임한 것입니다. 자신의 집권과 직결된, 선거와 같은 중대사를 치르려면

욕을 먹기는 하지만 추진력과 지모가 있는 이후락 같은 인물이어야 된다고 판단했던 것 같습니다. 이후락 씨가 부임하자 나는 다음날 사표를 써가지고 부장실로 찾아가 의례적인 신임 축하 인사를 한 뒤 '나는 김계원 부장님이 함께 일하자고 해서 왔던 만큼 이번 기회에 그만두고 군으로 돌아가겠자' 라고 하면서 사표를 제출했습니다. 이 부장도 '강 장군의 뜻이 그렇다면 할 수 없지' 라고 선선히 사표를 수리할 뜻을 표명했습니다. 홀가분하기도 하고 섭섭하기도 한 야릇한 심정으로 보따리를 싸고 있는데 이후락 부장이 부른다는 전갈이었습니다. 궁금하게 여기면서 부장실을 들어선 나에게 이 부장은 손을 내밀어 악수를 청하면서 '오늘 각하와 점심을 같이 하면서 인사 문제를 말씀드렸더니 강 장군이 안 된대. 수고스럽지만 같이 일해야겠어. 본인이 원한다면 예편시켜 차장까지도 시키라는 말씀이야' 라고 말하는 것이었습니다. 박정희 대통령의 지시로 그 자리에 유임됨으로써 숙정 건의 후유증은 일단락됐지요.

지역감정을 부추김으로써 과거 어느 선거보다 열기가 고조됐던 4· 27 대선 결과는 박정희 후보가 94만여 표 차이로 김대중 후보를 눌러 이겼다. 뒤이어 5·25 총선에서는 신민당이 전체 의석 2백 4석 중 89석 을 차지하는 이변을 낳기는 했지만, 대선에서 박 후보가 이김으로써 재 집권의 길이 트여 전체적으로는 정부 여당의 판정승으로 결판이 났다.

박정희 대통령은 곧이어 선거전을 승리로 이끈 '유공' 의 고위 인사 들에 대한 논공행상을 하게 된다. 총선이 끝난 10일 후인 '6·4개각' 에 서 3선 개헌을 반대했다가 찬성으로 돌아 유세를 벌였던 김종필 공화

당부총재가 국무총리로 임명됐고, 검찰총장 신직수는 법무장관으로 입각했다. 그리고 71년 양대 선거를 주도한 이후락 정보부장은 박정희 대통령의 더욱 돈독한 신임 속에 유임됐고, 강창성 차장보는 보안사령관으로 영전한 것이다.

강 소장이 보안사령관에 부임함으로써 2인자 그룹들 사이에는 긴장감이 감돌기 시작했다. 더구나 강 소장은 박정희 대통령의 동향 출신으로 육사 동기생인 김재규 보안사령관이 윤 수경사령관과의 파워 게임에서 밀려난 직후 권력의 핵에 뛰어들어 그 긴장의 도가 더 했다.

강 장군이 보안사령관으로 취임하면서 박 정권뿐만 아니라 그와 그의 동기생인 윤필용 수경사령관, 그리고 3공 2인자 그룹들이 내리막길로 치닫게 될 '윤필용사건'이 기다리고 있다는 것을 본인들은 과연 알고 있었을까? 그들은 몰랐겠지만, 만인지상의 위치에서 모든 중요한 기틀을 친람하는 고독한 절대 군주 박정희 대통령은 알고 있었을 것이다.

'필동육본', '대한민국 군대는 윤필용 군대', '청와대 밖의 대통령'이라고 불리는 윤필용 소장을 수경사령관에 임명하면서 업무상 상하관계라는 위치일 수밖에 없는 보안사령관 자리에 동기생으로 최대 라이벌인 강창성 소장을 기용한 것은 박정희 대통령 특유의 '용인철학'이었다. 그와 같은 '용인술'은 일찍이 박 정권의 앞날에 파란을 몰고 올 '윤필용사건'을 배태하고 있었는지 몰랐다.

한편 강창성 보안사령관은 당초 지시대로 정보 보고를 하기 위해 일주일에 두 세 번씩 청와대로 들어갔다. 박정희 대통령도 일주일에 한두 번은 건강을 체크하기 위해 보안사 옆 군군 통합병원에 들렀다가 보안사령관실을 방문해 이것저것 물어보곤 했다. 72년 5월 하순 어느 날 보안사령관실에 들른 박정희 대통령은 미묘한 질문을 던졌다.

"강 장군! 만일 군이 경거망동해 쿠데타를 일으킬 가능성이 있다면 어느 기관이 그런 짓을 할 수 있을 것인지, 그 순서와 이유를 한 번 연구해서 보고하도록 해."

박정희 대통령의 지시를 받은 강 보안사령관은 사령부로 돌아와 참모들과 숙의, 보고서를 작성해 5일 뒤 청와대로 들어갔다.

"각하께서 말씀하신 쿠데타를 일으킬 수 있는 가능성이 있는 사람이나 기관을 헌법 규정과 불법적 병력 동원 가능성을 모두 종합, 객관적으로 검토해볼 때 쿠데타를 일으킬 수 있는 가능성이 가장 큰 사람은 국무총리입니다."

"종필이가!"

"총리 다음으로 가능성이 있는 인물은 육군참모총장, 수도경비사령관, 경호실장, 그리고 공군참모총장의 순입니다."

강 보안사령관은 더 이상의 증언을 피하고 있지만 박정희 대통령은 '쿠데타를 일으킬 가능성이 있는' 앞의 기관이나 사람들을 철저히 감시하라고 지시했고, 강 보안사령관은 그의 지시에 따라 견마지로를 다했다. 박정희 대통령은 국군 제 14연대 반란 사건 직후 숙군 때와 5·16 쿠데타 때 두 번 크게 배신하고 모반을 한 사람이다. 배신해본 사람만이 인간 심리의 바탕에 깔려 있는 배반에의 유혹을 알 것이다. 박정희 대통령의 첫 번째 배신은 그의 목숨을 구했고, 두 번째 모반은 정권을 탈취했다. 최고 통치권자가 된 그는 주위사람들을 믿지 않았고, 운명적으로 자신의 최후를 체념하기도 했다.

쿠데타로 정권을 잡은 박정희 대통령은 무엇보다도 군의 쿠데타 가능성에 신경을 썼다. 그는 사단장급 인사만 결재하다가 연대장 인사에까지 관심을 쏟았고, 군 내부에 대한 동향은 매일 받을 정도였다.

77년 박정희 대통령은 대구사범 시절의 담임선생이던 일본의 기시를 청와대로 초빙했다. 훗날 기시는 그때 박정희 대통령이 이런 이야기를 했다고 털어놓았다.

"이 집을 무력으로 점령한 내가 주인으로 살고 있다는 데 대해서 운명의 불가사의를 느낍니다. 그런 저이기 때문에 언제, 나 자신이 살해될지 모른다고 각오는 하고 있습니다."

즉, 나도 쿠데타로 정권을 잡았으나 언제 배신당해 죽거나 쿠데타를 당해 죽을지 모른다는 암시일 것이다. 그리고 박정희 대통령은 그와 같은 쿠데타 기도를 사전에 뿌리 뽑기 위해 만전을 기했다.

강창성 보안사령관에게 쿠데타 가능성이 있는 기관을 보고하라는 지시는 바로 그와 같은 강박관념의 발로일 것이다. 박정희 대통령의 그런 강박관념은 후계자 발언까지 용납치 않는 독재로 변신해 갔다.

박정희 대통령은 자신에게 맹목적인 충성심만을 강요하는 통치자였다. 그에게 충성을 바치는 심복에게는 어지간한 실수가 있어도 눈을 감아주었지만 한번 눈 밖에 난 부하에게는 잔인하리만큼 매정하게 대했다는 것은 널리 알려진 사실이다.

박정희 대통령은 그와 같은 통치술에 비추어볼 때 윤필용 짓밟기는 이미 예정된 코스였다. 20년 동안 박정희 대통령을 그림자처럼 따라다닌 충복 중의 충복 윤 장군은 67년 박정희 대통령과 측근들이 3선 개헌을 구상하고 있을 때 3공화국의 '금기사항'인 후계자 발언을 해 눈 밖에 난 터였다. 윤 장군은 박정희 대통령의 분이 풀린 줄 알았다고 했으나 한번 돌아선 박정희 대통령의 신임은 이미 '돌아오지 않는 다리' 를 건너가 있었다. 한번 눈밖에 나면 잔인할 정도로 짓밟아버리는 박정희 대통령의 그와 같은 성격은 강 보안사령관이 쿠데타 가능성 제1호로 보고한 김종필 국무총리의 경우가 단적인 예이다. 김종필은 박정희 대통령의 조카사위로 혈육으로 맺어진 사이일 뿐만 아니라 5·16 쿠데타 때는 핵심 중의 핵심으로 혈맹과도 같이 맺어진 동지였다. 그러나 쿠데타가 성공한 뒤 줄곧 2인자로서 후계자를 노리는 김종필은 박정희 대통령의 눈 밖에 났다. 권력이란 부자간에도 나누어 가질 수 없다는 것이 고금에 전하는 말이다. 79년 10·26 직후 김종필은 왜 10월 유신을 막지 못했느냐라는 질문에 박정희 대통령 밑에서의 핍박과 한계를 씁쓸한 표정으로 회고하며, "왜 조선기에 뒤주대왕 (사도세자)이 생겼는지 권력자 가까이에 있어 보지 않으면 모른다" 라고 토로했다.

윤필용 씨는 박정희 대통령이 김종필을 어찌나 미워했던지 김형욱 정부보장을 시켜 죽이려고 한 적이 있었다고 주장한다. 때는 68년, 윤 장군이 방첩부대장으로 재직하고 있을 때 최대훈이라는 자가 찾아왔다. 최는 무술에 능해 김재춘 전 정보부장의 경호관을 지낸 바 있고 합기도협회 회장을 맡고 있었다. 최대훈은 윤 장군에게 깜짝 놀랄 만한 이야기를 털어났다고 한다.

"김형욱 중정부장이 김종필 당의장을 저격하라는 비밀 지령을 내려 두 차례나 김 의장을 미행해 저격하려 했으나 차마 쏠 수가 없었습니다."

윤 장군은 즉시 부하를 시켜 수사한 뒤 보고서를 만들어 청와대로 갔다. 그러나 박정희 대통령은 보고서를 읽으려고 하지 않고 "자넨들 자네를 죽이려는 사람이 있다면 가만히 앉아서 당하겠나"라며 마치 김형욱이 거꾸로 김종필로부터 살해 위협을 받고 있는 것처럼 두둔했다는 것이다. 윤씨는 말했다.

"나는 지금도 그 일은 박정희 대통령이 시킨 거라고 믿습니다. 대통령 지시 없이 감히 어떻게 그 엄청난 일을 합니까. 박정희 대통령이 김종필을 미워했던 강도에 비추어보면 충분히 있을 수 있는 일이지요."

윤씨의 주장이 사실이라면 박정희 대통령이 쿠데타 가능성에 대한 강박관념에 사로잡혀 있고, 심지어 죽이려고까지 했을 정도로 증오하고 있는 김종필을 강창성 보안사령관은 '쿠데타 가능성 1호'로 지목한 것이다. 그리고 강 사령관이 보고한 '쿠데타 가능 인사' 속에는 이미 박정희 대통령의 눈 밖에 들락거리는 윤필용 수경사령관도 들어 있었다.

독재 권력자가 권력을 움켜쥐고 있는 동안 후계자를 키워 권력을 넘겨주는 경우는 동서고금을 통해 흔치 않다. 집권자에게는 한번 잡은 권력을 놓치지 않고 어떻게 하면 영원히 유지할 수 있겠느냐 하는 궁리와 이에 도전하는 세력을 용납하지 않으려는 속성이 도사리고 있다. 부자간에도 나눠가질 수 없는 권력은 그만큼 사람의 눈을 멀게 하는 것인가 보았다. 그것은 비단 독재 권력자에게만 있는 현상은 아니다. 독재 권력자의 신임을 먹고 생명을 유지하는 2인자의 권력 세계도 예외는 아니다. 말하자면 모든 권력의 속성이 그렇다는 얘기겠다.

윤필용 수경사령관은 자기의 현주소가 어디에 있는 줄도 모른 채 계속 하늘 높은 줄 모르는 권세를 부리고 있었다. 당시 박정희 대통령의 한 측근 인사는 말한다.

윤필용 장군은 결국 자기 무덤을 스스로 팠다고 볼 수 있습니다. 윤 장군이 어떤 쿠데타나 모반의 계획까지 세우지는 않았더라도 그가 군 내의 지지와 자신의 권세를 과신한 나머지 안하무인의 행동을 한 것은 사실입니다. 기라성 같은 선배 장성들이 자기의 눈치를 보고 대통령이 힘을 준 데다 장래성 있는 후배들이 따랐으니 그럴 만도 했지요. 그렇게 되니 자연 자기도 모르게 방자한 행동이 여러 모로 드러나게 된 겁니다.

윤필용 장군은 사석에서 박정희 대통령을 지칭하며 "영감이 혁명할 때 나이가 몇이었지"라는 말을 곧잘 하곤 했다. 듣기에 따라 해석이 달라질 수 있겠지만 46세의 윤 장군이 당시 박정희 대통령의 나이(44세)보다 많으니까 무엇이라도 할 수 있다는 뜻으로 받아들여지기도 했다. 그는 이런 말도 했다.

장관들도 잘 하고 있을 때 물러나게 했다가 다시 써야지, 사고내서 쫓겨나가게 하면 새기가 힘든 깃 아니냐. 영감도 잘 하고 계실 내 물러나야 역사에 길이 추앙을 받는다. 잘못해서 불명예스럽게 물러나기라도 한다면…….

윤 수경사령관은 계속 겁 없이 박정희 대통령 시절의 '금기구역'을 넘나들고 있었던 것이다. 박정희 대통령 측근의 얘기는 계속 이어진다.

"그 정도 말은 순수하게 봐주면 별것 아닐 수도 있습니다. 그러나 그가 대권에 뜻을 두고 했다면 사정이 달라집니다. 충신과 역적의 갈림

356

길이 바로 이런 데서 생깁니다. 더구나 그 무렵 윤 장군은 박정희 대통령을 흉내 내어 붓글씨를 쓰기 시작했는데 그 점도 오해를 샀을 겁니다. 벌써 휘호를 쓰는 것 아니냐고 말예요. 또 항간에는 윤 장군 심복인 손영길 참모장이 거사자금을 마련하기 위해 재벌들을 만나 돈을 긁어모으고 있다는 소문도 파다했어요. 윤 장군은 그의 죄목이 무엇이든 간에 결국 반역죄로 처벌받은 것입니다."

안하무인 격이었던 윤 장군의 세도는 날이 갈수록 그 도를 더해 가고 있었다. 그 점은 윤씨 자신도 인정하고 있다.

나한테 세도라고 한다면 세도라고 할 수 있는 점이 있었지요. 뒤에 알고 보니 박정희 대통령이 나를 의심하기도 한 모양입니다만, 내가 느끼기로도 대단한 신임을 받은 것 같습니다. 방첩부대장·맹호사단장을 거쳐 수경사령관이 되었더니 주변에서 부추기는 사람이 많았습니다. 내 집에 선배 장성들이 세배 오는 것을 왜 막지 못하고 군인이 요정출입을 했느냐고 따지면 할 말은 없어요. 그러나 내가 술을 좋아하는 것을 알고 내로라하는 기업인, 정치인과 장·차관들이 술을 사겠다고 줄을 섰고 점심, 저녁 먹자고 매달려요. 참모들이 걱정도 해주고 해서 내 나름대로 조심도 했습니다. 군 진급이나 보직심사 때는 일부러 지방출장을 가기도 했구요. 그렇지만 진급심사위원들에게 누군가가 아무개 대령은 윤 장군이 특별히 관심을 갖고 있다고 말하면 그가 별을 달게 돼요. 선배 장성들이 불필요하게 내 눈치를 보았고, 사실 장관들 중에서도 비굴할 정도로 접근하는 사람이 있었습니다.

재벌들은 또 어땠는지 알아요? 나한테 돈을 못줘서 안달이었어요. 방첩부대장 시절 아무개 기업의 김모 사장은 내 사무실에 왔다가 돌아가면서 봉투를 놓고 갔는데, 뜯어보니 무려 1천만 원이더라구요. 지금 돈으로 따지면 2억 원 정도는 넘을 겁니다. 기업인들에게 용돈이야 가끔 받아 썼지만 이건 너무 많다 싶어 돌려보냈지요.

1972년 10월 유신쿠데타 며칠 전 박정희 대통령은 국회해산, 정당활동 중지 등 주요 비상조치 내용을 '필동육본' 윤필용 수경사령관에게 통고했다. 박정희의 영구집권의 길을 튼 10월 17일 비상계엄령이 선포된 때에 윤 수경사령관은 서울지역 계엄사령관으로 예하 병력을 출동시켜 계엄업무를 수행하는 등 10월 유신 추진을 뒷받침했다.

그후 유신헌법안이 발표되고 유신체제 내용이 구체적으로 드러나면서 윤 수경사령관은 박정희 대통령에 대한 불만을 표시하기 시작했다. 유신체제가 자신이 생각했던 것과는 다소 거리가 있고 인사도 불만스러운 점이 많았다는 것이다.

박정희 대통령에 대한 윤 수경사령관의 불만의 표시는 대개 손영길 참모장 등 막료들을 상대로 한 것이었지만 때로는 10월 유신의 주역이었던 이후락 정보부장과 합석한 술자리에서 터져 나오기도 했다. 그의 불만은 날이 갈수록 고조되기 시작해 때로는 "각하가 망령이 난 게 아니냐"라는 거친 표현을 쓰기도 했다.

윤 수경사령관의 불만은 73년 3월초 유정회 의원 인선작업 결과를 보고는 결국 폭발했다. 미리 입수한 유정회 의원 명단 속에 바로 얼마 전까지 그와 파워게임을 벌였던 김재규 예비역중장이 포함되어 있었기 때문이다. 윤 사령관은 김재규를 정상배로 여기고 내심 경멸해 오고 있었다고 한다.

"각하, 김재규 의원 등 공화당에서 낙천한 몇몇 의원의 인선은 재고하는 것이 좋겠습니다."

청와대로 들어가 박정희 대통령과 마주앉은 윤 수경사령관은 자신의 뜻을 서슴지 않고 밝혔다. 보안사령관 재직시절 '수경사령관 전화감청사건' 으로 윤 소장에게 판정패하고 3군사령관으로 물러난 뒤 예편하긴 했으나, 김재규는 여전히 박정희 대통령으로부터 절대 신임을 받고 있었다.

"임자가 무얼 안다고 정치 얘기를 해. 임자 맡은 일이나 잘 해."

박정희 대통령은 윤 수경사령관의 말을 막으며, 그의 건의를 일언지하에 거절했다. 박정희 대통령은 평소에도 정치 얘기를 꺼내면 대부분 "임자가 무얼 안다고……" 라는 반응을 나타냈다고 한다.

이 무렵 윤 수경사령관에 대한 박정희 대통령의 신임이 식어가고 있다는 증거는 곳곳에서 감지됐다. '청와대 밖의 대통령' 이라는 소리를 들으며 감히 하늘 높은 줄 모르는 윤 수경사령관의 권세가 박정희 대통령의 귀에 들어가지 않았을 리 만무할 터였다. 어느 날 박정희 대통령은 춘천에서 육사 8기생 출신 사단장들과 술을 함께 마신 뒤 이렇게 말했다.

"너희들이 윤필용이 동기생들이구먼. 겁나는 것은 김대중이가 아니야. 윤필용이가 겁이 나."

윤씨도 물론 박정희 대통령이 그런 말을 했다는 얘기를 들었다고 한다. 그러나 이미 도가 지나쳐버린 그의 권세가도는 가속도가 붙어 브

359

레이크를 걸 처지가 아니었다.

김형욱 전 정보부장은 자신의 회고록에서, 윤 수경사령관이 유신선 포 5일 전에 이후락 정보부장과 만나 "이제 형님이 정치를 맡으십시 오. 각하를 잠시 쉬게 하시는 것이 어떻습니까" 하고 건의했다고 썼다. 그는 또다시 후계자를 거론한 것이다. 윤씨는 그때 이후락과 만난 것 은 유신선포 직후 '오진암' 이었다고 회고한다.

이 부장의 초대를 받아서 갔더니, 박용학, 김창원, 서정귀, 김종희, 서종철 그리고 재일동포 정건영씨 등이 미리 와 있더군요. 그 자리 에서 이 부장에게 제가 한 말은, 앞으로 구성되는 국회에 군 출신들 을 많이 천거해 달라는 것뿐이었습니다.

그 무렵 저는 이 부장에게 너무 부드럽게 대한다는 오해를 받고 있 었습니다. 나의 참모장 손영길 준장이 이 부장과 동향이고, 이 부 장 밑에서 감찰실장으로 있던 이와 친해서 이 두 사람이 서로 연락 하여 저와 이 부장 사이를 좋게 하려고 애썼는데, 이게 무슨 작당이 나 하는 것으로 오해를 받았을지도 모르지요. 그러나 저는 박정희 대통령이 사람을 쓸 때 그 사람을 훤히 알고 일정 기간 쓴 다음에 버리신다는 것을 잘 알고 각오도 하고 있었습니다. '박정희' 란 보 호막이 무너진다면 제일 먼저 희생되는 것은 '나' 라고 생각하고 있었지요.

추락하는 2인자들

        윤필용 수경사령관과 이후락 중앙정보부장의 '오진암' 회동 때 재일교포 사업가 정건영이 있었다는 것을 주목하는 언론은 별로 없었다.

  정건영. 박정희 시대의 굵직굵직한 정치비화 중 한 맥을 움켜쥐고 있는 그는 일본 이름 마치이 히사유키, 1백 85센티미터의 거구로 동경 나카노 일대를 휩쓸고 있는 야쿠자계의 보스. 1923년 동경에서 한국인 아버지와 일본인 어머니 사이에 태어난 그는 일찍이 태평양전쟁 때 일전수대학을 중퇴하고 나카노 일대를 무대로 '인텔리깡패'를 자처하며 이시하라 휘하에 들어가 동아연맹이라는 단체를 이끌었다. 동아연맹이란 태평양전쟁 직전 초애국주의를 주창한 퇴역 육군중장 이시하라가 내선일체를 기치로 창설한 극우결사였다. 이때 정은 이시하라의 비서인 조영주, 만주국에서 판사를 지낸 권일 등과 친교를 맺었다.

종전 직후 연합군에 의해 체포돼 징역 3년, 집행유예 5년을 선고 받기도 했던 정은 그후 1955년에 극우단체 동성회를 조직, 세력을 확장하면서 일본의 보안파동이 절정에 이르렀던 60년 무렵에는 일본 자민당에 돈줄을 쥐고 있던 일본 우파의 거두 고다마 요시오와 친교를 맺어 그의 친위대인 청사회 상임위원이 되기도 했다.

동경 '긴자의 호랑이' 라는 별명을 갖고 있는 정의 동성회는 이때 일본 간사이 지방을 주름잡고 있던 고다마의 조직폭력단 야마구치구미와 협동, 한국계 프로레슬러 역도산을 살해하는 것을 포함하여 폭력의 위세를 한껏 떨치고 있었다.

정과 일본 정계의 막후실력자 고다마는 잘 어울리는 한 쌍이었다. 한국에서 박정희 소장이 이끄는 일단의 군부 세력이 쿠데타를 일으켜 정권을 장악한 뒤 정과 고다마는 박정희 군사정부와 접촉하기 시작했다. 이들이 자주 접촉했던 한국 정계의 실력자는 일본에서 태어나 (출생지가 경남 마산이라는 일부 증언도 있다) 일본에서 자랐고 일본 소년항공병 출신으로 해방 직후 귀국한 뒤 군에 입대한 박정희 대통령의 충복 박종규 경호실장이었다.

1963년 대일 저자세 굴욕외교에 항거하는 대학생들의 6·3 시위를 군홧발로 짓밟고 한일조약을 체결한 뒤 정과 고다마는 친선방문단의 일원으로 다시 서울을 방문, 반도호텔에 여장을 풀었다. 이튿날부터 한국 정계의 실력자들은 뻔질나게 이들의 숙소를 드나들었다. 김종필계로 김종필의 오른팔로 불리던 김용태, 김종필의 육사 8기 동기인 석정선, 김종필의 형 김종락 등이다.

362

"김 부장, 오늘 저녁은 좀 쉬고 술 한잔 하며 저녁이나 같이 합시다. 일본에서 진객들이 오셨소."

김종필계 실력자들이 반도호텔을 다녀간 뒤 박종규 경호실장이 김형욱 정보부장을 술좌석에 초대했다. 술좌석에는 박 실장, 김 부장, 정일권 총리, 그리고 이들의 진객 정건영과 고다마가 함께 어울렸다.

"김 부장, 이 한국이란 나라의 진짜 지도자는 어느 분이시오? 오늘 내가 숙소인 반도호텔에서 석정선, 김용태, 김종락 세 분을 만났지요. 그분들 말씀이 이 나라에는 김종필 씨가 있으니까 박정희 대통령이 있을 수 있다는 것이었습니다. 그러니 앞으로 한국과 무얼 하겠다고 하면 실권자인 김종필 씨와 손잡지 않으면 말짱 헛일이라는 겁니다. 그러면서 협력을 요청하더군요."

다음날 저녁 박정희 대통령은 김형욱 정보부장을 불렀다. 줄담배를 태우고 있던 박정희 대통령은 "김종필 측 녀석들이 고다마에게 못된 말을 하고 다닌다는데 김 부장은 이 일을 아나 모르나?"라며 "이걸 가지고 가서 단단히 조사하시오"라고 지시했다.

박정희 대통령이 김 부장에게 건네준 것은 녹음테이프였다. 청와대를 나오는 길에 김 정보부장은 박종규 경호실장을 만났다.

"이 테이프는 어찌된 것이오?"

"아. 그거 내가 만든 거요. ……아침에 대통령께 보고를 드렸더니 즉석에서 노발대발하질 않아요. 즉시 고다마에게 가서 협력을 요청하고 김용태, 석정선, 김종락 등을 다시 불러 같은 얘기를 다시 물어보도록 하라는 것이었지요. 그 대화를 비밀녹음하라는 명령이었어요."

남산으로 돌아온 김 부장은 철야작업을 하면서 녹음테이프를 틀어

보았다. 김형욱은 그의 회고록에 "테이프에 흘러나오는 대화들이란 참으로 어처구니가 없는 것들이었다. 김용태, 석정선, 김종락 등은 고다마가 며칠 전의 자기들 얘기에 상당히 마음이 움직였다고 자신했음인지 다투어서 별의별 얘기들을 다 하고 있었다. 그 대화를 들은 박정희가 격노한 것도 무리가 아니었다. 김용태, 석정선, 김종락은 즉시 연행되었다"라고 썼다.

이른바 '고다마 불충 사건'으로 불리며 박정희시대 정치비화 한 토막으로 자리잡고 있는 이 사건은 한낱 이권 브로커에 지나지 않았던 일본의 한 우파 폭력단 보스를 놓고 일본과 어떤 줄을 대보려 했던 박정희 군사정권시절 실력자들의 어설픈 행각으로 드러난 부끄러운 해프닝이다. 그러나 '윤필용사건'과 관련, 한 가지 주목할 것은 정건영과 고다마가 김종필계 실력자들을 다시 불러 몰래 녹음을 할 정도로 박종규 경호실장과 친교가 깊었다는 점이다. 실제로 박종규, 정건영, 고다마의 친교가 필요 이상으로 깊었다는 증언은 숱하다.

바로 그 정건영이 참석한 오진암 회동에서 윤필용 수경사령관은 박정희 대통령에 대한 '불충' 발언을 하고 있는 것이다. 김종필계를 거세한 빌미가 되었던 '고다마사건' 때에도 그랬던 것처럼 이후락—윤 수경사령관의 오진암 대화는 정을 통해 박종규 경호실장에게 낱낱이 제보되고 있었다는 추측은 어렵지 않다. 결론부터 말한다면 그후 박 실장은 이후락과 윤 사령관의 동태를 줄곧 감시하면서 사건을 발표, 성숙시켜 그가 그토록 원했던 남산 부장이 되기 위해 윤필용 수경사령관이 아닌 이후락 부장 거세를 표적으로 추진한 것이 '윤필용사건'이었다.

문제는 박 실장에게 그와 같은 빌미를 제공해 준 이후락ㅡ윤 수경 사령관의 유착관계였다. 다음은 윤필용 씨의 증언이다.

나는 원래 이후락과의 관계가 매끄럽지 않았습니다. 박정희 대통령의 신임을 받는 입장에서 나는 박정희 대통령이 경계하던 김종필이나 이후락 가운데 어느 쪽으로도 기울어서는 안 되었거든요. 무엇보다도 나 자신이 이후락의 행동을 좋게 보지 않았습니다.

윤씨는 자기도 기회가 있을 때마다 청와대로 들어가 "어느 누구에게 들어봐도 이 부장은 각하를 해칠 인물입니다. 이 부장에 대한 세평이 좋지가 않습니다. 각하, 그를 잘라야 합니다"라고 건의했다고 털어놓았다.

그런데 내가 그런 말을 한 것을 박정희 대통령이 고스란히 이후락에게 해주는 겁니다. 그러면 이후락이 나한테 거꾸로 전화를 걸어 '윤 장군, 왜 각하에게 나를 자르라고 하느냐. 내가 그렇게 못마땅한가' 라고 항의하곤 했습니다.
72년 5월쯤이었어요. 그때 이후락이 평양에 가서 김일성을 만나고 7·4 남북공동성명이라는 것을 내놓은 것을 보고 깜짝 놀랐습니다. 보통사람이 아니란 생각이 들었지요. 그래서 내가 생각을 고쳤습니다. '아, 내가 그렇게 건의했는데도 박정희 대통령이 이후락을 신임하는 이유가 있었구나' 나는 박정희 대통령의 뜻을 알 것 같았습니다.

'각하는 부하의 장점을 잘 파악해서 쓰고 있구나. 각하께서 필요해서 쓰는 사람을 방해하지 말아야겠다' 그렇게 마음먹게 된 것입니다. 사실 한편으로는 내가 이후락을 견제하는 데 역부족이라는 생각도 들었고요.

윤필용 수경사령관과 이후락의 회동은 오진암뿐만 아니라 이후에도 몇 번 자리를 옮겨 가며 만났다. 이 자리에서 윤 수경사령관은 고의든 고의가 아니든 박정희 대통령의 신경을 건드릴 만한 발언을 했고, 후계자를 염두에 두지 않았던 박정희 대통령은 그들이 자기 자리를 넘보는 것이 아닐까 의심하기 시작했다.

강창성 당시 보안사령관에 따르면 궁정동 정보부 안가 식당에서 이후락과 윤 장군이 회동하기도 했다고 한다. 이날 저녁을 먹으면서 윤 장군은 "각하가 노쇠하니 건강이 더 악화되기 전에 물러나시게 해 우리가 모시고 후계자를 내세워야 한다"라는 요지의 얘기를 했다.

"각하가 물러나면 다음엔 누가 돼?"

이후락이 넌지시 물었다.

윤 장군은 "아, 형님이 있지 않습니까?"라며 이후락이 평양에 가서 김일성을 만나고 온 사실을 은근히 치켜세우며 "삼국시대에도 김춘추가 조정의 반대를 무릅쓰고 당나라와 고구려를 다녀온 일이 있으며, 그후 왕이 되지 않았습니까. 형님도 비슷하지요"라고 다소 충동적인 언사를 서슴지 않았다.

이후락이 사뭇 흐뭇해하면서 "윤 장군도 만년 수경사령관만 하란 법 있소. 총리도 할 수 있는 것 아니오"라며 이에 맞장구를 쳤다.

그와 같은 첩보를 듣고 있었던 강창성 보안사령관은 윤필용사건을 수사하면서 이후락에게 직접 진술을 들었다. "이후락은 '그때 윤 장군이 각하 노쇠 운운해서 말 같지도 않은 이야기라고 일축했다' 라고 딱 잡아떼요. 그러고는 '윤 장군, 그 ○○, 세상에서도 이야기가 많다. 당장 잡아넣어야 한다' 라고 오히려 선수를 치더군요. 여하튼 이후락의 주장은 자신이 윤 장군 이야기에 동조하지 않았다는 것인데, 박정희 대통령의 핵심참모로서 그런 일이 있으면 대통령에게 보고를 했어야 했습니다."

윤필용 씨 자신도 인정했지만 이후락―윤 수경사령관 밀착에 대한 증언은 많다. '윤필용사건' 으로 구속됐던 한 인사는 말한다.

"10월 유신 이후 이후락과 윤 장군의 관계가 급속도로 가까웠던 것은 사실입니다. 여러 가지 사정은 있었겠지만 특히 참모들의 교량역할이 컸어요. 이 중정부장의 고향후배인 이재걸 중정 감찰실장과 역시 울산 출신인 수경사 참모장 손영길 준장이 두 보스를 밀착시키려고 많이 고심했지요. 더구나 이후락이 손 준장을 중정 차장보로 쓰겠다고 박정희 대통령에게 건의했다가 거절당한 일이 있는데, 이것이 박정희 대통령으로 하여금 이후락―윤 장군의 관계를 더욱 의심하도록 했을 겁니다."

후계자를 염두에 두지 않았던 박정희 대통령은 2인자그룹에 대한 의심과 감시의 고삐를 늦추지 않았다. 그가 끝까지 믿었던 인물은 자신의 신변보호를 하는 경호실장 박종규와 차지철, 그리고 김정렴 비서실장 정도였다. 그는 일찍이 후계자로 떠올랐던, 자신의 조카사위이며 '혁명' 동지였던 김종필에게 '미운털' 을 씌워 채찍을 거듭했고, 권좌에서 물러날 때 "나는 박정희교의 신자"라고 눈물을 뿌리며 충성을 다 짐했던 이후락 정보부장도 끝까지 신뢰하지 않았다. 그를 20년 동안 그림자처럼 따라 다녔던 윤필용 수경사령관이라고 해서 예외는 아니었다. 강창성 전 보안사령관의 증언은 계속된다.

박정희 대통령은 기본적으로 이후락과 윤필용에 대해 의심을 갖고 있었습니다. 특히 이후락에 대해서는 의심의 고삐를 늦추지 않고 항상 감시하고 이용했습니다. 박정희 대통령은 심지어 72년 5월 이후락이 비장의 평양 밀행을 감행해 김일성과 독대한 것조차 의심할 정도였습니다. 공교롭게도 이후락이 평양에 다녀온 후 점술가·사주쟁이들 사이에 '쥐띠가 집권한다'는 유언비어가 흘러나와 시중에 떠돌아 다녔지요. 바로 김일성과 이후락이 쥐띠였습니다.

우스갯소리같이 들릴지 모르겠지만 박정희 대통령은 절대 권력을 휘두르면서도 항상 불안했던지 사주·관상에 관심이 많았습니다. 심지어 청와대 참모들이나 요직에 기용할 때는 먼저 사주부터 비밀리에 보게 하곤 했으니까요.

그때 이후락이 그가 연출한 유신 핵심기관인 통일주체국민회의를 사실상 좌지우지했습니다. 인선에서부터 깊숙이 관여했는데, 주변에서 이후락이 통일주체국민회의에 지나치게 신경을 쓴다는 얘기들이 많았지요. 그것이 박정희 대통령의 심기를 불편하게 했을 겁니다. 박정희 대통령으로서는 내가 만약 무슨 일이 있으면 이후락이가 통일주체국민회의로 다음 대통령에 뽑히겠구나 하는 생각까지 했다는 거지요.

게다가 박정희 대통령은 간이 나빠서 통합병원에서 치료를 받고 있었는데, 이것이 와전되어 암에 걸렸다는 외신보도가 나간 적이 있습니다. 이런 판에 의심하고 경계해 오던 이후락과 군의 중간관리를 맡긴 윤 수경사령관이 가까워져 한 통속이 됐다는 이야기를 듣고는 그냥 두어서는 안 되겠다는 생각을 하게 된 거지요.

이후락과 윤필용 수경사령관의 밀착에 대한 박정희 대통령의 의심과 경계는 박종규 경호실장의 야욕과도 맞아떨어지는 것이었다. '윤필용사건'은 기본적으로 2인자 그룹을 용납지 않는 박정희 대통령의 통치철학과 '남산' 부장을 꿈꾸는 박종규 실장의 야욕이 빚어낸 한판 승부였다.

당시 권부의 한 핵심인사는 이 사건이 반 이후락 세력이 단결하여 이후락을 치기 위해 일으킨 사건이었다고 해석하기도 한다. "그때 이후락은 7·4 공동성명 이후 상당히 인기가 높아졌고, 이에 위협을 느낀 세력이 뭉치게 되었습니다. 박정희 대통령도 이후락이 부각되는 데 대해 심기가 불편했을 겁니다. 반 이후락세력에서는 박정희 대통령의 이런 심기를 간파하고 윤필용사건을 일으켰을 것으로 봅니다. 외견상으로도 박종규 씨를 비롯한 여러 핵심 실력자들이 공동보조를 취한 것으로 보이지 않습니까."

당사자인 이후락 씨도 후에 "이 사건의 표적은 나였다고 생각한다"라며 박종규 실장 등이 사건의 기획자였다는 투의 이야기를 했다.

그러나 박 실장이 아무리 남산부장이 되고자 하는 야욕을 갖고 있었다고 해도 아무런 근거 없이 사건을 기획할 수는 없을 것이다. 문제는 이후락 정보부장―윤필용 수경사령관이 빌미를 제공할 만한 행동을 했다는 점이다.

'윤필용사건' 의 발단이 된 뉴코리아 골프장사건에 대해 오랫동안 정보부간부를 지냈고 박 실장과 친분이 두터웠던 한 인사에 따르면 유신선포 후 어느 날 신범식 서울신문사 사장이 박 실장을 찾아와 "한남동 비밀요정에서 윤 수경사령관과 나, 그리고 몇 사람이 회동했는데, 윤 장군이 각하 노쇠 운운하며 이후락 후계론을 주장했다" 라고 귀띔을 했다.

박 실장은 "며칠 있다가 각하를 골프장으로 모실 테니까 신 사장이 그 이야기를 직접 각하께 해주시오" 라고 말했다.

"그래서 골프장 사건이 있었고, 박정희 대통령이 조사를 해보라고 해서 윤 사령관을 불러 사실이냐고 물었더니, 윤 사령관이 화를 벌컥 내며 '미친놈, 네 마음대로 해봐' 라며 나가더랍니다. 그래서 박정희 대통령에게 그 사실을 보고했더니 국방부장관, 참모총장을 불러 정식 수사를 명령했다는 겁니다."

이 부분에 대해 윤필용 씨의 증언은 전혀 다르다. 윤씨에 따르면 10월 유신이 선포된 뒤 어느 날 신범식 사장이 윤 사령관, 정소영 청와대 경제수석비서관, 김시진 민정수석비서관, 수경사 지성한 대령 등을 이태원 어느 요정으로 초대해 술대접을 했다. 윤수경 사령관이 약속 장소인 비밀요정에 갔을 때 먼저 와 있던 신 사장이 은밀히 이야기 좀 하자고 했다.

"요즘 김종필, 정일권이가 충신인 양 하는데 벼슬이 떨어지면 안면 바꿀 사람들입니다. 각하께 정말로 충성하는 분이라면 각하께서 연만

하셔서 노쇠하기 전에 청와대를 물러나십시오. 우리가 골프도 하고 낚시도 하고 모시겠습니다. 그러면 영원한 대통령이 되십니다. 이렇게 말씀드려야 합니다. 그런 말씀을 하실 분은 윤 장군뿐입니다."

신 사장의 얘기를 듣고 있던 윤 사령관은 "술집에서 당치도 않은 말씀을 하십니다"라며 입을 막았다고 한다. 그때 신 사장은 껄껄 웃으며 "각하가 요즘 쇠약해지셨길래 해본 소리"라며 "하긴 점쟁이에게 물어보니 각하가 앞으로 20년은 사실 거라고 하더라"라며 슬쩍 넘기더라는 것이다.

"그런데 내가 조사받을 때 보니까 신씨가 한 말이 내가 한 말로 돼 있고, 내가 한 좋은 말은 전부 거두절미하여 오해하기 좋게 만들어놓았더군요."

즉, 윤필용 씨는 비밀요정의 술자리에서 박정희 대통령의 노쇠 운운하는 이야기가 오고간 것은 사실이며, 그것은 뉴코리아 골프장에서 '윤필용사건' 최초 제보자로 알려진 신범식 사장이 한 이야기였는데, 자기가 한 이야기로 뒤바뀌어 있었다는 얘기다.

윤씨는 이어 "골프장 사건이 72년 10월 말이고 내가 수갑을 찬 것이 73년 3월 말입니다. 다섯 달이란 시간이 왜 필요했겠습니까. 그 기간 중에 누가 내 등에 칼을 꽂으려고 치밀한 계획을 꾸민 것이 아닐까 생각됩니다"라며 이후락 씨와 비슷한 얘기를 했다.

한편 '윤필용사건' 최초 제보자로 알려진 신범식 씨는 사건 뒤 서울신문사 사장직에서 물러나 2년의 공백기간을 두고 그후 두 차례 유정회 의원을 지냈다. 그후 그는 88년 윤필용 씨가 사장으로 있었던 국영기업체 도로공사 사장을 역임하기도 했다.

65년 공화당 대변인을 지내다가 박정희 대통령에게 직접 지명되어 청와대 대변인이 되었던 신씨는 당시 비서관 중에서도 대통령을 직접 면담하는 횟수가 가장 많은 사람이었다고 한다. 그가 서울신문사 사장이 된 뒤에도 박정희 대통령은 그를 가까이 했다.

"서울신문사 사장으로서가 아니라 골프 메이트로서 대통령을 자주 만나게 된 것"이라는 신씨는 뉴코리아 골프장에서 있었던 일에 대해서는 자세한 증언을 피하면서도 "내가 무릎을 꿇었거나 박 실장이 권총을 뽑아든 적은 없었습니다. 나와 박 실장은 그런 사이가 아니에요. 박 실장이 대통령에게 하고 싶은 이야기를 내가 대신 전해줄 정도의 사이였어요"라고 했다.

박 실장의 한 측근 인사도 "박 실장이 윤 장군에게 그런 말을 했다면 신 사장의 입장을 보호해주기 위한 뜻이었을 것이다"고 했다.

신씨는 '윤필용사건'에 대해 후에 "내가 한 말 때문에 윤 장군이 거세된 것은 절대 아닙니다. 이 사건을 이해하는 데 있어서 가장 중요한 것은 내가 골프장에서 대통령과 이야기를 나눈 것이 72년 10월 말쯤이었고, 윤 장군이 구속된 것은 73년 3월이란 사실입니다"라고 해명했다. 어떤 면에서 '가해자'의 입장에 있던 그의 해명이 피해자인 윤필용 씨와 비슷한 견해라는 점에 유의할 필요가 있다.

신씨는 73년 1월초까지 박정희 대통령과 자주 만났으나 윤 수경사령관 이야기는 더 이상 거론된 적이 없었다고 했다. 그는 또한 윤 사령관에 대한 내사와 본격수사가 진행되었을 때는 박 실장에 의해 대통령 면회가 중지되었다고 털어놨다.

'윤필용사건'의 최초 제보자 신범식 씨와 사건 당사자인 윤필용 씨,

그리고 이후락 씨의 증언을 종합해보면 신씨의 제보와 윤 사령관의 구속 사이에 오랜 시간이 흘렀다는 것은 곧 이 사건이 어느 세력에 의해 발효, 숙성되는 과정을 거쳤다는 추정을 어렵지 않게 한다.

신씨는 또 "윤 장군이 어떤 모의를 한 것은 아니라고 본다"라고 잘라 말했다. 즉, 윤 사령관의 혐의란 대통령으로부터 크게 한번 꾸지람을 들을 정도였으나 '윤필용사건'이라는 숙청의 규모로 확대됐다는 것이다.

'윤필용사건'의 피해자들인 윤필용과 이후락, 최초 제보자인 신범식 씨의 증언을 들었으므로 이제는 수사책임자였던 강창성 보안사령관의 증언을 들을 차례가 됐다. 강씨는 수사의 발단과 경과에 대해 다음과 같이 설명하고 있다.

1972년 말경 박정희 대통령과 박종규 경호실장, 신범식 서울신문사 사장은 뉴코리아 호텔에서 골프를 쳤다. 골프를 다 친 뒤 세 사람은 귀빈실에서 된장찌개를 끓여놓고 술을 마시게 됐다. 이 자리에서 신 사장이 "각하, 측근을 조심하십시오"라는 이야기를 꺼냈다.

박정희 대통령은 그 말을 심각하게 듣지 않았다. "술맛 떨어지니까 그런 말 그만 둬"라고 입을 막았다고 한다.

다음날 박정희 대통령은 박종규 경호실장을 불러 "어제 신 사장이 한 이야기, 그게 무슨 소리지? 얼마 전에 전두환이도 나한테 와서 윤필용이를 조심하라고 하던데, 조사를 해봐야겠어"라는 이야기를 했다.

1973년 3월초 박정희 대통령은 강창성 보안사령관을 청와대로 불렀다(강씨는 72년 말경이었다고 증언하기도 한다). 이 자리에서 박정희 대통

령은 "강 사령관, 박 실장과 김정렴 비서실장과 얘기해본 결과 이 사건
의 조사책임자로는 강 사령관이 적임자라는 데 의견이 모아졌어. 그리
알아"라고 말한 뒤 한 장짜리 보고서를 건네주었다. 그 보고서는 윤 수
경사령관의 '불충' 발언에 대한 신범식 씨의 제보가 요약된 것이었다.

강 사령관이 보고서를 대충 훑어보고 있을 때 박정희 대통령은 "직
위고하를 막론하고 철저히 조하해"라고 말한 뒤 "비록 동기생이지만
개인적인 관계를 떠나 다시는 이 같은 일이 군내에서 재발하지 않도록
철저하고도 공정하게 조사처리하라" 하고 거듭 당부했다.

"알겠습니다. 각하."

강 사령관이 물러 나오려고 할 때 박정희 대통령이 다시 불러 세웠
다. "강 장군, 전두환이에게도 물어봐. 전두환이도 윤필용이가 그런 이
야기를 하고 다닌다는 보고를 한 적이 있어."

떠오르는 별

전두환 대령. 그는 군내 최대 사조직 '하나회'의 실질적인 리더였고 당시는 대령으로 1공수여단장이었다. 그는 곧 별을 달고(1973년 1월 1일) 대통령경호실 작전차장보로 발탁된다.

전 대령이 이끌고 있는 하나회의 후원자는 박정희 대통령을 정점으로 하는 박종규 경호실장과 윤필용 수경사령관, 박 실장뿐만 아니라 윤 사령관과도 자주 접촉할 수밖에 없었던 전 대령이 그의 후원 세력의 한 축이었던 윤 사령관을 배신, 평소 박정희 대통령에게 윤 사령관을 경계해야 한다고 건의해 '윤필용사건' 수사에도 상당한 제보를 했다는 것이 나중에 밝혀졌다.

정보부 간부 출신으로 박종규 실장과 가까웠다는 한 인사의 증언도 전두환 대령의 제보와 같은 맥락으로 이해될 수 있을 것이다.

뉴코리아사건이 있은 지 얼마 후 전방에서 연대장을 맡고 있던 육사 11기 출신 한 사람이 월차휴가를 나와 윤필용 장군에게 인사차 들렀다. 그때 윤 장군이 평소에 친하게 지내던 후배라 마음을 놓았던지 각하는 '돌대가리야. 그놈의 경부고속도로는 뭐하러 만들어. 그 돈이면 비행기 10대를 사서 서울 — 부산 왔다갔다하게 하면 되잖아. 각하는 간질환이 생겨서 오래 못 살아. 거기에다가 여색은 왜 그리 밝히는지 몰라' 등의 불경스런 말을 마구 늘어놓았다. 이 연대장 후배가 그 길로 박 실장을 찾아가 윤 장군의 말을 전했고 박 실장은 '윤 장군이 너무 심하다. 이대로 두면 안 되겠다' 라고 생각했다. 박 실장은 윤 장군이 각하의 여색을 거론한 것이 박 실장 자기를 비난하는 걸로 받아들였을 수도 있었다.

그 인사는 '연대장 후배' 가 누구인지 신분을 밝히기를 꺼리고 있지만, 한 가지 확실한 것은 '윤필용사건' 제보자가 신범식 씨 외에도 몇 사람이 더 있다는 것을 시사하고 있다. 그리고 제보자들 중 가장 눈길을 끄는 인사는 전두환, 그리고 노태우 대령이다.

윤필용사건을 수사한 기관은 보안사였고, 보안사 내에서는 보안처가 수사를 전담했으며, 당시 조사과장은 백동림 씨였다. 훗날 10·26 사건을 수사하기도 했던 백씨는 윤필용사건을 파헤치는 데 큰 몫을 했다. 백씨는 윤필용사건의 최초 제보자에 대해 주목할 만한 증언을 했다.

내가 알기로는 이래요. 72년 가을경 신범식 씨는 윤필용 씨에게서 박정희 대통령을 비난하는 이야기를 듣고 어느 자리에선가 그 말을 했다고 합니다. 그걸 전두환 씨가 전해 듣게 됐어요. 전씨는 당시 대령으로 1공수여단장으로 있었지요. 전씨는 6사단 연대장으로 있던 노태우 씨를 불러 윤씨 발언에 대해 상의를 한 뒤 박종규 실장을 찾아가 보고를 했던 모양이에요. 박 실장은 그 정보를 즉각 박정희 대통령에게 전했고 …….

백씨의 이 같은 증언은 윤필용사건에 대한 그때까지의 '통설'을 뒤엎는 것으로서 복잡하게 얽혀 있었던 윤 사령관 불충발언 제보의 내막을 비교적 간단하게 정리하고 있다.

백씨의 증언을 뒷받침할 만한 증언도 나오고 있다. 신범식 씨의 미망인 심완선 씨는 윤필용 씨의 '문제발언'은 사실이며, 자신도 직접 그 이야기를 들었다고 한다.

"72년 가을이었을 겁니다. 남산에 있는 외교구락부에서 부부동반 저녁모임이 있다고 해서 나가보았더니 윤필용 씨와 김시진 씨 부부가 나와 있고 지성한 대령은 혼자 앉아 있었어요. 음식을 기다리고 있는데 윤씨가 이상한 이야기를 꺼내더군요. 윤씨는 거만한 자세로 앉아 한쪽 엄지손가락을 세우며 '오야지가 망령을 부리면 이후락 형님을 총리 자리에 앉히고 그 뒷처리는 내가 하면 된다'라고 했습니다. 그 소리를 듣고 저는 너무너무 놀랐어요. 마침 웨이터가 접시를 들고 들어오길래 벌떡 일어나 웨이터를 문밖으로 밀어내고 부를 때까지 오지 말라고 문을 잠궜을 정도였으니까요"

음식을 먹는 둥 마는 둥 하고 집으로 돌아온 심씨는 남편 신범식 사장에게 윤 사령관 발언의 배경을 물었다. 신씨는 "전에도 두어 번 지나가는 말처럼 그런 이야기를 한 적이 있어 무척 경솔한 사람이라는 생각을 했었다"라며 더 이상의 언급은 회피했다고 한다.

그리고 며칠 뒤 신씨는 박정희 대통령, 박종규 실장과 골프는 치는 자리에서 "각하, 건강을 조심하셔야겠습니다"라고 슬쩍 운을 띄워보았고, 박정희 대통령은 "내 건강이 어때서……"라며 대수롭지 않다는 듯한 반응을 보였으나 골프가 끝날 무렵 "아까 그 이야기를 한 사람이 누구냐" 하며 무척 화가 난 표정으로 물었다. 신씨는 망설임 끝에 윤필용 사령관이라고 털어놓았다.

심완선 씨는 윤필용사건에 대한 처리 방침은 골프장 회동 이전에 이미 세워져 있었을 것이라고 주장한다. 남편의 이야기는 사태 진전에 전혀 영향을 못 미쳤음에도 불구하고 훗날 '밀고자'로 오해받게 되었다는 것이다.

신범식 씨는 5공 내내 칩거생활을 계속하다가 87년 느닷없이 도로공사 이사장으로 임명된다. 그 전 해인 86년도까지 도로공사 사장은 윤필용 씨였다. 신씨가 도로공사 이사장에 발탁된 배경에 대해 심완선 씨는 말한다.

> 어느 날 김윤환 청와대비서실장이 저희 집을 찾아왔어요. 김 실장은 남편이 경북대학교에 출강할 때 제자였답니다. 그날 김 실장은 전 대통령의 뜻이라며 도로공사 이사장을 맡아 달라고 했어요. 남편이나 저나 그 이유는 잘 모릅니다. 약간 짚이는 게 있긴 하지만……. 남편은 13대 대선에서 노태우 씨가 대통령으로 당선되자 '새 정권하에서도 그 사실은 밝힐 수 없게 됐다'라며 낙담했습니다. 윤필용사건의 제보자는 전두환, 노태우 두 사람이라고 생각합

378

니다. 5, 6공 당시 이들이 현직 대통령이었기에 남편은 끝내 진상
을 밝히지 못한 것 같습니다.

박정희 대통령에게 수사 지시를 받고 대통령 집무실에서 물러나온
강창성 보안사령관은 "내 방에 들러주었으면 좋겠다"는 박종규 실장
의 연락을 받고 경호실장 방으로 갔다. 박 실장은 몹시 흥분한 어조로
"모조리 잡아 넣어야 한다"라고 노발대발했다.

보안사로 돌아온 강 사령관은 휘하의 수사관들에게 조사를 지시하
고 별도로 수경사 소속 지휘관 몇 명을 불러 "어떤 일이 있더라도 수사
에 저항하지 말고 협조해 달라"라고 당부, 사전조치를 취했다. 그는 곧
'윤필용사건'의 제보자인 신범식 사장을 불렀다. 보안사 2층에서 신
사장을 조사한 결과 박정희 대통령이 준 보고서의 내용이 사실이라는
것을 확인했다.

진술을 마친 신 사장은 "신변 안전을 위해 경호원 한 사람을 붙여 달
라"라고 말했다. 강 사령관은 그의 부탁을 들어주었다.

강 사령관은 박정희 대통령이 지시한 대로 전두환 1공수여단장을
불러들였다. 보고서의 내용을 이야기해주고 사실 여부를 물었는데 전
여단장은 우물쭈물하며 정확한 답변을 하지 않았다.

"전 대령. 당신, 각하께 어떤 이야기를 했느냐 말이야?"

강 사령관이 다그쳤다.

그때 전씨가 '윤 장군은 군에 있어서는 안 될 인물이다'는 등 몇 마
디 안 좋은 말을 한 것으로 기억됩니다. 나중에 알고 보니 박종규

실장이 박정희 대통령에게 전 대령을 불러 윤 사령관에 관한 정보를 들어보도록 권유했다는 거예요. 전 대령은 박정희 대통령 앞에서 윤 사령관에 대한 험담을 잔뜩 늘어놓은 뒤 윤 사령관을 퇴진시켜야 한다고 건의했다가 핀잔을 받았다고 들었습니다. 박 실장과 전 대령 간에는 사전에 조율이 이루어졌었던 것 같습니다.

전두환 1공수여단장에 이어 윤필용사건의 최초 제보자로 알려진 신범식 서울신문사 사장을 조사하던 날 오후, 강창성 사령관은 윤 사령관에게 전화를 걸어 "퇴근 시간에 보안사로 한번 들러주었으면 좋겠다"라고 했다. 강씨는 후에 "일과시간에 오라고 하면 별의별 억측이 일어날 수 있어 퇴근 시간을 이용한 것"이라고 말했다.

그날 퇴근시간 직후 윤 사령관은 보안사령관실로 찾아왔다. 강 사령관은 대통령의 수사 지시서를 보여준 뒤 "각하의 명령이므로 나도 어쩔 수 없다"라며 그 동안의 수사결과를 알려주었다.

"윤 사령관, 내용이 약간 과장된 것도 있지만 대체로 맞는 이야기 아닌가. 각하를 면회시켜줄 테니 땅바닥에 엎드려 죽을죄를 졌다고 빌도록 하게."

"아니야. 이건 모함이야. 절대로 그런 일이 없었어."

윤 사령관은 펄쩍 뛰면서 "내가 각하를 존경하고 있는데 그런 얘기를 할 수 있겠는가"라고 했다.

"그렇다면 할 수 없군. 윤 사령관, 신 사장이 지금 2층에 있으니 대면시켜주도록 하지."

윤 사령관은 얼굴이 벌겋게 되면서 커피 잔을 잡은 손가락이 떨렸다. 커피 한 모금을 마신 뒤 윤 사령관은 "모든 것을 강 사령관에게 맡길 테니까 선처해 달라"라고 했다.

그때 강 사령관은 이렇게 말했다.

"말을 함부로 해서 각하의 노여움을 사고 있다. 이 문제를 푸는 길은 윤 사령관이 각하께 찾아가 사과하는 것뿐이다. 그런 방향에서 사건이 해결되도록 노력하겠다."

보안사 조사에서 밝혀진 사실은 윤 수경사령관에 의한 쿠데타 계획은 아니었다. 윤 사령관이 신범식 사장, 정소영 청와대경제수석비서관, 김시진 민정수석 등과 어울린 술자리에서 박정희 대통령의 건강과 후계자 문제를 거론한 것과 역시 윤 사령관이 이후락 중정부장을 찾아가 후계자 옹립문제 등에 대해 언급한 부분이 일종의 '불경죄'로 몰리게 된 것이다.

"윤필용사건의 표적은 나, 기획은 박종규 실장이었다"라고 주장하는 이후락 정보부장은 수사가 진행중일 때 박정희 대통령을 찾아갔다.

"각하, 윤필용이 과연 그런 말을 했으리라고 생각하십니까. 저는 모함이라고 생각합니다. 군부 내에서 윤필용의 세력이 커지는 것을 견제하기 위한 수사라고 생각합니다만, 정말 윤필용이를 자르고 처벌하실 생각이십니까."

이 부장의 항의설 질문에 박정희 대통령은 아무 대답이 없었다. 보안사 조사내용, 이씨의 증언 등을 종합해보면 박정희 대통령은 윤 수경사령관의 무고함을 알고도 그의 제거를 지시했던 것 같다. 즉 박정희 대통령의 독특한 용인술인 '측근끼리의 이간질에 의한 상호견제'가 적용된 것이다.

강 사령관은 약 3주간의 수사를 마친 다음 윤 사령관의 진술내용 등을 참작, 보고서를 만들어 궁정동 정보부사무실로 들어가 박정희 대통령에게 중간보고를 했다. 이 자리에서 김정렴 비서실장과 박종규 경호실장이 동석했다.

"뭐야, 그게 정말이야?"

강 사령관의 보고를 듣고 있던 박정희 대통령은 노기를 띠고 "이후락까지도 당장 잡아넣으라"고 호통을 쳤다. 강 사령관이 보고를 마치고 나오려고 할 때 박정희 대통령은 거듭 "이후락을 불러 직접 조사해서 사실을 규명하라"고 지시했다.

박정희 대통령의 이후락 부장 조사 지시에 대해 강 사령관은 "비서실장으로 각하를 오랫동안 모셨던 이 부장마저 조사하게 되면 국내외적으로 좋지 않은 반향이 일어날 것 같습니다. 측근이 모반했다는 인상을 주면 정치하는 데 어려움이 따를 겁니다. 이 사건은 일반 형사사건으로 만들어 발표해야 합니다"라고 사건의 축소를 건의했다고 한다. 강씨의 말인 즉 쿠데타 모의로 확대하려는 것을 자기가 건의하여 윤 사령관과 그의 부하들을 수뢰·직권남용 등의 죄명으로 축소, 처리했다는 것이다.

그때 옆자리에 있던 박종규 실장이 박정희 대통령의 노기를 부추기며 "이 부장이나 윤 장군 추종 장성들을 모조리 잡아넣어야 한다"라고 주장했다. 박 실장이 윤 장군 추종자로 건의하는 인사들 가운데는 노태우 대령도 들어 있었다고 한다.

강창성 씨에 따르면 자기와 박 실장의 의견이 정면대립되고 있을 때, 박정희 대통령이 김정렴 비서실장 쪽을 돌아보면서 한마디 하라고 무언으로 촉구했다. 김 실장은 두 사람의 의견을 절충하면서도 강 사령관의 주장에 더 찬동하는 듯한 발언을 했다. 그제서야 박정희 대통령은 "알아서 하라"고 지시하더라는 것이다.

"윤필용사건의 불씨가 이후락 중정부장에게 튈 뻔했던 것을 내가 막았다"는 강창성 씨는 이렇게 말한다.

"저는 수사보고를 하는 자리에서 대통령에게, 이 부장을 불러 안심시켜주는 것이 좋겠다고 건의했습니다. 이튿날 대통령을 만났더니 이 부장을 불러 '윤 장군 사건에 신경 쓰지 말라. 소신대로 일하라'라고 했답니다."

"강창성 장군이 전임 김재규 장군보다 영향력이 더 크다는 느낌도 들었다. 10월 유신을 전후한 강 사령관의 움직임이 훨씬 적극적인 것이었기 때문이다. 비록 실패했지만, 그는 야당의원 포섭공작의 일환으로 당시 야당의 맹장 김상현 의원을 몇 차례 만나는 등 활발하게 움직였다."

윤필용사건 당시 보안사요원으로 수경사반에 근무했던 한 인사는 강창성 보안사령관 부임 직후, 김재규 전임사령관과 윤필용 수경사령관의 파워게임에서 김 사령관이 밀려난 빌미가 됐던 수경사에 대한 감청업무가 다시 은밀히 진행되고 있었다고 한다. 감청의 주요대상은 김 사령관 시절과 마찬가지로 윤 수경사령관의 전화였다.

73년 2월이 되면서 윤 사령관에 대한 보안사 수경사반의 동향보고를 시간별로 하기 시작했다. 이는 윤 사령관의 동태를 24시간 감시했다는 뜻이며, 드디어 윤필용 제거 작전의 칼을 뽑았다는 의미다.

"보안사의 업무성격으로 보아 이 지시는 곧 감시대상의 최후를 의미하는 것이었다. 보안사의 분위기는 감청사건 때보다 더 살벌했다."

보안사 수경사반 실무요원인 이 인사의 증언은 강창성 사령관이 그해 3월초 청와대로 들어가 박정희 대통령에게 수사지시를 받았다는 증언과 상반된다. 즉, 보안사의 윤필용 제거작전은 그 이전에 이미 진행되고 있었던 것이다.

윤필용사건은 박정희 대통령 아래서 하늘 높은 줄 모르고 권세를 휘두르던 이후락 정보부장, 박종규 경호실장, 당시 군부의 실력자 윤필용 수경사령관·강창성 보안사령관이 얽히고설켜 만들어낸 파워게임의 극치였다는 것이 일반적인 분석이다. 박 실장, 강 보안사령관이 박정희 대통령의 무한 권력을 등에 업고 이 정보부장, 윤 수경사령관을 제거하려다가 윤 수경사령관만 제거한 사건이 된다.

박 실장은 정보부장이 되기 위해 김형욱 정보부장 시절부터 다각도로 치밀한 공작을 해 오고 있었다. 박 실장이 김형욱 정보부장을 치기 위해 '나일론백사건'을 제보했고, 이 사건을 윤필용 방첩부대장에게 맡겨 김형욱 정보부장과 당시 강창성 중정기획실장을 수사토록 한 사건도 있다. 윤필용사건 역시 박정희 대통령에게 보고한 장본인은 박 실장이었다. 절대권력 유지를 향한 긴장된 견제심리를 갖고 있던 박정희 대통령의 의중을 간파한 박 실장은 강창성 보안사령관에게 맡겨 이후락 중정부장과 윤 수경사령관을 치도록 진언한 것이다. 반대로 박정희 대통령이 박 실장의 단순, 저돌성을 십분 활용해 2인자 그룹을 상호 경쟁, 견제시켰다는 분석도 될 것이다.

어쨌든, '이후락─윤필용 밀착'은 박종규 경호실장을 당혹케 했을

384

법하다. 박 실장도 윤 장군과 함께 군부의 신진실력자 그룹인 하나회의 대부였지만, 윤 장군이 특유의 보스기질로 군 내부의 인심을 장악, 세력을 형성하게 되자 윤 장군과 경쟁관계에 있는 강 보안사령관과 손을 잡고 윤 장군 제거에 나섰다.

윤필용사건이 박종규 경호실장과 강창성 보안사령관의 '합작품'으로 이후락 정보부장·윤필용 수경사령관 거세를 위한 '음모'였다는 주장은 사건 당사자들의 입을 통해서도 흘러나오고 있다. 제보자 중의 한 명이었던 전두환 준장과 함께 육사 11기 선두주자로 윤필용사건 때 구속된 수경사 참모장 손영길 준장은 말한다.

72년 말 신범식 사장이 청와대 경내에 통일정사하는 조그만 절을 짓겠다며 건축자재 반입을 허가해 달라고 사람을 보낸 적이 있습니다. 신 사장 애기로는 남한 전체를 돌아보니 청와대 안에 절을 지어 기도하면 각하가 삼국통일을 한 김유신 장군처럼 기운을 얻어 임기 내에 남북통일이 될 것이라는 거예요. 절을 지으면 국무위원들이 허가를 하느냐고 경호실에 물어보라고 돌려보냈습니다. 73년 1월 20평짜리 절이 준공되었어요.

윤 장군 사건이 터지고 감옥에 있을 때, 함께 구속됐다가 무죄로 석방된 권익현이 편지를 보내 '각하가 윤 장군과 네가 통일정사를 지어 놓고 여승을 데려다가 이후락 부장이 대통령이 되도록 기도한 걸로 오해하고 있다'라고 해요. 그 절을 지은 게 대체 누굽니까, 중간에서 누가 장난을 친 게 틀림없지요. 청와대 경내에 건축물을 짓는 것은 경호실장의 허가 없이는 불가능합니다.

후에 이 통일정사가 문제되었을 때, 강창성 보안사령관은 신 사장이 수경사령관의 허가를 받겠다며 나한테 심부름을 보냈던 서울신문사 기획실장을 지방 보안대장 숙소에 3개월씩이나 은신시켜두었어요. 그 말썽 많은 절은 진노한 박정희 대통령의 지시로 곧바로 철거되었구요. 박종규의 지시에 강창성이 협조해 만든 음모입니다.

윤필용 제거작전으로 치닫는 전개과정에서 강창성 보안사령관이 담당했던 역할에 의혹을 갖는 주장도 많다. 아무리 박정희 대통령의 지시를 받았다고 해도 강 사령관이 밝혀낸 윤 수경사령관의 파렴치한 비리라는 것을 당시 알 만한 사람들은 모두 별 거 아니라고 말한다. 즉 강 사령관은 자신이 사건을 축소했다고 주장한 데 반해, 당시 수사과정을 지켜보았던 많은 인사들은 오히려 "사건이 부풀려졌다"고 반박하는 것이다.

육사 8기생 1천 3백여 명 중 윤 장군과 강 장군은 장래 참모총장 직을 다투는 라이벌이었습니다. 그러나 윤 장군은 경북 청도의 부농 출신에 대통령의 총애가 한결같았고 육사 11기 중심의 하나회 후배들이 많이 따라 강 장군보다 앞섰지요. 강 장군은 경기도 포천의 빈농 출신으로 전두환, 손영길 등 영남권 후배들이 별로 평가하지 않아 일종의 콤플렉스를 느꼈던 점도 있어요.
그런데 강 사령관이 김형욱 중정부장 밑에서 기획관리실장을 할 때 터진 중정 나일론백 위장수출사건에 관련되어 당시 방첩부대장이던 윤 장군에게 약점이 잡혀 있었습니다. 그래서 강 장군이 윤 장군 제거와 하나회 거세에 앞장섰던 것 같아요.

강창성 씨는 윤필용사건이 윤 장군과 박 실장 사이의 갈등 때문에 사건 자체를 실제 이상으로 증폭시킨 점이 없지 않다고 털어놓기도 했다.

박종규는 윤필용이 군의 선배이긴 하지만 파워면에선 더 센데 별로 인정을 해주지 않아 기분이 나빴고, 윤필용은 박종규를 아니꼽게 생각했어요. 이런 심리상태가 여러 부분에서 충돌을낸 것이라고 봅니다. 윤 장군이 끝내 혐의사실을 부인해 박정희 대통령에게 이를 보고했더니 계속 수사하라고 하더군요. 그래서 곧 그들의 파렴치 행위에 관한 수사가 착수됐던 겁니다.

운명의 날은 그해 3월 8일이었다. '청와대 밖의 대통령', '필동육본'이라는 소리를 들으며 막강위세를 떨치던 윤필용 수경사령관이 전격 보직 해임되어 육본 대기명령을 받았다. 뒤이어 윤 장군 계열 인물들의 보직이 해임되고 일부는 검거되기 시작했다.

강창성 씨는 윤 사령관을 가택연금시키면서 혹시 수경사나 윤 장군 계열 부대들이 동요하지 않을까 무척 신경을 썼다고 한다. 그는 곧바로 수경사소속 이종구, 최문규를 불러들였다.

"윤 사령관은 오늘부로 지휘권이 박탈됐다. 귀관들은 동요하지 말라."

이틀 후 수경사령관은 진종채 정보사령관으로 교체됐고, 3일 뒤엔 손영길 참모장을 전방 15사단 부사단장으로 보내 현지에서 체포했다. 청와대 북방을 경비하기 위해 서울근교에 포진하고 있던 26단 76연대

권익현 대령도 체포됐다.

73년 3월 12일 9대 국회가 개원돼 활동을 시작했지만 기상천외의 유신체제가 전혀 낯설기만 했던 4월 28일, 얼마 전까지만 해도 막강 권력을 휘둘렀던 윤필용 수도경비사령관과 일단의 군 장교들에 대한 육군보통군법회의의 수뢰사건 선고공판이 사진과 함께 각 신문의 1면 머리 기사로 등장했다. 그 기사는 국민들을 충격과 경악 속으로 몰아넣었다.

수경사령관은 중앙정보부, 윤군보안사령부 등과 함께 박 정권을 떠받치고 있는 기둥 중 하나라는 사실을 많은 국민들이 알고 있었기 때문이다. 더구나 수경사령관 윤필용 소장은 박정희 대통령의 군시절부터 그림자처럼 따라 다니며 신임을 한 몸에 받고 있는 것으로 알려진 장군이 아닌가.

보통군법회의는 수경사령관 윤필용 소장, 수경사 참모장 손영길 준장, 육본진급인사실 보좌관 김성배 준장 등 장성 3명과 육군범죄수사단장 지성한 대령, 26사단 76연대장 권익현 대령, 육본 진급인사실요원 신재기 대령 등 장교 10명에게 횡령 수뢰 직권남용 군무이탈죄를 적용, 각각 최고 징역 15년에서 2년까지를 선고했다.

군법회의에 이어 군내에서 윤필용 장군을 따랐던 안교덕, 정동철, 박정기, 김상구, 정봉화 등 31명의 장교가 옷을 벗었다.

중앙정보부에서는 윤필용 장군의 배후세력으로 의심받았던 이후락 정보부장의 고향 후배인 이재걸 감찰실장 등 '울산 사단' 30여 명이 구속되거나 쫓겨났다. 이밖에도 윤필용 장군과 가까웠던 김연준 한양대 총장 겸 대한일보사 사장은 수재의연금 횡령죄목으로 구속되고 신문이 폐간당하는 불운을 겪었다.

388

사건은 거기서 끝나지 않았다. 윤필용 장군과 술좌석에서 어울렸던 김시진 청와대민원수석비서관의 동생 김시종 씨가 윤 장군의 사채를 빌려 쓰고 갚지 않았다 하여 구속됐으며, 윤 장군을 따르던 육사 11기생들과 막역했던 이원조 제일은행차장이 해직되기도 했다.

보안사에서 윤필용 수경사령관계열 장교들에 대한 검거선풍이 불어닥칠 때, 저항이 전혀 없었던 것은 아니었다. 윤 사령관을 가택연금시킨 다음날 비육사 출신으로 윤 사령관의 심복이었던 육군범죄수사단장 지성한 대령은 서울신문사 사장실로 쳐들어갔다. 지 대령은 윤 장군사건의 최초 제보자로 알려진 신범식 사장에게 권총을 들이대고 "넌 우리 오야지를 모함하느냐. 보안사에서 다시 조사하면 그런 일 없다고 해. 그렇지 않으면 가만두지 않겠어"라고 협박하기도 했다. 서울신문사에선 한바탕 소동이 벌어졌다.

신 사장은 사색이 되어 강창성 보안사령관에게 "생명이 위험하니 경호를 해 달라"고 부탁했다. 강 사령관은 보안사요원 2명을 무장시켜 신 사장에 대한 수행경호를 붙여주었다. 신 사장뿐만 아니라 강 사령관 자신에게도 경호차 한 대를 항상 그림자처럼 뒤따르게 했다. 지 대령은 이 총기사건이 문제되어 구속자 명단에 올랐다.

당시 보안사요원에 따르면 윤필용 제거의 칼이 뽑혀진 직후 윤 장군계열로서 보직해임이나 좌천은 행복한 케이스였다고 한다. 12·12 직후 정승화 육군참모총장이 부하들한테 끌려가 고문을 당한 곳으로 유명해진 보안사 수사본실, 속칭 '서빙고'로 연행된 장교들은 험한 꼴을 당했다.

당시 수경사 보안반에 근무중이던 한 요원은 그해 3월 8일 윤필용

사령관이 전격 보직해임되고, 그의 오른팔로 막강위세를 자랑하던 육사 11기 선두 주자 손영길 준장이 전방 15사단 부사단장으로 전출된 다음날 수경사에 대한 참고자료를 갖고 오라는 지시를 받고 서빙고에 갔다. 서빙고에는 한때 그의 대대장을 지냈던 육본 인사운영감실 진급 담당 장교 신재기 대령이 잡혀 와 조사를 받고 있었다.

보안사요원은 마침 잘 아는 수사관이 있어 "이분은 우리 대대장을 지낸 분인데, 너무 심하게 다루지 말라"라고 부탁하고 돌아갔다. 그러나 그날 오후에 다시 서빙고에 갔을 때 신 대령은 이미 오전의 그가 아니었다.

"눈동자에 초점이 없고 나를 알아보지 못하는 등 몇 시간 사이에 이렇게 변할 수 있을까 놀랄 정도였다. 훗날 들으니 신 대령은 고문 끝에 기절, 통합병원에 두 번이나 다녀왔다는 것이었다. 도대체 얼마나 고문이 심했으면 두 번이나 기절했을까."

수경사는 쑥밭이 되었다. 주요 참모와 지휘관들은 언제 서빙고로 끌려갈지 몰라 전전긍긍했고, 일부 장교들은 보안사에 손을 써 "제발 서빙고만은 면하게 해달라"라고 사정하기도 했다. 그러나 수경사의 대령급 참모 지휘관들의 경우 보직해임은 물론 서빙고로 잡혀가는 것은 시간문제였다. 곧이어 그들에 대해서 24시간 감시명령이 떨어졌다.

며칠 뒤 가택연금된 윤필용 사령관, 전방 부사단장으로 전보발령 되었던 참모장 손영길 준장이 서빙고로 연행돼 왔다.

윤필용사건 수사책임자 강창성 당시 보안사령관은 증언을 통해 박정희 대통령과 박종규 경호실장 등이 '쿠데타음모'로 사건을 확대하

390

려는 것을 자신이 축소수사를 건의, 윤 사령관과 그의 부하들을 수뢰·직권남용 등의 죄명으로 처리하게 됐다고 말했다. 그는 또 당시 군 수뇌부에 속하는 사람들이 후배인 윤 사령관의 집에 연초 세배를 갔던 것은 사실이고, 윤 사령관 핵심부하의 집에서 백금으로 된 대장계급장이 발견된 것도 사실이라고 말했다.

반면 당시 윤 사령관과 그의 측근들을 연행, 취조하는 과정을 지켜본 보안사요원들에 따르면 연행초기부터 수사목적이 조금씩 드러났는데, 쿠데타음모에 초점이 맞춰져 강압수사를 했다고 주장한다.

수사가 진행되면서 몇 가지 이상한 점이 눈에 띄었다. 쿠데타 음모로 보기에는 문제가 있는 것 같았고, 윤 장군의 심복들을 잡아들인다고 하나 윤 장군과 깊은 관계가 없는 사람들도 있어 수사가 어디까지 갈 것인가도 궁금해졌다. 사태가 급박하게 돌아가자 장군들도 안절부절이었다. 시간이 흐르면서 조사는 확대되어 수경사요원은 물론 중정요원과 일반인들까지 서빙고로 잡혀가고 있었다.

윤 사령관이 서빙고로 연행된 것은 73년 3월 7일, 정식 구속된 것은 3월 26일, 군 검찰에 의해 기소된 것은 4월 17일, 비공개 공판 끝에 육군보통군법회의에서 신고가 있었던 것이 4월 28일이었다. 윤 사령관을 비롯해 손영길 준장 등 10여 명의 장교들이 군복을 입은 차렷자세로 선고를 받는 사진이 그날의 석간과 다음날 조간에 실리면서 그들의 '죄상'이 처음으로 공개됐다.

취재의 출처는 판결문과 국방부장관 담화문이었는데, 내용은 윤 사령관 등의 부정부패와 월권행위, 사생활, 군내 사조직 운영 등 비행사례들로 가득 메워졌다. 판결문은 법률적 판단을 한 내용이 아니라 '유신과업 수행에 앞장서야 될 자들이 그 실에 있어서는 독소적 존재', '치부와 엽색행각에 치달음으로써 반유신적 죄악을 자행', '민족의 이름으로 단죄된 국민방위군사건 관계자들 못지않게 호화방탕한 생활을 했다' 는 등 인식공격적인 규탄문과 다름없었다.

　윤필용 씨가 박정희 대통령에게 섭섭하게 생각하고 있는 것은 바로이 부분인 것 같다. 너무나 비인간적인 방법으로, 그것도 사건의 본질과는 관계없는 혐의로 자신을 매장시켰기 때문이다. 윤씨는 이 사건에대해 결론적으로 "나에 대한 박정희 대통령의 신임이 철회됐기 때문에일어난 것" 이라며 일본의 '방위연감' 에 "이 사건의 진상을 아는 사람은 오직 박정희 대통령뿐이다" 라고 씌어 있다는 점을 지적했다.

　한편 강창성 보안사령관은 '윤필용사건' 에 대한 1단계 수사공판을끝내고 2단계로 군내 최대 사조직 '하나회' 에 대한 수사를 본격화하려고 할 무렵인 그해 8월 초순, 보안사령관직에서 해임돼 3관구 사령관으로 전보됐다. 전임 김재규 사령관이 윤필용 수경사령관과의 파워게임에서 밀려나 군단장으로 영전된 데 비하면 그의 전보는 틀림없는 좌천이었다.

　강 소장이 자신의 좌천 사연을 정확히 알게 된 것은 관구사령관으로부임한 지 5일째 된 8월 13일이었다. 전날 밤 유성 만년장 호텔 귀빈실에 투숙한 박정희 대통령이 새벽 2시경 박종규 경호실장을 시켜 강 장군에게 들어오라고 연락했다.

　사복을 입고 호텔에 도착한 강 장군은 박 실장의 안내로 침실로 들어갔다. 뜻밖에도 정장을 하고 있던 박정희 대통령은 의자에서 벌떡 일어서며 강 장군의 허리를 껴안다시피 했다.

"임자가 궂은 일만 하다가 여기 내려왔는데 잘 지내고 있는지 모르겠어."

박정희 대통령은 이어 강 장군의 해임 배경을 낮은 목소리로 흘렸다.

"임자가 계속해서 보안사령관으로 있어도 무방한데 진종채 장군 등이 '윤 장군이 구속되고 없는 마당에 각하주변에 무력을 가진 사람은 강 장군밖에 없다. 하나회 멤버들을 거세하는 임무도 끝났으니 바꾸었으면 좋겠다' 라고 건의를 여러 번 해서 보직이 바뀌었어. 또다시 나하고 같이 일하게 될 걸세."

박정희 대통령은 윤 수경사령관의 무고함을 알고도 그의 거세를 지시했고, 다시 윤 사령관 제거에 총대를 멨던 강 보안사령관까지 내쳤다. 그것도 강 보안사령관을 이용해 윤 수경사령관을 쳤던 방법과 같이 다시 윤 사령관을 후임 진종채 수경사령관을 이용해 강 사령관을 쳤다. 박정희 대통령의 독특한 용인술인 '측근끼리의 상호 이간질에 의한 견제' 였지만 전자는 이이제이식 통치방식이요, 후자까지 포함하면 절묘한 토사구팽의 논리다.

윤 장군으로 인해 구속되어 실형선고를 받았던 대부분의 사람들은 곧 풀려났다. 그동안의 정치적 사건들이 그랬듯이 한때 세상을 떠들썩했던 '윤필용사건' 도 3공 때는 그렇게 흐지부지 끝나버린 것이다. 교도소에 남아 있는 것은 윤필용 씨뿐이었다.

윤 장군 사건으로 구속됐던 지성한 씨는 말한다.

"윤 장군 혼자 형무소에서 맹장수술을 받는 등 무척 힘든 하루하루를 보냈습니다. 그분을 아끼는 선배들이나 후배들이 무척 가슴 아파해 박정희 대통령에게 석방을 탄원하고 싶었지만 박정희 대통령의 노여움이 서릿발같아 감히 누구도 엄두를 내지 못했습니다."

그때 윤필용 석방탄원에 나선 이는 박태준 포항제철 사장이었다. 육사 5기 출신인 박 사장은 윤필용 씨의 선배로서 최고회의 비서실장 자리를 물려주었던 인연도 있다. 박 사장은 청와대로 들어가기도 하고 포철을 방문한 박정희 대통령을 만나는 틈을 이용해 세 차례에 걸쳐 윤필용 씨의 석방을 호소했다고 한다.

"윤 장군이 그렇게 각하의 심기를 불편하게 해드렸는데, 이것은 윤 장군 하나만이 아니라 우리 모두의 잘못입니다. 윤 장군이 맹장수술을 받고 고생을 많이 했다고 들었습니다. 각하, 저희들 전체를 용서해주시는 셈 치시고 윤 장군을 풀어주십시오. 윤 장군 구속을 계기로 하나회와 비하나회 세력이 대립해 군 분열도 문제가 큽니다."

"박 사장, 내가 윤필용이를 그렇게 아끼고 총애하지 않았다. 그러면 처신을 더욱 잘해야지. 그런데 내가 듣기로 윤필용이가 나에 대해 함부로 말을 한다길래 박종규와 강창성이더러 혼 좀 내주라고 했는데, 이 친구들이 일을 엄청나게 키워놓고 말았잖아. 나도 가슴이 아파. 곧 있을 유신헌법 찬반투표만 끝나면 풀어주도록 하지."

즉, 박정희 대통령을 '윤필용사건'을 확대한 것은 박종규 경호실장과 강창성 보안사령관이었으며, 이미 이 사건에 대해 후회하고 있을 윤씨를 용서했다는 말이 된다. 독직혐의로 징역 15년을 선고받은 윤씨는 항소를 포기, 약 2년간 복역한 뒤 75년 형 집행정지로 풀려났다. 윤

씨는 박정희 대통령이 그의 사건에 대해 후회하고 용서했다는 증언을
인정하지 않는다.

내가 박정희 대통령 측근에 가장 오래 있었던 사람입니다. 그분은
실수가 없고, 치밀하고, 신중한 분입니다. 내가 모반하지 않았다는
것은 누구보다도 그분이 잘 알고 계셨을 겁니다. 박종규, 강창성이
에게 속아서 나를 그렇게 했다는 것은 말이 안 돼요.

박정희 대통령 그분은 측근 권력자 중 김종필은 탄압해 다스렸고,
이후락은 잔재주 피우는 걸 받아주면서 다스렸습니다. 이후락이
평양에 가서 김일성이 만나고 나서 우쭐대는 것 같고 하니까 본보
기로 나를 친 겁니다.

'이것 봐라. 내가 그렇게 아끼는 윤필용이도 눈 밖에 나면 이렇게
쳐버리지 않느냐. 너희들도 똑바로 해라' 라는 추상 같은 경고인 셈
이죠.

그러고 나니까 김형욱이가 안 되겠다 싶어 도망갔고, 실제로 이후
락도 도망갈 생각이 있었지요. 이유 없이 장기외유를 하면서 혹
시 박정희 대통령이 자기 뒤를 캐지 않을까 하고 바짝 긴장했어요.
이후락도 보통 겁먹은 것이 아닙니다. 내 사건 후에 친김종필계 하
는 따위의 말이 정계에서 쑥 들어가지 않았어요.

박정희 대통령이 나를 미워하게 된 데는 몇 가지 사연이 있었습니
다. 물론 대부분이 오해에서 비롯된 것입니다. 군에서 나만 유독 3
선 개헌을 반대했다는 점도 그렇고 김형욱이 대통령 충견노릇을
할 때 내가 김을 견제한 것도 그렇고.

유신선포 직후 이후락 중정부장이 박종규 경호실장과 함께 윤 서울지구 계엄사령관에게 "계엄하느라 수고한다"라며 술을 샀다. 기본적으로 정치군인인 윤 장군은 이 자리에서 군의 정치개입에 대한 발언을 서슴지 않았다.

"이제 어차피 계엄정치를 하게 됐으니 군인이 정치를 책임져야 한다. 그러면 유정회 의원의 3분의 1을 장군·영관·위관급을 똑같이 배분해 예편시켜 맡겨야 한다. 태국처럼 군인들이 국회에 들어가야 한다. 각하께 건의해 달라."

이후락 부장은 "각하한테 보고해 30석 정도는 만들어보겠다"라고 대답했다. 윤씨는 다음과 같이 회고했다.

후에 들으니까 박정희 대통령이 '건방진 놈들, 지들이 뭔데 국회의원을 마음대로 고르려 해'라고 화를 내더라는 거예요. 내가 내 세력을 국회에 박아놓으려 한다고 오해를 한 거지요.

결국 운명이라고 생각합니다. 김대중 납치, 김형욱 배반, 육 여사 피살, 차지철의 방자한 독주, 10·26, 그리고 12·12, 5·17, 5공, 6공 모든 것이 내 사건에서 비롯됐다는 생각을 해봅니다. 내가 감옥에 들어갈 때 그분의 운도 내리막길을 향했던 거지요.

육 여사 피격 소식을 듣고 감방 안에서 밤새 흐느껴 울었습니다.

석방된 후에는 박정희 대통령에게 붓글씨로 편지를 써 올렸어요. '제가 불충하고 불민해서 각하 심기를 괴롭히고 세상을 소란케 한 죄가 너무 큽니다'라고요. 그러나 답장을 해주시지 않더군요.

이후 박정희 대통령은 한 번도 만나지 못했습니다. 나는 계속해서 감시를 받았어요. 박정희 대통령은 귀가 얇은 것이 흠이었고, 그것을 악용한 사람이 있었어요.

윤 장군 사건의 여파로 1년여 사이에 이후락, 박종규, 윤필용, 강창성 등 네 핵심측근이 사라진 대신 김재규와 차지철이 등장했다. 10·26 구도가 짜여진 것이다.

육사 출신 장교들의 판도 역시 크게 달라졌다. 육사 11기 중 선두를 달려왔던 손영길 준장이 윤 장군사건으로 거세됨으로써, 윤필용사건의 제보자였던 전두환 준장, 노태우 대령이 10·26 뒤 실력자로 부각되는 길을 마련했다. '떠오른 별' 전·노와 그들이 이끄는 군 내 사조직 '하나회'는 80년대 한국을 경영하게 된다.

청와대로 가는 길

북극성회를 탈환하라

육사 총동창회로서 북극성회가 결성된 것은 5·16쿠데타 직전인 1961년 4월이다. 원래 북극성회는 하나회와는 달리 순수한 동기로 출발한 육사 동창들의 친목모임이었다. 초대회장 강재윤 씨는 취임사에서 이렇게 말했다.

"우리의 목표는 명백했다. 훌륭한 전문인, 겨레의 방패로서 역사의 참길을 간다는 것이다. 이렇게 공통된 염원을 위해 서로 간의 계발과 신의와 우애를 두텁게 해야 한다."

1963년 3월 18일, 태릉 육사에서 북극성회 운영위원회가 열렸다. 안건은 2대 회장 선출의 건. 11기부터 17기까지 각 기에서 운영위원 2명씩 14명이 참석했다. 육사의 '장형' 노릇을 하는 11기 운영위원은 김영곤, 노정기 대위였다.

이날 노정기의 강력한 추천 발의로 노태우(방첩대장교) 대위가 2대 북극성회 회장으로 선출된다. 전두환 소령이 이끄는 하나회계의 첫 세력화의 계기가 이뤄진 것이었다.

노태우 신임회장의 취임사—.

> 인화의 친목, 상호부조의 정신이 동창회의 시작과 끝이다. ……범
> 인으로서 중의를 존중하는 커다란 귀를 가지고 많은 아우들의 뒤
> 를 보살피는 어리숙한 형 노릇을 묵묵히 하겠다.

최고회의 시절 박정희 부의장 의전실에는 육사 11기 전두환 대위와 함께 이동남 대위도 근무하고 있었다. 전·이 대위는 박정희 소장이 5·16쿠데타를 일으켰을 때 육사생도들의 지지를 이끌어냈던 주역들이었다. 그때 전·이 대위는 사적인 감정으로 서로 대립했는데, 윤필용 사건 당시 강창성 보안사령관 직속 연구실의 해외 및 군사안보문제 연구관으로 근무하면서 하나회를 들춰냈던 황종대 씨는 "이것이 육사파벌의 한 동기가 됐다"라고 말한다.

이동남 대위는 최고회의 부의장실에서 함께 근무하는 전두환 대위가 정치에 눈을 뜨게 된 동기에 대해 이렇게 말했다.

"박정희 장군이 쿠데타를 해놓고 경제학 등 기초학문을 학계교수들을 초빙해 강의를 들었다. 서울대 상대 박희범 교수는 박 장군에게 경제학원론을 강의했는데, 경제학의 기초용어부터 가르쳤다. 이런 광경을 목격한 전두환은 저렇게 무식한 놈들도 쿠데타를 해서 정권을 쉽게 잡는데 우리라고 못할 것이 있겠느냐고 말하곤 했다."

황종대 씨는 "이것이 우리가 알고 있는 전두환의 사조직 확대동기이자, 하나회가 쿠데타를 목표로 조직된 집단이라고 주장하는 근거의 하나"라고 말한다.

정규육사 출신 장교들로 조직된 사조직 가운데 하나회 외에 '청죽회'(Blue Bamboo, 일명 BB)라는 것이 있었다. 한 BB 멤버는 하나회의 목적은 군부 쿠데타이고, 청죽회는 하나회를 견제하는 일본군벌의 통제파와 같은 모임이며, 하나회는 황도파와 같은 것이라고 주장한다.

BB 시조그룹인 11기 장교들은 강재윤, 서우인, 김광욱, 김영국, 이동남 등이었다. 11기 하나회가 생도 시절 축구부 전두환·손영길, 럭비부 노태우, 송구부 김복동 등 운동부를 장악한 반면, BB 멤버들은 학구파로서 독서와 토론을 즐겼다. 지역적으로 하나회가 경상도파라면 BB는 서울·이북파였다. 수석으로 입교, 수석으로 졸업한 김성진, 이대호, 이효, 이동희 등을 포함한 그들 학구파들은 주말이면 외박을 나가 서울에 집이 있는 김영국, 이효 등의 서재에서 어울려 전쟁과 분단 조국의 운명, 그리고 군의 앞날에 대해 열띤 토론을 벌이기도 했다.

11기 생도 시절 주류는 그들 학구파였다. 교수들이나 훈육관으로부터 인정을 받고 있는 김성진, 강재윤 생도가 주류의 구심점 역활을 하고 있었다. 그들은 하나회의 전신 전두환, 노태우, 김복동, 최성택, 박병하 등 오성회 멤버들이 지연에 따라 의기투합해 몰려다닐 때 제동을 걸기도 했다. 그들은 대부분이 서울과 중부지방의 명문고 출신으로 영남지역의 '시골뜨기'들인 오성회 멤버를 대수롭지 않게 여겼다.

하나회계가 그랬던 것처럼 학구파들의 꿈도 장차 장군이 되는 것이었다. 장군의 양 어깨 위에 빛나는 별, 그러나 그것은 분단조국의 북녘 땅을 비추어 주는 북극성과 같은 별이어야 한다고 뜻을 모았다. 눈에 보이는 별과 권력에 대한 집착보다는 먼 앞날의 역사의식과 꿈을 정립하는 방향으로 나아가고 있었던 것이다. 졸업앨범의 표제가 '북극성'이 된 것도 학구파들의 그런 의지를 새기기 위함이었다.

학구파들은 소대장 근무를 마친 후 우수졸업자들을 불러들여 구성한 육사교수부의 중추요원으로서 육사총동창회인 북극성회를 조직하게 된다. 동창회 명칭이 '북극성회'가 된 것도 그들 학구파들이 주류였기 때문이었다.

노태우가 북극성 회장 시절 육사 11기 하나회계가 7·6쿠데타 모의를 했었다는 것은 이미 이야기한 바와 같다. 하나회계는 이미 권력 핵심부테 근무하면서 정치장교의 싹을 보이기 시작한 것이다. 청죽회 조직책이기도 한 황종대 씨는 "이것이 칠성회(하나회 전신)의 조직 목적이 쿠데타라는 사실을 입증한 최초의 쿠데타 시도였다. 주모자는 노태우 대위로 알고 있다"라고 말한다.

그때 하나회계를 견제하기 위해 탄생한 것이 청죽회였다. 그후 하나회와 청죽회는 서로 갈등과 대립, 견제를 하면서 세를 확대하기 위한 경쟁을 벌이기도 했다. 그러나 이미 권력의 핵심부에 들어가 근무하고 있는 하나회계를 타도하기에는 청죽회가 역부족일 수밖에 없었다.

하나회계의 도전은 북극성 회장 자리를 놓고 점차 뜨거워졌다. 초대 회장 강재윤, 2대 회장 노태우를 시작으로 북극성회는 친목도모와 상부상조라는 기본취지를 지키려는 순수파와 군 내의 영향력을 과시하려는 하나회계가 회장을 번갈아 맡게 된다.

1968년 4월 14일 드디어 정규 육사 출신 장교들의 양대 파벌인 하나회와 청죽회가 조직확산과 견제활동의 단기목표인 북극성회 회장 자리를 놓고 한판 승부를 벌인다. 그동안 크게 드러나지 않는 갈등과 대립이 있었지만, 그날의 대회전이 대표적인 것이었다.

북극성회 운영위원회는 서울 회현동에 있는 육본 인간관계 연구위원회 자리에서 열렸다. 안건은 물론 5대 회장 선출의 건. 운영위원 총수는 11기로부터 19기까지 각기 2명씩 모두 18명이 참석했다.

후보자는 2명이었다. 당시 16기 운영위원으로 참석한 황종대 씨에 따르면 수경사 30경비대대장 전두환과 초대 북극성 회장이었던 육사 교수 강재윤 중령이었다. 하나회 회장과 청죽회 리더가 경쟁에 나선 것이었다.

운영위원 18명의 얼굴을 살펴보니 그 전과는 달리 16기를 제외하고는 칠성회 멤버들이 회의장에 대거 등장하고 있었다. 우리는 모르고 있었지만 칠성회 측은 각 기별 운영위원을 자파로 선출하기 위해 일찍부터 운동을 한 것으로 밝혀졌다. 금품이 오갔다는 소문도 있었다.

16기 운영위원 황종대 씨에 따르면 전두환 중령을 회장으로 당선시키기 위해 활약한 하나회계 인물은 최웅 소령과 이진삼 소령이었다.

충남 부여 출신으로 생도 시절부터 과격파로 알려진 이진삼 소령이 전두환 후보 지지발언을 했다.

"동창회장은 동창들의 일을 보기 위해 기동성이 있어야 한다. 우리 동창 중에 지프차를 타는 사람은 현재 전두환 선배뿐이다. 그러니 전두환 선배를 회장으로 모시자."

뒤이어 황종대 소령이 육사 교수요원들을 대표해서 강재윤 후보 지지발언을 했다.

"우리 육사 교수들은 보직상 중용차인 지프차는 없다. 그러나 기동성은 중요하다. 강재윤 선배는 지프차 대신 자전거를 타고 동창회일을 열심히 할 것이다."

북극성회 5대 회장 자리를 놓고 전두환 수경사 30대대장과 강재윤 육사 교수, 하나회와 청죽회, 지프차와 자전거 경주 같은 대회전이 벌어지고 있었다.

"지프차와 자전거 경주 같은 선거는 치르나 마나였다. 정치군인들은 전두환 선배를 동창회장으로 선출하기 위해 죽기살기로 달려들었다. 드디어 전두환 씨는 지프차를 탄 최초의 북극성 회장 감투를 쓰게 됐으며, 그때부터 그는 군내 인사청탁을 위해 북극성 회장 자리를 최대한으로 활용, 육사 10기 이전 선배장교들에게 접근했다."

북극성 회장을 노린 대회전은 전두환 중령, 하나회의 승리로 결판났다. 전두환 전기는 "수도경비사령부 30대대장인 전두환 중령은 중규 4년제 시스템인 제11기 이후의 생도들로 이루어진 동창회 북극성회의 회장에 선출됨으로써 선두주자의 자리를 굳히기 시작했다. 육군사관학교 동창회장은 이른바 같은 계급 이하의 모든 장교를 통틀어 선두주자임을 뜻했다"라고 쓰고 있다.

권력의 핵심자리 중 하나인 수경사 30대대장 전두환 중령이 북극성 회장에 선출됨으로써 그때까지만 해도 하나회계가 정치적으로 크게

'오염' 시키지 못한 북극성회의 위상이 달라지기 시작한다. 당시 '싸우면서 일하자'는 박정희 정부의 구호를 과감하게 대변하는 전두환 신임 회장의 취임사가 이를 증명한다.

> 앞으로 일면 건설, 일면 국방의 당면과제가 우리 앞에 선명히 부각된다. ……우리는 지금 구구한 이론의 시대가 아니라 박력 있는 행동이 요청되는 시대에 살고 있다.

전두환 중령이 북극성 회장자리를 탈환한 이후, 청죽회는 서서히 설자리를 잃기 시작한다. 전두환 하나회가 라이벌인 BB 멤버들을 군대에서 추방해버리는 게임을 벌인 것이었다.

첫 희생자는 전두환 중령과 북극성 회장 자리를 놓고 한판 승부를 벌였던 강재윤 중령이었다. 강 중령의 친형인 재일민족사학자 강재언 교수가 조총련계라는 모함을 받아 옷을 벗게 된 것이었다. 황종대 씨에 따르면 전두환 중령이 강 중령의 친형이 재일사학자 교수라는 사실을 알고 육사 교수부장 김영선 준장을 찾아가 강재언 씨를 조총련계로 몰아 그의 동생인 강 중령이 육사 교수 자격이 없다며 육사 교수부에서 쫓아내라고 압력을 넣었다고 한다. 문홍구는 전두환 씨와 같은 고향인 경남 합천 출신으로 전두환 보안사가 주도한 79년 12·12 쿠데타 당시 합참본부장이었다. 그때 문씨는 진압군의 일원으로서 끝까지 군 수뇌부 측인 수경사 상황실을 지키다가 다음날 새벽 보안사 서빙고로 끌려갔다. 12·12 쿠데타로 서로 길을 달리 했지만, 군 재직시절 문·전씨는 상당히 가까운 편이었다. 그들이 가까워진 것은 문씨가 준장 시절인 67, 68년 부터였다. 그해 어느 날 수경사 30경비대대장 전두환 중령이 문 중장을 찾아왔다.

"선배님, 고향이 합천이시지요. 저도 합천 출신입니다. 제가 고향 후배입니다."

영남 출신 장교들을 위주로 결성한 하나회 회장 전씨가 군 장교 시절 인맥을 형성할 수 있는 선배장성들에게 찾아가 "형님"이라고 부르며 교제를 넓히곤 했다는 것은 널리 알려진 이야기다. 문 중장을 찾아가 고향 후배라고 자신을 소개한 전 중령은 그후에도 자주 문 장군을 찾아가곤 했다. 부인들끼리도 아주 친하게 지냈다.

"한번은 자기 조카인지 누군지 결혼을 하는데 나보고 주례를 서 달라고 해서 응해준 적도 있어요. ……아무튼 그 사람 능력이 대단해요. 사람들 사귀고 관리하는 데에는 천부적인 자질이 있어요."

60년대 후반 문 장군은 육본 인사참모부 진급처장이었다. 대령 진급심사를 앞두고 어느 날 전두환 중령을 비롯한 육사 11기 대표 몇명이 문 장군을 찾아왔다. 그때 전두환 등 11기 선두두자들은 중령 3년차였다.

"이번 진급심사에서 우리 모두 대령으로 올라가야 하겠습니다. 우리는 육사에서 4년을 공부했기 때문에 단기교육 과정을 거친 일반장교들과는 다른 배려를 받아야 마땅할 줄로 생각됩니다. 잘 부탁드립니다."

전 중령이 당돌한 이야기를 던졌다. 문 장군의 생각으로는 전 중령이 아무리 고향 후배로 개인적인 친분이 있다고 해도 중령 3년 만에 대령을 단다는 것은 무리였다. 대대장을 마친 후 사단 또는 고급사령부에서 2, 3개 이상의 참모 경험을 쌓아야 하기 때문이었다. 그러자면 최소한 5년 정도는 걸린다. 문 장군의 경우에도 중령 9년 만에 대령으로 진급하지 않았는가. 뿐만 아니라 군의 대부분을 차지하고 있는 일반출신 장교들과는 형평성과 사기 문제도 고려하지 않을 수 없었다.

"……아무래도 금년에는 진급이 곤란하네. 하지만 내년에는 상부에 적극 건의해보도록 하지."

문 장군은 여러가지 문제점들을 들어 전두환 중령 등 11기 대표들을 달랬다. 당시 11기의 대령 진급 문제는 군 수뇌부에서도 관심을 갖고 있는 사항이었다. 문 장군은 11기 진급문제처리 결과를 육본지휘부에 보고했다. 그때 박종규 청와대경호실장이 문 장군을 불렀다.

"문 장군, 이번 대령진급에서 11기 출신 장교들이 누락될 것이라고 하는데 그 이유가 무엇이오."

박 경호실장의 질책성 질문에 문 장군은 자세한 사정을 설명했다.

"무슨 소리오. 각하의 명령이오. 그들을 진급시키도록 하시오."

1969년 11월 30일, 전두환 중령은 대령으로 진급하면서 2년 4개월에 걸친 수경사 30대대장직에서 서종철 참모총장 수석부관으로 기용되었다. 중령으로 진급하고 "합천 산골 촌놈이 대한민국의 육군 중령 계급장을 달았으면 됐지"라고 호기를 부린 지 3년 만에 대령으로 진급한 것이었다.

전씨는 11기 동기생 156명 가운데 첫 번째로 대령이 되었다. 육사 입학시험 때 1차 합격자 중엔 끼지도 못해 보충생으로 간신히 입교했고, 4년 동안 생도 시절을 보내면서 소대장 한 번 못 해보고 하위권으로 졸업한 뒤 "성적순으로 매기는 군번이 한참 뒤로 처져 한이 맺히더군. 그래서 결심했지. 내가 공부는 못했지만 군인으로서는 1등을 하겠다고 말이야"라고 했던 전씨는 비로소 11기 동기생 모두를 가운데 선두주자가 되어 한풀이를 한 것이었다.

전두환 전기에 따르면 대령 계급장을 달고 보광동 집으로 돌아온 전씨는 부인 이순자 씨의 볼에 입술을 갖다 댔다.

"이 계급장은 당신 거요."

전 대령의 목소리는 떨리고 있었다.

1970년 4월 22일, 서울 삼각지 언저리에 마련된 육사동창회사무실에서 북극성회 운영위원회가 열렸다. 안건은 7대 회장 선출의 건. 운영위원 총 수는 11기로부터 25기까지 각기 2명씩 모두 30명이 참석했다. 11기 운영위원은 노정기, 민석원 중령이었다. 후보자는 2명이었다. '육사의 상징'이요, 육사 입교때부터 졸업때까지 줄곧 1등만 차지해온 학구파 김성진 중령과 군 복무기간 중 실무파로 알려진 전두환 대령이었다. 투표 결과 전두환 16표, 김성진 14표로 두 후보 모두 3분의 2 이상을 얻지 못했으므로 재투표에 들어가야 했다. 그때 김성진 후보가 손을 들고 긴급 발언을 요청했다.

"본관은 동창회장 후보 직에서 사퇴하겠습니다. 우리 정규육사동창회의 간판인 동창회장을 선출하면서, 우리들의 회장이 보다 책임감을 느끼고 박력 있게 동창회를 이끌어 나갈 수 있도록 하기 위해 전원 만장일치로 선출했으면 하는 마음으로 후보직에서 사퇴하려는 것입니다."

김 후보의 사퇴로 전두환 후보가 북극성 회장으로 다시 추대되었다. 유례없는 북극성 회장 재임이 나온 것이었다.

북극성회는 이후 71년 권익현 회장에 박희도 간사장, 72년에 손영길 회장 등 하나회계가 독주하게 된다. 손영길 대령은 북극성회의 마지막 회장이었다. 72년 8월 북극성회가 군 내 압력집단이라는 보고를 받은 군 통수권자 박정희 대통령이 해체지시를 내린 것이었다.

군이 '악화가 양화를 구축한다' 는 그레샴의 법칙을 인용하지는 않더라도 육사 동창들의 친목도모와 상부상조라는 순수한 동기에서 출발한 북극성회는 하나회계로 '오염' 되고 겉으로 드러난 채 마침내 해체의 비운을 맞게 되었다. 그럼에도 불구하고 하나회는 세상에 드러나지 않은 채 군내에서 세포처럼 성장해 가고 있었다.

하나회 시조 그룹인 손영길 회장과 북극성회 운영위원 일동의 명의로 된 해체결의문이 군내 사조직의 문제점을 그대로 지적하고 있는 것도 아이러니가 아닐 수 없다.

> 군의 조직은 원천적으로 지휘권자에게 집약돼야 한다. ……북극성 동창회의 활동은 다른 일부장교들을 자극해 군 장교들이 사분오열돼 있는 듯한 인상을 주기도 했다. 또 육사 11기 이후 졸업생만으로 구성돼 건국 이후 연면히 이어져 온 육사 전통의 단절과 유아독존의 기풍을 조성케 했음을 솔직히 시인한다…….

북극성회가 해체된 8개월 뒤인 73년 3월, 윤필용사건이 터지고 하나회란 존재가 세상에 불거져 나오게 된다. 그때 하나회가 된서리를 맞긴 하지만, 하나회 본류인 전두환 회장을 비롯 노태우, 정호용 등 하나회 시조 그룹은 살아남고 더욱 끈질긴 생명력으로 생장하게 된다.

전두환의 인맥 만들기

전두환 대령이 북극성회 7대 회장으로 재선출된 70년 4월 22일 오후 전 회장과 부회장인 김성진 중령은 모교인 육사를 방문했다. 그날 후배 생도들이 모인 자리에서 전두환 대령은 일장 훈시를 했다.

"이 자리에는 우리 육군사관학교의 상징적 존재인 여러 생도들의 선배 김성진 중령도 와 있습니다. 그는 나와 동기생이며 입교 때부터 졸업 때까지 줄곧 수석 자리를 남에게 빼앗기지 않은 수재였습니다. 재학 중 그는 언제나 1등이었습니다."

갑작스런 전 대령의 훈시는 그럴 만한 까닭이 있었다. 생도 시절 전두환은 성적이 하위권에서만 맴돌았고, 오히려 백넘버 1번인 골키퍼로 명성을 날렸을 뿐이었다. 그 골키퍼가 오늘날 동기생들을 앞질러

맨 먼저 대령으로 진급한 것이다.

"공분 해서 뭘하나. 졸업한 뒤 실무를 잘 해내기만 하면 되지."

전두환 선배가 선두주자로 대령 계급장을 달았다는 말을 들은 생도들 사이에 그런 얘기가 나돌았다고 한다. 전두환 전기에 따르면 이 일만큼은 그냥 덮어두어서는 안 된다고 생각한 전 대령이 후배들을 꾸짖고 있는 것이었다.

"분명 본관은 재학중 중간에도 못 미쳤었습니다. 그렇다고 공부를 게을리했던 것은 아닙니다. 본관은 1등을 하고 싶었습니다. 그리고 그 1등의 파이널은 비단 육사를 졸업할 때의 그 순간에서만 머무는 것은 아니라고 생각했습니다. 본관은 1등을 위해 육사에 입교한 그 순간부터 지금까지의 20년 동안 끊임없이 공부해 왔습니다. 이러한 노력의 결실로 이제 본관은 우리 동기생들을 앞질러 1등을 한 것입니다."

전두환 대령은 그해 11월 22일 월남전에 첨전했다. 백마부대인 제9사단 예하의 전 대령이 지휘하는 제29연대는 통칭 '박쥐부대' 라고 불렸다. 부연대장은 강필호 중령, 정보참모는 장세동 소령이었다.

전두환 대령과 장세동 소령. 장씨는 79년 12·12 쿠데타 때 '생일집잔치' 장소를 제공해주었던 수경사 30경비단장이었고, 전두환 대통령시절 '권력의 상징' 인 대통령 경호실장과 '나는 새도 떨어뜨린다' 는 안기부장을 역임할 정도로 5공의 제2인자였다. 그는 또한 전씨가 대통령 퇴임 후 연희동―백담사로 몰락의 길을 걷고 있을 때 오랜 세월 동안 감방생활을 하면서도 끝까지 충성을 버리지 않은 몇 안 되는 측근 중의 측근이다.

장씨는 청와대를 떠나 연희동에 머물고 이는 전두환 씨가 5공비리의 '주범'으로 온 국민여론으로부터 비난의 대상이 되고 있을 때, "나는 행복한 사람"이라고 말했다. "훌륭한 분, 전두환 씨를 오랫동안 모시고 국가로부터도 혜택을 받았기 때문"이라는 것이다.

"내가 그분으로부터 받은 은혜나 은총, 그리고 국가로부터 받은 혜택, 그것을 다소라도 갚고 가자 하는 마음뿐입니다. 뭐 하나 얻자고 부귀영화를 쫓아다닌 것은 아니란 말입니다."

마음으로부터 전두환 씨에게 충복하는 장씨는 시조를 인용하며 전씨와의 관계를 은유적으로 표현하기도 한다.

청산(靑山)아 웃지마라 백운(白雲)아 희롱마라

홍진백발(紅塵白髮)이 뉘 좋아 다니느냐

성은(聖恩)이 지극하시니 갚고 갈까 하노라

1960년 4·19혁명이 일어난 그해에 소위로 임관한 장씨는 65년 대위진급과 동시에 그해 9월 전투부대로서 최초의 월남파병부대였던 맹호부대 중대장으로 월남전에 참전했다. 그때 그는 한국군으로서는 베트콩과 최초의 전투를 한 중대의 중대장이었고, 그의 중대는 한국군 최초의 베트콩 사살이라는 전과를 올리기도 했다.

그러나 66년 4월 19일 장 대위는 베트콩의 매복에 걸려 한국군 장교 부상자 중 가장 심한 부상을 입었다. 오른쪽 어깨 밑에 관통상을 입고 장 대위는 후송됐다.

월남의 한 병원에서 치료를 받고 있던 장 대위는 그의 이후 군생활과 지금까지의 일생에서 마음으로부터 충복하는 선배 장교와 최초의 대

414

면을 하게 된다. 바로 1공수특전단 부단장 전두환 중령이었다. 당시 전 중령은 몇몇 군 장교들과 함께 서독을 시찰하고 돌아오는 길에 월남전장에 들려 일부러 장 대위가 입원하고 있는 병원을 방문한 것이었다.

장세동씨는 말한다.

나는 그 양반을 직접 모르고 그 양반은 나에 대해 이미 잘 파악하고 계셨던 모양입니다. 월남에 가기 전 내가 중위로 최전방에 배치된 사단의 비무장지대 수색 중대장을 했어요. 보통 고참 대위가 하는데 나는 그만큼 지휘관으로부터 선택을 받은 경우였지요. 그 때문인지 내 이름이 조금은 알려져 있었고 그래서 특별히 관심을 갖고 계셨던 모양입니다. 여하튼 그때 나는 그 병원에 입원한 부상자 중 제일 계급이 높았어요. 부상도 상당히 심한 편이었습니다. 갑옷 입은 것처럼 허리 윗부분에 전부 깁스를 할 정도로 처절한 모습이었으니까요. 그래도 장교라는 지위 때문에 아침에 세수하고 면도도 깨끗이 하고 있어야 했습니다.

바로 그날 전두환 중령 일행이 병원을 방문했다. 그때 장 대위는 군대생활을 더 이상 못하고 끝나는 줄 알고 있었다고 한다.

"성원해주시는데 제가 본분을 다하지 못하고 꼬질대가 부러졌습니다."

장 대위가 비감에 찬 목소리로 전 중령 일행에게 말했다.

"비참하고 처절한 모습을 하고서도 그런 말을 하니까 그분의 표정에서 뭔가 나에 대해 달리 생각하시는 것을 느낄 수 있었습니다. 그분

415

이 나보고 귀국하면 한번 찾아오라고 하고 돌아가셨는데 귀국 후에도 안 찾아갔습니다."

전두환과 장세동의 첫 번째 만남은 그렇게 잠깐 만났다가 헤어진 것이었다. 그후 장 대위는 귀국해 수도통합병원에서 치료를 받고 다시 월남전에 참전했다.

67년 11월 두 번째 파월에서 돌아온 장 대위에게는 이미 준비된 자리가 기다리고 있었다. 그러나 귀국한 뒤 육군본부에 갔을 때는 수경사 30경비대(대대장 전두환 중령) 작전장교로 명령이 나 있었다. 전두환 대대장이 장 대위가 귀국하기 전에 자기부대로 명령을 낸 것이었다. 전두환—장세동이라는 상하관계로 최초의 만남이 이루어진 것이었다.

전두환 대대장, 장세동 작전장교, 또 한 명의 5공맨 안현태 중대장 등으로 짜여진 수경사 30경비대대가 68년 1·21 사태를 맞아 한 역할에 대해서는 이미 이야기한 바 있다.

그후 고등군사반 교육을 마친 장세동 대위는 소령으로 진급, 육본에 근무했다. 그때 전두환 중령 역시 대령으로 진급, 서종철 육군참모총장 수석부관으로 역시 같은 육본에 근무했다. 직속상관은 아니었으나 전두환—장세동은 두 번째로 같은 부대에 근무하게 된 것이다.

전두환 대령은 백마부대 29연대장에 부임하면서 장세동 소령을 연대 작전참모로 데리고 갔다. 전두환—장세동이 세 번째로 같은 부대에서 근무하게 됐고, 장 소령의 처지에서는 한국군으로서는 세 번째 월남전 참전이라는 전무후무한 기록을 남기게 되는 것이다.

전두환—노태우라는 인간관계가 그러했듯이 전두환—장세동이라는 끈끈한 인간관계는 그후에도 계속 이어진다. 일부에서는 그들의 관

416

계를 '운명공동체' 라고까지 해석하기도 한다. 전두환ㅡ노태우는 육사 11기 동기생이라는 횡적인 관계였다면 전두환ㅡ장세동, 두 사람의 관계는 완벽하다고까지 할 정도의 신임과 충성 관계로 맺어진 사이다. 장씨 스스로 전두환을 정성으로 모셨다고 말하고 있다.

전두환은 하나회를 만들었고, 하나회는 전두환을 대통령으로 만들었다. 그리고 전두환 회장이 이끌어 온 하나회가 영남 출신 정교들로 결성된 군내 사조직이라는 것은 널리 알려진 바와 같다. 하나회 회원이기는 하지만 장세동은 전남 고흥 출신이다. 지연이나 학연과 같은 연고도 없는 그가 전두환 시대 제2인자로서 한때는 노태우 민정당대표를 제치고 후계자 물망에까지 올랐던 것은 하나회이기 이전에 전두환 개인에게 끝까지 충성을 버리지 않은 때문이었다.

주월 백마부대 제29연대장 전두환 대령은 월남전선의 참호속에서도 박정희 대통령, 그리고 육영수 여사에게 꼬박꼬박 편지를 보내는 것도 잊지 않았다고 한다.

때는 3선개헌에 성공한 박정희 대통령이 71년 4·27 대선에서 야당의 '40대 기수' 김대중 후보를 가까스로 누르고 제7대 대통령에 취임, 권력 심층부에서 남북 대화가 진행되는 가운데 1인 장기집권을 위한 10월 유신 개헌의 씨가 배태되던 시기였다. 그런 시기에 전쟁터에 있던 전 대령이 '한국적 민주주의를 토착화시켜야 할 때' 라고 박정희 대통령에게 사사로운 편지를 보냈다는 것은 시사하는 바가 없지 않다.

"아마도 그 순간 박정희 대통령은 월남의 싸움터에서 보내 온 사사로운 편지 속의 그 '한국적 민주주의' 라는 말에 깊은 상념을 품고 있

417

었는지도 모를 일이었다."

전두환 전기는 "바로 뒤 '한국적 민주주의'라는 낯선 말이 박정희 대통령의 연설이나 치하의 말 속에 심심치 않게 구사되었고 모든 매스컴들은 그 새로운 말을 다투어 인용했다. 여러 날 지나서야 와 닿는 신문이 아닌 구문을 받아 들고 그 대목을 읽은 전두환 대령은 혼자 빙그레 웃었다"라고 쓰고 있다.

> 전 연대장 귀하
>
> 오늘 육사 졸업식에 다녀왔습니다. 방금 자랑스러운 대한민국의 소위가 된 젊은 장교들을 바라보면서 우리 국가의 장래를 생각했습니다. 그 자리에서 나는 이제야말로 한국적 민주주의를 토착화시켜야 할 때라고 말했습니다. 그래야만 '안정된, 잘 살 수 있는 민주사회'가 보장될 수 있을 것이라고 말해주었습니다…….

61년 5·16 쿠데타를 일으키면서 '민족적 민주주의', '한국적 민주주의'라는 말을 자주 구사했던 박정희 대통령은 전두환 대령의 부추김에 기분이 좋았던지 맞장구를 치는 답신을 보내기도 했다. 그후 '한국적 민주주의'는 10월 유신의 명분이 됐고, 후에는 교과서처럼 사용되기도 했다.

1971년 11월 14일, 전두환 대령은 휘하의 정보참모 장세동 소령과 함께 귀국했다. 1년간의 월남 근무를 마친 전 대령은 1공수 특전단장으로 부임하면서 장 소령을 부하로 데리고 갔다. 장 소령은 1공수특전단에서 참모와 대대장으로 근무했다.

418

'공수부대의 꽃'이라고 불리는 2공수여단장이 된 전두환 대령은 인사와 보직 청탁, 그리고 '인맥만들기'로 여전히 바쁘게 움직였다. 그해 어느날 아직 귀국의 여독이 풀리지도 않았을 무렵 전 대령은 국회 내무위원장을 맡고 있는 차지철 의원을 찾아갔다. 그때 차 위원장은 서울 서소문동 동아빌딩 11층에 개인사무실을 갖고 있었다.

　"차 위원장님, 전두환이 왔습니다."

　차 위원장의 방에 들어선 전 대령은 거수경례를 척 붙이며 다가섰다. 두 사람은 20대 후반 공수단 청년장교 시절 처음 만난 이후 5·16 쿠데타와 최고회의 시절을 거치며 박정희 대통령을 중심으로 권력의 핵 근처에서 상부상조해 온 터였다.

　그들이 같은 부대에서 처음 만난 것은 5·16 쿠데타 이전으로 돌아간다. 58년 백문오 대령을 단장으로 김포 공수단이 창설되었을 때 그들은 똑같이 자원한 것이었다. 54년 말 포병간부 후보생으로 소위 계급장을 단 차 중위는 미국 포병학교 교육을 마치고 돌아와 있었고, 55년 9월 육사 11기로 임관한 전 중위는 미국 그린베레 교육을 한 차례 끝낸 뒤 25사단 보병 중대장으로 근무하고 있었다. 나이는 전 중위가 28세, 차 중위가 25세로 전 중위가 3살 위였다.

　두 사람이 본격적으로 가까워지기 시작한 것은 전두환 대령이 주월 백마부대 연대장을 마치고 1공수여단장이 된 뒤부터였다. 귀국 인사차 차 위원장 방을 들른 전 대령은 직책이 직책이었으므로 깍듯이 '차 위원장님'이라고 불렀고, 차 위원장은 '전 대령'이라고 불렀지만 서로 존대하는 눈치가 역력했다. 당시 두 사람의 만남을 지켜보았던 한 인사에 따르면 평소 잘 웃지도 않던 차 위원장이 그렇게 환하게 웃는 것을 처음 보았다고 한다.

김포공수단은 박정희 대통령이 가장 사랑하는 부대 중의 하나. 그럴 것이 5·16 쿠데타 당일 막힐 뻔했던 쿠데타군의 숨통을 튼 것이 바로 공수단이었다. 쿠데타 계획이 탄로나 주병력이었던 30사단과 33사단이 발이 묶여 있을 때 공수단 트럭이 김포가도를 질주해 서울로 진격한 것이었다. 뿐만 아니라 공수단은 68년 1·21, 북한 124군 청와대 습격사건과 울진·삼척 무장공비 침투 때도 적지않은 공을 세웠다. 그후 박정희 대통령은 공수단에 아파트와 체육관도 지어주고, 공수단 출신인 차 위원장을 통해 이따금씩 금일봉을 하사하기도 했다.

전 대령뿐만 아니라 차 위원장 역시 공수단을 고향으로 생각하는 '공수맨'이었다. 차 위원장은 공수단 장교로 5·16 쿠데타에 가담했고, 그후 출세가도를 달려왔다. 그는 늘 공수단 경력을 뿌듯하게 생각해서 하얀색의 미국 레인저 반지를 자나깨나 끼고 다녔다고 한다. 박정희 대통령이 다른 어떤 부대보다도 아끼는 공수단이었고, 차 위원장도 공수단 출신이요, 전 대령은 공수부대의 꽃 1공수여단장을 맡고 있었다. 전 대령—차 위원장의 관계는 더욱 깊어질 수밖에 없었다.

1공수에 근무했던 한 하사관 출신은 전두환 여단장에 대해 이렇게 말한다.

그때 부대에는 1공수만의 독특한 제식 동작이 있었다. 신고식을 할 때면 몸을 움직여서도 안 되고 눈을 깜박거려서도 안되었다. 눈물이 흐르더라도 그대로 있어야 했다. 눈물이 흐르지 않았다면 몸을 움직인 것으로 간주되어 그 자리에서 엄격한 여단장에게 지적당하

420

곤 했다. 당시의 여단장은 전두환 준장이었다. 이 제식 동작은 전 여단장이 고안해낸 작품이었다. 이것만이 아니었다.

집총제식 때는 M16을 붙잡고 미국식으로 어깨에 멘 채로 열중쉬엇 과 차렷을 붙이는 것도 그가 고안한 것이었다. 이러한 동작들은 어떤 면에서는 공수교육보다도 참기 어려울 정도였다.

저녁에도 다른 여단은 실내 점호 정도로 끝냈지만 우리 여단은 전원이 연병장으로 나와 인원 점검을 받고 군가를 부르면서 끝내게 되어 있었다. 이렇게 군기가 엄했던 것은 특전사 모체인 1여단을 최고의 공수부대로 만들고자 했던 전 여단장의 야심 때문이었다.

정병주 특전사령관이 1여단에 와도 정문의 구령소리는 정 사령관 보다 전 여단장이 지날 때 더욱 긴장되어 있었다. 항상 어렵게 느끼는 존재였다. 다소 충동적인 면도 있어 지나다가 기분이 나쁘거나 빈틈이 보이면 그 자리에서 영창을 보내는 일이 간혹 있었고, 반대로 잘한 것이 눈에 띄면 표창이나 특박을 서슴치 않았다. 그는 부하들이 앞에서 충성을 바치고 쩔쩔매는 것을 무척이나 좋아했다. 그는 대단한 권위주의자였다.

군인 전두환은 권위주의자일 뿐만 아니라 과시욕도 풍부했다. 1공수여단장 시절 어느 날 전두환 대령은 문홍구 장군을 찾아갔다.

"형님! 청와대 박 실장 한번 만나지 않겠습니까. 내가 소개시켜 드릴 테니 함께 가시지요."

5·16 쿠데타 이후 박 정권하에서 2인자그룹의 권력을 한 손아귀에 움켜쥐고 있는 박종규 청와대경호실장이다. 그를 일컬어 '권력의 상

징'이라고 하지 않았던가.

　문홍구 장군은 전 대령을 따라 나섰다. 그때 보통 군인들은 경호실장을 만나기 위해 청와대에 들어가려면 명찰을 달고 수속이 복잡한데 전 대령은 그런 절차따위를 거치지 않고 무사통과하더라고 한다. 그가 청와대 경호실장 방을 자기집 드나들 듯하더라는 것이다.

　그해 어느 날 전두환 대령은 또 문홍구 장군을 초대해 1공수여단연병장에서 정구시합을 했다.

　"정구장이 우리나라에서 가장 훌륭하다고 하면서 자랑을 늘어놓더군요. 진짜 좋았어요. 경기가 끝난 후에는 그 넓은 코트를 고무로 된 커버를 씌워서 습기가 차지 않도록 하고……. 당시 그런 시설은 찾아보기 어려웠어요. 그런 걸 보면서 '상급자들과의 교제술이 보통이 아니구나. 야망이 대단히 큰 사람이로구나'라고 생각했습니다."

　72년 문홍구 소장은 1사단장 임기를 마치고 국방부 인사국장이란 요직으로 부임했다. 그해 말 준장 진급심사를 앞두고 전두환 대령 등 육사 11기 선두그룹이 또다시 움직이기 시작했다. 대령이 된 지 4년밖에 안 된 그들이 별을 달아야겠다고 설치고 나선 것이었다.

　일반장교들은 대령이 되고 나서 6, 7년은 지나야 1차 장군진급 심사대상이 되는데 4년 만에 별을 달겠다는 건 말이 안 되는 이야기였어요. 그해에 진급을 바라보고 있는 일반출신 장교들은 대개 6·25 때 군에 입대한 학도병 출신으로 대학을 다니다가 입대한 사람들이 많았어요. 이들은 왜 육사출신에게만 특별진급 혜택을 주려고 하느냐며 거세게 반발했습니다. 그러나 대세는 이미 11기 선두

주자들에게 별을 달아주는 방향으로 흘러가고 있었어요. 중령에서 대령 달 때와는 비교가 안 될 정도로 심한 압력이 내려오는 거예요. 대통령 각하의 뜻이라고 하면서…….

박정희 대통령이 직접 지시를 했는지는 모르겠지만 아무튼 박종규 씨는 내게 4명의 이름을 가르쳐주었어요. 전두환, 손영길, 김복동, 최성택…… 이 사람들은 73년 1월 1일자로 별을 달았지요. 11기의 선두주자였어요.

문홍구 장군이 『신동아』를 통해 얘기한 바에 따르면 당시 육본인사참모부에서는 고심 끝에 진급규정이나 제도를 바꾸지 않고 진급심사위원회에서 11기들의 진급을 결정하여 상부에 건의하는 방안을 세웠다. 장관과 총장의 승낙을 받아 진급심사위원회를 구성했다.

1973년 1월 1일 우여곡절 끝에 전두환 1공수여단장은 준장으로 진급했다. 육사 시절부터 별을 꿈꾸며 '용성(勇星)'이라는 별칭까지 붙였던 그가 비로소 별을 단 것이었다. 11기 중 그와 함께 별을 단 선두주자는 손영길, 김복동, 최성택 등 하나회 시조들이었다. 박종규 경호실장이 문홍구 국방부 인사국장에게 건네준 명단에 들어 있던 이들 모두가 진급을 한 것이었다.

전두환 준장시절 '윤필용사건'이 터지고 하나회가 된서리를 맞은 것은 이미 이야기한 바와 같다. 하나회의 대부라고 불리는 윤필용 수경사령관과 손영길 준장, 권익현 대령 등 허리 한쪽이 잘린 가운데 하나회 핵심 중의 핵심 전두환 준장, 노태우 대령 등의 본류는 살아남아 내일을 기약했다.

해가 바뀌어 74년 8·15 대통령 저격미수사건으로 육영수 여사가 괴한의 흉탄에 숨지는 사건이 발생했고, '권력의 상징' 박종규 청와대 경호실장 후임에 차지철 국회 내무위원장이 임명되었다. 박종규 경호실장 시절에도 마찬가지였지만, 전두환 1공수여단장과 박정희 대통령과의 채널은 여전히 튼튼하게 이어진 셈이었다.

75년 어느 날, 전두환 1공수여단장은 청와대로 들어가 차지철 경호실장을 찾아갔다.

"실장님, 제 동생 경환이가 내근 부서인 정보처에 있는데 충성심이 강하고 유도도 잘 하니 경호원을 시키면 잘할 겁니다. 선처해주십시오."

67년 전두환 중령이 청와대 경호를 담당하는 수경사 30대대장을 맡고 있을 때 그의 동생 전경환은 수경사 헌병중위로 청와대에 파견근무를 하고 있었다. 68년 중위로 예편한 그는 삼성그룹 이병철 회장 경호원으로 취직했다. 그후 74년 전두환 형의 주선으로 경호실에 들어갔으나 정식 경호원이 아니라 경호실 정보처에서 문서관리를 담당하는 한직으로 있었다.

평소 청탁을 잘 들어주지 않는 것으로 알려진 차 실장도 전두환 장군의 부탁만은 꼭 챙기곤 했다. 전 장군이 평소 쌓아둔 인맥만들기의 영향이었음은 말할 나위 없다.

그날 전 여단장 돌아간 뒤 차 경실장은 부하에게 전경환의 인사기록카드를 가지고 오라고 지시했다. 다음날 전경환은 경호처 경호관(3급)으로 올라갔다.

79년 10·26 당시 전경환은 경호계장이었다. 그는 전두환 보안사령관에게 가장 먼저 대통령 유고를 알려준 장본인이 됐고, 그 혼돈의 시기에 전 보안사령관은 권력 핵심의 그 누구보다도 박정희 대통령 유고가 김재규 정보부장에 의한 시해라는 것을 먼저 알고, 가장 빠르게 대처했을 뿐만 아니라 그후 정국을 주도하게 되었다.

76년 6월 전두환 준장은 청와대 경호실 작전차장으로 임명되었다. 그로서는 청와대와 세 번째 인연을 맺게 된 것이었다. 5·16 쿠데타가 일어난 그해 9월 그는 최고회의 민원비서관으로 근무했고, 그 뒤 68년 1·21 사태 때는 수경사 30대대장, 그리고 경호실 작전차장보로서 청와대 깊숙이 파고 들어간 것이었다.

청와대경호실 작전차장보로 근무하게 된 전두환 준장은 ▲수경사 30대대장－작전참모 1년 4개월 ▲육군참모총장 수석부관－육본인사참모장교 1년 ▲백마부대 29연대장－정보참모 1년 ▲1공수특전단장－참모 및 대대장 2년 4개월을 상하관계를 이루며 늘 데리고 다녔던 장세동 중령을 불러와 밑에 두는 것도 잊지 않았다.

청와대 경호실에 근무하며 그해 10월 진급상 장세동 대령은 다음해인 77년 1월 경호실의 지휘를 받는 수경사 30경비단장으로 임명된다. 장 대령의 30경비단장 임명은 어찌 보면 몇 년 후에 일어날 전두환 소장의 12·12 '군사반란'에 있어 그의 역할이 미리 정해진 결과를 빚었는지도 몰랐다. 그는 30경비단을 전두환 계엄사 합동수사본부 측의 '본부'로 제공하게 되는 것이다.

차 경호실장은 1974년 8·15 제29주년 경축식장에서 육영수 여사가 피격된 책임으로 박종규 경호실장이 물러나고, 그해 8월 21일 박 경호실장 후임으로 청와대에 입성했다. 그가 경호실장으로 발령이 났을 때 대부분의 사람들은 이제야말로 제자리를 찾아간다고 평했다. 그의 특기, 자질, 행동거지 등에 비추어 국회의원보다는 경호실장이 적격이라는 것이었다.

그러나 4선 의원에 외무위원장, 내무위원장 등 요직을 거쳐 정계의 중진이 되어버린 차지철이 경호실장으로 가는 것은 썩 어울리지 않는, 일종의 '좌천'이라고 할 수도 있을 터였다. 비록 경호실장이라는 자리가 장관급이었지만, 어디까지나 대통령의 신변 경호라는 단순하고 명백한 임무를 수행하는 역할임에 틀림없었기 때문이었다. 만약 민주주의가 제대로 정착된 나라였다면 국회 내무·외무위원장까지 지낸 의회의 중진급 정치인이 대통령경호를 맡게 되었다는 그 사실 하나만으로도 해외 토픽감이 될 만한 에피소드라고 얘기하는 사람도 있었다.

한 저널리스트는 말한다.

> 그러나 이는 당시의 우리나라 정치권력의 메카니즘을 제대로 파악하지 못한 데서 나온 상식론에 지나지 않는다. 더욱이 차지철이 경호실장이 됨으로써 이루어진 청와대 권력시스템의 변동을 내다보지 못한 근시안적 단견에 불과했다. 차지철이 들어앉아 이룬 경호실장 자리는 국회 상임위원장 열을 갖다놓아도 당할 수 없는 명실공히 막강한 권력의 핵으로 탈바꿈했던 것이다.

실제로 차지철 경호실장의 어깨는 더욱 올라갔다. 다른 사람들도 차 경호실장이 훨씬 권력 있는 자리로 옮겨간다고 보고 있었다. 국회의원 시절 박정희 대통령의 친위대장 격으로 여야의원들에게 잦은 폭행을 행사해 공포감을 심어주기도 했던 차 경호실장이었으므로 정치에도 더욱 폭넓은 영향력을 행사하리라는 것을 지레짐작하여 더욱 두려워하고 또 더욱 굽실대는 그런 판국이었다. 차 경호실장은 그와 같은 세상의 스포트라이트를 받으며 청와대로 옮겨갔다.

차 경호실장이 가장 먼저 착수한 것은 경호실을 자기 스타일로 바꾸고 휘어잡는 것이었다. 그는 우선 경호실 직원들에 대한 스파르타식 훈련을 강행했다. 그는 전임자 박종규 경호실장 때보다 훨씬 고도도 강도 높은 훈련을 지시했다. 대통령경호체제의 강화와 정신자세의 확립이라는 명분과 함께 '박종규 왕국'이라고 불리기까지 했던 경호실 분위기를 일신하는 데 목적이 있었다.

차 경호실장의 스파르타식 훈련은 실로 대단한 것이었다. 직원 가운데 한 사람이라도 실수를 했거나 서툰 점이 발견되면 단체기합을 가했기 때문에 직원들은 전전긍긍했다. 그와 같은 기합을 견디다 못해 잘못을 저지른 어느 경호실 직원이 자살을 했다는 풍문도 떠돌았다. 그러나 차 경호실장의 스파르타식 훈련은 끝나지 않았다.

"각하를 지키는 것이 국가를 지키는 것이다."

차 경호실장의 대통령관이자 경호자세를 요약한 그와 같은 표어를 경호실 안에 붙여 놓고 채찍질을 가했다. 그리하여 차 경호실장을 가리켜 유신체제하의 '부통령', '소통령'이라고 했고, 어떤 사람들은 자유당 말기 경무대 경무관 곽영주에 비유하기도 하는가 하면, 또 어떤 이들은 그를 '한국판 이디아민'이라고 부르기도 했다.

박정희 대통령의 총애

차지철 경호실장은 청와대 경호실을 터무니없이 강화하고 확대했다. 그는 경호실장 특별보좌관이라는 자리를 만들어 그 자리에 이름 높던 예비역 장성을 앉혔다. 이를 두고 예비역 중령 출신인 차 경호실장의 육사와 별에 대한 콤플렉스를 떠올리게 하는 인사였다고 평가하는 사람들도 있다.

차 경호실장의 권력욕은 거기서 끝나지 않았다. 그는 북한의 테러위협에서 대통령을 지키기 위해 청와대 외곽경호 경비를 담당하고 있는 수도경비사령부 등 병력을 통제하기 위해 청와대 외곽경호 경비를 담당하고 있는 수도경비사령부 등 병력을 통제하기 위해 경호실에 현역 군인이 파견근무해야 한다고 건의했다.

"각하, 군은 국가의 간성입니다. 하지만 11기생을 비롯해 육군사관

428

학교는 상당 기간 가난한 집안 출신들이 많이 입교했습니다. 군의 사상적 무장을 강화하고 특히 각하의 통치이념과 철학을 가슴 깊이 새길 수 있도록 해야 합니다. 그러므로 군의 정상부에 오를 지휘관은 경호실을 거쳐 가도록 하는 것이 좋겠습니다."

"맞아. 임자 말이 맞아."

박정희 대통령은 차 경호실장의 건의를 승인했다. 차 경호실장은 곧 이건영 중장을 경호실차장으로, 전두환 1공수여단장을 경호실 작전차장보로 차출, 임명했다.

청와대경호실 차장·차장보에 현역장성들이 오게 되면서 더욱 많은 장교들이 경호실에 근무하게 됐다.

"각하, 이래서는 안 됩니다. 현역군인들이 경호실 파견근무하는 것은 재고하는 것이 좋겠습니다."

경호실 초기 차장을 지낸 신동관은 박정희 대통령과 단독으로 만나 건의했다.

"그렇지 않아도 유신체제를 두고 이런저런 말들을 많이 하는데 경호실에 군인들이 있게 되면 그런 비난의 구실도 보태줄 뿐만 아니라 군 내부에서도 위화감이 생겨나는 부작용이 있을까 염려됩니다."

"임자, 그런 생각을 하는 사람이 많을까. 하지만, 임자가 있던 때와는 달라."

박정희 대통령은 신동관의 건의를 일언지하에 거절했다.

육군 중장과 소장, 그리고 고급장교들을 부하로 거느리게 된 차지철 경호실장은 계속 군에 대한 영향력을 넓혀 나갔다. 그는 장래의 군사령관과 참모총장후보들을 경호실로 차례차례 차출해 군 상층부에 그의 인맥을 만들어 나가기 시작했다.

차 실장은 거기서 그치지 않고 경호실장이 군부대를 지휘할 수 있는 방향으로 제도화시켜 나갔다. 수경사 병력을 경호목적상 경호실장이 지휘할 수 있다는 '대통령령' 을 만든 것이 그것이다.

1979년 2월 1일자로 육군참모총장에 취임한 정승화 씨는 총장이 되고 나서야 비로소 대통령령에 의해 '수도경비사령부 병력은 경호 목적상 경호실장이 지휘할 수 있다' 는 것을 알았다고 한다.

"도대체 민간인이 어떻게 군을 지휘할 수 있나."

흥분한 정 총장은 언젠가는 이 '언어도단의 대통령령' 을 고쳐야겠다고 벼르던 중에 그해 12·12 전두환 보안사령관이 주도하는 '군사반란사건' 의 표적이 돼 보안사 서빙고로 끌려가는 운명이 됐다.

1963년 청와대경호실이 처음 설치된 후, 그동안 이곳을 거쳐간 인물들의 면면을 보면 경호실이 군의 정치사관학교 역할을 했다는 것을 한눈에 들여다볼 수 있다. 그들은 공통적으로 군 출신이었고, 그것도 특전사나 헌병대 수경사 등 특수임무를 지닌 부대 출신들이었으며, 육사 출신에 전두환 장군이 이끄는 군내 사조직 '하나회' 출신들이 대부분이었다는 공통점을 갖고 있다.

박종규, 차지철 경호실장이 하나회와 깊은 유대관계를 가진 후원자 그룹이었다는 것은 널리 알려진 일이다. 그들의 후임 경호실장들인 정동호, 장세동, 안현태, 이현우, 최석립 등이 모두 하나회 회원들이다.

하나회 시조그룹들인 전두환, 노태우 5·6공 대통령들과 김복동도 서로 바통을 이어받으며 경호실을 거쳐 갔다.

청와대 경호실 작전차장보라는 자리는 경호실의 핵심으로 알려져 있다. 수경사, 공수단, 경찰 등으로 구성된 경호실 병력을 실무지휘하고 대통령이 외부행사에 나갈 때는 현장 책임을 맡게 된다. 그러므로 자연스럽게 대통령과 접촉할 기회가 많을 수밖에 없었으며, 대통령 중심제하 특히 정통성이 희박한 군사정권하에서 대통령과 얼마나 자주 접촉하느냐에 따라 권력도 그만큼 막강해지는 것이 상식인 상황에서 경호실 작전차장보는 핵심 중의 핵심이 아닐 수 없다는 지적이다.

전두환 준장이 경호실 작전차장보에 부임했을 대는 이미 윤필용사건으로 하나회가 된서리를 맞고, 박종규 전임 경호실장의 지원으로 전두환, 노태우 등 그 본류만 살아나 가까스로 명맥을 이어나갈 때였다. 전 준장이 경호실 작전차장보로 근무하고 있을 때, 윤필용사건으로 군복을 벗은 하나회 후배 한 명이 그를 방문, 어려운 사정을 토로했다.

"이봐, 조금만 기다려. 내가 곧 큰일을 할 테니!"

전 중장이 거침없이 말하는 그 '큰일' 이 무엇인지는 정확하게 밝혀지지 않았지만, 그에게 있어서 '큰일' 이란 79년 12·12, 80년 5·17 쿠데타 이후 권력을 장악, 집권한 일은 아니었을까.

실제로 청와대경호실 작전차장보 시절 전두환 준장이 '큰일' 을 하기 위해 움직인 흔적은 어렵지 않게 찾아볼 수 있다. 그것은 곧 대통령의 총애를 독차지하면서 권력 핵심부 곳곳에 자신의 인맥을 심어두는 일이었다. 그와 같은 경우 직속상관인 차지철 경호실장의 인맥이 '유사시' 에 전 준장 쪽으로 기울 수 있는 것도 시간문제일 터였다.

전두환 준장이 일찍이 5·16 쿠데타 이후 박 대통령의 신임과 총애를 듬뿍 받고 있었다는 것은 이야기한 바와 같다. 그는 경호실 작전차장보라는 경호실 핵심자리를 이용해 박정희 대통령의 신임과 총애를 더욱 확고히 굳혀 나가기 시작한다. 육사생도 시절 하위권을 맴돌다가 졸업하면서 군인으로서는 1등을 하겠다고 굳게 결심했던 그는 군 장교 시절 다른 누구보다도 부지런했으며 또 적극적으로 뛰었다. 그는 적극적 사고방식과 물불을 가리지 않는 부지런함, 그리고 천부적인 보스기질로서, '움막집 아이' 라고 불렸을 정도로 찢어지게 가난한 집안 출신으로 육사 11기 동기생들과 같이 명문고 출신도 아니고 머리도 좋지 않은 단점을 메우기에 충분했다.

경호실 작전차장보 시절도 예외는 아니었다. 대통령과 접촉할 기회가 많은 작전차장보 자리를 이용해 그는 유난히도 적극성을 보였고, 특유의 숫기와 박력으로 박정희 대통령의 마음을 사로잡았다.

군 경력의 대부분을 청와대와 수도권부대에서 보낸 전두환은 경호실 작전차장보 시절에는 더욱 권력과 정치에 관심이 많았던 것으로 전해진다. '큰일' 을 꿈꾸고 있는 전 장군은 대통령 주변에서 일어나는 일들에 대해 알고 싶은 것도 많았다. 그는 늘 박정희 대통령을 향해 안테나를 가동시켜놓고 있었다. 이따금씩 유혁인 정무수석이나 김성진 공보수석 방으로 불쑥 찾아가 "차 한 잔 주시오" 하며 이런저런 정치 돌아가는 이야기를 묻기도 하고 자기 의견을 털어놓기도 했다.

당시 전 준장을 가까이에서 지켜보았던 한 인사에 따르면 그는 신문기자 못지않게 '취재' 도 열심이었다고 한다.

원래 대통령의 밤행사는 경호실 안에서도 관계자 외에는 알려고 해서는 안 되는 특급비밀로 현장을 수행하는 경호실장, 경호처장, 경호과장, 수행계장과 수행경호원만 알고 있는 일종의 암호 같은 것이었

432

다. 결국 그와 같은 특급비밀 때문에 79년 10·26 그날 경호실 직원 다른 누구도 몰랐던 궁정동 안가의 '대행사장'에서 박정희 대통령은 차지철 경호실장과 함께 김재규 중앙정보부장이 쏘는 총구에 의해 저승길로 가게 되지만, 당시 대통령의 밤행사에 대해서는 경호실 차장은 물론 차장보도 알려고 해서는 안 되는 것이 불문율이었다.

그러나 전두환 작전차장보는 달랐다. 그는 밤행사가 있던 다음날 아침이 되면 알 만한 사람들을 은밀히 부르거나 찾아가 "각하께서 어젯밤에 누구하고 술 잡수셨어?" 하고 은근히 취재를 하곤 했다.

전두환 전기는 당시 전두환 작전차장보의 바쁜 날들에 대해 그의 부관의 시각을 통해 묘사하고 있다.

> 이기수 대위는 언제나 전두환 작전차장보의 빡빡한 일정이 걱정스러웠다. 지금까지 2년 가까이 부관으로 있었던 그였지만, 1년 반전인 1976년 6월 이곳 경호실에서 근무를 시작한 뒤로 전두환 작전차장보는 언제나 새벽 4시면 일어나 청와대 안팎을 순찰하는 것으로 하루 일과를 시작해 왔다. 그리고 그 열성스러움에 하루 종일 조금도 쉴 틈이 없었다……. 가능하다면 문을 열고 들어가서 이제 주무실 시간이라고 소리쳐 말하고 싶었다.

하나회 회장으로 정규육사 실세였던 전두환 작전차장보와 그의 상관인 차지철 경호실장은 단순히 상하관계라기보다는 공존공영의 관계였다고 말한다. 차 실장은 전 차장보를 통해 군의 정규육사 인맥을 장악, 통제할 수 있었고 전 차장보는 실권자인 차 실장의 힘을 활용해 육사 11기 선두주자뿐만 아니라 명실상부한 군부 실세로 뿌리를 내리고 있었다는 것이다.

차지철 실장과 전두환 차장보가 서로 공통점이 많았던 것도 주목할 만하다. 두 사람은 권투, 태권도 등 격투기를 좋아했고 군인의 가치는 '용'이라고 굳게 믿고 있는 장본인들이었다. 전 차장보는 생도 시절부터 별을 꿈꾸며 '용성'이라는 별칭을 스스로 붙일 정도였다.

권투이야기가 나왔으니까 말인데, 다음은 전 차장보가 중령시절인 수경사 30대대장을 할 때의 에피소드이다.

박정희 대통령은 TV로 권투중계를 볼 때면 가까이 있는 전 중령을 불러 같이 시청하곤 했다. 권투광인 전 중령은 박정희 대통령에게 권투해설을 도맡아 해주었는데, 어찌나 입담이 좋았던지 박정희 대통령을 홀딱 반하게 했다고 한다. 전 중령이 "각하, 저 친구는 폼이 글렀습니다"라고 하면 박정희 대통령은 빙그레 웃으며 고개를 끄덕이곤 했다.

전 중령의 그와 같은 버릇은 그후 대통령이 된 뒤에도 계속돼 축구나 권투경기 도중 감독에게 전화를 걸어 직접 코치를 하는가 하면 경기가 끝난 뒤 온 국민이 지켜보는 가운데 선수에게 전화를 걸어 치하하곤 했다. 장정구 선수가 훗날 은퇴하면서 챔피언 시절 가장 부끄러웠던 일 중의 하나로 그때의 일을 토로했던 일도 있다.

3공 권력자들 대부분이 예외가 아닐 테지만, 차 실장과 전 차장보는 대위 시절인 5·16 쿠데타 그날 박정희 소장과 만나면서 그들의 운명이 달라진 것도 공통점이라면 공통점일 것이다. 그들은 박정희 대통령에 대한 충성심에서 어느 쪽이 앞섰다고 말할 수 없을 정도로 철저했고, 박정희 대통령의 신임과 총애를 바탕으로 자신들의 입지를 넓히는

데 결정적인 덕을 봤다.

그러나 두 사람은 다른 점도 적지 않았다. 차 실장은 출생과 가정, 성장과정이 아직도 완전히 베일에 싸여 있다. 그는 생전에 자신의 출생과 가정, 성장환경에 대해 일체 입을 다물고 이야기하지 않았다. 흥미로운 것은 그의 어머니 김대안(1900년 생)의 이름은 나와 있지만 아버지의 이름은 어디에도 밝혀진 적이 없었다는 점이다. 그는 그와 같은 비정상적인 출생, 성장에 따른 박탈감을 보상받으려고 비정상적인 카리스마에 집착했다.

반면 전두환 차장보는 그가 집권한 즉시 자신의 전기를 내놓을 정도로 뼈대 있는 집안에서 태어나 엄한 아버지 밑에서 자랐고, 일제 — 해방전후 — 6·25 전쟁을 거친 그의 성장기에는 찢어지는 가난이 자랑도 되는 것이어서 대통령 퇴임 이후 코너에 몰릴 때마다 어렸을 때의 '움막집 아이' 시절을 곧잘 회고하며 자위하기도 했다. 더구나 그는 4년제 정규육사 1기 출신의 엘리트장교라는 자부심과 함께 그 육사 출신의 리더라는 자부심으로 가득 차 있었다.

두 사람의 그와 같은 면을 두고 한 저널리스트는 "전 장군의 행동 양식이 훨씬 정상적이었다. 차 실장이 외로움 속에서 폐쇄적인 권력욕에 매달렸다면 전 장군은 동료·부하들을 자기편으로 끌어안고 가는 보스형이었다"라고 평가한다.

차지철 경호실장과 전두환 경호실 작전차장보의 관계에 대해 이야기하면서 빼놓을 수 없는 것이 이른바 국기 하강식이라는 '경호부대 사열식' 이다. 경호실장에 취임한 지 1년 뒤인 75년부터 차 경호실장은 휘하의 경호실 요원, 청와대경비를 담당하는 수경사 30·33경비단, 경찰부대를 매주 금요일 경복궁 내 30경비단 연병장에 집합시켜 열병·분열을 받았다. '각하의 목숨을 지키는 경호부대의 단결과 사기를 높이고 정신무장을 강화하기 위함이다' 라는 취지로 시작된 경호부대 사열식은 차 경호실장의 권력 형태 중 대표적인 것으로 회자되고 있다.

경호부대 사열식에 초청됐던 사람들의 회고에 따르면, 그 행사는 한마디로 군에 대한 통제 등 위력을 나타내기 위한 차 실장의 무력시위나 다름없었다.

한 인사가 경호부대 사열식에 초청되어 갔다. 연방장에 도착했는데 이미 경호부대 화력을 상징하는 병기가 옆에 정렬된 가운데 건강하고 늘씬한 경호실 요원, 군 정예부대 중의 하나인 수경사 30·33경비단, 공수단, 경찰 등 청와대 경호부대가 바둑판처럼 도열한 가운데 경복궁 연병장을 메우고 있었다.

그는 사열대 위의 지정된 자리에 앉았다. 잠시 후 기갑부대가 위용을 보이고 바로 위에서 한 손에 지휘봉을 든 차 경호실장이 별이 번쩍이는 장성들을 대동하고 들어섰다.

차 경호실장은 초청된 인사들보다 한 발 앞선 자리에 섰다. 검은색 양복으로 단장한 차 실장의 걸음걸이는 위풍당당했다.

사열관과 내빈들이 로열박스에 앉으면 군악대의 팡파르가 울리는 가운데 사열식이 시작된다. 제병 지휘관은 준장인 경호실 작전차장보가 맡았다. 차 실장 밑에 작전차장보를 거쳐간 이광노·전두환·노태우·김복동 등 역대 경호실 작전차장보들이 우렁찬 목소리로 경호부대 사열식 제병지휘를 맡았던 인사들이다.

"받들어, 총!"

436

작전차장보가 사열대를 향해 구령을 하면 차 실장은 잔뜩 멋을 부려 경례로 답했고, 이어 제병지휘관과 함께 지프를 타고 열병에 들어간다. 열병이 끝나면 분열로 이어진다.

"우로— 봐!"

제병지휘관인 전두환 준장이 칼을 찬 채 특유의 당당한 몸짓으로 선두에 서서 행진하며 사열대 앞에 이르면 칼을 높이 치켜들고 구호를 외친다. 직속상관이었으므로 겉으로는 깍듯이 제병지휘를 했지만 전 준장으로서는 미묘한 감정일 수밖에 없었다.

경호실 작전차장보로 있을 때 내가 계속 나가겠다고 했어요. 차지철과 내가 사이가 나빴어. 차지철이 원래 내 밑에 있었어. 그 사람이 육사 12기 시험에 떨어지고 그 다음에 포병학교를 가서 포관이 된 사람이지. 자존심이 강해. 나와 함께 미국에 갔는데 그 사람이 미국사람과 싸움을 해서 퇴교를 당하게 돼 있었어. 한국 학생장인 나한테 그 사람을 위해서 변호할 시간이 주어졌어요. 내가 대위 때였는데 못하는 영어지만 열변을 토했어요.

이 사람이 훈련을 하다가 미국장교는 10분 만에 교대를 시키고 외국장교는 40분씩이나 교대를 안 시키는 데에 화가 나서 미국 군인을 때린 거야. 폭행을 하면 그 사람들은 큰 잘못으로 쳐요. 그때 일행이 장기오 차관, 최세창 장군 등이었는데 내가 제일 선임자였어. 그땐 외국장교에 대한 차별대우가 있었어요. 언어장벽 때문에 모두 고생했어. 차 대위가 외국인의 불만을 대표해서 때린 것이라고 내가 변호를 해서 결국 용서를 받았어. 그 사람은 육사 12기 시험

에 떨어진 것을 스스로 비밀에 부쳤는데 육사 출신을 매우 싫어했
어. 그런 관계였는데 그 사람이 경호실장이 되고 내가 그 밑에 왔
어. 내가 사단장에 나가야 할 때인데 박정희 대통령이 직접 사인을
해서 경호실에 오게 된 거야.

내가 화가 나서 예편해버리려 했어. 박세직이가 국방부장관 보좌
관이었는데 서종철 장관한테 면담 신청을 해서 저를 예편시키려는
겁니까, 하고 물으니 대통령이 사인한 메모지를 보라고 했지.

1987년 4월 12일, 4·13 개헌논의 중단선언을 위한 담화를 녹화한 뒤
전두환 다시 대통령은 수석비서관 전원과 함께 청와대 식당에서 점심
을 하면서 과거 청와대 시절, 그중에서도 경호실 작전차장보 시절을
회상하고 있다. 전두환·차지철 두 사람의 미 레인저 시절에 대해서는
당시 함께 교육을 받았던 최세창 씨도 회고하고 있다.

레인저 코스는 악명 높은 훈련이었어요. 적지에 공중 투하되는 특
전요원들을 보호하기 위해 사전에 선발대로 적진에 침투하는 훈련
이니 그 강도가 오죽했겠습니까. 한마디로 살아 돌아오기 게임입
니다. 그러나 아무리 훈련이 고되어도 우리 세 사람은 펄펄 날았어
요. 전설적인 레이저 교육을 받은 첫 번째 한국군 장교가 됐다는
프라이드로 어깨가 으쓱했던 거죠.

전 대위와 차 대위는 똑같이 군인정신 하나는 칼날 같았어요. 맺고
끊는 게 분명했죠. 다만 차 대위는 사람이 붙임성이 적고 비사교적
인 데 비해 전 대위는 활달했어요. 그러나 두 사람 다 남자다운 구

438

석이 많았지요. 나름대로 정의감이랄까, 뭐 그런 게 있었어요. 그 점에선 전·차 두 양반이 통했어요.

한번은 이런 일이 있었죠.

하루 교육이 끝나면 가끔 저녁 때 부대 밖 시내로 셋이 함께 나가 저녁식사를 하곤 했어요. 그날도 식당에 들어갔는데 한국인으로 보이는 중년남자가 들어오는 거예요.

우리는 반가운 마음에 '저 사람 한국사람 같은데' 하면서 수군거렸죠. 그런데 이 사람이 틀림없이 우릴 봤는데도 아는 체를 하지 않는 거예요. 우리 군복엔 태극마크인 'KOREA' 라고 쓰인 휘장이 붙어 있었는데도 말입니다."

그때만 해도 미국에 건너갈 수 있었던 이들은 끗발이 있었던 사람들 아니었습니까. 그래서 그런지 어떤 사람들은 자신이 못 살고 뒤떨어진 한국 출신이라는 것을 감추려고 하는 풍조도 있었지요. 우리는 굉장히 화가 났죠. 전 대위와 차 대위는 얼굴이 붉으락푸르락해지더니 전 대위가 큰 소리로 이렇게 말하는 거예요.

'어물전 망신 꼴뚜기가 시킨다더니 아주 못된 한국×이 있어 외국에서 나라망신 시키는구나' 라고요. 그 교포는 이 말을 들었는지 얼굴이 벌개지면서 슬그머니 나가더군요.

차 실장 역시 전두환 대위 등과 함께 받았던 레인저 교육, 특히 자신의 미군장교 구타사건에 대해 무용담을 삼아 회고한 적이 있었다.

훈련의 마지막 코스로 정글 침투 훈련을 받았어. 배낭 하나하고 기관단총 한 자루씩을 주고는 2인 1조로 정글에 떨어뜨려놓는데 3박 4일 동안 어떡해서든지 버텨서 살아오라는 거야. 뱀이며 들쥐며 안 잡아 먹은 게 없지.

난 미군중위 하나와 짝이 됐어. 아, 그런데 이 녀석이 나더러 무거운 배낭을 메라는 거야. 첫날은 그렇게 하는 건가 보다 했지. 둘쨋날도 그러길래 화가 치밀었지만 꾹 참았어. 그런데 이 친구가 세째날도 나더러 또 메라는 거야. 동양인이니까 나를 깔보는구나 하는 생각이 들어 눈에 보이는게 없어지더군. 신나게 패버렸지.

결국 퇴교가 상신 됐고, 학교 측은 징계위원회를 열었어. 그 미국 친구가 불려나왔는데 내가 보기에도 미안할 정도로 얼굴이 엉망진창이더군. 징계위원들이 나더러 '도대체 무슨 흉기로 때렸는데 저렇게 됐냐' 고 묻더군.

그래서 내가 솔직히 대답했지. '우리나라에는 태권도라는 격투기가 있는데 주먹만 쓰지 흉기는 쓰지 않는다' 라고 말이야. 나중에 들은 얘기인데 징계위원들은 한결같이 '이 무술이야말로 게릴라 훈련에 필요하다' 라고 했다는 거야. 나더러 전 대원 앞에서 시범을 보이도록 시키더군. 덕분에 무사히 졸업했지.

군에서는 선임자였고 4년제 정규육사 1기 출신이라는 프라이드가 강했던 경호실작전차장보 전두환 준장은 아무리 직속상관이라고 해도 차지철 경호실장에게 '받들어 총' 을 해야만 하는 것이 못마땅했다. 전 준장은 차 실장에게 은근히 건의했다.

"국군의 날 여의도 행사처럼 제병지휘관이 지프를 타고 앉아 분열

하는 것이 낫지 않습니까."

그후 분열방식은 국군의 날 여의도 행사처럼 바뀌었다. 전 준장의 건의는 차 실장과의 관계로 인한 개인적인 감정의 발로였는지 모르겠으나, 실제로 그 내용에 있어서는 전 준장 자신뿐만 아니라 차 실장의 야심에 불을 지른 결과를 초래했다. 경호실을 막강권부로 키우려고 했던 차 실장의 야심과 권력행태가 농축된 의식이었던 경호부대 사열식은 분열뿐만 아니라 그 규모, 절차에 있어서도 국군의 날 축소판과 같은 것이었다. 경호부대 사열식을 소개하는 한 언론은 어느 장관의 이야기를 인용한다.

정말이지 일개 경호실장이 장관들 앞에서 잔뜩 위세를 부리며 주역 행세를 하니 뭔가 거꾸로 돌아가는 기분이었다. 국회간부들이나 3군의 참모총장, 국무위원들이 경호실장의 초청을 받아 거절도 못하고 참석해서 그가 꾸며대는 쇼를 꼼짝없이 구경해야 하는 판이었으니, 세상은 무섭게 돌아가는구나 하는 생각이 들었다. 차지철의 행세는 경호실장도 아니고 부통령도 아니며 바로 대통령과 같은 행세였다.

차 경호실장은 평소 그의 통제를 벗어났다고 생각되는 장관이나 국회의원 등에게 그의 위력을 과시하는 방법의 하나로 경호부대 사열식에 동원하기도 했다. 김종필 국무총리, 김재규 정보부장도 차 실장의 초청에 군말 없이 참석할 정도였다.

국기가 내려지고, 열병이 있고, 우수부대를 표창하고. 이른바 '경호

441

실장 하사금'이라는 것을 내리는 순서를 마지막으로 경호부대 사열식은 끝났다. 초청된 인사들은 사열식이 끝날 때까지 사열의 주역인 차 실장과는 인사를 나눌 수 있었지만 차 실장 이외의 사람 중에 낯익은 장성이 있다 해도 인사를 나누는 것조차 용납되지 않았다.

차 경호실장은 스스로 '포스트 박'을 굳게 믿은 권력자였다. 박정희 대통령의 유신 2기는 85년에 끝나게 되어 있었다. 차 실장이 그때까지 기다려 박정희 대통령의 지명을 받아 권력을 승계할 수 있다고 믿었는지 아니면 박정희 대통령을 제거하고 권력을 탈취할 생각이었는지 확인할 길은 없지만, 그는 박정희 대통령 이후 시대에 부상될 만한 인사들을 차례차례 거세해 나갔다. 정일권 국회의장의 인맥을 조작, 제거한 이른바 제2의 알래스카 토벌작전이 그 본보기였다.

차 실장은 유신권력을 떠받치는 힘이 군대라는 것을 누구보다도 잘 알고 있었다. 그는 군내에 그 자신 세력권을 만들어야 했다. 그러나 비육사 출신으로, 중령으로 예편한 그가 군 내에 세력권을 만들기란 쉽지 않았다.

결국 차 실장은 자신과 함께 5·16 쿠데타 직후 박 의장 친위대 역할을 했던 육사 11기 출신 10인 그룹으로부터 자기 조직을 출발시켰다. 차 실장은 그들 10인 그룹이 하나회라는 군 내 사조직을 결성했고, 전두환 준장이 회장이며, 73년 윤필용사건으로 된서리를 맞았다는 사실을 잘 알고 있는 터였다. 박정희 대통령으로부터 현역장성을 경호실에 차출하도록 승인을 받은 차 실장이 작전차장보 자리에 전 준장을 배속한 것은 그와 같은 이유에서였다.

442

전 준장을 통해 정규육사 인맥을 장악, 통제하려고 했던 차 실장은 하나회 조직을 살리기 위해 암암리에 지원을 했다. 윤필용사건 이후 본류만 가까스로 살아남아 잔뜩 움츠러들었던 하나회로서는 더할 나위 없이 좋은 기회가 아닐 수 없었다.

전두환 준장이 마음으로부터 차 실장과 가까워지려고 한 흔적은 발견되지 않았지만, 그는 차 실장의 힘에 의존해서 하나회를 재생시킬 수 있는 길을 기꺼이 받아들였다. 차 실장에게 접근하고 차 실장이 주는 자금, 인사권, 권력의 뒷받침을 받아들였고, 하나회 조직을 되살린 것이었다.

국기하강식 외에 차 실장의 권력형태가 적나라하게 드러나는 것 중 하나는 이른바 '지휘도 하사'라는 것이었다. 그는 자신의 이름이 박힌 지휘도를 군 지휘관에게 하사하는 것을 통해 군 통수권자의 흉내를 냈다.

하나회 회원들은 별을 달거나 승진해 야전으로 갈 때는 '큰형님' 전두환 준장이 있는 청와대경호실로 찾아가곤 했다. 전 준장은 그들을 꼭 차 실장에게 인사시켰고 차 실장은 무척 흐뭇하게 생각했다. 그는 그들에게 금일봉을 주고 장군들에게는 지휘봉을 선물하며 격려하기도 했다.

경호실 작전차장보로 근무하던 77년 2월, 소장으로 진급한 전두환 준장은 이듬해인 78년 1월 제1사단장으로 임명됐다. 그때 전 소장은 자신의 후임자로 노태우 준장을 추천했다. 하나회 제2인자이기도 한 노 준장의 추천은 휘하의 현역장성들을 통해 군내 정규육사 인맥을 장악, 통제하고자 했던 차 실장의 의중에도 딱 들어맞는 인물이었다. 전임자

전 소장이 추천한 대로 노 준장이 경호실 작전차장보에 임명됐다.

"노태우 장군이 오시게 됐다. 기분이 굉장히 좋다. 나는 뭐든지 내 자리를 친구인 노 장군에게 넘겨줄 거야."

1952년 육군사관학교에 입학, 동기생으로 처음 만나 친구가 된 이래 40년에 걸친 우정을 지속해 온 전두환·노태우의 인간관계 외에도 그들은 30년이 넘는 공직생활 중 30대에서 50대에 이르기까지 다섯 차례에 걸쳐 서로 공직을 인수인계한 전·후임자 관계였다. 다섯 차례 모두 전씨가 전임자였다. 70년 말 대령시절 육군참모총장 수석부관직을 인수인계한 것이 그 첫 번째였고, 경호실 작전차장보 자리가 두 번째였다.

작전차장보 시절을 마감하고 제1사단장으로 임명된 경위에 대해 전씨는 말한다.

> 차지철이가 여러가지 일을 삐뚤어지게 해. 중령으로 예편하고 국회의원을 한 사람인데 경호실장하면서 꼭 국회의원을 상대하고 높은 장군을 경호실에 데려다놓아. 차지철이가 나한테 경호실장 뺏길까 봐 굉장히 신경 쓰는 것 같았어. 내가 내보내 달라고 했어. 내가 소장이 되고 나서였지. 박정희 대통령과 김재규, 차지철, 나 이렇게 넷이서 골프장에서 저녁을 먹는데, 박정희 대통령이 '사단장 꼭 해보고 싶은가'라고 물어서 '군인 희망이 사단장 아닙니까, 군에서 꽃이 사단장 아닙니까?' 하니 '그래, 사단장 해봐야 될 거야'라고 해. 그래서 사단장으로 나갔어요. 사단장으로 나갔으니 보안사령관으로 갈 수 있었던 거지.

제1사단장으로 근무한 지 1년 2개월 후인 79년 3월, 전두환 소장은 국군보안사령관에 임명됐다. 당시 군 인사 깊은 곳을 지켜본 한 인사에 따르면 그때 보안사령관에 내정된 장성은 전 소장과 함께 육사 11기 선두주자였던 김복동 소장이었다고 한다.

"역사에 가정이라는 것은 무의미한 일이지만, 그때 김 소장이 보안사령관에 부임했더라면 우리 현대사는 달라졌을 겁니다. 그런데 김 소장이 고사했어요. 김재규 보안사령관 시절 비서실장을 지낸 바 있는 김 소장으로서는 그 자리가 탐탁치 않게 느껴졌던 겁니다. 김 소장이 고사해서 보안사령관에 전 소장이 임명된 겁니다."

전 소장이 보안사령관에 임명될 무렵 노태우 경호실작전차장보는 제9사단장에, 그리고 김복동 소장은 경호실작전차장보로 발령받았다.

보안사령관은 '무소불능의 권좌'로 회자되는 군 요직의 자리에 전두환 소장이 임명됐다. 사단장이 보안사령관에 임명되는 것은 극히 드문 승진 인사였다. 전 소장의 전임자 진종채 장군은 육사 8기생. 그 8기생의 자리를 11기가 바로 승계했다는 것만 봐도 얼마나 파격적인 승진인사였는가를 알 수 있다.

전 소장의 보안사령관 임명에 대해 정승화 당시 육군참모총장은 말한다.

"나와 장관 노재현은 경호실장의 발호로부터 군을 지키고, 대통령에게 용이하게 접근하여 군의 권익을 대변해줄 수 있는 인물을 찾고 있었는데, 당시 대통령의 두터운 신임을 받고 있는 전 소장이 적임자라고 생각했던 것입니다."

보안사와 하나회

보안사의 존립 목적은 첫째 군무부의 쿠데타 방지, 둘째, 방첩을 위해서이다. 그리고 '국군보안부대령' 등 그 어떤 법에도 기록되어 있지 않지만 보안사의 가장 중요한 기능은 정치 사찰이었다.

보안사는 숱한 북한간첩들을 체포함으로써 국가안보를 공고히 하는 데 기여했다. 그러나 48년 10월 국군 제14연대 여순반란사건 직후 숙군 수사 때부터 간첩조작의 산실이라는 비난도 끊임없이 받아 왔다.

일제 36년 식민통치를 받아 온 이 나라에는 알게 모르게 일제 잔재가 속속들이 뿌리박혀 있었다. 군대도 예외는 아니어서 군국주의 일본군의 행태를 답습해 온 것도 부인할 수 없다. 구타, 고문은 일본군 잔재의 대표적인 경우가 될 것이다.

48년 육군정보국 특별조사과(제3과)로 출발해 방첩대(CIC)→육군특무부대→육군방첩부대→육군보안사령부→국군보안사령부를 거쳐 국군기무사령부로 그 이름이 개칭되어 온 보안사는 초창기 시절부터 친일 헌병·경찰의 온상이었다. 노엽(일본군 헌병 출신), 이진용(일제 경찰 출신), 도진희(일제 경찰 출신), 장복성(일제 경찰 출신), 장보형(일본군 헌병 출신), 고영섭(일제경찰 고등계 출신), 조병진(일제경찰 고등계 출신), 최석범(만주국 경찰 출신), 계종훈(일제경찰 고등계 출신), 이상무(관동군 헌병 출신), 김인즉(관동군 헌병 출신), 김광진(관동군 헌병 출신), 곽헌진(관동군 헌병 출신), 박노승(관동군 헌병 출신), 최기원(관동군 헌병 출신), 이영호(관동군 헌병 출신) 그리고 '용공조직의 기술자'라고 불리던 김창용(관동군 헌병 출신) 등이 보안사 초창기의 주류를 이루었던 장본인들이었다.

군부의 쿠데타 방지와 방첩이라는, 어쩌면 역대 독재정권의 수호기능과 다름아닌 어마어마한 임무를 띠고 탄생했고, 정치사찰의 기능을 한 보안사가 일본군의 잔재를 그대로 답습할 수밖에 없었다는 것은 민족적 비극이 아닐 수 없다. 월권적 목적 달성에는 필연적으로 탈법적인 수단이 따르게 된다. 더구나 일본군의 잔재가 그대로 남은 보안사였다면 말할 나위 없다. 구타와 고문, 도청, 프락치……. 그와 같은 수단이 외부세력의 견제를 받지 않고 성역화된 군부대 내의 밀실에서 이뤄짐으로써 그 조직의 체질로 굳어져버린 것이었다.

보안사가 해방 후 최강의 권력기관으로 군림할 수 있었던 것은 역대 독재자가 정권안보를 위한 감시기관으로 이 조직을 사물화했고, 군이라는 최강의 물리력을 배경으로 하고 있었기 때문이었다. 정권이 독재

화될수록 보안사의 조직과 규모는 커져 갔다. 육군정보국 특별조사과 (제3과)에서 출발, 국군보안사령부로 개칭되어 온 그 이름들에서 보듯이 보안사는 정보·수사뿐만 아니라 육·해·공군의 수사·정보 채널까지 통합함으로써 구조적 견제를 받지 않은 기관이 돼버렸다.

보안사가 군에 대한 영향력이 큰 이유는 승진·보직 등 인사에 있어서 보안사의 보고가 중요한 참고자료가 되기 때문이다. 사단장 이상의 고급지휘관에 대한 보안사의 동향보고는 매일 기록되기 때문에 직위가 높을수록 보안사를 의식하지 않을 수 없게 된다. 그 밖에도 보안사는 쿠데타 방지와 방첩이라는 미명하에 군 통신을 장악하고 있으므로 일단 유사시에 보안사만이 상황을 정확하게, 전체적으로 파악할 수가 있다. 12·12 쿠데타 때 전두환 보안사는 그와 같은 보안사의 이점을 최대한 활용하여 군 수뇌부를 무력화시킬 수 있었다.

보안사는 대통령 한 사람에게만 충성을 바치면 조직의 영광을 구가할 수 있는 부대였다. 그 한 사람에게 신임을 받으면 다른 모든 사람에게도 군림할 수 있다. 어느 저널리스트의 말처럼 42년 역사를 관통하는 보안사 조직의 행동규범은 정의도, 법률도 아닌 오로지 권력이었다.

보안사령관은 중요한 사안일수록 직속상관인 국방부장관을 따돌리고 대통령에게만 보고하고 대통령의 지시만 받아 왔다. 그리하여 보안사령관은 '무소불능의 권좌'라고 불렸고, 보안사는 군부 위에, 때로는 국민 위에, 정당 위에 군림하여 왔던 것이다.

바로 그 '무소불능의 권좌' 보안사령관으로 4년제 정규육사 1기 선두주자라는 자부심으로 가득찬—일찍이 하급장교 시절 박정희 소장이 주도한 5·16 쿠데타를 지지하고 동참했고, 그리하여 권력 주변을 맴

448

돌며 대통령의 총애를 받았으며, 대통령 측근 권력자들로부터 지원을 받아 군에서는 금지됐던 사조직 하나회를 이끌며 야심에 차 있던, 그리고 63년 7·6 쿠데타 음모를 꾸밀 정도로 정치군인의 싹을 보였던— 전두환 소장이 부임한 것이다.

결론부터 말하자면 전두환의 보안사는 보안사 역기능의 클라이맥스였다. 전두환 보안사는 보안사의 첫째 존립 목적인 군부대 쿠데타 방지를 역으로 쳐 12·12 쿠데타를 주도했고, 방첩이라는 이름으로 어떤 법에도 쓰여 있지 않았던 정치사찰을 주도해 숱한 정치인들을 장막 뒤로 끌어내리고 5공 정권을 창출했으며, 집권여당인 민정당을 창당했다. 그리하여 전두환 보안사령관 이후 보안사는 2명의 대통령, 3명의 정보부장, 2명의 장관, 2명의 육군참모총장, 2명의 여당 총재, 2명의 여당 사무총장을 배출하였다. 보안사는 2대에 걸친 군사정권 지배층의 가장 큰 인력 공급원이었던 것이다.

전두환 전기에 따르면 보안사령관으로 부임하기 직전인 79년 2월 말, 평소 그가 잘 알고 지내는 몇 명의 보안업무 정예요원들을 제1사단으로 불렀다.

"오늘날 우리나라가 처한 상황으로 볼 때 자주국방이라는 명제가 가장 우선시돼야 하며, 그러기 위해서는 우리 군부가 대동단결하여 안정되지 않으면 안 되겠지?"

전 소장은 평소 그의 이념이요 철학인 '민족생존권 수호와 국가보위라는 명제'를 서두에서 꺼냈다. 보안 정예요원들은 고개를 끄덕거렸다.

"그렇다면 무엇보다도 우리 국군보안사령부가 지금까지와는 다른 새로운 사명감과 자세를 확립하지 않으면 안 될 거야."

그때 벌써 전 소장의 머릿속에는 보안사령관으로서의 앞으로의 일정을 하나하나 잡아가고 있었던 것이다.

전두환 소장이 부임할 무렵 보안사는 권력면에서 역사상 가장 약한 상태에 놓여 있었다. 차지철 경호실과 김재규 정보부의 견제를 동시에 받아 그 기능이 위축될 대로 위축되어 있었다. 김재규 정보부는 보안사의 민간활동을 금지시켜놓았을 뿐만 아니라 보안사에 대해 감시까지 하고 있었다. 대통령제하의 다른 부서도 마찬가지였겠지만 정보기관의 힘은 그 기관장이 대통령을 얼마나 자주 만날 수 있느냐에 따라 결정된다. 전두환 보안사령관은 10·26으로 박정희 대통령이 쓰러질 때까지 단 한번도 대통령과 단독 보고할 기회를 잡을 수 없었다. 보안사에서는 대통령에게 올리는 보안사의 모든 정보 보고는 일단 차지철 경호실장의 눈을 거쳐 간다고 믿고 있었다.

그러나 전두환 소장이 호락호락 물러날 위인은 아니었다. 그가 부임했을 때 보안사는 "파워 있는 사령관이 왔다"라며 상당히 고무적인 분위기였다.

보안사 사람들 사이에는 '1·19 조치'라는 말이 회자되고 있었다. 1978년 1월 19일을 기해 보안사의 대 민간사찰이 금지된 것을 가리킨다. 1·19 조치를 기안한 것은 당시 정보부 수사국장 김기춘 씨였다.

그 무렵 전방사단의 한 대대장이 통신병을 데리고 월북한 사건이 터졌다. 조사 결과 현지 보안대가 그 대대장의 사소한 과오를 지나치게 추궁하여 스트레스를 준 것이 월북의 이유로 밝혀졌다. 보고를 받은 박정희 대통령은 노발대발했다. 그 기회를 놓치지 않은 것이 박정희 대통령과 동향으로 육사 2기 동기생인 김재규 정보부장이었다.

"각하, 그동안 보안사에서 대 민간사찰 등으로 월권적 활동이 많았습니다. 이 기회에 보안사는 본연의 임무에 충실하도록 해야 합니다."

박정희 대통령의 결재를 받은 김 부장은 휘하의 김기춘 국장에게 보안사의 대 민간사찰 금지안을 기안하도록 지시했다. 그 기안을 바탕으로 1·19 조치가 취해지고, 보안사의 대민사찰은 중지됐다. 보안사 사람들이 악몽처럼 기억하는 1·19 조치는 정보부는 물론 내무부·검찰 등 다른 부서에서도 환영 일색이었다.

1·19 조치는 보안사의 대민사찰 기구인 정보처를 방선처로 개편하여 방위산업체의 보안업무를 맡도록 함으로써 인력을 흡수하였다. 그때 보안사를 퇴직한 보안사 요원들 중 10여 명은 차지철 경호실장이 부리던 사설정보대대장 이규광에게 취직했다.

보안사 사람들은 1·19 조치에 대해 두고두고 불만이 많았다. 10·26 이후 실권을 잡은 보안사 대공처 간부들 사이에는 당시 청와대 비서관으로 있던 김기춘 씨를 잡아넣자는 얘기가 진지하게 거론될 정도였다.

전두환 사령관이 부임하자 보안사 직원들은 "이제는 우리 조직이 활성화될 수 있겠다"라고 기대했고, 그런 부하들의 기대 섞인 목소리는 전 사령관에게 들어갔다.

전 사령관은 참모들이 모인 자리에서 "근거 자료만 주면 대 민간활동을 부활시키겠다"라고 장담했다. 전 사령관의 자신감 있는 목소리에 들뜬 참모들은 민간활동을 재개할 수 있는 방안을 다각도로 검토했으나 당시의 법규하에서는 불가능하다는 것이 밝혀졌다.

보안사가 가장 취약한 상태였기 때문에 10·26 이후 전두환 보안사령관이 더욱 용의주도하게 실력을 발휘할 수 있었던 점도 없지 않다. 취약한 상태였으되 무소불능의 권좌인 보안사령관의 자리에 오른 전두환 소장은 그 동안 쌓아둔 인맥을 끌어 모으며 힘을 쌓아 나갔다.

전 사령관은 우선 휘하의 참모들을 믿고 부릴 만한 인물들로 채웠다. 그가 믿고 부릴 만한 인맥이라면 말할 나위 없이 하나회 회원들이었다. 그는 육본 특명 검열단에 근무하고 있던 허화평 대령을 불러들여 비서실장에, 그리고 12·12 쿠데타 때 정승화 육군참모총장을 연행할 허삼수 수도군단 보안부대장을 인사처장에 임명하여 두 심복을 보안사 핵심부서에 심었다.

허화평 씨는 해박한 지식의 소유자로서 용의주도한 면을 갖고 있다. 그와 같은 면이 10·26 이후부터 전두환 보안사령관을 그림자처럼 따라 다니는 비서실장으로서 공간적으로 가장 가까이 있었을 뿐만 아니라, 원모심려(遠謀深慮)의 기획입안자 역할을 수행했는지 몰랐다. 허화평 대령에 대한 한 언론은 '심모(瀋謀)의 인간형'이라는 표현을 썼다. 허 대령의 직속부하였던 한 사람은 "그분은 부드럽고 예의바르면서도 과묵하고 사안에 대한 소견이 뚜렷하다"라고 기억한다. '6공의 황태자' 박철언 씨는 허씨에 대해 '영리한 분'이라고 평하고 있다.

허씨와 인터뷰를 했던 한 저널리스트는 "아주 쉽고 정확하며 친근한, 그러나 부드러움 속에 강철같은 단단함을 숨기고 있다", "과묵함과 달변, 겸손과 단호함, 지모와 행동력을 그 특유의 균형감각으로 통합한 사람이라는 이상을 주었다."라고 토로한다.

허씨가 얼마나 용의주도한 사람이었는가는 전두환 전기를 집필한 바 있는 작가 천금성 씨의 기억에서도 드러난다. 79년 10·26으로부터 80년 5·17 조치, 나아가 5·18 광주항쟁, 그리고 국보위 시절을 거쳐 그 길고 지루한 쿠데타의 계절이 끝난 후였다. 청와대 측의 부탁을 받고 12·12 쿠데타를 취재하고 있었던 천씨는 유독 노태우 당시 보안사령관과 허화평 당시 정무수석비서관의 증언은 들을 수 없었다고 한다. 다른 관계자들이 신이 나서 자신의 행동을 미화하고 과장했을 때 허씨는 "내 이야기는 다른 사람들을 통해 들었을 테니까……"라면서 입을 닫아버리더라는 것이다.

> 그 시점에서 12·12 사태가 앞으로 언젠가는 말썽이 될 것이라고 생각하고 있던 이가 허화평 씨와 노태우 장군 정도였습니다. 노 당시 보안사령관도 자신이 9사단 병력을 불러들인 부분만은 이야기하지 않았습니다. 안병호 비서실장이 그 사실을 저한테 자랑하니까 노 사령관은 '쓸데없는 소리 하지 말' 며 핀잔을 주더군요. 다른 분들은 자신의 행동을 극화하기 위해 일부러 근사한 대사를 만들어내는 등 안달이 나 있었지요.

허씨는 10·26 후 12·12 쿠데타, 5·17 조치, 국보위, 5공 출범, 사회개혁, 이철희·장영자사건, 실명제 파동 등 79~82년의 전두환 정권 초기까지 자신의 표현과 같이 '키 플레이어(key player)' 역할을 수행했다. 허씨는 자기가 전 보안사령관의 비서실장이 된 경위에 대해 말한다.

전두환 당시 보안사령관이 같이 일할 수 없겠느냐고 요청해 왔습니다. 중요한 자리고 또 시대적으로도 중요했고…… 전에도 같이 근무하자는 제의를 받은 적이 있었으나 함께 일한 경험은 없었습니다. 전에 보안사에 근무한 경험도 있고 해서, 이번에는 가서 보좌해주는 것이 좋겠다고 생각했습니다.

5공 초기에 권력에서 물러난 허화평 씨는 6공에 들어와서 국회의원 공천을 받지 못했다. 당시 노태우 대통령의 한 측근은 "전두환·노태우 두 분은 허씨의 능력을 인정하면서도 좀 거북하게, 또는 어렵게 생각하는 것 같더라" 하고 청와대 분위기를 설명한다.

88년 허화평 씨는 현대사회연구소 소장으로 부임했다. 노조는 5공 실세인 허 소장을 배척하는 집단 행동을 벌였다. 노조원들의 농성이 계속되고 있을 때 허 소장을 찾아가 만났던 한 기자는 "고립무원의 상황에 있으면서도 조금도 흐트러지지 않는 자세로 버티고 있던 그가 퍽 인상적이었다"라고 전한다. "지적인 분위기를 풍기고 깔끔·소심하면서도 담대한 것 같은 인상이었다"라는 것이다. 허 소장은 그 고립무원의 상태에서 노조를 제압했다.

허화평 씨의 군대생활이 순탄한 것만은 아니었다. 그의 한 친척은 월북했고, 그 친척의 동생은 60년대에 일본을 통해 북한으로 들어갔다가 남파되었다. 그는 보안사에 의해 체포됐다. 보안사 대공처에서는 그의 친척이 일선에서 중대장으로 근무하고 있는 허화평 대위라는 것을 밝혀내고 소환, 조사를 벌였다. 그때 허 대위의 친척은 전향하여 수사에 적극 협조, 다른 간첩들을 잡는 데 공헌했다.

한편 보안사 대공처에서는 조사를 받고 있는 허 대위가 똑똑한 장교라는 것을 간파하고 서울지구 보안부대장으로 전보시켰다. 전화위복이 된 셈이었다. 당시 보안사령관은 김재규 중장, 비서실장은 김복동 소령이었다.

73년 윤필용사건 때 강창성 보안사령관은 하나회 조직을 수사하고, 허화평 씨가 하나회 회원이라는 것을 밝혀냈다. 허씨는 집안의 사상 문제로 군복을 벗을 위기에 처했다. 그때 전두환 1공수여단장이 적극적으로 나서 허씨를 구해준 인연이 있었다.

허화평 비서실장·김진영 수경사 33단장과 함께 '육사 17기 트리오'로 불리게 될 허삼수 인사처장은 솔직·충직·결벽·저돌적인 장교로 알려져 있다. 업무를 떠나서는 무골호인이라는 평을 들을 정도로 구김살이 없는 순진한 면을 보이기도 한다.

허삼수 인사처장은 보안사 수사장교로 월남전에 참전했었는데, 당시 주월사령부 보안부대장이 김복동 대령이었다. 허 대령의 전두환 보안사령관과의 인연은 김복동 소장이 추천한 것으로 알려져 있다.

허화평 비서실장·허삼수 인사처장 외에 전두환 보안사에서 빼놓을 수 없는 핵심 인물은 이학봉 수사과장이다. 보안사는 다른 부대에 비해 정규육사 출신이 약한 곳으로 알려져 있었다. 허삼수, 이학봉 씨는 군생활의 대부분을 보안사 대공수사 부문에서 보낸 옹골찬 보안사 사람들이었다.

이학봉 수사과장은 몸집이 좋은데다 호인의 분위기를 풍기지만 위기가 닥칠 때에는 동물적인 기민한 판단력과 임기응변으로 정확하게 대처하는 수사통으로 알려져 있다. 79, 80년 격동기에 김재규 씨, 김대

중 씨 등 굵직굵직한 인물들에 대한 수사 책임을 맡았던 이 수사과장의 원래 병과는 보병이었다. 그는 보병 학교에서 6개월 동안 교육을 받고 62년 9월부터 21사단에서 근무했다. 그후 소대장과 대대 작전장교, 수색 중대장을 거친 그는 65년 5월부터 방첩대 장교로 보직이 변경됐다. 당시 방첩부대장은 윤필용 준장, 그때 이씨는 하나회에 가입한 것으로 알려지고 있다.

그후 방첩부대 대공처 수사반장 등을 지낸 이씨는 70년 초 방첩부대가 보안사(초대사령관 김재규)로 개편되면서 대공처 수사 지도장교를 지냈다. 이씨가 전두환 씨를 만난 것은 그 무렵이었다. 전씨는 당시 수경사 30경비대대장, 육참총장 수석부관 등을 지내 보안사와도 업무연락이 잦았다. 두 사람은 71년 초 월남에서 함께 근무하기도 했다. 전씨가 백마부대 29연대장으로 파견되었을 때 이씨는 주월보안부대(부대장 김복동 대령)에 근무했다.

이렇게 하여 허화평 비서실장, 허삼수 인사처장, 이학봉 수사과장, 그들을 일컬어 '보안사 3인방'이라고 부르게 된 것이다. 더 나아가 장세동 수경사 30단장, 김진영 33단장을 포함해 5공 태동기의 '5인방'이라고 불리게 된다.

허화평 비서실장은 전 사령관이 부임한 직후의 보안사 분위기에 대해 묵시적으로 말한다.

유신 말기라 정치사회적 긴장이 고조되고 있었습니다. 긴장이 고조되면 군은 다른 집단보다 일을 많이 해야 될 때입니다. 보안사에 가 보니 다들 일에 파묻혀 있었습니다. 당시는 중앙정보부, 청와대,

경호실 등 소위 권력기관들이 손발이 안 맞아서 박정희 대통령이
불편을 많이 느낄 때입니다. 보안사는 군부대이므로 표면에 노출
되면 안 되기 때문에 항상 조용한 상태로 보이지만 진종채 전임사
령관이 그 틈바구니에서 고충이 많았습니다. 정보책임자라는 것이
듣고 보는 것이 많다 보니 항상 고심하는 일이 많게 마련인데 그 와
중에 전 사령관이 가게 된 겁니다.

약체 보안사를 이끌게 된 전두환 보안사령관은 돌출구를 모색하게
된다. 그는 비상사태하에서의 보안사의 역할에 대해 깊은 생각을 하고
있었다. 79년 여름 을지연습을 기해 전 사령관은 휘하의 법무참모를
불렀다.

"계엄령하에서 보안사가 주도적 역할을 할 수 있는 방안에 대해 연
구하여 안을 올리도록 하라."

전 사령관의 명령을 받은 법무참모가 기안한 것이 합동수사본부 조
직에 관한 내용이었다고 한다. 계엄하에서 보안사가 중심이 돼 합수부
를 조직하고, 이 기구가 다른 정보·수사기관까지 지휘하도록 한 것이
었다. 10·26 뒤에 나타난 합수부는 경호실 작전차장보 시절 뭔가 큰
일을 할 테니 두고 보라고 큰소리를 쳤던 그 이전부터 이미 전 사령관
의 머릿속에 들어 있었던 것이다.

경호실 작전차장보 시절 뭔가 큰 일을 할 테니 두고 보라고 큰소리
를 쳤던 전두환 보안사령관은 김재규 정보부와 차지철 경호실 사이에
끼어 샌드위치가 돼 있는 보안사로 만족하지 않았다. 그는 계속 권력
가도를 달릴 수 있는 탈출구를 찾아 나섰다. 10·26 때 전 전 보안사령

관은 휘하의 한 참모를 은밀히 불렀다.

"긴급사태하에서 보안사가 취할 수 있는 조치에 대해 연구, 보고하도록 해."

며칠 뒤 보고를 받은 전 사령관은 "음, 취할 수 있는 긴급조치가 꽤 많군" 하며 흡족한 표정을 지었다.

합수부가 처음 등장한 것은 1979년 10월 18일 부산에서 대규모 시위가 일어나 비상계엄령이 선포되었을 때였다. 부산 보안대 대장 권정달 대령을 중심으로 계엄사 합수부가 발족된 것이다.

그때까지만 해도 합수부는 김재규 정보부의 권위에 눌려 주도적 역할을 수행하지 못하고 있었다. 오히려 김재규 정보부의 수사지휘를 받아야 했다.

부마사태가 심상치 않게 돌아가고 있을 때 전두환 보안사령관은 헬리콥터 편으로 부산에 내려갔다. 그는 권정달 부산 보안부대를 방문, 권 대령을 만난 뒤 최석원 부산 시장을 만나러 갔다. 마침 그때 최 시장은 김재규 정보부장을 만나고 있었다. 김 정보부장의 박정희 대통령에 대한 10·26 살의가 싹트고 있었던 것이다.

10·26 재판 과정에서 김재규는 박정희 대통령을 제거해야만 했던 이유에 대해 말한다.

금년 9월에 부산에 계엄이 선포되고 나서 저는 현지에 내려갔습니다. 제가 내려가기 전까지는 남민전이나 학생이 주축이 된 데모일 거라고 생각했는데 현지에서 보니까 그게 아닙니다. 160명을 연행하고 보니 16명이 학생이고 나머지는 다 일반 시민입니다.

458

그리고 데모 양상을 보니까 데모하는 사람들도 하는 사람들이지만 그들에게 주먹밥을 먹여주고 또 사이다나 콜라를 갖다주고 경찰에 쫓기면 자기 집에 숨겨주고 하는 것이 데모하는 사람과 시민이 완전히 의기투합한 상태입니다. 주로 그 사람들의 구호를 보니까 ▲체제에 대한 반대 ▲조세에 대한 저항 ▲물가고에 대한 저항 ▲정부 불신, 이런 것들이 작용해서 경찰서 11개를 불질러버리고, 경찰차량을 10여 대 파괴하고, 불지르고 하는 사태가 벌어졌습니다.

이것을 각하께 그대로 보고드렸습니다. '각하, 체제에 대한 저항과 정부에 대한 국민들의 불신이 이렇습니다' 라고 보고하면서 각하의 생각을 좀 누그러뜨리려 했지만 또 반대 효과가 났습니다. 여기 변호인밖에 없긴 하지만 이 말은 밖으로 안 나갔으면 좋겠습니다. 각하의 말씀은 '이제부터 사태가 더 악화되면 내가 직접 쏘라고 발포 명령을 하겠다' 였습니다. '자유당 말에는 최인규라는 사람과 곽영주라는 사람이 발포 명령을 했는데, 누가 날 총살하겠느냐' 이렇게 말씀하셨습니다. 이런 문제에다 차지철 경호실장 같은 사람은 '캄보디아에서는 3백만 명이나 희생시켰는데 우리가 1, 2백만 명 희생시키는 것쯤이야 뭐 문제냐' 라고 합디다. 들으면 소름 끼칠 일들입니다.

저는 이승만 대통령과 박정희 대통령을 비교해보았습니다. 이 대통령은 물러설 때 물러설 줄 아는 분이었는데, 박정희 대통령은 성격상 절대로 물러설 줄 모릅니다. 국민과 정부 사이에 반드시 큰 공방전이 벌어지고 수없이 많은 사람들이 다칠 것은 틀림없는 사실이었습니다.

김재규 정보부장과 회동하고 있는 최석원 부산 시장을 만나지 못하고 나온 뒤 전두환 보안사령관은 부산지역에 투입된 공수부대와 해병대 지휘부를 방문한 뒤 곧바로 상경했다. 그 무렵 전 사령관은 권력에서의 약자의 설움을 톡톡히 맛본 것 같다.

부마사태의 현장을 둘러보고 돌아온 전 사령관은 허화평 비서실장을 불렀다.

"내가 이번에 부산에 가서 느낀 것이 많아. 허 실장을 책임자로 하여 시국 수습 방안에 대한 보고서를 작성해봐."

허 비서실장은 사무실 문을 걸어 잠그고 부하들을 지휘하여 며칠간의 밤샘 끝에 전 사령관이 지시한 시국 수습 대책안을 만들었다. 보고서는 보안을 위해 필경으로 작성됐다. 전 사령관은 그 보고서를 대통령께 보고할 수 있는 일정을 잡기가 어려운 처지에 놓여 있었다.

모든 정보보고가 차지철 경호실장을 거쳐 대통령에게 올라간다고 판단한 전 사령관은 묘책을 강구했다. 시국에 관한 중요 보고서의 내용을 일반적인 것으로 위장하여 요약한 뒤 미리 차 경호실자에게 보여 안심시키는 것이었다. 그런 뒤 최광수 의전수석과 박근혜 씨를 통해 10월 27일에 대통령을 단독 면담하기로 일정을 잡을 수 있었다.

허화평 비서실장이 주관하여 만든 시국 수습 대책안의 내용은 당시 상황으로서는 당돌하기 짝이 없는 것이었다고 한다. 차지철 실장의 전횡에 관한 지적은 물론 차 경호실장과 김재규 정보부장의 제거를 건의한 것이었다. 뿐만 아니라, 80년 5월에 설립된 국가보위 비상대책위원회의 이른바 개혁 조치 내용과 비슷한 건의가 포함돼 있엇다고 한다. 그와 같은 비상 조치들은 유신체제의 보존이란 전제하에서 국민의 지탄을 받고 있는 인물들과 부정 요인들을 제거하여 국정을 쇄신한다는 내용이었다.

한 언론은 당시 전두환 사령관이 보고하기로 돼 있는 시국 수습 대책안에 대해 '준 친위쿠데타'라는 표현을 썼다. 그와 같은 준 친위쿠데타의 실무부서로서 보안사를 주축으로 한 합동수사본부가 전 사령관과 허화평 비서실장 사이에서 연구, 구상되고 있었던 것은 예사로운 일이 아니었다.

전두환 사령관이 그해 여름 법무참모에게 연구하도록 지시했던 '비상 시국하에 보안사가 취할 수 있는 조치'나 '합동수사본부설치안'도 10·26 직전에 마련된 '시국수습 대책안'과 무관하지 않다는 분석도 있다.

'시국수습 대책안'의 기획 입안자인 허화평 씨는 그 구체적인 내용을 감춘 채 『월간조선』과의 인터뷰를 통해 언급하고 있다.

> 큰 의미는 없는 것이었습니다. 그런 점에서 젊은 사람들의 특징이
> 나타나는데, 적당히 지나가지 못한 겁니다. 시국의 긴장이 고조되
> 자 정보를 맡고 있는 입장에서 시끄러워지기 전에 미리 솔직하게
> 보고를 해야지 나중에 할 수는 없는 거 아닙니까. 그것은 당연히
> 그렇게 되어야 할 일상 업무였습니다. 그것이 이루어지지 않을 때
> 가 문제지요.

허씨는 그 정도로 말하고 있지만 당시 한 보안사 참모는 "그 보고는 전 사령관의 자리가 걸린 일이었다"라고 귀띔한다. 또 다른 관계자는

461

"박정희 대통령이 10월 27일에 전두환 사령관으로부터 그 보고를 받았으면 그 뒤의 역사가 달라졌을 것"이라고 말한다. 박정희 대통령이 전 보안사령관의 시국 수습 대책안을 받아들였을 가능성이 높다는 얘기다.

10·27 시국수습 대책안 보고에 대해 전두환 씨는 말한다.

사실은 (박정희 대통령이) 10월 26일에 돌아가셨지만 10월 27일에 내가 보안사령관으로 보고를 하도록 돼 있었어. 내가 보안사에 가서 보니 박정희 대통령 주변이 형편이 없었어. 김재규, 차지철 간에 암투가 있었어. 박정희 대통령이 상당히 위험할 것 같았어. 두툼한 보고서를 만들었어. 박정희 대통령은 보고서를 올리면 상대방한테 줘버리는 성격이 있어요. 직접 그 사람을 불러서 보여줄 용기가 없는 거야. 정치자금도 차지철을 통해 하고 신세를 너무 많이 지니 정면으로는 말 못하고 보고서를 주어버리는 거지.

결국 보고서 낸 사람만 죽게 되는 거야.

보안사에서도 진종채 사령관이 가면서 보고서를 내지 말라고 했어요. 내면 죽는다고 하면서. 그러면 누가 박정희 대통령을 깨우쳐주느냐. 내가 노재현 국방부장관에게도 얘기했어. 비서실 내부도 엉망이고 우군싸움이 김일성과 싸움보다 더 심했어. 망하려니까 그런가 봐.

그래서 내가 10월 27일쯤 보고할 수 있게 해 달라고 했어. 몇 번이나 읽어보고 연습도 하고 준비를 다 했었는데 박정희 대통령이 돌아가셨다는 것을 알게 된 순간 결국은 이런 결과가 오는구나, 하고 생각했어.

462

신군부와 미국

그해 연말이 되면서 위컴 대장은 주한미군 장교들에게 "한국인들을 만날 때 12·12 사태, 그리고 한국의 정치문제에 대해 거론하지 말라"라는 명령을 내렸다. 이 '함구령' 은 물론, '주한미군의 비정치적 성격을 강조함과 동시에 직업군인의 모범을 보이자는 의도에서 나온 것' 이었다. 과연 그러한가?

"80년 초 한국군 내부에서 전두환 세력에 대한 반격이 개시될지도 모른다는 루머가 나돌기 시작했다. 처음에는 이런 소문들이 진지하게 검토되지 않았다. 그러나 루머가 수일이 지나도록 가라앉지 않고 확산되자 우리도 마침내 관심을 기울이기 시작했다."

당시 미대사관 무관 제임스 영 대령이 털어놓는 비화 한 토막, 사실 여부는 확인할 수 없으나 이 비화는 당시는 물론 그후 국내에서도 전혀 알려지지 않았으나, 그것이 사실일 경우 특히 미국의 대처와 관련, 시사하는 바가 없지 않다.

80년 1월 어느 추운 겨울날 밤 제임스 영 대령은 정승화 전 총장과도 가까웠고 육사 8기 그룹과의 접촉이 잦은 한 장교를 만났다. 물론 그가 만나는 8기들은 부하 장교인 11기와 12기에 의해 이미 현직에서 밀려나 있었다. 그들이 만난 장소는 국방부와 육본이 그리 멀지 않은 삼각지 근처의 한 다방이었다고 한다. 제임스 영 대령이 먼저 "루머에 대해 들어 봤느냐" 하고 물어보았다. 그 장교의 대답은 놀라운 것이었다.

"물론이다. 그 루머는 사실이다. 뿐만 아니라 전두환 세력에 대한 반쿠데타를 적극 모색하고 있는 조직적인 그룹까지 있다. 나도 그 그룹과 계속 접촉하고 있다. 당신이 근무하는 미대사관에서는 그런 반쿠데타를 어떻게 생각하는가?"

"그와 같은 한국군 지도자들 사이의 분열은 한미 양국에 어려움만 가중시킬 것이다."

한국군 장교의 얘기를 듣고 놀라움을 감추지 못한 제임스가 영관급 장교요, 대사관에 근무하는 무관에 지나지 않는다고 해도, 그의 그 한마디 대답은 당시 주한미군의 시각을 엿볼 수 있는 한 단면이 아닐 수 없다. 제임스 영 대령은 다음날 그 한국군 장교와의 대화를 CIA 서울지부장 밥 브루스터에게 보고했다.

브루스터는 제임스 대령의 보고를 듣고도 그리 놀라는 표정이 아니었다. 그는 "나도 그와 비슷한 이야기를 들었다"라고 하면서, "앞으로 이런 정보에 계속 귀를 기울여 달라"라고 부탁했다. 그리고 그는 아주 분명한 어조로 한마디 덧붙였다.

464

"우리 미국 정부의 정책은 그런 반쿠데타 기도를 억제하는 데 있습니다."

브루스터 CIA서울지부장의 대답을 어떤 식으로 해석해야 하는가. 말 그대로라면 미국 정부는 전두환 장군 그룹을 지지하고 있다는 뜻과 다름없을 것이다. 그로부터 2, 3주 후 제임스 대령은 대사관 내부의 믿을 만한 소식통으로부터 엄청난 얘기를 듣게 되었다고 한다. 그 소식통의 얘기는 실제로 신군부에 대한 반쿠데타 모의가 있었으며 적어도 미대사관 고위 간부 가운데 한 사람은 그들로부터 미국 정부의 지지 여부를 아주 노골적으로 질문받았다는 것이었다. 제임스 대령은 미대사관의 고위 간부 한 사람이 아마 브루스터일 것이라고 추측했다.

아무튼 미국 정부는 여러 가지 이유에서 그런 반쿠데타 시도를 적극 말렸다는 것이 이 소식통의 이야기였다. 첫째 그런 반쿠데타 지지는 한국의 군부로 하여금 안보임무에 충실하도록 유도하며 그들의 초법적 정치활동을 억제하겠다는 우리의 기본정책에 반하는 것이었다. 둘째로 그런 반쿠데타 지지는 기존의 외교적 관행에서 크게 벗어나는 일이었다. 더욱이 카터 정부는 전두환 세력에 대한 혐오감과 그 활동 동기에 대한 의구심에도 불구하고 미대사관의 그러한 지원을 결코 승인하지 않을 것이었다. 이런 법률적 사항 이외에도 다른 요인들이 있었다. 전두환 장군 세력은 쿠데타 기도에서 아주 중요한 역할을 할 수 있는 일선 부대들을 아주 효과적으로 통제하고 있었다. 따라서 그런 반쿠데타 시도는 실패할 공산이 컸다. 전두환 장군의 세력 또한 당시 연대와 대대를 통솔하고 있었던 육

465

사 17기 이하의 젊은 장교들로의 지지를 받고 있는 것 같았다. 그들이 어디에 충성하느냐는 거사의 성패와 곧바로 직결된 것이었다. 또한 한국 정부에 의해 예전에 발표되었던 정치개혁 약속들이 존중될 조짐들도 보였다. 이때 대사관과 워싱턴에서는 아직도 한국에 민주주의 정부가 출현할 것이라는 희망에 매달리고 있었다. 이런 상황하에서 미국 정부가 또다른 쿠데타를 원할 리 없었다. 그리고 우리는 당시 우리가 그토록 원하지 않았던 쿠데타의 악몽으로부터 서서히 벗어나고 있는 중이었다. 이런 이유들 때문에 미국측에서는 그 반쿠데타 계획을 적극적으로 막았다.

신군부 측과 미국 정부의 공식 채널 가운데 가장 먼저 파이프 라인 역할을 한 것은 밥 부르스터 미 CIA한국지부장이었다. 80년 1월 말쯤 부르스터 지부장은 이미 전두환 장군과 직접적인 접촉통로를 확보한 상태였다. 자세한 내막은 알려지지 않고 있으나 부르스터 지부장은 12·12 하루 전날인 12월 11일 밤에 연희동 자택으로 전 장군을 찾아가 만난 적도 있었다. 전두환—부르스터 회동은 자주 이루어졌던 것으로 알려지고 있다. 전두환 장군과의 회동이 잦을수록 부르스터 지부장의 전망은 낙관적으로 흘러갔다.

아닌 게 아니라 낙관할 만한 이유가 있었다. 초기의 우려들에도 불구하고 헌정질서는 잘 보존되었다. 또한 일부 양심수들이 석방되었다. 그리고 언론에 대한 검열은 여전히 계속되었으나 전처럼 그렇게 심하지는 않았다. 대학 캠퍼스에서의 정치활동에 대해서도 통제가 완화되어 있었다. 2월이 되자 김대중 씨에게 다시 한 번 정치활동이 허용되었다. 미국에는 김대중 추종자가 많았기 때문에 이 조치는 특히 중요했다. 그리고 그에 대한 규제완화 덕분에 워싱턴의 언론 보도들도 한국의 정치상황에 대해 다소 호의적인 논조로 바뀌었다. 이리하여 이 시기 동안에는 대사관의 보고가 계속 긍정적인 색조를 띠게 되었다.

이른바 '서울의 봄'으로 미국은 신군부 측에 대해 낙관적으로 돌아섰다는 얘기다. 이쯤 되면, 미국 측의 의도를 대충 짐작할 수 있을 것이다. 확실히 80년 서울의 봄이 오긴 왔었다. 봄이 왔지만, 아직 봄이 온 것은 아니었다. 아니나 다를까. '서울의 봄'은 '5·17 쿠데타로 군화발에 짓밟히게 되었다. 12·12로 고삐를 움켜쥔 신군부는 5·17 쿠데타에 이어 5·18 광주항쟁을 딛고 마침내 청와대를 향하여 무풍지대를 달리듯 질주하게 된다.

전 세계에 정보망을 그물같이 쳐놓고 있는 미 CIA가 그런 위장된 '서울의 봄'을 제대로 읽어내지 못했단 말인가. 주한 미국 공식채널 가운데 신군부의 핵인 전두환 장군과 누구보다도 빈번하게 접촉했던 부르스터 CIA 한국지부장이, 그리고 미대사관에서 '봄은 봄이었으되, 아직 오지 않는 봄'만을 보고 낙관적인 색조를 띠어 갔다고는 보이지 않는다. 즉, 미국 정부가 신군부에 대한 지지를 하지 않고, 다만 신기루같이 찾아온 '서울의 봄'을 보고 한국정치에 대해 낙관적인 평가를 했다고는 상상조차 할 수 없는 일이다.

80년 2월 14일 용산 미8군 영내 연합사령관실에서 위컴 대장과 전두

467

환 장군의 첫 대좌가 이뤄졌다. 12·12 직후 전 장군이 요청했던 회담을 거부했던 위컴 대장이 왜 마음을 바꾸었는지에 대해서는 알려지지 않고 있다. 두 장군의 회동을 주선한 것은 위컴 대장의 정치고문실과 보안사령관 비서실장 허화평 대령이었다.

전두환-위컴 회동은 썩 좋은 모양새가 아니었다. 집무실 책상 위에 성경책을 놔두고 군화를 신은 발을 책상 위에 걸쳐놓은 채 비스듬히 앉은 자세로 전 장군을 맞은 위컴 대장은 계속 같은 자세로 이야기를 해 불편한 심기를 드러냈다.

위컴 대장은 전두환-글라이스틴, 전두환-밥 브루스터 회담에서 거론했던 문제들을 다시 한 번 강조했다. 즉 12·12 유혈사태와 9사단 병력이동 문제 등을 따진 뒤 문민정부, 민주화 그리고 한미연합사 작전통제권의 절차를 지키는 것이 중요하다는 점을 강조했다.

위컴 대장의 '무례' 한 태도에 노기를 띤 듯했으나 냉정을 유지한 전 장군 역시 낡은 레코드판을 반복하듯 12·12 사태는 10·26 사건의 수사과정에서 발생한 우발적 사건이었다고 해명하고, "나는 결코 정치에 관여하지 않을 것이다. 지켜봐 달라. 안심하게 될 것이다" 라고 말했다.

전두환-위컴 회동에 대해 위컴은 훗날 『미국과 광주사건』을 쓴 현대사 연구가 마크 피터슨에게 다음과 같이 회고했다.

전 장군은 '우리는 부정부패를 일소한 뒤 병영으로 돌아갈 것이며 우리를 밀어주면 언젠가는 우리를 자랑스럽게 여길 날이 올 것' 이라고 말했다. 나는 옛날 자료를 찾아보았다. 5·16 쿠데타 뒤에 매그루더 주한미군 사령관이 태평양 사령부에 보고한 김종필 씨와의

468

대화요지였다. 그때 김씨가 말한 것과 전 장군이 내게 한 말은 정확히 일치했다. 그래서 나는 전 장군의 말을 의심하게 되었다.

위컴 대장의 지적은 상당히 날카로운 면이 있었다. 10·26 사건 당시 전 장군이 휘하의 부하에게 "5·16에 대해 연구해보라"고 지시했지만, 실제로 12·12 후 전두환 그룹이 추진한 대미공작 또한 5·16 쿠데타 직후 박정희 그룹의 그것과 일치하는 점이 많았다.

미국 측의 반응도 마찬가지였다. 5·16 직후 쿠데타군과 가장 먼저 접촉, 쿠데타군을 지지한 미국의 공식채널은 실버 당시 미 CIA한구지부장이었다. 박정희 – 매그루더 주한미군사령관이 티격태격했던 점도 전두환 – 위컴 주한미군사령관의 그것과 비슷하다. 박정희 정권의 '사생아' 전두환 정권은 그렇게 성큼 진군해 오고 있는 것이었다.

군이 역사가 아놀드 토인비의 "역사는 도전과 응전", E·H 카의 "역사란 과거와 현재의 대화"라는 주장을 재론할 것도 없이 한밤중에 일단의 군대를 이끌고 한강을 넘어와 정권을 장악한 박정희 세력을 보았고, 그들에게 교훈한 바 있었더라면 전두환 세력의 12·12는 사전에 막을 수 있었는지도 몰랐다.

전 장군의 부정부패 일소 뒤 병영복귀론에 대해 위컴 대장은 "군부가 부정부패 일소한다는 것은 단기적으로는 가능하다. 그러나 군이 정치를 하게 되면 반드시 신부패(New-Corruption)가 생기게 될 것이다"라고 대답했다.

전두환 – 위컴 회동에 대해 한국과 미국 측은 서로 다르게 설명했다. 위컴은 워싱턴에 "전두환에게 긍정적인 인상을 받지 못했다"라고 보고한 뒤, "그는 마치 왕으로 태어난 것처럼 행동하였다"라는 촌평을 덧붙였다. 그러나 미국 측은 전반적으로 이 회동을 만족하게 생각하는 분위기였다.

한국 측은 전두환—위컴 회담을 전 장군이 주도해 나갔다고 설명했다. 계급이 낮은 전 장군이 한반도 현실에 대한 위컴 대장의 우려를 훈계하듯 불식시켰으며, 그 태도 역시 당당했다는 것이었다.

결국 전두환—위컴의 첫 회담은 서로 간의 입장만 확인하고 끝났다. 당초 좋지 않았던 두 사람의 개인적 관계는 더욱 골이 깊어졌다.

전두환—위컴 사이의 '위험한 관계'에 대한 에피소드 중에는 용산 골프장 이야기를 빼놓을 수 없다. 이 골프장 사건은 두 사람 사이의 관계를 완전히 회복 불능의 상태로 만들었기 때문이다.

80년 초 봄(혹은 80년 1월 어느 일요일이었다는 얘기도 전한다) 3성 장군이 된 전두환 장군은 골프를 치기 위해 용산 미8군 골프장을 찾았다. 당시 전 장군은 자신의 안전에 무척 많은 신경을 썼다. 그를 호위하는 경호원들이 꽤 많았음은 물론이다.

골프장은 용산 미8군 영내에 있었으므로 국방장관, 합참의장 한국의 다른 고위 관리가 이용할 때도 그저 운전기사 겸 비서 정도만 대동하고 오곤 했다. 반면 전 장군의 수행원 수는 무척 많았다. 더욱이 경호원들은 모두 권총으로 무장을 하고 있었다.

당시 미대사관 관련자는 전 장군의 수행원 수와 관련, "절대군주 시대의 왕에게나 걸맞는 규모였다. 그가 한번 움직였다 하면 약 20명의 수행원들과 여러 대의 차가 필요했다"라고 회고한다.

마침 위컴 대장도 이날 골프를 치러 왔다가 전 장군이 골프를 치고

470

있는 광경을 목격했다. 위컴은 불같이 화를 내고 무장경호원들을 밖으로 쫓아내게 했다. 그 자신도 무장경호를 하지 않는 미8군 영내에 전 장군이 다수의 경호원들을 데리고 필드를 활보하는 것은 상식 밖의 행동이라고 여긴 터였다.

경호원들을 쫓아낸 위컴 대장은 전 장군에게 "전 장군 일행의 규모가 그 계급과 직책에 걸맞는 수준으로 축소 조정될 때까지 골프장 시설을 사용하지 못한다"라고 못박았다. 전 장군 개인은 환영하지만 그 수행원 규모는 축소되어야 한다는 입장을 분명히 한 것이었다.

위컴 대장은 전 장군뿐만 아니라 다른 한국군 장성들에게도 항의 한 것으로 알려진다. 연합사 부사령관 백석계 장군을 자신의 집무실로 불러, "전 장군이 권총을 찬 경호원들을 데리고 골프장에 들어온 것은 도저히 있을 수 없는 일이다. 그가 대통령이나 되면 모르겠지만 나도 당신도 권총을 차지 않는 8군 영내에서 무장경호원을 대동할 수 있는가"라며 불쾌한 반응을 보이기도 했다.

전 장군은 노발대발했다. 화가 난 전 장군 일행은 그대로 골프장을 떠났다. 이미 한국의 실권자가 돼 있는 전 장군으로서는 치욕적인 수모가 아닐 수 없었다.

12·12 그날 '작전통제권 상실'에 대한 명예실추, 상부로부터의 추궁 등으로 전두환 장군에 대한 위컴 대장의 개인적은 공격은 집요했던 것으로 보인다. 그의 집요한 공격에 전두환 장군은 신경과민이 생길 정도였다는 것이다.

마크 피터슨의 논문 「미국과 광주사건」에서는 12·12 직후 미국이 전두환 장군 그룹에 대한 역쿠데타를 검토했다고 밝히고 있다. 당시 백악관 안보담당보좌관 브레진스키는 자신의 회고록에서, "그때 미국 정부가 이란 인질 구출작전 실패 등으로 국내외에서 곤경에 처해 있지 않았으면 한국의 버릇없는 군부에 대해 좀더 강력한 조치를 취했을 것"이라고 술회했다. 이와 같은 논문과 회고들은 미대사관 · CIA 한국 지부에서 한국군 장교들의 반쿠데타를 막았다는 앞의 증언들과는 상반되는 내용이다.

위컴 대장뿐만 아니라 '태풍의 눈'으로 떠오른 12 · 12 주도세력에 대해 미국은 상당 기간 압력을 늦추지 않았다. 12 · 12 한 달이 지날 때까지도 서울 외교가에서는 전두환 장군에 대한 갖가지 압력설이 나돌기도 했다. 말인 즉, 12 · 12 직후 미국은 전 장군의 예편을 강력히 요구했으며, 이것이 받아들여지지 않자 그 대안으로 전 장군의 전출을 내세웠고, 이것마저 이루어지지 않자 미 육군참모대학으로 유학을 제의했다는 얘기들이다.

당시 성급한 일부 외신들은 이와 같은 미국 압력설을 크게 보도하기도 했다. 12월 23일자 일본『산케이 신문』은 '신뢰할 만한 복수의 외교 소식통'을 인용, "전두환 보안사령관은 머지않아 사단장으로 전출될 것이며, 부임하는 것과 동시에 군복을 벗고 예편될 예정인데, 그 배후에는 미국의 강력한 요청과 압력이 개재되어 있다"라고 보도했다.

다음날『아사히 신문』도 "미국은 군사면의 책임을 명확히 하기 위해 전두환 소장의 실질적인 퇴진, 구체적으로 전 소장의 퇴역을 강력히 요구하고 있다"라고 보도하기도 했다.

전두환 퇴진설이 그럴듯하게 나도는 가운데 80년 1월 11일 국방부 대변인은 주한 외신기자와의 회견에서 "전두환 보안사령관이 곧 퇴역

할 것이라는 소문은 전혀 근거 없는 낭설"이라고 일축한 뒤, "전 보안
사령관은 결코 잘못한 것이 없으며 도리어 박정희 대통령 시해사건 진
상조사로 가장 신망받고 있어 퇴역할 아무런 이유가 없다"라고 못박는
해프닝을 벌이기도 했다.

전두환—위컴 사이의 신경전에서는 전 장군 쪽이 수세할 수밖에 없
었다. "전 장군은 미국이 끝까지 자신들을 인정하지 않고 축출할지 모
른다는 불안감을 떨칠 수가 없었다"고 쓰고 있는 『한국일보』「실록 청
와대」는 12·12 직후 보안사에 잡혀가 조사를 받고 온 한 예비역 장성
의 증언을 싣고 있다.

> 내가 보안사에 붙잡혀 들어가자 집사람이 생각다 못해 전두환 장
> 군의 부인 이순자 씨를 찾아갔다고 한다. 집사람은 이씨와 형님 아
> 우하면서 잘 지내온 사이였다. 집사람이 '어떻게 남편을 살릴 수
> 없느냐'고 사정을 하자 이씨는 '우리 형편도 마찬가지다. 미국이
> 인정을 안 해줘 남편의 일이 실패했다며 졸도했다'라고 말했다고
> 한다. 당시 전 장군은 위컴 사령관이 12·12 거사를 인정하지 않는
> 다는 것을 어떤 인사를 통해 분명히 전해 오자 크게 상심했다는 말
> 을 나도 나중에 들은 적이 있다.

미국이 신군부를 인정하지 않는다고 판단한 전두환 그룹은 계속 대
미공작을 전개했다. 그들은 대미공작을 효과적으로 펼치기 위해 위컴
대장과 글라이스틴의 '약점'을 적극 활용하는 수법도 구사했다. 글라
이스틴이 부부금실에 문제가 있다는 정보를 입수하고, "가정 불화도

제대로 다스리지 못하는 자가 무슨 내정간섭이냐"라는 말까지 서슴치 않았다.

80년 2월 27일은 감옥에 갇혀 있는 정승화 전 육참총장 겸 계엄사령관의 54회 생일이었다. 위컴 대장은 이날 정 장군의 집으로 생일선물과 축하카드를 보냈다. 카드에는 "귀하의 나라를 위해 최대의 헌신과 봉사를 하셨고 앞으로도 하시게 될, 장군의 생일을 맞아 진심으로 축하를 보냅니다"라고 적혀 있었다. 정승화 씨의 회고이다.

이날도 내자는 약간의 간식과 차를 가지고 나를 찾아왔다. 그때 유엔군 사령관이며 미8군 사령관인 위컴 대장이 나의 집으로 생일 선물과 생일축하카드를 보내주었다. 내자는 그것이 고맙고 반가워 보내준 생일카드를 면회 장소에까지 가지고 왔다. 교도소장 조 대령도 그날 아침에 특별히 생일상을 마련하여 나를 너무나 기쁘게 했다. 그러나 정부는 국방장관 주영복을 시켜 유엔군 사령관 위컴 대장에게 생일카드를 나에게 보낸 사실에 대해 항의하였다는 말을 수일 후에 전해 듣게 되었다. 교도소장이 특별식을 제공했다고 보안사령부로부터 책망을 들었다는 것 또한 알게 되었다.

비슷한 시기, 이학봉 보안처장이 보안사령관실로 헐레벌떡 들어와 보고했다.

"사령관님. 이걸 보십시오. 위컴이 정승화에게 생일카드를 보냈습니다."

이 처장의 손에는 생일케이크와 꽃, 그리고 카드가 들려 있었다. 전두환 사령관은 마침 보안사령관실에 와 있는 전 언론인 출신 손충무 씨에게 카드를 읽어보라고 했다. 손씨가 읽어주자 한참 동안 생각에 잠겨있던 전두환 보안사령관은 이 처장에게 지시했다.

"꽃과 케이크는 보내고 카드는 압수해."

신군부는 즉각 이 생일카드 건을 '무기화' 했다. 내용인 즉, 미국 저간에는 미국이 10·26 사건에 관련됐다는 루머가 파다했다. 그런 와중에 10·26 관련혐의로 수감중인 정 전 총장에게 주한미군사령관이 격려의 글을 보냈다는 사실이 미국 언론에 알려지면 미국은 더욱 난처해질 것이다. 한국 입장에서도 경위야 어찌 됐든 실정법 위반으로 구속 수감중인 피의자에게 생일축하 카드를 보냈다는 것은 주권에 관한 중대한 문제가 될 수도 있었다.

그날 밤 비공개로 국무회의를 소집한 신군부 측은 미국에 공식 항의문을 비공개로 전달했다. 한편으로는 카드 건을 미국의 10·26 개입 증거로 언론에 흘려버리겠다고 협박하기도 했다. 전두환 보안사령관은 글라이스틴 대사와 주한미군사령관 고문 하우스만을 만나 강력하게 항의했다. 주영복 국방장관은 위컴 사령관을 만나 항의와 유감의 뜻을 전했다. 수세에서 공세로의 전환이었다.

보안사 측의 공세는 적중했다. 정 전 총장 생일카드 건으로 위컴 대장은 곤란한 처지에 빠지지 않을 수 없었다. 보안사 측은 거기서 물러서지 않고 글라이스틴 대사와 위컴 사령관을 대상으로 주권침해 행위에 항의하는 편지공세를 펼쳤다. 이 일로 전두환 그룹과 미국 측은 타협을 보았다. 전두환 그룹 측에서 절대비밀로 붙이는 대신 위컴 대장은 신군부에 대한 입장을 완화했다.

청와대 입성

　　한편, 12·12 그날 밤이 가고 다음날 12월 13일 전
두환 보안사령관 겸 합수부장은 보안사 직원들을 강당에 모아놓고 "나
는 정치에 관심이 없다"라고 연설했다.

　군부 대개편이 이뤄진 날인 12월 14일 오전 합수부 참모회의에서 전
두환 보안사령관은 "거사계획을 모두에게 알리지 않은 것은 보안 때문
이었다. 실천자들에게만 알린 것이니 이해해 달라"라고 말했다. 당시
보안사 간부들 중 우국일 참모장, 남웅종 대공처장, 권정택 정보처장
등이 12·12에 소외됐다.

　같은 날 보안사령관 접견실에서는 유학성·차규헌·황영시 중장, 노
태우·김윤호·박준병 소장, 최세창 준장 등이 모여 간담회를 가졌다.
이 자리에서 참석자들은 "배신자나 이탈자가 없도록 노력하자" "12·

12 사태는 구국적인 결단이니만큼 다각적으로 기록하여 후세에 전해야 한다"라는 의견을 교환했다.

같은 날 오후 점심 때 보안사 식당에서는 12·12 주역들이 한자리에 모여 샴페인을 터뜨리며 기염을 토하기도 했다. 식사가 끝난 뒤 이들은 보안사 현관 앞에서 기념촬영을 했다. 34명의 출동부대 지휘관과 합수부 참모들의 얼굴이 찍혔다. 맨 앞줄에는 오른쪽으로부터 황영시 1군단장, 유학성 군수차관보, 차규헌 수도군단장, 전두환 보안사령관 겸 합수부장, 노태우 9사단장, 박희도 1공수여단장, 최세창 3공수여단장, 이상규 제2기갑여단장 등 12·12 그날 밤 합수부 지휘부를 지켰던 장성들과 출동부대 지휘관들이 앉았다.

한편 12·12 직후 12·12 사태를 어떻게 규정할 것인가를 놓고 전두환 보안사령관과 측근 참모들은 진지한 토론을 벌였다. 허화평 보안사령관비서실장, 허삼수 인사처장은 "'혁명적 상황'으로 규정해야 한다"는 주장을 폈다. 전두환 보안사령관, 이학봉 합수부 수사국장, 권정달 정보처장은 '10·26 사건 수사의 연장'이라는 견해였다. 결국 후자 쪽으로 결론이 모아졌다.

12·12 주도세력 당사자들의 이와 같은 12·12 성격규정에 대해 언론인 조갑제 씨는 다음과 같이 분석했다.

이것은 중요한 의미를 갖는다. 12·12 사태 이후 전두환 그룹은 쿠데타에 의한 정권장악의 길로 치닫게 되지만 합법적 정권이양으로 위장하였다. 그들이 당당하게 쿠데타나 혁명이라고 선언하기에는 12·12 유혈사태에 따른 무리가 너무나 많았다. 주체세력의 이념이

나 배짱도 '혁명적 상황'에 대비하기에는 허약하였다. 12·12 사태에 대한 죄의식이 전두환 그룹의 행동을 과감하게 뻗어나가지 못하게 제약한 셈이다.

80년 2월 글라이스틴 미 대사가 1군단장 김윤호 중장에게 신군부의 정치관여 가능성에 대한 질문을 던졌다. 김 중장은 "다 파먹은 김칫독에 왜 들어갑니까?"라고 말했다.

같은 무렵 신군부 안에서는 정치참여를 놓고 토론이 오고갔다. 김윤호 중장 등은 "12·12 사태에 대한 책임추궁을 하지 않는다는 보장을 받은 뒤 군으로 복귀하여 2년만 기다리자, 그러면 사회가 혼란하여 군대를 다시 부르는 여론이 일어날 것이다"라고 했다. 전두환 보안사령관과 그 측근들은 '우리가 물러서면 보복을 당할 것이다'라는 우려를 강하게 표시했다.

80년 3월 서울에서 황영시·김윤호 중장·노태우·정호용 소장 등 신군부의 핵심들이 회동한 자리에서 한 장성이 군부의 집권조건에 대한 중대한 발언을 했다.

"첫째는 북의 남침위협이 있어야 하고 미국이 이를 인정해야 한다. 둘째 국내질서가 무너져 4·19나 5·16 직전과 같은 혼란상이 초래되고 최 대통령이 경찰력으로는 막을 수 없다는 판단을 해야 한다." 마치 그해 5월을 예상하기라도 한 것 같은 발언이다.

그해 4월 오후 3시경 서기원 청와대 대변인은 "오후 4시 반에 모종의 발표가 있을 것"이라고 예고했다. 그리고 1시간 30분 뒤, 최규하 대통령은 공석 중인 중앙정보부장서리에 전두환 현 국군보안사령관을

478

겸임 발령한다고 발표했다. 정보부장과 보안사령관직을 현역 장성으로 겸임 발령한 것은 이례적이다. 전두환 보안사령관이 정보부장 '서리'로 임명된 것은 "부장 차장 및 기획조정관 일체 타직을 겸할 수 없다"는 중앙정보부법 7조에 따른 고육지책이었다.

청와대 당국자는 전두환 보안사령관의 중정부장서리 겸임 발령과 관련, "현역인 보안사령관을 정보부장서리로 기용한 것은 계엄령하에서 군이 보안·정보·수사 등 업무를 조정하고 있기 때문에 중앙정보부의 기능에 비추어 겸무토록 하는 것이 업무의 조정과 효과를 기할 수 있다고 판단했기 때문"이라고 말했다.

이날 신문에서는 신임 중앙정보부장서리 전두환 중장에 대한 인물 소개가 있었다.

신임 전두환 중앙정보부장서리는 평소 스스로를 정치를 모르는 군인이라고 강조하는 철저한 군인 엘리트. 10·26 사건 후 계엄사 합동수사본부장으로 박정희 대통령 시해사건의 수사를 지휘했고 직접 수사전모를 발표, TV와 신문 등에 모습을 드러낸 낯익은 얼굴이 되었다. 고 박정희 대통령의 총애를 받았으며 12·12 후 군의 핵심인물로 부상한 전 장군은 주위 사람들에게 '군은 정치에 관여하지 않으며 관여해서도 안 된다. 나 자신은 정치에 취미도 없을 뿐 아니라 정치는 전혀 모르는 사람'이라고 강조하고 '정치하려 했다면 5·16 때 군복을 벗고 나가 무슨 청장이나 하나 하고 끝냈을 것'이라고 자주 말해 왔다. 그는 스스로 '어렸을 때부터 군인을 좋아하여 군인이 된 것이며 앞으로도 계속 군을 떠나지 않을 것'이라고 말해 왔다.

전두환 보안사령관의 정보부장서리 겸임은 단순한 징후가 아니었다. 국내 보도에는 계엄사의 검열에 걸려 제대로 분석할 수 없었는지 모르나 외국 언론의 방향은 이때 이미 '한국 사태'를 전망해내고 있었다.

일본 『요미우리 신문』은 "뒤에서 계엄행정을 지원해 온 전두환 보안사령관이 표면에 등장한 것으로, 최규하 대통령 체제를 뒷받침하는 제1인자로서 그가 앞으로 어떠한 진로를 선택할지 커다란 관심이 쏠리고 있다"라고 논평했다. 『니혼게이자 신문』은 전 장군의 존재가 국내치안과 안보면에서 뿐만 아니라 한국 정부내에서 힘의 관계의 변화를 나타내는 상징적인 것이라고 논평했고, 교토 동신은 전 중장이 앞으로 대통령의 중요정책 결정과정에 현직 군인으로서 참여할 수 있는 길이 열렸으며 군부에 의한 정보부의 '관리'가 노골화될 것이라고 논평했다.

『아사히 신문』은 전 중장을 중심으로 한 신군부가 완전한 군부 내의 실권을 잡았다는 사실을 나타내는 것이라고 했고, 『도쿄 신문』은 전두환 보안사령관이 군의 실권장악을 재확인한 것이며 이 실력을 배경으로 표면에 나선 것을 의미한다고 풀이했다.

미국의 『뉴욕 타임즈』 역시 장문으로 된 서울발 기사에서 「한국의 중앙정보부장직에 군 장성 취임」이라는 제목으로 전 중장의 중정부장서리 임명사실을 보도했다. 또 '한국의 중정부장은 보통 민간인이 맡는 것이 관례였기 때문에 전 장군 임명 소식이 한국민에게 놀라움을 주었다고 언급한 뒤 전 장군이 2개의 정보기관을 동시에 관장하게 됨으로써 최고 실력자 중의 한 사람으로서 그의 지위는 강화됐다'라고 논평했다.

전두환 보안사령관은 정보부장서리가 됨으로써 행동의 자유를 얻게 되었다. 그는 각료회의에 참석할 수 있게 됐고, 본인의 입으로 아무리 "안 한다", "안 한다"고 해도 정치적 행보가 그만큼 훨씬 자유로울 수 있었다.

신군부의 실력자라고 해도 전 장군은 육군 중장 계급장을 붙인 보안사령관이다. 국방장관과 계엄사령관 겸 육군참모총장의 직속 부하일 수밖에 없었다. 이희성 계엄사령관은 원래 전 중장과 친밀한 사이가 아니었고, 깐깐한 성격이어서 전 중장으로서는 월권적 행동을 하기가 좀 껄끄러운 상대인 것으로 알려졌다. 정보부장서리는 대통령 직속일 뿐만 아니라 장관보다 서열이 높다. 따라서 전두환 보안사령관은 중정 부장서리가 됨으로써 군내 서열 관계에서 벗어날 수 있었다.

뿐만 아니라 정보부장서리가 됨으로써 전 장군은 정보부의 국내 정치담당 부서를 활성화시켜 정권인수를 준비할 수도 있고, 정보부의 막대한 예산을 손아귀에 틀어쥘 수 있었다. 정보부 예산은 감사대상이 아닐 뿐만 아니라 다른 기관의 예산에 은닉하기도 하고 정보부장이 쓸 때에는 영수증 같은 것에 신경을 쓰지 않아도 된다.

당시 보안사의 한 간부 출신은 "우리가 움직이려니 돈이 필요했는데 기업체에 손을 벌릴 수도 없고 그렇다고 경직성 경비가 많은 국방예산을 건드릴 수도 없었다. 정보부의 장악은 자금줄을 장악한다는 뜻이기도 했다"라는 요지의 말을 털어놓기도 했다.

80년 당시 특전사 보안반장으로 정호용 특전사령관의 정보보좌역을 했던 김충립 씨는 이런 증언을 하기도 했다.

80년 4월 중순경 정호용 사령관은 전 장군이 정치권을 움직이려면 자금이 있어야 할 텐데 전 장군은 보안사에도 돈이 없는 모양이니 자금을 좀 마련해볼 수 없겠느냐고 나에게 말했다. 전 장군 주변에 능력 있는 사람들이 많은데 왜 내게 이런 부탁을 할까 의아하기도 했지만 주위의 사업하는 친구들에게 부탁해 상당액의 자금 지원을 약속 받아놓았다. 그런데 그로부터 며칠 후 정 사령관은 자금이 필요 없게 됐다고 말했다. 전 장군이 정보부장을 겸하기로 했기 때문에 자금운용에 걱정이 없게 되었다는 것이었다.

전 장군은 합수부를 운영하면서 자금이 부족할 때 김계원 전 대통령 비서실장 금고에서 압수한 9억 원 가운데 1억 원을 수사비로 전용한 일이 있었다. 또한, 10·26 이후 수사과정에서 궁정동 김재규 전 정보부장 금고 속에서도 약 5억 원이 발견됐는데 이것도 합수부 수사비로 썼다. 당시 전 장군이 장악한 정보부 1년 예산은 약 1천억 원에 이르렀다.

신현확 당시 국무총리는 88년 12월 국회 광주특위 청문회에 증인으로 출석, 전두환 장군을 정보부장서리로 임명하기 전의 몇 가지 비화를 증언한 바 있다.

나는 그 일에 반대했다. 원래 국무총리는 중앙정보부장 임명에 권한도 없고 관여할 바도 아니다. 그러나 최 대통령에게 정보부를 저렇게 흐트러진 상태로 두지 말고 정비해야 된다고 했다. 그리고 정보부장은 군인 출신 말고 민간인 출신으로 임명해서 정보계통을

482

양립시켜야 한다고 진언했다.

사람을 거론한 것은 아니다. 그냥 원칙만 말한 것이다. 그 뒤에 전
두환 씨가 내 사무실로 찾아왔었다. 전씨가 와서 중앙정보부장을
겸해야 임무를 제대로 수행할 수 있겠다고 말했다. 나는 그것도 일
리는 있으나 기왕 내게 찾아왔으니 의견을 말한다면 겸무는 안 하
는 것이 좋겠다고 말했다.

신 총리가 반대하자 전 중장은 직접 최 대통령에게 중정부장서리 겸
무를 자청, 재가를 받은 것으로 알려지고 있다. 최 대통령은 이미 군부
의 영향권 안에 들어가 있었다.

한편, 전두환 보안사령관의 중정부장서리 겸직과 관련, 미국 측은
'한 방 먹은 기분'이었다고 한다. 미 정보기관 관련자 가운데 몇몇은
그 가능성에 대해 충분히 예측하고 있었으나, 전 장군이 누군가 대리
인을 내세울 것으로만 생각했지 그 자신이 직접 나설 것이라고는 미처
예상하지 못했다는 것이다.

전두환 보안사령관이 중정부장서리로 임명된 하루 뒤인 15일 글라
이스틴 미 대사는 최 대통령을 방문, 깊은 우려를 표명했다. 카터 대통
령도 5월 1일 워싱턴에서 열린 미일 정상회담에서 전 중정부장서리를
지칭, "한 사람이 군 보안과 정보분야를 한 손에 장악하는 것은 지나친
일"이라고 못마땅해했다.

며칠 뒤 미국은 80년도 연례 한미 안보회의 연기를 통보했다. 강도
높은 불만의 표시였으나 12·12 후 '돌아오지 않는 다리'를 건너간 전
두환 그룹은 벌써 미국의 한계를 간파하고 있었다. 미국 측은 전두환

보안사령관의 중정부장서리 겸직이 신군부의 정치개입을 알리는 확실한 신호탄이라고 판단하고 있었다.

이 무렵 글라이스틴 대사는 보좌관을 신군부의 대변인 격인 김윤호 중장에게 보내 "당신네들은 군이 정치에 개입하지 않을 것이라고 약속했는데 위반하는 것 아니냐"고 따졌다. 물론 전두환 보안사령관의 중정부장서리 취임과 관련한 불만 표출이었다.

"그 배경은 나도 잘 모른다. 그러나 보안사령관으로 정치에 관여하는 것보다는 정보부장서리로 정치에 관여하는 것이 더 낫지 않은가."

한편 전두환 장군과 치열한 신경전을 벌이고 있던 위컴 주한 미국 사령관 역시 힘의 한계를 느끼지 않을 수 없었다. 전 장군이 중정부장서리를 겸직하면서부터 그의 태도는 달라지기 시작했다. 전 장군이 한국의 실권을 장악해 가는 과정을 지켜보면서 위컴 대장 역시 그의 위치를 인정하지 않을 수가 없었던 것이다.

중정부장서리에 취임한 지 보름 뒤인 4월 29일 전두환 장군은 청와대 출입기자들과 간담회를 가졌다. 이 무렵 그의 '십팔번지'는 "군의 정치불개입과 나 자신의 정치불개입"이었다. 그날도 마찬가지였다.

"계엄하이기 때문에 포고령이나 법에 위반되는지를 다스리는 것을 정치관여라고 생각하지 않는다. 내가 하는 일은 정치 문제와는 상관이 없으며 사회안정과 나라의 울타리를 튼튼히 하는 일만 하겠다."

전 장군은 또 미국 측의 불만에 대해서도 "우리의 최대 우호국인 미국이 대통령의 인사권에 불만을 표시함으로써 내정간섭을 저지르고 한미 간의 신뢰관계를 파괴해야 될 이유가 있는가"라고 반문했다. 간담회에 이어 식사를 하는 자리에서 그는 이런 얘기도 했다.

485

"군인이 어떻게 정권을 잡나. 지금은 5·16 때와는 달라 경제도 커지고 사회가 다양해져 군인이 설사 정권을 잡는다 해도 다스리기 어렵다. 정권 잡는 것이 그렇게 간단치만은 않다."

전 장군은 본인은 정치를 안 한다고 노래하듯 말하면서도 그 자신은 늘 정치적인 발언을 하고 있었다. 아니, 정치발언뿐만 아니라 중정부장서리가 됨으로써 이미 정치를 하고 있었다.

다음은 한 언론인의 증언이다.

> 행정부와 군부를 컨트롤 하고 있는 계엄사령부의 합수본부와 정부의 가장 중요한 정치공작 기관인 정보부의 장으로서 그는 합법적으로 정치를 하고 있었다. 그의 일상적 업무가 모두 정치와 연관되어 있었다. 그러한 전두환 장군이 '정치에 관여하지 않겠다' 라고 하는 것은 임신하고도 처녀라고 우기는 것과 똑같은데 많은 이들이 속아 넘어갔던 것이다.

전두환 보안사령관의 중정부장서리 겸직에 대한 국제사회의 주목, 미국 측의 강경한 반대의사 표명과는 대조적으로 당시 신민당 김영삼 총재는 "국내외의 모든 여건이 한국의 민주화를 추진하고 있으므로 장래에 대한 불안과 신념의 결여에서 오는 기우"라고 풀이했다.

김 총재 주변에서는 그때 신군부가 3김 씨 중 김 총재를 추대할 것이라는 낙관론이 번지고 있었다. 신민당 내 김대중 씨 계열인 한 국회의원은 "인류역사상 목숨걸고 쟁취한 권력을 남에게 그냥 넘겨준 전례가 있었던가" 하고 비아냥거리기도 했다.

당시 상황에 대해 김영삼 총재가 낙관한 것과 달리 5·16 쿠데타를 주도한 바 있는 김종필 공화당 총재는 무척 비관적이었다.

김종필 씨의 회고이다.

> 야권에서는 봄이 온 것처럼 여겼지만 그게 아니었습니다. 내가 그 때 '춘래불사춘'이란 말을 한 것도 이런 것(5·17 쿠데타)을 예상했던 것입니다. 80년 2월 25일 인촌 기념관에서 김영삼, 김대중 씨를 만났을 때 '엉뚱한 힘에 의해 다 절난난다'고 경고했습니다만 흘려듣더군요. 어쩔 수 없었어요. 힘이 없었으니.

신군부가 '3김 불가'에 낙인을 찍은 것은 전두환 보안사령관이 중정부장서리에 겸직하기 훨씬 이전이었다. 실제로 신군부는 암암리에 3김 불가론을 유포시키고 있었다. 자신들의 의도를 드러내지 않았으나 신군부는 이미 내부적으로 권력을 향해 줄달음치고 있었다.

80년 2월 초, 최영희 당시 유정회 의장은 태평로 뒷골목 성공회 근처 보안사 안가에서 전두환 보안사령관을 만났다. 육참총장을 역임하고 예편한 최 의장은 전두환 중위―이순자 씨의 결혼주례를 선 인연도 있어 전두환 보안사령관을 잘 알고 있었다. 최 의장이 전두환 보안사령관을 만난 것은 시국수습책 논의와 함께 차기 대권후보로 김종필 총재를 추대하자는 뜻을 설득하기 위해서였다.

"전 장군. 시국을 이대로 방치하면 큰일이오. 하루빨리 수습책을 찾아야 하는데, 내가 보기에 유일한 대안은 김종필밖에 없는 것 같소. 우리 당과 행정부 그리고 군이 밀면 김종필의 당선은 문제가 없을 것이오. 전 장군이 나서서 김종필을 밀어주시오."

"김종필 그 사람 평이 좋지 않습니다. 부패비리로 비난하는 사람들이 많습니다. 김종필뿐만 아니라 3김 씨 모두 안 된다는 여론입니다."

"하면, 군이 3김 씨가 아닌 다른 인물을 옹립하든지 군이 직접 나서든지 둘 중 하나가 아니오."

"그래서 고민입니다. 여러 가지 방안을 생각중입니다."

단호한 어조로 3김은 안 된다는 전 장군의 얘기를 듣고 최 의장은, "군이 직접 나설 생각이오?" 하고 물었다.

"……."

전 장군은 대답을 하지 않고 침묵을 지켰다. 최영희 씨는 그때 전 장군의 마음을 읽을 수 있었다고 했다.

80년 3월 초 전두환 보안사령관은 강창성 씨에게 "좀 뵙고 싶다"라며 연락을 했다. 강씨가 항만청장으로 있다가 10·26 직후 해임되어 집에서 쉬고 있을 때였다. 강창성 — 전두환 사이는 은원이 깊은 관계, 강씨는 보안사령관 재직 시절 윤필용사건에 대한 수사를 총지휘했고, 전두환·노태우 등의 하나회를 뿌리뽑으려 했던 장본인이었다.

강씨가 쓴 『일본·한국 군벌정치』에 따르면 두 사람이 회동한 자리에서 전 장군이 먼저 "시국 수습책을 조언해 달라"라고 했다. 강씨는, "이번만은 국민이 자유롭게 뽑은 문민 정치인에게 정부를 이양하는 것이 현명하다" 하고 말했다.

"3김 저것들이 설치고 있는데 저 사람들 가지고 어디 되겠습니까. 선배님. 많은 사람들이 저에게 군이 당분간 정권을 맡아주어야겠다고 졸라댑니다. 심지어 지도급에 있는 몇몇 야당 정치인까지 저를 찾아와 제가 직접 대권을 맡아야 한다고까지 주장하고 있습니다. 박종규도 저를 찾아와 '만약 전 장군이 아닌 사람이 정권을 잡겠다고 나서기만 하면 당장 쥐도 새도 모르게 없애버리겠다' 고 흥분하면서 저를 적극 지지하겠다는 것입니다."

80년 '서울의 봄' 은 그렇게 신기루처럼 왔다가 또 그렇게 군홧발 밑으로 물러가고 있었다. 전두환 장군이 이끄는 신군부 '호' 가 청와대를 향한 진격을 개시한 뒤였다. 그해 4월이 가고 5월 17일 신군부는 5·17 전국 계엄확대 조치를 내린다. 김대중·김종필·김영삼 씨 등 이른바 대권을 넘보았던 3김은 물론이요 정치인, 재야인사들이 일거에 제거되어 감옥으로 끌려가거나 자택에 연금됐다.

다음날인 5·18, 광주에서 5·17 쿠데타를 반대하는 대대적인 항쟁이 전개되고, 계엄군이 대거 투입된다. 광주항쟁을 유혈진압한 뒤 10시간 후인 그해 5월 27일 상오 국무회의는 국가보위비상대책위원회(국보위) 설치안을 가결했다. 전국 비상계엄하에서 계엄업무를 지휘·감독하고 계엄당국과의 협조체제를 좀더 긴밀히 하기 위해서 대통령의 자문·보좌기관으로 설치한다는 것이었다. 12·12 가해자들의 증언에 따르면 국보위 설치안이 처음 공식 석상에 떠오른 것은 5·17 하루 전인 5월 16일 국방부회의실에서 열린 전군 주요지휘관회의에서였다. 국보위 상임위원장에 국군보안사령관 겸 중정부장서리인 전두환 중장이 임명되었다.

전두환 장군의 청와대 입성 카운트다운과 다름없었다. 대통령의 권능을 박탈해버리고 사실상 국가의 최고 실권을 행사한 국보위는 군사

488

평의회나 다름없었다. 국보위를 통해 전 장군은 정권인수 작업을 **빠른**
속도로 진행시켜 나간 것은 물론이다.

바야흐로 전두환의 청와대 입성을 가로막을 자는 아무도 없었다. 국
보위가 휘두른 칼날은 매섭기만 했다. 국보위의 사회정화 사업 제1차
사업으로 김종필 공화당 총재·이후락 전 중앙정보부장·박종규 전 청
와대 경호실장·이세호 전 육참총장 등 권력형 부정축재자들에게 재
산환수·공직사퇴의 철퇴가 가해졌다. 공직자 정화작업 결과 8천 6백
여 명에 이르는 대규모 공직자 숙정이 단행됐다. 사회악을 일소한다는
명목으로 폭력배·상습도박·공갈사기배·치기배·밀수꾼·마약사범
등 4만 6천여 명이 검거됐고, 이중 1만 7천여 명이 삼청교육대에 보내
졌다. 그들 가운데는 신군부의 등장을 반대하는 인사들이 많이 포함돼
있었다는 것은 87년 6월항쟁 이후에야 비로소 밝혀진다.

80년 7월 8일 주한미군사령관 위컴 대장은 미국 기자들에게 "한국
민의 국민성은 들쥐와 같아서 누가 지도자가 되든 따라갈 것이며 한국
에는 민주주의가 적합하지 않다"라고 발언했다. 8월 16일 최규하 대통
령은 광주항쟁 등 소요에 정치도의상 책임을 느끼고 하야한다고 발표
했다. 그로부터 5일 후인 21일 전군 지휘관회의에서 전두환 장군을 만
장일치로 대통령에 추대, 전 장군은 그 다음날 그가 근무했던 전방 1사
단 연병장에서 대장으로 전역했다.

이제부터 우리 모두가 해야 할 일은 민주주의의 토착화, 안정 속의
경제성장, 정의로운 복지사회 건설이라는 국가목표를 향해 일치단
결하여 매진하는 일이라 하겠습니다. 따라서 국보위가 그동안 이

록한 일들이 한낱 지난날의 업적으로 남아서는 안 되는 것이며 그

정신과 경험을 살려 내일의 산 교훈이 되도록 하여야 할 것입니다.

국보위의 '업적'에 대한 평가를 내리면서 전두환 상임위원장은 그 소신을 피력한 바 있다. 실제로 국보위의 '업적'과 운영경험은 전두환 정권의 기틀이 되고 국정지표가 되었다.

그해 8월 27일 통일주체 국민회의는 전두환 후보를 제11대 대통령으로 선출했다. 9월 1일 전두환 대통령은 취임식을 갖고 마침내 청와대에 입성했다. 12·12 후 264일 만의 일이었다. 역사상 가장 오래 걸린 쿠데타라고 표현되는 전두환의 집권과정은 비로소 막을 내리게 된다. 전두환 장군의 청와대 입성과 함께 그가 이끌어 온 신군부, 좀더 구체적으로는 하나회·보안사 인맥들이 대거 권력의 핵심으로 진출한다. 하나회의 한국 경영시대가 열린 것이다.

전두환 정권 철권통치 7년 뒤 전두환 대통령은 육사 동기생으로 하나회 1·2인자 관계였을 뿐만 아니라 같은 12·12 세력인 노태우에게 대권을 넘겨주었다.

풀잎은 바람에 눕지 않는다(전2권)

문학의 칼날을 통해 계엄시대를 정면으로 해부한 대문학사의 기념비적 대 서사시 !

YH 사건-부마항쟁-12.12쿠테타-80년 서울의 봄-5.17사건-5.18광주민주항쟁-국보위 탄생-삼청교육대로 이어지는 한 시대의 종언을 고한 사건들과 신군부에 의해 무참히 짓밟힌 새 시대의 여명의 순간들을 계엄군 사병들이 육성으로 증언하는 생생한 역사의 기록을 승화시킨 화제작!!

교양으로 읽는 조선사
교양으로 읽는 고려사
교양으로 읽는 삼국사

인물을 통해 보는 조선, 고려, 삼국의 역사!
역사의 주인공들이 들려 주는 그 시대의 생생한 이야기!

조선,고려,삼국 각 분양의 대표적 인물에 대한 현대적 시각에서의 재조명.
격동의 시대를 헤쳐 간 그들의 삶을 통해, 우리에게 남겨진 조선의 의미를
되새겨 본다.

※3권세트 구매시 DREAM 노트 포함

하룻밤에 읽는 조선야사

하룻밤에 읽는 고려야사

하룻밤에 읽는 삼국야사

조선야사, 고려야사, 삼국야사를 하룻밤에 읽는다

우리가 알고 있는 역사 그것은 반쪽 짜리에 불과하다. 승자들이 왜곡한 패자들의 역사적 진실 지배 계층이 기만한 민초들의 삶에 대한 이야기는 그동안 역사의 주변부로 밀려나 역사 기록에서 철저히 무시되고 배제 되어왔다. 여기 우리의 머릿속에 정형화된 모습으로 박혀있는 역사적 지식에 생기를 더 해줄 이야기가 우리를 먼 역사로의 여행에 단숨에 빠져 들게한다.

※ 3세트 구입시 DREAM 노트를 드립니다.

나의 가치를 높여주는 대화

화술 하나로 〈글로벌 기업〉을
일으킨 언어의 마술사가
들려주는 대화의 비법!!

성공을 꿈꾸는 현대인에게
화술은 가장 강력한 경쟁력이다.

재치있는 말 한마디가
인생을 바꾼다

40만 독자가 선택한 유머
화술의 고전!

위기의 상황을 최고의 기회로!
유머는 성공을 부르는 최상의
무기다.
적절한 타이밍에 쓸 수 있는
당신만의 멘트를 개발하라!

264일의 쿠데타 2

초판 1쇄 발행   2017년 10월 19일
초판 2쇄 발행   2024년 01월 03일

지은이   노가원
펴낸이   김형성
디자인   정종덕

펴낸곳   (주)시아컨텐츠그룹
주소   서울 마포구 월드컵북로5길 65(서교동), 주원빌딩 2F
전화   02)3141-9671~2(代)
팩스   02)3141-9673
이메일   siaabook9671@naver.com

ISBN   979-11-88519-10-1

값 19,800원